My Wicked Pirate
by Rona Sharon

# 海賊の王子にとらわれて

ロナ・シャロン
岡本三余［訳］

ライムブックス

MY WICKED PIRATE
by Rona Sharon


Published by arrangement with Kensington Books,
an imprint of Kensington Publishing Corp.,New York
through Tuttle-Mori Agency, Inc.,Tokyo

# 海賊の王子にとらわれて

## スペイン継承戦争（1701〜1714）

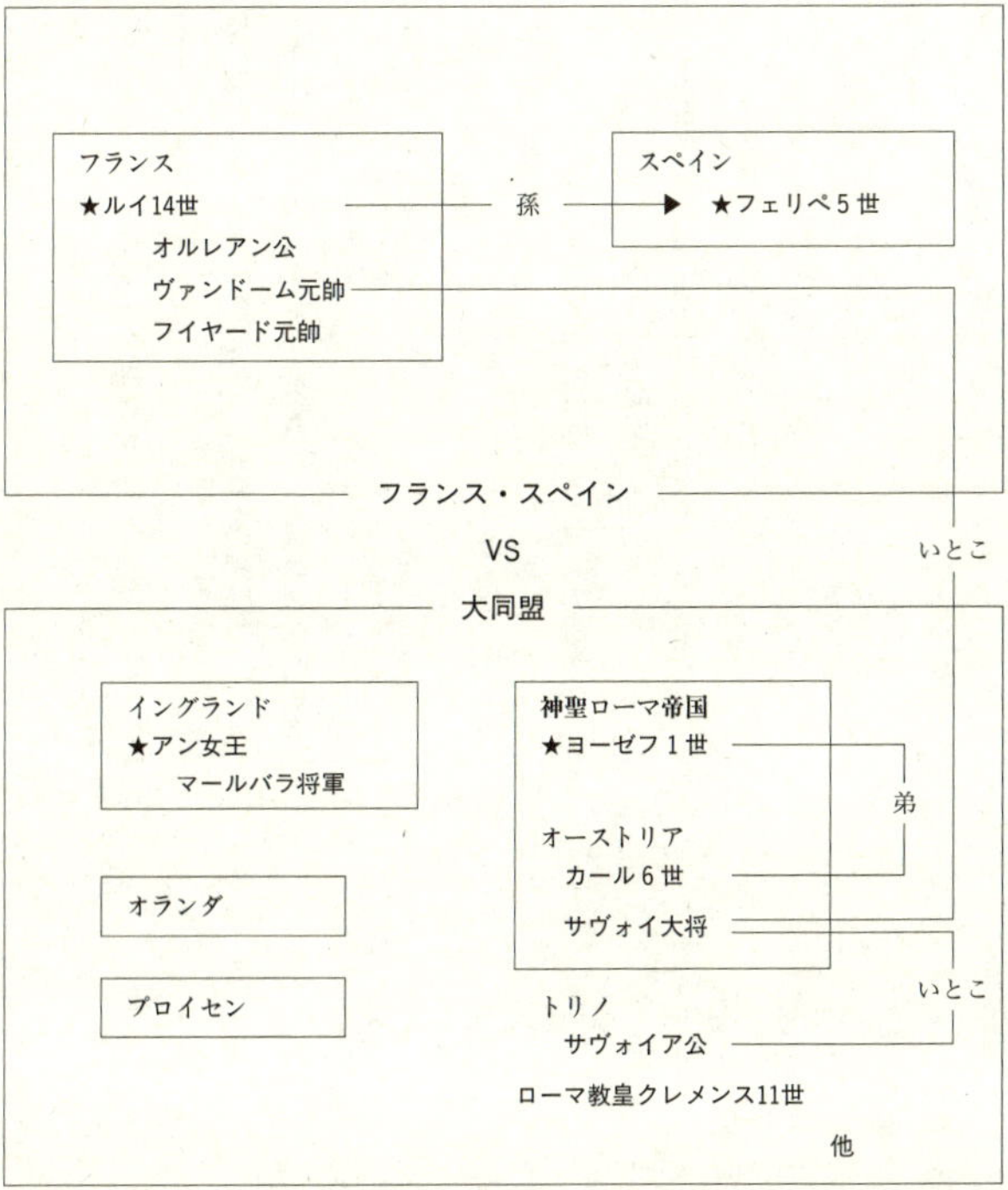


★は君主

※この図は物語に即したものです。

## 主要登場人物

アラニス……………イングランド公爵の孫娘
エロス………………海賊
デッラアモーレ公爵…アラニスの祖父。アン女王の相談役
ルーカス・ハンター…シルヴァーレイク子爵。アラニスの婚約者
ジェルソミーナ………エロスの妹
チェザーレ……………エロスのいとこ
ジョヴァンニ…………エロスの部下
ニッコロ………………エロスの部下
サナー…………………アルジェリアの占い師。エロスの母親代わり
タオフィック…………アルジェリアの私掠船の船長
サラー…………………エロスの仕事のパートナー
ナスリン………………サラーの妻
ルイ一四世……………フランス国王
サヴォイ大将…………オーストリアの軍人
マールバラ将軍………イングランドの軍人
ヨーゼフ一世…………神聖ローマ皇帝

# 1

ティンゴチオが答えた。「失われた? 失われたものが見つかるはずがない。おれが失われたというなら、ここでなにをしているというのだ?」

「そんなことがききたいんじゃない」メウッチョは言った。「おれが知りたいのは、おまえの魂が地獄行きを宣告され、業火で焼かれているかどうかさ」

ボッカッチョ『デカメロン』

一七〇五年九月、西インド諸島

船室のドアが激しくノックされる音で目を覚ましたアラニス・エイヴォン・デッラアモーレは、丸窓から漂ってくる潮の香りと眠りの余韻に包まれて上体を起こした。椰子《やし》の木が点在する白い砂浜を裸足《はだし》で駆ける夢を見ていた。そこにはまっ青な海としぶきをあげて砕ける波、そして自由があった。

「入ってもよろしいですか? 時間がないのです」ドアの向こうからピンク・ベリル号の首

席航海士、ジョン・ホプキンズの切迫した声がする。

アラニスはため息をついて甘美な幻影を振り払った。「どうぞ、ミスター・ホプキンズ」

ドアが開き、ランプの光が闇《やみ》を裂く。ホプキンズの表情は険しかった。「夜分に申し訳ありません。しかし……」アラニスの姿を目にした彼は息をのんだ。

彼女は猫のような目をしばたたいてシーツを引きあげ、月明かりに輝く長い髪を払った。

「いったいなにごとなの？」

「海賊です！　この船は襲われて――」

そのとき水平線の向こうで大砲が撃たれ、耳をつんざく轟音《ごうおん》とともに船体が大きく揺れた。砲弾が船殻を貫き、船が傾く。外が騒がしくなり、枕《まくら》の上に投げだされたアラニスの耳に、士官の怒鳴り声や甲板を走りまわる水兵の足音、そして銃声が響いた。

「お嬢さま！」ホプキンズがベッドの脇《わき》に膝をつく。「お嬢さま、大丈夫ですか？」

「ええ、大丈夫よ」アラニスは息を切らしながら答えた。体が震えるのはどうしようもないが、パニックになってはいない。「あなたは大丈夫？」

「はい」ホプキンズは立ちあがり、制服のしわをのばした。「お嬢さま、急いで着替えてこの船からお逃げください。やつらは今にも乗船してきます。武装した海賊船が相手では、そう長くもちこたえられないでしょう。なにしろ相手はフリゲート艦です。乗り移られる前に、お嬢さまの身の安全を確保しなければ」

「身の安全を確保するといっても、いったいどこへ逃げろというの？」アラニスは丸窓の外へ目をやった。大海原と闇が広がっている。砲身から白い煙をたちのぼらせた巨大な帆船が波を切ってぐんぐん接近してくるのが見えた。すでに、甲板で砲弾を装塡《そうてん》したり、強襲の準備をしたりする人影まで確認できる距離だ。こんな状況でどこへ逃げろというのだろう？彼女はシーツをはねのけ、ショートブーツをはいた。海賊に襲われているのに着替えなどしていられない。「白旗を掲げなさい。宝石なんてくれてやればいいわ。皆殺しはごめんよ」

ホプキンズは目をそらして咳払《せきばら》いした。「お言葉ですが、海賊どものねらいは宝石だけではありません」

アラニスは自分がナイトガウン一枚であることに気づいて頬を染めた。もう女学校を出たばかりの小娘ではないが、男性経験においてはさして進歩していない。「それで……ベツィーはどこ？」アラニスがケープをはおって船室を出ようとしたちょうどそのとき、くだんの侍女が飛びこんできた。

「お嬢さま、なんてことでしょう！」ベツィーのあわてふためいた声と同調するかのように二発目の砲弾が船を直撃し、三人は床に投げだされた。ホプキンズのランプが割れて室内に闇が戻る。金切り声をあげる侍女をよそに、アラニスはベッドの支柱をつかんで立ちあがった。ホプキンズがベツィーを助け起こし、先頭に立って船室を出る。

三人はよろめきながら甲板へ続く狭い階段をのぼった。上から誰かがおりてくる。「マッギー船長が降伏しました！　鎖蛇がやってきます。急がないと時間が！」

アラニスは口を挟んだ。「鎖蛇ですって？　イタリア人が〝エロス〟と呼んでいる海賊のこと？」〝エロス〟とは悪名高き海賊で、血と破壊に飢えた残忍な男だ。七つの海を行き来して、次々に船を襲っては数々の伝説を打ちたてている。

「残念ながらそのとおりです」マシューズがうなずいた。「鎖蛇が相手では、人も武器もまったく足りません。これまで船団ばかりねらってきた海賊が個人の船を攻撃するとは思いませんでした」

「ああ、神さま……」アラニスの脳裏に祖父、デッラアモーレ公爵の警告がこだました。祖父の懸念が現実のものになったのだ。祖父は、ジャマイカにいる婚約者のシルヴァーレイク子爵を訪ねたいというアラニスに猛反対した。祖父の言葉がよみがえる。〝戦争中に若い娘が国外をうろつくなどとんでもない！　わたしは高等法院での仕事があるから同行できんし、ひとり旅など論外だ！　デントンの息子が海賊退治で名をあげたいというなら、ひとりでやらせておけばいい！〟皮肉なことにシルヴァーレイク子爵ことルーカス・ハンターは、まさしく婚約者の存在など忘れて海賊退治に没頭していた。アラニスがいくら婚約者の安否が気にかかるのだと主張しても、祖父は耳を貸そうとしなかった。そこで彼女は最終手段に訴えた。泣き落としだ。さすがの公爵も孫娘の涙にはかなわなかった。彼女の本心を知っていたら、決して譲歩しなかっただろうけれど……。

「マシューズ、ボートをおろせ」ホプキンズはそう言ってアラニスのほうを向いた。「心配いりませんよ。サン・ファンまであと一日ほどの距離です」単独で大海原を漂流する恐怖がアラニスの脳裏にしみこむ前に、ホプキンズは女性陣を階段へとせかした。

甲板は地獄の様相を呈していた。第三マストは炎に包まれ、海賊たちがロープを使ってピンク・ベリル号に飛び移ってくる。あちこちで剣のぶつかりあう音や銃声がしていた。ホプキンズは戦闘を避けてアラニスたちを右舷《うげん》へ誘導した。手すりのはるか下、黒い波間にちっぽけなボートが揺れている。

「まさかあれに乗れというの？」ベツィーが叫ぶ。

「ほかの人は？　マッギー船長は？」アラニスはホプキンズの指示にしたがって梯子《はしご》に足をかけながら尋ねた。戦いの続く甲板を不安げに見やる。煙のにおいが鼻を刺した。マストや索具が炎に包まれていくのを目の当たりにしても、どうすることもできない。一二年前、彼女の両親は東洋を冒険するのだと言って船出し、船上火災で命を落とした。まだ一二歳だったアラニスは旅行に連れていってもらえず、弟のトムと一緒にデッラアモーレ・ホールで留守番をしていた。今、自由と太陽を求めて旅だった彼女も、両親と同じ運命をたどろうとしている。

「梯子をおりてください！」ホプキンズがせかした。「さあ！」アラニスは彼に腕を支えてもらって、おそるおそる下の段に足をのばした。ホプキンズが励ますようにうなずく。その肩越しに、五人の海賊の姿が見えた。

アラニスはすかさず悲鳴をあげた。海賊のひとりがベツィーにつかみかかり、もうひとりがアラニスを甲板へ引っぱりあげる。アラニスは無我夢中で抵抗した。ホプキンズも複数の海賊相手に奮闘したが、結局はとらえられ、ほかの船員の待つ甲板へ連れていかれた。捕虜となったピンク・ベリル号の乗組員のまわりを、勝ち誇った表情の無法者たちがとり囲んでいる。

アラニスは心細くなってベッツィーに身を寄せた。侍女の冷たい手がアラニスのうなじに触れ、長い髪を手早くまとめてケープのなかにたくしこむ。アラニスは目深にフードをかぶった。「あなたも見つからないように、ベッツィー」

煙で視界の悪い甲板は空気がぴんとはりつめていた。海賊たちが待っているのはこの戦いに終止符を打つ人物、鎖蛇だ。

どよめきとともに海賊たちが左右に分かれ、ひとりの男が姿を現した。アラニスは見たいのをこらえてフードのなかでうつむき、海賊たちの早口のイタリア語に耳を澄ました。男の顔を見たピンク・ベリル号の乗組員たちが絶望のため息をもらす。迷いのない足音が近づいてきて、アラニスの目の前でとまった。

「ジョヴァンニ、黒いケープの女を連れてこい《ポルタミ・クエッラ・ネル・カポット・ネロ》」ハスキーな声にこたえて、黒い眼帯をした巨漢の男が近づいてきた。

制止しようと前に飛びだしたホプキンズとマシューズに短剣がつきつけられる。

「この悪党、そのお方に触れないで！」果敢にもベッツィーが叫んだ。「デッラアモーレ公爵の孫娘なのよ！ 万が一のことがあったら、あんたたちは一生、公爵に追われることになりますからね！」

男はベッツィーに目をやって別の部下に言った。「ロッカ、その小柄な侍女はおまえの好き《トゥ・プレンディ・ラ・ピッコラ・》にしろ《セルヴァ》」

顔をあげたアラニスの目に映ったのは、渦巻く煙のなかに消える長身の不気味な後ろ姿だけだった。

小さな明かりに照らされた船室は驚くほど広く、上等な家具がそろっていた。ジョヴァンニと呼ばれた海賊がアラニスを部屋に入れて外から鍵《かぎ》をかける。逃げられなくなった彼女はしげしげと部屋のなかを観察した。野蛮人のすみかとは思えない。壁際には、ヴェネチアの職人の手によると思われる金箔《きんぱく》を施した黒いキャビネットが並んでいた。部屋の一角に紫のサテンを張った座り心地のよさそうな肘掛け椅子とソファが配され、その奥に書類や地図が山積みになった黒檀《こくたん》の書き物机が置かれている。左手には紫のシルクの天蓋《てんがい》付きベッドがある。大きなベッドを見た瞬間、アラニスの背筋は凍りついた。〝海賊どものねらいは宝石だけではありません〟とホプキンズは言った。わたしは今夜、あの男の慰み物にされるのだろうか？　そのためにここへ連れてこられたの？

ベッドの天蓋には紋章が刺繍《ししゅう》されていた。黒と銀と紫の配色が家具とよく調和している。図柄に見覚えはなかったが、アラブ人を食らう蛇は十字軍を意味している。あの悪漢は他人の武功をたたえる品で船室を飾ることになんの抵抗も感じないのだろうか？

ふいにノックの音がして、アラニスは心臓がとまりそうになった。ドアが大きな音をたてて閉まり、大柄な人物の気配が迫ってくる。彼女はケープのなかで身を縮めた。

「こんばんは、お嬢さん《ブオナセーラ　マドンナ》」低くゆったりとした声だ。アラニスがこたえずにいると、黒い革のブーツが正面へまわりこんだ。「フードをとって顔を見せてくれ」

なんて背の高い人だろう。アラニスは一瞬、心細くなったが、ピンク・ベリル号の乗組員の戦いぶりを思いだして心を奮いたたせた。

「どうした？」さっきよりも近いところからハスキーな声が響く。「甲板にいるときから気になっていたんだ。野次馬根性むきだしの連中のなかで、きみだけ人目を避けていたからね」男はにやりとした。「とても興味を引かれたよ」

アラニスは麻痺《まひ》したようにつっ立っていた。男の言葉づかいに粗野なところはない。イタリア訛《なま》りはあるが、女王陛下の前でも充分通用する英語だ。それでも恐ろしいことには変わりなかった。フードのなかが自分の吐く息で熱くなる。

「傷つけたりはしない。ちょっと話がしたいだけだ」彼女の反応がないのを見て、男はさらに続けた。「警戒するのも無理はないが、黒い布に話しかけるのは退屈でね」彼はしばらく間を置いてから、いきなりフードを引っぱった。

アラニスは息をのんで顔をあげた。ベツィーがまとめたブロンドの髪が背中へ流れ落ちた。

この男が海賊エロスなの！

どちらの目にも驚きと戸惑いがよぎった。エロスが記憶をたどるように目を細める。一方のアラニスも突然の感情にまごついていた。これまで婚約者以外の異性に関心を持ったことなどなかったというのに、目の前にいる浅黒い肌をしたイタリア人ときたら、修道女も誓いを破りたくなるほどの色気がある。

形のよい唇がゆっくりと弧を描いた。「ご機嫌いかがかな?《ピアチェーレ》」男は優雅に頭をさげた。「ここで再会するとはうれしい驚きだ」

この男はわたしのことを知っているのだろうか? だとしたら、どこで会ったの? 一度会ったら忘れるはずがない。あの浅黒い顔と生き生きとした瞳を見逃すはずがないもの。撫《な》でつけられたつやのある黒髪、高い頬骨にまっすぐな鼻筋。顎はがっしりとしていて力強い。まるで戦士のブロンズ像だ。左のこめかみから額にかけて走る三日月形の傷が、整った顔に謎《なぞ》めいた雰囲気を与えている。左の耳たぶにはダイヤモンドのピアスと金のリングピアスが並んではまっていた。ルーカスよりも頭ひとつ分は大きく、均整のとれた体は隅々まで鍛えあげられている。服装は地味だがすっきりとしていて、フランスよりはるかに長い歴史を持つイタリアの服飾文化をうかがわせた。広い肩から引きしまった腹部をぴったりと包んでいる黒の上着には銀の縁どりが施され、まっ白なクラヴァットが日焼けした肌に映えている。近づいてはいけない男の典型だ。

エロスはにっこりしてアラニスの髪を人さし指に巻きつけた。「さて《アッローラ》、だんまりかい? 舌を抜かれたのかな?」

彼女は乱れた髪を背中へ払った。「わたしの船と乗組員をどうするつもり? 侍女にけがをさせるとか、乗組員が命を落とすようなことがあったら――」

彼はからかうような目つきをした。「レディ・エイヴォン、他人のことより自分の運命を心配したほうがいいのでは?」

「わたしのことはどうでもいいの」アラニスは冷えきった手を両脇で握りしめ、声を絞りだすようにして言った。「彼らさえ無事なら」

「そうか」エロスの指がケープの襟をめくってナイトガウンのフリルをあらわにする。「つまり、きみのことはぼくの好きにしてもいいと?」彼はそう言って眉をつりあげた。

「そんなわけないでしょう!」アラニスはケープを引き寄せてナイトガウンを隠した。

そのとき、ノックの音が響いた。「入れ《エントラ》!」エロスはアラニスから目を離さずに言った。

四人の男が重たい衣装箱を運び入れてすみやかに退出する。

「ごらんのとおり……」エロスは胸の前で腕組みをした。「略奪品はすべて船長のところへ運ばれるしくみなんだ」

「個人の船は襲わないのではなかったの?」アラニスはきつい口調で言った。「それほど不景気なのかしら?」

エロスは楽しげに笑った。「幸い、そういうわけではない。きみが、これまで手にしたなかで最高の略奪品であることはたしかだがね」

アラニスはうろたえながらも好奇心を刺激され、ワインキャビネットに向かうエロスを目で追った。ぴったりとした黒のズボンが腿の筋肉を浮きあがらせている。腰には紫の飾り帯が巻かれ、銀の柄がついた三日月形の短剣がぶらさがっていた。シャバリアと呼ばれる東方の短剣だ。同じものを祖父の図書室で見たことがある。エロスはアルジェの城塞《カスバ》育ちで、剣の名手だと聞いたことがある。彼の服の色は船室の色調と同じだった。

　クリスタルがぶつかる音がしたかと思うと、グラスが琥珀《こはく》色の液体で満たされた。「コニャックはいかがかな？」エロスが明るい声で尋ねた。「一連の騒動で神経が高ぶっているはずだ。強いアルコールは気分をほぐす効果がある」

「わたしがそんなものを口にすると思って？　しかも海賊からすすめられたものを飲むわけがないでしょう。おひとりでどうぞ」

　エロスの視線がケープに包まれた曲線をたどる。アラニスはどぎまぎした。「辛辣《しんらつ》なお嬢さんだ。コニャックとは別のものが必要かもな」アラニスが憤慨の表情を浮かべると、彼はおもしろがるように眉をつりあげた。「まあ、ご自由に《ヴァベーネ》」エロスは一気にグラスをあけ、喉が焼ける感触に一瞬目を閉じた。それからグラスを脇に置いて気軽な口調で話し始める。「ぼくのような男がうろついている海を女性ひとりで航海させるとは、シルヴァーレイクは撃ち殺すべきだ」

「シルヴァーレイク？」どうしてこの人がルーカスのことを知っているのだろう？

「そう、シルヴァーレイクだ」エロスはアラニスのほうへ戻ってきた。「きみが婚約しているブロンドの子犬だよ、レディ・エイヴォン。心配しなくても四日後には彼と対面できるだろう。ぼくと一緒にね」

　アラニスの心に希望が宿った。「わたしを人質にして身の代金を要求するつもり？」

「ジャマイカのキングストンにいる白馬の騎士が恋しくて会いに来たのか？　ロマンティッ

クなことだ」彼はにやにや笑った。「きみの言うとおり、相応の代償と引き換えにシルヴァーレイクにお返しするつもりだ」

「いくらだろうと、彼はすぐに払ってくれるわ」

「ああ、そうだな」エロスが彼女のすぐ前に立つ。アラニスは彼を見あげる格好となった。

「自己紹介がまだだったね」エロスは慇懃《いんぎん》に彼女の手をとった。

アラニスはその手を引きぬいて憎々しげに彼をにらんだ。「自己紹介なんて必要ないわ」

エロスの目に一瞬、いらだちがよぎる。彼は上体をかがめて耳もとでささやいた。「ぼくの名は鎖蛇ではないよ」

「エロスでしょう?」

彼は無言で上体を起こした。

「それで、いくらなの?」衣装箱に隠してある宝石があれば、ジャマイカの半分を買い占めることもできる。この人はいったいどこまで貪欲《どんよく》なのだろう?

「無茶な要求はしないさ」エロスはなめらかな顎をさすった。「もともとぼくが所有していたものを返してもらいたいだけだ。金には換えられないものをね」そこで問いかけるように眉をあげる。「レディ・エイヴォン、きみはどうなんだい? たとえば金貨と引き換えに手に入れることができるのだろうか?」

アクアマリンの目が怒りに細くなる。「このけだもの!」

エロスは彼女の悪態を笑いとばした。「けだものになってほしいのかい?」そう言ってアラニスの頬に触れる。彼女はびくっとした。彼の手の甲が頬を滑り、アラニスのなかに不思議な戦慄《せんりつ》を引き起こす。「その期待にこたえることができればどんなにいいだろう」エロスはそう言ってベッドを一瞥《いちべつ》した。からかいの色を浮かべた瞳がアラニスに戻ってくる。「それで、具体的にどんな想像をしたのかな？　荒っぽく奪われるのか、じらされるのか？　どちらも心引かれるね」

アラニスはあとずさりした。美しくて獰猛《どうもう》な黒豹《くろひょう》のように、エロスが間合いをつめる。壁に追いこまれた彼女は小さな声で抵抗した。「わたしに指一本触れてごらんなさい。ルーカスに殺されるわよ」

「それは怖い」

謎めいた瞳に吸いこまれそうだ。周囲の景色がかすんでくる。今や目に映るのは、整った顔だちとたくましい胸だけ。アラニスは一瞬、相手が海賊であることを忘れそうになった。

エロスは彼女のアクアマリンの瞳や、つんととがった鼻、なめらかな頬を目で愛撫《あいぶ》した。その視線が唇にとまる。ふっくらとしたピンク色の唇がかすかに震えているのを見て、彼の瞳が欲望に陰った。「きみは美しい」エロスの吐息はコニャックの香りがする。「一夜をともにできるなら、シルヴァーレイクの怒りくらいどうということもない」

アラニスはこれほど熱い視線を浴びた経験がなかった。婚約者のルーカスでさえ、美しいなどと言ってくれたことはない。五年前、一九歳になったアラニスの社交界デビューを目前にして、弟が決闘で命を落とした。結局、彼女が社交界にデビューしたのはそれから二年後、祖父のデッラアモーレ公爵の公務に付き添って、フランスのヴェルサイユ宮殿を訪れたときだった。彫りの深い顔だちに真夜中の空のような瞳を持つ海賊は、社交経験の乏しいアラニスを世界一の美女になった気分にさせてくれる。

エロスはうろたえているアラニスにとびきりの笑みを見せた。白い歯と浅黒い肌のコントラストがまぶしい。彼女はこれまでエロスの毒牙《どくが》にかかった女性に同情した。この男は自分の魅力を心得ている。

「あいつはまぬけだ。きみの大事なシルヴァーレイクのことだよ」エロスは物憂げな口調で言った。「聖人でもない限り、きみのような女性をほうっておけるはずがない」

アラニスは激しく息を吸いこんだ。「本当にわたしを傷つけるつもりはないのね?」

エロスは今や、歳月がその肌に刻んだしわが見えるくらい接近している。最初に思ったほど若くはないようだ。猛々《たけだけ》しい表情の奥に意外にも理性的な一面を発見したアラニスは、それが気のせいでないことを祈った。

「傷つけるだって?」エロスは心外だという顔をした。親指が思わせぶりに彼女の唇を撫でる。やや荒っぽい手つきがかえって心を波だたせた。「きみのように美しい女性には、苦痛よりも喜びが似合う」

そう言い残すと、エロスは呆然《ぼうぜん》としているアラニスを残して船室を出ていった。

## 2

翌日、ロッカに連れられたアラニスが船首楼甲板に姿を現すと、どよめきが起こった。アラストル号の海賊たちが作業の手をとめ、胸もとが深くくれたピンクのドレスで甲板を横切る彼女に見とれる。一方のアラニスは、つばの広い帽子の陰で日ざしに目を細めながら、陰気なヨークシャーにいるよりはましだと自分に言い聞かせた。

エロスは船首楼甲板の手すりに腰かけ、長い髪を潮風になびかせて、ジョヴァンニと話しながらナイフでオレンジの皮をむいているところだった。白いシャツに紫のラインが入った黒のズボンというういでたちだ。どうやら黒と紫は彼のトレードマークらしい。アラニスは心のなかで小さく笑った。

先にアラニスに気づいたのはジョヴァンニだった。「船長《キャピターノ》、おれはハートを射ぬかれちまったよ《ソーノ・インナモラート》」

エロスはジョヴァンニをたしなめてアラニスのほうを振り返り、えくぼを浮かべてほほえんだ。「やあ《ボンジョルノ》、美しい人《ベリッシマ》」

アラニスは胃のなかで蝶《ちょう》がはためいているような感覚を覚えた。単にエロスがハンサムだからではない。生き生きとしたふたつの瞳が、これまで見たこともないほど透きとおった海色をしていることに気づいたからだ。サファイア色と言えばいいだろうか。かつては、地球の核を成し、空の色を映していると信じられていた宝石の色だ。昨日は夜空の色に見えたのに。

その瞳がドレスから露出した象牙《ぞうげ》色の肌や体の線をくい入るように眺めまわしたので、アラニスは不覚にも昨夜と同じくらいどぎまぎしてしまった。神をも恐れぬ海賊とわかっていながら心が乱れる。

エロスはにやりとして、みずみずしいオレンジをひと切れ口にほうりこんだ。「寝心地がよかっただろう……ぼくのベッドは？」

わざと思わせぶりなことを言っているのだ。アラニスは信じがたいほど青い瞳でまっすぐにらみ返した。

「別にあなたのベッドで寝たわけじゃないわ！　まあ、今夜はそうするかもしれないけれど。あなたからベッドをとりあげていると思うと気分がいいもの」

「これは一本とられた《トゥシゥ》！」エロスは無造作にナイフを振りまわした。「あのベッドはきみに進呈するよ」

アラニスは油断なく相手をにらみつけた。なぜか軽口の裏に思いやりを感じる。「お礼なんて言いませんからね。本物の紳士は、なんの罪もない女性を誘拐したりしないわ」

「たしかにそのとおりだ」彼はオレンジをもうひと切れ口に入れた。「だが、紳士なんてまぬけな生き物さ」

　そのとき船首を大きな波が襲い、アラニスは後ろによろめいた。もろに波をかぶったエロスは全身ずぶ濡《ぬ》れだ。彼女は高らかに笑って唇についた水滴をなめた。彼が手すりから飛びおりる。

「なんてこった《マナッジア》！」エロスは悪態をついて髪をひと振りし、アラニスをきっとにらんだ。

「楽しんでいただけたかい？」そう言って、濡れたシャツを脱ぎ捨てる。

　アラニスは息をのんだ。なんて引きしまった肉体だろう。日に焼けたなめらかな肌の下に息づく筋肉は、長年にわたって鍛えあげられたものに違いない。小麦色の胸もとで、光沢のある金のメダリオンが光っている。

　エロスが訳知り顔で笑ったので、アラニスはまっ赤になった。彼がゆったりとした足どりで小さなテーブルへ歩み寄る。雪のように白いテーブルクロスの上にはクリスタルのグラスと銀食器、そして上等な皿がふた組並んでいた。

「昼食は？」エロスはそう言って彼女のために椅子を引いた。

　アラニスは戸惑った。口論するならまだしも、海賊と一緒に食事をするなんてあり得ない。

「おなかがすいてないの」たくましい上半身から目を引きはがす。

「昨日からひと口も食べていないだろう？　体に悪いよ。それに《エ・ダーイ》……」エロスはやさしい口調で続けた。「きみは飢えているように見えるけど？」

「無礼な海賊につかまって以来、食欲がないのよ！」

エロスの表情がかたくなった。「きみはいずれにせよ、その無礼な海賊の食事の相手をすることになる」

「いやよ」アラニスはきっぱりと拒んだ。イングランドを飛びだしたのは、海賊の気まぐれにつきあうためではない。きびすを返して階段へ向かおうとしたが、二歩目を踏みだすやいなや、鋼のような腕で厚い胸板に抱き寄せられてしまった。

「追いかけっこは趣味じゃない」エロスは彼女の耳もとでささやいた。「これでも紳士らしくふるまおうと努力しているんだから、ぼくのなかの野獣を刺激しないでくれ」

熱い唇が耳たぶに触れる。アラニスは息をのんだ。一瞬でも心地よいと思った自分に腹がたつ。彼女はさっと振り向いてエロスの胸を押し返した。「同じテーブルにつかせたいなら、椅子にくくりつけるしかないわね」あたたかな肌の下で脈打つ鼓動を感じ、やけどしたように手を引っこめる。

エロスが口もとをゆがめた。「椅子にくくりつける？　うかつなことは言わないほうがいいぞ。むしろぼくの膝に縛りつけて、食事を口に運んでやりたい気分だ。はっきり言っておくが、この船で快適に過ごしたいのなら、婚約者のもとへ戻るまでは昼食と夕食につきあうことだ。さて、席についてくれるかな？」

アラニスはよろめきつつもうなずいた。エロスが彼女を椅子に座らせ、向かいに腰かける。

「ワイン《ビーノ》は？」テーブルの端に置いてある緑色のボトルをさし示す。

どこからともなくジョヴァンニが現れ、ボトルを手にとった。向かいに座っている魔王に比べたら、香り高い赤ワインを注《つ》ぐ黒い眼帯の海賊のほうがよほど人間味がありそうだ。茶色の瞳にエロスのような残忍さはない。

「ありがとう」アラニスは用心深く言い、グラスをあげた。

ジョヴァンニが人なつこい笑みを浮かべる。海賊は次にエロスのグラスにワインを注ぎ始めたが、アラニスに見とれるあまりグラスの縁からあふれさせてしまった。テーブルクロスにワインのしみが広がる。エロスはジョヴァンニの腕をつかんでボトルを引ったくった。

「いったいなにをしているんだ《マ・コーザ・ファイ》、このばか者《イディオータ》め！　邪魔することしかできないのか？」

ジョヴァンニは素直に認めた。「みたいです」

エロスはテーブルに拳《こぶし》をたたきつけて立ちあがり、思いきり顔をしかめた。「もういい。あっちへ行け！」

「承知しました《ブァベーネ》」ジョヴァンニが笑いを含んだ声でこたえる。彼はアラニスに向けてはにかんだ笑みを見せると、仲間たちに聞こえる声で笑いながら遠ざかっていった。

「いつもそうやって部下にあたり散らすの？」エロスが腰をおろすのを待って、アラニスはわざと愛らしく尋ねた。「そんなことを続けていたら今に謀反《むほん》が起きて、船から追いだされてしまうわよ」

「食事の席で帽子をかぶったままでいるのは失礼じゃないのか？」エロスが小さな笑みを浮かべる。

猫のような瞳がきらりと光った。「無理やり同席させられている場合は別だわ」

「きみにはショックかもしれないが、おてんば娘とその口うるさいお目付役を誘拐するより楽しいことがあるって知っているかい？」

「なんなの？」アラニスはそう言ったとたん、まっ赤になった。「わたしがききたいのは……なぜわたしを誘拐したかということよ」

エロスはとろけるような笑みを浮かべた。「いちばん楽しいのはね、うるさいお目付役なしで乙女を誘拐することだ」アラニスが目をそらしたので、彼はくすくすと笑った。「さあ《マ・ダーイ》、すねてないで。けんかの続きはあとでもできる。ぼくは飢え死にしそうだ。帽子をとって食事をしよう」

アラニスはしぶしぶしたがった。くるぶしまである白いチュニックを着た給仕が近づいてきて、焼きたてのパンや色とりどりの前菜が盛られた銀の皿とふた付きの深皿をテーブルに並べる。「ほかに必要なものはございますか、ご主人さま《アーウィズ・ハーガ・タニャヤ・ベイ》？」

「大丈夫だ《ラー・シュクラン》、リード」エロスは給仕をさがらせた。

「今のはアラビア語？」アラニスが感嘆して尋ねると、エロスはうなずいた。「いろいろな言葉が話せるのね」

「ありがとう《グラツィエ》」彼は頭をさげた。「おほめにあずかって光栄だ」

「別にほめたわけじゃないわ。事実を述べたまでよ」エロスのうぬぼれた表情が癪《しゃく》にさわった。

「ぼくはほめられるほうが好きなんでね」彼がオイル漬けのオリーブを口に入れるのを見て、

アラニスの口のなかにつばがわいた。オリーブの実はどんな味がするのだろう？「さて《アッローラ》……」エロスは豪華な食事を指さして説明した。「ズッキーニと茄子《ズッキーニ・エ・メランツァーネ》に、生ハム《プロシュット・クルード》だろ……」深皿のふたを開けると、えもいわれぬ香りとともに牛肉と春野菜のワイン蒸しが現れた。「食欲がわいたら遠慮なくどうぞ」エロスは香ばしいパンをオリーブオイルに浸け、塩を振ってひと口かじった。「乾杯《サルーテ》！」グラスを掲げて豪快にワインを飲む。

アラニスはおいしそうな食事をうらめしげに見つめ、胃の抗議を無視しようとした。こんな男と食事をするくらいなら飢え死にしたほうがましだ。

エロスはにやりと笑った。「夕食まで何時間もある。だいいち、きみの侍女もぼくの船室で昼食をとっているんだよ」

「おなかがすいてないの」アラニスはきっぱりと言った。

「わかった。それなら《アッローラ》、ぼくが食べるのを見ているといい」

言われるまでもなくそうするしかなかった。エロスのテーブルマナーは文句のつけようがない。アラニスをとことん苦しめるつもりなのか、ひと口食べるごとに目をまわしたり感嘆の声をあげたりする。フォークに刺したズッキーニ越しにふたりの目が合い、エロスがにっこりと笑った。

「食欲がないとは残念だな。こんなにたっぷりあるのに。料理人はミラノ出身で、王室の調理場にいたこともあるすご腕なんだよ。少しもおなかがすいてないのかい？」

アラニスは挑戦的な笑みを返した。「フランス料理のほうが好きだから」エロスの眉がつりあがる。彼女はグラスを掲げて反撃に備えた。三年前、フランスの男爵夫人と似たような口論をしたことがあるが、そのときアラニスはイタリア料理を擁護した。本当はイタリア料理のほうが好きなのだ。ただ、今はなによりエロスをやりこめたかった。「イタリア人はフランスに学ぶべきよ」

エロスは椅子の背もたれに体重をあずけ、ゆっくりとワインを飲んだ。「教えてくれ。イングランド人はフランス人が嫌いなくせに、なぜフランスのものを賞賛するんだ？　フランス産のブランデーにフランス料理、そしてフランスのファッション。矛盾していると思わないか？」

「フランスを賛美しているのはイングランドだけではないわ。フランスのものはなんといっても上質だもの。イタリアもかつてはいい勝負だったようだけど、今は……なんにつけフランスのほうが上じゃない？　芸術だってそうでしょう？」

海色の瞳がぎらりと光った。エロスの顔には不敵な笑みが浮かんでいる。「味見もしないでわかるものか。ちなみに……」彼はグラスのなかの深紅の液体を眺めた。「バルバカルロは気に入ってくれたかな？　飲みやすいワインだと思うんだが、プリンセスのご意見は？」

アラニスは余裕の笑みで答えた。「比較をさせたいなら、フランス産のワインとフランス料理も給仕していただかないとね」

「それは無理な要求だ。ここでフランス産のものといったら船しかない」

アラニスは興味深げに周囲を見渡した。アラストル号は巨大な帆を備えた海の上の要塞《ようさい》で、その威力は素人目にも明らかだった。「どうやってフランスのフリゲート艦を手に入れたの？　これはフランス海軍の戦艦でしょう？」

エロスはその言葉に感心したようだった。「よく知ってるね。アラストル号はまさにフランス海軍の船だ。かつてはルイのご自慢だった」

「あらそうなの」呼び捨てにするなんて、まるでフランス国王と親しいような口ぶりだ。

「そのルイが、腐るほどあるから一隻やるとでも言ったわけ？」

「というより勝ちとったんだ。ムシュー・ル・ルイとちょっとした賭《かけ》をしてね」エロスがまぶしい笑みを浮かべる。「ぼくが勝った」

「ばかげてるわ。あなたがフランス国王と賭をする仲なら、わたしはトルトゥガ島の賭博《とばく》場へ向かう途中よ」

エロスは相変わらずにやついていた。いやみな男だ。「きみがトルトゥガへ乗りこんだら、海賊どもは身ぐるみはがされてしまうだろう」

アラニスは含みのある言葉を無視して船の周囲に目をやった。こんな風景を夢見て、何度わびしい冬を越したことだろう。両親や弟の死を嘆いて生きる運命ならば、せめてあたたかな太陽の下で自由に暮らしたいと、ずっと思ってきた。

「西インド諸島を訪れたことは？」エロスの質問が彼女を現実に引き戻した。

「一度もないわ。あなたは？」

「ぼくはいろいろな場所を旅したんだ。きみが夢中になるような場所をね」

て嘘《うそ》をついた。

「ルーカスと結婚したら、ふたりで世界を旅してまわるつもりなの」アラニスは悔しくなって嘘《うそ》をついた。

「本当かい？　戦争が終わってから？　横やりを入れたくはないが、シルヴァーレイクは美しい婚約者への義務を果たすよりも海賊との鬼ごっこに夢中のようだ。フランスやスペインの軍艦《ダッヴェッロ》と遭遇する可能性もあるのに、きみをひとりで来させるんだからね」

「そんなことが言える立場じゃないでしょう？」アラニスはくってかかった。

「たしかに。だが、きみみたいな上流階級の娘なら、とっくに結婚していていい年齢なんじゃないか？」エロスは彼女をじっと見て、静かに続けた。「婚約してからどのくらいたつんだい？」

「あなたには関係ないことよ！」痛いところをつかれたアラニスはぴしゃりと言った。婚約してもう何年にもなるというのに、ルーカスは結婚しようというそぶりを見せない。故郷で待ちわびている婚約者のことなど忘れてしまったかのように……。だからこそジャマイカへ行くことにしたのだ。陽光と自由を味わい、本でしか知らなかった世界を体験すると同時に、結婚の日どりをはっきりさせたかった。

「きみの婚約者はいつからジャマイカに駐留しているんだ？」

「三年前からよ」

「愛する女性と離れ離れで過ごすには長すぎる期間だ」エロスはしばらくアラニスを見つめ、上体を寄せた。「きみがぼくをどう思っているかはわかってる。白い翼をつけた婚約者殿とは逆に、魂が腐っていると思ってるんだろう？　だが、シルヴァーレイクがそれほど立派な男なら、なぜきみを置き去りにした？　男色の気でもあるのか？　それとも目が見えないのか？　ぼくがきみの婚約者なら、三年どころか三日とそばから離さないね。きみのいるべき場所はぼくの隣、ぼくのベッドのなかだ。辛辣な言葉を発する以外にも口の使い方があることを教えてあげるよ、いとしい人《アモーレ》」

　アラニスの口はからからになった。「なぜ、ピンク・ベリル号を攻撃したの？」

「きみを捜していたんだ」彼女が顔をこわばらせるのを見て、エロスは安心させるようにほほえんだ。「怖がることはない。きみの船を見つけたのはまったくの幸運だった。キングストン行きの船を片っ端からとめたのさ」

　アラニスは肩の力を抜いた。「あきれたわ。世間で悪く言われるのも当然ね。なにがねらいだったの？　ミラノ出身の料理人が腕をふるったごちそうを食べるときに同席させる相手？　言いなりになる相手がほしかったの？」

「言いなりだって？」エロスは楽しげにワインを飲んだ。「そんなに知りたいなら教えてやろう。シルヴァーレイクの弱点を探していた」

「お金には換えられないもの……とやらをとり返すためね？」アラニスはあることに気づいて勝ち誇ったようにほほえんだ。「そうか、ものじゃなくて人ね！　あなたにとって金貨よりも大切な人をルーカスが捕虜にしたんでしょう？　誇り高きルーカスが金銭の取り引きに応じないものだから、別の手段を探していたんだわ。あなたがそこまでしてとり戻そうとしている人は誰なの？　仲間？」彼女はからかった。

「ブロンドの女性がここまで鋭いとは」エロスが感心したように言った。「シルヴァーレイクと取り引きするのが惜しくなってきた。やつの前に金貨を積んでみるとするか。きみを手放さずにすむかもしれない」

アラニスの目に恐怖の色が浮かんだ。「そんなことしないわよね？」

「どうかな？」エロスは挑発するように笑った。「これだけの肉料理を前にしながら、ぼくは別のものが食べたくてしかたないんだ」

アラニスは立ちあがった。「もう耐えられない！　もっと我慢強い人を探すのね！　わたしには無理だわ」そう言うと、彼をひとにらみしてテーブルを離れた。

エロスがすばやく立ちあがり、彼女の手首をつかんで引き戻す。アラニスは怒りを爆発させた。「放してよ！　昼食の途中なんでしょう？　わたしは船室に戻るわ」

エロスは彼女の顎に指をあてて自分のほうを向かせた。「昔よりも美しくなったね。手を触れずにおこうと思ったが……どうやらそれは無理のようだ。あと三日もこうしていたら、どうかなってしまう」

アラニスは一瞬、相手の発言の意味がわからなかった。「昔よりも？　あなたと会ったことなどないわ。わたしたちは昨日が初対面よ」

「以前に会っているんだよ、アラニス」エロスがささやいた。「証明してもいい。これから三日間、食事をともにしてくれたら、すべてを打ち明けると約束しよう」

アラニスは敵意と好奇心のあいだで葛藤《かっとう》した。海色の瞳を見つめていると、抗《あらが》う気力が少しずつ薄れていく。「わかったから放して。わたし……おなかが減って死にそうだわ」

エロスは笑いながら手を離し、彼女のために椅子を引いた。

# 3

「スフォルツァ家にとって冬の時代だ……」チェザーレ・スフォルツァはくたびれた安楽椅子に沈みこんでスフォルツェスコ城の殺風景な壁を眺めた。かつては壮麗だった城も、今は見る影もない。血も涙もない借金とりどもが金目のものを根こそぎ持っていってしまったからだ。あとに残されたのは、由緒ある宮殿で過ごした華やかな日々の思い出だけ……。

暖炉の炎は今にも消えそうだった。ひびの入った鏡に目をやると、全身黒ずくめの男が寂しげに映っている。男ざかりだというのに倦怠《けんたい》感がしみついていた。感情を排した彫像のような白い顔の上で、かつて〝追いつめられた猛獣の目〟と恐れられた濃紺の瞳が光っている。チェザーレはぞくりとする笑みを浮かべた。この屈辱をばねに這《は》いあがってみせる。近い将来、スフォルツァ家のメダリオンを奪ったごろつきを捜しだすのだ。三日月形の傷を負った男を倒して、次のミラノ公になるのはわたしだ。

そのためにも、スペイン人どもがミラノから税金を巻きあげているあいだはうまくたちまわって生きのびねばならない。チェザーレはコニャックを飲んだ。最後のひと瓶だ。地下に保存してあった高級ワインや酒類は、絵画や調度品と同じ運命をたどった。オーストリアのサヴォイ大将の軍勢がミラノの城門に迫っているのだから国外に逃れたほうがいいことはわかっているが、肝心の逃げ場がない。大っぴらにフランスに肩入れしている以上、大同盟（スペインの王位継承をめぐり、フランスとスペインに対抗して、イングランド、オランダ、神聖ローマ帝国などのヨーロッパ諸国が結成した同盟）の国へ逃れることはできなかった。そもそも、ミラノ公としての支配権を、神聖ローマ皇帝とローマ教皇が否定するからこんなことになったのだ。いっそのことパリに行ってみようか？　しかし、金もないのにパリで冬を越すなど、惨めな思いをするのが目に見えている。だいいち、フランスの女相続人と火遊びをした件で、ルイ一四世の心証を害したままだ。二年前、フランス国王ルイ一四世はチェザーレを怒鳴りつけ、今度フランス女性にちょっかいを出したらバスティーユに投獄すると脅迫した。チェザーレが妻帯者だったからだ。だがそれだって、ぎょろ目で首の太い教皇が結婚取り消しの特別許可を出さないのが悪い。妻を殴っても離婚を認めないとは。こんなことなら、持参金を使い果たした時点でカミラを毒殺しておけばよかった。チェザーレが次の手を決めかねているあいだに、カミラはローマの叔父に泣きついた。その叔父というのがクレメンス教皇その人だったというわけだ。ともかくローマへ行くという選択肢は消えた。ローマに行くくらいならスペインのほうがましだ。マドリードで金持ちの女相続人を見つけ、うまく言いくるめて金をだましとったらどうだろう？　そそられる計画ではあったが、スペイン男の奇妙なひげは我慢ならない。

　大広間の壁にこつこつと足音がこだまする。チェザーレは愛用の短剣を抜いた。「誰だ？」暗がりに目をこらす。

今にも消えそうな炎が、黒いケープをはおった小柄な男の姿を浮きあがらせた。「よい知らせを持ってまいりました、ご主人《モンスィニョーレ》さま。非常によい知らせです」

チェザーレはふんと鼻を鳴らして短剣をおさめ、気のりしない声で尋ねた。「なんだ、ロベルト」

「やつを見つけたのです」ロベルトはにやりと笑い、左のこめかみから頰へ三日月の模様を描《か》いてみせた。

チェザーレは椅子から飛びあがった。「たしかか？」

「はい、ご主人《モンスィニョーレ》さま。ビショーネの旗を掲げていました。ミラノを導く鎖蛇の旗を」

「もったいぶるな、まぬけめ《ストロンッツォ》！」チェザーレはロベルトをにらみつけた。「やつはどこにいるんだ？　さっさと言え！」

「アラストル号が三日月形の傷がある男を乗せてジェノヴァを出港するのを見ました。やつは上陸しませんでしたが、遠目でも――」

「見た目などどうでもいい！」チェザーレが興味を持っているのは、憎き男の喉を引き裂いてメダリオンをとり戻すことだけだ。「知っていることを洗いざらい話せ！」

主人の迫力にたじろぎながらロベルトは口を開いた。「やつは……カリブ海に向かいました。これからどうすればよいでしょう？　やつのあとを追いますか？」

チェザーレは椅子に腰をおろした。すみやかに正しい判断をくださねばならない。バカラで磨いた勝負師の勘の見せどころだ。フランス国王の協力を得られればいちばんだが、ルイ一四世はただでは動かない。見返りとして、なにをさしだせばいいだろう？ ルイ一四世はスペインを手に入れるために孫のフェリペをスペイン国王にして、これに反対するヨーロッパの国々を相手に戦争を始めた。そして、イタリアに軍隊の半分を投入している。今、ルイ一四世を脅かしているのは、オーストリア帝国陸軍の最高司令官であるオイゲン公、サヴォイだ。ルイはなによりサヴォイを排除したいはず。

それだ。チェザーレはにやりとするとロベルトに目をやった。「海賊を追え。二カ月後にジブラルタルで合流しよう。あの男がどこへ行き、誰と話して、どんな女と寝ているかまで調べるんだ。金でも毒でも暴力でも、必要ならなんでも使って情報を集めろ。わかったか《カピーシェ》？ チャンスがあれば殺せ。あいつが首にぶらさげている金のメダリオンさえ手に入ればいい」

ロベルトは顔をしかめた。「殺すと言われましても、やつは……」だが、主人ににらみつけられて頭をさげた。「はい《シ》、ご主人さま《モンスイニョーレ》。おおせのままに」ロベルトは足音を忍ばせて退出した。

チェザーレは満足げに笑い、床からコニャックのボトルを持ちあげた。じきにすべてが手に入る。彼は椅子から立ちあがって、石壁に描かれた鎖蛇の紋章に敬礼した。「ステファノよ、死を恐れるな。死は苦しくとも、栄誉は永遠だ」

# 4

エロスはテーブルに身をのりだし、花瓶から赤い花を一本抜いてアラニスの膝に投げた。

「この花と引き換えに、なにを考えているのか教えてくれ」

ろうそくの柔らかな光に浮かびあがる整った顔を見て、アラニスの心臓は一瞬、鼓動をとめた。彼に口説かれて悪い気はしない。アラニスは生まれてはじめて女に生まれたことに感謝した。世間から恐れられている男が、彼女の気を引くために心を砕いているのだから。昨日の昼食以来、エロスは常に感じよく、礼儀正しかったが、さすがのアラニスもそれが彼の本性だと信じるほど世間知らずではなかった。エロスは略奪者だ。物音すらたてず、致命的な一撃を繰りだす危険な男。

アラニスはむきだしの肩に流れ落ちる髪になにげなく手をやった。「わたしの考えを知りたいなら花だけじゃだめよ」

「それならマラガ酒はどうだい？　〝真実はワインのなかにある《イン・ヴィーノ・ヴェリタス》〟ということわざもあるだろう？」エロスは興味津々といった様子でグラスにワインを注ぎ足した。

今夜はずっと彼の視線を感じていた。どうやらこのドレスが気に入ったらしい。アラニスはほてった頬にグラスを押しあてた。「わたしがほしいのは別のものよ」

黒い眉がつりあがる。「別のもの？　今ならなんでもさしだすよ」

アラニスはワインをひと口飲んだ。「あなたが助けようとしている人のことを教えてちょうだい」

エロスがにっこりした。「ほう？　彼女のなにが知りたいんだ？」

彼女ですって！　アラニスはがっかりした。きっと愛人かなにかだ。「そうねえ、名前はなんというの？」

エロスは彼女の顔を探り見た。「ジェルソミーナだよ。さあ、きみの番だぞ。なにを考えていたんだい？」

アラニスは深紅の花に視線を落とした。「……婚約者のことを考えていたわ」

「なるほど」エロスの笑みがこわばる。「早く彼のもとに行きたいというわけか」彼は銀のボウルからオレンジをとって、短剣で皮をむき始めた。

「ジャマイカへ訪ねていくことを知らせてないの。驚かせたくて」

「間違いなく驚くだろうね」エロスは思わせぶりに言った。「戦争中だというのに、婚約者の顔を見たい一心で海を越えてきたのだから、感激しないはずがない。そこまでする女性はめったにいない」

アラニスは話題を変えることにした。エロス自身のことを知りたい。「あなたはなぜ船団をねらうの？　個人の船を襲うよりもずっと危険が大きいでしょう？　それだけの見返りがあるとも思えないけど」

「目先の利益はどうでもいいんだ。ぼくがねらうのはフランス海軍や王室関係の商船さ。ルイに打撃を与えられるからね」

「まさかフランス国王に戦いを挑んでいるの？」

エロスはアラニスの驚いた顔をおかしそうに眺めた。「きみも知っているだろうが、ヨーロッパ大陸とアメリカ大陸、及びそのあいだの海域は戦争状態にある。この時代に生まれたからには、戦うことが宿命なんだ。スペインの王座など興味はないが、フェリペ五世の王位継承は認められない。やつの祖父であるルイに西側世界の三分の二を牛耳らせるわけにはいかないからね」

「いろいろ考えているのね」エロスの見解はイングランド政府の方針と一致している。「でも、大同盟にも加わらず、たったひとりで太陽王に歯向かうのはなぜ？　ルイ一四世は個人では太刀打ちできない相手よ」

エロスはにっこりした。「大同盟はぼくを歓迎しないだろう。こっちもやつらの仲間になるつもりはないしね」

この海賊には驚かされてばかりだ。「とても勇敢なのね。もしくは……正気じゃないか……」

「男には崇高な理想に振りまわされる時期があるのさ」エロスはアラニスを見つめたまま、テーブル越しに手をとった。「ぼくに興味があるんだろう？　シルヴァーレイクは金で追い払おうか?」

アラニスはどきりとしてゆっくりと手を引きぬいた。「なんのことかわからないわ」

「わかっていると思うな、アモーレ。ぼくたちは互いのことをよくわかっているはずだ」

高まる緊張に耐えられず、アラニスは水面を照らす月の光へと目をそらした。

「それならひとつ話を聞かせてやろう」アラニスが視線を戻すと、エロスは咳払いをした。「昔、ピサに金持ちの裁判官がいた。典型的な頭でっかちで、名前はメッサー・リカルドだ。知識はあるが想像力に乏しく、夫が外で楽しんでいるあいだ、妻はおとなしく家で待っているものと考えるようなやつだった。さて、メッサーは金持ちで身分も高かったから、自慢できる妻を探し始めた。ピサには若い娘がたくさんいたので、ほどなくバルトロメアという非常に魅力的な女性を見つけ、意気揚々と家に連れ帰った。ところがメッサーは虚弱体質で、初夜の務めはなんとか果たしたものの、翌日は、ワインをがぶ飲みし、滋養の高い食べ物をかきこんでも起きあがるのがやっとだった」

エロスはグラスに残ったワインを飲み干し、ぽかんとしているアラニスを愉快そうに眺めた。「メッサーは自分の体力を冷静に分析し、夜の務めを慎むべき日を妻に教えたんだ。それが斎日《さいにち》の始まりさ」彼は指を折りながら説明した。「四季の斎日に、一二使徒及び聖人の祝日の前夜、金曜、土曜、安息日の日曜日、四旬節のあいだ。このほかに月の満ち欠けなんかによる制約もある。たかが夫婦の営みに、契約書ほど細かい条件を設けたんだ」

アラニスは衝撃を受けながらも、下世話な話に興味を引かれていた。「それで?」

「メッサーはそれを守りとおした。もちろん妻は不満たらたらだったがね。ある暑い夏の日のこと、彼は釣りを楽しむためにモンテ・ネロ近郊の海岸沿いにある別荘へ出かけた。ボートを借りて、一隻を妻とその侍女たちにあてがった。ところが釣りに夢中になっているうちに、妻のボートが沖へ流されてしまったんだ。そこへ……」エロスは間を置いた。「泣く子も黙る海の王者、パガニーノ・ダ・マーレのガレー船が現れた。女性たちを拿捕《だほ》した海賊は、ひと目でバルトロメアを見初めた。そして泣きじゃくる彼女を、昼はやさしい言葉で、夜は……抱擁で慰めたんだ。パガニーノは暦など気にしないからね」

アラニスは胸をどきどきさせて先を促した。「メッサーはどうしたの？」

「目の前で妻が連れ去られたのだから、もちろんショックを受けた。しかし、どうすることもできずにピサへ戻った。妻をさらった者の正体も、居所もわからない」

「バルトロメアは？」

「メッサーのことなどすっかり忘れ、昼夜を問わず彼女を賛美し、妻同然に扱ってくれるパガニーノとの生活に満足していた」

アラニスは目をぱちくりさせた。「それで終わり？　メッサーもたち直ったの？」

「いいや。しばらくして、メッサーは妻の居場所をつきとめた。彼はうまくパガニーノに接近し、妻を返してくれと金を積んだんだ」

「もちろんパガニーノは同意したのよね？」アラニスは向かいに座っているエロスをにらんだ。「女性の気持ちよりお金のほうが大事だもの」

「同意しなかったよ。だが、バルトロメアのためを思って提案した。〝彼女のところへ案内しよう。彼女がおまえのもとへ帰りたがったら、その場で身の代金の額を決める。だが、おれはおまえを恨むだろう。あんなに美しく、魅力的な女性はふたりといない……〟」

アラニスの体を熱いものがつきぬけた。「それで、バルトロメアの返事は？」

「きみならなんと答える？」

そう問われて、アラニスはようやくエロスの意図に気づいた。この話の要点は、バルトロメアの運命ではない。アラニス自身の心に新たな可能性を――思ってもみなかった選択肢を植えつけることなのだ。「夫は彼女を満足させられないわけだし、パガニーノは貪欲だわ。バルトロメアの代償として金銭を受けとるなら、愛情はないってことでしょう？」

「パガニーノが金を受けとらなかったとしたら？」エロスは低い声で言った。「きみならどちらを選ぶ？」

アラニスは目をそらした。「さっさと結末を教えて。どうせあなたの作り話なんでしょうけど」

「違うよ。この話はその昔、フィレンツェに住んでいたジョヴァンニ・ボッカッチョという男が、黒死病がイタリアを襲って外出がままならないとき、友人を楽しませるためにつくったものだ。まあ、結末が気になるようだから続きを話すとしよう。バルトロメアは夫にこう言った。〝パガニーノと寝屋をともにするようになって以来、寝屋のドアは土曜も、金曜も、聖日の前夜も、四季の斎日も四旬節も閉じられていません。彼はそれほど励んでくれる。もし、あなたが夫として得るのと同じだけの祝日を小作人に与えたら、ひと粒の穀物も収穫できないでしょう。神さまが、わたしの若さが無為に失われていくのをあわれんで運命を変えてくださった。わたしはパガニーノと一緒に、若いうちにしかできないことをします。休むのは年をとってからでいい。あなたはひとりで好きなだけ祝日を祝うといいわ。いずれにせよ、わたしを満足させようと思ったら足腰が立たなくなるでしょうから〟」

アラニスは赤面して唇を噛《か》んだ。「既婚女性にあるまじき発言ね」

「彼女は恋人を選んだんだ」

「あなたは結婚の誓いを信じないの？」

エロスはむっとした。「それどころか……」いらだった声で言う。「ぼくは結婚の誓いをもっとも神聖なものだと考えている。ただ、この話のような状況に陥るほどまぬけじゃないがね。上流階級の既婚女性は往々にして不実だ」

「だから女性を誘惑するわけ？」

「そもそも女性の側にそういう願望がなければ誘惑などできない」

アラニスはエロスの口調に引っかかるものを感じた。彼は誰かに不実を働かれたことがあるのだろうか？

「で、トムとは誰のことだ？」

エロスの質問に、アラニスは面くらった。「なんですって？　トムのことを誰に聞いたの？」

「きみさ」エロスは上着のポケットから見覚えのある日記帳をとりだし、表紙を開いて読み始めた。「〝親愛なるトム、わたしの心のいちばん大事な部分を占めている人へ。あなたのすべてが恋しいわ。太陽を浴びながら、岸辺で過ごした楽しい日々のことを思いだしています〟ここから先は涙でにじんで読めないな」彼は非難するようにアラニスをにらんだ。

「わたしの航海日記！」彼女は日記を奪い返そうとテーブル越しに手をのばしたが、エロスにうまくかわされた。「返してよ！　個人的なものなのに！」

「きみの日記は……」彼は無愛想に言った。「オウィディウスの『恋の技法』を上まわる」

「なんてことを！　あんな……破廉恥な本と一緒にしないで！　わたしの日記はそんなんじゃないわ」アラニスは唇を引き結んだ。「人の日記を勝手に読んでおいて説明を要求するの？　そもそも、どうしてあなたが持っているのよ？」

「部下が持ってきたんだ。きみの船室から荷物を運びだすときに見つけたらしい」

「わたしの船室を荒らしたの？」彼女は目を丸くした。「なにを探していたの？　フランス国王宛《あて》の秘密文書？」

「めちゃくちゃになっていたから掃除させただけさ。それで、トムとは誰なんだ？　きみの恋人か？」

アラニスが意味ありげにほほえんだので、エロスはますます渋い顔をした。言い逃れできなくなって開き直ったのだと思ったのだろう。

「結婚前から浮気されるとは、シルヴァーレイクもあわれな男だ。ぼくもまぬけだな。きみのことを、汚れた手で触れてはいけない純真な存在だと思いこんでいた。これじゃあ娼婦《しょうふ》のほうがましだ」

エロスの目が怒りに燃えているのを見て、アラニスは笑い声をあげた。「今のあなたを見た人は、浮気されたのはあなただと思うでしょうね。自分でも筋の通らないことを言っていると思わない？　それとも嫉妬《しっと》しているの？　婚約者でもないのに、わたしが別の人と恋に落ちるのが気に入らないわけ？」

「きみの婚約者じゃなかったことを神に感謝するよ」エロスが言い返した。「これはシルヴァーレイクに渡すぞ。どんな女を花嫁にしようとしているのかやつに教えてやるんだ」

「どうぞ」エロスの唖然《あぜん》とした表情を見て、アラニスは再び笑った。「なんて顔をしているの。トムは……弟よ」

エロスの口がぽかんと開いた。「弟？」彼はゆっくりと日記をアラニスのほうへ滑らせた。

彼女は日記を手にとった。「そうよ。五年前に愚かしい決闘で命を落としたの」

エロスの目が陰る。「さぞつらかっただろうな。ほかにきょうだいはいないのかい？　ご両親は？」

「両親はわたしが一二歳のときに亡くなったの。わたしたちきょうだいは祖父に育てられたのよ」海賊相手になぜ身の上話をしているの？

「それは寂しかっただろう」エロスはアラニスをじっと見つめた。

「孤独だったわ。トムとルーカスが休暇で寄宿舎から帰ってくるのが待ちどおしかった」

「シルヴァーレイクはきみの弟と面識があるのか？」

「親友よ。この日記を不実の証拠としてシルヴァーレイクに見せるなんて笑い話だわ。そうでしょう？」アラニスはにっこりした。

エロスは居心地悪そうに身じろぎした。「本気じゃなかったんだ。すまない。失礼な態度をとってしまった」

「失礼な態度は許すけど、日記を読んだことは許しませんからね。あなたにそんな権利はないはずよ。日記と気づいた時点でわたしに返すべきだったわ」

「たしかに好奇心は抑えておくべきだった」エロスは恥じ入った表情を浮かべた。「償いをするよ。なにがいい？」

アラニスは疑わしげに彼を見た。「明日の夕食はひとりでとりたいわ」明日がふたり一緒に過ごす最後の日だ。

エロスは声を荒らげた。「それはだめだ」

「自分の都合を優先させていては償いにならないでしょう」

「ほかのことにしてくれ」

アラニスは彼の頑固そうな目や引き結ばれた口もとを眺めた。「いやよ」

エロスがいらだたしげな表情をする。「わかったよ《ダッコールド》。きみの望むとおりにしよう」

「ありがとう」この魅力的なイタリア男にはこれ以上近寄らないほうがいい。アラニスはそう自分に言い聞かせた。

「きみのおじいさんはきみのことがかわいくてしかたがないだろうな」長い沈黙のあと、エロスが口を開いた。「孫娘がオウィディウスを読んでいることはご存じだろうか？」

そもそもアラニスが古代ローマの詩人を知っているのは、祖父が女性の教育に関して進歩的な考えを持っているからだ。普通の貴族の娘なら、そんな本には手を触れることも許されないだろう。「あなただって読んでいるじゃない」彼女はまっ赤になって言い返した。

「たしかに」エロスはにやりとした。「男は愚かだから、女性に知恵をつけさせたくないんだよ。それでなくても尻に敷かれているんだからね。このうえ知識を与えたら、完全に支配されてしまう」

アラニスは彼の意見にほほえんだ。「あなたが女性の尻に敷かれているところなんて想像できないわ」

「驚くかもしれないよ」含みのある笑みが、アラニスの体にくすぐったいような感覚を引き起こす。

彼女は思わず大胆な気分になった。「あなたに関する噂《うわさ》は、略奪や殺人やおぞましいものばかりね。なにかいい話はないの？」

「噂どおりの極悪人だとは思わないのかい？」エロスはからかった。

答えをはぐらかされてアラニスはがっかりした。「四度も食事をともにしたのに、人肉をむさぼったり血を飲んだりするところは見なかったもの」

エロスは大声で笑った。「そんな噂があるのかい？　だったらきみは、お上品な世界から引き離され、化け物と食事をさせられているというわけか」

「あなたはちゃんとした家に生まれて、きちんと教育を受けたのでしょう？　マナーだって……その気になれば完璧《かんぺき》だもの。上質なものを好むし……」

「上質な生活に必要なのはセンスだ。子爵でないからといって……」彼は手を振った。「字が読めないということにはならない。読書は航海にうってつけなんだ、ぼくの大切な人《カリッスィマ》」

　親密な呼び方がアラニスの胸にさざ波を起こす。「それだけじゃないでしょう？　あなたの身のこなしは……」彼女はふさわしい言葉を探した。「まるで王族みたいだもの」

　エロスは穏やかな声でこたえた。「この二日間の観察結果かい？　アラニス、王族だろうが乞食《こじき》だろうが、善人だろうが悪人だろうが、そんなことはどうでもいい。大事なのは、その人に与えられた運命と、そのなかでどんな選択をするかということさ。ぼくはこういう生き方を選んだ。自らの心にしたがって生きるのが自分らしいから」

「なのにフランスの独裁から世界を守ろうとしている」アラニスは小さな声で暗唱した。「〝ライオンの心を持った盗賊がレバノンを放浪している。ねぐらは険しい岩場で、その頂では斑点《はんてん》のある豹が門番をしている。彼は人殺しで、獣も恐れる魔法使いだ〟あなたはわたしと同じような世界に生まれたにもかかわらず、孤独な生き方を選んだ」彼女はエロスの瞳に宿る寂しげな光に引かれていた。彼はなにかに報復するために今の生き方を選んだのではないだろうか？　一見自由に見えながら、自分でつくりだした世界に閉じこめられているのでは？　わたしが生まれ落ちた環境に閉じこめられているように。

エロスはアラニスに上体を寄せた。「ぼくが怖くないのかい？　きみは怖がるべきなんだ。たしかにきみにはほかの人に見えないものを見る眼力があるが、それでもぼくの本質を見ぬくには人生経験が足りない」

アラニスはためらいがちに言った。「だったら教えて」

「もう夜がふけた」エロスは立ちあがって彼女の後ろにまわり、椅子を引いた。「きみの侍女にまた毒を吐かれてはかなわないからな」

彼の腕に手を置いたアラニスは、冷静な表情の奥に隠された情熱を感じた。エロスがふと目をそらし、急によそよそしい顔つきをする。彼女は床に目を落とした。「わたしの花が……」

エロスは花を拾ってアラニスにさしだした。ふたりの視線が絡みあう。彼の表情が再び一変した。目がらんらんと輝き、全身から熱が発せられている。まるで獲物を前にした夜行性の獣……今にも獲物にとどめを刺さんとする豹だ。

女の直感で、エロスがキスをしたがっているのがわかった。きっと彼なら、これまで経験したこともないようなキスをしてくれるだろう。ルーカスもしなかったようなやり方で……。心臓が早鐘を打つ。時間のとまった世界で、アラニスは全身でキスを待ち受けた。

「明日の夕食の件、考え直してくれないか？」エロスがそっと言った。

彼が行動を起こさなかったことに落胆すると同時に、キスしてほしいと思った自分自身に腹がたって、アラニスはぴしゃりと言い返した。「いいえ。そんなことをしてもろくなことにならないから」

太陽が地平線に傾き、空がえもいわれぬ紫に染まる。波ひとつない藍色《あいいろ》の海面に小さな島が点在する光景は、夢のように美しかった。涼しい海風が帆をふくらませ、ロープや索具を揺らして、夕暮れ時の心地よい音楽を奏でている。と、無粋な笑いが静けさを破り、エロスはジョヴァンニをにらみつけた。「なにがおかしい？」

舵《かじ》をとっているジョヴァンニは、エロスを見てくっくっと笑った。「船長ですよ。あの小さなレディにすっかり骨抜きだ」

「うるさい！」エロスは手すりから離れ、艦尾甲板を横切って、オレンジの入った木箱に近づいた。大きな果実を手にとって、ロープの巻き枠にどすんと腰をおろす。「おかたい処女などお呼びじゃないさ。こううるさい侍女どもも、さっさと厄介払いしたいものだ。あんなに冷たい女ははじめてだよ。シルヴァーレイクも気の毒に」

「おれはシルヴァーレイクに同情なんてしませんよ。船長も本心では気の毒だなんて思っていないはずだ。船長室で眠っているのは、とびきりのべっぴんさんなんだから。すっぱいオレンジを食べたみたいに顔をしかめているのは、珍しく肩すかしをくらったからでしょう？今日はなんで一緒に食事をしないんです？」

「くだらないおしゃべりはやめて操舵《そうだ》に専念したらどうだ？」

「はい、はい《ヴァベーネ》。フランスにたてつくならしばらく女もご無沙汰《ぶさた》だろうし、船長が興味ないというなら、今晩は舵をニッコロに頼んで、あのブロンドのレディを散歩に誘ってみようかな」

エロスの導火線に火がついた。「絶対にだめだ！」

「なぜです？」ジョヴァンニは無邪気を装って片目を丸くしてみせた。「お行儀よくしますよ」

「だめなものはだめなんだ！」エロスは歯噛みした。

ジョヴァンニは不満げに腕組みをした。「でも、もうずいぶんご無沙汰なんですぜ。ペチコートの下がどんなだったか忘れちまいそうだ」

エロスは立ちあがった。「もうしばらく辛抱しろ。ジェルソミーナをとり返したらトルトゥガ島に寄港する。そうしたらペチコートの下でもなんでも好きなだけ探索するといい」

ジョヴァンニは、水を入れたバケツのほうへ歩いていく船長を見守った。「おれはブロンドがいいんだがなあ」

「トルトゥガにもブロンドはいるだろう。アラニスには手を出すな。わかったか？」エロスは手を洗いながらこたえた。

「別に手を出すなんて言ってませんぜ」

「とにかく彼女はだめだ」エロスは強い調子で言った。「もうこの話は終わりだ」

ジョヴァンニはにやりとした。「あのレディがほしいって素直に認めればいいじゃないですか。いつもなら、気に入った女を見つけたとたんにベッドに引っぱりこむくせに。まあ、その分飽きるのも早いですけど。今回はなにが違うんです？　経験豊富な女のほうが好みだってことは知ってます。でも、そうやってかりかりされるとこっちが迷惑だ」

エロスは立ちどまった。「簡単に手を出せる女じゃないんだ」

ジョヴァンニがいかつい顔に驚きをにじませた。「まさか、本気でほれちまったんですか？　お上品な食事のあいだになにがあったんです？　教えてくださいよ」

「口の運動はもういいだろう？　船が沈む前に舵に専念してくれ」エロスは困惑顔のジョヴァンニを残して艦尾甲板をあとにした。

夕食の時間が過ぎても、アラニスはすっきりしない気分で丸窓から暗い海を眺めていた。明日になればルーカスに会える。舞いあがるほどの喜びに包まれていいはずなのに……。彼女は目を閉じ、窓から目をそらした。夜風に長い髪が戯れる。なぜわたしは自分の気持ちをごまかそうとしているのだろう？　このもやもやした気持ちの正体はわかっているのに、それを認めるのが怖い。あの人はいったいわたしになにをしたの？

鍵がさしこまれる音がして、アラニスは飛びあがった。ドアが開くと、いつも以上にいかめしい雰囲気を漂わせたエロスがいた。海色の目が薄暗い船室を見渡す。ソファでぐっすり眠っているベツィー、空っぽのベッド。彼の視線が丸窓にとまったので、アラニスはどきりとした。

エロスの目が彼女をとらえる。「外套《がいとう》を着るんだ。甲板で話そう」

アラニスは震える手で黒いケープのリボンを結び、踵のない靴をはいて彼に近寄った。エロスが彼女の手をとって部屋の外へ導く。

艦尾甲板はまっ暗で静まり返っていた。エロスは月の光に照らされた海を望む場所にアラニスを案内して、向きあうように立った。黒髪が風になびき、海色の瞳には切ない光が浮かんでいる。彼はアラニスのブロンドの髪をすいて扇のように広げてから、彼女の顔を両手で包んだ。「きみは美しい《セイ・ベリッシマ》。一度もあきらめることはできない」

彼女は、エロスに触れられた部分の細胞が生き返るような気がした。「一度目はいつなの？」

彼は低い声で答えた。「三年前、ヴェルサイユ宮殿の舞踏会で。きみはその髪とまったく同じ色のドレスを着ていた」

「錦織《にしきおり》の金のドレスね！」アラニスの記憶がよみがえった。「あなたも舞踏会に来ていたの？」

「退屈そうな顔に厚化粧を施した女たちのなかで、きみだけが違った。モンテスパン侯爵夫人の取り巻きにまじっていただろう？　ぼくは侯爵夫人と顔見知りなんだ。彼女はかつてルイの愛人だった。ぼくは最初、きみのことを彼女が目をかけている娘だと……つまり高級娼婦だと思っていた」

「高級娼婦ですって？」アラニスはいたずらっぽく笑った。男をひざまずかせる夜の女など、鏡に映る自分といちばん遠い存在だ。

「ぼくは口説き文句を考えながらきみのあとをつけた。ところが、もう少しというところで年配の公爵とブロンドの子爵にさらわれてしまったんだ」エロスは残念そうに笑った。「チャンスは失われた」

「祖父とルーカスだわ」アラニスは好奇心いっぱいの笑みを浮かべた。

「彼らが過保護なまでにきみを守ろうとするのを見て、高級娼婦ではなく結婚前の令嬢なのだとわかった。ぼくには手の届かない相手だと。たとえ紹介してくれと懇願しても、かなうはずがない」エロスの目が捕食者の色を帯びる。彼は白い歯を見せて笑った。「ぼくみたいな評判の男は、社交界にデビューしたばかりの純真な乙女には近づくことも許されないからね」

「あなたの評判はそんなにひどかったの？」アラニスは眉をひそめた。「なぜ、わたしはあなたに気づかなかったのかしら？」整った顔だちと立派な体格は相当めだったはずだ。「信じられないわ」

エロスが親指で彼女の柔らかな唇をなぞった。「気づかなくて当然さ、アモーレ。きみはがっちりと守られていたんだから」

「でも今は違う……」アラニスはそうささやいて、月明かりが陰影を落とす唇に目をやった。呼吸が浅くなる。

「きみはぼくのものだ」エロスは上体をかがめて彼女の唇に唇をつけた。アラニスは息をとめた。彼女が抗わないのがわかると、あたたかな唇がしっかりと覆いかぶさってくる。アラニスはとろけそうな気持ちでまぶたを閉じた。エロスの手がケープのなかに滑りこんで腰にまわり、彼女の体を引き寄せる。熱い肌から発せられる麝香《じゃこう》のような香りがアラニスの鼻をくすぐった。コニャックと薪《まき》のにおいがまじりあったその香りは、太陽にあたためられた空気や潮風よりも心地よかった。エロスがクリームを味わうように彼女の唇を堪能《たんのう》する。舌先で誘うように合わせ目をなぞられて、アラニスはためらいがちに口を開いた。舌が触れあったとたん、目がくらむような興奮が彼女を襲う。自分のなかに存在することさえ知らなかった本能がアラニスをつき動かしていた。

彼女が積極的にこたえ始めると、エロスは喉の奥から低い声をもらしてキスを深めた。彼の舌が奥深くまでさしこまれ、あたたかな息がまざりあう。

「エロス……」三日前は恐るべき敵だった彼の唇とたくましい体が、アラニスの感覚を支配していた。世界が鮮やかな色を放つ。生きるとはこういうことなのだ。

アラニスは情熱的にキスを返しながら、シャツの下に隠れた鋼のような筋肉をなぞり、豊かな髪に手をさし入れた。シルクのような髪が指先を滑る。エロスのすべてを知りたい、彼とひとつになりたいと思った。

エロスはかすれたうめき声とともに唇を離し、彼女の首筋にキスをした。アラニスは夢中になるあまり、薄いナイトガウンの上から乳房を包みこまれたときも抵抗しなかった。敏感な頂を彼の親指が撫でる。衝撃が彼女を貫いた。わたしったら、いったいなにをしているのだろう？

アラニスはショックに目を見開いて体を引き離した。「なにするの?」
エロスは荒い息をしながら、情熱にけぶった目で彼女を見た。「なんのことだ?」彼には
アラニスの態度が急変した理由がわからないようだ。
「わたしを辱めたじゃない。ひどいわ! あっちへ行って」彼女はエロスから、そして自分
自身から逃げようとした。理性を失って誘惑に屈するなんて、ルーカスを踏みにじるはした
ない行為だ。
「辱めた?」エロスの目がぎらりと光った。アラニスの腕をつかんで自分のほうへ引き寄せ
る。「ぼくはキスをした。そしてきみはキスを返した。きみが望まないことはしていない」
「わたしはルーカスと結婚するのよ。それを知っていながら、なんでこんなことができる
の?」本当は体じゅうの細胞がエロスを欲している。彼から離れたとたん、むなしさが襲っ
てきた。
「なら結婚しなければいいじゃないか!」エロスは苦々しげに言い返したあと、彼女の頬を
伝う涙を見て表情をゆるめた。「アラニス、きみだってぼくと同じくらいこうなることを望
んでいたはずだ。はじめてキスをしたかのようにぼくにしがみついてきたんだから」
アラニスは羞恥心《しゅうちしん》をこらえて彼の視線をとらえた。エロスの主張は正しい。あのときキス
をしてくれなければ、好奇心と欲求不満でどうかなっていただろう。だけど、こちらが未経
験なのを知って誘惑するなんて卑怯《ひきょう》だ。あの美しい目を引っかいてやりたい。「あなたなん
て大嫌い!」彼女は声を荒らげた。エロスを自分だけのものにできないことくらいわかって

いる。「ぼくでは釣りあわないと思っているんだろう?」彼は皮肉った。「高貴な生まれのお嬢さまが熱をあげるにはふさわしくないと。でも、実際、きみはぼくに夢中になっていた。愛に飢えた猫みたいに喉を鳴らしていた。ここがぼくの寝室なら、今ごろぼくの背中にはきみの爪跡がついていただろう。もうひと晩この船に滞在すれば、二度と放さないでとぼくに懇願するはずだ!」彼の口ぶりは、数えきれないほどの女を征服してきた男の傲慢《ごうまん》さに満ちていた。

アラニスは鋭く息を吸いこんだ。エロスが核心に迫ったからなのか、嘲《あざけ》るような言い方をしたからなのか、気づくと彼女は、心の痛みと怒りのすべてをこめて彼の頬を平手打ちにしていた。「あなたと一緒にいると胸が悪くなるわ!」アラニスの頬をあとからあとから涙が伝う。

エロスは彼女の怒りにショックを受けていた。

アラニスはたくましい胸を押しのけて、後ろも振り向かずに全力で駆けだした。

彼はじんじんする頬に手をあて、その後ろ姿を見送った。ブロンドの髪をなびかせ、黒いケープの裾《すそ》からのぞく白いモスリンのナイトガウンを翼のようにはためかせている。アラニスの姿が見えなくなってから、エロスは片手を握りしめて手すりに打ちつけた。言葉に破壊力があるのなら、彼の口からもれたイタリア語の罵声《ばせい》はフランス海軍をも壊滅させたに違いなかった。

# 5

エロスは望遠鏡を水平線に向けた。「やつが来た」

「船長、本気で彼女を返すつもりですか?」ジョヴァンニが尋ねる。

エロスは望遠鏡を部下の手に押しつけた。「自分の目で確かめてみろ」

ジョヴァンニは望遠鏡をのぞきこんだ。イングランド国旗を掲げた軍艦が全速力で迫ってくる。「なんてこった!　ジェルソミーナ《マドンナ・ミア》が甲板にいる。これじゃあ攻撃できねえ」

「アラニスがいることを知らせない限り、向こうは攻撃してくるだろう。あの戦艦はこの船に匹敵する重量だ」

ジョヴァンニは望遠鏡を船長に返して、マストの先で不吉に翻る紫の旗を見あげた。黒い鎖蛇の紋章が入っている。「で、どうします?」

「なにもしない」エロスは望遠鏡をたたんだ。ロッカが明るい黄色のドレスを着たアラニスを連れて甲板にやってくるのを見て、小さくほほえむ。

「おはよう」そう言ったエロスはもう笑っていなかった。

彼と目が合った瞬間、アラニスは前夜の焼けつくような体験を思いだした。月の光、いくつものキス、欲望……続いてわきあがった恥ずかしさと罪の意識。エロスも同じ思いにとらわれているようだ。

「わたしを盾にするつもりね？」

「ときどき、きみが恐ろしくなる」エロスが答えた。「ぼくと同じくらい頭の回転が速い」

「うぬぼれないで」アラニスは彼の手から望遠鏡を引ったくって水平線を眺めた。「自分が切り札だということくらい、ばかだってわかるわ。ルーカスはわたしの姿を認めたら攻撃を思いとどまるでしょう。あなたは彼と取り引きができる。それがねらいね？　子爵との取り引きが？」

エロスの声が冷ややかになった。「昨日のキスの味からしても、今日の取り引きは支障なく進むはずだ」

アラニスはあてこすりを無視してイングランドの軍艦を眺めた。もうじきルーカスと結婚し、彼の妻になる。昨日の出来事のおかげで、夫婦生活がどんなものなのかが少しだけわかった。

「これでお別れだな」エロスの低い声が耳を満たす。アラニスのなかに強烈な寂しさがわきあがった。まったく！　こんな悪党に心を動かされるなんて、わたしはどうしてしまったのだろう？　「ゆうべ口づけを交わしたとき、きみはぼくをエロスと呼んだ。その声が耳から離れない」

〝わたしもあなたの声が耳から離れないわ〞アラニスは胸のなかでつぶやいた。ここで別れたら、二度と彼に会うことはないだろう。

「〝またどこかで〟と言いたい」エロスが彼女の考えを読んだかのようにささやいた。「フランスの舞踏会かなにかでね。だが、そんな機会は訪れない。ルイはぼくに軍艦を奪われてかっかしているし、きみはじきに人妻となり、ブロンドの赤ん坊を産むだろう」

「わたしに会えないのが寂しいみたいな口ぶりね」アラニスはイングランドの軍艦を見すえたまま、かたい口調で言った。

「きみはどうなんだい？」エロスの唇が敏感なうなじに触れる。

〝つらいわ……〟アラニスは目を閉じて自分をたて直そうとした。エロスのほうへ向き直ると、彼の情熱的な瞳に心が揺れた。「あなたはフランスに戦いを挑むの？」

エロスはイタリア男の魅力を存分に発散している。「勇敢な兵士に、友人としてさよなら《アディユー》を言ってくれるかい？」

アラニスは思わず彼の唇に目をやった。「わたしたちが友人だとは知らなかったわ」

エロスは彼女を引き寄せた。「ぼくのことなら心配いらない。ぼくには聖ゲオルギウスがついているからね。だが、涙を流してくれる恋人《ラガッツァ》はいない。アモーレ、ときどきはぼくのことを思いだしてくれるか？　少しでいいからぼくのために涙をこぼしてくれるかい？」

「あなたにはジェルソミーナがいるでしょう？」

「彼女は別だ」エロスがものほしそうにアラニスの唇を見つめる。彼女は上を向き、最後に一度だけと自分に言い聞かせて熱い唇を待ち受けた。

「船長、敵が至近距離に接近しました！」船首楼から声があがった。

「帆をたため！」エロスがアラニスの肩越しに命令をくだす。甲板が一気にあわただしくなった。乗組員たちがロープをのぼって帆をたたみ、二隻の船のあいだにフックを渡す。アラニスは右舷に近づいてくる軍艦に目をやった。ほんの一瞬でいいから時間をとめて、エロスと別れのキスをしたい。

エロスは苦い顔をした。だが、ルーカスはすぐ目の前に迫っている。

「美しい人《ベリッシマ》、時間だ」彼はため息をついてアラニスを放し、決然とした足どりで遠ざかっていった。風にのって、きびきびと命令をくだす太い声が運ばれてくる。

アラニスは拍子抜けした気分で右舷に向かった。そこなら全体が見渡せる。ほどなくダンデライオン号の甲板にルーカスの姿を認めた。記憶のなかのきまじめな子爵は、今や自信に満ちた司令官の顔つきになっている。

「なんてことだ！　アラニス、きみなのか？」日焼けした顔のなかで緑の目が丸くなる。「なぜここにいるんだ？　大丈夫なのか？　なにかされなかったか？」

もっとロマンティックな再会を期待していたのに。背後にただならぬ気配がしたかと思うと、アラニスの代わりにとげとげしい声が答えた。「丁寧にもてなしておいたから安心しろ」

アラニスはにっこりした。エロスは嫉妬しているようだ。もっと彼を刺激したくて、アラニスは明るい声で呼びかけた。「お久しぶりね、ルーカス！　あなたの様子を見に来たの。海賊につかまったけれど、こうしてぴんぴんしているわ。あなたは元気？」

「ああ。だが、イングランドでおとなしく待っていてほしかった。今は戦争中で、海には無法者がうじゃうじゃいるというのに」ルーカスはアラニスの背後の男をきっとにらんだ。「デッラアモーレ公爵がこんな軽率なまねを許すとは。キングストンはロンドンとは違うんだぞ」

「痴話げんかはいい加減にしてくれ」エロスはふたりの会話を冷たくさえぎり、アラニスの体を囲うようにして両手で手すりをたたいた。「シルヴァーレイク、取り引きをしようじゃないか」

　アラニスは身をかたくした。婚約者と向きあっているというのに、体じゅうがエロスを意識している。彼の顎がこめかみをかすめただけで、血液がものすごい速度で体内を駆けめぐった。

「みんな、ヤッホー《チャオ・ペッツォ・デイ・ラガッツォ》！」突然、紫色のズボンとブーツをはいた美しい女性がルーカスの隣に現れた。黒い巻き毛を風になびかせ、青い瞳を輝かせて、彼女はエロスにオレンジをほうり、投げキスを送った。

「ジェルソミーナ！」エロスはオレンジを受けとると、早口のイタリア語でまくしたてた。アラニスは一風変わったいでたちの女性を見たあと、歓喜にわくエロスの横顔を見つめた。彼が恋人の救出に来たことは承知していたとはいえ、これほどまでにうれしそうな顔をするとは思わなかった。この男は別の女性を愛しているのに、わたしにちょっかいを出したのだ。そしてわたしはまぬけにも、それに引っかかってしまった。

「ジェルソミーナ、甲板に出てくるなと言ったじゃないか！」ルーカスが隣に立つ女性を叱《しっ》責《せき》する。

女性はルーカスの言葉など意に介さず、海賊たちに挨拶《あいさつ》した。ジョヴァンニが笑い声をあげ、投げキスを返す。

「シルヴァーレイク、取り引きをしよう」エロスは怒鳴った。「おまえの婚約者と引き換えにジェルソミーナを返せ。これ以上の取り引きはあるまい」

「犯罪者と取り引きなどするものか！　女王の命において、海賊船を拿捕し、おまえをつるし首にしてやる。ただし降参するというのなら、仲間は見逃してやってもいい」

エロスはルーカスの発言を笑いとばした。「がっかりさせて申し訳ないが、イングランド女王など知ったこっちゃないね。ぼくは誰の配下にも入らない」

「降伏するしか道はないぞ。したがわなければ、おまえも仲間も絞首台送りだ」

エロスがアラニスの腰に手をまわしたので、彼女ははっと息をのんだ。「この美人が大事なら、ただちにジェルソミーナを解放しろ。それとも、おいしそうな婚約者もろとも、力ずくでジェルソミーナを奪い返してやろうか？」

ルーカスはとり乱した。「彼女を解放しないと後悔することになるぞ！」

「こけおどしが通用しないことくらい知っているだろう？　これまでのところレディ・アラニスを傷つけたりしていないが、おまえがこちらの提案を蹴《け》るなら、おまえも、彼女の家族も、二度と彼女に会えなくなる。どう料理するか楽しみだよ。さあ、ジェルソミーナをこちらへ返せ。ブロンドの髪の花嫁を捜して東洋の奴隷市場をさまようことになってもいいのか？」

アラニスはエロスの冷酷な顔をにらみつけ、腕に爪を立てた。「奴隷市場ですって？」だいいち、ルーカスもルーカスだ。あの石頭ときたら、海賊との取り引きには応じないという信念を曲げないつもりらしい。わたしはいったいどうなるの！　彼女はこの状況がのみこめないほど鈍くはなかった。ルーカスはあのイタリア娘に魅了されている。「ルーカス、おじいさまに殺されるわよ」アラニスはルーカスに向かって叫んでからエロスをにらんだ。「あなたもね！」

エロスはたじろいだ様子もなく、アラニスの手首をつかんでしっかりと自分に引き寄せた。「デッラアモーレ公爵はおまえの非協力的な態度をどう思うかな？　輝かしい未来もこれまでのようだ。ぼくがおまえの立場なら、アン女王の相談役の反感を買うことは避けるがね」

ルーカスはまっ赤になった。「うるさい！　おまえみたいなやつの脅迫にのるものか！今すぐアラニスを解放しなければ、イングランド海軍に死ぬまで――」

「なにを今さら」エロスがさえぎった。「ぼくはすでに世界じゅうの海軍から追われている。そんな脅しにひるむと思うのか？」

アラニスはもう我慢の限界だった。「ルーカス、さっさとその娘さんを返しなさい！」ほうっておいたら、この男どもは一日じゅう脅しあいを続けるだろう。

「もっともな意見だ」エロスは彼女にほほえんだ。「きみはそんなにぼくのもとから逃れたいのかい？」

「わたしが味方だなんて思わないことね。さっさと解放してちょうだい」アラニスが鋼のような腕から逃れようとすると、エロスはさらに力をこめて彼女を抱き寄せた。まるでそうすることを楽しんでいるかのように……。

「おまえは堅物すぎる。世間知らずだ。このおいしそうな婚約者を海賊のなかに置き去りにしたらどうなると思う？　ことが起こったあとで助けても、とり返しはつかないんだぞ。今のうちにこちらの条件をのめ」

ルーカスは声を荒らげた。「おまえの脅しになど負けるものか。ジェルソミーナは渡さない」

ルーカスの態度にイングランド軍艦の水兵たちも海賊も困惑の表情を浮かべていたが、いちばんショックを受けているのはアラニスだった。「ルーカス！」彼女は声をつまらせた。エロスの同情するような目つきに惨めさが増す。彼に同情される以上の屈辱はない。

エロスはアラニスの目の下を指でなぞり、指先についた涙を見つめた。その目が怒りに燃えあがる。「いいだろう《ダッコールド》」彼はルーカスに怒鳴った。「今からアラニスはぼくのものだ。だからといってジェルソミーナをあきらめたと思うなよ！　ロープを切れ！」部下に命令する。

「どこへ行くつもりだ？」ルーカスが怒鳴り返した。「文明社会の掟《おきて》にのっとって決着をつけよう！　なんのことかわからないなら喜んで教えてやる！」

アラニスの胸に希望がよみがえった。彼女は期待するようにエロスを見た。彼はあきれ顔でルーカスを見ている。「もしかして、ぼくに決闘を挑んでいるのか？」

「もちろんそうだ。短剣《カトラス》を研いでおくんだな！」

エロスは肩をすくめた。「おまえを切り刻むつもりなどないが、そこまで言うなら相手をしてやってもいい。はじめから勝負は見えているがね」

アラストル号の男たちが船長に喝采《かっさい》を送る。ルーカスは激怒した。「大口をたたいて後悔するなよ！」ダンデライオン号の兵士たちも野次を飛ばす。

アラニスはエロスの腕に触れた。「お願い……ルーカスを殺さないで」

「挑戦を受けないわけにはいかない。きみの婚約者は大ばか者だ。だが、ジェルソミーナは助けなければならない。このことでぼくを恨まないでくれ。覚えていてほしい……」アラニスの不安げな目をまっすぐ見つめ、エロスは彼女にオレンジをあずけた。「これはきみのための戦いでもある」そう言うと、ルーカスのほうを向いた。「よし、海賊ハンター、おまえの挑戦を受けてたとう。渡し板の上で決闘だ。海に落ちるなよ」海賊たちの声援を受けて、エロスは渡し板のほうへ向かった。

ダンデライオン号の甲板で、ルーカスがベストを脱ぎ、細身の剣《レピアー》を抜く。彼が腕慣らしに剣を振ると、イングランド軍の水兵たちが喝采を送った。エロスは黒豹を思わせる身のこなしで渡し板に飛びのり、腕組みをして言った。「準備運動はそのくらいでいいんじゃないか？　まだなら昼寝をするが」

ルーカスは腕慣らしをやめた。「最後の祈りを唱える時間をやったんだ」そう言って自分も渡し板に飛びのった。板がきしんでぐらぐら揺れる。ルーカスは顔をまっ赤にして必死でバランスをとった。一方のエロスは岩のようにびくともせず、あきれたような表情を浮かべている。「猿と同じで、こういうことに慣れているようだな」

「そこまでほめてくれなくてもいいよ」エロスはにっこりした。「いいか、これは真剣勝負だ。葬式を出すことになるぞ」彼は鋭い剣を子爵に向けた。「かまえ《アン・ガルド》」

ルーカスは口を引き結んでエロスと剣先を合わせた。両船の甲板に沈黙が落ちる。次の瞬間、ルーカスがすばやく体をひねって攻撃した。兵士たちが歓声とともに拳を振りあげる。

しかし、エロスは優雅にこれをかわして子爵の背後にまわった。

ルーカスが激しくバランスを崩し、鮫《さめ》の待つ波間をちらりと見る。エロスはすかさず彼のクラヴァットを引っぱって立たせてやった。「おっと、どこへ行くつもりだい?」エロスがなにくわぬ顔でクラヴァットを放すと、アラストル号の海賊たちは足を踏み鳴らして口笛を吹き、爆笑した。エロスは部下たちに向かって優雅にほほえんで一礼し、再び子爵に向き直った。エロスが余裕たっぷりであるのに対し、ルーカスはすっかり動揺している。「降参するか?」

「その減らず口を海底に沈めるまで降参などするものか!」ルーカスは剣をかまえてエロスに向かっていった。ふたりの剣が激しくまじわる。エロスは鋭い攻撃を繰りだし、体重差に任せてルーカスの剣を押さえこんだ。二本の剣が太陽の光を反射して銀色に光り、ふたりのブーツの下で渡し板がぎしぎしときしむ。

アラニスは息をつめて、接近しては離れるふたりの男を見守った。ルーカスのために祈りながらも、エロスが危なくなると顔をゆがめずにいられない。頭のなかはまさにパニック状態だった。ふいにジェルソミーナと視線が合った。彼女もひどく不安げな顔をしている。自分と同じでどちらを応援していいかわからないのだろうか？

実戦経験の少ないルーカスは無駄に体力を消耗して大粒の汗を流していた。うなじで束ねた金色の髪を躍らせながら、細身の体をかがめたりそらしたりして、情け容赦ない攻撃をかわす。すでに息はあがっていた。エロスが冷静に相手を追いつめていく。これまでルーカスより手ごわい敵と何度も対決してきたのだろう。驚異的な速度で剣を振りながら、相手の意表をつく攻撃を繰りだして息をつく間を与えない。

窮地に追いつめられたルーカスは相手の膝を攻撃したが、エロスは猫のようなしなやかさで宙に飛びあがり、渡し板のまんなかに着地した。ルーカスがバランスを崩し、大声とともに板の上に引っくり返る。海賊たちは悪魔も目を覚ましそうな声をあげて熱狂した。ジョヴァンニなど笑いすぎて涙を流している。

「船長《キャピターノ》！　あわれな亀《かめ》に情けをかけてやらなくちゃ！」ジョヴァンニが叫んだ。仲間たちがどっと笑う。この発言に怒ったイングランド兵たちが言い返し、海を挟んでののしりあいが始まった。

エロスはルーカスが起きあがるのを待った。「まださっきの提案は有効だぞ。降参しろ！」

「おまえが死ぬのを見届けてからな！」ルーカスが絶叫してエロスに向かっていった。エロスは目にもとまらぬ身のこなしでルーカスの手もとを攻撃し、剣をはじきとばした。剣が太陽の光を反射して海に落下する。ルーカスはナイフを抜いた。

「ルーカス、やめて！　八つ裂きにされるわよ！」アラニスは恐怖に駆られて叫んだ。ナイフでエロスに挑むなんて無謀すぎる。「あの娘さんを返して、こんな騒ぎは終わりにして」

ルーカスは傷つき、疲れ果てているようだったが、それでも抵抗をやめなかった。血のしたたる手でナイフの柄を握りしめる。「ジェルソミーナはいい子だ。おまえみたいなちんぴらと同じ運命をたどらせるわけにはいかない。ジャマイカでちゃんとした暮らしをさせてやるべきなんだ。彼女を解放しろ！」

エロスの顎の筋肉がぴくりと動いた。「その結果、縛り首になるのか？　それとも投獄されるのか？　まさかおまえの愛人にするつもりじゃないだろうな？　タイミングの悪いところに婚約者が現れたものだ」

「ジェルソミーナの気持ちを確かめてみろ」

「あの子の忠誠心がどこにあるかなど尋ねるまでもない。ナイフをしまえ。あの子はぼくと一緒に帰る」

「だめだ！」ルーカスはナイフを手にエロスに突進した。エロスは相手の手首をつかみ、後ろにひねってナイフを奪うと、その切っ先をルーカスの首にあてた。汗ばんだ肌に一滴の血がにじみ、首筋へと流れてシャツの襟を染める。

エロスの瞳に浮かぶ容赦ない光を見て、アラニスは懇願した。「エロス、お願いだからその人を殺さないで」

「エロス!」ジェルソミーナが恐怖に目を見開いて叫んだ。「彼を殺さないで。わたし、その人を愛しているの……」

エロスは凍りついた。ジェルソミーナをにらみつける。「こいつを愛しているだと?」

「そうよ」ジェルソミーナはうなずき、涙に濡れた頬をシャツの袖《そで》でぬぐった。

アラニスは絶望にうめいた。そんなことを聞いたら、エロスは間違いなくルーカスを殺すだろう。ところが彼女の予想と裏腹に、エロスはナイフを落としてルーカスを解放した。ジェルソミーナのほうへ手をさしだす。「おいで」

ジェルソミーナが渡り板に足をかけた瞬間、ルーカスは咆哮《ほうこう》とともにナイフに飛びつき、エロスの脇腹を切りつけた。まっ赤な血が噴きだし、エロスがよろめく。海色の瞳を怒りに燃やしながら、彼はがくりと膝をつき、前かがみになって傷口に手をあてた。

「なんてことを!」アラニスは騒然とする海賊たちをかき分けて渡し板へ走った。ルーカスが血だらけのナイフを振りあげる。「ルーカス、やめて!」彼女は絶叫した。「それじゃあ人殺しよ!」

ジェルソミーナがすばやくふたりのあいだに分け入り、体をはってエロスを守った。

「どくんだ、ジェルソミーナ!」ルーカスが怒鳴った。「どかないとふたりとも殺すぞ!」

「殺せばいいわ、この卑怯者! エロスはわたしの願いを聞いてあなたの命を助けたのに。背中から切りつけるなんてどういうつもり? 子爵だかなんだか知らないけれど、あなたたなんてただの卑怯者よ！」

ジョヴァンニとニッコロが拳銃《けんじゅう》を引きぬいてルーカスの背中にねらいを定める。アラニスの視線はエロスに釘《くぎ》づけだった。頭がまっ白になる。「ルーカス、ふたりを殺さないで。あなたの勝ちよ」

ルーカスはしぶしぶナイフを落とした。ジェルソミーナは泣きじゃくりながらエロスの脇に座り、彼の頭をやさしく膝にのせた。「ルーカス！　ぼうっとしてないで、医者を呼んで」

「ダンデライオン号に医師はいない。むしろいなくてよかったよ。きみの恋人は犬のように死ぬんだ。それがお似合いだよ」

ルーカスの言葉がアラニスの懸念を決定的なものにした。ジェルソミーナはエロスの恋人なのだ。この決闘はわたしをめぐってのものじゃない。エロスは恋敵を倒そうとしただけ。

ジェルソミーナの目が憎々しげに輝いた。「ばかじゃないの！　エロスは恋人なんかじゃないわ！　わたしの兄よ！」

アラニスはぽかんと口を開けた。言われてみれば、たしかにそっくりだ。ふたりともイタリア系で、すらりと背が高く、浅黒い肌に美しいサファイア色の瞳をしている。エロスが懸命に彼女を助けようとしたわけも、彼女の愛する男を殺さなかったわけも、これですべてわかった。わたしとのキスや甘美なひとときは偽りではなかった。エロスは本気だったのだ。

その彼が今、死にかけている。

ジェルソミーナは苦しげにすすり泣き、兄を守るように抱きかかえた。「甲板に移動させなきゃ」かすれた声で言う。「ああ、どうしよう《マドンナ・ミア》！　こんなに血が出てる」

アラニスも涙がとまらなかった。「ジェルソミーナ、彼を甲板に運んで。わたしが手当てするわ」

ジェルソミーナがはっと顔をあげた。その瞳に希望の光が宿っている。「できるの？」

「医者じゃないけど……」アラニスは正直に言った。「ヨークシャーで医者の手伝いをしたことがあるの。縫合とか消毒くらいならできるわ。ほかに誰もいないなら……」

「いないわ。お願いだから助けて」ジェルソミーナは立ちあがった。ジョヴァンニとニッコロが手伝いに向かう。

ルーカスはふたりの前に立ちはだかった。「ぼくの婚約者にこんな男の治療をさせるわけにいかない」

「あなたは引っこんでてちょうだい」アラニスは反抗した。「この人が出血多量で死ぬのを黙って見ているつもりはないわ」

ルーカスは唖然とした。「この男がどうなろうがきみには関係ないだろう？　誘拐犯を助けるのか？」

ルーカスの言葉に、海賊たちがマスケット銃や拳銃をとりだした。砲手長が弾込めの命令をくだし、アラストル号のマストのロープにぶらさがった海賊たちは今にもダンデライオン号に飛び移ろうとしている。彼らの優勢は目に見えていた。

「治療の邪魔をしたら、みんなして海にほうりだされるわよ」アラニスは警告した。

「お願い!」ジェルソミーナも声をそろえる。「あなたのことも兄のことも大事なの」

「それなら、そいつをキングストンへ連れていく」ルーカスが不服そうにこたえた。「ぼくの婚約者をそいつに近づけることはできない。彼女はやつにとらえられて充分いやな思いをしたはずだ」

アラニスはエロスを見た。彼は手負いの虎《とら》の目をしていた。ここで死なせるわけにはいかない。「いやな思いなんてしていないわ。この人の治療をします」

「アラニス、なにを言ってるんだ! 犯罪者の治療をするなどとんでもない!」

アラニスはジェルソミーナの恐怖を感じた。兄が死にかけているのだから当然だ。アラニス自身も同じ恐怖を味わったことがある。「彼はもう相当量の血を失っているわ。キングストンまでもちこたえられない。人を死なせておいて、〝しかたなかった〟なんてごまかすのは二度とごめんだわ」

「トムのことを思いだしているんだね? だが、こいつはきみが思っている以上に凶悪だ。残忍な殺人者だぞ。つるし首がふさわしい。きみを近づけるわけにはいかないよ」

アラニスの決意は揺るがなかった。もとを正せば、ルーカスが別の女性に心を移したがためにこんな事態に陥ったのだ。もう他人の指図にしたがってはいられない。自分の力で人生の舵とりをするときが来た。「治療しなかったせいでエロスが命を落としたら、いちばん早い船でイングランドに戻って祖父にすべてを話しますからね。祖父はあなたのやり口を許さないでしょう。もちろん、あなたのお父さまも、女王陛下もね! 女王陛下の前ですべてを話してほしい？」

ルーカスはたじろいだ。アラニスが本気かどうかを探っているようだ。彼女はまばたきもせずにルーカスをにらみつけた。「わかった。好きなようにしろ」

ジェルソミーナがすぐにエロスを立たせた。ジョヴァンニとニッコロが手をさしだしたが、驚いたことにエロスはそれを拒んで自力でアラストル号の甲板へ移動した。激しい痛みに歯をくいしばり、手すりにもたれかかる。

アラニスは彼の脇に膝をついた。「ひどく痛む？」そっと尋ねて、額から髪を払ってやる。黒髪は汗でぐっしょり濡れていた。

「ああ」エロスが声を絞りだすようにして答えた。海色の瞳は朦朧《もうろう》としている。

「いいわ。生きている証拠よ」白いシャツは血に染まっている。シャツを脱がせなければならないが、傷に接している部分をはがすにはとてつもない苦痛を伴うだろう。「ジェルソミーナ、短剣を貸して。それからエロスになにか嚙むものを」

「いいからやれ」くいしばった歯のあいだから、エロスがうなった。「途中で気絶したら、傷口にコーヒーの粉をまいてくれ。止血できるはずだ。コーヒーの袋はぼくの船室にある」顔を苦痛にゆがませながらも、口調はしっかりしている。「さあ、やってくれ」

出血量を考えると、意識を保っていることすら奇跡だ。アラニスは額の汗をぬぐってそっとシャツを裂いた。傷口から血があふれだしたので、切り裂いたシャツを押しあてる。冷静に。必ず助けられるわ。彼女は自分に言い聞かせた。

エロスはうめくどころか体を引くこともせず、うつろな目でじっとアラニスを見つめていた。土気色の顔で全身をこわばらせ、激痛に耐えている。「なぜ……ぼくを助ける?」

アラニスはすぐに答えられなかった。わたしはどうしてこの海賊を助けようとしているのだろう? そんなことをする義理はないのに。「噂どおり不死身のところを見せてちょうだい」彼女はにっこりした。「わたしの動機がなんであれ、信頼してもらうしかないわ」

# 6

松明《たいまつ》に照らされた中庭を兵士たちが巡察している。アラニスは窓辺から離れてエロスの枕もとへ戻った。湯を使って体を洗い、シルクのローブに着替えたばかりで、髪はまだしっとりと湿っている。彼女はベッド脇のテーブルにランプを置き、マットレスの端に腰をおろすと、エロスの額にかかった黒髪を指先でそっと払って端整な顔を眺めた。髪に魔力を宿したと伝えられる怪力サムソンのようだ。

エロスがうめき、目を閉じたまま身動きした。

「サムソン、安心して眠ってちょうだい」アラニスはささやいた。「わたしがついているわ」エロスの額にひんやりとした手をあてる。大丈夫、熱はない。彼女はそう思ってから眉をひそめた。デッラアモーレ公爵の孫娘が悪名高き海賊の世話をするなんて、少しも大丈夫ではない。わたしはどうかしてしまったのだろうか？

エロスの呼吸が落ち着いたあとも、アラニスはその場を離れなかった。なんとも不思議な魅力の持ち主だ。ギリシアの神のような容貌《ようぼう》を持ち、地獄の支配者と呼ばれる一方で、貴族並みのマナーを披露し、ヴェルサイユ宮殿の舞踏会にも招待されるとは。

「あなたはいったい何者なの？」ふと、胸もとにさがっている金のメダリオンが目に入った。アラニスはそっとメダリオンを持ちあげて、ランプの明かりにかざした。非常に貴重なもののようだ。中世の盾のような形をしていて、表面は四つに分かれており、対角線上にそれぞれ一対の動物が彫ってある。翼を広げた鷲《わし》と蛇だ。蛇はエロスの船に掲げられた鎖蛇の旗と同じ図柄だった。彼の船室に飾ってあった紋章ともよく似ている。下方にはなにやらラテン語の文言が彫られていた。

アラニスはメダリオンをもとに戻し、そのまま腹部へと手を滑らせた。あたたかな肌はベルベットのような手ざわりだ。てのひらの下で、盛りあがった筋肉がぴくりと動いた。けがをして眠っているときでさえ、この人は生命力に満ちあふれている。アラニスは白いシーツの上に投げだされた太い腕に触れた。筋肉質なのはわかっていたが、シャツを着ていないとさらに男っぽさが際だつ。彼女は肘から下へとなぞってその力強い感触を思い返した。突然、長く優美な指が彼女の手を握る。アラニスははっとしてエロスの顔を見た。うっすらとまぶたが開いて、美しいサファイア色の瞳がのぞいた。「いったいなにをしているんだ？」

「な……なにって……」アラニスの心臓が早鐘を打つ。「その……わたし……」

エロスは息を吐いて手をゆるめた。「ここは、どこだ？」弱々しい声で尋ねる。

「覚えていないの？」

「頭のなかに……」彼がうめいた。「綿がつまってるみたいで、うまく考えられない」

「あなたはアヘンチンキをいやがって、ルーカスのブランデーを一本あけてしまったの。ここは彼の屋敷で、あなたはわたしの寝室に寝ているのよ」

エロスはかすかに笑った。「思いだしたぞ。ぼくがきみのベッドを使うことを、あの婚約者がよく承知したものだ。今この瞬間にも兵士が踏みこんでくるんじゃないのか？」

「大丈夫。今回のことが少しでも祖父の耳に入ったら、ルーカスの海軍での出世も、人生も終わりだもの」

「ぼくの船は？　やつに没収されたのか？」

「ジョヴァンニとニッコロは、あなたをここに運んだあと出港したわ。あなたの妹さんは屋敷に残ってる」

エロスはアラニスの手を握ったままうなずいた。「なぜ、きみはぼくの看護をしてくれるんだい？　普通なら、つるし首にするようシルヴァーレイクに懇願するところじゃないか？」

アラニスはきまりが悪くなって手を引きぬこうとした。「感謝の言葉をしたためたいなら羽根ペンと紙を持ってくるけど？」

「はぐらかしてもだめだ」エロスは彼女の手を自分の胸へ持っていった。「辛辣な言葉を並べても、そのやさしさを覆い隠すことはできないよ。きみは女らしい人なんだね」

アラニスはどきりとした。「女らしい？」

「そうじゃないか。赤の他人を助けるなんて……」エロスは苦痛に目を閉じた。アラニスの手の下で、彼の胸が大きく波打つ。「きみに触れられるとすごく気持ちいい」

彼女は息を吐いた。「あなたを助けたから女らしいと思うの?」

「もっと言うと愚かだ。ぼくがきみの祖父なら、思いきり尻を引っぱたくだろう」エロスは片目を開けて意味ありげにアラニスを見た。「もうちょっと元気になったら、やってみようかな……」

「あなたはわたしの祖父じゃないわ。それに、わたしがあなたを助けた理由はわかりきっている」彼女は誤解のないよう急いで付け加えた。「ルーカスのもとに戻るためよ」

「ほう?」エロスは再び目を開けてにやりとした。「きみの言うとおりだ。ぼくはきみのおじいさんじゃないし、きみはもう子供じゃない。海賊と危険なゲームをしている一人前の女性だ」

「ひとりじゃなにもできない、かわいそうな海賊とね」アラニスは頬を赤らめた。

「そのかわいそうな海賊は、繊細で美しい手をした女性に命を助けてもらったことを光栄に思うよ」エロスは彼女の手を自分の口まで持っていって、てのひらにキスをした。

アラニスの体を熱いものが駆けぬける。彼女は深く息を吸いこんだ。そろそろやめにしなくては。「包帯をとり換えましょう。傷口に軟膏《なんこう》を塗ってあげる」

エロスは彼女の手を放した。「きみはどこで眠るんだい? もしかしてここで一緒に?」

期待に満ちた声だ。

アラニスはその質問を無視して薬箱のなかから小さな瓶と清潔な包帯をとりだした。エロスの胴に巻かれた包帯をほどき、数時間前に縫合した傷口を調べる。出血がとまり、皮膚がくっつき始めているのを確認すると、白い軟膏を指先にとって患部に塗った。これ以上の苦痛を与えないように注意しながら。

「やさしい手つきだね、アモーレ。これまで看護してくれた人たちとはぜんぜん違う」

アラニスがこたえないでいると、エロスは彼女の湿った髪をつまんで、生地を吟味する仕立屋のように撫でた。髪を自分の顔に近づけてその香りを吸いこむ。「金色の髪をした天使か。アルジェの青空市場《スーク》に出せば高値がつくぞ」

アラニスはにっこりした。「わたしを怒らせたいの？」

エロスは白い歯を見せて笑った。「きみの気を引きたいんだよ。傷を負っていてもぼくは男だからね」

「知ってるわ」アラニスは手をふいてからやさしく包帯を巻いた。

「今はひとりじゃなにもできないかもしれないが、美しい女性に触れられればうれしくもなるさ」エロスは彼女の髪を放してうなじに手をあてた。「ぼくの故郷にこういうことわざがある」アラニスの顔を引き寄せる。「〝鎖蛇には油断するな〟」そう言うと、彼女の手つきに負けないほどやさしく唇を合わせた。

アラニスはくらくらしつつも意志の力を総動員して体を起こした。「質問があるの。そのメダリオンに彫られたラテン語はなんという意味なの？」

エロスは遠くを見るような目つきをした。「〝死は苦しくとも、栄誉は永遠なり〟だよ」

アラニスが目を細めると、彼は視線をそらしてしまった。「眠らなきゃだめよ。朝には生まれ変わったように元気になるわ。水と……これを置いておくわね」

ベッドの脇に水差しとグラス、そしてオレンジが置いてあった。

アラニスは立ちあがった。キスの余韻が生々しい。せめてエロスが眠りにつくまで隣の居間に避難していよう。彼女はドアノブに手をかけた。

「アラニス」

振り向いたアラニスは、エロスの眠そうな目をとらえた。

「ありがとう」

翌日、アラニスはルーカスの書斎へ向かった。開け放たれた窓からキングストンの海岸線が一望できる。白壁の家や椰子の木、そして船の出入りでにぎわう小さな港の向こうに、瑠《る》璃《り》色の海が広がっていた。この島で暮らしたら、さぞ楽しいだろう。熱帯の気候に慣れさえすればいい。彼女が扇を広げてまさに部屋に入ろうとしたとき、書斎のなかから大声がした。

「兄をつるし首にするなんて許さないわ！」ジェルソミーナだ。「あなたが生きているのは兄のおかげなのに」

「ぼくは女王陛下から、この付近の無法者を退治するよう命令されているんだ。きみの兄は処刑場送りだ！」ルーカスが激しい口調で言い放つ。「やつはぼくの婚約者を野蛮な海賊船に乗せたんだぞ。彼女がどんな目にあったことか！」

「レディ・アラニスは兄の看護を引き受けてくれたじゃないの。だいたい彼女がイングランドにいるあいだは気にもしていなかったくせに、今さら惜しくなったわけ？」

アラニスは部屋に踏みこみたいのをぐっとこらえた。

「きみはそうやって崇《あが》めるが、やつは神じゃないんだぞ」ルーカスは不機嫌な声で言った。「血の通った心がないという点では神かもしれないが、不死身でもなんでもない、ただの人間だ！」

「あなた、兄に嫉妬してるんでしょう？」ジェルソミーナが笑った。「わたしのせい？　それともレディ・アラニスのせいかしら？　彼女はエロスが気に入ったのかもしれないわね？」

アラニスは息をつめてルーカスの返事を待った。

「この四週間というもの、きみはあいつと恋仲のふりをしていた。昨日はやつを守るためにぼくに逆らった。あの男はお尋ね者だ。世界じゅうがやつをつかまえようとしている。解放するなど無理な相談だ。たとえぼくにその権限があったとしても、そんなことをするつもりはない」

「エロスが恋人だなんて言った覚えはないわ。あなたが勝手に決めつけたんじゃない。世間の人たちと同じように」

「きみだって否定しなかったじゃないか。ぼくが嫉妬するのを見て楽しんでいたんだろう？」

アラニスは目をしばたたいて涙をこらえた。このふたりは愛しあっている。この島には太陽の光も自由もなかった。待っていたのは胸の痛みだけ……。それでも彼女は来てよかったと思った。そうでなければ、なにも知らないまま何年もルーカスの帰りを待ちわびることになっただろう。もう少しで人生を棒に振るところだった。それなのに、なぜこんなに胸が痛むの?

アラニスは書斎のドアを開けた。「アラニス、そこにいたのか!」ルーカスはひどくきまり悪そうな顔をした。「きみを捜しに行くところだったんだ。その……ジェルソミーナがやつの容態を心配していてね。ぼくたちが話しあうあいだ、彼女をきみの部屋に行かせてもいいだろうか?」

「もちろんよ」アラニスは冷静に答えた。「彼女のお兄さんだもの。あなたがドアの外に配置した兵士が入室を許可するかどうかはわからないけど。まるで牢《ろう》みたい」

「きみがあの部屋で看護すると言いはるからだ。万が一の場合に備えないと」

この人は偽善者か、そうでなければ大ばかだ。「目を開ける力も残っていないようなけが人から守ってもらう必要などあると思う?」

「ああ」ルーカスはジェルソミーナを二階へやり、アラニスを書斎に入れた。「今朝、ピンク・ベリル号が入港した」彼はそう言って両開きのドアを閉めた。書き物机の前に置かれた安楽椅子に彼女を座らせ、自分は机の後ろに腰をおろす。「マッギー船長から詳しい話を聞いたよ。自分の船を襲った海賊を助けるなんて、いったいなにを考えているんだ? デッラアモーレ公爵になんと報告すればいい？」

「おもしろいことをきくのね」アラニスは辛辣に言い返した。

「これは深刻な事態だ。わがままは許さないぞ」

彼女はルーカスの横柄な口調に驚いた。「あなたは変わったわ。昨日はジャマイカで成長したのだと思ったけど、違っていたみたい。三年ぶりだというのに、会えてうれしそうな顔ひとつしない。わたしに消えてほしいならそう言えばいいのよ」

ルーカスは後ろめたそうな顔で目をしばたたいた。「父からなにか伝言は？」

「最後にお会いしたときはお元気そうだったわ。あなたによろしくとおっしゃってた」

「ありがとう。イングランドを出るとき、口論をしたんだ。父は〝うちには遊ばせておく息子などいない。手柄をたてたいならマールバラ将軍のもとで戦え〟と言った。父はぼくをふがいなく思っているんだよ。デッラアモーレ公爵家の血を引く孫ができることだけが慰めなんだ」

父親に認めてもらえないことがルーカスの心にわだかまっているのだ。「お父さまはあなたのことを誇りに思っていらっしゃるわ。会う人会う人にあなたの自慢をされるのよ」

ルーカスは悲しげにアラニスを眺めた。明るい太陽に照らされたアクアマリンの瞳は、窓の外に広がる海のようだ。耳には小さな真珠のイヤリングが光り、象牙のような肩にはブロンドの髪が流れ落ちていた。レースの縁飾りのついた襟から魅惑的な肌がのぞいている。

「きみは……美しくなったね」彼はあたたかな声で言った。「楡《にれ》の木の下でとっくみあいをしたおてんば娘とは別人だ」

アラニスは少しだけ慰められたが、ルーカスが自分を女性として見ているのか、ただの友人と思っているのかわからなかった。彼女にとってもルーカスは兄のような存在だった。すらりとした美男子ではあるが、エロスを見たときのようなときめきは感じない。「あなたに会えてうれしいわ」アラニスは淡々と言った。「三年は長かった」

「本当にそうだ。埋めあわせをしないといけないね。いろいろ話をしよう」

すべてがだめになったわけではないのかもしれない。こんな美しい島に住むのが夢だった。ルーカスのそばにいると緊張せずにすむ。予期せぬ危険にでくわしたりしない。

彼がにっこりした。「それで、船旅はどうだった？　よくデッラアモーレ公爵の許可がおりたものだ。海賊船にきみが乗っているのを見たときは目を疑ったよ。きみがいなければ、あの悪党を吹きとばしてやったのに」

その話に戻りたくない。「おじいさまは最後まで反対していたわ。戦争のことも心配だったのね。だからわたし、海を挟んだままではいつまでも結婚できないと言ってやったの。あなたが任務を離れられないなら、わたしが会いに行くしかないと。おじいさまは自分がいなくなったあと、わたしがひとり残されることを心配しているから」

「そんな心配をする必要はない。ぼくたちはもうすぐ結婚する。そしてきみはイングランドに帰るんだ」

「なんですって？」アラニスは目をぱちくりさせた。結婚してイングランドへ帰る？

「今さら結婚がいやになったなんて言わないでくれよ。何年も前から決まっていたことだ」

「そうじゃないわ。イングランドに送り返されるなら結婚などする必要はないと思っただけよ」

「情勢は緊迫している。四六時中、フランスとスペインの軍艦が威嚇してくるんだ。ここはきみには危険すぎるし、ぼくは忙しくて相手をしていられない」

アラニスはさっと立ちあがった。「そんなのいやよ。あなたの妻としてこの島に住むつもりでやってきたのに、お荷物のように故郷へ送り返されるなんて！」邪魔者は遠くへ追い払ってしまえというわけなの？　ここはなんとしても抵抗しなくては。「そんな提案は受け入れませんからね。絶対に！」

「落ち着いてくれ」

「あなたがイングランドに送り返すなんて無神経な考えを捨てるならね。じっと待っているのがどれほど苦しいかわかってるくせに。外の世界を見るチャンスをずっと待っていたのよ。生きている実感がほしいの！」

「ここじゃだめだ」ルーカスは言いはった。

「なぜ？」動揺のあまり頭が痛くなってきた。アラニスの人生は似たような失望の繰り返しだった。両親が彼女を残して世界旅行に出たときも、トムがイートン校に入学したときも、祖父が公務にかかりきりで屋敷をあけたときも、今とまったく同じ思いをした。

ルーカスが歯をくいしばった。「なぜぼくに逆らうんだ？　昨日だって、聞き分けのない子供みたいに海賊の看護をすると言いはった。もうそんな態度は許さないぞ。ぼくたちは夫婦になるのだから、ぼくにしたがうことを学ばなければならない」

「したがう、ですって？」アラニスは彼の傲慢な顔になにか投げつけてやりたくなった。

「ぼくは暴君ではない。それどころか、ものわかりがいいほうだ。ところがきみはなにかにつけてぼくに逆らう。きみの寝室にいる海賊は、明日つるし首になる。そして、きみはピンク・ベリル号の修理が終わりしだい、イングランドに帰るんだ」

「大けがをしている人をつるし首にするなんてとんでもないわ！」

「とんでもないだと？　法律ってものを知っているだろう？〝犯罪者をかくまい、支援し、また助けた者は共犯と見なす〟と決まってるんだ。反逆罪に問わないだけでもぼくに感謝してほしいね」

アラニスはめまいがした。「あなたはいつから死刑推進論者になったの？」

「きみが強情だからだ」

失望がアラニスを覆う。目の前の男はもはや彼女の知っているルーカスではなかった。

「やつはつるし首にしなければならない。共犯だと思われたら、ぼくの評判はどうなる？」

「あなたの評判なんてどうでもいいわ。わたしをイングランドへ送り返す本当の理由がわからないとでも思って？　女心についてひとつ教えてあげましょうか？　きょうだいを処刑する男の妻になる女などいないわ。愛人もしかりよ」

「それならどうしろと？」ルーカスは惨めったらしく顔をゆがめた。

「自分で考えなさい！」アラニスはピンクのスカートを翻して部屋を出ると、オーク材のドアをたたきつけるように閉めた。


寝室に入ったジェルソミーナは、ラベンダーの香りのするシーツとふかふかの枕の上で眠っている兄を見つけた。モスリンのカーテンが海風をはらんでいる。彼女はベッドの脇に膝をついて、兄の頬にキスをした。エロスがびくっとして目を開け、笑いかけている妹の姿を見てたちまち視線を和らげた。「子猫ちゃん」彼は眠そうにほほえんだ。「今、何時だい？」

「もうお昼よ、なまけ者さん」ジェルソミーナは軽やかな足どりで窓辺へ行き、カーテンを引くと、どさりと椅子に腰をおろして、ブーツをはいた足をテーブルにあげた。「一日じゅうベッドで寝ているつもり？」

　エロスは顔をしかめた。まぶしさと痛みに悪態をつきながら体を起こす。「ちくしょう《マナッジア》！　頭が割れそうだ」痛みを軽減しようとこめかみを押さえる。「なにがあったか教えてくれ。あのばかとおまえはどうなってる？」

　ジェルソミーナは兄の胴に巻かれた包帯を眺めた。「ルーカスは明日、兄さんをつるし首にするつもりで、なにを言っても聞く耳を持たないの。今夜、ここから脱出することはできる？」

　エロスはため息をついた。「必要とあらばね」しばらく考えて言葉を継ぐ。「おまえも逃げるか？」

「必要とあらば」

彼は眉をつりあげた。「できることなら、あいつのもとにいたいということか？」ジェルソミーナが肩をすくめる。「ふむ。コルシカ島でグイードと遭遇したときにおまえがとらえられたことを知った。グイードは海賊ハンターがおまえの船を拿捕したと教えてくれた。シルヴァーレイクに監禁されていたのか？」

「しばらくのあいだ要塞に閉じこめられていたわ。兄さんの居場所をききだそうとしたのね。あの人は兄さんを目の敵にしているのよ。でも、わたしからなにもききだせないとわかると、この屋敷へ連れてきた」

エロスは悪態をついた。「やつは婚約者がいるってことを話したのか？　まさか自由の身だと思わせたんじゃないだろうな？」

ジェルソミーナはにっこりした。兄は昔から結婚という制度に懐疑的なのだ。「レディ・アラニスのことなら聞いたわ。生まれたときから結婚が決まっていて、恋人というよりきょうだいのように育ったと。自分でもばかみたいだと思うけど、それを承知で恋に落ちてしまったの。婚約を解消してわたしを選んでくれると思ってた。あの人は当分結婚する気などなさそうだったし。彼女はなぜ、そんな状態に辛抱しているのかしら？」

「辛抱できなくなってここへ来たんじゃないか。それはともかく、おまえは海賊の暮らしをやめ、風船みたいなスカートをはくつもりなんだな？　たしかにフランス兵を威嚇するよりもシルヴァーレイクを尻に敷くほうが安全だが……」

「兄さんはいつだって、夫を見つけ、あたたかい家庭を築いて、静かな暮らしをしてほしいと言っていたでしょう。かわいそうなフランス兵は兄さんに任せるときが来たのかもしれない。ルイ一四世も身内のことで手いっぱいのようだし」

「おまえがいないと寂しくなるな」

ジェルソミーナはため息をついた。「わたしも寂しいわ。でも、モロッコのアガディールに住んだとしても兄さんは海に出てばかりでしょう？　フランス国王との戦いにうんざりすることはないの？」

「ルイにいやがらせをするのはいつだって楽しいさ」

ジェルソミーナは声をあげて笑った。「そういえば、ルイの軍艦を収集することにしたんですって？　きっとあの人、兄さんにものすごく腹をたてているでしょうね。もう舞踏会に招待してもらえないかも」

「そんなことはない。ルイはぼくのことが好きなんだ。カードでいんちきを許さないのはぼくだけだからね」

ジェルソミーナは首を振った。「兄さんだって一〇月で三二歳でしょう。愛する人を見つけて子供をつくりたいとは――」

「それよりおまえの結婚について話そう。シルヴァーレイクのことを聞かせてくれ。どこかひとつくらいは長所があるんだろう？　本物の悪人なら、もっと剣の扱いがうまいだろうし」

彼女の頬がさっと赤くなる。「それじゃあ、あの人と結婚してもいいの？」

「もちろんさ。ぼくだって、いつまでもおまえの尻ぬぐいばかりしてられないからな。一生、解放してもらえないのかとあきらめかけていたところだ」

ジェルソミーナはにっこりしたあと眉をひそめた。「でも、兄さんへの仕打ちを考えると、わたしはルーカスを憎むべきなんだわ」

「そんなのどうでもいいさ。問題はあいつの気持ちだ。あいつにはすでに婚約者がいる」

彼女の目に涙が浮かんだ。「どうすればいいと思う？」

「あきらめちゃだめだ」エロスはぶっきらぼうに言った。「ぼくがなんとかしてやる。おまえがシルヴァーレイクを望むなら、あいつはおまえのものだ」

「どうやって？　兄さんはとらえられているのに」ジェルソミーナははなをすすった。「それに、ルーカスはお父さんに逆らえないの。わたしみたいなどこの馬の骨とも知れない女のために、あのレディを手放したりしないわ」

「おまえは馬の骨なんかじゃない！」エロスは大声で言い、ゆっくりと立ちあがった。よろめきながら鏡台まで歩き、洗面器に水を入れる。頭に水をかけると、こわばっていた背中がようやくほぐれた。タオルをつかんで顔をふく。「アラニスのことは任せろ。ぼくがなんとかする」

「ルーカスにはたくさんの部下がいるのよ。たとえわたしが手伝ったとしても、レディ・アラニスの件をなんとかして、脱出を果たすのは不可能だわ。この屋敷の警備は要塞並みなんだから」

エロスは湿った髪をかきあげた。「なんとかなるよ。いつもそうだ」ゆっくり窓辺へ移動して、窓の外に広がる光景に口笛を吹く。「難しいが、不可能ではないだろう。おまえが一緒に来てくれれば助かるが、ひとりでもなんとかなるさ。で、いつになったら再会の抱擁をしてくれるのかな？」

ジェルソミーナは兄の胸に飛びこんだ。「寂しかったわ。兄さんを失うなんて耐えられない。この世で頼れるのは兄さんしかいないんだもの。勇敢で賢い兄さんがいなかったら、わたしなんてとっくに死んでた。墓標もないまま、お父さんやお母さんと一緒にイタリアの土に埋められていたはずよ。誰にもわたしたちのあいだを裂くことはできないわ。ルーカス・ハンターでさえ。わたしたちには血の絆《きずな》があるもの」

エロスは涙に濡れた頬にキスをした。「愛しているよ。ぼくはいつだっておまえの味方だ」彼は妹をぎゅっと抱きしめてからベッドに戻った。苦しげに枕に寄りかかって目を閉じる。

ジェルソミーナは兄の隣に腹這いになり、頬杖《ほおづえ》をついた。「それで、彼女はどんな人？」

エロスが片目を開く。「誰のことだ？」

ジェルソミーナはにやりとした。「ブロンドの看護婦さんよ」

エロスは天井を眺めた。「シルヴァーレイクの婚約者をアラストル号でもてなしてみて気づいたことがある。そのひとつは、彼女と子爵との結婚は神のご意思ではないということだ。うまく説得すれば、あきらめさせることができると思う」

「やっぱり！」ジェルソミーナは上体を起こした。「彼女を誘惑するつもりなのね？　そうしてルーカスから引き離すつもりでしょう？　ほかの女性たちのように飽きたら捨てるの？」

「ぼくはそんなことはしていない」

「兄さんとかかわったら彼女の評判はめちゃくちゃになるわ。そのくらいわかってるくせに。彼女は兄さんを助けてくれたのよ。恩を仇《あだ》で返すようなまねはできない」

「傷つけたりはしない。お高くとまった処女を誘惑するよりほかにやることがあるからな。おまえの子爵と違って、ぼくは情熱に流されたりはしないよ」

ジェルソミーナは目を細めた。いつもは冷静な兄なのに、アラニスのこととなるとむきになる。しかし、相手がどんな美人であっても、エロスは貴族の女性とはつきあわないと決めているはずだ。そうなると、アラニスを誘惑するのは、妹とルーカスの結婚を実現させるための演技ということになる。そのあとでエロスに捨てられたら、アラニスはどれほど傷つくだろう？　そう思うと、ジェルソミーナは耐えられなかった。兄がなんと言おうと、アラニスには恩がある。卑劣な手で追い払うことなどできない。「レディ・アラニスは有力な一族の出身なのよ。おじいさまはアン女王の相談役とか」

「知っている」

「だったら……考え直して。公爵が兄さんの計画に腹をたてるのは明らかよ。ただでさえ敵が多いのに。世界じゅうの権力者の不興を買うことはないわ」

エロスは断固としたまなざしで妹を見た。「それでもかまわん」

この目つきは前にも見たことがある。船団をも震えあがらせる目だ。「ステファノ・アンドレア……」ジェルソミーナはつぶやいた。「お父さんが言ってたわ。〝ステファノは恐れ知らずで、心のままにつき進む〟って」

「その名前で呼ぶなと何度言ったらわかる？」

「わたしのことはジェルソミーナと呼ぶくせに」

「それとこれとは違う」

ジェルソミーナは喉にこみあげてくるものをのみこんだ。「兄さんが目的のためなら手段を選ばないことは知ってるわ。でも、レディ・アラニスだけは傷つけないで。そんなことをしたら、兄さんだって自分を許せなくなるはずよ」


アラニスが屋敷のなかを探索し終えて自室へ戻ると、居間にジェルソミーナがいた。女海賊は長椅子に腰をおろして、ベツィーがアラニスのために出しておいたさくらんぼ色のドレスを体にあてがっている。ルーカスの執事が島の高官を五〇人ほど招待して晩餐会《ばんさんかい》を開くと知らせてきたので用意させたものだ。アラニスは地元の社交界にかかわりたくなかった。寝室に海賊をかくまっているとなれば、なおさらだ。だが〝身分に応じた義務《ノブレス・オブリュージュ》がある〟という言葉もある。

「ホックは背中にくるのよ」アラニスはやさしく声をかけた。

　ジェルソミーナが驚いて立ちあがり、顔をまっ赤にした。「まあ《カスピタ》！　レディ・アラニス、その、すみません」彼女はあたふたとドレスをもとに戻そうとした。「兄の命を救っていただいて、どんなに感謝していることか」

　アラニスはにっこりした。勝ち気そうに見えて、ジェルソミーナは女らしいところがある。なんといってもピンクのフリルが好きなのだから。アラニスは彼女に近寄ってドレスを受けとった。「お兄さんの具合はどう？」

「とてもいいようです。お昼に用意していただいたチキンスープはあまり好きでなさそうでしたが、お湯を使わせてもらってさっぱりした顔をしていました」

　アラニスはおかしそうに笑った。「けが人に味の濃い食事は出せないもの。生きて、食事ができるだけでもありがたく思うべきなのに」

「今は寝ています」ジェルソミーナはドレスを持ったアラニスの手つきに見入っていたが、彼女が近づいてきて自分の体にドレスをあてがったので仰天した。

「ちょっと押さえていてね」アラニスはそう言ってジェルソミーナの手にドレスを押しつけ、丁寧にしわをのばして体に合わせた。「少し直せば着られそうよ」

「レディ・アラニス！」ジェルソミーナは息をのんだ。「いただくわけにはいきません。むしろわたしのほうがなにかさしあげなくちゃならないのに。だいいち……」顔を赤らめた。

「わたしにはこんなドレス、もったいないわ」

「あら、ただであげるわけじゃないわよ。このドレスと引き換えにズボンとブーツがほしいの」

ジェルソミーナは信じられないという目でアラニスを見た。「ズボン？　こんなにすばらしいドレスを持っているのに、男の格好がしたいのですか？」

アラニスは肩をすくめた。目の前の女性がルーカスの心を射とめたことよりも、彼女が享受している自由のほうがうらやましい。この風変わりな女性は、わたしが本のなかでしか知り得なかった外の世界を自由に駆けまわっているのだ。「おかしい？　ズボンをはいて、なんの束縛も受けずに外を闊歩《かつぽ》してみたいわ」

「男の格好なんてそんなに楽しいものじゃありませんよ。変わり者だと思われるし。男とはりあう一方で、ドレスを着た貴婦人にひそかに嫉妬しているんですよ」

ジェルソミーナの意見は意外だった。ふいに笑いがこみあげてきて、アラニスは長椅子にどさりと腰をおろし、声をあげて笑った。「一方の貴婦人は、自由を謳歌《おうか》し、頑固な貴族と横柄な男たちがのさばる社会をたくましく生きぬくかわいいアマゾネスに嫉妬している」

ジェルソミーナはおずおずとほほえんだ。「あなたは兄のように横柄な男の扱いがお上手ですね」

「横柄な男はどこにでもいるから」アラニスはまつげをしばたたいた。「でもね、貴族の生活は華やかに見えてとても窮屈なのよ。ちょっと公園へ行くのにもお目付役を連れていかないとだめなの」

「本当に？　いつもですか？」ジェルソミーナも長椅子に腰をおろした。

「そうよ」アラニスは大きなため息をついた。「悪い男が寄ってこないよう、常にお目付役がついているの」

ジェルソミーナがくすくす笑った。「寝室に傷を負った海賊を入れるなんて、ドラゴン《ドラゴン》が火を噴きますよ」

「わたしのドラゴンはよくなついているから大丈夫。いびきはすごいけど」

ふたりは声をそろえて笑った。ジェルソミーナが言った。「あなたのベッドに寝ているドラゴンは、そう簡単にはなつきません」

アラニスはその言葉に飛びついた。「エロスのことを教えて。どんなお兄さんなの？　噂はいろいろ聞いているけど、怪物というよりも理性的で、思慮深くて、知的な男性に見えるわ」

「兄は怪物なんかじゃありません。ライオンの心を持った、男らしくてやさしい人です。でも理性的で思慮深いからこそ恐れられているんです」

「恐れられるって、フランス軍から？」アラニスはさらに情報をききだそうとした。

「兄が敵と見なす相手すべてからです。たとえばスペインとか」

「お兄さんはたったひとりで独裁者から世界を救おうとしているのね。なぜ大同盟に加わらないのかしら？　そうすれば、海賊ハンターに追われることもないでしょうに」

ジェルソミーナは目をそむけた。「それにはいろいろ事情があって」

アラニスはさらに好奇心を刺激された。ライオンの心を持つという男の話を一日じゅうでも聞いていたい。彼女は寝室に続くドアにちらりと目をやった。

　そこへベツィーが入ってきた。ジェルソミーナが椅子から立ちあがる。「もう行かないと。ありがとうございました」

　アラニスも立ちあがった。「ドレスを忘れないで。着てみたくなったらベツィーに手伝ってもらうといいわ。わざと着にくく仕立ててあるんじゃないかと思うほど面倒なの。ねえ、ベツィー？」

　ベツィーがうなずく。ジェルソミーナはうれしそうにドレスを手にとった。「レディ・アラニス」

「〝レディ〟はいらないわ。それにドレスのことは気にしないで。あなたもいつかは女らしい格好をしなきゃならないんだから」よりによってルーカスの恋人と気が合うなんて！　ジェルソミーナがエロスの妹だと思うとよけいに親しみがわいた。「もしよかったら、一緒に仕立屋に行ってドレスを見たててあげましょうか？　一週間もあればクローゼットがいっぱいになるはずよ」

「クローゼットがいっぱいに？」ジェルソミーナがうっとりと繰り返す。

　アラニスはジェルソミーナの腕に手を添えて一緒に廊下へ出た。ベツィーに聞こえないところまで来ると、深刻な顔つきで尋ねる。「つるし首の件はどうするの？」

「ルーカスの決意が変わらなければ、エロスとわたしは今夜のうちに逃げます」ジェルソミーナはつぶやいた。

複雑な気分だった。ジェルソミーナがいなくなれば、イングランドへ帰されずにすむ。長年の夢がかなうのだ。だけど、エロスもいなくなってしまう。今夜だなんて急すぎる。そもそも、ほかの女性に心を奪われている夫の妻になるよりもましな人生はあるのではないだろうか？

「わたしになにかできることは？」

ジェルソミーナは上体を寄せた。「ルーカスを説得してみます。でも、わたしからなんの連絡もなければ、なるべくルーカスを引きつけておいてください。わたしたちはその隙《すき》に逃げますから」

「わかったわ」アラニスの脳裏に、退屈な晩餐会の様子がありありと浮かんだ。

# 7

「マッギー船長、前線の情勢を教えてくださらんか？」アラニスの向かいに座っているホルブルック大佐が口を開いた。「わが同胞たちはフランス軍相手によく戦っておりますかな？」

アラニスは安堵《あんど》のため息をもらした。ルーカスが彼女の言動に目を光らせていたので、晩餐会が始まってからずっと場を盛りあげようと必死になっていたからだ。フランスで流行のファッションについてはこれ以上話すことがない。

「そうですね」マッギー船長は真剣な表情で答えた。「最近ではミラノ地方で勝利をおさめています。サヴォイ大将はカッサーノ近郊に強固な砦《とりで》を建設してヴァンドーム元帥を打ち負かすつもりです」

「では、ミラノでの勝利を祝って！」キングストンの名士、ミスター・グレイソンのかけ声で、一同はワインを掲げた。

「サヴォイ大将はフランス人ながら見どころがあると思っていたんじゃ」ホルブルック大佐が言う。

「オーストリア人ですよ」ミスター・グレイソンが訂正した。「サヴォイ大将はオーストリア出身です」

マッギー船長は頭を横に振った。「フランスとオーストリア両方の血を引いています」

「ちなみに母親はフランス人で、マザラン枢機卿《すうききょう》の姪《めい》にあたる方ですわ」アラニスは思わず口を挟んだ。「父親はイタリア貴族で、トリノのサヴォイア公はサヴォイ大将のいとこです」

テーブルに沈黙が落ちた。公の場で女性が政治の話題に口を挟むなど、あるまじきことだ。アラニスは心のなかでうめいた。これで召使いの誰かが寝室に海賊をかくまっていることをもらしでもしたら、たちまちヨークシャーまで噂が飛び、祖父は孫娘を帰国させるために海軍をも動かすだろう。そうなったらせっかく手に入れた自由も終わりだ。彼女はこれ以上の失言を避けるためにケーキをほおばった。

知事が咳払いする。「みなさん、明日、わたしの家で舞踏会を開きます。デッラアモーレ公爵の聡明《そうめい》なお孫さんの到着と、イングランド軍の勝利を祝して。マールバラ将軍とサヴォイ大将、そして彼らが指揮する勇敢な兵士たちをたたえて乾杯しようではありませんか。神のご加護を！」一同が知事に賛同してグラスを掲げた。さあ、今一度マールバラ
「それにしてもミラノはまるで闘牛場だな」ミスター・グレイソンが嘆いた。「鎖蛇の時代は難攻不落と言われたのに。偉大な戦士であるスフォルツァ公爵と抜け目のないヴィスコンティ一族が組んで、何世紀ものあいだほかの勢力を寄せつけなかった」

アラニスはフォークを噛んだ。〝鎖蛇に油断するな〟か。エロスは、何年も前に途絶えたミラノの名家とつながりがあるのだろうか？　そういえば、彼とジェルソミーナの脱出はど

うなっただろう？　くだらないおしゃべりさえ終わってくれたら、お別れくらいは言えるのに……。

「サヴォイ大将がミラノでヴァンドーム元帥の軍を打ち破ってくれたら、くそいまいましい戦争も終わりじゃ」ホルブルック大佐が赤ら顔で宣言した。

「ジョナサン・ホルブルック、口を慎みなさい！」マダム・ホルブルックが叱責する。「女性もいるのよ。退屈な演説を聞かされるだけでも耐えがたいのに。家ではともかく、ここでは失言しないでちょうだい。ミセス・グレイソン……」彼女は隣に座っている女性に声をかけた。「戦争好きの男たちがポートワインと葉巻を楽しんでいるあいだ、隣の部屋でケーキをいただきませんこと？　恐ろしい話題はもうたくさん」マダム・ホルブルックは唇を引き結んで立ちあがった。男性たちが起立し、女性たちがマダムのあとに続く。「さあ、女同士で楽しみましょう。それでは紳士のみなさま、ごきげんよう」

　隙あらば二階へ避難しようと思っていたアラニスの願いはかなわず、それからルーカスが救出に来るまで一時間も女性たちのなかで愛想笑いを浮かべるはめになった。最後の客を見送ったあと、ルーカスとアラニスは黙って二階へあがった。アラニスはルーカスが彼女の部屋の前で解放してくれることを期待したのだが、彼は部屋のなかまでついてきた。室内は暗く、月明かりが絨毯《じゅうたん》を照らしている。ルーカスの視線が寝室のドアに向けられた。ドアの隙間から明かりはもれていない。アラニスは落胆した。エロスはもう行ってしまったのだ。

「きみの海賊をこの部屋で看護すると言いはるなら、せめてきみに別の部屋を用意させてくれ」

アラニスはシルクのショールをソファに落とした。「彼はわたしの海賊じゃないわ」

「あいつのことが好きなのか？」

彼女は一瞬、頭がまっ白になった。気をとり直して大げさに驚いてみせる。「ばかばかしい。あの男は卑しい悪党じゃない」そう、知的でユーモアのある悪党だ。目の前にいるのがルーカスでなくエロスだったらどんなにいいか。「それよりも、わたしたちの婚約は考え直すべきかもしれないわね。ひどい過ちを犯すことになるわ」

「なぜ？ぼくがあの男をつるし首にすると決めたからか？ けがが治るまでは処刑しないと約束するよ。婚約を解消するなんて冗談じゃない。ぼくを傷つけないでくれ」

「傷つくのはあなたの心ではなくプライドでしょう？ あなたがわたしに特別な感情を抱いているとは思えないわ。そういう感情はジェルソミーナに捧《ささ》げてしまったようだし」けがが治ったら、エロスは処刑される……。

「きみのことは大事に思っているさ。ぼくたちは友人で、共通点もたくさんある。うまくいかないはずはない」

「わたしにはそうは思えないわ。あなたは友情で充分なのかもしれないけれど、わたしは結婚に夢があるの。魂の底からわきあがる特別ななにかが必要なのよ。苦しいほどの胸の高鳴りがね。あなたとの結婚は、きっと冷めたおかゆみたいになるわ」

ルーカスが口を開きかけたが、アラニスはかまわず続けた。「わたしはあなたの帰りをおとなしく待っている従順な女だった。あなたにとっては、汚れを知らない妹のような存在で……情熱の対象じゃない」キスをされそうになったこともない。これまでそれを礼儀正しさだと思っていたが、ここに来て本当の理由がわかった。この人はわたしに興味がないのだ。モンテスパン侯爵夫人に教えてもらったフランスの言葉がよみがえる。〝女にとって最大の成功は、殿方の愛情を得ること〟ルーカスに関して、わたしはそれに失敗した。アラニスはふとあることを思いついた。「ルーカス、わたしにキスしてみて」彼のキスがエロスの半分も刺激的だったなら、婚約を解消せずにすむかもしれない。

ルーカスはあっけにとられたあと、おずおずと唇を重ねた。アラニスは目を閉じてキスの感触に意識を集中させた。悪くない。しかし、ときめきはまったく感じなかった。これでは実験にならない。紳士的なキスではだめなのだ。彼女は大胆に身を寄せ、自ら口を開いた。ルーカスが体を離す。拒絶され、アラニスは惨めな気分になった。わたしはなにかおかしなことをしただろうか？　彼は弁解すらせず、そそくさと部屋を出ていった。

アラニスは暗闇のなかにひとり残された。ランプをつけようかとも思ったが、鏡に映る自分を見たくなかった。わたしなんかよりも大理石の女体像のほうがよっぽど男性を引きつけるだろう。ルーカスとのあいだに愛はなかった。あれはキスとは言えない。彼は明らかに失望していた。ヨークシャーから来た氷の女王は男性をその気にさせることもできない。ジェルソミーナにはなれない。

声を殺して泣いていたアラニスは、ふと、誰かの視線を感じて顔をあげた。月明かりを背にして、肩幅の広い人物が窓辺に立っている。

「まだいたのね！」アラニスは一瞬、歓喜に包まれたが、すぐにルーカスとの屈辱的な場面を見られたことに気づいた。それに、エロスのことを〝卑しい悪党〟だなどと言ってしまった。

エロスが窓枠から体を起こして近づいてくる。長い髪に月の光が降り注いでいた。彼はアラニスの目の前で立ちどまった。「おいで」

彼女はためらうことなくエロスの胸に身をあずけた。惨めな記憶を吸いとるかのように彼の唇が重なる。彼女のなかに情熱の炎が燃えあがった。アラニスは熱いキスを受けながら、むきだしの肌から発せられる熱と男らしい香りを堪能した。体は熱いのに震えがとまらない。

エロスの唇が耳もとへ移動した。「きみがほしい《ディ・デシデロ》、アラニス」

官能的な言葉が彼女の頭にこだまする。アラニスは爪先立ちになってエロスの首に手をまわした。「あなたがいてくれてよかった」

「ぼくの腕のなかで月明かりを浴びているきみは美しい。きみをさらって、世界の神秘を一緒に見てまわりたいよ」

アラニスは彼が本気かどうか判断できず、小さな声で尋ねた。「どこへ連れていってくれるの？」

「アラビア海にある秘密の海岸はどうかな？　そこでは砂粒と同じくらいたくさんの真珠がとれるんだ」エロスの声は深く、誘うような響きを帯びていた。「モロッコにアガディールという小さな町がある。そこの砂浜は雪のように白い。そして紫色の夕日が見られるんだよ」

「紫色の夕日なんて見たことがないわ。正直に言うと、あまり旅をしたことがないの」

「もったいない。世界を知らずして人生を謳歌することはできないよ」

「わたしだってそう思うわ。でも、かなわぬ夢でしょうね」

「なぜ？　きみはもう子供じゃない。二一歳は超えているだろう？　夢をあきらめる理由などないよ。後悔して過ごすには人生は短すぎる」

エロスの言うとおりだ。でも……それほど簡単なことではない。アラニスはがっしりした上半身に手を滑らせた。「あなたは本当にアルジェの城塞《カスバ》で育ったの？」

彼は頭をかしげた。「厳密に言えば違うが……大筋では正しい。なぜそんなことをきくんだい？　行ってみたいのか？」エロスは挑発的な笑みを浮かべた。

アラニスは唇を嚙んだ。「仮に世界を旅する自由を手にしたとしても、そこには行けないでしょうね。危険すぎるもの」

「たしかに危険だ。でも死にはしないさ。ちゃんとした案内人がいればね」エロスはにやりとした。

アラニスは突然、どうしてもカスバへ行ってみたくなった。エロスの育った場所をこの目で見てみたい。「じゃあ、スルタンのハーレムも案内できる？」思わせぶりに笑う。

「スルタンは独占欲が強いけど、ハーレムをのぞかせてもらったことはあるよ。ほかにはどんな場所に興味があるんだい？」

「トルトゥガ島の酒場は噂どおりいかがわしいのかしら？　聞いたところによると、女性たちはお金のために一糸まとわぬ姿でテーブルの上で踊るとか」

エロスが吹きだした。「どこでそんな情報を仕入れたんだ？　汚れなき令嬢が社交場でそんな破廉恥なことを話題にするとは知らなかった」

「あなたの噂も出るのよ。もっとも破廉恥な話題のひとつね」

「ぼくの噂？」エロスは胸に手をあてて、大げさにびっくりしてみせた。「どうせ紅茶とスコーンを食べながら、ぼくの欠点をあげつらっているんだろう」

「あら、聞いてたの？」アラニスは声をあげて笑った。彼に抱かれていると心地いい。「悪い噂をたてられて、まんざらでもないのでしょう？　あなたについてはありとあらゆる噂があったわ」

エロスは眉をつりあげた。「たとえばどんな？」

「町を襲ってお金を巻きあげたとか、船を奪ったとか、略奪品の山を隠しているとか、人を殺したとか、女性を……」

彼はアラニスの唇に自分の唇を押しつけた。「過去に女性がいたことは認めよう。でも、最近出会ったある女性のせいで、過去の女性はどうでもよくなってしまった。イングランドでの生活をくだらないと思っているんだろう？　それなら捨ててしまえばいい。きみほど聡明で活動的な女性が、自分で人生を狭めることはない」

「くだらないなんて思っていないわ」そうは言ったものの、エロスの発言は急所をついていた。「わたしはあなたとは違うの。責任があるし、愛する人たちの期待を裏切ることはできない」

「きみの愛する人たちは、いつもきみの期待にこたえてくれるのかい？」エロスはアラニスの顎に指を添え、そっと上を向かせた。「美しい人《ベラ・ドンナ》、まともな男ならきみを拒んだりはしない。シルヴァーレイクは男だが、やつの心はすでに別の女性のものだ。そんな状態で結婚して、誰の期待にこたえるつもりだ？」

エロスの鋭い洞察にショックを受けて、アラニスは彼を押しのけ、窓の外に目をやった。椰子の葉が夜風に揺れ、風鈴が心地よい音楽を奏でている。この島に住みたいという気持ちはあっても、ルーカスの父親を喜ばせるためだけに結婚するなんていやだ。デントン伯爵は彼とジェルソミーナの結婚を許しはしないだろう。

「少し眠ったほうがいい」エロスが彼女に声をかけた。「ぼくはここにいる。もう充分寝たからね。安心していい。プライバシーは守るよ」

アラニスは不思議と彼の言葉を信じることができた。今日はもうくたくただ。「ベツィーはどうしたのかしら？　起きて待っていると言っていたのに」

「ぼくがさがらせたんだ」

アラニスは口もとをゆがめた。「かわいそうに、彼女を脅したんでしょう？」

「ひどいな。ぼくはただ、居間に足を踏み入れただけだよ」

「それで充分よ」アラニスは小さくほほえんだ。「明日にでも様子を見ておくわ。おやすみなさい」

「おやすみ」寝室へ続くドアを開ける彼女の背後で低い声が響いた。

アラニスはドレスを脱いでナイトガウンに着替えると、上掛けの下にもぐりこんだ。枕に頭を押しつけて、麝香のような香りを吸いこむ。

誰かがドアをノックした。「どうぞ」

エロスがドアを開けた。「心配いらない。約束を破ったりしないよ」彼はぶらぶらと部屋へ入ってくると、ベッドの脇に腰をおろした。ろうそくの明かりに浮かびあがる凛々《りり》しい顔に、アラニスの鼓動が速くなる。彼女はシーツを顎まで引きあげ、エロスが話しだすのを待った。

「さっきの話を実現したいと思って」

アラニスはベッドの上に起きあがった。「さっきの話って？　わたしを連れて旅をするってこと？」

「カスバでもトルトゥガ島でも、好きな場所へ連れていってあげよう。見返りはいらない」

アラニスは胸がいっぱいで、なんとこたえていいかわからなかった。「なぜ？」

「美しくて短気で、オウィディウスを読むブロンド娘が気に入ったからさ」エロスは彼女に上体を寄せた。「ヴェネチアのことわざに〝ここぞというときは金貨も銀貨も出し惜しみするな〟というのがある。一緒に行こう。後悔はさせないよ」

アラニスはうっとりとため息をついた。「イタリア人と一緒にヴェネチアを訪れたらすばらしいでしょうね。なんといってもイタリアは神秘の地、芸術と美の国なんだもの。行ってみたいわ」

エロスの目が冷たくなった。「イタリアはだめだ」

彼は、自らの故郷であり、ミケランジェロやダ・ヴィンチを輩出した土地に反感を抱いているらしい。アラニスはその理由を知りたかったが、質問するのは控えた。「でも、戦いはどうするの？　フランスと戦うのではなかった？」

エロスはにっこりした。「ルイだって少しくらい待てるはずだ。そう思わないかい？」

アラニスは彼の申し出を吟味した。エロスと航海に出るということは、すべてを捨てるということだ。ルーカスをジェルソミーナに譲り、夢のために人生の舵を大きく切ることになる。魅力的ではあっても非現実的だ。しかし、チャンスがあれば異国を旅したいと思っていた。ここにいても幸せな将来などない。イングランドに戻ってもそれは同じ。

「ぼくを信頼してくれ。出発は明日の夜中だ。一日かけてゆっくり考えるといい」エロスはろうそくを吹き消し、アラニスに上体を寄せた。「おやすみ《ブオナノッテ》、美しい人《ベラ・ドンナ》。一緒にとびきりの夢を見よう」彼のキスが全身をしびれさせる。彼女は、立ちあがって部屋を出ていく海賊を名残惜しい気持ちで見送った。

翌日、アラニスは約束どおりジェルソミーナを買い物に連れだした。ジェルソミーナはキングストンの町に詳しく、アラニスはファッションに詳しい。昼になるころには、ジェルソミーナはひとそろいの衣装を手に入れ、アラニスはキングストンの町に恋をしていた。

馬車に揺られて屋敷へ戻りながら、アラニスは再びエロスの提案について思案した。昨日の夜はろくに眠れなかった。朝、起きたときは彼と航海に出ようと思っていたのだが、時間がたつにつれて祖父を置いて勝手な行動はとれないと思えてきた。馬車がルーカスの屋敷に到着する。山のような荷物を見て、ふたりの従者が馬車に駆け寄ってきた。アラニスは黄色の新しいドレスを着たジェルソミーナを誇らしげに眺めた。女海賊の面影はどこにもない。

玄関ホールでふたりを迎えた執事のチェンバーズもジェルソミーナを見て顔を輝かせた。

「おかえりなさいませ。だんなさまがお留守で残念です。おふたりとも麗しいお姿で」

「ありがとう、チェンバーズ」アラニスは階段の上にちらりと目を走らせてから、レースの手袋を脱いだ。「留守のあいだになにかあった？」

「特になにもありませんでした。ただ、お客さまがお見えです。マダム・ホルブルックとミセス・グレイソン、それからミス・マリアンヌ・コールドウェルです。どうやら子爵が危険な犯罪者をかくまっているという噂を聞きつけたようで」チェンバーズは意味ありげに眉を上下させた。

「魔女評議会というわけね……」アラニスはいらだたしげにつぶやいた。絶妙のタイミングだ。

「なにかおっしゃいましたか？　居間にお通ししましたが、それでよろしかったでしょうか？」

「ええ。島じゅうの人たちが押し寄せてくる前に片をつけたほうがよさそうね。お茶を運んでくれる？　ジェルソミーナ、行きましょう」アラニスは二階に逃げようとした元女海賊を引っぱった。「本気でレディになるつもりなら、それに付随する悪《あ》しき面も知っておいたほうがいいわ。〝敵を知れ〟というのが祖父の口癖なの」

ふたりの女性と、その予備軍といった若い娘が赤い長椅子に腰かけてかしましくおしゃべりしているのを見たとたん、アラニスもまわれ右をしたくなった。他人の私生活をかぎまわって批判することを生きがいにしているおせっかいやきどもだ。

「みなさん、ようこそおいでくださいました」アラニスはにっこりした。「うれしい驚きですわ。まずはわたしの大切な友人を紹介させてください。こちらはジェルソミーナ伯爵夫人です。はるばるローマから訪ねてきてくださったの。英語はまったく話しませんが、わたしと同様に魔……いえ、お仲間に加えていただけないかと」

三人の女性はくすくす笑いながら膝を折っておじぎをした。まずミセス・グレイソンが口を開く。「これはレディ・アラニス、またお会いできてうれしいわ。一度会っただけだというのに、すっかりお友達のような気がするの」

「まあ」アラニスはにっこりした。「それは光栄です」

「今日は大切な用があって来たのです」さっそくマダム・ホルブルックが本題に入った。

「おぞましい噂を耳にしたものだから、すぐに真偽を確かめなくてはと思って」

「そうなの。手遅れになる前にお助けしようと思ったのよ」マリアンヌが同調する。

「助ける、ですって?」アラニスは椅子に腰かけ、ジェルソミーナにも座るように合図した。

「いったいなにから?」

「誰から、と言うべきね。なんでも子爵が危険な犯罪者をかくまっているとか」

「危険な犯罪者?」アラニスは驚いたふりをした。「信じられないわ」まっ青になったジェルソミーナに目で合図を送る。「物騒なお話ね」

「まったくですわ」ミセス・グレイソンが興奮ぎみに言った。「とんでもないでしょう? あなたなら詳しい事情をご存じだと思ったの。わたしたちが聞いたところでは……」声をひそめた。「悪名高き海賊エロスとそのふしだらな情婦がこの島に、しかも、この屋敷にいるというの」

「なんてことでしょう! 人殺しがこの屋敷に?」アラニスは目を見開いてジェルソミーナの手を握った。

「それで彼ってどんな人?」マリアンヌがまくしたてる。「ハンサムなの? わたしたちも会えるかしら?」

「お黙りなさい。残忍な殺人者と面会しに来たわけではないのよ」ミセス・グレイソンがたしなめた。「わたしたちはレディ・アラニスの力になるために来たのでしょう」

マダム・ホルブルックが身をのりだした。「子爵が重要な任務を負っていらっしゃることは承知していますし、彼は立派な人です。でも、あなたは結婚前の娘さんなのですよ。後見人もなしに独身男性の屋敷に、しかも海賊と一緒に滞在するなんて、とんでもないことです」彼女は恐ろしげに身を震わせた。「そこであなたの名誉を守るためにも、わたしがおじいさまに代わって後見人を務めることにしました。軽い気持ちで言っているわけではありませんよ。きちんと覚悟あってのことです。〝悪に傾くことはもっとも戒しめるべきことのひとつであり、主はそれを悪と呼ぶ〟と聖書にありますからね。悪者は今に神が退治してくださいます」

「みんな絞首刑を望んでいるのに、子爵が引きのばしているとか」ミセス・グレイソンは不快感をあらわにした。「なぜなのかしら？」

「そんな輩《やから》はさっさと始末するべきです！」マダム・ホルブルックがまくしたてる。

アラニスは、顔をまっ赤にして叫ぶ女性たちを眺めた。あつかましいだけでなく血に飢えているらしい。〝出ていって〟という言葉が喉もとまで出かかった。下手にまわっては魔女たちの追及を逃れることはできない。ここは強い態度で臨まなければ。「申し訳ないのですけれど、ひどい誤解があるようですわ。あなた方のおっしゃる悪人は、昨日、子爵の剣にかかって死にました。ほかにご用がなければ……」

「そんなはずないわ！」ミセス・グレイソンが叫んだ。「大柄で色の黒い男が、負傷してここに運びこまれるのを見たんだもの。そばに女もいたわ。血だらけで、髪はぼさぼさで、男物の服を着ていたのよ！」

アラニスはジェルソミーナの美しく結われた髪に目をやった。「本当に誤解ですわ。夢でもごらんになったのではないかしら？　昨日は暑かったから……」

「わたしたちが嘘をついているとおっしゃるの？」ミセス・グレイソンはぐったりと背もたれに寄りかかって、顔をあおいだ。「マリアンヌ、気つけ薬を出して。気絶しそう」

アラニスはだまされなかった。「わたしとしたことが誤解を招くような言い方をしてしまいました。つまり、人違いではないかと――」

「あれは絶対エロスよ！」マリアンヌがくいさがった。「あの黒髪とたくましい体つき、わたし――」

「お黙りなさい。レディ・アラニスは誤解だとおっしゃったでしょう。わたしたちの取り越し苦労だったのかもしれないわ」マダム・ホルブルックは探るような目つきをした。「それにしても男の人が運びこまれたのは事実なのでしょう？」

アラニスは考えた。この老婦人はひと筋縄ではいきそうにない。

ジェルソミーナが咳払いをした。「男の人《ウン・ウオモ》？」そう言って考えこむ。「きっとわたしの《ミオ・フラッ》兄《テロ》よ！」

アラニスはびっくりしたが、すぐにジェルソミーナの意図を察した。「そうよ。きっと伯爵夫人のお兄さまだわ！　とっても魅力的な方なの。残念なことに旅の途中でひどい熱を出して寝こんでいらっしゃるけれど、回復したら、みなさんにご紹介します」

「そんな話でごまかされはしませんよ！」マダム・ホルブルックが長椅子から立ちあがった。

「レディ・アラニス、わたしたちを煙に巻こうとしているのでしょうけど、納得するまでは引きさがりませんからね」

アラニスも立ちあがってマダム・ホルブルックの視線を正面からとらえた。ほかのふたりが老婦人の後方につく。ジェルソミーナはアラニスに身を寄せた。「申し訳ありませんが……」アラニスはこたえた。「あなた方の満足する答えはさしあげられません。これ以上おっしゃるなら、出ていっていただきます」

「わたしに向かってそんな口をきくとは。あなたのお目付役として――」

「わたしはもう子供ではありません。二四歳ですからお目付役など必要ないのです。礼儀の面では、あなた方も人のことは言えないでしょう」

「わたしを追い返すことなんて――」

「繰り返しますが、あなたはわたしのお目付役ではありません。祖父はすでにシルヴァーレイク子爵をわたしの後見人に指名しています。それに伯爵夫人がいてくれますし。あなた方の質問にはお答えしました。どうぞお引きとりください。舞踏会の準備をしなくてはなりませんので」

ドアが開き、なにも知らないチェンバーズが紅茶のトレイを持って入ってきた。マダム・ホルブルックは怒り心頭だった。「こんな無礼は許しませんよ！　屋敷のなかを調べさせてもらいます！」そう言ってドアのほうへ足を踏みだす。チェンバーズがすかさずドアの前に立ちはだかった。

「ここはシルヴァーレイク子爵の屋敷です」アラニスはきつい調子で言った。「それなのにあなたは子爵をことごとく侮辱した」冷たいほほえみとともに、とどめを刺す。「お引きとりください。ごきげんよう」

負け惜しみを言いながら出ていくマダム・ホルブルックを、アラニスはなにも聞こえないふりをして玄関まで見送った。マダム・ホルブルックが馬車の前で振り返る。「これですんだと思わないことね！　なんて無礼で傲慢な人でしょう！　デッラアモーレ公爵にお話ししますからね。こんな不愉快なことってないわ！」

チェンバーズがドアを閉める寸前、再びマダム・ホルブルックの声が聞こえた。「まったく、なにさまだと思っているのかしら！」すっかり疲れきったアラニスとジェルソミーナは、居間へ戻って紅茶とスコーンでひと息ついた。

「レディになる決意をした早々に災難だけれど、社交界にはマダム・ホルブルックのような人が山ほどいるのよ」アラニスは言った。

「強烈だわ。エロスが見つかったらどうしようかと――」

アラニスは顔をしかめた。「エロスは女性に手をあげはしないでしょうけど、彼があの人たちの舌をちょん切っても別に驚かないわ。なんならわたしがそうしたいくらいよ」

ジェルソミーナがため息をつく。「あなたの言ったとおり、まさに魔女評議会ね。ほうきにまたがって飛び去ってくれてよかった」ふたりは目を見交わし、同時に吹きだした。

シルヴァーレイク家の馬車は、椰子の木の立ち並ぶウィンドワード・ロードを知事の家へ向かっていた。オーケストラの奏でるフランス舞踊曲《コティヨン》が聞こえてくる。アラニスはそわそわしていた。いよいよ今夜、エロスとともに旅だつのだ。彼女は愛のない婚約やマダム・ホルブルックのような蛇に囲まれた人生よりも、未知の冒険を選んだ。旅といっても一時的なことなのだから、祖父にはいつかわかってもらえるだろう。人生は短い。後悔している暇はないのだ。

向かいに腰かけたルーカスは、モスリンのドレスを着て、髪に蘭《らん》の花をさした初々しいジエルソミーナに見とれていた。彼女を舞踏会に誘ったのはアラニスだ。自分がいなくなれば、ルーカスは良心の呵責《かしゃく》を感じることなくジェルソミーナに求婚できるだろう。アラニスはふたりの幸せを願った。自分はエロスとともに世界へ漕《こ》ぎだすのだから。

冒険に繰りだそうという女性にモスリンはおとなしすぎるように思えたので、アラニスはシルクのすみれ色のドレスを選んだ。フランスの高級娼婦も負けそうな妖艶《ようえん》なデザインだ。身につけている宝石は、ヴェルサイユ宮殿の舞踏会でも身につけていたアメジストだった。今夜は、祝宴の神バッカスを遠ざけるというアメジストの力がぜひとも必要だ。ただ、買い物や魔女たちとの対決、新しい部屋への移動、そして舞踏会の準備に追われ、エロスに決意を伝えられなかったことが気がかりだった。夜中まで待ってくれるといいのだが。一時になったら舞踏会を抜けだして、馬車で屋敷へ帰ろう。招待客の顔を思い浮かべてみても、わたしがいなくなってがっかりする人はいない。

知事宅の舞踏室は人でごった返していた。アラニスは食事もダンスも社交辞令も上の空で、ひたすら一一時の鐘を待った。

ついにその時間になったときは緊張で息切れがするほどだった。そっと会場から抜けだし、誰にも見られていないことを確認して外套を受けとる。中庭へ出ると、シルヴァーレイクの馬車を探して御者に屋敷へ戻るよう命じた。のんびりしている暇はない。

馬車の座席に腰を落ち着けたとき、突然ドアが開き、外套を着た人物が乗りこんできた。

「会場に戻って。こんなことをしたら後悔するわ。わたしを信じて」

アラニスは唖然として、ベールをかぶったジェルソミーナを見つめた。「知ってたの?」

「兄についていってはだめ」ジェルソミーナは必死で言った。「わたしは兄が大好きだし、尊敬しているけれど、兄はあなたが考えているような人じゃないの」

ジェルソミーナの言葉にアラニスは寒気を覚えた。「それならどんな人なの?」

「危険な男よ」

アラニスの手は氷のように冷たくなった。「危険って、どんなふうに?」

「ひとつには恋人として。兄との恋は高揚に始まって涙で終わるわ。もちろん兄の涙じゃない」

「恋人?」アラニスは引きつった笑い声をあげた。「誤解だわ。そんなんじゃないの。エロスはわたしを旅に連れていってくれるだけ。見返りはなしということでお互いに合意したのよ」

「一カ月後もそんなふうに割りきれるかしら? 兄は頭もいいし、ハンサムだわ。たちまちあなたを魅了してしまうでしょう。今の時点で兄に恋していなくても、じきにそうなるわ」

「そんなふうに決めつけないで」アラニスは言い返した。「これはエロスのためじゃない。ルーカスとの婚約を解消して夢を追いかけてみたいの。自分の思うとおりに生きてきたあなたにはわからないかもしれないわね。でも、あなただって喜ぶべきなのよ。これはお互いのためだもの。わたしは自由を、そしてあなたはルーカスを手に入れる」

「わたしが身を引くわ。あなたには兄の命を助けてもらった恩があるもの。それ以上に、わたしはあなたを友達だと思っているの。ルーカスとあなたがうまくいかなくなったのは、わたしのせいよ。わたしさえ消えれば、彼との関係を修復して、幸せな人生を送ることができるわ」

「もう手遅れよ。わたしは夢を追うことに決めたから」

ジェルソミーナはためらった。「そこまで言うなら……旅の安全を祈るわ。兄が守ってくれるでしょう。そういう点では信用できるから」彼女はアラニスの頰にキスをして馬車をおりた。「ルーカスにはなんと伝えればいい？」

「ありのままを」馬車が走りだす。アラニスはジェルソミーナに手を振った。

遅すぎませんようにと祈りながら、スカートをつまんで階段を駆けあがる。エロスの部屋のドアは少しだけ開いており、かすかな光がもれていた。アラニスは深く息を吸いこんで、部屋に足を踏み入れた。夜風がよろい戸をきしませ、モスリンのカーテンを躍らせている。

しかし、部屋のなかに人の気配はなかった。エロスは行ってしまったのだ。

アラニスはベッドの上にへたりこんだ。涙が頬を滑り落ちる。遅すぎた。太陽と自由を謳歌する夢は、エロスとともに消えてしまった。彼はあの窓から脱出したに違いない。腹部を二〇針も縫ったというのに……。わたしなら、けがをしていなくても無理だ。それにしても、さよならも言ってくれなかった。

彼女は涙をふいて部屋のなかを見まわした。昨日の夜はあれほど未来が明るく思えたのに。すべては淡い夢だったかのようだ。運命もそこまで残酷ではないと思いたい。ろうそくの光に照らされて、ベッド脇に手つかずのままのオレンジが残されているのが見えた。

「エロスもオレンジも大嫌い！」オレンジをつかんで窓の外へ投げ捨てようとしたところで、その下に置かれた手紙が目に入った。開いてみると〝旧市街、午前零時までに〟と書いてある。「エロスもオレンジも大っ嫌いなんだから」アラニスが泣き笑いして部屋を出ようとしたところで、ベツィーが入ってきた。「ベツィー、ちょうどよかった」アラニスは侍女の肘をつかんだ。「力を貸してほしいの。ジェイミー・パーキンズかロビー・プールは？」

「ジェイミーなら調理場で寝酒を飲んでいました。呼んできましょうか？」

「正面に馬車をまわすように伝えて。時間がないの」

「お嬢さま、いったいなにを？」アラニスは、ショックを受けているベツィーを調理場へと追いたてた。

「あいにく馬車は子爵さまを迎えに行っていまして……」馬を引いてやってきたジェイミー

が、申し訳なさそうに言った。

「かまわないわ」一分たりとも無駄にできない。「旧市街までお願い。時間がないの」

「こんな時間にあんな場所へ行かれるのですか？」ジェイミーとベツィーは不安げに顔を見あわせた。「幽霊が出ますよ。死んだ海賊の幽霊が」ジェイミーが怯《おび》えたように言う。

「質問はなしよ。お願いだから急いで。馬に乗るから手を貸してちょうだい」

「旧市街は入り江の反対側ですから、ボートがいります」ジェイミーはアラニスを鞍《くら》に乗せ、その後ろにまたがると、バランスのとり方を教えた。

「なんとかなるわ。早く港へ連れていって」敵は時間だ。午前零時まであと三〇分しかない。

「ベツィー」アラニスはおろおろしている侍女にほほえんだ。「怯えなくていいわ。数カ月したらイングランドで会いましょう。子爵があなたを送り返してくれるはずよ」

「数カ月？　あの男と一緒に行くのですか？　海賊と？　公爵さまになんとお伝えすればば？」

「思ったとおりに言えばいいわ。じきに戻るから」

「そんな、お嬢さま！」ベツィーが叫んだ。「お嬢さまを行かせたら、公爵さまに大目玉をくらいます。それに子爵さまが……お召しものや宝石はどうするのです？」

「ルーカスが全部手配してくれるわ」アラニスは声を和らげた。「泣かないで。わたしは大丈夫。おじいさまによろしくね」彼女が手を振ると、ジェイミーは馬を出発させた。

港は静まり返っていた。ジェイミーがアラニスをボートに乗せてオールをとる。ボートが暗い海の上を滑るように進みだすと、生あたたかい夜風がアラニスの顔を撫でた。処刑場の前を通りすぎる。浜辺に沿って垂直にそびえるいくつもの絞首台は、海賊への警告だ。アラニスは膝の上で両手を握りしめ、時が味方してくれるように祈った。慣れ親しんだ世界をあとにして、今まさに新しい世界の扉が開かれんとしている。頼れるのは、知りあって一週間にも満たない海賊だけ……。ボートがかつては海賊のたまり場で、今は地震で廃墟《はいきょ》となったポート・ロイヤルに到着した。彼女は寒気がした。ジェイミーが岸におりてアラニスに手をさしだす。

「ご一緒しましょうか？」ジェイミーが怯えた声で尋ねた。

「いいえ、大丈夫よ。もう帰っていいわ」アラニスは安心させるようにほほえんだ。かわいそうに、彼の髪は文字どおり恐怖に逆だっている。

ジェイミーは眉をひそめた。忠誠心と恐怖のあいだで葛藤しているようだ。最終的には恐怖が勝ったらしく、素直にボートに戻った。「神のご加護を」

砂浜の向こうにそびえる廃墟はまるで墓石のようだ。自分はどうかしたに違いない。アラニスは頭を振って、月に照らされた砂浜を歩き始めた。砂のせいで上等なサテンの靴が台なしだ。太陽と自由が聞いてあきれる。わたしは大ばかだ。彼女は闇に包まれた水平線に目をやった。一隻の船が船長の帰りを待っている。肝心のエロスはどこにいるのだろう？

「誰かお捜しかな？」深い声が聞こえた。

アラニスははっとして振り向いた。大きな岩の上にエロスがリラックスした様子で腰かけていた。彼女のドレスを見て口もとをゆるめる。ケープはサテンのリボンでかろうじてとまっている状態で、光沢のあるすみれ色のドレスと鎖骨の上で輝くアメジストが丸見えだった。頬には金色の髪が張りついている。アラニスは心臓の音がエロスに聞こえてしまうのではないかと思った。息が苦しく、体の震えがとまらない。

「もう行ってしまったかと思ったわ」彼女は胸を上下させて呼吸した。

「まだだよ」エロスは音もなく砂の上に飛びおりると、アラニスのほうへ歩いてきた。月の光に瞳が輝いている。「ぼくの手紙を見つけたんだね。さすがだ」背が高く、肌の浅黒い男が彼女の視界を満たした。黒い髪が海風になびいている。彼はアラニスのウエストをつかんで自分のほうへ引き寄せた。「舞踏会は楽しかったかい？」

アラニスは彼の目をのぞきこんだ。「今は何時？」

エロスがアラニスの首に指を這わせる。「もうすぐ午前零時だ」

彼女は眉をひそめた。やはりこれは間違いだ。世界を見たい気持ちはあっても、エロスは赤の他人。なにを考えているのかわからない危険な相手。

大きな手がアラニスの背筋を這いあがってうなじにあてがわれた。「ここへ来て迷わないでくれ、美しい人《ベリッシマ》。ぼくと一緒に来るんだ」彼女の抗議をエロスの唇が封印する。アラニスはなにも考えられなくなり、彼の体に腕をまわしてキスにこたえた。波しぶきが肌を濡らす。まるで魔法みたい。船乗りを誘惑するセイレーンの歌のように強力な魔法だ。

突然、笑いまじりの声がした。「船長《キャピターノ》、いいところをお邪魔してすみません」

アラニスは驚いてエロスから離れた。砂浜に五人の男が立っており、すぐそばで一隻のボートが揺れている。

「どうやらそのお医者さんは船長を放したくないらしい」ニッコロが値踏みするようにアラニスを見た。

アラニスはエロスの後ろに隠れた。エロスがニッコロをにらみつける。「黙れ、ニッコロ！ ほかのやつも同じだ」エロスは彼女の冷たい手をとってボートへいざなった。

「待って！」アラニスは両足を踏んばった。これから一緒に旅する男たちを目の当たりにして、はっきりとわかった。やはり間違いだ。彼らと一緒に行くことはできない。エロスが問いかけるようにこちらを見た。「お願いだから屋敷に連れて帰って。気が変わったわ」

エロスは彼女をじっと見つめた。「もう手遅れだ。この潮を逃すわけにはいかない」

彼の表情を見たアラニスはぞくりとした。これまでとは違う、感情を排した冷たい顔がそこにあった。二日前に手当てした気さくな男はもういない。「それならひとりで帰るわ」彼女は手を振りほどこうとしたが、エロスは放してくれなかった。

エロスがアラニスをボートのほうへ引きずっていく。彼女は抵抗もむなしく抱きあげられ、ボートに乗せられてしまった。その様子を見た海賊たちが笑い声をあげる。

「黙れ！」エロスは恐ろしい目つきで男たちを黙らせた。「さあ、出発だ！」

# 8

　エロスはアラニスを再び黒と紫の船室に入れ、ドアに施錠して鍵をポケットに入れると、反抗心をむきだしにしている彼女に向き直った。肌も、腰まである金色の髪も海水で湿っている。柔らかなランプの光にすみれ色のドレスが光っていた。

「美しい。ぼくの色がとてもよく似合うね、お姫さま《プリンチペッサ》」

「あなたの色？」アラニスは吐き捨てるように言った。「聖地でアラブ人と戦った騎士を気どっているわけ？　ただの悪党のくせに！」

　エロスの顎がぴくりと動く。彼は傷ついたような表情を浮かべてアラニスから目をそらすと、ワインキャビネットに近づいてボトルの栓を抜いた。グラスにコニャックをたっぷりと注いでひと息に飲み干す。

　アラニスは軽蔑《けいべつ》の表情でそれを見ていた。「わたしをキングストンへ戻さなければ、イングランド海軍が世界の果てまで追いかけてくるわよ。シルヴァーレイク子爵が海賊の手に落ちた婚約者を見捨てると思って？」

　エロスはコニャックのお代わりを注いだ。「その婚約者とやらは、くだんの海賊とともに世界を旅しようと夜中に屋敷を抜けだしたのではなかったかな？」

「最後になって気が変わったと言ったでしょう？　あなたはわたしを誘拐したのよ。つるし首に値するわ」

彼はアラニスをにらみつけた。「それなら泳いでシルヴァーレイクのところへ戻るといい。やつもぼくと同様、きみの話をおもしろがってくれるだろう。ただし、カリブ海には鮫がうようよしているから、平泳ぎはやめたほうがいい」

エロスは鏡台の前に移動してグラスを置いた。ぎこちない動作でシャツを脱ぎ、傷の具合を確かめる。

日に焼けた彫刻のような肉体に、アラニスは胸の高鳴りを覚えた。こんな扱いを受けているのにときめくなんて！　白い包帯には大きな赤いしみができていた。さっき脇腹を肘でついたときに傷口が開いたのかもしれない。エロスは悪態をついて酒をあおった。彼女の頭に警報が鳴り響いた。酒に酔った男はなにをするかわからない。特にこの男はしらふのときでさえなにをするかわからないのだから。「もう手当てはしないわよ。こんなことをしておいて親切を期待するなんて虫がよすぎるわ」

「そんなことは頼んでない」エロスは洗面器に水を入れて顔を洗った。濡れた手で髪をかきあげ、鏡越しにアラニスの視線をとらえる。「くつろいでくれ。どうせどこにも行けないんだ」

彼女はリボンをほどいてケープを椅子に落とした。「わたしをどうするつもり？」

エロスは髪を結わえて再びアラニスと目を合わせた。「卑しい悪党が家まで送り届けるよ」

「家？」

「そうだ。イングランド、きみのおじいさんのもとだ。わかるか？」彼は慎重に包帯をほどいた。

ルーカスの前でエロスのことを嘲った仕返しだろうか？　彼はあれを聞いていたに違いない。「悪口を言ったくらいでわたしの人生をめちゃくちゃにする気？　わたしがいなかったら出血多量で死んでいたかもしれないし、つるし首になっていたかもしれないのよ。解放してくれても、ばちはあたらないと思うけど？」

エロスはいらだたしげに声を荒らげた。「解放はできない。そうしてやれたらと思うよ。それから、これは悪口を言われた腹いせなんかじゃない」

「じゃあ、なんなの？」言い返した瞬間、アラニスは気づいた。「妹さんのためね？」なぜこんなことに気づかなかったのだろう？　「全部嘘だったの？　最初から世界を見せてくれるつもりなんてなかったのね？　すべて演技だったんだわ」

「強制したわけじゃない。きみが誘いにのったんだ。きみはジャマイカを出たがっていた。ぼくの手紙を見つけて追いかけてきたじゃないか」

「あなたを信頼していたからよ！」この男の本性がまったく見えていなかった。表面的な魅力にころりとだまされてしまった。エロスが恐れられているのは剣の腕前のせいではなく、鎖蛇のように抜け目なく、ずる賢く、良心を顧みずに行動するからだというのに。「あなたみたいに心ない人がいるなんて信じられない！」

エロスはひるむことなくアラニスをにらみつけた。「それが現実だ」

「悲しい現実ね。あわれですらあるわ。あなたみたいな人と旅するなんて、こっちからお断りよ。家に帰りたいわ」

「心配しなくてもそうなるさ」

エロスの言葉にアラニスの怒りが再燃した。「この偽善者！」

彼はため息をついた。「ジェルソミーナはぼくの妹だ。あの子のためならなんでもする。なんでもね。あの子はシルヴァーレイクを愛していた。そしてきみが邪魔だった。ただそれだけだ」

「ただそれだけ、ですって？　わたしはどうなるのよ！　わたしの人生は？　名誉は？　夢は？　それをずたずたにしておいて、〝ただそれだけ〟なんて言わないでちょうだい！」

エロスが振り向いて、海色の目でアラニスを見つめた。「さっきまで情熱的にキスを交わしていた相手とは思えないな。ぼくたちはどちらも幻想を抱いていたらしい」

彼の言葉は意外だった。エロスも傷ついたのだろうか？　旅だちをためらったのは彼のせいではないと告げることもできたが、そんなことをする義理はない。アラニスはエロスに背を向け、この新たな状況をどう切りぬけるべきか考えながら船室内を歩きまわった。祖父は間違いなく激怒するだろう。エロスを信じたせいで、ルーカスとの友情まで踏みにじってしまった。彼女は最後にもう一度だけ、エロスの道徳心に訴えてみることにした。彼にそんなものがあるとは思えなかったけれど……。

「ねえ、お願いだからジャマイカに戻して」悲痛な声を出す。「妹さんの幸せを邪魔したりしないわ。信じられないかもしれないけれど、わたしもふたりの幸せを祈っているの。彼らがうまくいけばいいと思ってる。わたしはただ、一カ月ほどジャマイカの陽光を楽しみたいだけよ。あなただって、わたしをイングランドへ送り届けるよりほかにすることがあるでしょう？」

「きみをジャマイカに返したら、シルヴァーレイクは妹との結婚に踏みきれなくなる。やつはジェルソミーナを愛しているが、彼女のことを自分よりも格下と見なしているからね。ぼくに対するきみの態度と同じだな。ぼくたちが駆け落ちしたと思わせておけば、シルヴァーレイクも決断しやすくなる。きみに裏切られ、面子《メンツ》をつぶされたと思えば、妹と結婚して見返してやろうと思うだろう」エロスは声を落とした。「ジェルソミーナはやつを愛している。だが、きみは愛していない。だったらきみに妹の邪魔をする理由はない」

エロスの言うとおりだ。キスに対する反応が彼の判断を裏づけたのかと思うと自己嫌悪に駆られた。晩餐会で誰かがミラノの鎖蛇をたたえていたことを思いだす。ほかの貴族を震えあがらせる勇ましさと抜け目なさを備えていると。「自分のしかけたゲームにわたしがころりと引っかかるのを見て、さぞ愉快だったでしょうね」

「これはゲームじゃない」

「妹さんが忠告してくれたの。あなたは危険だって。あなたについていってはだめだって」

エロスは歯をくいしばった。「ジェルソミーナはぼくのことをよく知っている。妹の助言に耳を傾けるべきだったな」

「つまり、あなたは卑劣漢で女たらしの海賊というわけ？」アラニスは再び船室のなかを歩きまわり、ドアの前で足をとめた。

「知っていると思うが、ドアには鍵がかかっているよ」エロスは包帯の具合を確かめた。出血がとまらないので包帯をほどき、短剣をろうそくの火にかざす。「仮にドアが開いたとしても逃げられないけどね。鮫のあいだを縫って泳ぐとか、部下をたらしこむ気があるなら話は別だが。そんなドレスで甲板をうろついたら、とんでもないことになるぞ」

「ひとりくらいは道徳心のある人がいるはずよ」

「どうかな。やつらは何カ月も女を抱いていない。きみの滞在を歓迎するだろう」

アラニスは自分の愚かしさを呪《のろ》って部屋のなかを見まわした。肘掛け椅子にかかった革のベルトが目に入る。拳銃をさしたままだ。彼女はとっさに拳銃を手にとり、たくましい背中にねらいを定めた。「船を港へ戻しなさい！」

エロスは短剣を落として彼女のほうに向き直った。傷を負い、疲弊した、ほろ酔い状態の男が、一瞬にして百戦錬磨の海賊の顔になる。彼は冷静な目でアラニスを見すえ、徐々に距離をつめた。「拳銃を置け。使い方もろくに知らないくせに。けがをするぞ」

「あなたを撃ちたくはない。でも、そうさせたのはあなたよ」アラニスはあとずさりした。

「あなたの思いどおりにはならないから。自分の行動は自分で決めるわ」彼女は銀色の銃身に目を落とし、親指で撃鉄を起こした。射撃の訓練を受けたことはないが、男たちが撃つところを見たことがある。とはいえ、引き金を引く度胸があるかどうかはまた別問題だった。

エロスはゆっくりとアラニスに近づいた。「引き金を引くほどぼくのことを憎んではいないはずだ。けがをする前に銃を置け。手荒なまねはしたくない」

「そのとおりよ。あなたを憎んでいるんじゃなくて、呪ってるの！」本当に呪わしいのは、エロスに対する自分の反応だ。こんなときでさえ彼を身近に感じて血が騒ぐ。「なぜだましたりするの？　あなたはわたしを利用したのよ。わたしの気持ちをもてあそんだ。あなたには心がないの？　人間のふりをしているだけ？」アラニスの瞳に涙がたまった。

エロスは足をとめ、涙をたたえた彼女の目と拳銃を見比べた。「拳銃を捨てたらキングストンに引き返してもいい」

「嘘よ！」アラニスは関節が白くなるほど拳銃を握りしめた。「そんなつもりはないくせに！」

「きみだってぼくを殺す気はないだろう？」エロスは穏やかに言った。「お互いそれはわかってる」

「なにもわかっていないわ！」アラニスは惨めな気持ちで、一時間前に浜辺で交わしたすばらしいキスを思い返した。わたしはただのばかじゃない。大ばかだ。彼女は拳銃を握っていないほうの手で涙をぬぐった。エロスが足を踏みだす。アラニスはパニックに陥り、反射的に向きを変えると鍵穴めがけて引き金を引いた。轟音《ごうおん》が耳をつんざく。鋼のような腕が背後から彼女を包みこんだ。甲板のほうで叫び声があがる。アラニスは目を丸くして、煙のたちのぼるドアを凝視した。鍵穴の横に拳くらいの穴があいている。今夜はとことんついていない。

「この強情なおてんば娘！　なにを考えてるんだ？」エロスが耳もとでうなり、拳銃をとりあげてズボンの後ろポケットに押しこむと、彼女を自分のほうへ向かせた。ひどくとり乱した表情で肩をつかみ、激しく揺さぶる。アラニスは鮮やかな瞳をまっすぐ見返した。「きみ自身がけがをしたかもしれないんだぞ！　弾が金属部分にあたって跳ね返ってきたらどうする？　死んだっておかしくない！　この考えなしめ！」彼はアラニスの顎に手を添えて全身に目を這わせた。本気で心配しているようだ。さっきと同じ人物とは思えない。

「ちくしょう《アル・ディアボーロ》！　航海が終わるまでベッドの支柱に縛りつけておきたいよ」

どたどたと足音が近づいてきてドアが激しくノックされる。「船長《キャピターノ》、どうしました？」ジョヴァンニが怒鳴る。ほかの海賊たちの声も聞こえた。

「なんでもない！」エロスはアラニスの肩越しに叫んだ。ようやく解放された彼女がドアのほうへ向き直ると、穴から目玉がのぞいていた。ドアの外で豪快な笑い声が起こる。穴からのぞく目玉は次々と色を変えていった。好奇心旺盛《おうせい》な海賊たちが順番に船室内を見物しているのだ。エロスはドアに近づき、髪からシルクのスカーフをとって穴に押しこんだ。

「いいか《ヴァベーネ》、猿ども、見せ物は終わりだ。さっさと寝ろ《ブォナノッテ》」

「おやすみなさい、船長《キャピターノ》。用があるときはまたぶっぱなしてください」ブーツの音とともに、笑い声が廊下の向こうへ遠ざかっていった。

アラニスはとても笑えなかった。エロスのまなざしを見ただけで脈が速くなる。豹にねらわれた獲物の気分だ。彼が恐ろしい形相で足を踏みだしたので、アラニスは叫び声をあげて支柱の後ろに隠れ、紫の天蓋の陰から近づいてくる彼をのぞいた。

エロスは彼女が隠れている支柱のひとつ前で足をとめた。「きみはいったいどういう思考回路をしているんだ？　なぜドアを撃った？　この部屋から出ればジャマイカに戻れるとでも思ったのか？　それとも、ぼくのような卑しい男と一緒にいることが我慢ならなくなったのか？　質問に答えたら個室を与えてやってもいい。待てよ。まずは首につけている紫の石をもらおうか」

アラニスは啞然とした。「欲深い男ね！　これはわたしの宝石よ！　あなたのドアなんて穴があいて当然だわ。あなたを撃てばよかった」

エロスは天井を見あげ、怒りがおさまるのを待って指を鳴らした。「つべこべ言わずに宝石を渡すんだ。そうしたらすぐに個室を用意するから」

彼女は目を細めた。「絶対にいや！」

「これから三週間、ずっとここに閉じこめられたいのか？　それから気どったドレスも脱げ。そんなフルコースみたいな格好で甲板を歩いたら目を引きすぎる。ただでさえ腑抜《ふぬ》けた部下の頭をさらに混乱させてしまう。妹の服が少し残っているから、それに着替えるといい」アラニスの驚いた顔を見て、エロスはわざと彼女の全身を眺めまわし、激しく上下する胸もとに目をとめて意味ありげに笑った。「ちょっときつい部分もあるかもしれないがね」

アラニスはまっ赤になった。「紳士はそんな口をきかないものよ」

エロスは大きな笑みを浮かべ、腕組みをしてベッドの支柱に寄りかかった。「紳士だなんて言った覚えはない。制約が多すぎるからな。ぼくは自分の好きにふるまう。相手の同意なく女性の服を脱がすことも含めてね」

彼女はショックを受けた。「よく動く舌は口のなかにしまっておくのね。あなたが紳士じゃないとしても、わたしはレディなんだから」

エロスの笑みがさらに大きくなる。「ますます興味をそそられるよ」

アラニスは自分の置かれた状況を分析し、相手と距離を置く方法を考えた。背後は壁で、左側の丸窓とのあいだには家具がいくつか置いてある。右はベッドで、正面は悪魔その人だ。

エロスは皮肉っぽい笑みを浮かべて、また一歩距離をつめた。

「逃げ道を探しているのか？　この船室には隠れられるような場所はない。さっさとお宝を渡せ。そうすれば今日はおしまいだ」

「あなたなんて地獄へ落ちればいいんだわ！」アラニスは余裕たっぷりの顔をした男に向かって叫んだ。

「ぼくは悪魔と仲がいい。親友と言ってもいいほどだ。自分自身が悪魔に思えるときもあるくらいさ」エロスは彼女を壁際に追いこんで両脇に手をついた。アラニスは震えた。恐怖を感じたからではない。むしろ興奮していた。あきれたことに、こんな状況でもまだ彼に触れられたかった。薄暗い部屋のなかで、エロスの肌はチョコレート色をしていた。

彼はアラニスを見つめていた。ふたりのあいだに高まるものを察したのか、からかうような笑みが情熱的な表情に変わる。エロスは金色の髪に指をさし入れてシルクのような手ざわりを楽しんだ。「きみをどうすればいいだろう？」低い声で言って彼女の頭を引き寄せる。

「こんなにも美しい女性を前に、ぼくはひどく酔っている。聖人ぶるのは無理だ」

アラニスの体が熱くなった。「あなたにいろいろな面があるのは知っているわ。でも、女性に乱暴するような人じゃない」

エロスは指を広げてアラニスの首にあて、むきだしの肩へと滑らせた。「そこが問題なんだ、アモーレ。相手の合意があれば〝乱暴〟にはならないだろう？」

彼女は息をのんだ。なじみのある感情がわきあがる。エデンの園で、蛇にそそのかされて禁断のりんごに手をのばしたイブは、こんな気持ちだったに違いない。アラニスは背筋をのばし、誘惑を断ち切るように顔をそむけた。「いいえ」

「そうかい？」エロスは彼女の首に唇をつけて肌の香りを吸いこんだ。低いうめき声とともに耳の下から鎖骨へと唇を滑らせる。アラニスはしびれるような感覚と闘いながら、目を閉じるまいと踏んばった。敵はエロスと、そしてどうしようもなく彼に引かれている自分の心だ。降伏すれば人生最大の過ちを犯すことになる。ジェルソミーナの言葉が思いだされた。

〝兄との恋は高揚に始まって涙で終わるわ。もちろん兄の涙じゃない〟そんな思いはしたくない。自尊心を保つためには抵抗しなくては。

エロスの親指がピンク色の唇をたどった。「なぜ浜辺で心変わりしたんだい？」アラニスは彼の目を見返した。親指の感触に呼吸が浅くなる。「今さらそんなことを話しても意味がないわ。どっちにせよ、世界を見せてくれるつもりなどなかったくせに」「きみをほかの男のもとに残していくとでも思ったのか？　妹があのまぬけ野郎と出会わなかったとしても、ぼくはまったく同じことをしただろう。シルヴァーレイクはきみの相手じゃない。きみもそれはわかってるはずだ」エロスは彼女と軽く唇を合わせ、あたたかな吐息を吹きかけた。コニャックの香りがアラニスの意識を朦朧とさせる。ああ、彼にキスをしたい。だけど、キスでとめられるだろうか？「ぼくと同じように感じていないと言ってごらん？　そうしたら別の船室を用意しよう」

アラニスは目を閉じた。キスの予感が思考を鈍らせる。〝自分だけの船室がほしい〟理性はそう叫んでいたが、声にすることができなかった。

エロスが体を寄せてくる。「あいつのことなんて好きでもないくせに」熱い吐息が彼女の顎に吹きかけられた。「きみはぼくを求めている。卑しい海賊のこのぼくを。そして厄介なことに、ぼくもきみがほしい」彼はアラニスの顎に軽く歯をたてた。「とても」

彼女は床にくずおれそうだった。胸をどきどきさせながら壁にもたれる。麝香の香りとたくましい肉体がアラニスの理性を麻痺させた。エロスの胸を押し返そうとして、しなやかな肌の感触にはっとする。

「個室をちょうだい」アラニスはそう言ってから自分でも驚いた。

「本心は違うはずだ」エロスが彼女のうなじに手をまわしてしっかりと唇を合わせる。舌が口のなかに侵入してくると、アラニスは全身を征服された気がした。あえぎ声をあげ、思わず彼に腕を絡ませる。エロスはダンスのステップを踏むようにベッドへ移動して、彼女をマットレスに横たえ、上にのしかかってやさしく甘いキスを繰り返した。探し求めていた宝をようやく発見し、二度と手放すまいとするかのごとく。アラニスはあまりの快感に恐ろしくなり、彼の下で身をよじった。

「エロス……」彼の頬を愛撫する。無精ひげは髪と同じように柔らかかった。

エロスが両腕をのばして体を起こした。長い黒髪がアラニスの顔に垂れかかる。瞳は宝石のように輝いていた。「どうしてこんなことになったんだろう？　ぼくたちは恋人になる運命なのだろうか？」

アラニスは再びパニックに襲われそうになった。口づけを交わして、その体を愛撫したい。だが、一時の情熱のために人生をなげうつことなどできない。「これはちょっと……いきすぎだわ」

「頭で考えちゃだめだ」エロスは唇を噛んで巧みに欲望をあおった。

彼女の喉から甘い声がもれる。アラニスの魂は彼を切望していた。孤独だった心にエロスを迎え入れたい。彼女は黒髪に両手をさし入れた。口のなかをまさぐられて、柔らかなうめき声をあげる。

エロスはベッドにあおむけになると、アラニスの体を自分の上に引きあげた。ドレスを脱がせ、下着の紐《ひも》を器用にほどいて引きおろす。

彼女の胸はこれ以上ないほど高鳴っていた。息をすることも考えることもできないうちに、エロスが次々と衣類をはいで絨毯に落としていく。アラニスがシュミーズと丈の短いズロース姿になったところで、彼は再び彼女を組み敷いた。なだらかな曲線を描く腿のあいだに体を入れて、下腹部を密着させる。かたくなった部分がズロースのフリルにこすれ、ひどく刺激的だった。

「ああ、聖《サント》ミケーレ……」エロスはそうつぶやいて、クリームのようになめらかな乳房に熱い唇を押しあてた。薄い布地の上から、かたくなった頂を噛む。

アラニスは彼の背中に爪をたてた。体の奥深くに渦巻く欲望が目を覚ます。やりすぎだ。今すぐやめなくては！

その考えを読んだかのようにエロスが身を引いた。彼はアラニスと額を合わせたまま、早口のイタリア語をつぶやいて歯をくいしばり、ぎゅっと目を閉じて荒い息をした。彼女はほっとすると同時に不安になった。「エロス？」彼の顔を両手で包みこむ。「傷が痛むの？　また血が出てきたの？　確かめさせて」

エロスは目を開け、アラニスをじっと見た。それから彼女のうなじに手をまわして、ネックレスの留め金をはずす。彼女はびっくりして口もきけなかった。ブレスレットとイヤリングもはずされる。エロスは宝石を回収してポケットに入れると、ベッドに座って髪をかきあげ、膝に腕をのせた。

　アラニスは飛び起きてエロスの横顔をにらみつけた。情熱は一気に冷めていた。彼女の視線を感じて、エロスが顔をあげる。自分の行為に戸惑っているようだ。アラニスは氷のように冷たい手を振りあげて彼の頬をぶった。「今度わたしに触れたら殺してやるから」

　沈黙が流れた。エロスはショックを受けながらも、なにもしようとしなかった。この男には人間らしい感情がないのだろうか？　彼はぎこちない動作でベッドをおり、コニャックのボトルを手にとった。グラスに注ぐこともせず、直接ボトルに口をつける。

「あなたのような生き方には代償が伴うのよ」アラニスは静かな声で言った。「たとえ目に見えなくても、良心があなたの魂に強烈な罰を与えるでしょう。あなたの犯した罪は、あなた自身がいちばんよく知っているはず。その先にあるのは地獄よ」

「地獄や良心について、きみがなにを知っているというんだ？」エロスは大きく息を吐いた。

「ぼくはきみの願いをかなえてやっただけだ」

「願い？　嘘ばっかり。地獄の業火で焼かれればいいんだわ」

　エロスは強い光を放つアクアマリンの瞳を見た。「その望みはかなうかもしれない」

　アラニスは彼の胸もとで揺れるメダリオンを見た。「美しい紋章で飾りたてたところで、あなたにかかると鎖蛇は卑怯者の証《あかし》になる。紋章の品位をおとしめるだけよ。真の継承者に同情するわ」

　エロスは古い紋章に目を移した。ラテン語で〝フランチェスコ・スフォルツァ、メダリオンの四番目の保持者〟と彫られている。彼は皮肉っぽく口をゆがめた。「そうさ、ぼくはこの栄誉ある一族にゆかりある貴族からこれを盗んだ。繊細なレディにはショックかな？　ぼくをもっと軽蔑するかい？」

アラニスは感情のこもらない目でエロスを見つめた。「もうなにを聞いても驚かないわ」

「よろしい。それなら妹のズボンをはかせても大丈夫だな。この航海のあいだはそれで我慢してもらおう」

# 9

貸し馬車がヴェルサイユ宮殿の正門を通過する。チェザーレは馬車から飛びおりて脚をのばした。パリからここまでずいぶんかかった。数十年前、ルイ一四世がこのぱっとしない村に居を移すことを決めて以来、周辺の人口は爆発的に増え、今ではどこを見ても怠惰な宮廷人の姿が目に入る。みな公園をぶらつくか、屋内でいちゃつくしかすることがないらしい。チェザーレは散歩中の貴婦人にほほえみかけながら、どうにかしてフランス国王に過去の不祥事を忘れてもらえないだろうかと思案した。まあ、仮にそれができたとしても、女など口説いている暇はないのだが……。ヴェルサイユ宮殿では今まさに公式祝賀会が開かれている。チェザーレは、人の出入りに目を光らせている給仕係を煙に巻く方法を心得ていた。国王が廷臣にかしずかれることを好むなら、宮廷内に入りこむのはさほど難しくない。自分が招待客リストの最下層に位置していることはわかっていたので、チェザーレは巧みに言いつくろって、さほどしないうちに鏡の間へもぐりこみ、寄せ木細工の床を歩いていた。

ドアの向こうからルイの無愛想な声が響く。「入ってこい、チェザーレ！　急用とはなんだ？　フランス国王にとっての急用は、宇宙の永続性を脅かすものだけだぞ」

「陛下《スア・マエスタ》」チェザーレは急いでルイの前に進みでると、国王の銀色の靴に額がつくほど深々とおじぎをし、さっと体をのばしてにっこりした。金の百合《ゆり》に縁どられた青いサテンの玉座の脇に、財務総監のジャン＝バティスト・コルベールが控えている。

「なんだ？」ブルネットのかつらの下からのぞく、厚くおしろいをはたいた顔はやけに老けて見えた。目は血走ってしょぼしょぼしている。「〝政治上の一大事〟などとほざいて従者を丸めこみおって」

チェザーレは咳払いをした。「陛下、わたしとて、よほどのことがなければ――」

「ご託はいいから本題に入れ」ルイはせっかちに手を振った。

「実は、サヴォイ大将と海賊を同じ皿にのせてさしだせるのではないかと……」

太陽王のけだるい表情がさっと輝いた。「サヴォイだと？」

「はい、陛下」

「……それに、わたしの海軍にいやがらせをしているあのいまいましい海賊も？」ルイは玉座からぴょんと立ちあがった。「じらすでない。さっさと続きを話せ！」

「陛下、カッサーノの敗北以来――」

ルイは不快そうに口を挟んだ。「敗北？　それは敵側の作り話だ。ヴァンドーム元帥はいつものごとくサヴォイを打ち負かし、その後一週間はパリのあちこちで『聖歌《テ・デウム》』が歌われた！　みごとな勝利だった」

〝オーストリア人にとってはそうかもしれない〟チェザーレは心のなかでつぶやいた。ウィーンの人々も『テ・デウム』を歌っていた。「陛下、ローマ皇帝はミラノを征服しようと――」

「ヨーゼフ一世は皇帝などではない。口先ばかりの愚か者だ！」ルイは玉座の前をいらいらと歩きまわった。

チェザーレはすばやく戦略を変えた。「わたしはミラノ公として――」

ルイは急に立ちどまり、入念に描かれた眉をあげた。「ミラノ公だと？　チェザーレ？　なんのことだ？」

チェザーレは歯をくいしばった。「おっしゃるとおりです」辛抱強く続ける。「陛下もお気づきのとおり、わたしの国は憎きサヴォイのせいでめちゃくちゃです」

「たしかに。だが、気をもむことはない。フランスの誇るヴァンドーム元帥があの恩知らずを八つ裂きにしてくれる。サヴォイめ、目をかけてやったのに。あれの父親が死んだあと、ひ弱だったあいつをあわれに思って教会へあずけてやった。ところがあのろくでなしは恩を仇で返しおった！　敵に寝返り、背後から剣をつきたててきたのだ。陸軍元帥にとりたてて、シャンパーニュ地方を統治させてやろうとしたわたしの顔につばを吐き、イングランド軍なんぞと手を組んで、マールバラと一緒にフランス人を殺しまわっておる」

「サヴォイは下劣な男です。イタリア人もやつを軽蔑しています」チェザーレは調子を合わせた。

「イタリア人？　寝言もたいがいにしろ！　サヴォイは腐ってもフランス人だ！　イタリア

人にあいつの半分でも根性があったら、今日のように分裂していなかっただろう。国を統治できるほどの手腕を持ったイタリア人には、いまだかつてお目にかかったことがない」

チェザーレはルイの非難をやりすごした。「先ほど申しあげた海賊は——」

ルイが目を細める。「エロスのことだろう?」

チェザーレは歯噛みした。「やつはバーバリー海岸においてサヴォイの右腕となっています」キリスト教界でもっとも豊かな公国を自分のものにするために、チェザーレは巧みに事実をねじ曲げようとした。

「バーバリー海岸におけるエロスの役割はいろいろある」ルイはチェザーレの口車にのらなかった。

「陛下、サヴォイ大将にとってのエロスは、エリザベス女王にとってのフランシス・ドレークのようなもの。その違いは標的がスペインでなく……」

「フランスということだ!」ルイはチェザーレを見すえて言葉を継いだ。「オーストリアはトルコとさかんに貿易をしておる。フランスとてそれは同じだが、マグレブの私掠船《しりやくせん》(軍力の不足を補うために、敵国の船を襲って金品を奪うことを国家が公認した海賊船)がわが国の軍艦と商船を悩ませておる」

「それこそやつのしわざ! エロスが裏で糸を引いているのです。あいつがアルジェの私掠船を束ねているのです」

「アルジェの私掠船は誰の統制も受けん。たとえ相手が絶対君主《スルタン》であってもな」ルイはそんなことも知らないのかと言いたげにチェザーレをにらんだ。「で、おまえは策謀渦巻くこの世界でどんな役割を果たそうとしているのだ?」

チェザーレは一九二センチの体を思いきりのばした。「部下たちがジブラルタルでわたしの指示を待っております」

「ほう?」ルイは唇をすぼめた。「はったりだろう? あの岬は去年、イングランドとオランダに占領された。おまえの勤勉なスパイの小さな耳に、この腹だたしいニュースは届いておらんのか?」

チェザーレは嘲りの言葉を聞き流した。「よい案があるのです。完全装備の軍艦を一隻貸していただければ、カリブ海から帰ってきたところでエロスをたたきのめします」

「このいまいましい戦が終わる前にやつが戻ってくる保証はあるのか? 個人的な恨みを晴らすためにわたしの財力を利用するつもりだろう?」

チェザーレは喉がからからになり、顔が熱くなった。しかし、野良猫のように世間を渡り歩いてきただけあって、すかさず気持ちをたて直した。「やつを介してサヴォイに接近します」

ルイはおしろいを塗りたくった顔をぴくぴくさせた。「まったくおかしな男だ」そう言って肩を震わせる。「笑うべきか泣くべきかわからん。サヴォイはわたしにけりをつけさせてくれるか?」

「では、軍艦は?」チェザーレは国王の機嫌を損ねないよう遠慮がちに尋ねた。

ルイは財務総監に目をやった。「財務総監の意見は?」

「そうでございますね。過去にもエロスを捕獲するために軍艦を派遣しましたが、相手のほうが一枚上手でした。すでに一〇隻の軍艦が破壊され、占拠されました。うち一隻は陛下のお気に入りの――」

「もちろん、忘れるものか！」ルイが突然笑いだしたので、チェザーレと財務総監はぎょっとした。「あれは賭のせいだ。三年前にやつがヴェルサイユを訪れたとき、わたしたちはファロをやった。例によって、やつが優勢だった。あのごろつき《ヴォワイユー》がな！　フランス国王相手に手加減する気づかいすらない」ルイは気持ちを落ち着けるためにひと息ついた。「だから《アロール》、あの悪魔《ディアーブル》に宮殿をのっとられる前に賭をやめようとした。ところが、やつはもっとおもしろい賭をしようと言いだした。一年以内にわたしのフリゲート艦を一隻奪ってみせると言いだしたのだ。もちろんわたしはやれるものならやってみろと笑いとばして賭を了承した。その三カ月後、やつから手紙が届き、わたしの旗艦を、いちばんのお気に入りをアラストル号と改名したと知らせてきたわけだ」ルイは笑い話のようにしめくくった。強大な権力者にとっては、お気に入りの軍艦もたいした損失ではないのだろう。「やつがあの船を道化王《ル・ロア・ブーフォン》号と名づけなかったのが不思議なくらいだ」

チェザーレはそれ以上質問する気になれなかった。

「それで、チェザーレ、わが国の海軍大将がことごとくしくじったというのに、おまえがやつに勝てると主張する根拠はなんだ？　やつは策略家だぞ。地中海を自分の庭のように知りつくしている。おまえの特技はコニャックを浴びることくらいだろう？　つまり、わたしはおまえの能力に疑問がある」

チェザーレの希望はしぼんだ。ルイが考え深げにチェザーレを見る。「本当の望みはなんだ？　おまえが軍艦ごときに首をかけるとは思えん。本心を言え」

ルイに追いつめられて、チェザーレはついに言った。「ミラノです」

フランス国王は声をあげて笑った。「ほう？　それは意外だ」

チェザーレは、おしろいだらけの顔を殴りたくなった。「なぜミラノはわたしのものではないのです？　あの街は一〇〇〇年以上もわたしの祖先が統治してきました。わたしには正当な権利があります。ミラノはわたしのものです」

「違う。あれはわたしのものだ」

チェザーレは怒りをこらえた。「だとしても、陛下には忠実で、地元にコネのある支配者が必要でしょう？　それはわたしです。フランスの栄光のためにも、わたしにミラノをお任せください」

「メダリオンはどうなった？」ルイが尋ねた。「ローマ皇帝がおまえの統治を否定したのは、おまえがあれを提示して、スフォルツァ家の次の当主であることを証明できなかったからであろう？　メダリオンがどこにあるかはわたしも知っておる。よって、おまえがミラノ公の地位を継ぐことはないと思っている。ヨーゼフ一世は父親同様、手続きにうるさいからな」

「世界は変わりつつあります。この戦争が終わるころには、神聖ローマ帝国の許可などなくても、フランス国王がミラノの支配者を決められるようになるでしょう。むしろ神聖ローマ皇帝のほうがあなたの許可を求めるようになる。新世代の幕開けを告げるのは太陽王なのです」

ルイは得意そうに胸を張った。「そのとおりだ!」窓の外に広がる青々とした景色を見ながら、チェザーレが描いた未来予想図に酔う。「いいだろう。おまえに軍艦と一〇万ルイドール金貨をやる。半分は後払いだ。ただし……」チェザーレをじろりとにらみつける。「わたしの指示は守ってもらうぞ」

チェザーレは、おしろいを塗りたくった気味の悪い顔にキスをしたくなった。「なんなりと」

「アルジェに向かえ。変装してな。身分を隠したままエロスの周辺を探るのだ。トルコ皇帝親衛隊にも声をかけろ。やつらは金に目がないから丸めこみやすい。必要なら、アルジェの太守アブディにも謁見を申してるのだ。エロスに忠誠を誓っている私掠船の長《おさ》たちも、場合によっては利用できるかもしれん」

「それは……どうやって?」チェザーレは戸惑った。

ルイが笑った。「袖の下をつかませればいい」ゆっくりと説明する。「そうすれば、やつらはエロスを皿にのせてさしだすだろう」

「なるほど!」チェザーレの心は天高く舞いあがった。「必ずエロスを捜しだし、息の根をとめてみせます」

「そうなればおまえは次のミラノ公になれる。わたしの許可のもとで」ルイは満足げにしめくくった。「ただし、エロスはここへ連れてくるな。前回、やつがここへ来たときは、わたしの新しい愛人がエロスに似せた神の像をつくって館《やかた》の前の庭園に飾ると言いだした。まったく、みっともない！」

チェザーレにしてみれば、はらわたが煮えくり返る話だった。宿敵がフランス国王とファロをしたうえに王の愛人の気を引いたなど、みっともないどころではすまない。

「もう行け」ルイが手を振った。「いいか、わたしの金をバカラ賭博ですったとしても約束は果たしてもらうぞ。やつの報復なぞ、わたしのそれに比べればかわいいものだ」

# 10

きらきら光る透きとおった海の向こうで、自由の象徴であるトルトゥガ島が手招きをしている。ギターの音色をのせた海風が砂浜に並んだ椰子の葉をひと撫でして船の上を吹きぬけ、濃い緑の陰から酒場や売春宿らしき建物がのぞいていた。アラニスは浮かない表情で甲板の手すりにもたれ、世界を見せてやると言いながら彼女を残してさっさと上陸していった男を呪った。海賊たちが心の赴くままに島をぶらついているあいだ、彼女は船で留守番だ。

そのとき船尾楼甲板から見張りの交代を告げる声が響いた。ジョヴァンニと四人の男たちがボートに乗りこもうとしている。アラニスは思いきって彼らのほうへ近づいていった。

「こんにちは」

男たちは無言のまま彼女を見つめ返した。男の格好をした女が珍しいのだろう。アラニス自身は新しい服装を気に入っていた。ジェルソミーナの服と小さな個室をあてがわれて一週間になる。長い髪を結い、甲板をズボンとブーツ姿で歩きまわるのは爽快《そうかい》だった。アラニスは男たちに訴えた。「わたしも島を見てみたいの。連れていってもらえないかしら?」

男たちはぽかんと口を開けた。フランス生まれのバルバザンがいち早く仲間にウインクをする。「ぼくが船に残って、このかわいらしい女性の相手をしようか？」

「おまえなんぞの手に負えるもんか」ジョヴァンニが笑いとばした。

「バルバザンだって、船長のおもちゃにちょっかいを出すほどばかじゃないさ」薄茶色の瞳と金色の髪をした航海士のニッコロが、バルバザンの肩に腕をまわした。「なあ？」

アラニスは咳払いした。「連れていってくれるの？　くれないの？」

男たちが赤面した。ジョヴァンニがぶっきらぼうに答える。「トルトゥガ島に？　そんなことをしたら船長に大目玉をくらっちまう」

あの偽善者の機嫌など知ったことではない。「エロスにとやかく言われる筋合いはないわ。あなたたち、酒場や売春宿に行くんでしょう？　わたしも連れていって」海賊たちが吹きだしたので、アラニスは胸の前で腕を組み、ブーツで床を踏み鳴らした。「立派な図体《ずうたい》をしているわりに弱虫ね。お酒や賭博に興味はないわ。ただ、ちょっと島の様子を見てみたいだけ」男たちがさらに大きな声で笑ったので、彼女はひとりでボートに乗ろうとした。オールの使い方など知らないが、鮫の話を聞いたあとで泳ぐ気にはなれない。それでもあきらめるつもりはなかった。あと一歩で夢がかなうのだ。

背後からバルバザンが声をかけた。「目を離さないようにすれば大丈夫なんじゃないかな？」

「ばか！　船長に喉をかっ切られるぞ！　彼女にかまうなときつく言われただろう！」ニッコロが怒鳴った。

アラニスはニッコロのほうを向いてとびきりの笑みを浮かべた。「あなたといる以上に安全な場所があって？　ちょっとくらい楽しんでもいいじゃない、ね？」

ニッコロは目をぱちくりさせた。「船長に頼め」

彼女は悪態をのみこんだ。「その船長の姿がちっとも見えないんだもの。一週間前に上陸したきり帰ってこない人に、どうやってお願いすればいいの？　手紙でも書けと？」アラニスは衝動的に手すりに片足をかけた。「わたしも連れていって。さもなければここから飛びおりて、島まで泳いでいくわ」

ニッコロがあわてて彼女を引き戻す。アラニスはその手を振りほどこうともがいた。「船室に閉じこめたって窓から抜けだしますからね！　一時間後には島で遭遇することになるんだから！」

「船長の部屋のドアもぶっ壊したことだしな」ニッコロがにやりとした。「あんたならやりかねない」

「船長にミンチにされるぞ」砲手長のグレコが警告する。

「ぼくはおまえと違って腰抜けじゃないんだ」バルバザンが言い返した。

「いい加減にしろ！」ジョヴァンニが怒鳴った。「船長のところへ連れていって、あとの判断は任せよう。その頭に脳みそってものが残っているなら、かっかするんじゃねえ」

一五分後、島に上陸したアラニスは満面の笑みをたたえていた。

〈赤い妖精《ラ・ナンフ・ルージュ》〉はごろつき相手にうまい酒と料理を提供する、イスパニョーラ近辺でもっともいかがわしいとされる店だ。二階には船長専用のラウンジも用意されている。島を囲む珊《さん》瑚礁《ごしょう》のせいで軍の監視船が近寄れないため、海賊たちは安心して羽をのばし、非道な行為を自慢しあい、略奪品を売った金で飲み食いし、次の獲物を物色できるのだった。

「鎖蛇ともあろう者が悩みごとか？」あばた面の売春婦を膝にのせ、長椅子に横たわっていたラ・ベル・イザベル号のボリダール船長が、赤いソファに寝そべっているエロスに目をやった。エロスは窓枠にブーツをのせて空をにらんでいる。

　ボリダールは売春婦を膝からおろして、栓を抜いたばかりのワインのボトルをつかんだ。エロスの向かいに腰をおろし、グラスにワインを注ぎ足す。「友《モナミ》よ、おれの悩みはワインと女だ。男が入れこむ最悪の宗教さ」

「フランス男の多くがさっさと所帯を持ってぶどう栽培を始めるのはそういうわけか」エロスは床に足をおろしてグラスに手をのばした。「少なくとも崇拝するに足る神だ」

　ボリダールは考え深げにため息をついた。「そうだな。だが、問題は歯どめがきかねえことさ。おまえのようにヴェルサイユ宮殿の高級娼婦とお近づきになるチャンスがあったら、おれなんてまたたく間に身ぐるみはがされて物乞《ものご》いするはめになるだろうよ」

　エロスは楽しげに笑った。「貧乏が怖いのか？　昨日は女の裸体を拝むのに五〇〇ドルも払ってたくせに。ボリダール、それだけあればラ・ベル・イザベル号の甲板でイングランド女王が裸踊りをしてくれるぞ」

「あの醜いイングランド女か？　金をもらってもお断りだね。イタリア人はもっと趣味がいいと思ったがな」

「外見はどうあれ、アン・スチュワートがくいつくことは間違いない。この戦争では金がいくらあっても足りないからな。パナマの金鉱を保有しているわけでもないし」

ボリダールはワインをあおった。「で、おまえさんの風はどっちに吹いてるんだ？」

エロスはためらった。「東だ」

ボリダールは薄い口ひげの下で口角をあげた。「相変わらず秘密主義だな。鎖蛇よ、おまえはいったいどっちの味方なんだ？　それすら教えられんのか？」

「おまえがどっちに味方しているかは尋ねるまでもないな」エロスはにやりとした。

「バハマ以南の海賊はみんな駆りだされてる。フランス国王から私掠免許をちょうだいしている以上、せいぜい稼がせてもらうさ」ボリダールは笑った。「おまえは免許がほしくないのか？　あれさえあれば海賊行為が合法化されるんだぞ？」

「ぼくをルイの配下に引っぱりこむつもりか？」

「それもいいじゃないか。おまえは誰にも縛られない。根なし草だ。つまり裏を返せば、誰に忠誠を誓ったって自由ってことだ」

エロスはグラスをまわして赤い液体をじっと見つめた。「ぼくは別に月で生まれたわけじゃない」

「イタリア人だとでもいうのか？　イタリアなんて国はないんだぜ。あそこには足を引っぱりあう貴族がいるだけさ」

エロスは顔をゆがめた。「そうして争っているあいだに、母国は踏みつぶされ、搾取されるんだ」

「暗い話はやめて、波間に浮かぶ肥えた獲物のことでも考えよう」

エロスの顔がゆるんだ。「さっきの続きだが、ルイのフリゲート艦目当てのあんたと組むつもりはない」

「お見通しか！」ボリダールは感心した。「だが、気が変わるってこともある」

エロスはワインを飲み干し、空のグラスをテーブルに戻した。「ないね」抑揚のない声でこたえる。「ルイの配下に入るなんてまっぴらだ。まあ、それはルイでなくても同じだが」

ボリダールは探るような目つきをした。「ご機嫌ななめらしいな。長いつきあいでなければ女でもできたかと思うところだ。フランス人はそういう方面に鼻がきくんでね」

「そういえば、この近海にエドワード・ティーチが出没しているとか」エロスは穏やかに言った。「フランス国王からイングランド船を襲う許可をもらってるなら、やつのけつでも追いかけたらどうだ？」

「ばか言うな。〝黒ひげ〟と呼ばれる男だぞ。だいいちおれは女の話をしていたのに、なんでばかでかい戦艦を乗りまわしている豚野郎が出てくるんだ？　おれの船じゃ、とても太刀打ちできねえ」

「公海にはほかにも戦艦が浮いてるだろう。ほしいやつをぶんどればいい」

ボリダールはあきれた顔をした。「ぶんどる？　まったく、簡単に言いやがる」

エロスは目を輝かした。「戦艦じゃなく小型船だと思えばいいんだ」

「小型船？」

「そうさ。浜にある漁師の船みたいなやつだよ」

ボリダールは困惑して眉をひそめた。「漁船なんて盗めると思うか？」

エロスは我慢できなくなって吹きだした。「目に入った船を片っ端から略奪する海賊が、漁船となると良心が痛むのか？　そんな弱腰なら陸にあがれ」

「おまえの話を聞いていると頭が混乱してくる。海の男がみんな、おまえみたいな命知らずとは限らんのだ。おまえは無茶苦茶だ。恐怖の意味を知らん」

「恐怖の定義は人によって違うからな」

ボリダールはいらだたしげに言い返した。「恐怖は恐怖だ。自分よりも強いやつに追いかけられれば、死にたくないから逃げる。それだけのことさ」ふんと鼻を鳴らす。

「死よりも恐ろしいものもある」

「なんだ、それは？」

エロスはボリダールを見つめ返しただけで、質問に答えなかった。

〝亀〟を意味するトルトゥガ島は海賊の楽園だ。海賊たちについて島を歩きながら、アラニスは好奇心で胸がはちきれそうだった。世界じゅうから集まってきた荒くれ者たちが曲がりくねった路地をのし歩いている。彼らは抜け目ない商人たちに通常の半分から四分の一以下の値段で略奪品を売り、その金を賭博や酒で使い果たし、真夜中に騒ぎを起こして住民たちを仰天させるのだ。

そうした男たちと比べると、アラストル号の乗組員は羊のように穏やかだった。上機嫌で通りをぶらつきながらも、さりげなくアラニスを気づかっている。まだ日も暮れていないのに町は酔っ払いであふれ、あちこちの路地に野太い叫び声や女の笑い声が響いていた。神が不在の町だというのに、アラニスはなぜかその雰囲気に魅了されていた。

アラストル号の一行が怪しげな店の入口で足をとめる。真鍮《しんちゅう》と木でできた看板には〈赤い妖精《ラ・ナンフ・ルージュ》〉と書かれていた。アラニスはそっとなかをのぞきこんだ。まさに無法者のたまり場といった様子に背筋がぞくりとする。女であることがばれないよう、彼女は赤いウールの帽子を目深にかぶって仲間たちのあとに続いた。店内はたばこの煙と、汗や酒、それに安物の香水のにおいが充満していた。そこここに置かれたランプが鈍い光を放ち、陽気な音楽が流れている。グレコとニッコロは陰気な顔をした男たちが座っているテーブルに近寄ると、いびきをかいていた男と空っぽのジョッキを見つめていた男をつまみあげて通路にほうりだした。

テーブルについたアラニスは好奇心もあらわに周囲を見渡した。色とりどりの服や言葉づかいから、フランス人やオランダ人、スペイン人、ポルトガル人だけでなく、少数だがイングランド人もいることがわかる。売春婦がテーブルのあいだを縫って歩きながら、調子はずれの歌を歌っている。本能のままにふるまう人々の姿はアラニスの目に新鮮に映った。

ジョヴァンニが手をあげて、ひげ面の店主を呼んだ。バルバザンがアラニスに笑いかける。

「マドモワゼル、きみはここがいやじゃないみたいだね？」

アラニスは、感心したように自分を見つめているフランス男と目を合わせた。「ちっとも。なんというか……外へ向かって開かれたような魅力があるわ。あなたたちと一緒だし、変装しているから怖くない。むしろ、こんなに楽しいのは生まれてはじめてよ。連れてきてくれてありがとう。船長にお目玉をくらうかもしれないのに。感謝してるわ」彼女はバルバザンに身を寄せてその頰にキスをした。

バルバザンがまっ赤になる。「やあ、感激だな！　とても勇気があるんだね。船長のことも怖がらないし、自分のやり方を貫くし」

本当にそうならいいのに。アラニスはため息をついた。グレコとジョヴァンニがにこやかに彼女を見つめている。ニッコロが口を開いた。「今日のことは船長に内緒にしておこう」

「わたしはしゃべらないわ」アラニスがにっこりすると、ニッコロも魅力的な笑みを返した。

飲み物と料理が運ばれてきた。ジョッキになみなみと注がれたラム酒に、山盛りのソーセージだ。男たちはアラニスに最初の乾杯を任せてくれた。荒っぽい海の男の心づかいに感激しながら、彼女は唇を嚙んで乾杯の文句を考えた。「じゃあ……女とワインに乾杯！」そう言ってジョッキを高く掲げる。

男たちは目をぱちくりさせ、顔を見あわせてからジョッキを掲げた。「女とワインに！」

ジョッキがぶつかりあい、ラム酒がこぼれる。アラニスは心のなかで太陽と自由に乾杯し、ほろ苦いラム酒を喉に流しこんだ。

アルコールで体があたたまってくると、彼女は五人に笑いかけた。「あの……女の人をテーブルに招いてもいいのよ。あなたたちの楽しみを台なしにしたくないわ」

「あせることはないさ」ニッコロが椅子の背にもたれかかる。仲間たちは忍び笑いした。

「そうだよな」グレコが脇から口を挟んだ。「この島の女全員をものにしたんだもんな?」

ニッコロはまっ赤になって腕組みをした。「再装填してるところさ」

男たちが爆笑する。アラニスはどう反応していいかわからずに目を丸くしたが、調子を合わせようとニッコロのほうを向いて同情するように言った。「だったら急がないほうがいいわね」

さらなる笑いとともに男たちが酒を喉に流しこむ。しばらくしてからグレコが言った。

「ニッコロ、お得意の冗談はどうした?」

「そうだ。おまえは冗談の泉じゃないか」ダニエロがソーセージを口いっぱいにほおばったまま同調する。

ニッコロはアラニスをちらりと見た。「新しいネタはあるが、レディが気を悪くしても知らないぞ」

「レディなんていないわ。ここにいるのは友達だけよ」アラニスはソーセージを口に入れてびっくりした。軽く歯をたてただけで薄い皮がぱりっと割れ、スパイシーな牛肉の味が舌に広がる。こういうものばかり食べていたらすみれ色のドレスが入らなくなるかもしれないが、いずれにせよあれはとりあげられてしまったのだから気にすることはない。

ニッコロが咳払いをした。「奥方に襲いかかったイングランド男は、次になにをすると思う？」彼は得意げに仲間を見まわした。ひらめいた者がいないのを見て続ける。「太陽にあてて解凍するのさ」

テーブルが笑いの渦に巻きこまれたが、アラニスにはその冗談の意味がわからなかった。

「イングランド女性に関する冗談はよせ」バルバザンがきまり悪そうに彼女を見る。

アラニスはわけがわからないままラム酒を飲み、唇をなめた。

「これしかなかったんでね」ニッコロが言い訳するように肩をすくめる。

アラニスの頭にアルコールがまわり、突然、冗談の意味がわかった。「太陽にあてて解凍するのね！」腹の底から笑いがこみあげる。下品な男たちに囲まれているというのに、かつてないほど気を許していた。頭が朦朧としてくる。新鮮な空気を吸わないと大失態をやらかしてしまいそうだ。彼女はよろよろと立ちあがった。「ちょっと失礼して涼んでくるわ。すぐに戻るから」

椅子を引いて体をひねったとたん、ひどいめまいに襲われた。ニッコロがさっと立ちあがり、彼女の肘に手を添える。「エスコートさせてくれるかい？」

〈赤い妖精《ラ・ナンフ・ルージュ》〉のテラスは白い漆喰《しっくい》壁と満天の星に囲まれていた。夜の帳《とばり》がおりて、町のあちこちに松明が掲げられ、暗い水面の上でも船の明かりがまたたいている。昼の暑さは和らぎ、海から涼しい風が吹いていた。

「座るといい」ニッコロが椅子を引き寄せてアラニスの隣にしゃがんだ。「気分はどうだい？」

「ありがとう。ちょっとはめをはずしすぎたみたい。お酒は飲み慣れてないの。でも、こんなにすてきなひとときははじめてよ。ありがとう」

「どういたしまして。おれもこんなに楽しいのははじめてだ」

アラニスはにっこりした。怒鳴ることはあってもニッコロは気のいい人なのだ。彼女はしばらくひとりになって酔いを醒《さ》ましたかった。「あの、気を悪くしないでほしいんだけれど、あとでまた迎えに来てくれないかしら？」

「もちろん。好きなだけ涼むといい。ここは安全だ」

ニッコロが行ってしまうと、アラニスは壁に頭をもたせかけて星空を見あげた。船乗りを導くという北極星はどれだろう？　彼女は心のなかで新しい友たちの航海の無事を祈った。花の香りを楽しみながら、酒場のにぎわいに耳を傾ける。うとうとしかけたとき、男の声が耳に飛びこんできた。

「この戦争が終われば、おれは名声と金を手に入れる。フランス国王が働きに応じて爵位と田舎の土地を授けてくれるんだ。そこで自伝でも書くさ。題は『神秘の島の喜び』だ。それでパリの社交界の花形になって美しい女たちをはべらすよ」

「花形ねえ？　ルイにだまされないよう気をつけろよ」

アラニスはぱちりと目を開けた。エロスの声だわ！　今、もっとも遭遇したくない人物だ。島にいるのがばれたら、とんでもないことになる。すっかり酔いが醒めた彼女は椅子から飛び起きた。

「からかうなよ」フランス訛りの男が言う。「おれがヴェルサイユ宮殿に足を踏み入れたら、おまえの時代も終わりだぞ。高級娼婦はボリダール船長の前に列を成すだろう。だからって怒るな。おまえのために、不細工な女を残しておいてやるから」

「寛大な心づかいに涙が出そうだ」エロスが皮肉った。「忘れず礼状を送るよ」

アラニスは好奇心に負けて、壁沿いに声のするほうへ歩いていった。開け放たれたドアから室内の明かりがもれている。彼女は壁にぴったりと体をつけて部屋のなかをのぞきこんだ。

フランス人らしき男が部屋の中央に立って、赤いソファに座っている人物に笑いかけている。「友《モナミ》よ、うぬぼれるのも今のうちだ。おまえが女にもてるのは知っているが、最後に笑うのは野蛮なイタリア男ではなく、洗練されたフランス男さ」

アラニスは首をのばして、ソファに座っている男の人相を確かめようとした。つやのある黒髪はエロスに間違いない。心臓が早鐘を打ち、部屋のなかまで聞こえてしまうのではないかと心配になった。

「野蛮？」エロスの声が壁のすぐ向こう側から響いた。「あたってるかもな。つい最近〝けだもの〟と呼ばれたばかりだ」

ボリダールは声をあげて笑った。「かつては間違いなく、けだものだったたな。おまえの歩いたあとに女たちが屍《しかばね》のように転がっていた。楽しむだけ楽しんであとは忘れる。まあ、それが男って生き物だが」

「ところが今回は違う。自業自得さ」

「やっぱり！　女で悩んでいたのか。どうした？　ものにできなかったのか？」

「いや、そういうことでもない」エロスは躊躇《ちゅうちょ》したあと、不承不承に話し始めた。「口で言い表せないほど美しい女なんだ。それなのに自分の魅力にはまるで無頓着《むとんちゃく》だ」

アラニスは恥ずかしさに舌を嚙みたくなった。

「美しい女ってのは常に自分の魅力を心得ているものさ」ボリダールがため息をついた。「用心したほうがいい」

「これ以上面倒に巻きこまれるつもりはないから助言はいらん」

「そうだろうとも《パーディユー》！」ボリダールは訳知り顔で叫んだ。「その女は若いんだろう？　しかも貴族の娘だ。とびきりの美女で、ブロンドなんじゃないか？」

「太陽のような髪をしているよ。そして目は猫のようだ」

アラニスはその場にしゃがみこんで星を見あげた。スパニッシュギターの柔らかな音色に合わせて女性の歌声が流れてくる。ラム酒漬けの頭にエロスの言葉がじわじわとしみこんできた。猫のような目？

「階下《した》へ行ったらどうだ？　セシリアはおまえのために歌ってるんだぞ。なのにおまえは彼女を無視して毎晩船に戻ってしまう。船室に猫の目をした女が待ってるんじゃしかたがないが」

エロスはポケットに手を入れ、ひんやりとした宝石をつかんだ。「そんなんじゃない」ポケットのなかで宝石を握りしめる。

「おまえがセシリアに飽きたなら、彼女を浜に誘ってみるとするか。この島じゃいちばんのべっぴんだ」

「なんならパリまで連れていくといい」

ボリダールは大きく息を吐いた。「なにを言っても気は晴れないらしいな。なら、そっとしておいてやるよ。じゃあな《アディユー》」ボリダールは大げさな身ぶりでおじぎをすると、にぎやかな酒場へおりていった。

アラニスは壁の反対側にいるエロスの気配を感じながら、ひんやりした壁面に頬をつけた。冷酷な男なら嫌うこともできる。宝石に目がくらみ、人の気持ちをもてあそぶ男なら……。だが、ここにきてエロスのそっけない態度には裏の意図があるように思えてきた。なぜあの夜、彼は途中でやめてしまったのだろう？　わたしは彼のキスと愛撫を切望していたのに。

彼女の体に戦慄が走った。いや、あの夜は狂気につき動かされていた。引き返せないところまで行っていたらどうなっていたことか。わたしのほうはわれを忘れていたにもかかわらず、エロスのおかげでなんとか自尊心を保つことができた。彼の意志の強さは驚異的だ。完全に自分を制御している。

アラニスはエロスに見つかる前に静かに立ちあがり、物陰に身をひそめて仲間たちのもとへ戻った。

〝口で言い表せないほど美しい〟と言ってくれた相手を嫌うのは難しい。妖婦の誘いを断り、毎晩船に戻ってくる相手を……。煙たい部屋で仲間たちのテーブルに戻ったアラニスは、そんなことを考えていた。いいえ、気を許してはだめよ。宝石もドレスもくれてやればいい。あの男は卑しい海賊で、あくまでも憎悪の対象なのだ。

ただ、こうして自由を味わうことができたのだから、悪いことばかりでもない。三週間もすればわたしはイングランドに戻り、世間から後ろ指をさされても世界の終わりではないと祖父をなだめることになるだろう。そもそも、わたしは本気で夫を欲しているのだろうか？結婚は女に不利なことばかりだ。誰かの妻になるということは、自由や財産をはじめ、すべてを夫に捧げるということ。女はもはや女性ではなく奴隷になる。妻は夫の所有物なのだから。だが、祖父は結婚しなくてもやっていけるだけの財産を遺《のこ》すと約束してくれた。つまりわたしは食べるためではなく、愛のために結婚できる。

心を落ち着かせるために、アラニスはもう一杯ラム酒を頼んだ。愛のために……。エロスが垣間《かいま》見せてくれた恍惚《こうこつ》の世界がよみがえる。どれほど多くの欠点があっても、彼がわたしを高揚させることは否定できない。エロスにキスをされるとなにも考えられなくなる。彼が愛撫を続けてくれる限り、じっと横たわっていたくなる。

そのときアラニスの目が、カウンターに近寄る背の高い男の姿をとらえた。ひとりの女が彼にしなだれかかり、豊満な肢体を蔦《つた》のように絡ませる。悔しいけれど魅力的な女性だ。アラニスは一瞬、席を立ちかけて踏みとどまった。

「ほら、またセシリアが船長に言い寄ってら」ダニエロが言った。

アラニスはカウンターの男女をじっと観察した。エロスはいかにも退屈そうだ。

「船長は誘いにのると思うか？」グレコがダニエロをつつく。「今週はずっと彼女を避けてたぜ」

「船長のほうはとっくに飽きてるんだ」ダニエロがこたえた。

「それでもセシリアはあきらめない」ジョヴァンニが言う。「なんといってもセシリアを悪の巣窟《そうくつ》から解放したのは船長だからな。アラストル号が錨《いかり》をあげるまで何度でも言い寄るだろう」

「船長も興味ないって言ってやればいいのに。そうすればおれたちの番がまわってくるってもんだ」ニッコロがつぶやく。

「再装填が完了したらしいな、ドンファンめ」ジョヴァンニが笑った。

ニッコロがむくれる。「おまえらはなんでおればかりからかうんだ？　誰か別のやつを標的にしろよ」

「おまえほどおもしろいやつはいないぜ、ニッコロ。あとはおれを含めて退屈な野郎ばっかりだ」

グレコの言葉にアラニスは思わずほほえんだ。彼女が知っている女性たちもそろって退屈だ。自分も男に生まれたら船乗りになったのに。

背の高い男の影がテーブルに落ちた。「楽しくやってるか？　飲みすぎるなよ。明日の朝、潮が満ちたら出航だ」

男たちが凍りつく。アラニスは唇を噛んだ。エロスは彼女の真後ろに立っている。ジョヴァンニがいちばんにたち直った。「船長も一緒にどうです？　グレコ、椅子を持ってこい」

「その必要はない」エロスは機嫌よく言った。「ぼくらはもう帰るところだから」

アラニスが売春婦への嫉妬をこらえたとき、彼女の肩に大きな手が置かれた。「そうだろう、マイ・レディ？」レディという言葉の裏づけをとるように、エロスの手が細い肩をぎゅっとつかむ。彼女は背後の男を見あげた。暗い目が鋭くこちらを見つめている。

五人の海賊はおろおろと言い訳を始めた。エロスは眉をつりあげて、不安そうな部下たちの顔を見渡した。「言い分があるなら今ここで言え。気に入らないことを言われたからといって噛みつきはしない」

釈明の余地がないことは明らかだった。アラニスが酒場に残るのを、エロスが許可するはずがない。船に戻るしかないのだ。エロスは彼女の手を引いてテーブルから引き離した。

二階の個室は煌々《こうこう》と照らされていたが、誰もいなかった。裸婦の絵が並ぶ脇に、派手な長椅子が置かれている。すべてがひどく安っぽい。エロスは部屋の奥にある深紅のソファにアラニスを座らせ、自分は向かいあった肘掛け椅子に腰をおろした。未使用のグラスをとりだしてワインを注ぐ。「飲むんだ」彼はそう言ってアラニスの前にグラスを置いた。それから黙って彼女をにらみつける。

アラニスはワインに視線を落とし、次にエロスの顔を見た。「今さらワインでもないと思わない？」

「部下と酒を飲んだなら、ぼくとも飲めるはずだ」

それなら豚に羽が生えるまで待つのね！　アラニスは心のなかでこたえた。

エロスの顎がぴくりと動く。肘掛け椅子いっぱいに手脚を投げだしている様子は、まるで癇癪を起こした少年だ。突然、アラニスの胸にルーカスの言葉がよみがえった。〝やつは神じゃないんだぞ。血の通った心がないという点では神かもしれないが、不死身でもなんでもない、ただの人間だ！〟

「今日、ロッカが戻ってきた」エロスは唐突に言った。

アラニスは辛抱強く尋ねた。「それがどうしたの？　いないことにも気づかなかったわ」

「ジャマイカから戻ってきたと聞いても興味はないか？　この一週間、妹の様子を見守らせていたんだ。おめでたい知らせがある。シルヴァーレイク子爵が妻をめとった。特別許可を得て、謎のイタリア伯爵夫人と結婚したらしい。誰のことかわかるだろう？」

彼女は思わずほほえんだ。「ええ。ふたりの幸せを祈るわ。別にうらやましくはないけど」

エロスが眉をつりあげた。「ほう？」

アラニスは赤い帽子を脱ぎ捨て、グラスに手をのばした。「食べ物を見て空腹に気づくことってあるでしょう？　自由の味を覚えたからには、とことん楽しむつもりなの。機会があれば自分の船を手に入れて、船員を雇って航海に出るわ。心の赴くままに」

エロスはしばらく考えてから言った。「あくまで一般論だが、うら若き乙女がたったひとりで世界を航海するなんて無謀なんじゃないか？」

「危険だから？　たしかにそうかもしれない」アラニスは肩をすくめた。「でも、人生なんてあっという間よ。だらだらと生きながらえるよりも、限られた時間のなかで世界を旅して、いろいろなものを見て、幸せを追いかけたいわ」

彼はにやりとした。「なるほど。いいね」

「必ず実行してみせるんだから」アラニスはグラスをテーブルに置き、ひとりでバルコニーに出た。いつの間にか自分のやりたいことがはっきりしていた。それを言葉にしたことで確信が持てたし、実行に移す決意もついた。祖父が反対したら一緒に連れていけばいい。優秀な政治家にだって息抜きは必要だ。

背後の空気が揺れた。「ルイに嚙みつく前に……」深い声が肩を撫でる。「モロッコのアガディールへ寄港する。もしよければきみも連れていってやろう。イングランドへ戻るのが数週間遅れてもいいなら」

アラニスはエロスに向き直った。彼の顔は陰になっていたが、それでも人を引きつけずにおかない魅力があった。この人と遠い世界を旅したら、すばらしい体験になるだろう。一週間前はその価値がよくわかっていなかったし、エロスのほうも本気で誘ってはいなかった。

だけど、今は違う。彼女にはわかった。

「すごく行きたいわ」アラニスは真剣に言った。「でもだめなの」

「どういう意味だい？」エロスはショックを受けたようだ。彼女が飛びあがって喜び、キスを浴びせ、感謝の言葉を並べたてるとでも思っていたのだろう。

「ごめんなさい」アラニスは彼の反応を楽しみながら言った。「とても魅力的な申し出ではあるけれど……」

「きみの求めているものとは違う？」

「そうじゃないわ……」エロスはどこまでくいさがってくれるだろう？「ただ、〝失敗を他人のせいにできるのは最初だけ〟っていうでしょう？」

エロスはため息をついた。「警戒するのは無理もない。でも、保証する」彼はそこで間を置いた。「今回の申し出は、ぼくの名誉にかけても実現させるよ」

アラニスは彼を信じていた。ただ、もう少し復讐《ふくしゅう》したかった。「本当？」

エロスの日に焼けた端整な顔に真摯《しんし》な表情が浮かぶ。「本当だ」

「そう」彼女は考えこむふりをした。「信じていいのかしら？」

「アラニス――」エロスが一歩前に出た。ふたりの体は今にも触れあいそうだ。

アラニスはわざと目をしばたたいた。「あなたの申し出はうれしく思っているの。でもね、そんなに遠くまで砂浜を見に行く価値なんてあるのかしら？　なにも見ないよりはましかもしれないけど、もっといい機会がめぐってくるまで待ったほうがいいんじゃないかと思えるのよ。三週間後にイングランドに到着したら、それぞれの道を行くのだし」

エロスが困惑顔になる。これが一週間前なら彼もすぐにあきらめただろうが、今や完全にアラニスのペースだった。エロスは彼女を説得しようと躍起だ。自信に満ちた鎖蛇が女に振りまわされている。アラニスはすでに教訓を得ていた。エロスはとても頭が切れる。彼に勝つためには、それ以上に賢くならねばならない。

エロスは情熱的な目をして、繊細な輪郭を慈しむように彼女の顎に手の甲を滑らせた。

「城塞《カスバ》が見たいんだろう?」

ふたりの視線が絡みあう。アラニスは目を輝かせて大きくうなずいた。

「アルジェのカスバに連れていってあげよう。そしてアガディールにも。一緒に来るかい?」

「見返りはなしね?」アラニスは念を押した。

エロスがにやりとする。「なしだ」

「それなら家に帰るのが少しくらい遅れてもかまわないわ。明日、出発するの?」

「ああ。だが、まずは……」エロスは笑顔のまま彼女の腰に手をまわし、引きしまった体に引き寄せた。「合意のキスを」彼の唇がアラニスの唇に触れる。むきだしの情熱が、抵抗しなければという声を押し流した。

ジブラルタルの城壁内に立ち入るには知事の許可が必要だ。身分を伏せたいチェザーレは、ひとまず城壁の外に隠れ家を見つけて街に潜入する方法を検討することにした。ヴェルサイユから持ってきた紹介状と引き換えに資金を調達しなければならない。彼は大通りから一本入ったところにみすぼらしい酒場を見つけ、部屋を借りた。

酒場はおぞましいとしか言いようがなかった。煙たくて薄汚れ、スペイン人の一団やムーア人、よそよそしいユダヤ人たちが惨めな生きざまをさらしている。メダリオンをとり返し、敵の息の根をとめ、祖先の土地をとり返したら、こんな場所ともおさらばだ、とチェザーレは自分に言い聞かせた。

ジブラルタルに来て五日目のこと、チェザーレはボウデルバというムーア人とエールを飲んでいた。ボウデルバはしばらくマルセイユに住んでいたことがあるらしく、まずまずのフランス語を話した。そこへ汚らしい少年が伝言を持ってきた。ロベルトが到着したのだ。ふたりは一時間後に落ちあった。

「収穫は?」チェザーレはせっかちに尋ねた。

「やつはアルジェに向かっています。それもひとりじゃありません。女連れです」

「そんなことはどうでもいい。どうせ売春婦を連れているんだろう。その女がやつの最後の相手になる」

「売春婦ではありません、ご主人《モンスィニョーレ》さま。イングランド公爵の孫娘です。公爵はイングランドの要人です」

「貴族の娘など格下の売春婦と変わらん」チェザーレは鼻を鳴らした。「待てよ……」ロベルトの胸ぐらをつかんで自分の目の高さまで引きあげる。「イングランド公爵と言ったな？」

「女を……見たのです」ロベルトが苦しげに言った。「美人でした。ブロンドのうまそうな女です。ふたりは一週間トルトゥガ島に滞在しました」

「おまえの好みなどきいておらん、ばか野郎《ストロンツォ》」チェザーレは怒りに顔をゆがめてロベルトをつきとばした。「あいつはまだゲームに参加しているんだな。あきらめていなかったわけだ。その女が軍事会議の情報を流し、マールバラやサヴォイと連絡をとっているに違いない」チェザーレは悪態をついた。「よし《ヴァベーネ》。しばらく泳がせておこう。ただし、やつの裏工作が実を結ぶ前に息の根をとめるんだ」チェザーレはロベルトをきっとにらんだ。「アルジェに行くぞ」

# 11

蒸し暑い夜だった。遠くにぽつりぽつりと小さな明かりがまたたいている以外、あたりは濃い闇に包まれている。エロスは海岸線に背を向け、無駄のない動作でオールを動かしていた。頭に奇妙な形の黒い頭巾《ずきん》をかぶり、顔半分がベールに覆われているため、いつもより怪しく、はりつめて見える。アラニスはなんだかいやな予感がした。いったいどこへ向かっているのだろう？

トルトゥガ島を出港して三週間はこれといった出来事もなく過ぎた。食事は自分の船室でとりたいとアラニスが再度主張すると、エロスも異論を唱えなかった。プライドがあるのだろう、彼は一日の大半をジョヴァンニとともに艦尾甲板で過ごし、船の運航を指揮していた。ときおり部下たちと談笑しているところを見かけたが、みなエロスを心から慕っているようだ。いずれにせよ、アラニスはエロスに関心などないふりを装っていたので、ふたりの視線が合うことはめったになく、まれにあったとしても、彼女のほうが先に目をそらすのだった。しかし内心では、四六時中彼のことが気になっていた。エロスはいったい何者で、これまでどんな生き方をしてきたのだろう？　どのような夢や野心を抱き、なにに心を動かされるの？

「アラニス、暑いのはわかるがベールをしなきゃだめだ」

アラニスは不服そうな目でエロスを見た。ごわごわした黒いローブは全身をすっぽりと覆うデザインで、顔もほとんどベールで覆われているため着心地が悪いことこのうえない。しかし、彼の口ぶりからして逆らわないほうがよさそうだ。彼女はベールをもとに戻した。

「どこへ向かってるの？」

「アルジェを見たいと言っただろう？」エロスは肩越しに海岸線を振り返った。「プリンセスのご要望どおり、アルジェの城塞《カスバ》へ向かってるんだよ」

「カスバ……」アラニスはボートの揺れに体を任せてつぶやいた。「バーバリー海岸の私掠船の母港であり、太守アブディの宮殿のある場所ね」エロスと目を合わせる。「ニッコロの話では、あなたはアルジェのお尋ね者なんでしょう？　太守に逆らってヨーロッパ諸国の味方をして以来、敵視されているとか。本気でそんな場所へ行くつもり？」

「ニッコロがそんなことを言ったのか？」

「彼はあなたのためを思ってるのよ。〞太守の土地に足を踏み入れれば、必ず残酷な死が待っている〞って言ってたわ」

「人生に〞必ず〞なんてないさ。きみもそろそろわかっただろう？」

つまり、ニッコロの言ったとおりエロスはお尋ね者なのだ。それほど危険ならば最初に教えてくれればいいものを。「わたしのたわいない思いつきをかなえるために、そんな危険を冒してほしくないわ。つかまったらどうするの？　拷問されたり、殺されたりするかもしれないのよ」

「ああ」エロスは余裕の笑みを浮かべた。「だが、無事かもしれない」

彼は死んでもいいと思っているのだ。「引き返しましょう。危険すぎるわ」

「そりゃあ危険さ」エロスは肩をすくめた。「でなければおもしろくない」

「あなたがつかまるということは、わたしもつかまるってことなのよ」アラニスは真剣にとりあってくれないエロスにいらだった。

オールがとまる。ボートは波に押されるまま力なく揺れた。「それが心配なのか？　ぼくと一緒に危険に巻きこまれるのが？」

「それだけじゃないけど……」アラニスは居心地悪そうに身じろぎした。「でも、いつかあなたが言ったとおり……殺したいほど憎んでいるわけじゃないから」ああ、言ってしまった。この件に関してはあまり触れたくなかった。エロスはわたしの好意に気づきかけている。これ以上うぬぼれさせてどうするの？

「ぼくのことが心配なのかい？」エロスがやさしく尋ねた。「道案内がいなくなると困るだけじゃなくて？」

彼のことが心配だ。わたしはどうしてしまったのだろう？　アラニスは深く息を吸いこみ、心を落ち着けてから、あくまで一般論のように言った。「いいこと、アルジェに行く約束をしたのはたしかだけど、カスバを見るためだけに命をかける価値はないわ。ほかにも見たい場所はあるし、船に戻って――」

「命をかけてもなすべきこともある。ぼくはかつて、死を恐れて世界でいちばん大事なものを失った。同じ失敗は二度としない」

アラニスは愕然《がくぜん》とした。〝死は苦しくとも、栄誉は永遠なり〟という言葉がよみがえる。なんて禁欲的な生き方だろう。どんな出来事が、エロスをこんなふうにしたのかしら？

しばらくするとボートは陸に到着した。エロスが浜に飛びおりてボートを砂の上に引っぱりあげる。町に面して小さな出島があり、迫持《せりもち》で支えられた石の防波堤が町と島をつないでいた。港の入口には大口径の大砲が並んでいる。細い砂浜に人の姿はない。アラニスはそびえたつ城塞に目をみはった。砂漠の端に現れた砦がこれほど名高いのもうなずける。城塞そのものが生きているようだ。ここは一流の略奪者であり商人でもあった残忍な太守の領地であり、世界から見捨てられた人々の避難所、夜が支配する神秘の町なのだ。

「絶対に髪を見られないように」エロスはアラニスのほうへ手をのばし、はみでている髪をローブのなかへたくしこんだ。「準備はいいかい？」

アラニスがうなずくと、エロスは頭巾で口もとを覆い、彼女の手をとって城塞沿いに走った。厳重に警備された海門を避けて丘のほうへまわりこむ。砂に足をとられ、坂道をのぼるのは容易ではなかったが、エロスは砂粒のひとつまで知りぬいているかのごとくきびきびと彼女を先導し、やがて城塞の割れ目にたどりついた。そこからなかに入り、漆喰壁に囲まれた迷路のような通りを進む。彼は鷹《たか》のように鋭い目をして闇のなかを自在に動きまわった。

曲がり角に来ると壁にぴたりと体を寄せてあたりをうかがう。少し先で、猫が家の軒先からブリキ缶に飛びおりたので、アラニスは思わず息をのんだ。エロスが彼女の口に手をあててささやく。「カスバの壁には耳がある。声を出さないで」

壁に体をこすらせるようにして移動するうち広場に出た。露店やテントや用途のわからない台座が点在する広場の中央に、石づくりの井戸がある。

「ここはスークと呼ばれる市場だ」エロスがささやいた。「今は閑散としているが、朝になると色とりどりの食べ物や香辛料、そして買い物客でごった返す。きっと気に入ると思うよ。残念なことに日中に連れてくることはできないが……。首をはねられてしまうからね」

アラニスは夜でも充分だった。エロスもはじめてカーニバルを見た少年のように目を輝かせている。「この市場の品ぞろえはすごいんだ。西の諸国から運ばれてきた盗品から、あらゆるがらくたまで、なんでもそろっている」彼はアラニスの手を引いて露店のあいだを抜けた。「買い物をするときは値切るのが決まりだ。そうしないと商人は気を悪くする」

彼女はベールの奥でほほえんだ。火の気のない露店やがらんとした通路も、エロスの目にはまったく別のものに映るのだろう。

「はじめてここに来たときのことは今でも覚えているよ」エロスは手をつないで歩きながら話し続けた。「ぼくは一六歳で、アラビア語なんてふたつしか知らなかった。市場を見るのもはじめてだった。イタリアでは市場には行ったことがなかったから。そして、ごちゃごちゃしていてにぎやかなこの場所をひと目で好きになった」懐かしそうに話す。「ジェルソミーナは六歳で、大声をはりあげる商人を見てびくびくしていた。ちょっと目を離した隙にあの子の姿が見えなくなったときは、ずいぶんあわてたよ。店のあいだを走りまわって必死に捜したら、ちょうどあそこに立っていたんだ」彼がすぐ近くの台を指さす。「ジェルソミーナは鳥と会話する男に見とれていた。鸚鵡《おうむ》使いだ。あいつときたら、その色鮮やかな鳥を手に入れるまで頑としてその場を動こうとしなかった」エロスは楽しげに笑った。「鸚鵡にザッコって名前をつけてイタリア語を教えようとずっとがんばっていたけど、頑固な鸚鵡でね。ぼくが思うに、イタリア語は完全に理解していながらわざとアラビア語を話していたんじゃないかな」

アラニスにはジェルソミーナの気持ちがわかった。わたしが魅せられたのは鸚鵡ではなく鎖蛇だ……。はじめて会ったときから、冷酷な海賊のなかにひそむ少年の姿を感じていた。またしてもエロスへの警戒心が薄れていく。

そのとき彼がぴたりと足をとめた。「ぼくも商人になればよかったな」

アラニスは激しく息を吸った。「そうしたら、香辛料を買うときは必ずあなたの店に行くわ」

ふたりはベール越しに見つめあった。「いつだったか、オレンジを盗んで手首を切り落とされそうになったことがある」エロスがさっきよりも低い声で打ち明けた。青い瞳はいつもより明るく輝いている。アラニスが息をつめて見守る前で、彼がゆっくりと黒い布をとった。その下から現れた顔はなぜか苦しげだった。「きみに嫌われていることはわかってる。でも、誓ってきみを傷つけたりはしない。ぼくは最初からきみのことが気に入っていたんだ。美しいからだけでなく、ときどき、こんな瞬間に……」エロスは自分でも戸惑っているような顔をした。「ときどき、何年も前から知りあいだったような気がする。子供のころの話なんて誰にもしたことがなかったのに……」

彼の誠実な言葉に、アラニスの警戒心は消えた。はじめて心が通じた気がした。ふたりのあいだにあるのは欲望でも、下心でも、冗談でも、怒りでもない。魂と魂が触れあっている。

エロスは戸惑いながらアラニスのベールを持ちあげ、拒絶を恐れるかのように彼女の目をのぞきこんだ。当のアラニスにさえわからない心の奥を探るように。エロスが彼女の顔を両手で包んで唇を合わせる。あたたかな唇が誘うように動き、その先に待つものを予感させた。

そのとき、馬に乗った一団がスークに入ってきたので、エロスはすばやく露店の陰にアラニスを引き入れた。体を密着させ、息をひそめる。大きな体と壁に挟まれたアラニスは、男っぽい香りやはりのある筋肉に圧倒されていた。エロスの頭巾に頭を入れ、彼の首筋に唇を押しあてる格好だ。そのまま彼の腰にしがみついて体を撫でまわすことができたら、どんなにいいだろう。

男たちが行ってしまうと、エロスは一歩さがって悪態をついた。青白い月明かりの下でアラニスの顔を観察する。「ぼくはなんて愚かなんだ。こんな危険なところにきみを連れてくるんじゃなかった。大丈夫かい？」

大丈夫どころではない。危険にさらされたことよりも、彼と密着したことのほうがよっぽどショックだった。ベールをあげて意志の弱い自分をしかりつける。「大丈夫よ。ちょっとびっくりしただけ」

　エロスはアラニスの手をとった。「おいで。長居しすぎた」

　じきにふたりは小さな家にたどりついた。アーチ状になった青いドアをノックすると、黒っぽいマントをまとった小柄な老女がドアを開け、いぶかしげにふたりを見つめた。エロスが顔のベールをあげる。「あなたの上に平和を《アッサラーム・アライクム》」

「エル・アマルかい？　ああ、アッラーよ！」老女は喜びに目を見開き、両手で顔を覆って祈りの言葉を唱えた。「さあ、入って《タファッダル》」ふたりを招き入れ、ドアに鍵をかける。「いとしいエル・アマルが帰ってきてくれるなんて、アッラーのお導きだ。元気そうだね。エイネーヤ、こっちへ。この年寄りにキスさせてちょうだい」

　エロスが一歩前に出て老女を抱きしめる。「会いたかったよ、おばさん《アーンマティ》」彼の声は震えていた。ふたりはアラビア語で会話していたが、この家がエロスにとって特別な場所であることはアラニスにもわかった。

　老女がアラニスに目を向ける。「ヤスミーナ、おまえまで来てくれたのかい？」

　エロスは英語に切り替えた。「違うよ、彼女はジェルソミーナじゃない」アラニスを抱き寄せ、安心させるようにほほえんでから彼女のフードをとった。「こちらはアラニスだ。ぼくが護衛しているプリンセスだよ。こちらはサナー・クマ、魔女《ラ・マーガ》なんだ」

「よく来たね《マルハバン》！」サナーはぱっとほほえんでアラニスの手を握った。細い腕にいくつもつけた金のブレスレットがじゃらじゃらと音をたてる。賢そうな青い瞳は好奇心に満ちていた。

「よろしくね」

「お会いできて光栄です、マダム・クマ」アラニスは目の端でエロスの満足げな顔をとらえた。「なんと言ったらいいか……」アラニスは言葉を失っていた。サナーは凡人ではない。白い髪はふさふさとして、青い瞳は知性の光をたたえ、皮膚は使いこんだ革のように日に焼けてしわが寄っている。笑顔は東洋的な魅力にあふれていた。

「こちらこそ、お会いできて光栄だ、クリスティーンの娘さん」サナーがアラニスの手をぎゅっと握った。

アラニスは卒倒しそうになった。どうして母の名前がわかったのかを尋ねようとしたとき、サナーがエロスにアラビア語で問いかけた。「息子や、とてもきれいな娘さんだね《ヤブニー　ヒッヤ・ヘルワ・ジッダン》。この娘のことが好きなんだろう？《インタ・バヘッバハー》」

「もういいだろう《ハラース》」エロスは怒ったように言って、ちらりとアラニスを見た。

サナーがお見通しだというようにくすくすと笑う。老女はふたりを家の奥へと案内した。壁のくぼみに孔雀《くじゃく》石でできたろうそく立てが置いてある。サナーの足どりに合わせてカフタンドレスの裾がさらさらと揺れた。

アラニスはエロスと並んで廊下を歩きながら、刺激的な香辛料の香りを吸いこんだ。「さっきサナーはなんと言ったの？」

「なんでもない」

「彼女はどうしてわたしの母の名前を知っていたのかしら？　あなたにも教えてないのに」

エロスはにやりとした。「彼女は魔女だからさ」

「さあ、入って、どうぞ座ってちょうだい」サナーは、天体が描かれたテーブルを囲んでいる低い長椅子を指さした。テーブルの上に置かれた金のランプからジャスミンの香りが漂ってくる。

エロスはアラニスのローブを受けとって壁にかけ、彼女の脇に腰をおろした。こぢんまりした居間に大きな体を休めてにやりとする。「いいにおいだ」

「豆とハーブのスープ《ハリーラ》とタジン鍋《なべ》をつくったんだよ。さぞおなかがすいているだろう、エイネーヤ。すぐに準備するからね」サナーはアクセサリーをじゃらじゃらいわせながら急いで部屋を出ていった。

「〝エイネーヤ〟ってどういう意味？」アラニスはエロスに尋ねた。

「親愛の情を示す言葉だ。直訳すると〝わたしの目〟かな」彼はにっこりした。

エロスと目を合わせたアラニスは青い瞳に見とれた。この人がわたしのものなら、わたしも彼をエイネーヤと呼ぶだろう。そんな考えが脳裏をよぎる。

「サナーの家の感想は？」

アラニスは目をしばたたいて周囲を見まわした。「なんというか……全体的に青いのね。なにかの象徴かしら？」

「青は幸運の色なんだ。〝災いの目〟を遠ざけるとされている」エロスは上機嫌で説明した。

「すてきな家だわ」アラニスはおごそかに言った。「サナーもとってもすてきな人」人をだまして悪の道へ誘う海賊が――本来ならば憎むべきはずの相手が――こんなに魅力的な場所に案内してくれたうえに、母親にも等しい女性に紹介してくれるとは。「連れてきてくれてありがとう」

「夜は始まったばかりだ。明日の朝にはうんざりしているかもしれないよ」

「あなたが危険を冒してくれたことはわかってる。今夜のことは絶対に忘れないわ。絶対に」

エロスの笑みが消えた。アラニスの瞳をのぞきこみ、唇にかかった長い髪を払う。「そんな目をしてくれるなら、世界じゅうの危険を買っても惜しくない」彼はかすれた声で言った。アラニスはエロスの強い視線を受けとめた。この人はわたしのことを〝口で言い表せないほど美しい〟と言いながら距離を置こうとする。

そのとき、サナーがいくつも料理がのったトレイを手に戻ってきた。「エル・アマル、わたしのつくるハリーラの味を覚えてるかい？」

「忘れるもんか。いまだに舌がしびれてるよ」

サナーはほっと息を吐いてふたりの向かいに腰をおろした。「訪ねてきてくれるなんて、こんなにうれしいことはない」

「よくふたりでおしゃべりしたね」エロスがにっこりする。「やっぱり家がいちばんだ」

サナーの顔を見て、アラニスの目にも涙がこみあげた。このひとり暮らしの老女がイタリアの鎖蛇を息子のように思っていることは明らかだ。エロスもいつもとは違って無防備な表情をしていた。とても宝石を奪った人物とは思えない。

サナーがアラニスを見て尋ねた。「食べないのかい？」

「マダムこそ、まだ自分の分をよそってもいないじゃないですか」アラニスは答えた。

「わたしは胸がいっぱいでとても食べられないよ」

エロスがくすくす笑ってアラニスに身を寄せた。「サナーは体を清く保たないといけないんだよ。食べるときみの運勢を占えなくなる。そうだよね？」

アラニスはびっくりして老女を見た。サナーがきまり悪そうに笑う。「エル・アマル、おまえはなんでもお見通しなんだね」

「そんなことないさ」エロスはとぼけて大きなスプーンを口に入れた。アラニスは自分のスープ皿を見つめた。ぴりっとした香りが食欲を刺激する。彼女は思いきってスプーンを手にとった。

「それで、わたしのかわいい娘のことを話してちょうだい」サナーが言った。「ヤスミーナはどうしてる？」

「元気だよ。実はあわれな男に目をつけて、強引に結婚に持っていったんだ。男のほうもすごく幸せそうだったけどね」

「結婚したって？　もっと詳しく話しておくれ。どんな人なの？　誠実な男かい？　おまえはふたりの結婚を認めたの？」

エロスはうなずいた。「イングランドの貴族だよ。ふたりはとても愛しあっている」

アラニスは顔をまっ赤にして咳《せ》きこんだ。エロスが吐きだしたら承知しないぞという顔で彼女をにらむ。喉も舌も、口全体に火がついたようだ。あまりの辛さに言葉を発することもできない。たとえできたとしても、なにも言わないほうが無難だろうけれど……。

「サナー、すまないけど水をくれるかい？」エロスはアラニスの様子を見かねて言った。

老女がうなずいて台所へ急ぐ。アラニスはうるんだ目を手の甲でぬぐった。エロスは彼女に身を寄せてささやいた。「サナーの喜びに水をさすようなことを言ったら承知しないからな」

アラニスはぞくりとした。鎖蛇の復活だ。アラニスは彼をにらみ返した。「こけおどしはやめて。そんなひどいことをするわけがないでしょう」

「こけおどしかどうか試してみるかい？　ぼくを甘く見ないほうがいい」

アラニスはにっこりして目をそらした。サナーが水差しとグラスを手に戻ってくる。アラニスは笑顔のままグラスを受けとった。不機嫌そうなエロスを見ると胸がすっとする。

「わたしのかわいい娘が結婚したんだね」サナーがうれしそうに言った。「なんておめでたいんだろう。あの子には二二歳で結婚すると言ってあったんだよ。あの子はまだ新世界にいるんだろう？」

「だと思うよ」エロスが答える。

「でも、近々、めでたい知らせを告げにわたしを訪ねてくるだろう」

「サナーがそう言うなら」

サナーはアラニスにタジン鍋をよそった。柔らかい羊肉の煮込みだ。蜂蜜《はちみつ》とローズウォーターに漬けた甘いデザートもある。胃が満たされて気持ちがほぐれたのか、エロスがクッションに背中をあずけた。アラニスはひと口ひと口を堪能した。この新しい体験をなににも邪魔されるつもりはなかった。特にエロスには。すでに満腹だったが、黒くて平べったい実のようなものに手をのばす。

「それはいなご豆といって体にいいんだよ。子宝に恵まれるんだ。エル・アマル、おまえもお食べ」

エロスが涼しい顔で断る。アラニスもさりげなく豆を皿に戻した。

サナーが皿を片づけ始めた。「コーヒーかお茶はどうだい？」

「手伝わせてください」アラニスは腰をあげかけた。

エロスがそれを制す。「アラニスはきっとサナーのコーヒーが気に入ると思うよ」

アラニスは大きな手を見おろした。

「おまえも飲むかい、エル・アマル？」サナーが期待に満ちた目でエロスを見る。「一回くらい飲んでおくれよ」

エロスは手を引きながら言った。「飲まないってわかってるだろう？ぼくはシナモンティーでいい」彼はアラニスを見た。「飲み終わったカップを使ってサナーが運勢を占ってくれるんだ」

「そうそう《アイワ》、コーヒーを飲んで、水たばこを吸って、占いをしようじゃないか」サナーが楽しげに言った。

アラニスは興味津々だった。「いただきます」

「うんと甘くしてやってくれ」エロスが片目をつぶる。サナーが再び台所へ消えると、彼は気づかわしげに尋ねた。「楽しんでるかい？」

「ええ、とっても」

「この国では、手伝いを申してるのは失礼にあたるんだ。先に注意しておけばよかったんだが、行き先を内緒にしておきたかったから」

アラニスははっとした。エロスのなかには相反するふたつの人格が存在するらしい。ひとりは冷酷な鎖蛇で、もうひとりは……それこそ彼女が警戒すべき相手かもしれない。「エル・アマル……」アラニスは思わずつぶやいた。

エロスがにやりと笑う。「なんだい？」

アラニスはためらった。彼のことをすべて知りたい。「サナーはなぜあなたのことをエル・アマルと呼ぶの？」

「簡単さ。異教徒の名前が気に入らないから別の名前を考えたんだよ」

「ギリシア神話で〝エロス〟は……」アラニスは口ごもった。

「愛の神だ」エロスの目にはからかいの色とともに、男性特有の傲慢さが見てとれた。

「珍しい名前ね」彼女はなぜかどぎまぎして目をそらした。

「自分でつけたと思ってるんだろう?」

エロスはきっとにやにやしているに違いない。「そうだとしても驚かないわ」

「残念ながらそうじゃない」

アラニスは彼をにらんだ。「なら、トルトゥガ島の愛人がつけたの?」

エロスが歯をのぞかせた。「トルトゥガとは関係ないよ」

「そうね、あなたは世界じゅうに女性がいるんだったわね」声に嫉妬がにじむのは抑えられなかった。「で、誰がつけたの? まさかザッコ?」

「違う」エロスはもはや笑っていなかった。「母だ」

「お母さま?」エロスに母親がいるからといって別に不思議でもなんでもない。彼もかつては赤ん坊だったのだ。そして母親からギリシア神話に出てくる愛の神の名をもらった。ローマ人がキューピッドと呼ぶ神の名を……。青い目をしたやんちゃなわが子に、金の羽を持ったあどけない神の名をつけた母親の気持ちはよくわかった。子供のころのエロスはさぞ愛らしかったろう。「なぜサナーはエロスという名前が気に入らないの?」

「イスラム教は一神教で、サナーは熱心な信者なんだよ」

「それなのにギリシア神話に詳しいの?」

「サナーは特別さ。なんでも知っている。ぼくにもいろいろ教えてくれたよ」

「どうして知りあいになったの?」

「スークで出会ったんだ。彼女は銀貨を出してぼくの手相を見せてくれと言い、ぼくはそれを拒んだ。それから占いや運命について議論を戦わせ、あとはごらんのとおりさ。ぼくが航海に出ているあいだは彼女がジェルソミーナの面倒を見てくれた」

エロスの話は聞けば聞くほど興味深い。「なぜ、エル・アマルなのかしら？」

「エル・アマルはアラビア語で〝月〟という意味なんだ」

「月？」アラニスは彼の顔から目をそらすことができなかった。

エロスは指をこめかみにあて、三日月形の傷跡をなぞった。

「その傷はどうしてついたの？」

彼は問いに答えず、アラニスの髪に手をさし入れて自分のほうへ引き寄せた。「きみにキスしたいな」かすれた声でつぶやく。押しあてられた胸が大きく上下した。

アラニスは海色の瞳をのぞきこんだ。口もとにエロスの吐息がかかる。彼女は耐えきれなくなってつぶやいた。「キスして」

そのとき、廊下からサナーの声がした。「エル・アマル、水たばこの壺《つぼ》を運んでくれないかい？」

エロスのふてくされたような目を見たアラニスは、彼も自分と同様に切迫した欲望を抱えていることを知った。

エロスがため息とともに立ちあがる。「今、行くよ」彼はサナーを手伝って重い壺を運び、受け皿と石炭、そしてたばこをセットした。サナーがコーヒーとお茶を準備するあいだ、アラニスは黙って呼吸を整えた。どうやらわたしのなかにもふたつの人格があるようだ。ひとりは教養と常識のある女性で、もうひとりは海賊にのぼせあがった愚かな女……。

エロスが長いパイプの先をくわえた。「りんごの香りだ！」うれしそうに言って煙の輪を吐きだす。壺の首が赤く光り、なかに入った水が泡だった。色鮮やかなチューブから甘い香りがもれてくる。彼はパイプをサナーにまわした。

「料理をたっぷり用意しておいてよかったよ。なんとなく来客があるような気がしたんだ」

エロスはお茶のカップに口をつけたままにっこりした。「そのわりに、戸口でぼくの姿を見たときは驚いていたじゃないか」

「おまえがコーヒーを飲まないからだよ。もったいぶってさ」

「自分の運命なんて知りたくない。人はいつか死ぬんだから、それがわかったところでうれしくもなんともないよ。だいいち、魔法とか輪廻《りんね》とか災いの目なんて信じてないからね」

サナーは鼻を鳴らした。「一六歳のときも皮肉屋だったけど、今もひねくれてるんだね。態度を改めるってことはないのかね？　なにか信じるものができたら教えておくれ」

「皮肉屋はそっちじゃないか」エロスが言い返す。

「わたしにはものが見える。普通の人が見落としているものがね。真実を知りたいのなら、上っ面だけ見ていてもだめだ」サナーはアラニスに目をやった。

老女の視線の動きを察してエロスが言った。「知りすぎると溺《おぼ》れることもある」

「真実を恐れる者は、自分の愚鈍さに溺れるんだよ」

「真実なんて、複雑な現実を一方向から見たものにすぎない」エロスは自分の言葉に満足げな顔をした。

「人生に主観的でないものなどないさ。真の喜びをもたらすのはごくささやかなことだ。それをわざわざ複雑にしようとするのは愚か者だよ」

「単純だろうがそうでなかろうが、すべてを知る必要はない」エロスがくいさがる。

「やってみもしないでどうしてわかる？ おまえもいい加減、自分を罰するのはおやめ。アッラーがくださる喜びを楽しめばいいんだよ。人生を価値あるものにするんだ」

エロスがアラニスをちらりと見る。この言いあいにわたしはなにか関係しているのだろうか？ 彼が目をそらした。アラニスはりんごの香りと独特の雰囲気を楽しみながらコーヒーを飲んだ。エロスが甘くしろと言っていた意味がわかった。死者も生き返るほどの濃さだ。

彼は老女のほうへ体を傾け、しわだらけの手をとった。「いずれにせよサナーはいつもぼくを信じてくれる。ろくでもないことばかりしていたときでさえ。感謝《シュクラン》してるよ」

「どういたしまして」サナーが涙ぐむ。

アラニスは唇を噛んだ。こういうところに弱いのだ。エロスはときどき、あたたかくて、率直で、感傷的な表情を見せる。それを見ると、ぎゅっと抱きしめて、二度と放したくないと思ってしまう。

「それじゃ、占いをしようかね」サナーが言った。「隠しごとをしている人は、ほかの人の秘密を聞くことはできないよ」彼女は意味ありげにエロスを見た。

「ぼくはここを動くつもりはない」彼は頑固に腕組みをした。

「アラニスにもおまえと同じようにプライバシーが必要だ。ザッコでも捜しておいで。あの子の秘密もなかなか興味深いよ」

「鸚鵡がまだ生きてるのか？」エロスは声をあげて笑った。

「残念ながらね。航海に連れていってくれてもいいよ。あの子は黙るってことを知らないんだから」

「ジェルソミーナに渡すといい。予言では訪ねてくるんだろう？」エロスはそう言いながらもしぶしぶ立ちあがり、ザッコを捜しに行った。

「さて、心の準備はいいかい？」サナーはアラニスを見た。

「もちろんです」アラニスはにっこりして、コーヒーカップをサナーのほうへ押しだした。

「どれ」サナーは小さなカップを持ちあげると、水を入れてくるくるまわし、水を受け皿に捨てた。それから円錐形《えんすいけい》をしたランプのふたを開ける。ランプから香りのよい煙がたちのぼった。老女はぐっと集中してカップの底をのぞいた。「ふむ。まずは過去について話す。それから現在で、最後が未来だよ」

アラニスは自分の体に腕をまわした。占いを信じるかどうかはともかく、知りたいことはたくさんある。

「金色の髪をした三人の子供が見える。小さな男の子がひとりに、年上の女の子、それから友達の男の子だ」サナーが眉間《みけん》にしわを寄せた。「男女が火事で命を落とし、年配の男が悲しんでいる。彼の心はぼろぼろだ」アラニスを見る。「あんたのおじいさんは、娘の死からたち直ることができなかった。おじいさんにとってクリスティーンはすべてだったから。おじいさんは、娘を旅に連れだそうとするあんたのお父さんを引きとめた。自分の仕事を……人々を助ける仕事を継いでほしかったんだね。だが、あんたのお父さんはそれを無視して、お母さんとともに航海に出た。そしてふたりは火事で命を落とした」

アラニスは息ができなかった。これまでのところ、サナーの言葉はすべてあたっている。

「あんたのおじいさんはいい人だ。意志が強く、正直で、妥協しない。重要な地位にある人で、力もある。筋が通った人だね。あんたに愛情を注いでいる。そしてあんたもおじいさんのことをとても尊敬している」

「母はわたしが一二歳のとき亡くなりました。祖父がわたしと弟を育ててくれたんです」

「どれ。ああ、また痛ましい出来事だ」サナーはため息をついた。「あんたの弟はその愚かさゆえに、悪い男に金と命を奪われた。あんたは彼の死に胸を痛めた。もうひとりの男の子は弟と仲がよかった」

「ええ」アラニスは涙をぬぐってうなずいた。

「おじいさんは悲しんでいる。孫息子を見捨てた自分を責めている。彼は生きる希望を失った。あとを継ぐ者もいなくなった。おじいさんは、弟の友人だったブロンドの男があんたを幸せにしてくれるとは思っていない。海が見える。おじいさんはひとりだ。娘や孫息子を失ったように、あんたも失うのではないかと恐れている」サナーは眉をあげた。「おじいさんはあんたに期待しているんだよ。あんたの能力を買っているし、あんたの不在を悲しんでいる。過ちを犯したことを認め、それを正そうと思っている。あんたがブロンドの男と結婚せず……未婚のまま戻ってくることを知っているようだ。そしてそのとおり、あんたは未婚のまま故郷に戻るだろう」老女はなにかが引っかかるような顔をしたが、それがなにかは言わなかった。「ブロンドの男はあんたの相手ではなかった。運命は別の男を選んだのだ。その男は近くにいる」

アラニスの心臓が鼓動をとめた。しかし、彼女は頭に浮かんだ答えを否定した。「正直なところ、本気で結婚したいと思っているのかどうかもわからないんです。マダム・クマ」

「サナーと呼んでおくれ。いいことを教えてやろう。運命は事前に用意されているけれど、生き方しだいで天秤《てんびん》の傾きが変わることがある。人生は選択肢を示すだけで、最終的な決断はあんたの手のなかにあるんだ」サナーはにっこりした。「だからこそ人生は美しい。あんたの人生はあんたのもので、あんた自身に責任がある。もちろん別の要素が介入してくることはあるだろうが……」老女はアラニスを指さした。「あんたには運命を切り開く力がある」

「おっしゃることがよくわかりません。用意されている運命に対してどう責任をとるんですか？」

「いつの世もそれが問われてきた。長年、勉強したわたしでさえすべての答えがわかるわけではないが、要約するとこういうことだ。あんたの運命が別の誰かと絡むとき、あんたはその人に出会う。ただ、その縁をどうするかはあんたしだいだ。その人との縁をまっとうできない場合、生まれ変わって何度も出会うことになる。今あんたは、わたしを仲介にして……

そうだね、守護天使とでもしておこうか……その守護天使に質問をしているんだ。より幸せな道を歩めるようにね。だからわたしがいろいろなことを言っても、それが絶対というわけじゃない。運命は自分で変えることができるんだよ」

「エロスは……その、エル・アマルはそれを信じていないんですね？」エロスの厳しい人生観が思いだされる。彼にとって人生は果てのない戦いなのだ。

「エル・アマルは疑い深い。証拠のないものは信じない。あの子の境遇がそうさせたんだろう。あの子はいろいろ苦労をしてきた。生存をかけた戦いのなかでは、未来のことなどいちいち考えてはいられない。だが、変化はきている。本人は気づいてもいないがね。おや、脱線してしまったね。ザッコの秘密がつきる前に先に進もうか」

アラニスはにっこりしてうなずいた。

サナーは考え深げにカップの底をにらんだ。「男が見える。ふたりの道は以前にも交差し、今また交差している。力のある男で、周囲から恐れられ、尊敬されている。あんたも彼を恐れているね。それでも引かれずにいられない。あんたは彼の過去をほとんど知らないが、そこに秘密があることはわかっている。男のなかにはふたつの人格がある。鎖蛇と鷹だ。あんたは男の心を感じることができるが、そういう自分の気持ちを信じていない。これまで知っている男とは違う。とても非凡な人物だ」

アラニスは鋭く息を吸いこんだ。「彼は謎なんです」そっと告白する。「いい人なのか悪い人なのかわかりません。その両方に思えるときもあります」

サナーは訳知り顔でうなずいた。「ヒントをあげよう。それが解けたら、男の心を開く鍵が見つかるよ」老女はテーブルに身をのりだした。アラニスが顔を寄せるのを待ってつぶやく。「その男は、愛するときは求めない。求めるときは愛せない。その男が結婚式をあげるのは、もはや戻ることのできない特別の場所だ。郷愁が彼の夢を支配している」

アラニスは驚いた。「でもわたし——」

「あんたの心を捧げれば答えはわかるだろう。ちょっとお待ち。いいものをあげる」サナーは小走りで部屋を出ていった。

アラニスはオレンジ色に光るランプをじっと見つめた。ヒントはふたつの部分から構成されている。最初の部分はエロスの過去の女性関係について、次の部分は彼の出生についてだ。彼が一六歳のとき、人生を変えるなにかが起こった。鎖蛇と鷹の紋章はなにか重要な意味を持っている。あの紋章の本来の持ち主が鍵なのかもしれない。それから、思ったとおりエロスのなかにはふたつの人格がある。わたしの運命はその両方と関係している。そしてわたしは彼に引かれずにいられない。しかも強く。

戻ってきたサナーの手には金の鎖が握られていた。「これをあげるよ。悪魔を追い払うお守りだ。首につけなさい」老女がペンダントをさしだす。

「こんなによくしていただいて、このうえ贈り物までもらうなんてできません」

「ペンダントヘッドが目になっているだろう？」サナーが石を指さした。青い楕円《だえん》の石の中心に、瞳のような黒い点がある。「この目があんたを守ってくれる。さあ、つけてごらん」

アラニスは金の鎖を受けとって首にかけた。「ありがとうございます。大事にします」

「それじゃあ、未来を見てみよう」サナーはカップをランプのほうへ掲げた。「旅と試練が見えるね。クリスティーンの娘、アラニスよ、手をのばしさえすれば、大いなる幸運があんたを待っているだろう」老女は目をあげた。「その心を捧げるならね」

「どんな幸運なんですか？」アラニスは好奇心に駆られて尋ねた。

「このうえなく美しい大地が見えるよ。外国の土地だ。そこにあんたが人生を分かちあう男がいる。その男はエミール……つまり、人の上に立つ人物だ。あんたのおじいさんがその男を選ぶ」

「祖父が？」アラニスは顔をゆがめた。なんてこと！　政治のために見知らぬ国の統治者に嫁がされるの？

「がっかりすることはないさ」サナーはカップのなかに未来を探した。「頭の切れる男だ。背が高く、面がまえもよく、いい体格をしている。肌は白い……」

「肌が白い？」アラニスの心は重く沈んだ。サナーの予言はどんどん悪い方向へ向かっている。エロスの肌はブロンズ色なのに。

「ふたりは特別な絆で結ばれるだろう。あんたはとても幸せで、男を深く愛し、すこやかで美しい子供を四人授かる。そしてあんたは夫の政治的活動に深くかかわるようになる」

やっぱり！　祖父はわたしをどこかの政治家と結びつけようとしているのだ。

「男に死が迫るが、あんたが彼を守る」

アラニスはサナーの明るい声に同調できなかった。常識のある女なら喜ぶところだが、こともあろうに彼女は海賊と結ばれないことを嘆いていた。

サナーは水たばこをふかし、煙の向こうからアラニスを観察した。「運命はいつでも変えることができる。運命が用意した相手を受け入れなくてもいいんだよ」

アラニスはその言葉を反芻《はんすう》した。今夜、わかったことがあるとすれば、それはエロスに対する感情が思っていたよりもずっと深いということだ。彼にかけられた魔法から逃れることができない。なら、祖父の選んだ男性との輝かしい未来を手放すの？

エロスが居間の入口に姿を現した。「お姫《プリンチペッサ》さま、そろそろ行かないと夜中だ。カスバから脱出しないといけないからね」

サナーがため息をついた。「占いは終わりだよ。アラニス、またいつでも訪ねてきておくれ。エル・アマルが連れてきてくれるかもしれないね？」老女がいたずらっぽいまなざしをエロスに向ける。

居間の入口に立っている男を見て、アラニスの胸は早鐘を打った。ヘシオドスは愛の神を〝神々のなかでもっとも美しい〟とたたえた。エロスと人生をともにするのはどんな女性なのだろう？　その人がねたましい。もちろん、エロスは生涯独身を貫くかもしれない。それが彼の信念なのだから。謎を解いてエロスの心を開く鍵を手に入れることができたとして、わたしはそれを使うのだろうか？　祖父の選んだ男性を拒絶して、自分の運命を切り開くの？　エロスに心を捧げて？

エロスはアラニスの様子がおかしいことに気づいて眉をひそめた。「サナー、彼女になにを言ったんだ？」

「それが知りたいなら、おまえもコーヒーを飲むんだね。さあ、もう行きなさい。夜もふけたし、カスバの壁には耳がある。おまえのことが心配なんだよ、エイネーヤ」

エロスとアラニスが黒いケープに身を包んで戸口に立つと、サナーがふたりの手を組ませてその上に自分の手を重ねた。「わたしの子供たちに神のお導きがありますように」それからアラニスを見る。「次に来るときは子供と一緒だね」

サナーの予言にアラニスはぎょっとした。「あの、さようなら。あなたのことも、今夜のことも決して忘れません」老女の体を抱きしめる。「お守りをありがとうございました」

エロスもサナーに両腕をまわした。「いつかはわからないけど、必ず帰ってくるから」しわの寄った頬にそっとキスをする。「神がお守りくださいますように」

サナーはすすり泣きをこらえてエロスから離れかけたが、急に怯えた目をして彼の腕をつかんだ。「気をつけるんだよ、エル・アマル。月が蟹座《かにざ》の方角にあるときは注意しなさい」

「わかった。そうするよ」

「さあ、行って」サナーはふたりをドアの外へと追いたてた。「アッラーとともにあれ《ルーフ・マァ・アッラー》！」

# 12

私掠船に自国の船舶を拿捕されたイングランド領事がアルジェリア太守に苦情を申したてたところ、太守は悪びれもせず、次のように答えた。「たしかにそのような事件があった。で、どうしろというのだ？　わが国は無法者の集まりで、わたしは彼らの船長なのだ」

船舶調査委員会

サナーの家を出てから沈黙が続いていた。アラニスは隣を歩いているエロスをちらりと見て尋ねた。「エミールってなに？」

彼が突然立ちどまったので、手をつないでいたアラニスもつんのめった。黒い頭巾の下で海色の瞳が鋭い光を放っている。「エミールはプリンスという意味だ」エロスは感情を排した声で、警戒するように答えた。

彼の変化に気をとられていたアラニスは、馬に乗った黒ずくめの一団が近づいてくるのに気づかなかった。エロスが彼女をぐいと引っぱって壁に背中を押しつけ、手で口を覆う。彼女は通路をふさぐ男たちを恐怖に満ちた目で見つめた。闇のなかを自在に移動する夜の支配者だ。ひとりの男が小さな麻の袋をほうった。エロスがそれを拾いあげ、てのひらの上で中身を開ける。土塊……秘密のメッセージだ。

「ひと言も発するな。なにが起きてもベールをとるんじゃない。わかったか《カピーシェ》？」彼はアラニスにそうささやき、乗り手のいない馬へ近づいた。

アラニスがあわててうなずくと、エロスが鞍にまたがって彼女を馬上に引きあげる。

馬は迷宮のような路地を進んでいった。ロマンティックに思えた城塞《カスバ》は、もはや不気味なものにしか映らなかった。左右の壁が迫ってくるように感じられる。あらゆる窓や壁に目がついているみたいに思えて背筋がぞくぞくした。アラニスが怯えていることを察したエロスは、彼女を守るように抱きかかえた。馬は速歩《はやあし》で進み、やがて大きな門にたどりついた。門が開き、男たちが中庭に馬を進める。エロスは男たちに続いて馬をおり、アラニスを抱えておろすと、すばやく耳もとでささやいた。

「さっき言ったことを覚えているか？　口を開くな。ベールをとってはだめだ。誰とも目を合わせないよう下を向いていろ」彼はアラニスの手を握り、アラベスク模様の立派な玄関へ向かってすたすたと歩き始めた。

「タオフィック！」エロスの怒声に左右の守衛が身を縮める。エロスは玄関を入ったところで立ちどまり、黒い頭巾をとってホールのなかを見まわした。天井のドームにいたるまですべてが金箔で覆われ、床にはつやつやした黄褐色のタイルが敷きつめられている。人が出てくる気配はない。彼は奥へと歩き始めた。まるでこの宮殿の主《あるじ》のような……少なくとも一定期間ここに住んだことがあるような、迷いのない足どりだった。ホールの先に、革張りの長椅子や贅沢《ぜいたく》な工芸品の置かれた部屋があった。エロスが急に立ちどまり、アラニスを自分の背後にまわす。

「タオフィック！　いったいどこにいるんだ《インタ・フィーン》、この臆病者め《ヤ・カルブ》」

　奥まったところにある扉が開き、ひとりの男が悠然と部屋に入ってきた。肌も髪も瞳も黒く、金糸の刺繍を施した黒いチュニックをまとったその姿には、いかにも当主といった風格がある。この人物こそが忌まわしき私掠船を束ねている人物に違いないとアラニスは思った。顔つきも態度も冷酷そのものだ。男の腰には、柄にルビーがはめこまれた三日月形の短剣がさしてある。シャバリアと呼ばれる、アルジェリアでよく見る短剣だ。男の顔にゆっくりと笑みが浮かんだ。

「よく来た《マルハバン》、エル・アマル、入ってくれ」

　エロスはその場を動かなかった。「子分の前で恥をかきたくないなら、フランス語で話そう」そう言って、土塊の入っていた袋をタオフィックのほうへほうる。「なぜぼくはここへ連れてこられた？」

「そうかっかするな、エル・アマル。きょうだいも同然の男に会いたいと思うのは自然なこと。何年も会っていない弟がカスバにいると聞いたんだぞ」

「オマールをさし向ける必要はないはずだ。ぼくが抵抗しなかったのは、あんたに恥をかかせないためだが、そちらに同等の気づかいはないようだな」

「おまえを軽んずるつもりはなかった。強引な手段を使ってすまない。だが、おまえのためを思ってしたことだ。きなくさい噂を聞いたのでな」

エロスは一歩前に出た。「ぼくが来たことはどうしてわかった?」

「カスバの壁には耳がある。それに、サナーの家は昼夜を問わず見張られているのだ。あの年老いた魔女が太守にいろいろ助言しているのを知っているか? ここのところ、太守はなにをするにも彼女の予言を参考にする。太守の兵士に見つからなかったことに感謝するんだな」

「サナーは昔から太守の助言役だった」エロスはいらいらと言い返した。「きなくさい噂やらについて話してもらおう。それで礼を言って別れようじゃないか」

「急ぐこともあるまい。座って穏やかに話しあおう。オマール!」タオフィックが手をたたくと、どこからともなく男が現れ、エロスに赤褐色の長椅子をさし示した。「相変わらずコニャックばかり飲んでいるんだろう?」

「悪い習慣は抜けないものだ」エロスが入口の階段をおりて長椅子に腰をおろしたので、柱の陰に残されたアラニスは置物になった気分だった。きっと奴隷扱いすることで相手の注意をそらそうとしているのだろう。彼女はエロスの言葉を思いだし、伏し目がちに立っていた。

オマールがトレイを運んできて、光沢のあるテーブルに置く。タオフィックが身をのりだして酒を注いだ。「元気そうだな。うまくやってるらしい」

「そっちほどじゃないさ」エロスはにやりとして頭巾を脇に置いた。

「おまえが敵に加担している姿を見るのはつらい」

エロスは口を真一文字にした。「昔からぼくは自分の信念にしたがって戦っているだけだ」

タオフィックが笑った。「性格は変わっていないようだな。もうどのくらいになる？　五年？　六年か？」

「八年だ」

「そうだった。おまえはおれのもとを離れてひとりでやりたいと言って聞かなかった」

「あんたがいやだったわけじゃない。あんたが組んでいる連中と、そのやり口がいやだったんだ。ぼくの繊細な神経には耐えられなかった」

「繊細な神経だと？」タオフィックが笑いとばした。「ばかも休み休み言え。鎖蛇の名はおれの名よりずっと恐れられている」

エロスの口もとに本物の笑みが浮かんだ。「そんなことはないさ」

「謙遜《けんそん》するな。たしかにおれは強引な手を使うが、ねらっているものはおまえのほうがでかい」

「それは誤解だ。権力に興味はない。そういうことはほかの連中に任せるよ」

「おれの目はごまかせないぞ、エル・アマル。太守に匹敵するほどの船団を保有しておいて、興味がないですませられるものか。おれは毎日のように太守のもとへ呼びだされ、対策を検討させられているんだ」

「太守の命にそむいてフランス船への攻撃を続け、反逆者だの不信心者だのと非難されているあんたが？　この戦のせいで、各国の艦隊にずいぶん商いの邪魔をされたんだろう？　しかもモロッコのスルタンが勢力を拡大しているというのに、ぼくのことなど気にする暇があるのか？」

「どんな相手も軽視しないたちでね」タオフィックはにやりとして、小指にはまった特大のルビーを撫でた。「つけ足しておくと、トルコ皇帝親衛隊も目ざわりだから、近々なんとかするつもりだ」

エロスはコニャックを飲んだ。「あんたが誰を標的にしようが、ぼくには関係ない。わかっているだろう？」

「しかし、大同盟軍への攻撃をいちいち妨害されてはかなわない。こっちはいまだオーストリアと交戦中なんだ」タオフィックが声を落とした。「おまえは賢い。だが、二〇〇年ものあいだ格好の標的だった半島からおれたちを遠ざけることはできない」

「イタリアへの襲撃はやめろ！」エロスは声を荒らげた。「ジェノヴァをおまえたちの好きにさせてたまるか」

アラニスはエロスの剣幕にひるんだが、タオフィックは平然としていた。「イタリアの都市に常に目を光らせることなど不可能だ。おまえはやつらの守護神じゃない。かのバルバロッサ兄弟は海賊行為に飽き足らず、私掠船から始めてアルジェの支配者にのしあがった。真の力を求めたんだ。列強国の力をな」タオフィックは目を細めた。「おまえとおれが組めば最強だ。今からでも遅くはない」

エロスはにやりとした。「まだアブディの後釜《あとがま》をねらっているのか？　それでバルバロッサ兄弟やらぼくの船団の話を？」

「おれのところへ戻ってこい。昔のように、いや、昔以上にうまくやれる。対等のパートナーとして扱うから」

「ぼくにとってアルジェは過去だ。そして今、見たいのは未来なんだ」

「違う」タオフィックはくすぶった石炭のような目をしてくいさがった。「おまえの心は過去に向いている。いつかそうなるだろうとは思っていた。憎しみに駆りたてられているんだろう？　おまえは悪魔にとりつかれているんだ。よほどの思いがなければ、そういう生き方はできない」

エロスは仮面のようにかたい表情をしていた。

「最近の若い連中はおまえと違って弱い。苦労のない生活を願いながら、その代償を払う根性もないんだ」

エロスはコニャックを飲み干し、空になったグラスをテーブルに置いた。「なぜ、ぼくはここに呼ばれた？」

「アラストル号に高価な積み荷を乗せているそうじゃないか？　イングランド公爵の持ち物だとか。かつてのおまえならそんなものには手を出さなかったはずだ。噂になるからな。どういう風の吹きまわしだ？」

アラニスは息をつめて答えを待った。「要点を言え、タオフィック」

「イタリア貴族がカスバでおまえを捜していた。おまえの……積み荷をいい値で買いとりたいらしい。その貴族はおまえ自身の情報も探っているようだ。知ってのとおり、そういう情報はおまえの目方分の金塊に相当する」

「それならもっと太るとするよ。じゃあな、タオフィック」

そのとき、太い腕が背後からアラニスを羽交いじめにし、勝ち誇った声で宣言した。「エル・アマル、やはりカスバにひそんでいたんだな！」

エロスは即座に立ちあがった。「ハニ、その女を放せ！　今すぐにだ！」いつの間にか拳銃をかまえている。

ハニと呼ばれた男が高らかに笑った。「そんなものを出してどうするつもりだ？　女もろとも撃つのか？　この状況では小石だって投げられないだろう？」アラニスは必死で抵抗したが、ハニと呼ばれた男は雄牛のようにびくともしなかった。「おまえはかつてぼくからジェルソミーナを奪った。今度はそうはさせない」

「その女を放せ、ハニ。それはジェルソミーナじゃない！」

「へえ？　いつから売春婦を連れてカスバを訪れるようになったんだ？　しかもサナーのところへ連れていくなんて。おまえが冒険に売春婦を同行しないことくらい知ってるぞ」

タオフィックが不機嫌そうに甥《おい》の名前を呼んだが、ハニは首を横に振った。「いやだね。伯父さんは前回、ぼくをだました。ジェルソミーナはぼくのところに残ると言ったのに、伯父さんとそこにいるイタリアの犬が裏工作をして彼女をさらったんだ」

「エル・アマルに敬意を払え！　ジェルソミーナを解放するんだ」タオフィックが怒鳴る。

「なんで敬意を払う必要がある？　伯父さんとは血がつながっているが、こいつは赤の他人だ」

「この家でエル・アマルは家族も同然だ」

「家族だって？」ハニは磨きこまれた床につばを吐いた。「家族なんかじゃない。そいつは奴隷の牢獄《バーニョウ》から連れてこられた不信心者だ」

「今すぐその女を解放しなければ、おまえはただの肉片になるぞ」エロスが一歩踏みだした。

「それはジェルソミーナじゃない。ぼくの女に手を出すな」

アラニスは抵抗をやめ、呆然とエロスを見つめた。海色の目を殺意にぎらつかせ、顔を怒りにゆがめている。目の前で冷静な海賊が豹変した。自分の女を守るために。

ハニがアラニスを自分のほうへ向け、ベールをとった。「やあ、べっぴんさん」

思わず目をあげたアラニスはすぐに過ちを悟った。ハニが悪態をついて彼女のフードを引き裂く。金糸のように光沢のある髪が腰へと流れ落ちた。アラニスはアクアマリンの瞳を恐怖に見開いて、まずハニを、そしてタオフィックを見た。ふたりとも獣のように獰猛な目をしている。

「この野郎《バスタルド》！」突進しようとしたエロスをタオフィックが制止する。

「やめろ。ハニはおれの甥だ。女ごときのためにやつを殺させるわけにはいかん」

ハニがアラニスの顎に手をかけた。「これはこれは、値のつけられない黄金色のお宝だ」

タオフィックが舌打ちをする。「これが例の貴族の娘か。サナーのところへ連れていくとは、まさかこの女にいかれたんじゃないだろうな？」

「ハニ、彼女を放せ！」エロスは命令した。「ジェルソミーナじゃないことはわかっただろう。妹は幸せな結婚をしてジャマイカにいる。もう遅いんだ。おまえのことなど忘れてしまった」

「結婚した？」ハニがアラニスの腕をぎゅっと握ったので、彼女は痛みに悲鳴をあげた。ハニがうなり声とともにアラニスを押しのけ、短剣をとりだしてエロスの胸めがけて投げつける。

「やめて！」彼女は叫んだ。

銀色の光は空を切ってエロスの胸もとでとまった。エロスは胸の前で両手を合わせ、不敵な笑みを浮かべていた。両手の合わせ目から短剣の柄が飛びだしている。「これで終わりか？」彼は短剣を宙にほうり投げて柄をつかんだ。「来い、愚か者め。おまえの実力とやらを見せてみろ」

ハニが二本目の短剣を抜き、エロスのほうへ近づいた。タオフィックが脇によける。立場上、タオフィックはどちらに味方することもできなかった。エロスとハニは円を描きながら間合いをつめ、ときおり飛びかかるふりをして相手を威嚇した。

「おまえは死んだも同然だ！」ハニが歯をむく。「ジェルソミーナには気の毒だが、このブロンド女にとっては幸運だったな！」ハニが前に飛びだした。エロスが身をかわしてハニの腕を払う。

「どうした、坊や？　動きが鈍ったんじゃないか？」エロスは余裕の笑みを浮かべ、黒いケープをはためかせて滑るように動いた。「怠惰な生活ばかりしているからだ」

「そんなことを言っていられるのも今のうちだぞ！」ハニは再び攻撃したが、エロスのケープに剣先をとられてバランスを崩した。エロスがすばやくケープを脱いでハニの顔に投げつける。ハニはまるで網にかかった魚のようにもがき、ケープを床に投げつけた。髪は乱れ、目はらんらんと輝いている。「薄汚いイタリアの犬め！　絶対に息の根をとめてやる！」

アラニスは男たちの死の舞踏を正視していられなかった。体格ではエロスが上まわっているものの、ハニの怒りはすさまじい。ハニは暴言を吐きながら繰り返し攻撃をしかけたが、エロスは巧みにそれをかわし、逆に相手の腕を切りつけた。ハニの口から苦悶《くもん》の叫びがもれる。

「いいシャツだったのに、残念だな」象牙色のサテンのシャツに広がる赤いしみを見て、エロスはにやりとした。ハニが傷口を手で押さえる。

「このつけは払ってもらうぞ、エル・アマル。今夜、その売春婦を組み敷いて、おまえの代わりに苦痛のうめきをあげさせてやる！」ハニは高笑いして再び短剣をかまえた。

「あいにく、先のことは考えない主義なんでね」エロスはにやりとして、短剣を左手に持ち替えた。「冗談は終わりだ。けりをつけようじゃないか」エロスはハニに飛びかかり、傷ついたほうの腕をつかんで相手を壁に打ちつけた。短剣を持っている手を背中にねじりあげる。

骨の折れる鈍い音がして、ハニがうめいた。短剣が床に落ちる。ハニはぐったり壁にもたれかかって負けを認めた。

エロスは自分の短剣をハニの首につきつけた。「タオフィック、こいつの始末をつけさせてくれ。いつかぼくに感謝するはずだ」

「ありがとう、エル・アマル。だが、あとは任せろ」タオフィックは甥に近寄ると、その体をつかんで横面を引っぱたいた。ルビーの指輪が頰を切り裂く。「おまえの下劣な行為は決して許されん！」軽蔑をこめてつばを吐く。ハニの顔が赤黒く染まった。「出ていけ、この恥さらしめ！」タオフィックは出口を指さした。「出ていけ！」

アラニスはエロスに駆け寄り、彼の全身に目を走らせてけがをしていないことを確かめると、首に抱きついて頰に熱烈なキスをした。「みごとだったわ。あなたのことが誇らしい」

エロスは優雅におじぎをした。「もったいないお言葉です、お姫さま《プリンチペッサ》。さあ、帰ろうか」彼はアラニスの髪をうなじでまとめ、破れたフードの代わりに自分の頭巾をかぶせて目の位置に隙間をつくってやった。まるでそうすることが栄誉だとでもいうように満足げな顔つきだ。

ハニは腕を押さえてよろよろと出口へ向かったが、階段をのぼったところで振り返り、血だらけの指をエロスに向けた。「かつておまえが言っていたとおり、この世は車輪のようにまわっている。次はおまえの番だぞ。アッラーの名において、この借りは必ず返すからな！」そう言って部屋を出ていった。

「すまなかった」タオフィックが言った。「今日の不始末は忘れてくれるとありがたい」

エロスが眉をつりあげる。「そっちも水に流すか？」

タオフィックがにっこりした。「おまえがこらえてくれてよかった。もしやつの挑発にのっていたら、血族としては敵を討たねばならなかった。それはしたくない」

エロスはケープをまとい、アラニスに向かって言った。「帰るぞ」

「どうやら金の砂糖菓子に買値をつけても意味がないようだな」タオフィックのまっ黒な目が彼女の全身を滑り、エロスに移った。「違うか？」

アラニスはびくびくしながらエロスの答えを待った。エロスがにやりとして彼女の目をのぞきこむ。「興味はあるが、今夜はだめだ」

タオフィックはふたりを見送りに中庭まで出てくると、褐色の馬にまたがるエロスに声をかけた。「オマールがカスバの外まで随行する。金の砂糖菓子を泥棒に盗まれないようにな」

アラニスを鞍に引きあげてエロスは言った。「ぼくなら盗んだ泥棒に同情するね」

タオフィックが笑う。「当分はおれたちの相手をしている暇はなさそうだな。だが、今日話したことを忘れるな。おまえときたら、トロフィーかなにかのように敵を増やしている。気をつけろ、エル・アマル。敵をあなどるなよ」アラニスには彼の言葉が脅迫に聞こえた。

「覚えておくよ。ありがとう、タオフィック」エロスは馬の腹に踵をあて、闇のなかへ駆けだした。

「今夜、ぼくと来たことを後悔していないか？」深みのある声が夜の静けさを破った。

アラニスは答えなかった。高い壁に囲まれた細い路地に月の明かりが降り注いでいる。オマールが護衛についているので馬を急がせる必要もなかった。エロスの胸に頬をあずけ、すっかり満ち足りていたアラニスは、その雰囲気を崩したくなかった。エロスもそんな思いを察したらしく、抱擁する腕に力をこめて、彼女の頭に顎をのせる。アラニスは目を閉じて甘やかなひとときを堪能した。アラブ馬の背中から伝わってくる振動や潮風、夜の物音、そしてなによりも自分を守ってくれる男性の存在が心地いい。彼はわたしを〝ぼくの女〟と言ってくれた。

「とまれ、手をあげろ《ケフ・ワ・イステスリム》！」突然、路地の先から声が響いた。

アラニスはぱっと目を開けた。エロスがぐいと手綱を引き、アラブ馬が前脚をあげる。坂の下で、馬に乗った男たちが道をふさいでいるのが見えた。待ち伏せされたのだ。黒いケープに赤いラインが入っている。

「太守の兵だ！」エロスは歯嚙みした。

「ハニのしわざかしら？」アラニスは動揺して尋ねた。

「たぶんな」

リーダー格の男が半月剣《シャムシール》を抜く。月の光を反射して片刃の剣がきらめいた。「わたしたち、ここで死ぬのね」兵士たちが次々と剣を抜くのを見て、アラニスはささやいた。兵士たちの剣が闇のなかで輝きを放つ。

「まだ死なない。しっかりつかまってろ」エロスはオマールに合図して、雄叫《おたけ》びをあげながら馬を駆った。

「アッラーの名において不信心者に死を！」リーダーの叫び声とともに、剣を手にした兵士たちが坂を駆けあがる。

エロスは拳銃をとりだしてリーダー格の男を撃ち殺した。オマールの投げた短剣が二番目の男につき刺さる。統制を失った兵士たちはわめきながら、しゃにむに剣を振りまわした。坂の上にいたことが幸いし、エロスとオマールは勢いよく兵士たちにつっこんだ。

両者が激しくぶつかりあい、剣が宙を切る。ひとりの兵士がアラニスに切りかかろうとしたが、エロスは身をのりだしてその剣を奪い、後方の敵を切りつけた。生あたたかくてねばついた血が飛び散る。アラニスはなるべくエロスの動きを妨げないよう腰につかまっていた。浅くて荒い呼吸が響く。エロスの肌には汗が噴きだしていた。次々と馬から投げだされる兵士たちを蹄鉄《ていてつ》が踏みつける。オマールが敵を引きつけているあいだに兵士を振りきったエロスは、細い路地を抜けて全力で馬を走らせた。ようやく人気のない場所にたどりつくと、地面に飛びおりてアラニスを馬から助けおろした。「泳げるか？」

「ええ」

「よし、円筒衣《ジャツラバ》と靴を脱げ」エロスはそう言って自分もケープをとり、シャツを頭から引きぬいた。地面にしゃがんでブーツを脱ぐ。アラニスも急いで彼にならった。

「おいで」エロスが彼女の手をとる。遠くから蹄《ひづめ》の音が聞こえてきた。エロスはまっ暗なトンネルに駆けこんだ。地面は濡れて滑りやすく、苔《こけ》むした壁からしたたる水滴がうつろな音を響かせている。

「ここはどこ？」エロスに遅れまいと懸命に足を動かしながらアラニスは尋ねた。

「カッターラという地下水路だ。外海につながっている」

「つまりは下水道ってこと？」嫌悪感に満ちた声が周囲にこだました。

エロスは楽しげに笑った。「違うよ、お姫《プリンチペッサ》さま。灌漑《かんがい》用の貯水池だ」

突然、足もとの地面が消え、ふたりは先の見えない穴のなかを滑り落ちて、大きな水しぶきとともに貯水池に落下した。氷のような水が全身を刺す。足先がかたいものに触れた瞬間、アラニスは思いきり底を蹴った。水面に顔を出してぜいぜいと息をつく。寒さで歯の根が合わなかった。

「アラニス？」エロスの低い声が貯水池の壁に反響する。「大丈夫かい？」

「ええ」アラニスは大きく息を吸って、顔に張りついた髪を払った。「どこにいるの？」

「ここだよ」エロスの腕が彼女の体にまわされる。彼はアラニスを抱えるようにして貯水池の端まで泳ぎ、岩の上にのぼった。「まだ死んではいないみたいだ」そう言うエロスの吐息が彼女の眉にかかる。

岩の裂け目から銀色の光がさしこんでいた。闇に目が慣れてくるにつれ、エロスの笑顔が見える。彼はアラニスを抱き寄せた。「震えているね」そう言って背中をさする。アラニスは大きく息を吐いてエロスの腰に手をまわし、そのぬくもりを味わった。少し前まで狡猾《こうかつ》な鎖蛇だった男が、輝く鎧《よろい》に身を包んだ白馬の騎士になった。この予期せぬ騒動がもたらした状態はいつまで持続するだろうか？　信用させておいて急につき放すのは、彼の得意技だ。

エロスはしばらくのあいだアラニスを抱いて背中をさすっていた。彼の唇が頬に触れ、そのまま唇へと移動する。「このくらいのご褒美はもらってもいいだろう？」

「わたしをあのアルジェリア人に売ろうとしたくせに」

エロスはくっくと笑った。「冗談に決まっているじゃないか。そもそも、ここへ来たのはきみの夢をかなえるためだ。きみは金には換えられないよ、アモーレ。ぼくだけのものだ」唇が触れあった瞬間、アラニスは体が浮きあがりそうになって彼の首に手をまわした。エロスの舌が彼女の舌を探りあてる。アラニスは立っていられなくなり、さらに強くしがみついた。

しかし、まだ危険は去ったわけではない。ボートまでたどりつき、アラストル号に戻らなければならないのだ。エロスはアラニスの体がこわばったのに気づいた。「先を急ごう。きみをここから脱出させないと。キスの続きはあとだ」彼はぶっきらぼうに言った。

〝続きはあと〟という言葉に胸騒ぎを覚えながら、アラニスはエロスについて岩の裂け目から外へ出た。さっきより月が明るくなったようだ。あたたかい砂が足裏に触れる。彼女は一刻も早くアラストル号に戻って、寝心地のよいベッドにもぐりこみたかった。

エロスが右手を指さす。「ボートはあそこだ」そして、彼女の手をとって走りだした。

アラニスは異変に気づいた。「見て！」海門から三人の男が現れた。防波堤の上で叫び声があがる。

「きみはボートを出せ。あとで追いつくから」そう言うと、エロスは兵士に向き直った。

ボートの近くまで来たアラニスは、それが壊されていることに気づいて砂浜に膝をついた。後ろを振り向くと同時に、エロスが投げた短剣が兵士の額につき刺さる。驚愕する彼女の目の前で、エロスが別の兵士の顔に拳をめりこませた。三番目の兵士は腰の剣を抜いて、がむしゃらに振りまわす。エロスは体を低くして相手に突進し、兵士を砂の上に押し倒した。ふたつの体が砂の上で激しくもみあう。エロスは剣をつかんで上体を起こし、敵の胸につきたてた。先ほど殴られた男が立ちあがって剣を抜く。アラニスはあわててエロスのほうへ走った。

「後ろ！」エロスに警告して、兵士の顔に砂を投げつける。

エロスはすかさず立ちあがって兵士に突進した。剣がぶつかりあう音がこだまする。エロスの剣が兵士の首めがけて振りおろされた。兵士の頭が宙を舞った瞬間、アラニスの思考は停止した。エロスは首なし死体の横で、血のしたたる剣を握りしめている。喉に苦い液がこみあげてきて、彼女は体を折って激しく嘔吐《おうと》した。

荒い息をしていると、エロスが近寄ってきた。「アラニス、どうしたんだ？　気分が悪いのか？」彼はやさしく肩に手を触れた。彼女はそれを払い、木片と化したボートを指さした。「ちくしょう！」エロスがうなる。海門から新たな兵士たちが飛びだしてくる。「アラニス」エロスは彼女を引っぱり起こした。砂にまみれ、疲労してはいても、彼の目にはまだ闘志の炎が燃えていた。「ここを脱出できなければ死ぬ」

「どうするの？」アラニスは恐怖でいっぱいだった。

「泳ぐんだ。シャツを脱いで」

「なんですって？」こんなところで裸になれというの？　「船まで泳ぐなんて無理よ」海門からあふれでる兵士たちの怒声がしだいに大きくなっていく。突然、堤防のほうから轟音がした。アラストル号からさほど離れていない場所に水柱があがる。

「なんてこった！　ぼくの船を攻撃してる！」エロスはアラニスのウエストをつかんで海へ入っていった。「いいか、できる限り裸に近い状態になるんだ。海流の速いところへ出たら、シャツは岩みたいに重くなる。下着を着ているんだろう？　だったらつべこべ言わずにシャツを脱げ。上品ぶってる場合じゃない」

エロスはアラニスが服を脱ぐのを見もしなかった。高波を全身に受けながら沖へと進み続ける。砲弾が頭上をかすめてアラストル号のほうへ飛んでいった。「つかまれ！」彼は波音に負けないよう怒鳴った。

「ひとりで泳げるわ！」アラニスが怒鳴り返す。

「潮の流れが速すぎる。しかもゆっくり泳いでいる暇はない」エロスは彼女の腕を自分の首にまわした。二本の腕が力強く波を切る。彼をつき動かしているのは怒りだ。アラニスはエロスの肩にしがみついて必死でばた足をした。

兵士たちは海のなかまでは追ってこなかった。沖でアラストル号が戦闘態勢を整え、要塞と化した町に大砲を撃ち返す。エロスは水柱にも容赦ない波にもひるまず、ひたすら波をかき続けたが、アラニスは早くも体力の限界にきていた。腕の力が抜け、悲観的な考えが頭を支配する。きっとここで鮫に食われ、二度と祖父に会うこともないのだ……。しだいにまぶたが重くなる。アラストル号がどんどん遠ざかっていくような気がした。もうだめだと思ったとき、エロスがアラストル号の梯子に手をかけて、アラニスの体を持ちあげた。ニッコロが彼女の腕をつかんで甲板に引きあげる。ジョヴァンニは満面の笑みでエロスに手をさしだし、大きな体を引っぱりあげた。

アラニスが目を開けると、周囲の景色がぐるぐるまわっていた。男たちが甲板を駆けまわり、大砲が次々と火を噴く。遠くでエロスの怒鳴り声が聞こえた。錨を切り離してマストをおろし、全力で前進しろと指示している。

アラニスがニッコロのほうへよろめくと、反対側から力強い腕が抱きあげてくれた。彼女は大きな安心感に包まれ、目を閉じ、広い肩に頭をあずけて無意識の世界へと漂っていった。

目を開けて最初に見たのは、衣類の入ったトランクを引っかきまわしている裸の男性だった。鍛えぬかれた体に贅肉はひとかけらもついていない。筋肉質の腕、強靭《きょうじん》な背中、引きしまった腰、すらりとした腿。日焼けした上半身とは対照的に、腰から下の肌は白い。意識がはっきりしてくるにつれ、アラニスは柔らかなベッドのなかで毛布にくるまれ、裸の男性を眺めまわしている自分に気づいた。頭のなかではしたないとたしなめる声がしたが、官能的な光景から目が離せない。

エロスは目当てのものを見つけたらしく、ズボンとシャツを身につけて髪を縛った。それからドアを開けて廊下に頭をつきだす。「お茶を持ってきてくれ」

振り返った彼と目が合った。

「楽しんでもらえたかな？」エロスがいたずらっぽく笑った。

アラニスがまっ赤になって目を閉じると、彼は声をあげて笑いだした。彼女は目を開けた。

「なにがおかしいのよ！」

エロスはまだくすくす笑いながらワインキャビネットに近づき、グラスにコニャックを注いで半分飲んでからアラニスのもとに戻ってきた。「お茶が届くまでこれを飲んでいるといい。体があたたまるよ」

アラニスは心のなかで感謝しながら上体を起こし、グラスを受けとった。コニャックをひと口飲んで、まだにやついているエロスを見あげる。彼は一瞬だけ勝ち誇った表情を浮かべ、トランクのそばに戻ると、黒いシルクのローブとローン地のシャツをとりだしてアラニスに投げた。

「また冒険がしたいなら、濡れた服は脱いだほうがいい」

アラニスは乾いた服を見つめた。ここでエロスと同じショーを繰り広げるつもりはない。

「もう一生分の冒険をしたわ」

「それでも濡れた服を着ているわけにはいかないだろう。体が冷えきって《ジェラート》いるんだから」

アラニスは毛布の下をのぞいた。素っ裸ではないものの、濡れたシュミーズが肌にぺったりと張りついていては裸と大差ない。毛布を巻きつけたままドアまで走るだけの体力が残っているだろうか？

「子供じゃないんだから駄々をこねないで。絶対に見ないから」それでも彼女が着替えを拒否すると、エロスはにやりとした。「言うことを聞かないなら、ぼくが着替えさせるぞ」

それはだめ。アラニスは心のなかでうめいて床に足をおろした。脚が震えて、毛布を持ったまま立つことさえおぼつかない。自分を励まして一歩前に踏みだす。気づくとエロスが目の前に立っていた。「どこへ行くつもりかな？」

「自分のベッドで死にたいの。あなたさえ気にしなければ」

エロスはふっと口もとをゆるめた。「気にするさ。そんな体で自分の船室まで歩くのは無理だ。だいたい、ここまで運んできたのはぼくだぞ。きみのおじいさんを敵にまわすつもりはないから安心しろ。ぼくはシルヴァーレイクではない。今のきみでは、船室までたどりついたとしても、濡れた毛布にくるまったまま衰弱死するのがおちだ」

「そうしたら心穏やかに天使のお迎えを待つわ」

「聞き分けのない子だな」エロスが手をのばす。アラニスはその手を払おうとしたはずみに毛布を落としてしまった。彼がはっと動きをとめ、下着の張りついた乳房をくい入るように見つめる。薔薇《ばら》色の先端がくっきりと浮きでていた。

「もう！」アラニスは乾いた服で胸もとを隠した。「いいわ。着替えるから見ないで。あっちへ行ってよ」必死にエロスを追い払う。「向こうを向いてちょうだい。ちょっとでものぞいたら撃ち殺すから。今度ははずさないわよ」

「ぼくの裸は見たくせに」彼は後ろを向きながらぼやいた。

「素っ裸で歩いてるから悪いんじゃない。まるで……」アラニスは濡れた下着と格闘した。

「まるで……」

「まるでなんだい？」エロスが背を向けたままのんびりと問い返す。アラニスはとびきりの侮蔑の言葉を探したが、チョコレート色の美しい体の残像が邪魔をして頭が働かず、不明瞭《ふめいりょう》に悪態をついただけだった。

　エロスが天井をあおいで笑う。アラニスは真剣に彼を撃ち殺したくなった。「もういいかな？」彼はまだ笑いがおさまらないようだ。

「いいわ」アラニスは歯嚙みしてサテンのサッシュを結んだ。エロスが貸してくれたローン地のシャツは膝まであり、黒いシルクのローブは裾を引きずるほど長かった。それでもひんやりとした生地はまるで第二の肌のようだ。紫と銀の刺繍に手を滑らせてみる。王族が着るような上質な品であることは間違いない。

「着心地はどうだい？」頭上からエロスの声が響いた。

「ご親切にありがとう。それじゃあわたしは――」

「お茶を飲んでからでもいいじゃないか」エロスは湿った上掛けをはがした。「ベッドに入りなさい。甘くて熱いお茶を飲めば気分がよくなる」

彼のベッドに戻るのは気が進まないが、尋ねたいことが山ほどあった。それに、サナーが与えてくれたヒントについても考えなければならない。

エロスは肘掛け椅子に座ってコニャックのグラスを傾けた。キスの続きよりも話をしたがっているように見える。アラニスはベッドの端に腰かけてコニャックのグラスに手をのばした。強い酒が体の隅々にぬくもりを運ぶ。乾いた服に着替えたこともあって、さっきよりもずいぶんましな気分になった。体がふわふわして現実感がない。

「なぜタオフィックのような男と友人になったの?」彼女は思いきって尋ねた。「どこから見ても悪人だわ。最後の警告なんて、心配しているというより、脅迫しているみたいだった」

ノックの音とともに給仕のリードが入ってきて、飾り戸棚の上に紅茶の用意をすると、黙って退室した。エロスは立ちあがり、アラニスに紅茶を運んでやった。アラニスが酒のグラスに未練がましい視線を送るのに気づいてティーカップにコニャックをあけ、彼女の手に握らせる。彼は肘掛け椅子に戻って自分の酒を手にとった。「ぼくもタオフィックと同類だと言ったらどうする?」

「あなたは悪人じゃないわ」アラニスは簡潔に答えた。「あの男には心がないけど、あなたにはある」

「タオフィックはすごく頭が切れるんだ。一緒にいて多くを学んだよ」

「そもそも、なぜあそこに住んでいたの? どうして彼のもとへ行こうと思ったわけ?」アラニスはひと息置いて続けた。「もしかして、罪を犯してイタリアを追われたの?」

エロスは彼女と目を合わせた。「罪は犯していないが、祖国を追われたのは事実だ」

アラニスはサナーの言葉を思いだした。〝もはや戻ることのできない特別の場所〟というのはイタリアのことだろうか。「サナーがあなたのなかにはふたつの人格があると教えてくれたの。鎖蛇と鷹よ。わたしも以前から同じことを感じていたわ」

エロスは彼女をにらんだ。「少し眠るといい。長い夜だった」そう言うと、丸窓へ近寄り、外を眺めた。涼しい風が彼のシャツをふくらませて船室に吹きこむ。

アラニスは立ちあがってエロスに近づいた。今夜、ふたりのあいだになにかが起きた。ふたつの魂が触れあったのだ。それを否定することはできない。彼女はエロスの肩に触れた。

「あなたは何者なの?」

彼は目を閉じ、苦しげな声で言った。「わからない……もうわからないんだ」

「アルジェでは奴隷だったの?」アラニスはエロスの腕に手を滑らせた。「タオフィックは、あなたの心は過去を向いていると言ったわ。故郷へ帰りたいの?」

「まったく《マナッジア》!」エロスが急に振り返ったので、アラニスはびっくりして飛びあがった。「きみはおしゃべりだな、アラニス」

「あなただってわたしの家族のことや婚約のことを詮索《せんさく》したじゃない。わたしがあなたのことを知りたがっちゃいけないの?」

輝きを増した海色の瞳がブロンズ色の肌に映える。「めったなことに首をつっこまないほうがいい」エロスはアラニスの腰に腕をまわして自分のほうへ引き寄せた。「サナーはほかになんと言った？」

「別に」彼女はもぞもぞと身じろぎした。

「サナーにぼくたちのことを尋ねなかったのか？」

アラニスは彼の顎を見つめた。「尋ねなかったわ」

エロスはにやりとした。「嘘だね。サナーはぼくたちの未来を教えてくれたんだろう？」

そう言うと、アラニスの湿った髪に手をさし入れて、首の後ろをゆっくりともんだ。彼女の周囲が再びまわりだす。まるで雲の上にいるような気分だ。「タロットカードを持ってくればよかった」エロスはうっすらと開いた彼女の唇をなめた。「コーヒーなんか飲まなくてもあのカードが出れば一発でわかったのに」

「どのカード？」アラニスはうっとりとつぶやいた。

エロスは彼女の耳に口を寄せ、誘うようにつぶやいた。「〝恋人〟さ」

欲望がアラニスの体に火をつける。エロスに強烈に引かれる反面、身を任せるのが怖くもあった。彼には残忍な面もあるからだ。兵士の首を切り、愛していない女を欲することもある。政略結婚は本意ではないが、海賊に身を捧げたとなれば家庭を持つ希望は消えてしまう。自尊心のある紳士は、処女でない女を妻には選ばない。自分が奪ったのでない限りは……。

アラニスは一歩後ろへさがって悲しげに首を振った。「だめよ。わたしたちは恋人になれないわ」

エロスが歯をくいしばった。「一カ月前なら、きみのような女性にのめりこむなんて冗談じゃないと思っただろうな。部屋へ戻れ。夜は終わりだ」

アラニスにも異論はなかった。

# 13

グラウクスがあなたの瞳を見たら
イオニア海の人魚に変えるでしょう
それを見たネレイスたちは——
金色の髪をしたナサエーや、空色の髪をしたキモトエは
あなたに嫉妬するでしょう

プロペルティウス『キュンティアの夢』

岩だらけの大地を進む五人を太陽が容赦なく照りつける。周囲は申し訳程度の薮《やぶ》が点在するだけで、日ざしを逃れる場所はない。その日の朝早く、アラストル号はアガディール港に入った。エロスはひと息入れることもせず、駱駝《らくだ》に木箱をくくりつけ、三人の部下を連れて、アトラス山脈まで続く砂漠《ハンマーダ》へ繰りだした。アラニスもエロスの駱駝に同乗している。アルジェリアからアガディールまでの一週間の航海のあいだ、エロスはむっつりとして、彼女とほとんど口をきかなかった。甘いキスや愛撫など存在しなかったかのようだ。アラニ

スはどうにか彼との関係を修復したくて尋ねた。「どこへ向かっているの？」

答えはない。彼女が別の質問を考えていると、エロスの唇がこめかみをかすめた。「ティーズニートという村に住む友人のところだ」

アラニスは顔をそらして彼と目を合わせた。だが、なにを考えているのか推測することはできない。「その、まだ……怒ってる？」

エロスは彼女の困惑顔を見て口もとをゆるめた。「いいや」

アラニスはほっとした。「それで、その村にはなにがあるの？」

「それは行ってのお楽しみだよ」エロスは舌打ちをして駱駝を急がせた。

一時間後、アラニスの目の前に椰子の木とピンク色の岩壁が現れた。岩山の斜面に家々が折り重なるように連なった、砦に守られた小さな集落だ。村へと続くきつい坂道を半分ほどのぼったところで、黒いローブとターバンをまとった若者たちが出迎えに来た。坂の途中で伝統的な挨拶が始まり、家族や家畜の様子についてのやりとりが延々と続く。ようやく村にたどりついた一行は、選ばれし者《ムフタール》の家に案内された。信心深い年配の男はエロスたちをキリム絨毯の敷かれた客間へ通し、冷たい水とミントティー、そして砂糖をまぶしたドライフルーツをふるまってくれた。エロスも部下に命じて木箱をおろす。なかにつまった贈り物の数々にベルベル人たちは歓声をあげた。

「さて《アッローラ》、ここの見どころといえば……」エロスはアラニスに笑いかけた。

「まだなにかあるの？」彼女は信じられなかった。新しい体験にすっかり魅了されていたからだ。

「ハナン」エロスはお茶を給仕している三人の娘のひとりに呼びかけた。「友人のアラニスを紹介するよ。この美しい村を案内してやってくれ。珍しいものを見せてやってほしいんだ」

エロスが英語で話しかけると、驚いたことに娘も英語でこたえた。「もちろんです、エル・アマル。喜んでご案内します」ハナンがアラニスに手をさしのべる。「ようこそティーズニートへ。こちらへどうぞ」

「あなたは英語を話すのね」長の家を出て息をのむような峡谷に面した道を歩きながら、アラニスは娘に声をかけた。セーラーシャツが乾いた風をはらむ。

「アガディールでエル・アマルの屋敷の管理人をしている兄のマスタファが教えてくれたんです。こちらは妹のスヒールとナディアです」ハナンが後ろをついてくるふたりの娘を示す。ハナンも含め、娘たちはみな白いチュニックに派手なアクセサリーを身につけ、明るい色のベールで顔を覆っていた。「妹たちは怠け者だから勉強しないんですよ」

「あなたの英語はとても上手だわ」アラニスは娘たちに続いて、崖《がけ》の斜面にぽっかりとあいたトンネルに入った。奥へ進むと急にあたりが開け、ピンク色の岩壁に囲まれた小さな窪地《くぼち》が現れる。奥まったところに水量の豊かな滝があり、くぼみの中央は緑の水をたたえた天然のプールになっていた。頭上にはまっ青な空が広がっている。三人の娘はさっそく服を脱ぎ、サンダルを蹴とばしてプールに飛びこむと、笑い声をあげながら虹色《にじいろ》に輝く水をはねとばした。「一緒に泳ぎませんか？」ハナンがアラニスに声をかけ、妹たちが同調する。「おいで《タアツリ》、おいで《タアツリ》」

アラニスはまばゆい日ざしを手でさえぎり、ごつごつした岩壁を見まわした。ここならのぞかれる心配はない。服を脱いでも大丈夫だ。

アラニスの足もとの水面に、ハナンが勢いよく顔を出した。浅黒い肌とカールした髪が水に濡れてきらめいている。「泳ぎましょう。あと一時間でごちそう《ディッファ》の時間です。体がさっぱりしますよ」

アラニスはためらいがちにほほえんだ。「そうね」彼女はシャツにブーツ、ズボン、そして下着を脱ぎ、白い肌をさらしてプールに飛びこんだ。全身を水に包まれると生き返った心地がする。彼女は水面に顔を出して、ほがらかな笑い声をあげた。「すごく気持ちいいわ！」満面の笑みを浮かべてハナンのほうへ泳いでいく。「ところで、なんのごちそうなの？ 祝日かなにか？」

「わたしたちとエル・アマルの婚約のお祝いです。ちょうど今ごろ、父がスヒールとナディアとわたしとの縁談を彼に持ちかけているはずなんです。すごくわくわくします」ハナンはくすくす笑った。

「まあ」アラニスの顔から笑みが消えた。エロスが恋人になろうといったのは、ほんの一週間前なのに……。ふつふつと怒りがわいてくる。彼女はナディアたちに目を移した。「あなたたちはまだ若いし、三人もいるじゃない」

「エル・アマルはお金持ちだから、大勢の妻をめとることができるんです。わたしの父は次のムフタールになります。わたしたちをさしだすという条件で、メクネスのスルタンから守ってくれるようエロスにお願いするんです」ハナンはうらやましそうにアラニスを見つめた。「あなたの髪は金色ですね。目は空色だし、肌は真珠のよう。きっとエル・アマルは、あなたを手に入れるためにたくさんお金を払ったんでしょうね」

アラニスは愕然とした。「なんですって？」ハナンが目をそらしたので、アラニスはやさしく彼女の肩に触れた。「違うわ。わたしは彼の妻じゃない。もしかして、無理やり結婚を承諾させられたの？」

ハナンはにっこりした。「そんなことはありません。とっても名誉なことだし、うれしく思っています。エル・アマルは村の男たちとは違うもの。いろんなところからお土産を持ってきてくれるし、わたしたちに敬意を払い、友達のように接してくれます。あの目を見ると、魔法にかかったようになるんです。彼は特別な人だわ」

たしかに特別だ。しかし、ハナンが言っているのはエロスの一面でしかない。ハナンにとってエロスはあくまで裕福なモロッコ人指導者《ライース》であって、真の姿には気づいてもいないのだ。

〝そういうあなたはどうなの？〟頭のなかで意地悪な声がした。ハナンよりはましだと心のなかで反論する。それにしても三人の純真な娘たちをエロスのような男にさしだすなんて、ライオンに羊を捧げるようなものだ。エロスは彼女たちを村から引き離し、町の家に住まわせて航海を続けるのだろうか？　そう考えるとむしゃくしゃするのは、嫉妬しているせいなの？

「わたしたちは戻って調理を手伝います」ハナンの声でアラニスは物思いから覚めた。気づくと、三姉妹はすでに岩棚の上で服を着始めている。「あなたはゆっくりなさってください。ここに清潔なカフタンを置いておきますね。今まで着ていた服は洗濯しておきます」

「どうもありがとう」ひとりになると、アラニスはほっとした。エロスにまつわる激しい感情から解放されて、いっとき心静かに過ごしたい。プールの水は底まで透きとおっていて、砂漠のなかの宝石といったところだ。生まれてからずっと、暖炉のそばにしつらえた小さな浴槽で、窓を打つ雹《ひょう》を見ながら湯を使ってきたアラニスにとって、晴れ渡った空の下、裸で泳ぐという経験は想像を絶するほど爽快だった。またしてもエロスが夢をかなえてくれたことになる。

アラニスは滝壺に近づき、勢いよく流れ落ちる水の前に立った。滝壺の水は腰まであり、周囲には七色に輝く水煙がたちこめている。思いきって滝のなかへ足を踏み入れた彼女は、思わず歓喜の声をもらした。目を閉じて、疲れた筋肉を打つ水の感触を味わう。わたしはついに自由を手に入れたのだ。

ふと、岩壁の向こうから人の声が聞こえてきた。滝から離れて水のなかへもぐろうとした瞬間、トンネルの出口にエロスが現れた。アラニスは身動きもできずに彼と目を合わせた。エロスも驚いているようだ。別の声が近づいてくる。彼はトンネルのなかにいる人々に引き返すよう指示してから、ゆっくりとアラニスのほうに向き直った。

赤みがかった壁を背景に、彼女の白い肌は太陽を浴びて輝いていた。湿った金色の髪が女らしい曲線に絡むように張りついているだけで、体を覆うものはなにもない。

水のなかへもぐるべきだと思いながらも、アラニスは説明のつかない理由から、体を這うエロスの視線を堂々と受けとめた。

彼の視線がミルク色の乳房から平らな腹部、丸みを帯びたヒップへとさがる。その先が水のなかにあることにひどくがっかりしているようだ。

激しい高揚がアラニスの体を貫いた。胸の先端がかたくとがり、下腹部がじんわりと熱くなる。欲望をむきだしにした目を見れば、エロスがすぐにでも服を脱ぎ捨ててプールに飛びこみたがっているのは明らかだった。彼が一歩足を踏みだす。

アラニスはたじろいだ。幻想的な空気が崩れて現実に引き戻された彼女は、急に恥ずかしくなって鼻まで水につかり、向こうへ行ってと目で訴えた。

エロスはしばし躊躇したあと、きびすを返して立ち去った。

アラニスはまったく食欲がないまま、午後の日ざしにあたためられた欄干に腰かけていた。どうしたらエロスのような人物に引かれずにいられるのだろう？　爪先を砂のなかにめりこませる。さっきは悪魔のささやきにのせられたとしか思えない。慎みのある淑女だったはずが、男性の前で……それも海賊の前で裸体を見せびらかすなんて……。

りどりの刺繍に手を滑らせた。自分の体に火をつけた男性の花嫁になる娘の顔を見るのはつらい。

「楽しんでますか？」

アラニスは目をあげた。「あら、ハナン。このカフタンはとってもきれいね」彼女は色と

「エル・アマルが父の申し出を断りました」ハナンが惨めな声で言う。アラニスは娘の顔を見た。「妻をめとることはできないと言うんです。宗教や慣習上の理由から、結婚は――」

「戻ることのできない特別な場所でしかあげることができない、と言ったんじゃない？」アラニスは尋ねた。サナーは〝郷愁が彼の夢を支配している〟とも言っていた。しかし、祖国に戻らなくても、イタリアの伝統にのっとった結婚式をあげることはできるはずだ。もしかすると、エロスにはすでに妻がいるのかもしれない。ひとつだけたしかなのは、彼が由緒ある家の生まれだということだ。「それは事実よ。彼の友人から同じ話を聞いたことがあるの。彼が申し出を拒んだのは、あなたたち姉妹に問題があるからじゃないわ」

ハナンの目に涙が浮かんだ。「エル・アマルは寛大な方です。縁談は断っても村を守ると約束してくれました。モロッコのスルタンに話をつけると」

アラニスは頬をゆるめた。「あなたは彼のことが好きなのね？」

「妻はひとりしかめとることができないんですって」ハナンはアラニスを責めるように見た。

プールでの出来事を思いだしてアラニスはまっ赤になった。「わたしのせいじゃないわよ、ハナン」

ハナンがはなをすする。「でも、あなたは美しいわ。黄金のよう。あなたを見るエル・アマルの目を見ればわかります。彼はあなたを家へ連れ帰り、自分のものにするんだわ」

アラニスは薄い毛布をはねのけた。かたいベッドに横たわって、大きな手が体を這いまわるところを想像するのに耐えられなくなったのだ。頭がさえて眠れそうにない。彼女は音をたてないように娘たちのベッドのあいだを抜けて外へ出た。石づくりのテラスはしんとしていた。手すりに斜めに腰かけ、リネンの寝間着の裾をたくしあげる。頭上には無数の星を配した群青色の空が果てしなく広がっていた。やさしい夜風が髪を揺らす。ひとりになれてほっとした。ここには砂漠と夜の闇しかない。アラニスは目を閉じて新鮮な空気を吸いこんだ。

ふとたばこの香りがして、目を開ける。

「やっと気づいたか」テラスの端の暗がりから深い声がした。

「エロス！」アラニスは立ちあがった。どうして彼の存在に気づかなかったのだろう？　いつもなら過敏なほど反応してしまうのに。

ふたりの距離は一〇歩ほどだ。エロスは上半身裸で岩壁にもたれていた。その体は月明かりの下でとても大きく、威圧的に見える。アラニスはとっさに逃げようとしたが、思いとどまって彼と向きあった。

エロスがたばこを下に落として壁から身を起こし、吸い殻を踏みつぶして、自信に満ちた足どりで近づいてきた。アラニスの隣に腰かけ、ブーツに包まれた足を手すりにのせて肘をつく。「きみも座れ。噛みつきはしない」

アラニスは本気で噛みつかれるのではないかと思っていた。「もう寝るところだったの。ちょっと涼みに来ただけだから」

「嘘つき」獲物を前にした黒豹の目だ。「きみはぼくと同じ理由でここへ来たはずだ。眠れなかったんだろう？　ぼくたちはどちらも欲求不満を抱えている。なんなら一〇〇万ルイドール賭《か》けてもいい」

彼女は身をかたくしてエロスを見つめた。「なんだか眠くなってきたわ。失礼して――」きびすを返しかけたアラニスの手首を彼がつかむ。「待って」エロスが小さな声でささやいた。「行かないで。しばらく一緒にいてくれ」彼女の手首の敏感な部分に親指で円を描く。

アラニスは彼の目をのぞきこんだ。魔力を秘めた瞳を。「だめ」

エロスはやさしく彼女の手を引いて自分のほうへ引き寄せた。「一緒に座ろう」

アラニスは目をそむけ、心に忍びこんでくる欲求と闘った。「いやよ」

エロスが立ちあがる。アラニスは今さらながら、彼の背の高さと、その体から発せられる強烈な魅力に圧倒されていた。エロスが手首を放してくれたのでほっとしたのも束《つか》の間、彼に抱きあげられる。エロスは彼女を膝にのせ、手すりをまたぐように座ってにやりとした。

プールでの出来事を思うと、彼のそばで平静ではいられなかった。鉄の鎖でいやおうなく海の底に引きずりこまれるようだ。「お願いだから放して」アラニスは頼んだ。

エロスが彼女にほほえみかける。「だめだ」

アラニスは彼の胸を押して膝からおりようとした。ブロンズ色の肌はあたたかくてなめらかだった。その肌を愛撫したいという衝動に負けそうになり、彼女はさっきよりも激しくもがいた。「放してよ！」

「じたばたするのをやめないと谷底にまっ逆さまだよ」エロスが彼女の体をぴったりと引き寄せる。アラニスはぽっかりとあいた谷をのぞきこみ、本能的に彼の首に手をまわした。

ふたりの視線が絡みあう。アラニスは震えていたが、寒さのせいではなかった。エロスが眉をつりあげる。「降参かい？」

「ほかに選択肢がないじゃない」アラニスはつっけんどんに言い返したが、あまり説得力はなかった。

「そもそも選択肢なんて誰にも与えられていないんだ」エロスが哲学的な言葉を返す。

ふたりはしばらく黙って座っていた。アラニスは星を見あげ、エロスはそんな彼女の横顔を見つめながら。アラニスは全身で彼の存在を意識していた。風に乱れた黒髪が首筋をくすぐり、頰に吐息があたる。今すぐエロスのほうに向き直って、熱く柔らかなその唇を味わいたかった。

エロスは彼女のこめかみに顎をつけて前方を見つめた。「星を見ていると、奇跡を信じられそうな気がしてくる。地上にいるぼくたちはひとりぼっちじゃないと、すべての行動に崇高な意味があると思えてくるんだ。そんなことはないかい？」アラニスの表情を見て笑う。

「そんなにショックかい？　卑しい悪党は孤独など感じないと思ったのか？　ぼくたちみた

いな輩はむしろ、普通の人よりも寂しがりやなんじゃないかな。だから星を見る。ダイヤモンドの川のように輝く天の川を」

アラニスはエロスの視線の先をたどった。星や美しいものについて、この人になにがわかるというのだろう？　この人は詩人ではなく海賊だ。「ヨークシャーでは……」彼女は話し始めた。「こんなに星が見えないの」

「ヨークシャーでは北半球の空が見えるんだ。ここより暗く感じるのは、銀河の中心と反対を見ているからだよ。でも、おおぐま座やオリオン座が見える」

アラニスはどきっとした。「どうして星に詳しいの？」

「船乗りだからね。星の運行を知らなければ目的地にはたどりつけない。ほら……」エロスは空を指さした。「大きな四角とそこからのびた線が見えるだろう？」アラニスはうなずいた。「あれがペガスス座だよ。そのすぐ横がアンドロメダ座とペルセウス座。それからこぐま座。ふたご座にオリオン座におうし座。星はぼくたちさえ知らない秘密を知っているんだ」

プールでの出来事があったあとだけに火山のような激しさを予想していたのに、エロスは穏やかでやさしい。アラニスは突然、彼の肩に顔をうずめて泣きたくなった。衝動に負けないよう次の質問を繰りだす。「北極星はどれ？」

「あれだよ」エロスは明るい星を指さした。「きみの星座はなんだい？」

「やぎ座よ」

「ふむ。左手の三角形に並んだ星がわかるかい？　あれがやぎ座だ」

アラニスはエロスの精悍《せいかん》な横顔を眺めた。すっきりした眉、まっすぐな鼻筋、引きしまった口もと。浅黒い肌とまっ黒な髪にピアスがよく似合っている。「あなたの星座は？」彼女は小さな声で尋ねた。

「天秤座だけど今は見えない。おっと、土星があった」

「天秤座……二面性の象徴ね」アラニスは彼の胸に輝くメダリオンを見つめた。エロスは遅ればせながら彼女が彼の性格を指摘したことに気づき、物問いたげな目つきをした。「あなたの秘密はなに？」

エロスが身をかたくする。顎の筋肉がぴくぴくと動いた。「なぜぼくに秘密があると思うんだい？」

「わかるの。感じるもの」

「きみはぼくについていろいろなことを知っているようだ。でも、知らないほうがいいこともある」エロスはアラニスの顔をじっと見つめて片方の口角をあげた。「きみの秘密なら知ってるけどね。ぼくはこれまで多くの女性と出会った。多すぎたかもしれない」そう言って顔をしかめる。「だが、きみはその誰にも似ていない。まるで妖精《ニンフア》だ」

まるでこの世の中には純粋な女性とそうでない女性がいるとでも言いたげだ。そしてエロスはアラニスをそのどちらにもあてはめることができず、妖精《ニンフア》と呼んだ。

彼は金色の髪をつまんで夜風にさらした。「〝滝や川は水の妖精のもの〟」ホメーロスの詩を引用する。「〝森のなかの草地にはゼウスの娘たちがいて、狩りや踊りにいそしみ、英雄を産み、育てている。彼女たちの住みかは水のしたたる洞窟《どうくつ》〟」

アラニスは我慢できなくなって尋ねた。「ハナンとの縁談を断ったのね」

エロスが彼女の顔を見る。「ハナンにとって公平な縁談だと思うかい？」

「彼女はあなたのことが好きなのよ」

「あの子はぼくを知らない」エロスは口ごもったあと、小さな声でつけ加えた。「でも、きみは違う」

アラニスの胸が激しく脈打つ。「わたしだってたいしたことは知らないわ……本名すら知らないのよ」

エロスは謎めいた目つきをした。「その人について知ることと、その人を知ることは違うよ。きみは自分で思っているよりもずっとぼくのことを知っている」

アラニスは彼に抱きしめてほしかった。深い渓谷に落ちていかないよう守ってほしい。彼女の心は深みへと落下し続けているのだ。

「ここでキスをしたらやめられなくなる」エロスがつぶやいた。「きみはイングランドを発《た》ったときと同じ状態でおじいさんのもとへ戻りたいはずだ。だったら……もう寝なさい。ぼくは自分の紳士っぷりに酔うことにするよ。これ以上きみを膝にのせていたら、先の展開は保証できない」

アラニスは惨めな気分でうなずいて彼の抱擁から抜けだすと、走って家のなかに戻った。

# 14

頬にそっと唇が触れるのを感じて、アラニスのまつげが震えた。

「ほら、紫の夕暮れを見逃すよ」エロスの声がする。

アラニスはぱっちりと目を開けた。そこに待っていたのは、薄暗い海へと沈んでいく巨大な火の玉だ。太陽は最後の瞬間を世界に知らしめるように水平線近くを紫に染めていた。手前の空にはすでに星がまたたいている。彼女は息をのんだ。「すごい!」

エロスはくすくす笑って、彼女の体にまわした腕に力をこめた。ティーズニートからの帰り道、彼の腕のなかでうとうとしていたアラニスは、姿勢を正して改めて前方を見つめた。紫の空に縁どられた険しい岩壁の上に、なつめ椰子に囲まれた赤い要塞が見える。

「ようこそわが城へ、プリンセス」

「あれがあなたの家なの?」振り返ったアラニスはエロスの表情を見て眉をひそめた。最後の日の光を受けて、海賊は物思いに沈んでいるようだ。深い海色の瞳の奥に過去の痛みと喪失が刻まれているような気がした。アラニスは彼の頬に手をのばした。「エロス、どうしたの? なにを考えているの?」この人のなにが、これほどまでにわたしの心をかき乱すのだろう？

彼女のほうへ向けられた瞳は言葉よりも雄弁だった。エロスが頭をさげ、ゆっくりと情熱的に唇を重ねる。「きみがほしい……」

アラニスは胃がぎゅっとしめつけられるような感覚を覚えた。彼の家に到着したらどうなるか、昨日、ハナンに言われたばかりだ。

エロスはふっと前方に向き直り、要塞へ向けて駱駝を急がせた。

一行が門をくぐり、たくさんの松明に照らされた庭《リヤード》へ入ると、アーチ形をした玄関から白いチュニック姿の男性が出てきた。男性の隣に、黒い斑点のある金色の豹がひらりとおりたつ。アラニスは〝ねぐらは険しい岩場で、そのてっぺんでは、斑点のある豹が門番をしている〟という一節を思いだした。

「やあ、マスタファ」エロスが駱駝からおりたとたん、豹がうれしそうに体をすりつけた。

「ドルチェ、ぼくのかわいい子《ミア・カーラ・ビンバ》」エロスは上機嫌な笑い声をあげてその場にしゃがみ、豹の頭を撫でた。ドルチェが喉を鳴らし、彼の手に鼻づらを押しつける。エロスが顔をあげた。

「マスタファ、こちらはレディ・アラニスだ。特別なお客さまだから失礼のないようにな」

「ようこそアガディールへ。お目にかかれて光栄です」マスタファはおじぎをすると、アラニスを駱駝からおろそうとまっ白い手袋に包まれた手をさしだした。「わたしはここの管理人です。なんでもお言いつけください」

アラニスはにっこりした。「ありがとう、マスタファ。よろしくね」

エロスが地面におりたったアラニスの手をとって正面階段をのぼる。すかさずドルチェがふたりのあいだに体を割りこませ、頭を使ってふたりの手を離そうとした。アラニスが驚いて飛びのく。

「やきもちをやくな。こっちへ来い！」エロスはドルチェをたしなめてから、アラニスに向かってにやりとした。「今のは豹に言ったんだよ」そう言って再び彼女の手をとり、玄関ホールへ導き入れた。大理石の床を囲むように、ローマ風の太い円柱がそびえている。天井のドームは金に近い茶色で、深緑色の壁の高い位置に、中央がアーチ形になったパラディオ式窓が並んでいた。ホールの両端から中二階へ向かって大理石の階段がのび、そこからさらに回廊へと続く階段があった。ヴェネチア風のランプが全体に柔らかな光を投げかけている。花をいっぱいに生けた大きな花瓶を除けば、装飾品はなかった。まったくと言っていいほど生活感がない。まるで壮麗な地下聖堂だ。

「家というより宮殿だわ」

エロスが笑った。「これよりずっと大きな宮殿《パラッツォ》を見たことがあるよ」

「本当に？　どこで？　ヴェネチア？　フィレンツェ？　それともミラノかしら？」

エロスはほほえんだだけで答えなかった。

アラニスは上を向いてドームを観察した。イタリアとアジアの建築様式が巧みにまざりあって、みごとな調和を生みだしている。「それで、どこの建築家を誘拐したの？」

エロスの低い笑い声が玄関ホールに響いた。「残念ながら、イタリアの大建築家、グアリーノ・グアリーニを誘拐してきたわけじゃない」

「それなら誰がこれを設計したの？」

エロスは豹の頭を撫でた。「ぼくだよ」

「あなたが？　設計に必要な建築学や数学の知識はどこで習得したの？」

「フェラーラの大学かな。おいで、もっと見せたいものがあるんだ」エロスは庭に面したガラス戸のほうへ歩きだした。アラニスは、壁にかかっている紋章を目にしてはたと足をとめた。ラテン語で〝ガレアッツォ・マリーア・スフォルツァ、メダリオンの五番目の保持者〟と書かれている。

「海を見に行こう」エロスが耳もとでささやいた。

「あの紋章が盗んだものだとしたら、なぜあちこちに飾るの？」

アラニスは彼の体がこわばるのを感じた。「おいで、外で話そう」

蔦の絡まるポーチにはアーモンドの香りがたちこめていた。大理石のキューピッドがモロッコ独特の水鉢に向かって水を噴きだしている。ふたりは花々に縁どられたタイル張りの小道を進み、やがて崖に面した開廊《ロッジア》に出た。足もとから波のうなりがのぼってくる。アラニスは手すりをつかんで上を向き、長い髪を風になびかせた。「すてきな場所ね。魔法の楽園だわ」

エロスの視線がセーラーシャツに包まれたしなやかな体をなぞる。彼は背後からアラニスを包みこむようにして手すりをつかんだ。「だとしたら、きみが魔法をかけたんだ」シルクのような髪に顔をうずめて、その香りを吸いこむ。「黄金の妖精を迎えるのははじめてだ。ぼくはすっかり魔法にかかってしまった」彼はシャツのボタンを下からふたつはずし、なかへ手を滑りこませた。なめらかな腹部に大きくあたたかな手があてがわれる。

アラニスは鋭く息を吸いこんで彼の手首をつかんだ。「エロス、やめて――」

「二時間も密着したあとで、ぼくがおとなしくしていられるとでも思ったのかい？」エロスが下腹部を彼女に押しつけて首筋にキスをする。「きみがぼくに火をつけたんだ、アモーレ。なぜ、そうつれなくする？」

つれない？　アラニスの体も興奮にざわついていた。「エロス、お願いだから。こんなことをしてはだめ」

「今夜、ぼくのベッドに来てくれ。夕食はぼくの部屋でとろう。大理石の浴槽にラベンダーの香りのする湯を張って、きみがワインを楽しんでいるあいだに体を洗ってあげる。砂粒ひとつ残らないようにね」

アラニスはその場面を想像してうっとりした。「エロス、でも……」必死で抵抗する。「そんなことはできないって、わかってるくせに」

「ぼくの美しい《ベラ・》妖精《ニンファ》、なにを怖がっているんだ？　ぼくがきみに痛い思いをさせたり、傷つけたりすると思うかい？　きみのような女性を相手にそんなことができるはずがない」

エロスの手がシャツの裾をまくりあげて柔らかな乳房へと這いのぼった。「ぼくたちが手にするのは喜びだけだ」彼はかすれた声で言って胸の頂を親指で愛撫した。

信じがたいほどの興奮に襲われ、アラニスは目をつぶってエロスの手を押さえた。たくましいイタリア人の征服者を前にすれば、どんな古代王国よりもあっけなく降伏してしまいそうだ。

「イエスと言ってくれ」深い声が彼女を誘惑する。「最高の喜びを与えてあげる」もう一方の手がズボンのボタンをはずしてなかに忍び入った。

「だめだったら！」アラニスはエロスの手をつかんで振り返ったが、欲望に色を増した瞳を見た瞬間、動けなくなった。彼の瞳にはかすかに敗北の色がまじっている。これまでエロスを押しとどめていた鉄の自制心が崩れたのだ。目の前にいるのは鎖蛇ではなく、女を求めるひとりの男。そして自分も彼を求めている。だけど、一線を越えれば破滅しかない。ジェルソミーナから、エロスとの恋は高揚に始まって涙で終わると警告されたではないか。アラニスは首を横に振った。「ゆうべ、あなたが言ったとおりだわ。わたしはイングランドを発ったときと同じ状態で帰らなければならないの」

「もう手遅れだ」エロスは流れるような動作でアラニスを抱きあげ、家に向かって歩き始めた。タイルを蹴るブーツの音が彼女の心音と重なる。

アラニスは手脚をばたつかせて彼の腕から逃れた。「無理強いしないで！」

エロスは冷水を浴びせられたような表情をした。「アラニス――」

「だめよ」彼女はあとずさりした。「こんなこと間違ってる。わたしは冒険を望んだけれど、ここまでは頼んでいないわ。だいいち、あなたのことを知らなすぎる。名前すら教えてくれないじゃない」

「ぼくの名前なら知ってるじゃないか！」力強い口調と裏腹に、エロスの瞳は揺らいでいた。

今ごろになって〝兄はあなたが考えているような人じゃないの〟というジェルソミーナの言葉が身にしみた。鎖蛇は見せかけにすぎない。目の前にいる背の高いイタリア人は、まったく見知らぬ人だ。「あの古い紋章があなたにとって重要な意味があることはわかってるわ。あなたが噂ほど恐ろしい人じゃないってことも。一六歳のときなにかが起こって、あなたの心は憎しみに包まれてしまった。魂が半分に割れてしまったのよね」

エロスは一歩踏みだした。「ぼくはきみを高揚させることができる。ぼくのいない人生は味気ないものになるぞ。愛に飢えたきみの心を癒《いや》すことができるのは、ぼくの愛撫だけだ。ただし、きみがぼくに反抗するなら容赦はしない」

アラニスの体に悪寒が走った。「〝容赦はしない〟なんて敵みたいに言わないで。わたしはあなたの友達になりたいの」

「ぼくは友達になんかなりたくない！」エロスは彼女の腕をつかんで自分のほうへ引き寄せた。「きみの恋人になりたいんだ。きみのなかに身をうずめ、ぼくだけのものにしたい……」彼は激情に任せてアラニスの口をむさぼった。

彼女は顔をそむけたが、エロスの抱擁から逃れることはできなかった。彼がアラニスの首筋に鼻をうずめ、息をつく。彼女はおそるおそる手をあげてエロスの髪を撫でた。「あなたの人生にわたしを入れてほしいの」耳もとで懇願する。「名前を教えて」

長い沈黙のあと、エロスは顔をあげた。凍りついたような表情だった。「ぼくが何者か知りたいのか？　それなら最後の冒険に連れていってやろう。正真正銘のフィナーレだ」

黒いアラブ馬が夜の海岸を駆けぬける。打ち寄せる波音で海が荒れていることがわかった。左手にそびえる岸壁が海鳴りを増幅させる。アラニスは目をしばたたき、エロスの腰にしがみついた。なにか悪い予感がする。エロスのことは信頼しているが、彼のなかにひそむ悪魔は信用できない。

行く手にかがり火が見え、やがて砂漠に埋もれるようにして黒いテント群が浮きあがった。エロスは馬をとめて鞍からおりた。アラニスの腰をつかんで地面におろす。

「顔を覆うんだ」彼は鋭い声で言った。「これから会うのは、きみが普段つきあっている連中とは違う」

「あなただって違うわ」アラニスは暑苦しいローブと格闘しながら言い返した。

エロスは彼女の腰にしっかりと手を添えて薄暗い野営地に入ると、羊毛で編まれた大きなテントのあいだを縫うように進んだ。特徴のある幾何学模様は、アトラス山脈に住むベルベル人のものだ。砂漠の商人であり、家畜の群れとともに季節ごとに居住区を移る流浪の民として知られている。

野営地の中心では大きな火がおこされ、あぶった羊肉のにおいが風にのって漂ってきた。黒いローブを着た男たちが焚《た》き火の周囲に座ってにぎやかに飲み食いし、女たちがそのあいだを忙しく動きまわっている。顔はきっちりとベールに覆われていた。

「絶対にぼくのそばを離れるな」エロスはそう言うと、焚き火のほうへ足を踏みだした。

エロスの姿を見つけた男たちが近寄ってきて口々に挨拶し、首長《シーク》の隣へ案内する。エロスは周囲の男たちより頭ひとつ抜きでており、がっしりとした肩に黒いケープをまとったその姿は、弟子に囲まれた魔術師のようだった。

エロスが敷物の上に腰をおろして羊肉とコーヒーを受けとる。アラニスは彼の隣に座って周囲を観察した。エロスが身をのりだして、目以外の部分が完全に隠れるように彼女のベールを直す。「おなかは減った？ 飲み物は？」

アラニスが首を振ると、エロスは顔をしかめ、ふいと目をそらした。アラニスは、彼がシークと雑談する様子を黙って見守った。リラックスした態度や深みのある笑い声、そして麝香のような香り。全身から生命力がみなぎっている。エロスは心のままに生きる人だ。それは彼女にはできない生き方だった。

男たちの歓声とともに、焚き火の向こうから美しい女性が現れた。赤い布をまとった姿は炎の女神のようだ。金の模様を描いた浅黒い肌が、太古の宝石のように謎めいた輝きを放っている。女性は黒い巻き毛を背中に払い、まっすぐにエロスを見てほほえんだ。

「レイラ、ぼくのために踊ってくれ」エロスがベルベル語で呼びかける。

アラニスは彼の横顔をにらんだ。エロスはこのために連れてきたのだろうか？ 類《たぐい》まれなる美女が彼のために踊るのを見せるために？ この娘も彼の恋人に違いない。

レイラは妖艶な笑みを浮かべて金色のタンバリンを頭上に掲げた。横笛が耳慣れない旋律を奏で始める。そこへ太鼓が加わり、遠くに黒くそびえる山の尾根を振動させた。レイラが赤いスカーフを夜風に翻し、火の化身のように体をくねらせる。音楽がのり移ったかのような恍惚とした表情だ。男たちが手をたたくと、彼女はお返しとばかりに手招きして胸を揺らした。さらなる歓声があがる。

音楽がとまり、レイラが地面に崩れ落ちた。再び横笛が柔らかな旋律を奏で始めると、彼女は背中をそらして立ちあがり、腰に巻かれたスカーフをとって肩を撫でた。目が静かにエロスを誘っている。

アラニスは歯を噛みしめてエロスをにらみつけたが、驚いたことに彼も彼女のほうを見ていた。いつものように、まるでこちらの考えていることなどお見通しだという目つきをしている。嫉妬しているのがわかってしまっただろうか？　エロスはしばらくアラニスを見つめたあと、ふいに立ちあがって輪の中心へ行き、レイラを抱きあげてテントのなかへ消えた。

アラニスの心を踏みにじって。

「それはぼくがあげたスカーフだね」

レイラはテントの入口にかかっている重いウールの垂れ幕をおろし、エロスの手をとった。

「もちろんよ、エル・アマル。来てくれると思ってた。待ってたのよ」

テントを支える木の梁《はり》からオイルランプがさがっている。地面に敷かれた敷物の上には、健康と幸運を祈ってハーブがまかれていた。エロスはケープを床に落とし、彼女にしたがってベッドに近寄った。レイラがベッドに腰かけ、自分の隣に彼を座らせる。「とっても寂しかったわ、エル・アマル」

「そうかい？」彼はほほえんだ。「ぼくがいないあいだ、どんなふうに過ごしていたんだい？」

「なにも手につかなくて」レイラは赤いベールをとった。「あなたが恋しくて泣いていたの」

エロスは声をあげて笑った。「きみは天性の嘘つきだ。でも、それが魅力のひとつでもある」

レイラも笑い声をあげ、赤いスカーフをエロスの首にまわして自分のほうへ引き寄せた。「会いに来てくれてうれしいわ。わたしのことなんか忘れて、別の女に慰めてもらっているのかと思った」大きく開いたシャツの襟もとから手を滑りこませる。「わたしほどあなたを喜ばせられる女はいないのよ、エル・アマル」彼女がエロスの顎に舌を這わせると、彼は身をかたくした。彼の変化を察して、レイラがさらに身を寄せてくる。「どうしたの？　わたしに喜ばせてほしくないの？」エロスの手をとって自分の胸にあてがった。彼がなにもしないので、レイラは機嫌を損ねた。「どうしちゃったの？　今までこんなことはなかったのに」

エロスはレイラの手をやさしくどかして立ちあがった。「ごめんよ。きみはとてもきれいだが、ここにはいられない」

レイラは目をぎらつかせて勢いよく立ちあがった。「別の女ができたのね！　そうなんでしょう？」

「すまない。なにかすてきなものを届けさせるよ」

「やっぱり！　あなたなんて呪われればいいのよ！」レイラは彼に飛びついて顔に爪をたてた。エロスはとっさに彼女の手首をつかんだが、鋭い爪は頬にかき傷を残していた。レイラが彼の手を振りほどく。

エロスは自分の頬に触れ、悲しげに笑った。「〝拒絶された女の怒りは地獄の炎にも勝る〟か」

「出ていって！」レイラは肩で息をして出口を指さした。「今すぐに！」

エロスは床からケープを拾いあげてテントの外へ出た。ケープについたハーブを払って肩にかけ、顔をしかめて焚き火のほうへ歩きだす。

「エロス？」背後で男の声がした。「きみか？　こんなところで出会うとは！」黒い口ひげをたくわえたずんぐりとした男性がエロスの腕をたたいて親しげに抱きしめる。

「サラーなのか？」エロスもあっけにとられてから、にっこりした。「いったいここでなにをしてるんだ？」

「マラケシュに住むナスリンのいとこの家に数週間滞在していたんだ。ナスリンは買い物三昧《ざんまい》だったよ。このあとアガディール港から帰国するつもりだ」

「ぼくのところへは顔も出さずに？」

「戻っていると知っていたら訪ねたさ。たとえ歓迎されなくてもね。だが、ジェルソミーナと一緒にジャマイカにいると聞いていたから」

エロスはくるりと目をまわした。「ぼくの行動はすべて筒抜けなんだな」

「問題でも起きたか？」サラーが太い眉をひそめた。

「なんでもない《ニエンテ》」エロスは軽く手を振り、サラーと並んで焚き火のほうへ歩きだした。「きみの言うとおり、ジェルソミーナとジャマイカにいたんだ」

「ジェルソミーナは元気にしてるのか？　またおてんばをしてるんじゃないのかね？」

「ああ。だが、お守りをしてくれる男が現れたんだ」エロスはサラーのつきでた腹をたたいた。「きみもナスリンにしっかり面倒を見てもらっているようだな。そのうち山になるんじゃないか？」

サラーは大声で笑った。「ナスリンのいとこのファリーナのせいだ。きみが雇ってるミラノ人の料理人より腕がいいぞ。ナスリンは、ぼくを甘やかしすぎだとぷりぷりしてるがね」

「いいな。うらやましいよ。ぼくにも妻がいたら、モーセ山のようにでんとかまえて満ち足りた日々を送れるだろうに」

「ぼくが山みたいに肥えてると言いたいのか？」サラーが笑った。「結婚する気もないくせに。いくつになった？　三一か？　三二か？」

「いずれにせよ、いい年だ」

「だったらなにをぐずぐずしてる？　もう充分遊んだだろう？　女ってのは、気が向いたときにかまうだけじゃだめなんだぞ」サラーは右手の指先をすぼめてぱっと開いた。「シチューみたいに弱火でじっくりと調理しなければならない。よく目をかけて、高価なスパイスを加えてやれば味わいも増す。手をかけた分だけ……」指先をこすりあわせる。「おいしくなるんだ」

エロスは吹きだした。「まだ腹が減ってるみたいだな」

サラーは傷ついた表情をした。「心配してやってるのに」

「すまん、すまん」エロスはくすくす笑った。「言いたいことはわかるが、誰と結婚しろというんだ？　レイラみたいなダンサーか？」

「あのポルトガル人の娘はどうだ？　イザブだっけ？　かわいい子だったじゃないか」

「今もかわいいよ」エロスは大きく息を吐いた。

サラーが眉間にしわを寄せる。「まったく、おさかんなことだ。ハーレムを維持する精力はいったいどこからわいてくるんだ？」

「大げさだな。まあ、ほめ言葉と受けとっておくよ」

「結婚できない理由はわかっているんだろう、青二才《フブーブ》くん？　選ぶ女が悪い」

「わかってる」エロスは片方の口角をあげた。「きみに先んじてナスリンに求婚すべきだった。ずっと前からそう思っていたんだ」

「よく言うよ」サラーがばかにしたようにエロスを見る。「ナスリンみたいに口やかましい女じゃ一日ともたないね。きみには同じ世界に属する女性が必要だ。きみという人間をわかってくれる女性が」

エロスの驚いた顔を見て、サラーは満足げに笑った。きれいに整えられたひげを撫でて得意そうに言う。「ミラノに戻って伯爵夫人と結婚するといい」

エロスの笑みが消えた。「いったいなんの話だ？」

サラーはエロスをあわれんでいるような顔をした。「気にしないでくれ。食べすぎるとろくでもないことを口走る癖があってね」

エロスは探るような目つきをした。「焚き火のほうに戻ろう」焚き火までたどりつくと、サラーに向き直った。「それじゃあ、また明日」そう言いながらも、鷹のように鋭い目で周囲を見渡す。「ナスリンによろしく伝えてくれ」

「そっちこそミラノ人の料理人によろしく伝えてくれ。ベルベル人は犬も食わないような食事しか出さない」

アラニスは誰にも見つかることなく、野営地の裏手にある家畜小屋までたどりついた。アルジェリアでフードをとられたときの記憶が生々しい。ベルベル人たちの好奇の目にさらされるつもりはなかった。エロスの屋敷までの道順はさほど難しくないはずだ。海岸線沿いに北上していけば、そのうちたどりつくだろう。乗馬は得意だ。エロスは悪魔とよろしくやればいい。

今夜のことでエロスの本性はよくわかった。堕落しきった心ない男だ。タオフィックと同じで人間らしさを失っている。彼の発言をもっと真剣に受けとめるべきだった。結局、自分のことは自分がいちばんよくわかっているのだから。だけど、今度こそ目が覚めた。イングランドへ帰ろう。

そのとき、誰かがアラニスの腕をつかんだ。「どこへ行くつもりだ?」

彼女の顔は黒いベールで覆われていたが、アクアマリンの目は〝あなたなんか大嫌い。地獄へ落ちろ〟と叫んでいた。

「アラニス――」

アラニスはエロスの手を振り払った。なにも言うことはない。

一時間後、ふたりはアガディールにたどりついた。エロスが彼女の手をとって階段をのぼり、別棟の入口へ案内する。彼は木と真鍮でできたドアを開けたが、なかへ入ろうとはしなかった。

「アラニス……」すがるような声に、彼女はなかに足を踏み入れて振り返った。エロスの瞳には、彼女が感じているのと同じ惨めさが浮かんでいた。アラニスの心が粉々になる。彼女は目を閉じて涙をこらえ、エロスの鼻先で勢いよくドアを閉めた。

# 15

明るい日ざしが顔に降り注ぐ。太陽であたたまったモスリンの天蓋のなかで目覚めたアラニスは、ヨークシャーで陰気な朝を迎えている人々に同情した。彼女があてがわれたのはこの館の女主人の部屋らしく、ほかに人の気配はない。壁には美しい絵画が並び、青緑の花瓶には飛燕草《ひえんそう》や百合が生けられてはいるものの、室内装飾に特定の女性の存在をにおわせるものはなかった。白を基調とした室内にイタリア風のところはなく、例の紋章も飾られていない。エロスはいったいどんな女性をイメージしてこの寝室を設計したのだろう?

潮の香りに誘われてバルコニーへ足を踏みだすと、雲ひとつない空を飛びまわる鷗《かもめ》が朝の挨拶をするように鳴き交わしていた。眼下にはターコイズブルーの海があり、その手前にまっ白な砂浜が長くのびている。そしてサハラ砂漠の圧倒的な眺め。赤みがかった砂丘の色合いや、その奥にそびえるアトラス山脈の壮麗さは、息をのむほどすばらしかった。不便とはいえ、エロスがここに居をかまえた理由がよくわかる。ただ、黒豹だけを相棒に、がらんとした大理石の霊廟《れいびょう》に住むのはひどく孤独に思えた。わたしもいずれはここを去る。気晴らしの相手なら、近隣の女性たちでも間に合うだろうから。

室内に戻ったアラニスは豪華な浴室へ足を踏み入れた。雪花石膏《アラバスター》の床に、巨漢のスルタンも充分くつろげるほど大きな大理石の浴槽が置かれている。白い壁は格子状になっており、そこを抜けてきた光が床に繊細な影を投げかけていた。格子の隙間から、花の咲き乱れる花壇や、木々のあいだに立つあずまやが見える。庭のそこここに、古代ローマの遺産――リクサスやヴォルビリスから出土した彫像――が配されていた。アラニスの目が石段を駆けあがってくる豹の姿をとらえた。続いて、つややかな黒髪が現れる。日焼けした肌は花園のなかでいっそう際だって見えたが、それは花園でなくても同じだったのかもしれない。館の主はどうやら相棒と朝の散歩を楽しんできたようだ。ゆうべは砂漠の女王であるレイラの関心をひとり占めしたのだから、機嫌が悪いはずもない。

エロスが立ちどまって浴室のほうを見あげたので、アラニスは驚いてあとずさりした。しかし、格子が視線を遮断しているから、向こうからこちらの姿は見えないはずだ。彼女は格子のあいだから再び下をのぞき見た。昨日、ドアが閉まる直前に見たエロスの表情が心に引っかかっていた。救いようのない男とはいえ、まるきり鈍いわけではないらしい。彼は自分の失態を自覚している。誘惑をはねつけたアラニスが賢明だったと自ら証明したようなものだ。今後、ふたりの関係が進展することはあり得ない。

エロスが視界から消えると、アラニスは冷たい水で顔を洗い、髪をとかして、昨夜ベッドの上で見つけた部屋着に着替えた。

しばらくあとで誰かがドアをノックした。「どうぞ」ドアが開いて、いくつもの木箱を抱えた侍女たちがぞろぞろと入ってくる。最後尾はマスタファだ。

「おはようございます」彼は優雅におじぎをした。「よくおやすみいただけましたか?」

枕をさんざん涙で濡らしたあとならば……。そう思いつつもアラニスは笑顔で答えた。

「ええ、おかげさまで」侍女たちに続いて衣装部屋へ入る。侍女たちはナイル川をモチーフにしたモザイク模様の床の上に木箱を並べ、衣類を広げ始めた。箱のなかから現れたのは、透けるようなシルクでも金のタフタでもなく、リネンのカフタンや、踵が低くて歩きやすそうなサンダル、そして上品で飾り気のない下着だった。アラニスは皮肉っぽい笑みを浮かべた。ハナンたちが着ていたような現地の普段着を用意してくれたらしい。着心地のよさそうな衣類はどう見ても略奪したものではない。近隣のスークで売られているものだ。これを窓から投げ捨てたりしたら、召使いたちに正気を疑われるだろう。それにしても、こんなにたくさんの服を着られるほど長居するつもりはないのに。

「ご主人さまからです。気に入っていただけるといいのですが。ジェナーブが入浴のお手伝いをいたします。朝食はのちほどわたしが部屋へお運びいたします。今日は外へお出にならないほうがよろしいかと。撫子《なでしこ》もうなだれるほど日ざしが強いので」

アラニスは目を輝かせた。「撫子が咲いているの? マスタファ、ぜひ外で食事したいわ」

「そうおっしゃるなら」マスタファは笑みを隠して優雅におじぎをした。「のちほどお迎えにあがります」

一時間後、アラニスは鳥のさえずりに包まれて、すいかずらや野薔薇や羊歯《しだ》の茂る庭を歩いていた。前方に大きなテラスが現れる。その奥につくられたプールは、崖の上にありながらまるで海と一体化しているようだった。小道の終点に、白い天幕が張ってある。

マスタファが足をとめた。「ご要望のとおり、薔薇園に面したあずまやです」

なんとも居心地のよさそうなあずまやだった。天井はないが、代わりに格子を伝う蔦が心地よい日影をつくっている。あずまやの裏手では薔薇が咲き乱れていた。強い風が入口の垂れ幕を持ちあげ、その奥に黒い革のブーツと豹の胴体が見えた。

「あの、マスタファ……」アラニスはとっさに振り返ったが、マスタファはすでに消えていた。彼女はあずまやに向き直った。エロスはコーヒーを飲みながら本を読んでいるらしい。やはり朝食は部屋に運んでもらおう、アラニスがそう思ったとき、彼が本から顔をあげた。エロスは一瞬、驚きと好奇の表情を浮かべたあと、余裕たっぷりに背もたれに寄りかかった。ここで引き返したらおじけづいたと思われる。それはいやだった。一刻も早く帰国したいということも伝えなければならない。アラニスは顔をあげてなかに入った。

ベルベル人の手による敷物に足を置いたとたん、エロスがさっと立ちあがり、彼女のために椅子を引いた。「おはよう《ボンジョルノ》」その目には緊張が見てとれる。アラニスも胸がどきどきしていた。

「おはよう」彼女はそっけなくこたえた。緑の目をした豹が頭を起こしてうなる。

「ドルチェの非礼を許してくれ。妹以外の女性に慣れていないんだ」

つまり、これまで恋人を家に連れてきたことはないということだ。それを喜ぶべきなのだろうか？「あなたの非礼にも言い訳があるの？」

「ないよ」エロスは海色の瞳を輝かせて笑った。ひげはきれいに剃《そ》られ、黒髪はひとつに束ねられている。エロスに触れたいという欲望がぎりぎりまで高まったところで、アラニスは彼の頬に残る痛々しい爪跡に気づいた。熱くなった血が急速に冷めていく。彼女は身をかたくして椅子に腰かけた。

　向かいに座ったエロスは、アラニスが自分の贈った服を着ているのを見て満足げな顔をした。トパーズを刺繍した白いリネンのチュニックだ。洗ったばかりの髪はおろしたままだった。アラニスはエロスの態度をいぶかしく思った。レイラに渇きを癒してもらったばかりだというのに、アラニスの頬にバターとマーマレードを塗ってかぶりつきたいというような目をしていたからだ。レイラの妖艶な赤い衣装に比べたら、今の自分など修道女も同然なのに……。あの引っかき傷はどうしてできたのだろう？　アラニスは彼の顔を正視することができなかった。

　テーブルの上に〝ダンテ〟と銘を打たれた古い本が置かれている。海賊にしては格調高い文学を好むらしい。しかもこれまでの会話から察するに、暗記するほど読みこんでいるようだ。「〝記憶することなしに知識は身につかない〟」アラニスはダンテの有名な一節を引用した。

「教養があるところを見せつける気かい？」エロスは白い歯を見せてにやりと笑うと、白いテーブルクロスの上に肘をついて顎をのせた。

今朝のエロスはいつもと違う。アラニスは眉をひそめ、彼の瞳を探り見た。菫青石《きんせいせき》のように澄んだ目をしている。菫青石はバイキングが発見したと言われる宝石で、海賊たちはその石を目にかざせば、霧や照りつける日ざしにさえぎられることなく遠方を望むことができると信じていた。だがエロスの場合はむしろ、視界を曇らせる菫青石といったところだ。

エロスが指を鳴らして従者を呼んだので、アラニスは物思いから覚めた。「朝食はなにを食べる？」

「お茶がほしいわ」アラニスは海へ目をやった。美しい眺めが不愉快なことを忘れさせてくれそうだ。

エロスは従者をさがらせ、椅子に深く腰かけると、平らな腹の上で手を組んだ。「懺悔《ざんげ》をしなければ。ぼくは……その……昨日は考えなしだった。失礼なことをして申し訳ない」探るようにアラニスを見る。「心から謝るよ。許してくれるかい？」

アラニスは彼の悲しげな瞳をじっと見た。「気にしないで。昨日のことであなたという人がよくわかったわ。それで、イングランド行きのいちばん早い船に乗せてくれるとうれしいのだけど」

エロスは警戒に目を見開いた。「ぼくのことがわかったって？　アラニス……」そう言って彼女のほうへ手をのばす。アラニスはすばやく手を引いた。彼はまだなにか言いたそうだったが、言い訳をしてもこじれるだけだと悟ったらしく、寂しげな目つきをした。「昨日のことをどれほど後悔しているかきみにはわからないだろうね。できることなら、ここに到着したところからやり直したいよ」

「それでどうなるというの？」アラニスはぴしゃりと言い返した。海を望む開廊《ロッジア》で愛撫された記憶がよみがえり、胸が痛くなった。

「紳士《ジェンティルオーモ》らしくきみの棟まで送って、おやすみを言うんだ」

ところが、実際はレイラとの仲を見せつけられた。「もう手遅れよ。わたし、イングランドに帰りたいの」

「ぼくはきみにいてほしい。あと数日でいいから」

突然、アラニスのなかに激しい怒りがこみあげた。「なんのために？　あんなことをする人と一緒にいたいはずがないでしょう！　だいいち、なぜわたしに執着するの？　フランス人を殺しに行くのじゃなかった？　キングストンを出港した夜はまっすぐイングランドへ送り届けると言いはっていたくせに。あのときとなにが違うのよ？」

エロスは真剣な表情で答えた。「きみにはわからないさ」しばらく沈黙してから、調子を変えて続ける。「今日は友人が訪ねてくることになっている。一週間ほど滞在するんだ。きみも仲よくなれると思うよ」

「あなたの友達とやらにはこれまでも会ったけど、あまり気が合いそうになかったわ」

「聞いてくれ。彼らはもうじき到着する。ロンドンからやってきた、魅力的で心のあたたかいユダヤ人夫婦だ。サラーはイングランド人とモロッコ人の混血で、ぼくの仕事のパートナーでもある。妻のナスリンはモロッコ人だ。エキゾティックで上品な女性で、父親はマラケシュでも有数の宝石商なんだ。ふたりには元気な娘さんが八人もいる。どうか会うだけ会ってほしい」

エロスの仕事のパートナーとその妻、ですって？　アラニスは好奇心を刺激された。

従者が現れ、紅茶と焼きたてのスコーンとバター、マーマレードをテーブルに並べ、それぞれの前に銀のカトラリーとイタリア製の上質な磁器の皿、そしてきれいにたたまれたナプキンを置いた。エロスが従者を引きとめる。「アラニス、ほかのものがよければ用意させるけど？」

「大丈夫よ」

エロスは従者をさがらせた。「朝食は軽くしか食べないんだ」

アラニスは特大のオレンジ四つ分はありそうなマーマレードの量を見てあきれた顔をした。

「そのようね」

「食べなければ生きていけない《ビゾーニア・マンジャーレ・クアル・コーザ》からね」エロスが肩をすくめる。

アラニスはにやにやしている彼を無視して紅茶に砂糖を入れた。エロスは彼女の動作をじっと見つめている。

「正直に言うと……」彼は自信なさげに笑った。「一緒に食事をするようきみを説得してくれとマスタファに頼んだんだ。てっきり拒絶されると思っていた。同意してくれてうれしいよ」

「あの人を昇給させるべきね。ハソックも顔負けのずる賢さだわ。ちなみに、ハソックというのは祖父の部下で裏工作が得意なの。マスタファはわざと室内で食事をするようすすめたんだわ。外で食事したいとこちらから言わせるよう仕向けたのよ」

「なるほど、うまい手だ」エロスが上体を寄せた。海風が白いシャツをあおり、筋肉質の胸をのぞかせる。アラニスは思わずベルベル人の野営地で放置されたことを忘れそうになった。

「さっきの友達のことだけれど、ぜひ紹介したいんだ。それから……きみと仲直りしたい。昨日は本当にどうかしてた」

〝許す〟という言葉が喉もとまでこみあげたが、レイラの存在がそれを押しとどめた。「友人同士は隠しごとをしないものよ」

エロスの瞳が暗くなる。「それについてはもう少し時間をくれ」

「ここに残るかどうかは、あなたのお友達に会ってから決めるわ」

エロスはほっとした表情で、焼きたてのスコーンを割ってバターを塗るアラニスを見守った。マーマレードの入ったクリスタルの瓶を彼女のほうへ寄せる。

アラニスはスコーンを皿に置いた。「いったいどうしちゃったの？　女性と朝食をとるのがはじめてみたいにじろじろ見て」

「実際にはじめてなんだ」

「信じられないわ」彼女は海に目をやった。「ここは美しいわね」

「ああ、とてもきれいだ」エロスは低い声で同意した。「ぼくのことを許してくれるかい？」

アラニスはエロスをちらりと見て紅茶を飲んだ。「着るものを準備してくれてありがとう」

「今なんて《スクーザ》？」エロスが目をぱちくりさせる。今朝の彼はやっぱりおかしい。

「もう！　わたしの顔にひげでも生えてる？」アラニスはいらいらと尋ねた。

エロスが頬にえくぼを浮かべて肩をすくめる。「いや《ニエンテ》」

アラニスは目を細めた。「なにか隠してるでしょう？」

彼は無邪気に笑った。「そんなことないさ」

あっけらかんとした態度に腹をたてたアラニスは、ナプキンを落として立ちあがった。「やっぱり来たのが間違いだったわ。朝食は部屋で食べるべきだった」そう言ってテーブルを離れる。

エロスがあわてて立ちあがり、背後から彼女の腰をつかんで自分のほうへ引き寄せた。首筋に鼻をすりつけて花の香りを吸いこむ。「まだ行かないで。きみと一緒に朝食をとることができてうれしいんだ。今まで我慢できたのが不思議なくらいさ」

アラニスの体が即座に反応する。抱擁を振りほどくことができないでいるうちに、耳に舌がさし入れられ、乳房に手があてがわれた。しかし、その手に力がこもると同時に昨夜の屈辱がよみがえった。「さわらないで！」

エロスが手を離した瞬間、アラニスはあずまやから飛びだした。背後で、彼が自分をののしる声が聞こえたが、立ちどまりはしなかった。すぐに小道の向こうから歩いてくるひと組の男女が見えた。

「どうやら朝食には間に合いそうだ」口ひげをたくわえた小太りの紳士が満足そうに手をこすりあわせる。その腕を優美な指が控えめに、しかし有無を言わせぬ力でつかんだ。長い指にはまった大粒のダイヤが、黄褐色のシルクのワンピースによく映えている。

「朝食ならもうすんだでしょう？」すらりとした女性が隣の男性をたしなめる。アラニスは一瞬にして、女性が身につけているのが一流品であることを見てとった。金色の美しいショールがまっ黒な髪を覆っている。こめかみには白いものがわずかにまじっていた。知的でやさしそうな女性だ。

夫らしき男性が顔を赤くした。「朝食だって？　それは一時間も前にベルベル人がよこした粗末な食べ物のことか？　きみの言い方を聞いたら、ちょっとした宴を終えてきたのだと勘違いされてしまう」紳士は妻をせかそうとしてアラニスに気づいた。「嘘だろう！」そう言って、もじゃもじゃの眉をつりあげる。

女性のほうもアラニスに気づき、夫に黙るよう合図をして、にこやかに前に進みでた。「はじめまして、わたしはナスリン・アルマリアです。そしてこの失礼な人が夫のサラー。どうぞよろしく」ナスリンは優雅に膝を折っておじぎをした。

「こちらこそ、マダム」アラニスもおずおずと膝を折った。「わたし……アラニスといいます」

「レディ・アラニスだ」エロスが彼女の右にすっと進みでる。

ナスリンは黒い瞳をきらめかせた。「イングランドの方ね？　うれしいわ、ねえ、サラー」

ぽかんとしている夫をにらみつける。「礼儀正しくしてちょうだいな。アラニスにご挨拶は？」再びアラニスを見てにっこりする。「とってもかわいらしい方だこと」

紳士はおなかを揺らしてアラニスに近寄った。彼女はエロスをちらりと見た。まるで自分の女だと言わんばかりの態度だ。わたしを見せびらかすつもりだろうか？

「ナスリン」エロスはやさしく呼びかけて女性の手にキスをした。「またきれいになったね。ぼくという男がいるのに、こんな大食漢のユダヤ人でよく我慢できるものだ」

ナスリンは笑った。「本当に不思議だわ、エル・アマル。ねえ、あなた？」彼女はおもしろがるように夫を振り返った。「まだ舌が見つからないの？」

サラーの困惑顔にエロスの笑みが広がる。「サラー、友人のレディ・アラニスを紹介するよ。きみのことはみんな話してあるから礼儀正しくしてくれ。できれば……」彼はアラニスを見た。「ぼくの株をあげてほしいね」

「もちろん、もちろんだとも。いや、失礼」サラーはアラニスの手をとり、礼儀正しく額を近づけてから、あたたかな瞳で彼女を見た。「レディ・アラニス、あなたにお会いできてどれほどうれしいかわからないでしょう。あなたをひと目見て、この胸に希望がわきました」

奇妙な挨拶にアラニスは目をぱちくりさせた。エロスがため息をつく。「お節介やきの親《しん》戚《せき》みたいだな」肉づきのよい肩に手をまわしてあずまやへと案内する。「こっちだ、サラー。二度目の朝食が待ってるぞ」

「まったく、きみも人が悪い」サラーが文句を言う。「昨日、教えてくれればよかったじゃないか」

「その件はあとで」

「レイラのテントから出てくるなんて、いったいどういうつもりなんだ?」サラーが声をひそめる。「きみってやつは、女性を家に置いているときくらいおとなしくできないのか? なにが不満なんだ? 一発殴ったら目が覚めるのか?」

ナスリンはアラニスにほほえみかけた。「男ってどうしようもないわね」そう言ってくるりと目をまわす。これにはアラニスも笑ってしまった。ナスリンがアラニスの腕に手をまわす。「早くしないとサラーが朝食を食べつくしてしまうわ」

一同があずまやに入ると、ドルチェは不機嫌そうになってどこかへ行ってしまった。

「エロスに聞いたのですけど、あなたには娘さんが八人もいて、ロンドンに住んでおられるとか?」テーブルについたところで、アラニスはナスリンに尋ねた。男性陣は戦争の経過とそれが市場に与える影響について話しこんでいる。それでもエロスはちらちらとアラニスの様子をうかがっていた。彼の脳は一度に複数のことを処理できるらしい。

ナスリンは手提げ鞄《レティキュール》から小さな絵をとりだした。「長女のサラはもうじき母親になるのよ。これはタラであなたと同じくらいの年ね。過ぎ越しの祭に結婚する予定なの」ナスリンは声を落とした。「あなたはどうしてアガディールへ?」

アラニスは肖像画から目をあげて、好奇心に満ちたナスリンの顔を見た。うまくごまかそうと口を開きかけたとき、従者がエロスに近づいた。

「ナスリン、サラー、きみたちはなにを食べる？」

「お茶でけっこうよ、エル・アマル」ナスリンが答えた。

サラーはすでにバターを塗ったスコーンを口いっぱいにつめこんでいるにもかかわらず、考え深げに眉をひそめた。「ぼくは半熟玉子とじゃがいも、それから濃いトルココーヒーをいただこうかな」咀嚼《そしゃく》しながら話すので不明瞭だったが、おなかがすいていることだけは間違いない。エロスが吹きだした。

「神よ、わが夫をお助けください」ナスリンは大げさにため息をついた。

「うるさいことは言いっこなしだ」サラーが妻をたしなめる。「エロス、きみもだぞ！」

「わかった、わかった《ヴァベーネ・ダッコールド》」エロスは降参というように両手をあげた。

アラニスは、エロスのような男にこれほど感じのいい友人がいることを意外に思った。サラーもナスリンも心からエロスに好意を抱いているらしい。

エロスはアラニスが自分の友人と気が合ったことを察して、うれしそうに笑った。「マラケシュじゅうのスークを荒らして、さぞくたびれたことだろう？　一週間は滞在してくれるだろうね？」

サラーは妻を見た。ナスリンがうなずく。「もちろんだとも！」サラーが言った。「喜んで滞在させてもらうよ」

サラーが二度目の朝食に没頭し始めると、エロスはアラニスを見て、帰国を思いとどまってくれと目で訴えた。だが、アラニスは物言いたげに頬の引っかき傷へと目をそらしただけだった。

「それで、説明する気はあるのか？　それとも無理やりききださなきゃいけないのか？」サラーは図書室のテーブルの上に置かれた箱から葉巻を一本とりだし、マッチをすった。この部屋はほかと違ってベルベル人の装飾品が集められ、深緑で統一されている。

れんがづくりの暖炉の前から離れたエロスは、本棚のあいだをぶらついてワインキャビネットの前で立ちどまった。「きみは他人の私生活に首をつっこまずにいられないのか？」

「パートナーじゃないか、親友《ヤ・ハビービ》。きみの私生活はぼくの私生活でもある」サラーは葉巻をふかした。クッションをふたつ隔てて、長椅子の上に寝ている獣が咳きこむ。

「なにが知りたいんだ？」エロスはムラーノ製のデカンターを選んで、グラスの半分まで酒を注いだ。

朝からコニャックを飲む若い友人に、サラーは眉をひそめた。「全部だ。あの金の髪をしたヴィーナスはどこで見つけた？　きみたちの仲はどうなっているんだ？　まだ恋人ではないだろう？　彼女はきみにひどく腹をたてているようだった」

エロスは窓の外を見つめた。オリーブの木陰で女性たちがおしゃべりをしている。「彼女は世界を旅したいと言って、ぼくを案内人に指名した」

サラーが吹きだした。「おいおい、よりによってきみを選んだのか？　どこで知りあったんだ？　もったいぶらずにさっさと吐け」

エロスはオリーブの木にもたれているアラニスに暗い目を向けた。「彼女が怒っているのは、ゆうべ、野営地に連れていってレイラに会わせたからだ」

「なんだって？」サラーは長椅子から尻を浮かせかけた。「あれほど育ちのいい娘さんを、あのあばずれのところへ連れていったのか？　きみのためにあの女がベールをとるところを見せたというのか？　なにを考えているんだ？　そんなのきみらしく……」サラーはそこで言葉を切り、目を見開いた。「レイラのテントから出てきたとき、きみはひとりだったじゃないか！　アラニスはどこにいたんだ？　まさかベルベル人たちと一緒に焚き火のところへ置き去りにしたんじゃないだろうな？」

エロスは目をそむけた。「レイラのところにいたのはほんの一分ほどだ。話があった」

「そんなことじゃごまかされんぞ。どんな話があるというんだ？　山ほどいる愛人の相手をするためにアラニスをないがしろにするなんて」サラーは頭を振った。「なんてこった、エロス。きみならもっとうまくたちまわると思ってた」

エロスの目は光のさしこまない洞窟のようだった。「アラニスは誤解しているんだ」葉巻の煙に苦しんでいる獣のそばへ行ってしゃがみこむ。ドルチェは主人の腿に頭をのせた。「ジェルソミーナが結婚したと言っただろう？　実は、妹はアラニスの元婚約者と結婚したんだ」

サラーが目を細める。「それにきみも一枚噛んでいるんじゃないだろうな？」

「その男とアラニスの仲を邪魔した。だが、きみが考えているような理由じゃない。ジェルソミーナはそのイングランド人を愛していた。だからアラニスを遠ざける必要があったんだ」

サラーは愕然としていた。「それで彼女を婚約者から引き離し、砂漠の隠れ家へ連れてきて、きみの誘惑に屈しないからといって夜中に連れだし、別の女を誘惑するところを見せたというのか？　あきれたね」サラーはさかんに葉巻をふかした。

エロスはむっとして言い返した。「アラニスはシルヴァーレイクのことを愛していなかった。気にもとめてなかったんだ。アラニスはぼくと一緒に来たいと言った」

「シルヴァーレイク？　あの海賊ハンターの？」サラーは息をのみ、活火山のように煙を吐きだした。「なんてこった。ジェルソミーナとやつの仲を認めたのか？」

「シルヴァーレイクはまともな男だ。ぼくに選ぶ権利があるなら別のやつにするだろうが、ジェルソミーナはやつのことを愛しているようだった。まずまずの組みあわせだと思ったんだ」

「ジェルソミーナは極上の娘だぞ。美しいし、賢くて根性もある。誰でも望む男と結婚できる」

エロスは長椅子に手をたたきつけた。「言われなくてもわかってるさ！　あの子は一国の君主と結婚すべきだった。ところが、ぼくみたいな兄がいた」

「消化に悪いから怒鳴らないでくれ。なにをそんなに怒ってるんだ？　ジェルソミーナが家族のことで負い目を感じなきゃならないとでもいうのか？」

エロスはサラーをにらんだ。「兄が殺し屋で、身勝手な悪党じゃあな。あの子はイタリアに残すべきだった。そうすれば、もっと別の生き方ができただろうに。アルジェみたいな野蛮な場所で、荒くれ男どもに囲まれて育つよりもましな人生があったはずだ」

サラーは友人の顔をしげしげと観察した。知りあって一〇年になるが、エロスの過去に触れることはいまだにタブーだ。なんぴとも鎖蛇の秘密を探ろうとしてはならないのだ。サラーにわかっているのは、この誇り高きイタリア人が平民の生まれではないということだけだった。「たしかにきちんとした家庭にあずけることもできただろう。だが、きみはあの子を愛していたし、そばを離れたくなかった。それはまっとうな理由に思えるがね。どんなにきちんとした家だったとしても、他人のなかで成長するのは必ずしもいい結果を招かない。きみは正しい選択をしたんだ」

「気をつかってくれてありがとう。だが、ぼくはそう思わない。ぼくがあの子からまともな人生を送る機会を奪ったんだ。兄としては違う選択をすべきだった」

「ジェルソミーナは幸せな結婚をしたんだろう？　終わりよければすべてよしさ」サラーはにっこりして煙を吐いた。白い煙がドルチェのほうへ流れ、獣が惨めったらしく咳きこむ。

「相棒が窒息する前に葉巻を消してくれ」

サラーは灰皿で葉巻の火を消した。「ぼくの記憶が正しければ、シルヴァーレイクの婚約者は……まさか、あのブロンドのヴィーナスはデッラアモーレ公爵の孫娘か！　アン女王の相談役で、マールバラ将軍の友人の！」

「そうだ」エロスはドルチェのなめらかな毛を撫で、ため息をついた。「やってくれるな。火遊びにもほどがある。鉱山で火のついたマッチを片手に居眠りしている男がいたとしても、きみに比べれば安全だ」

「またまた大げさな」エロスはドルチェの背中に手を這わせた。

サラーは顔をしかめた。「墓穴を掘ってどうする？　しかも、しゃれにならんほど深い穴を。公爵はきみの首をはねるぞ。彼女のような女性を隠しておくのは無理だ。本来なら目を合わせることもできないような身分の人なんだから」

エロスは歯をくいしばった。「ぼくは好きなだけ見るさ！」

サラーは同情するようにほほえんだ。「すてきな娘さんだとは思うが、家族のもとに返さなければだめだ。これ以上面倒を背負いこむな」

「彼女はここに滞在する」

「ついにきみも陥落したというわけか。こんな話、誰も信じないだろうな……」

サラーのにやけた顔をエロスはきっとにらんだ。「どういう意味だ？」

サラーはくすくすと笑った。「もう、うらやましくないぞ。きみもついに愛に悩める男の仲間入りをしたんだ！」

エロスは雷に打たれたような表情をし、図書室にサラーの笑い声が響いた。

## 16

「これ、すごくすてき」アラニスは露店の店先にある先のとがった赤い靴を指さして、ナスリンに言った。アガディールのスークにはありとあらゆるものが並んでいる。絨毯、ランプ、スパイス、ハーブ、宝石をはめこんだ銀のブローチ、さらには動物まで。ミントティーを出す店もあれば、陶器の絵つけをしている店もあった。そうした店のあいだを、驢馬《ろば》に荷物を積んだ家族連れが行きかっている。

「バブーシュね、とてもかわいいわ」ナスリンが賛同する。「娘のレイチェルにも買ってやらなくちゃ。サラー！　お金をちょうだい。あなたは駱駝の競りでも見てきたら？」

サラーはぶつぶつ言いながら妻に財布を渡し、駱駝のほうへ歩いていった。

アラニスの肩に誰かの手が触れる。「それが気に入ったのかい？」

アラニスが顔をあげると、エロスがなんとも言えないやさしいまなざしで彼女を見ていた。彼の誘いを拒絶した夜以来、ふたりの仲はぎくしゃくしていた。胸にあいた穴が日々、大きくなっていくようだ。エロスの部屋は廊下を挟んだ向かいに位置しているので、ドアを開け閉めする音はいやでも聞こえてくる。夜中に彼がアラニスの部屋の前までやってくることもあった。そんなとき、彼女はベッドの上で耳を澄ませ、エロスが入ってきたらどう対応するかを必死で考えた。実際に彼が入ってきたことは一度もなかったけれど……。

「きみは美しい」エロスはアラニスの全身に目を這わせ、耳もとでささやいた。今日の装いは、白いカフタンと青緑のシルクのローブだ。ターコイズブルーのベールの奥でアクアマリンの瞳が輝いている。「コンスタンティノープルのスルタンだって、金の髪と猫の瞳を持つ妖精は探しだせないだろう。きみの前ではハーレムの女たちもかすんでしまう」

アラニスは頬を染めて目を伏せた。ベルベル人の野営地に行った夜を境に、エロスは変わった。とげとげしさがなくなり、どんなときもプリンスのように優雅な態度を崩さない。彼女はエロスの変化に戸惑っていた。

彼が露天商に向き直った。「ラシド、その赤い靴はいくらだ？」

エロスはラシドが告げた額を値切ることもせず、ポケットに手を入れた。アラニスはにっこりした。スークで値切っても紳士の体面は保てるだろうが、プリンスとなるとそうはいかないらしい。彼女はいたずらっぽい目をしてエロスの手を押さえた。「ある海賊に聞いたのだけれど、スークで買い物をするときは値切らなきゃだめなんですって。そうでないと相手は気を悪くするらしいわ」

エロスがにっこり笑う。「ああ」

「あなたも駱駝を見てきたら？　わたしにはナスリンがついていてくれるから」

エロスの笑顔が揺らぐ。「ぼくは駱駝を見に来たわけじゃない。きみを案内したいんだ。

邪魔だと言うなら別だが」彼は頭をさげて向きを変えようとした。

　アラニスはとっさに上質なシャツの袖をつかんだ。「邪魔じゃないわ」友好的な雰囲気を壊したくない。レイラのことはもうどうでもよくなっていた。

「ほら」エロスはアラニスの手にコインを落とした。「きみが交渉するといい」

「ありがとう」彼女は受けとった額の半分をポケットに入れ、残りをラシドにさしだした。ラシドがコインを見て首を振り、大声で文句を言う。エロスが笑った。

「彼はなんて言ったの？」アラニスはエロスの耳もとにささやきかけた。

「きみみたいなけちばっかりじゃ、商売あがったりだって。この靴は少なくともその二倍はするそうだ」

「二倍ですって？」アラニスは赤い靴をとりあげ、なかに指を入れた。「ほら、穴があいてる」ぎょっとしているラシドの鼻先で指先を動かす。

「そんなはずはない《ムッシュ・ムムキン》！」ラシドは首を振って靴をとり返した。柔らかな羊の皮を指でもんでから、自信たっぷりの顔でアラニスに返す。不思議なことに穴は消えていた。

「わかったわ」彼女はもう一枚コインをとりだした。「これでどう？」

　露天商は文句を言いながら、自分が着ている粗末なチュニックや、店の前でとっくみあいをしている五人の子供たちをさした。アラニスは無邪気な顔をした少年たちにほほえみかけたが、少年たちは彼女に向かって舌を出した。エロスがラシドの言葉を通訳し始めると、彼女はそれをさえぎった。「通訳してくれなくてもわかるわ。貧しいのに五人の子供を食べさせなきゃならない、と言いたいのでしょう?」アラニスは心から心配そうな顔をした。「エロス、やっぱりもう少し払ったほうが……」

「彼の話をうのみにしちゃだめだ。ラシドは裕福な商人だよ。さあ、がんばって」

交渉が再開された。ラシドはアラニスが赤い靴を気に入っていることを見ぬいていて、なかなか値をさげようとしない。彼女はうんざりしてコインを引っこめた。「かわいいバブーシュだけどわたしには高すぎるわ。ありがとう」通りを振り返ってナスリンの姿を捜す。

エロスはカウンターに肘《てごわ》をつき、青緑のシルクを目で追った。「おまえの負けだよ、ラシド。なかなか手強い交渉相手だ」

「美人ですね、だんな」ラシドが意味ありげに眉をつりあげる。「だんなからプレゼントしますか?　それとも呼び戻しましょうか?」

エロスはにやりとした。「呼び戻してくれ」

ラシドはカウンターから身をのりだして大声で叫んだ。「そちらの言い値をのみますよ、お嬢《ラッラ》さん!」

アラニスが輝くばかりの笑みで振り返ったので、エロスは天をあおいで笑った。取り引きはコインを二枚加えて成立し、ラシドは靴を包みながら目を輝かせた。「本当にかわいい人ですね」

「ありがとう、ラシド」エロスはそう言って、露天商と握手をした。

アラニスはエロスを横目で見た。「わたしのいないところでなにか話したでしょう?」

エロスは驚いたふりをした。「ぼくが《イオ》？　そんなことはない」にこにこしているラシドを親指でさし、小声で言う。「だましたのはラシドのほうだ」

「共犯よ！」アラニスはそう言ったあとで楽しげに笑いだした。「あなたたちとはもう取り引きしませんからね。どちらとも」

　エロスは笑いながら靴の包みを受けとってアラニスの手をとった。「行きましょうか《アンディアーモ》、お姫さま《プリンチペッサ》。なにか食べよう。それじゃあ《アリベデルチ》、ラシド」露天商に手を振る。

　ふたりは手をつないでにぎやかな通りを進んでいった。アラニスは上機嫌だった。

「靴をありがとう」

「どういたしまして《プレーゴ》」エロスがアラニスの手をぎゅっと握る。休戦協定の成立だ。彼も友情の復活を喜んでいるようだった。今日のエロスは髪を縛っていない。黒髪をなびかせて歩く姿はいつも以上に官能的に見えた。シャツの袖口には銀と紫の糸で刺繍が施され、腰にはシャバリアと呼ばれる短剣と銀の拳銃がさしてある。どこから見ても海賊のプリンスだ。アラニスは、彼が抱えている包みに目をやった。あれはエロスからの贈り物。カフタンは残していくとしても、あのバブーシュは持って帰ろう。イングランドへ帰ったらあれを見てエロスのことを思いだすのだ。アラニスは使わなかったコインを返そうとした。彼がそれを見ておかしそうに笑う。「持っているといい。実際、もっと早く贈り物をすべきだった。今夜はその埋めあわせをするよ」

「贈り物なんて必要ないわ」わたしは愛人ではない。赤い靴を買ってもらったのはうれしいが、プレゼント攻めにされるのはまた別の問題だ。

「そうしたいんだ。これまでも何不自由なく育ったんだろうけど、ぼくだってその気になれば、きみのおじいさんがあげられなかったものをひとつくらい見つけられると思うよ」

アラニスはエロスの真剣な目を見てそっと言った。「わたしを喜ばせるのは難しくないのよ。贈り物はもっと別の……そういうものを喜ぶ人のためにとっておいたほうがいいわ」

彼女の言いたいことを察したエロスは口を引き結び、しばらく沈黙していたが、すぐに明るい調子をとり戻した。「腹が減ったな。うまいものを探そう」

そのとき、なにかがアラニスの目を引いた。一〇歳にもならないであろう痩《や》せこけた少年が、客でにぎわう果物売りの露店から西瓜《すいか》を盗んだのだ。ところが少年が二歩も行かないうちに西瓜は骨ばった腕を飛びだして地面に落ち、割れてしまった。黒い種や赤い果肉が地面に散乱する。果物売りは盗みに気づいて仲間を呼び集めた。男たちが少年を追いかけ始める。アラニスとエロスは井戸のそばに立って一部始終を見ていた。激怒した果物売りは少年をつかまえて石の台へと引きずっていった。

「あの子はどうなるの？」アラニスは心配そうに尋ねた。

「泥棒は手を切り落とされる」

「手を切り落とされるですって？」彼女はエロスの腕をぎゅっとつかんだ。「エロス、なんとかして。あの子を助けて」

男たちは泣き叫ぶ少年を羽交いじめにして手首を縛り、石の台に押しつけた。アラニスは恐怖に目を見開いて、ぶるぶる震えている小さな手を見つめた。

「エロス！」筋肉質の腕にしがみつく。「なんとかしてちょうだい！」

「まだだ」エロスは落ち着き払って答えた。

アラニスは彼をにらんだ。「ナイフがさびるまで待つの？　それともあの子が自力で脱出できるとでも思ってるわけ？」

「それなら楽なんだが。いずれにせよ、あの子は教訓を学ばねばならない」

「教訓？　盗みは悪いことだとわからせるというの？　あなたにそんなことが言える？」

「次はつかまるなってわからせるのさ」エロスは彼女のそばを離れ、雑踏にまぎれこんだ。

アラニスは憤慨して人垣をかき分けた。自分の持っているコインを渡して、勘弁してもらおうと思ったのだ。口ひげの男が肉切り包丁を振りあげる。「やめて！」彼女は絶叫して前に突進したが、誰かに押しのけられてバランスを崩し、石畳に倒れてしまった。次の瞬間、包丁が振りおろされ、石の破片が周囲に飛び散った。アラニスは切り落とされた手首を思って自分の体を抱きかかえた。

しかし、小さな手は切り落とされていなかった。少年ごと消えてしまったのだ。人々が騒ぎだし、少年を捜したが、どこにもいない。アラニスはほっと息をついた。

「おいで」エロスが彼女の手をとる。その肩には痩せっぽっちの泥棒がのっていた。ふたりは雑踏をかき分けて進み、ようやく人気のない路地へとたどりついた。エロスが少年を地面におろし、コインをやって頭を撫でる。少年は黒い目に畏敬《いけい》の念を浮かべ、にこっと笑って駆けていった。

アラニスはあっけにとられてエロスを見あげた。「あの子を助けてくれたのね」

エロスは彼女を見た。「ぼくだって思ったほど悪人じゃないだろう？　それとも救助が遅すぎたかな？」

アラニスはすりむいた手を握りしめて謝罪の言葉を探した。エロスがその手を広げて傷を調べる。「冷たい水で泥を流さないとだめだ。井戸のところまで戻ろう」

「あなたはすばらしいことをしたのよ。ありがとう」アラニスは衝動的に爪先立ちになり、ベールを持ちあげて彼にキスをした。エロスが息をのんで上体を寄せる。彼女はすばやく身を引き、目を伏せてせかせかと歩き始めた。彼が隣に追いつく。ふたりはしばらく黙って歩いた。

井戸にたどりつくと、エロスは傷口を洗ってやると言いはった。アラニスは彼のやさしい手つきに胸をつまらせながら、その横顔を盗み見た。「あの小さな泥棒は、あなたがいて幸運だったわね。教訓は得られたと思う？」

エロスは彼女の手を丹念に調べ、泥を洗い流した。傷は思ったより浅い。「明日の朝、目を覚まして、急に世界はいいところだなんて思わないだろう。それでも、なんとか生きぬく方法を学ばなければならない。一度恐怖を味わえば、この先はもっと用心して、周到に準備するようになる」

エロスは自分の経験から話しているに違いない。彼にとって、世界は強者《つわもの》だけが勝ち残る、厳しくも醜い場所なのだ。アラニスは、エロスがアルジェリアでオレンジを盗んだと言っていたことを思いだした。「あなたもあの子と同じような目にあったのね？　だから、それがどんなに恐ろしい経験かわかっていたのでしょう？」

「幼いころ、ぼくはこの世のなかに飢えている人がいることすら知らなかった」

アラニスは目をしばたたいた。エロスの出生についてはいろいろと疑問だったが、世界に飢えた人がいないと思うほど隔絶された子供時代を送ったとなると尋常ではない。「つまり、もう少し大きくなってから世間の厳しさを学んだのね。そして、その経験が今日のあなたに影響を与えている」

エロスは緊迫した表情で足をとめた。「なにが言いたい？」

アラニスは、彼がなぜ過剰な反応をするのかわからなかった。「アルジェでオレンジを盗んでつかまった話をしてくれたじゃない？　手首を切り落とされそうになったって」

「ああ、あれか。つかまったとき、腰に短剣をさしていたんだ。ほんの数分、己の不運を嘆いたが、すぐにロープを切ることを思いついた」

「なぜイタリアを出たの？　そこでの生活はここの暮らしよりも楽だったのでしょう？」

「イタリアは裕福な国だから生活が楽だとでも？　ぼくはむしろここの人々がうらやましいよ。彼らは質素な暮らしに満足している。ぼくたちも彼らのようになるべきなんだ」

「あなたの育ったところではそうじゃなかったの？」

「質素な暮らしだったかって？」エロスは自嘲《じちょう》的に笑った。「ぼくが生まれたところでは、戦いが金儲《かねもう》けであり、生きることそのものだった。ここで待っていてくれ。すぐ戻ってくる」

アラニスは果物売りの露店へ近づいていく彼の後ろ姿を見ながら、行進する騎兵隊や炎に包まれた村、ローマを襲う野蛮な兵士たちを想像した。だが、エロスが意味しているのはそういうことではなさそうだ。もっと最近のイタリアの情勢を示唆しているに違いない。野望や裏切り、強欲、血で血を洗う内部闘争……。どろどろした歴史のなかで、彼はどんな役割を負わされていたのだろう？　彼が掲げていた紋章はミラノに関係しているように思える。

エロスはよく熟れたメロンを抱えて戻ってきた。「もっと静かな場所で食べよう」

ふたりは漆喰壁に挟まれた路地に入って石段に腰かけた。エロスが大きなメロンを膝の上で割り、種をかきだして、半分をアラニスにさしだす。彼女はベールをあげ、みずみずしい果肉を指でなんとかすくいだそうとした。その横でエロスがメロンにかぶりつく。甘い香りとともに顎から首筋へと果汁が流れた。アラニスは彼の顔を見てからかった。

「お行儀がいいわね」

エロスの瞳がきらめく。「きみも早く食べろよ。そうしたら同じ言葉を返してやるから」

「了解、船長！」アラニスも顔をうずめるようにして冷たく甘い果肉にかぶりついた。

「さっきより美人になったんじゃないか」エロスの言葉に彼女は吹きだした。「許してくれるかい？」

アラニスの笑い声が消えた。「レイラのこと？」

「あの夜、ぼくは彼女に触れることができなかった。テントに連れていっただけだ。サラーに尋ねてみるといい。彼もあそこにいたんだよ。結婚のよさについて長々と説教された」

アラニスの脈が速くなった。レイラに触れることができなかった、ですって？　「許すわ」

果汁まみれのエロスの顔がぱっと明るくなった。「ありがとう。それじゃあ、きみの故郷やおじいさんの話を聞かせてほしいな」

「いいけど……きっと退屈よ。デッラアモーレ・ホールは古めかしくて巨大な館で、丘や森に囲まれているの。池には魚がいて、夏はそこで泳いだわ」

「続けて」エロスはアラニスの鼻先についた黄色い種を払った。

彼女はなぜこんな話が聞きたいのか理解しかねるというように眉をひそめた。「去年の冬、雉《きじ》の密猟者が出没して、警官がとりしまったの。今ごろ密漁者たちは牢のなかで鼠《ねずみ》を狩っているでしょう」

エロスはいかにもほっとした顔をした。「さすがは警官だ」

「本当にそう思っているの？」アラニスは彼の腕を軽くたたいた。「あと自慢の図書室のことを話さなくちゃ」

「ああ、ぜひ」エロスがにっこりする。「きっとイングランドの詩人やギリシアの哲学者の本がずらりと並んでいるんだろうな」

「ローマの詩人の本も少しはあったわ」アラニスは考え深げに言った。

エロスは笑った。「われらがオウィディウスだ！　ローマの詩人がいない図書室なんてつまらないよ」

「あら、おもしろいローマ人なんていたかしら？」アラニスは真顔でとぼけた。エロスがアラニスの顔にメロンを押しつけたので、彼女は吹きだしてしまった。「あなたの故郷についても教えて」

たちまちエロスの顔が曇った。「ぼくの故郷はもうない」

アラニスは海色の瞳をのぞきこみ、彼のなかにひそむ悪魔の正体を暴こうとした。「お願いだから」

エロスがため息をつく。「特に話すことなどないよ。卑しい男にもかつては家があったが、今はない。それだけさ」

「エロス」アラニスは彼の手首をやさしくつかんだ。「なにかひとつでいいから」

エロスは彼女の手を見つめた。「ぼくの故郷だった土地は、愛した人の血と魂を吸いとった。大事にしていたすべてのものと一緒にね。ぼくに残されたのはジェルソミーナだけさ」

アラニスは彼の悲しみを自分のことのように感じた。「だからあなたは今の家を飾らないの？　故郷の代わりにはならないから？」

エロスがふっと無防備な表情を浮かべる。「そうだ」

「だからあんな、明日をも知れぬ無茶な生き方をするのね」アラニスは彼を抱きしめて、少しでも元気づけたいと思った。上体を寄せてそっと唇を合わせる。エロスは彫像のように身をかたくして彼女のキスを受けた。アラニスは彼の首に手をまわした。「キスして」
その言葉に、エロスはようやく体の力を抜いてキスを返した。

誰かがドアをノックしている。ナスリンではない。彼女は爪が長いので、もっと軽い音がするはずだ。マスタファのノックとも違う。それは、要塞の明け渡しを要求するかのような力強い音だった。アラニスはドアを開けた。

「こんばんは《ブオナセーラ》」エロスはドア枠に肘をつき、軽い口調で言った。だが、目つきは真剣だ。「入っていいかい？」

「あの……ええ、どうぞ」アラニスは後ろにさがった。白いシャツと黒いズボン姿のエロスが、ゆったりと部屋のなかへ入ってくる。いつもどおりハンサムだが、今日は紫のものを身につけていなかった。

アラニスは、寝室のほうへ向かっていくエロスを目で追った。彼がベッドの支柱に寄りかかる。「白いプリンセスに白の宮殿か」海色の瞳がベッドの上を滑り、彼女のほうへ戻ってきた。「あと二日しかない。あとふた晩でお別れだよ」

アラニスはうなずいた。どうしてエロスのもとを去ることができるだろう？　こんなに愛しているのに。

「これを忘れないようにしないと」彼はポケットに手を入れて、紫の宝石をとりだした。

「わたしのアメジスト！」アラニスはショックを受けてエロスを見つめた。船室での出来事をなかったことにするつもりだろうか？　むしろアメジストでもドレスでも、わたしを思いだすものを手もとに残しておいてほしいのに……。

　彼女の涙を見てエロスはたじろいだ。「最初からとりあげるつもりなどなかった。誰かに盗まれるといやだから保管したんだよ。これはきみのものだ。そして……残りのものもすべてそろっている。明日の朝には運ばせるよ」

「残りのものって？」アラニスはわけがわからずつぶやいた。

「ロッカにきみのトランクを持ってこさせたんだ。きみの侍女が荷づくりを手伝ってくれた」

「わたしの荷物を全部？　どうして教えてくれなかったの？　それにルーカスが――」

「シルヴァーレイクは関係ない。あいつはきみにとってなんでもないんだから」

「わたしの私物を本国へ送り返したからって、妹さんの結婚にけちがつくわけじゃないのよ。それに、あなたとわたしだってそこまで親しい間柄ではないでしょう？」

　エロスの目がきらりと光る。「身はあずけても、ドレスはあずけられないのか？」

「ドレスなんてどうでもいいわ。あなたがなぜそんなことをしたのかが知りたいの。本当のことを教えて」

「いいだろう《ヴァベーネ》。きみに気兼ねなく旅をしてほしかったんだ。ただ、荷物のことを言ったら警戒すると思った。きみはぼくを海賊だと思っていたからね」

「今だってそうよ」

「違うね。タオフィックのもとを離れてから海賊行為に手を染めていないことはきみにもわかっているはずだ。だいいち、タオフィックのところにいたころだって、嫁入り道具を略奪する趣味はなかった」エロスは口もとをゆがめた。「タオフィックは、ぼくが戦いにすぐれていることを知って海軍の船ばかり追いかけさせた。鉄砲玉みたいなものだよ。ほかの連中がやりたがらないことをさせるための駒《こま》だ」

エロスの険しいまなざしを見て、アラニスは胸が痛くなった。「よく生きぬいたわね」

「たいしたことはない。きみも知ってのとおり、スペインとフランスは昔から仲がよかったわけじゃないからね。ぼくはどっちの国にも個人的な恨みがあったから、略奪した武器を双方に売りつけてやったんだ。一時はそれがおもしろかったが、八年前に飽きてしまった」

「それでタオフィックのもとを去ったのね」

「うんざりしたんだ」

「一六歳のときにアルジェへ来たんでしょう？　少年のあなたが、フランスやスペインのような大国にどんな恨みを抱いていたというの？」

エロスの目が冷ややかになる。「個人的なことだ」

アラニスは背筋がぞくりとした。エロスは古代の石棺《せっかん》のように謎だらけだ。一六歳にして武術や建築設計にすぐれ、強大な国に復讐心を抱き、由緒あるミラノの紋章を掲げるとは……。

エロスが彼女に歩み寄って宝石をさしだした。「ヴェルサイユで見たプリンセスは、紫の宝石を身につけていた。ぼくにつけさせてくれるかい?」

アラニスは後ろを向いて長い髪をかきあげた。鎖骨にひんやりした鎖が触れる。エロスのその部分だけ火がついたように熱くなった。彼女は目をつぶってやさしい愛撫に意識を集中させた。留め具がぱちんと音をたてる。洋梨《ようなし》形のダイヤモンドとアメジストがついたネックレスは自分のものでないように思えた。それは過去の世界に属するもの。それを身につけていたときの彼女はアルジェリアを訪れたこともなければ、砂漠の泉で沐浴《もくよく》をしたこともなく、特定の男性に心を奪われてもいなかった。アラニスはほほえんだ。わたしは変わったのだ。ただの女ではなく妖精《ニンファ》になった。

あたたかな唇がうなじに触れる。「さっきは……完全に正直だったとは言えない」エロスはかすれた声で告白した。「きみの荷物を運ばせたのは、ぼくと……一緒に来てほしかったからだ」

アラニスは彼のほうを向いた。「本当に?」

エロスがうつむく。「手を出して」アラニスがしたがうと、彼は手首にブレスレットをつけてくれた。そのとき彼女の脳裏に、アクセサリーだけを身につけてエロスの前に立つ自分の姿が浮かんだ。

留め具がはめられる。彼はアラニスにイヤリングを渡した。「ぼくが間違っていた」エロスはそこで言葉を切って大きく息を吸った。「プリンセスには宝石なんて必要ない。太陽の光だけで充分輝いている」

「やあ、気持ちのいい夜だね！」サラーが声をかける。エロスは、テーブルを囲むようにして置かれたふかふかの長椅子にアラニスを座らせたところだった。あずまやはろうそくに照らされ、海から涼しい風が吹いてくる。「ぼくはきみたちふたりが……痛い！」サラーは妻をにらんだ。「なにするんだ？」

「あら、ごめんなさい。ぶつかったかしら？」ナスリンはとぼけた。「わたしって粗忽者《そこつもの》だから」

「このワインは、イタリアはアンコーナの南部でつくられたんだ」エロスは緑色をしたボトルのコルクを抜いてワインを注いだ。「一五〇年前のもので、秘密の食材が入っている」

アラニスは、ろうそくの光が彼の顔に作る光と影のダンスにうっとりしながらグラスを受けとった。エロスはイングランド流の〝紳士〟とは言えないかもしれないが、イタリアの基準では完璧に洗練されている。すべてのしぐさが優雅だ。「秘密の食材って？」

エロスの目がきらりと光った。「繊細な味覚を持っている人ならわかるよ」

「あててみるわね」アラニスはにっこりしてワインを口に含み、舌の上で転がした。「際だった甘さと、ときおりすっぱさも感じるわ。緑の森の香りがして……そう、雨のあとでつんだ野生のベリーみたい。これは……ラズベリーでしょう？」彼女はそう答えて唇についたしずくをなめた。

「正解！」エロスはつややかな唇をくい入るように見つめている。アラニスはワインよりもむしろ彼の唇の味を思い返していた。メルローよりもラズベリーよりもはるかに彼女を酔わせる味を。

サラーとナスリンが目を見あわせる。親密な雰囲気を打ち破ろうと、サラーは咳払いをした。「乾杯をしよう。ぼくのお気に入りの料理人、アントニオに！」

エロスとアラニスが笑いだす。ナスリンはあきれてため息をついた。

夕食が運ばれてきた。メインはじっくりとあぶった羊肉《メシュイ》だ。給仕が柔らかな肉を切り分けて、伝統的なクスクス料理とともにテーブルに並べてくれた。クスクスの上に香辛料のきいた野菜スープをかけて食べる、アントニオの得意料理だ。アラニスは期待に胸をふくらませたが、すぐにクスクスを食べるのは容易でないことに気づいた。フォークにのせても、口までたどりつかないうちに皿に落ちてしまうのだ。しかもソースが袖に垂れる。彼女はこっそりエロスの様子をうかがった。彼はクスクスを指先でボール状にまとめている。それを口に入れようとして見られていることに気づいたエロスは、にっこりしてアラニスのほうへ身を寄せ、耳もとでささやいた。「口を開けて」

アラニスはテーブルの向かい側を見た。熱々のケバブをむさぼるサラーを、ナスリンが険しい顔で見守っている。「ふたりがいるのに変に思われるわ」彼女は小さな声で抵抗した。

エロスは親指でアラニスの唇をなぞった。「口を開けておくれ、アモーレ」

彼女は口を開けた。塩味のクスクスがあてがわれた瞬間、それが彼の唇だったらどんなにいいかと思った。エロスがアラニスの口の端についたクスクスをぬぐって自分の場所に戻る。

彼女は目を閉じた。イングランドへ帰るまでの時間が果てしなく思えてきた。自ら彼の部屋へ忍びこまないよう気をつけなければ。このままでは彼のベッドにもぐりこんで、浅黒い肌に手を這わせてしまいそうだ。

ナスリンがアラニスのほうへ身をのりだした。「気をつけてね。何人もの女たちが去っていったのよ。彼女たちの二の舞にならないで。品位を保たなくてはだめ。相手が降伏するのを待つの」

すべて見ぬかれていることを恥ずかしく思いながら、アラニスは尋ねた。「どうしたらそれができるのでしょう?」

「なにもしないことよ。男は生まれつきのハンターだから、簡単に手に入る獲物には興味を失う。大事なのは相手の能力を正確に分析すること。小さな魚は海綿をつつけば満足するけれど、あなたが相手にしているのは血気さかんな猛獣よ。その能力を最大限に発揮させるような狩りにしなければならないわ」

アラニスはエロスに目をやった。彼はただの猛獣ではなく、海色の瞳をした猛獣だ。いずれにせよ、食べられるのはごめんだった。「サラーはどうなんです?」

ナスリンはにっこりした。「あの人はなかなかの策士なの。わたしたちは、彼がマラケシュにいる母方の親類を訪ねてきたとき知りあったのよ。彼のお父さまはイングランド伯爵の会計係をしていたわ。彼に好意を持たれて悪い気はしなかった。笑わせてくれるし、びっくりするようなプレゼントをしてくれるし……。わたしたちは親友になったわ。最終的に求愛されたとき、わたしは彼の手から餌《えさ》を食べるほど心を許していたの」

「ロマンティックだわ」悲しいことに、エロスは友情をはぐくむほど心を開いてくれない。海色の瞳から読みとるしかないのだ。「エロスとサラーはどうして友人になったんですか？」

「あのふたりは一〇年前にアルジェのスークで出会ったの」ナスリンが小声で説明した。「エロスは仕事を手伝ってくれる誠実な商人を探していた。アルジェの人は信頼できなかったのね。サラーはラディノ語を話すし、スペインに知りあいもいるから、貿易の仕事にうってつけだった。当時のエロスは若くて、短気で、危険な雰囲気を漂わせていたから、アルジェの有力者たちにも恐れられていたわ。怖いもの知らずで誰も信頼せず、裏切りを察したら身内でも容赦しないという噂だった。正直に言うと、わたしは最初、サラーが彼と仕事をするのに猛反対したの。でもサラーは、エロスは良識のある男だと主張した。ジェルソミーナに会って、わたしも納得したわ。サラーとエロスは二〇も年が離れているにもかかわらず親友になった。のちに、モロッコのスルタンのムーレイ・イスマイルがアガディールにある王家の鉱山の所有権をエロスに与えたとき、サラーは鉱物を都市《メジナ》の外へ運ぶ役目を担って、それでふたりともひと財産築いたの」

「なぜモロッコのスルタンはエロスに鉱山を与えたのですか？」

「いろいろな事情があるわ。サラーが言うには、エロスはフランス国王に気に入られているから、ときどきスルタンの大使《メンドウーブ》としてフランスの宮廷に出向いていたんですって。そのおかげで両国は友好を保つことができたそうよ」

エロスがヴェルサイユにいたのはそういうわけか。

「アルジェにつてのあるエロスが、スルタン暗殺の計画を聞きつけ、それを妨害したという説もあるわ。彼は天使じゃないけれど、あなたが思うほど悪人でもないのよ」

「音楽を聞こう」エロスが提案し、警備の男を呼んだ。若い男はギターを手にスツールに座り、イタリアの愛の歌を歌い始めた。

アラニスはワインを飲みながら甘い声に耳を傾け、星空やオレンジや月夜のキスに思いをめぐらせた。彼女の視線がエロスのほうへさまよう。彼は激しい欲望を隠そうともせず、まっすぐアラニスを見つめ返した。

歌が終わるころ、サラーのいびきが響いた。ナスリンが夫の腹をつつく。「サラー、デザートがまだでしょう？」

「なんだって？　ああ、もういい。すごく眠たいんだ」サラーはナスリンの意見も聞かずに彼女を引っぱり起こした。

「おやすみなさい」アラニスは言った。いつもなら彼らと一緒に部屋へ引きあげるところだが、今夜はもう少しエロスと一緒にいたかった。夫婦が腕を絡ませあって屋敷へ戻っていく。

あずまやから充分離れたところで、ナスリンは夫を問いつめた。「なにをたくらんでいるの？」

「エロスには背中を押してやる人物が必要だ。ちょっと手を貸してやったのさ」

「ロマンティックな場を演出したからといって彼がアラニスに求婚すると思っているなら、

あなたはパートナーのことを半分も知らないんだわ。彼はなんとかして結婚を回避して口説こうとするはずよ。アラニスが抵抗できるといいのだけれど。彼女ときたら、どうしようもなく彼を愛しているんだもの」

「エロスだって彼女に夢中だ」

「わたしには彼の魂胆がわかるの」

サラーは妻を見た。「アラニスに妙な入れ知恵をしたんじゃないだろうね?」

「そんなことを言うならひとりで寝てちょうだい!」ナスリンはそう言い捨てて、きびきびと歩み去った。


エロスは背もたれから上体を起こし、ふたりのグラスにワインを注いだ。テーブルランプの明かりが彼の顔を金色に染める。「ナスリンと気が合うようだね」

「ええ。とてもすてきな人だわ」アラニスはにっこりしてグラスに手をのばした。食事中に飲んだワインがまわって、すっかりくつろいだ気分だ。

「ぼくもそう思う」エロスは赤い液体をグラスのなかでまわした。「一週間、滞在を延長してみてよかっただろう?」

アラニスはワインをひと口飲んだ。「楽しかったわ」

「じゃあ、もう一週間いてくれ」

彼女はエロスと目を合わせた。彼は真剣だ。「あなたとふたりで?」

「そうだ」

それがなにを意味するかはどちらもよくわかっている。

エロスはグラスをテーブルに置いてアラニスに体を寄せた。「きみだってそうしたいだろう？　ぼくがほしいはずだ。ぼくもきみがほしい。この苦しみを終わらせよう」

引かれあう思いが危険なまでに高まっていく。アラニスは震えながら息を吐いた。「わたしは娼婦じゃないわ。あなたに身を捧げておいて別の人と結婚するわけにはいかない。一生、ひとりの男性に身を捧げたいの。滞在をのばしたら、わたしの人生は終わってしまう。でも、わたしが去ったからといって、あなたの人生は終わらない。どちらが多くの犠牲を払うかわかるでしょう？」

「失うのはどっちも同じだ」エロスは静かに答えて彼女の目をのぞきこんだ。「ぼくをなんだと思っているんだ？　痛みを感じないとでも？　きみが去ったとたんに別の女性に飛びつくと思うのかい？　卑しい海賊にだって心はあるんだぞ」

アラニスは彼の頬を撫でた。「あなたに心がなければ、むしろ悩まずにすんだわ」

ワインの香りのするあたたかな息がアラニスの唇にかかる。エロスは彼女を力いっぱい抱きしめ、情熱的に唇を合わせた。アラニスは抗わなかった。理性を捨てることができたらどんなに楽だろう……。

「今夜、ぼくのベッドに来てくれ」彼の息は乱れていた。「きみがほしくてどうかなってしまいそうだ」

アラニスは目を閉じ、エロスの頬に自分の頬をすりつけた。束ねられた黒髪をほどいて指を滑りこませたい。耳もとで愛の言葉をささやき、暗い海を望むこのあずまやで、彼に身をゆだねたい。だが、そんなことをしたら死ぬまで代償を支払うはめになる。

「断っても嫌いにならないでほしいの」アラニスは小さな声で言った。「あなたに関してはわからないことだらけ。それでもあなたがほしいわ。ここを去るのはひどくつらい……」

エロスが身をこわばらせた。「それは最後通告か？」

アラニスは上を向いて彼と目を合わせた。「わたしにすべてをあきらめろと言いながら、自分は本当の名前も明かそうとしない。感情があると言いながら、感じていることを教えてもくれない。あなたが求めているのは、従順で後腐れのない遊び相手よ。あなたの心や過去に踏みこまない人。それだったら、わたしでなくてもいいでしょう？」

「ぼくの欠点ばかりあげつらうのをやめたら、ぼくが求めているのはきみだけだってことがわかるはずだ！」

「だったら証明してみせて」アラニスは熱っぽく言った。「あなたを憎みたくないの」

エロスは欲求不満と怒りのあいだで葛藤しているようだった。彼女の要求は理解できても、したがうことはできないようだ。「ぼくのもとを去りたいなら、そうすればいい。純潔のままイングランドに戻ったら、立派な貴族がきみの前に列を成すんだろう。そのなかから、きみを娼婦《コルティイジヤーナ》扱いしない完璧な紳士を選べばいいんだ。せいぜい幸せになってくれ」

遠ざかるエロスの後ろ姿を、アラニスは涙にうるむ目で見送った。

# 17

わたしもかつては人だった。両親はロンバルディアにいた。

ダンテ『地獄篇』

「ナイトをB六へ。チェックだ。クイーンにお別れを言うんだな」サラーがもったいぶった手つきで象牙色のナイトをとりあげ、黒のクイーンを倒す。「きみの番だぞ」そう告げられたエロスは上半身裸で、裸足で、ひげも剃っていないというありさまだった。ふたりはオリーブの木陰でチェスをしていたのだが、エロスの駒の色がゲームの進行と彼の機嫌を象徴していた。

「いまいましいゲームだ！」エロスは豊かな髪をかきあげた。チェス盤に身をのりだして膝に肘をつく。

サラーは葉巻をくわえてにやにやした。「分が悪いからそんなことを言うんだろう？　今週負けた分をまとめてとり返してやる」

「気が散るから少し黙っててくれ」エロスは無精ひげをごしごしとこすってチェス盤をにら

んだ。敗色濃厚だ。黒のキングは追いつめられている。

「ばかに機嫌が悪いな。象牙の塔にいるブロンドのヴィーナスのせいか?」

「なんのことだ?」

サラーはわざとらしく咳払いした。ゆうべの援護射撃は逆効果だったらしい。ふたりはこれまで以上にぎくしゃくしている。「明日、ぼくたちが帰るのはわかってるんだろう?」

エロスは目もあげずに答えた。「ぼくだってじきに出航する」

「つまり彼女は彼女の道を、きみはきみの道を進むというわけか?」

「そういうことになるだろうな」

サラーは身をのりだし、小声で尋ねた。「なんであきらめる?」

「うるさい!」エロスが怒鳴ってチェス盤に拳を打ちつけ、駒が四方に飛び散った。彼は勢いよく立ちあがって崖のほうへ行き、手すりに寄りかかった。ターコイズブルーと金色の海はアラニスを連想させる。それでなくても彼女のことが頭から離れないだろうに……。サラーは友人があわれに思えてきた。

「いったいどうしたっていうんだ? なにをそんなに悩んでいる?」

エロスは無言だったが、背中の筋肉がぴくりと動いた。

「彼女のことを愛しているんだろう? だったら結婚すればいい」

沈黙……。サラーはエロスが手すりを引きぬいて投げつけてくるのではないかと本気で心配した。しかし、振り返ったエロスは怖くなるほど穏やかな口調で答えた。「地獄で一〇回焼かれてもそれはないね」海色の瞳がぎらりと光る。

「拒まれれば拒まれるほど手に入れたくなるんじゃないのか？　この手の感情はそう簡単に消えはしない。今、彼女を去らせたら、これから先ずっと自分の愚かしさを呪うことになるぞ」サラーは重い体を持ちあげてエロスのそばへ行った。年若き友人は腹を割って話す相手を必要としている。「結婚を避けるのは女遊びに未練があるせいじゃないだろう。残りの人生をわざわざむなしいものにすることはない。夜、ベッドをともにし、朝、ほほえみあう相手がいれば、過去の苦しみだって和らぐ。そりゃあ、妻や子を養うのは簡単なことじゃない。だが、それこそが人生でもっとも大事なことだと思わないか？　ナスリンがいなかったら、ぼくは今ごろどうなっていたと思う？　ひねくれた年寄りになっていたはずだ。きみはそうなりたいのか？」

エロスは視線を落とした。「きみとナスリンは特別だ。きみたちのように祝福された夫婦はめったにいない」

「アラニスとなら大丈夫だ。美人はたくさんいても、心まで美しい女性はなかなかいないからな。きみたちのあいだに特別な絆があることは間違いない。それをきっかけに新しい人生を切り開くんだ。これ以上なにを望む？」

「彼女は帰国するんだぞ」

「だったら、やるべきことはわかっているだろう？」

エロスは友を見た。「おかたくて口うるさい貴族の娘の尻に敷かれろというのか？」

サラーはくすくす笑った。「きみは振りまわされるのを楽しんでいるように見えるがね。ぼくの場合は……昨日の夜こそあの口うるさい女と離縁しようと思ったんだが、この腕に抱いたとたんに――」

「それ以上の説明はいらない」エロスはため息をついた。「だいいち、ぼくにはほかにやるべきことがある。この戦争はまだまだ決着がつきそうにない。ルイ一四世はさらに兵士を投入するだろうし、イングランドのマールバラ将軍は人材と資金不足のためオランダで立ち往生している。オーストリアのサヴォイ大将は北イタリアでいとこのヴァンドーム元帥と対立し、トリノにいるもうひとりのいとこ、サヴォイア公と合流するつもりだ」

サラーはびっくりした。「サヴォイ大将は、フランス軍を率いているヴァンドーム元帥のいとこでもあるのか？」

「そうだ」エロスはにやりとした。「だからといって大同盟を裏切ったりはしないさ。まあ、サヴォイが寝返ったとしても情勢は変わらないがね。ミラノは……今や完全にフランスの支配下にある」

サラーは友人に鋭い視線を向けた。「それで、きみはいつサヴォイ大将と合流して、ミラノを解放するつもりなんだ？」

エロスは一瞬凍りつき、再び怒りを爆発させた。「ミラノなんてどうでもいい！　ぼくは海へ戻るんだ！」手すりから体を起こし、黒のナイトを拾いあげてドルチェのほうへほうる。

サラーはごまかされなかった。「ぼくたちユダヤ人の血には、シオンや聖地の大切さが刻みこまれている」

「ぼくの血にはなにも刻まれていない」エロスは怒りのこもった声で言い返した。「ただ、この戦でルイが勝てば、ぼくたちは一生やつの支配下で搾取される」

サラーは暗い目でエロスを見た。「世界を救う前に、自分を救ったらどうだ?」

アラニスの心は太陽とともに沈んでいった。いよいよ明日の夕方にはここを発つのだ。彼女はバルコニーに立って血のように赤い空を見あげ、必死で涙をこらえていた。エロスがとどまる理由を与えてくれたら……。少しでいいから心を開いてくれたら……。

部屋のほうからノックの音が聞こえた。「どうぞ、マスタファ」アラニスはそう言いながら室内に戻った。

マスタファは家族を殺されたかのような苦々しい顔をしていた。アラニスがここを去るのが気に入らないのだろう。だからといって、彼女にはどうすることもできない。「アラニスさまのお荷物がひとつ見つかりません。申し訳ないのですが、ほかの荷物にまぎれていないか確認していただけませんでしょうか?」

「もちろんかまわないわ」アラニスはマスタファに続いて廊下に出た。

静まり返った廊下を通って倉庫へと向かう。サラーとナスリンはエロスと夕食をとっているのだろう。アラニスの胸がよじれた。ここに残ったらどうなるだろう? 完全に同じ気持ちとは言えないものの、エロスがわたしを求めていることは間違いない。だったらあわてて逃げる必要はないのでは？

マスタファは廊下のつきあたりにある立派なドアの前で立ちどまった。「こちらが倉庫です」まるで別の王国への入口だ。「なかは明るいですから、お荷物はすぐに見つかると思います」マスタファが巨大なマホガニー材のドアを開く。アラニスが足を踏み入れたとたん、背後でドアが大きな音をたてて閉まった。マスタファも一緒に捜してくれると思っていたのに……。しかし、部屋のなかを見まわしたとたん、彼女はここへ来た理由を忘れてしまった。

黒い大理石の円柱に囲まれた部屋は、天井からさがったいくつものランプに照らされている。倉庫というより宝物庫だ。絨毯やタペストリー、美しい家具がところ狭しと置かれていた。武器を集めた一角には、精巧な細工を施した武具が積みあげられている。さまざまな色の布や、金貨や宝石のつまった箱もあった。

アラニスは木箱のあいだを抜け、部屋の奥に飾られた絵画のほうへ歩いた。カテリーナ・スフォルツァの肖像に始まり、《聖母子像》、《岩窟の聖母》、《大天使ミカエル》、《白貂《しろてん》を抱く貴婦人》とそうそうたる名画が続く。そういえば、《白貂を抱く貴婦人》のモデルはスフォルツァ公の愛人と言われた女性だ。金の花飾りが彫られた棚の上には、ミラノ出身のトリヴルツィオ元帥のブロンズ像が鎮座し、隣のソファにはミラノ大聖堂の模型と、何枚もの黄ばんだ設計図があった。それらが誰の手によるものなのかを裏づけるのは、いちばん隅に飾られたレオナルド・ダ・ヴィンチの自画像だ。

〝卑しい男にもかつては家があったが、今はない〟などと言いながら、これほどたくさんの美術品を所有しているとは。「卑しい、ですって？　いったいあなた、何者なの？」アラニスは歯がゆい思いでつぶやいた。部屋の隅に、鎖蛇と鷹の紋章が入った盾が立てかけられている。近寄ってみると、これまでの紋章と違って比較的新しいもののようだ。鎖蛇は黒ではなく濃い青で、食われているアラブ人はルビーのように赤く塗られ、金箔も輝きを失っていない。これは最近つくられたものだ。下方には公爵の名前ではなく〝ＳＦ－ＡＤ〟という四つの文字が記されていた。

「驚いたな」背後からエロスの低い声が響いた。「これだけの宝のなかから、こんな鉄くずに目をつけるとは」

アラニスが驚いて振り向くと、裸の上半身がすぐ目の前にあった。「エロス……」高鳴っている胸に手をあてる。「忍び寄るなんてひどいわ。ショック死するところだった」

「人の部屋でこそこそしていたのはそっちじゃないか」エロスが低い声で反論する。

「こそこそなんてしてないわ。策謀にたけたあなたの部下に、荷物がなくなったから捜してくれと頼まれたのよ」マスタファはなんのためにこんなことをしたのだろう？　アラニスは周囲を見まわした。「ここにあるものはすべて略奪品なの？」

エロスは顎をぴくりとさせた。「がっかりさせてすまないが、これらはみな金を出して買ったものだ。しかも、ほとんどはもともとぼくのものだった！」

「あなた、酔ってるのね？」アラニスは彼の肌からたちのぼるコニャックの香りから逃れようとした。まるで女の理性を麻痺させるコロンだ。エロスは腰のごく低い位置でシルクの黒いパンタロンをはいているだけで、ほかは靴さえはいていない。「あなたがいるとは思わなかった」これはマスタファがひとりで考えたことなのだろうか？　それとも、悪知恵の働く主人の差し金なの？

「だろうな」エロスは口角をあげた。「きみが入ってくるのを見ていたが、美術品に夢中でぼくに気づきもしなかった」

エロスが物音もさせず、声もかけないからだ。「夕食はどうしたの？」

「きみこそ、ぼくと食事をするのはもう一日だって我慢できないのか？」彼の目がきつくなる。

「おなかが減っていなかったの。だいたい、なにをそんなに怒っているの？」

「猫の目を持つ魔女め」エロスはアラニスの腕をつかんで自分のほうへ引き寄せた。もう一方の手に金色の髪を巻きつけて上を向かせる。彼女はエロスの顔をじっと見つめた。いったいどちらが魔法使いなのだろう？ わたしの心は海色の目をしたこの野蛮な男に奪われてしまった。ふたりの頬が合わさり、浅い吐息が耳にかかる。「ここを去るときは呪文《じゅもん》を解いてくれるのか？　今夜こそ、きみの支配から抜けだしてみせる」

密着した状態でささやかれると、アラニスはなにも考えられなくなった。両手を胸に滑らせて相手の首にまわす。抵抗しなければいけないとわかっていながら、二度と放したくなかった。目を閉じてざらざらした頬の感触を味わう。ふたりの心音が重なった。

「どうしたらぼくのそばにとどまってくれる？　なにを捧げればいい？」

「なにもほしくないわ」ただ、あなたの心に居場所をつくってほしい。

エロスは顔をあげた。「好きなものを選ぶがいい。ここにあるものはすべてきみのものだ」

「やっぱり信じられないわ」アラニスは彼の抱擁から逃れた。「ここへおびき寄せたのはあなたでしょう？　でも、ものですわ釣ろうとしたのではないわね。そんな手が通用しないことくらいわかっているはずよ。なにがねらいなの？　なにを見せようとしたの？」エロスの目をのぞきこんだ。彼はひどく緊張している。「レオナルド・ダ・ヴィンチの作品を盗むなんて……」

「これらの絵画はもともとぼくの家族が発注したんだ！」エロスは目をぎらつかせた。「《最後の晩餐《ばんさん》》を含むすべてのフレスコ画をとり返してもよかった」

アラニスは喉がからからになった。「あなた……ミラノの、スフォルツァ家の一員なのね」

エロスの胸にさがっているメダリオンに触れる。「これはあなたのもの。そして、あれ……」

部屋の角にある紋章を指さす。「さっきあなたが鉄くずと言った盾も、ほかの紋章と同じくあなたの一族のものなのね。なぜあのひとつだけ飾らないの？　盾に刻まれた四つの文字はどういう意味？」

「イニシャルなんだ」長い沈黙のあと、エロスがかたい声で認めた。「ミラノ公にならなかった継承者のね」

アラニスの鼓動が速くなる。「〝SF‐AD〟……その継承者の名前は？」

エロスは暗い目で彼女を見つめた。三二歳の男のなかに途方に暮れた少年の姿が見える。

「ステファノ・アンドレア」ミラノ人特有のアクセントが、味わい深いロンバルディアワインのように響いた。

アラニスは息をつめ、答えのわかりきった質問をした。「そして、その名前の主は……」

「ぼくだ」

# 18

エロスはアラニスを試すように見た。「これできみにもわかったわけだ」

アラニスは呆然としてうなずいた。「あなたは、プリンス・ステファノ・アンドレア・スフォルツァなのね」小さな声でつぶやく。「イタリアでもっとも裕福な一族でありミラノ公の末裔《まつえい》の……」血塗られたミラノの歴史を思う。地の利を生かして栄えた都市は莫大《ばくだい》な富と権力を蓄えたのち、スペインとフランスによって破壊された。果てなき戦いが繰り広げられるこの世界で、強大なスフォルツァ家とヴィスコンティ家さえもミラノの崩壊をくいとめることはできなかったのだ。すぐれた一族の奮闘は無に還《かえ》り、その子孫は背徳者になった。神をも恐れぬ海の獣、無謀者に。そしてわたしは、家名も過去も持たぬその無法者に恋をした。

「驚いただろう？」エロスはアラニスをにらんだ。「公子《プリンス》とわかるとぼくを見る目が変わるんじゃないか？」

この人はわたしという人間がまったく見えていないのだろうか？　「わたしの目に映るのは、あなたが周囲や自分自身に信じこませようとしているよりもすばらしい男性だわ。愛と尊敬に値する人間が見える」

「ステファノ・スフォルツァという男はもはや存在しない。物置の床に転がっている鉄くず同然にね」エロスは彼女から離れ、美術品の向こうに姿を消した。

「エロス、待って！」アラニスは必死で呼びかけたが、大きなドアはたたきつけられるように閉まった。八方ふさがりだ。エロスはこちらの要求にこたえて心のなかを見せてくれた。それなのに、今度はわたしとかかわりたくないという。

アラニスは声をあげて泣きたかった。両親とトムのことがよみがえる。わたしは一生、誰の愛も得られないまま、ひとりで過ごすよう運命づけられているのだろうか？　だけど、サナーは〝あんたには運命を切り開く力がある〟と言ってくれた。

そうだ、自分を信じなくては。愛する男を手に入れるために戦おう。アラニスは部屋を出ると、エロスの姿を求めて大理石の長い廊下をさまよった。一階の回廊でマスタファと遭遇する。マスタファはいたずらっぽく笑った。

「アラニスさま……お荷物は見つかりましたか？」

言葉遊びをしている場合ではない。「あなたの主はどこにいるの？」

「浜へ乗馬に出かけられました。戻られたら、あなたさまが捜しておられたとお伝えしましょうか？」

レイラのもとへ行ったのだろうか？　ゆうべ、わたしが彼の誘いを拒絶したのだから、喜んで身を投げだす女性のもとへ走ったとしても不思議はない。「お願い。何時であってもかまわないわ。話をしなければならないの」

「かしこまりました。何時になっても必ずお伝えします」
「ありがとう、マスタファ」アラニスは感謝の意をこめてうなずき、自分の部屋へ戻った。ここでエロスを待とう。ここなら彼が戻ってきたこともわかる。しかし、わかったとして、それからどうすればいいのだろう？

蒸し暑い夜だった。アラニスは体と心のほてりを冷ますために、ろうそくに火をともして浴室へ向かった。召使いに湯を運んでもらう必要はない。浴室は古代ローマ式で、壁からつきでた青銅の噴水口にはそれぞれ冷水《アクア・フリギダ》、温水《アクア・テピダ》、湯《アクア・カリダ》と記されている。アラニスはまんなかの蛇口をひねって浴槽に温水がたまるのを待った。香油を入れて蛇口を閉め、服を脱ぐ。なかに入って体をのばすと、ぬるい温水がほてった体を心地よく包みこんでくれた。蛇口からしたたる水の音がドーム状の壁に反響する。ろうそくの炎が周囲に黄褐色の光を放っていた。アラニスはローマの神殿にいるような気分で石鹸《せっけん》を泡だて、髪と体を洗った。そうしながらもエロスのキスや愛撫を想像せずにいられない。彼女は小さく悪態をつき、湯にもぐって髪についた石鹸を流した。積もり積もった欲望が血をたぎらせ、正気を奪っていく。そのままどのくらい浴槽につかっていただろう。頭のなかにはひとつの考えが鳴り響いていた。
〝エロスのところへ行かなくては〟

ホールの向こうでドアが大きな音をたてて閉まるのを聞いたアラニスは、浴槽から出て、あわてて体をふいた。もう真夜中近いはずだ。震える手で髪をとかし、洗いたてのカフタンを着る。そして鏡台に座って、鏡に映る自分を見つめた。体内に時計が埋めこまれているかのように心音が響く。いつまでたってもエロスがやってきそうな気配はなかった。ついにアラニスは立ちあがった。考えれば考えるほど、自分から行動を起こさなければならないと思えてきた。人生は後悔して過ごすには短すぎる。

アラニスは嫁入り道具の入ったトランクを開け、初夜のために用意したネグリジェをとりだした。薄いネグリジェは気をつけて扱わないと裂けてしまいそうだ。カフタンを脱いでネグリジェに袖を通す。光沢のあるひんやりとした生地がくるぶしまで流れ落ち、女らしい曲線を浮きたたせた。もう一度鏡に映る自分を見つめる。これでは裸も同然だ。胸の頂が薄い影になっている。

勇気がなえそうになったとき、頭のなかでさっきよりも大きな声がした。〝意気地なし！エロスがほしいなら気どっている場合じゃないわ。すべてはあなたしだいよ。彼は秘密を打ち明けてくれた。聖域に立ち入ることを許してくれたじゃない！〟

今度はわたしが気持ちを打ち明ける番だ。エロスは情熱の炎を見せてくれた。わたしも同じくらいの熱さを見せなくては！

アラニスはそれ以上貴重な時間を無駄にすることなく、まっすぐに寝室を出た。主の部屋の大きなドアをめざして、薄暗い廊下を裸足で進む。緊張で胃がよじれた。はじめて盗みを働く泥棒はこんな気持ちに違いない。海賊のエロスも手に余る相手だったが、ミラノ公の末裔となるといっそう恐ろしく思える。アラニスは自分を奮いたたせて両開きのドアを開けた。

銀色の壁に一本だけともったろうそくの光が反射していた。部屋に滑りこんだ彼女を迎えたのは低いうなり声だ。アラニスは、ひんやりした大理石に横たわる雌豹の頭をおそるおそる撫で、大きな体を迂回《うかい》した。

　エロスがアラビア語で悪態をつく。アラニスはびくっとして足をとめた。鼓動がベルベル人の太鼓のように大きく響く。彼女は深く息を吸って東洋風の敷居をまたいだ。そこに現れたのは、広いテラスに向かって開かれた大きな部屋だった。リネンのカーテンが真夜中の風にはためき、部屋のなかに新鮮な空気を招き入れている。アラニスの視線は左手にある巨大なベッドに落ちた。飾り彫りのある銀箔の支柱がほのかに月明かりを反射している。

「エロス？」アラニスはささやいた。心臓が口から飛びだしそうだ。

　部屋の奥で動きがあった。テラスを向いて安楽椅子に座り、テーブルの上で頬杖をついていた大柄な人物が顔をあげる。表情はよく見えないにもかかわらず、その目が自分の体を這うのが感じられた。虎の目だ。

「女心のなんと変わりやすいことよ《コーメ・カプリッチオーゾ・イル・クオレ・ディ・ウナ・ドンナ》」エロスは小さな声でつぶやいた。「卑しい男の株が急上昇したわけか。ゆうべのぼくはきみに釣りあわなかったはず。いったいなにが変わったのかな？」

　アラニスはひるんだ。だが、勇気を奮い起こしてそっと彼に近づく。「あなたよ。正体を明かしてくれたでしょう？　わたしを信頼してくれた。過去になにが起きたのか教えて。どうしてミラノを出たの？　ご家族はどうなったの？」

　マッチにぽっと火がともり、日に焼けた険しい顔を照らしだした。エロスが疲れた顔で空のグラスをテーブルに置き、ろうそくに火をつける。過去を封じこめた金のメダリオンはグラスのなかにつっこんであった。彼がぶっきらぼうに言う。「そんなあられもない格好で話をしに来たわけではないだろう?」

これほど冷たくあしらわれるとは……。氷の壁にぶちあたるとは思ってもみなかった。「そんなにひどいことを言わないで。出ていってほしいならそうするわ。でも、まずは話をしたいの。このままにはできないでしょう?」

「ぼくを丸めこもうとしても無駄だ」エロスが警告する。「下手な芝居には引っかからない。きみなんか足もとにも及ばない商売女と渡りあってきたんだから。世慣れていて、男をだます技にたけた女たちとね」

「そんなふうになりたいとは思わないわ。愛情に値をつける……お友達と一緒にしないで」「きみのほうがたちが悪い」エロスは激しく息を吸いこんだ。「ぼくの心を盗もうとしているのだから」

アラニスは冷たい口調に凍りついた。「たちが悪い、ですって? あなたを心配することが? わたしたちの関係はそんなに安っぽいものだったの? わたしが演技をしていると思うの?」

エロスはナイフで腹をひと突きされたかのような顔をした。「出ていけ!」かすれた声で言って立ちあがる。「ぼくのことは忘れて怠惰な世界へ戻れ。ぼくの平穏を乱さないでくれ!」

激しい怒声に怯えながらも、アラニスは目をそむけなかった。スパルタ兵士のブロンズ像のように猛々しい顔の奥に、想像もしていなかった感情をとらえる。恐怖だ。過去に誰かに……女性に傷つけられて、そのせいでこんなに気がたっているのかもしれない。死を前にしてさえ恐怖のかけらも見せなかった男が……。これこそが彼の秘密。かつてのエロス――ステファノ・スフォルツァに直結するものだ。

自分の出した結論に後押しされるように、アラニスは再び距離をつめた。「わたしを見ると誰かを思いだすのでしょう？　それは誰？　わたしはその人に似ているの？」

エロスは身をかたくした。目をそらしてつぶやく。「なんのことだ？　どれほど見当違いのことを話しているかわかっているのか？」

アラニスはエロスの正面に立って彼の胸に触れた。彼の鼓動が速まるのを感じる。彼女はそのままあたたかな胴へ手をおろし、鍛えあげられた筋肉を愛《め》でた。「教えて」

エロスはまばたきすらしなかった。その瞳には苦痛が刻まれている。アラニスは彼を軽く押して椅子に座らせた。それから腿のあいだに立ち、豊かな黒髪に手をさし入れて上を向かせる。エロスの瞳は途方に暮れた少年の目そのものだった。

欲望と恐怖がせめぎあい、空気がぱちぱちと音をたてる。ふたりを結びつける力は、情熱においても友情においても、アラニスがこれまで経験したなかでいちばん強かった。エロスと目を合わせた瞬間に、失われていたことすら知らなかった自分の一部を見つけたような気がした。彼とわたしのあいだにあるものはなんだろう？　運命？　狂気？　それとも愛なの？

アラニスははじめての感覚に怯えていた。どうやらエロスも同じのようだ。にもかかわらず、エロスはわたしの誘いを待っている。自分が求められていることを確信したいのだ。「わたしがここへ来た理由はわかっているでしょう？」彼女はそっと笑った。「ゆうべ、あなたが言ったじゃない。わたしはあなたがほしい。そしてあなたも同じ。恩知らずの客の心変わりを許してくれるなら……ここに残りたいわ。あなたが望むだけ」

エロスの瞳に切ない光が宿った。アラニスの腰に手をまわして平らな腹部に顔をうずめる。「一緒にいてくれ」震えるため息をつき、シルク越しにヒップをぎゅっとつかんだ。アラニスはエロスの広い肩に手を置き、高まる期待に身を任せた。今夜は激しい欲望を抑えこまずにすむ。彼と喜びを分かちあえる。

エロスが立ちあがって彼女をきつく抱き寄せた。体がとけあい、相手の血流をも感じられるような気がした。「一〇〇年は一緒にいてほしいよ」

「すっかり正直にならなくてはだめよ。過去や感情を隠さないで」

「きみが知りたいことはすべて教える。でも、いくつかは……いや、そのほとんどは、聞くに堪《た》えないものだ。こんな男と生きることに少しでも不安があるなら、今が引き返す最後のチャンスだよ。今ならサラーとイングランドへ帰すことができる。きみに後悔してほしくないんだ。もしも……ぼくと残るなら……」エロスの声がやさしくなった。「きみはぼくのものだ。あらゆる意味で。逃げたり、失望の涙を流したり、後悔したりしないでくれ」

本当に後悔しないでいられるだろうか？　〝その心を捧げるならね〟というサナーの言葉がよみがえる。アラニスは心をこめてつぶやいた。「後悔しないわ」それから肩にキスをし、喉もとに唇を寄せて力強い脈を確かめる。「わたしを愛して」

エロスはびくりと体を震わせ、目を閉じて彼女と額を合わせた。「今夜のことは絶対に後悔させないからね、アモーレ。誓って後悔などさせるものか」彼の唇がアラニスの唇を探りあてる。舌先はじらすように動いて彼女の反応を誘いつつ、軽いタッチで情熱の炎をあおった。この先に待ち受けていることへの序章のようなキス。

「エロス、ああ……」アラニスは喜びに喉を鳴らした。体がふわふわして力が入らない。彼女はバターのように体がとろけるのを感じながら、巧みなキスとかたい抱擁に酔った。一方のエロスは飢えた虎だ。もはや彼をとめることはできない。キスをされるたび、愛撫されるたびに、アラニスのなかにあった恐怖や恥じらいが消えていった。エロスが彼女の手をとって、ベッドのほうへいざなう。アラニスはふらつきながらも黙ってあとに続いた。どこまでもついていく覚悟だった。

エロスがベッド脇のテーブルのろうそくをともし、彼女の肩にかかっている金色の髪を背中に払う。「きみのすべてが見たい」彼はそう言って細い肩紐に指をかけ、下へ引っぱった。シルクが体を滑って足もとに流れ落ちる。エロスは鋭く息を吸った。「きみがぼくのベッドに来る場面を思い描いていたけど、実物は想像よりずっと美しい。ブロンドの妖精《ニンファ》だ。こんなに誰かを強く求めたのははじめてだよ」

アラニスはくすぐったくなって爪先を丸めた。彼のほうを向いてベッドに横たわり、自分の横を軽くたたく。アクアマリンの瞳が静かに彼を誘っていた。

エロスはギリシア神話の女神のように優美に横たわるアラニスを見つめながら、シルクのパンタロンの紐をほどいた。彼女の脈が速まる。エロスは美しかった。海色に輝く瞳、肩に乱れかかる黒髪。柔らかなろうそくの光が引きしまった肉体に陰影をつけている。大きくてたくましい男が極限まで高まっているのを知って、アラニスの体も熱くなった。エロスが身をかがめて彼女の腿のあいだに膝をつく。「さっきの願いをもう一度言ってごらん」

アラニスは彼の顔を両手で包みこんだ。「わたしを愛して。あなたがほしくてたまらないの」

エロスは低くうめいて彼女の唇を奪った。ベルベットのような舌がさしこまれると、アラニスは身を震わせた。彼の唇が首筋をたどって胸へたどりつき、つんととがった乳首に吸いつく。彼女の体を稲妻に貫かれたような衝撃が走った。

「すごく敏感なんだね、ぼくの宝物《テソーロ》」エロスはそうつぶやいて再び口づけをした。ふたりの体がベッドの上でもつれあう。アラニスは男らしい香りやすべすべした肌にうっとりした。ああ、自分のすべてを捧げたい。彼はそんな思いを察したかのように、胸から腰へ、さらに下へと、手と唇を使って余すところなく探索を続けた。

アラニスもエロスにならって愛撫を返し、彼の口からもれる低い声を頼りに敏感な場所を探りだしていった。途中、欲望に負けそうになりながらも、女としての力を楽しむ。

「こんなふうにしたかったの」彼女はエロスをあおむけにすると、なめらかな肌に猫のように爪を立て、熱く湿った唇を這わせて浅黒い乳首を舌でなぶった。

「ああ！」エロスはぶるっと震え、アラニスの体を押さえて上下を入れ替わった。「そんなふうにされたら二秒で終わってしまう。ぼくにやらせてくれ。次のときはきみにやらせてあげるから、いいだろう《ヴァベーネ》？」

アラニスはにっこりして体を弓なりにした。「二度目もあるの？」

「きみが大丈夫なら、二度でも三度でも。どこかの裁判官と違って……」エロスの手がすべすべした腿を撫であげる。「ぼくは勤勉なんだ。四季の斎日も、聖人の祝日も、四旬節も関係ない。夜はさらに励むよ」

アラニスは声をあげて笑った。「自信満々ね。あなたと添いとげる女性に同情しちゃうわ」

エロスの頬にえくぼが浮かんだ。「そんな女性が現れたら、きみの言葉を伝えておくよ。その女性もきみと同じくらい慈悲深いといいんだが」彼の手が腿のつけ根に忍びこみ、特に敏感な部分を撫でたとたん、アラニスの笑いがとまった。エロスは不安まじりの視線をしっかりと受けとめながら、彼女の体を開き、やさしく愛撫してうるおわせた。熟練した手つきがアラニスの体に火を放つ。一本、二本と誰も侵入したことのない場所へ指がさし入れられた。

アラニスはうめき声とともに腰を浮かせた。甘美な苦悶に死んでしまいそうだ。解放を求める声をエロスのキスが封じる。彼は敏感な突起に親指をあて、狭くあたたかな場所に中指た。

「エロス、お願い。もうだめ！」アラニスは完全に満たされたいという思いに圧倒されてい
を入れた。

「ぼくもだ」かすれた声がこたえた。指が引きぬかれ、かたくそり返ったものがあてがわれる。内側が押し広げられる感覚に、アラニスは体が裂けるかと思った。

「エロス、やめて！」そう叫んだが、もはや遅かった。エロスが完全に身を没し、彼女の耳もとで快感のうめきをあげる。アラニスはパニックに陥っていた。焼けつく痛みに動くことはおろか、息をすることもできない。自分にのしかかっているたくましい男の残忍な一面が、今ごろになって現実味を持って迫ってきた。エロスが動き始める。彼女は身をよじって訴えた。「やめて、エロス、お願い。痛くて耐えられない」

エロスはぴたりと動きをとめた。呼吸が乱れ、額に汗が噴きだしている。その瞳は欲望に色を増していた。「怖がらないで。泣かないでくれ」彼はアラニスの頬を伝う涙を吸いとり、はれぼったい唇にキスをした。「もう痛くないから。約束する。あとは喜びだけだ」

アラニスはエロスの瞳をのぞきこんだ。思いやりに満ちた声に心がほぐれていく。うずきがおさまると同時に、自分の体内で彼の一部がかすかに脈打っているのを感じた。エロスはベッドに両手をついて体を持ちあげ、ゆっくり腰を引いて、信頼してほしいと目で訴えた。歯をくいしばって少しずつ彼女のなかに入ってくる。

アラニスはエロスのはりつめた顔をくい入るように見つめながら、彼が呼び覚ます感覚に

意識を集中するよう努力した。エロスは歓喜と苦悶の入りまじった複雑な表情をしている。すると彼女のなかで変化が起こった。欲望が渦を巻いてふくれあがり、体が震え始める。アラニスは本能的に腰を持ちあげ、抑制されたリズムに動きを合わせた。彼の首に手をまわして自分のほうへ引き寄せる。

「よくなってきたかい?」エロスがやさしく声をかけた。

「ええ」エロスの体が彼女に愛のリズムを伝える。アラニスはいとしい男性をすっぽりと包みこんで二度と放すまいとした。一体感がほかのすべてを超越する。腰の動きが速くなるとともに、想像すらしなかった喜びが押し寄せてきた。「きみはぼくに火をつけた《ブルチオ・ペル・テ》。きみのなかで燃えつきたい」エロスは歯をくいしばってさらに深く侵入した。その目を見ると、彼が欲望に翻弄《ほんろう》されながらも必死に自制しようとしているのがわかった。

アラニスの体が痙攣《けいれん》を始める。頂点が近づいているのに、あと少しのところでたどりつけない。「もう……だめ」体が解放を求めている。彼女はエロスの背中に爪をたててうめき、目に見えない頂を征服しようとした。

「抗わないで」エロスはアラニスを見つめたまま腰の動きを速めた。「流れに身を任せるんだ」

彼女は限界まで高まっていたが、解放する方法がわからなかった。長いトンネルの向こうで快感が手招きをしている。「できないわ……」

「できるさ」エロスはアラニスの腰に手をまわして横に転がり、彼女を自分の上にまたがらせた。アラニスが首にすがりつくと、ヒップをつかんで愛のダンスを教える。ふたりは情熱に浮かされてキスを交わし、精神的にも肉体的にもより深い結びつきを求めた。彼女はつきあげられるたびに高みへと押しあげられ、今にも爆発しそうだった。これ以上続けたら体がばらばらになると思ったとき、圧倒的な喜びとともに緊張していたものが銀色の光となって砕け、アラニスは大声をあげてエロスにしがみついた。

「最高だ《アル・ディアボーロ》！」エロスは頭をそらし、髪を波打たせて彼女のなかに自らを解き放つと、力を使い果たしてベッドに崩れ落ちた。アラニスをマットレスに押しつけ、細い首筋に顔をうずめる。

ふたりは汗で濡れたまま折り重なって横たわっていた。互いの心音がこだまする。時間がとまったかのようだ。アラニスは恍惚の余韻に浸りながら、しだいに静まっていくエロスの鼓動に耳を澄ませた。この先どうなろうとも、今夜、ここへ来たことを後悔することはないだろう。過去に何人の女性がこんな一夜を過ごしたのだろうか？　エロスと手をとりあってアルジェリアの市場をめぐった女性はほかにもいたの？

しばらくするとエロスの寝息が聞こえてきた。呼吸は穏やかで、体から力が抜けている。アラニスは彼の髪に顔をうずめ、そっとつぶやいた。「愛しているわ」

エロスの体がかたくなる。彼はなにもこたえなかったので、愛の言葉が届いたのかどうかはわからなかった。

「気分はどう？」エロスの低い声がアラニスの耳に届いた。大きな手が額に張りついた髪を払い、あたたかな体が背中に押しつけられる。

昨夜は熟睡こそできなかったものの、幸せな気分でまどろんだ。地平線の上の空は深い青で、ところどころオレンジの縞《しま》が走っている。じきに太陽が顔を出すのだ。アラニスは寝返りを打ってエロスの顔をのぞきこんだ。朝の光を浴びて、彼の瞳はサファイアのように輝いている。自分の横に寄り添うハンサムな男性の姿に、彼女の胸はいっぱいになった。これから死ぬまで毎朝この眺めが見られるのならば、なにを捧げても惜しくない。「すばらしくいい気分よ」アラニスはそう言って彼の頬にかかった黒髪を払った。「あなたは？」

「幸せだ」エロスが明るくほほえみ、彼女のほうへ上体を寄せてキスをする。恋人同士が交わす、親密でけだるいキス。ふたりは唇を離したあとも無言のうちに見つめあった。

「エロス……」アラニスは彼の胸もとに視線を落とした。「あなたは結婚しているの？」見なくてもエロスの唇が弧を描くのがわかる。

「いいや」

「結婚したことはある？」

彼はまだにやついている。「ないよ」

〝結婚する気はあるの？〟アラニスはおずおずとエロスを見あげた。「あなたには……その、いるのかしら？」

「隠し子がいるかという質問なら、いない」エロスは彼女の不安をおもしろがっているようだ。「これまで……ベッドをともにした女性はそういうことに抜かりがなかったからね」

アラニスは頬を染めてうなずいた。子供《ス》《ク》《ー》《ザ》はいないのだ。「最初のときはどうだった？」

エロスは目をぱちくりさせた。「なんだって？」

彼女ははにかんだ。「最初の女性はどんな人だったかってきいているの」

「今、そんなことを話したいのかい？」アラニスがうなずくと、エロスはあおむけになって頭の後ろで腕組みし、天蓋を見あげた。「エステ公爵家の侍女だよ。ぼくは一〇歳のときからそこで教育を受けていたんだ。ぼくは一五で、彼女は一〇歳上。名前はアレッサンドラといった。ある夜、彼女がぼくの寝室にやってきて、ぼくは……彼女を満足させた」彼は無垢《むく》な笑顔を見せた。「それだけさ」

「あなたを裏切った女性は？　わたしみたいな女が嫌いになる原因となった人よ」

エロスの笑みが消える。「本当はそれがききたかったんだね」

アラニスは、ベッドから起きあがりかけた彼の肩を押さえた。「ごめんなさい。答えなくてもいいわ。いくら隠しごとをしないといってもプライバシーにかかわることだものね」

エロスは鋭い目で彼女を見た。「ぼくが恋に落ち、その相手に心を砕かれたと思っているなら、それは違う。恋に落ちたことなどないし、きみが想像しているような相手はいない」

彼はベッドから出て、冷たい水で顔を洗った。バルコニーの手すりに寄りかかり、地平線を見つめる。オレンジとグレーの入りまじった空を背景にして、一糸まとわぬ肉体はたくましく美しかった。エロスはまたわたしを締めだそうとしている。つっこんだ質問をするといつもそうだ。それでもアラニスはうれしかった。恋におちたことがないということは、ふたりの行く手に幽霊船はいないということでもある。

アラニスがネグリジェに手をのばしたとき、エロスが口を開き、イタリア訛りがかすかにまじった低い声で語り始めた。「あれは一六八九年のことだ。クリスマスを二日後に控えていた。ひどく寒い年で、ミラノの街はうつうつとして、多くの問題を抱えていた。例年なら、父はクリスマスイブの朝にサン・フランチェスコ教会のミサに出席する。しかし、その年は生きて出席することができなかった」

アラニスは手を引っこめて枕に背中をもたせかけ、毛布を引き寄せた。

「ぼくはフェラーラから帰省したところだった。スフォルツァ家と家族同然のつきあいをしていたエステ公爵のもとで、公子《プリンス》としての教育を受けていたんだ」エロスはため息をつき、髪をかきあげた。「普段はフェラーラに住んでいたんだよ。父親以外の人から教育を受けるのが習わしだからね。一日一四時間、一四人の個人教師に、哲学、美術、科学、天文学、語学、そのほかにもプリンスとして必要なありとあらゆることを学んだ。フェンシングも乗馬もダンスも完璧に習得した。競技会ともなれば鎖蛇の旗に恥じない戦いをしなければならなかった。いちばん力を入れたのは戦術の勉強だ」アラニスのほうを振り向く。「ミラノでは力こそがすべて。国をまとめられるのは強い統治者だけだからね」

「アルジェで私掠船の長になったのも、世間から恐れられたのも当然だったのね」彼女はつぶやいた。「お父さまのあとを継いで無敵の統治者――ミラノの鎖蛇になるための教育を受けていたんだから」フランス国王に気に入られ、ヴェルサイユ宮殿に自由に出入りできたのも道理だ。ルイ一四世はステファノ・スフォルツァの幼少時代を知っていたに違いない。

「ご家族とは暮らさなかったの?」

「暮らしたよ。休暇で家に帰ると、父がロンバルディアやエミリアへ連れていってくれた。いつの日かぼくが統治する土地を見せておこうとしたんだろう。あのころがもっとも幸福で、そしてつらい時期だった」エロスは懐かしげにほほえんだ。「母はいつも、たまにしかぼくに会えないとこぼしていたよ。まだ子供なのだから、経験を積んだ部下と一緒にしないでほしいと。父は筋金入りのロンバルディア貴族で、厳しい人だったが、母はやさしかった」アラニスはにっこりした。やはり思ったとおりだ。エロスの繊細でやさしいところは、愛情深くて献身的な母親だけが与えられるもの。彼は愛されて育ったのだ。

エロスの笑顔が消えた。「その日の夕方、帰省したぼくはジョビア門をくぐる前から異変に気づいていた。城壁の外でスペイン兵士が通行人を調べていたんだ。ミラノは一〇〇年以上もスペインに占領されていたが、スペインはスフォルツァ家の地位を尊重し、父にミラノの治安と税の徴収を任せていた。そのほうが新たな制度をつくるよりも手っとり早かったんだよ。父はやつらの操り人形になっていることを嫌っていた。いつかイタリアを統一し、フランスやスペインなどに搾取されない強い国にすることを夢見ていたんだ。そしてフランチェスコ・スフォルツァとコジモ・デ・メディチがつくったイタリア同盟のような、イタリア統一をめざす秘密組織をたちあげた。ナポリ王国をはじめ、ピエモンテやボローニャもこの考えに賛同し始めていた。彼らの場合は統一国家がどうというよりも、自分たちの体制を守りたかったのだろう。ともかく秘密組織のメンバーはあの半島をひとつの〝イタリア〟と呼んだ」

エロスはため息をついて梁に頭をあずけた。

「ところが、これをスペインに密告したやつがいた。叔父のカルロさ」彼は吐き捨てるように言った。「ぼくが大広間に入ると、ジェルソミーナが泣きながら駆け寄ってきて、スペイン兵が父を塔に拘束したと言った。塔にはカルロとスペイン兵がいた。カルロはぼくを見て高笑いし、〝見ろ、パヴィア伯爵もそろったぞ。これで世継ぎに復讐される心配もない〟と言った。やつらはぼくをつかまえ……ぼくの目の前で父を……虐殺した」エロスは苦しげな顔で目を閉じた。「あとのことは一瞬のうちに起こった。ぼくはやつらを振りきって、持っていた短剣でカルロの喉を切り裂き、父のメダリオンを持って逃げた。そのあとスペインがぼくに死刑執行令状を出し、誰も信用できなくなった。ヴェネチアは敵だし、ほかの貴族たちも面倒なことにはかかわりたくないだろう。若きミラノ公子をかくまってスペインとの関係を危うくする者などいない。ローマ教皇でさえも。ぼくらに手をさしのべる者はいなかった。スフォルツァ家の私兵を集める時間もなく、集められたとしても、単独でスペインに刃向かうことはできない。イタリアにとどまれば殺される。だからぼくはその夜、ジェルソミーナを連れてジェノヴァへ向かい、そこから最初に出航する船に乗ったんだ」

「そのとき一六歳だったのよね？　ジェルソミーナは六歳？」アラニスの問いにエロスは厳

しい顔でうなずいた。親族や友人に裏切られ、死の危険に怯え、スペインへのやり場のない憎しみを抱えて夜逃げするきょうだいを思い浮かべてみる。「どうやってアルジェに行きついたの？」

「典型的な方法さ。ぼくたちの乗ったジェノヴァのガレー船がアルジェリアの私掠船に襲われ、ぼくはバーニョウに入れられた。奴隷用の地下牢だ。ジェルソミーナは裕福な家の皿洗いとして売りとばされた。ぼくは、私掠船に乗っていた男を説得した。きみも会ったタオフィックだ。ぼくにれんが積みをさせるなんて宝の持ち腐れだと言ってやったんだ。ぼくは防御壁をつくるよりも破壊するほうが得意だと」エロスは自嘲気味に笑った。「タオフィックは喜んだよ。ぼくの使い道がわかっていたんだな。それからサナーに出会い、妹をとり戻して彼女の保護下に置いた。あとはきみも知ってのとおりさ。高貴な公子《プリンス》は完全に堕落し、最低の男になりさがった」

アラニスは自分の発言を思いだして顔をしかめた。「あなたは最低の男なんかじゃないわ」情け容赦ない鎖蛇であり、思い出という衣をまとった失われたプリンスだ。

「タオフィックの部下としていろいろ汚い仕事をした。きみが聞いたら寒気を催すようなこともね」

ふたりの視線が絡みあう。「なぜ戻らなかったの？」

「戻る？」エロスは皮肉っぽく笑った。「どこへ戻るというんだ？」彼はアラニスの隣へ来て腰をおろし、なめらかな首筋を手の甲で撫でた。

「あなたにはミラノをおさめる正当な権利がある。神聖ローマ帝国皇帝に申請すればよかったのに」

「世間知らずだな。あのヨーゼフが〝はい、どうぞ〟なんて言うもんか。全世界がミラノの覇権を争っているんだぞ。それに、ぼくがミラノをとり戻したがっているなどとどうして思う？」

アラニスは眉根を寄せた。なにかが欠けている気がしたのだ。彼はまだなにかを隠している。「お母さまはどうなさったの？」

「鋭いね」エロスは苦々しげに笑った。「母か……」吐き捨てるように言う。「母はカルロの愛人だった。父はカルロを信用していなかった。カルロが自分の後釜をねらっていることに気づいていたんだ。秘密組織のことを知っていたのは母とぼくだけだった。母は愛人の将来のために夫と息子を売ったのさ」

アラニスは愕然として息をのんだ。「どうしてそれがわかったの？　なにがあったわけ？」

「父は誇り高き男だった」エロスは淡々と続けた。「塔に監禁され、生きてそこを出られないとわかったとき、命乞いなどしなかった。弟に妻と娘のことを頼んだんだ。カルロは笑った。そして、〝おまえの妻なら祝杯の準備をしてわたしの部屋で待っている〟と言った。もちろん、ぼくは信じなかった。そして、あいつを殺したあと確かめに行ったんだ。母は本当に叔父の部屋にいて、六歳の妹が泣きながら呼んでもドアを開けようとしなかった」

アラニスにはとても信じられなかった。「あなたのお父さまがなにか恨まれるようなことをしたんじゃなくて？」

「問題はそこじゃない！」エロスはうなった。「母はぼくにも死を宣告したんだ！」彼が裸の胸に拳を打ちつける。「父だけでなく、継承者のぼくにもね。イタリアでは復讐されないよう、前統治者の継承者も殺す。父を陥れるということは、ぼくの死を意味するんだ。息子を地獄へ落とす母親がどこにいる？　一六歳の少年が自分の母親からそこまで憎まれる理由があるか？」彼は息を吐いた。「ぼくは母親っ子だった。母のことを愛していた。母はぼくのすべてで、父よりもずっと大きな存在だった」エロスは目をぎらつかせた。「母のためなら命も惜しくなかった」

アラニスは震えながら彼の手をとり、キスをした。「それでお母さまはどうなったの？」

エロスは見たこともないほど冷たい表情で答えた。「どうなったのか知らないし、興味もない」

アラニスは静かに涙を流した。エロスが行く先々で地獄を生んだのも無理はない。そうせずにいられないほどの憎しみを抱えていたのだ。彼は過去に受けた苦痛の代償を全世界に払わせることで、正気を保ってきた。裏切ったのは彼に命を与え、慈しみ、愛の神の名を与えた女性。わたしと同じ貴族の女性。鳥の翼と爪を持つ貪欲な女怪物《ハルピュイア》だ。

「サラーやジョヴァンニはこのことを知っているの？」

「知らない。きみだけだ」

「妹さんは？」

「母は死んだと思っている」

アラニスはエロスをきつく抱きしめた。どんなにあたためても、彼のうちにある氷はとけそうにない。エロスのような息子を愛さない母親などいるだろうか？　勇気があって、愛情深く、賢く、あらゆる才能を備えている。厚い氷の下には、愛する人のためなら山をも動かす、寛大で強い心が眠っている。恵まれない人々に共感できる心が……。アラニスは彼とひとつになって自分の体温を分けてあげたかった。

エロスの腕がゆっくりと彼女を抱きしめる。アラニスは彼の肩に頭をあずけてささやいた。「あなたはもうひとりじゃないわ」

シーツの下でエロスの手がアラニスの体をまさぐり始めたとき、彼女はふたりの関係が最大の峠を越えたことを知った。あたたかな唇が手に続く。すぐにふたりは互いの体を夢中で探索し始めた。彼がアラニスをあおむけにして、胸に唇を寄せる。

「今度はわたしがリードする番じゃなかった？」彼女は息を切らして尋ねた。

「今回は軽いじゃれあいにしておこう。きみの体にひどいあざをつくりたくない」エロスはそう言ってへそにキスをし、さらに下へと向かった。抗うアラニスを押さえつける。「じっとして」彼はアラニスの脚を広げ、腿の内側にキスをしたかと思うと、彼女のなかに舌をさし入れた。

アラニスはびくっと上体を起こし、目を見開いた。「なにするの？　ふざけないで」

エロスがにやりとする。「ふざけてなんかないさ」

彼女は乾いた唇をなめた。「わたしが同じことをしたら、どんな気分になる?」

エロスは一瞬、言葉を失った。「きみが?」アラニスは高まりをつかみ、親指で先端を刺激し始めた。彼の目からからかいの色が消える。エロスはうめき声とともに身をすくめた。

「ぼくは意志が弱いんだ。悪い道へ誘いこまないでくれ」

「すでに悪い噂ばかりのくせに」アラニスは彼の首にキスをした。「期待を裏切っちゃだめよ」

「そんなことをしたら、あとできみに嫌われてしまう」エロスは彼女をあおむけにした。

アラニスは彼の腰に脚を巻きつけ、広い肩にしがみついた。「もう嫌っているから気にしないで」ずっしりした体を全身で受けとめてにっこりする。

エロスが顔をあげ、皮肉っぽく笑った。「嘘つけ。ぼくに夢中のくせに」

# 19

　太陽の光がベッドに降り注いでいる。大きくてすべすべした体に包まれて目覚めたアラニスが最初に目にしたのは、枕を分けあっている男性の黒髪だった。背中に日ざしを受けて眠っているエロスの寝顔を見ていると、自然と笑みがこみあげてくる。わたしの海賊……恋人であり、友人でもある人。彼女はたくましい腕から抜けだしてネグリジェを着た。湯を使い、着替えをして、彼のために美しく装いたい。アラニスはもう一度、みごとに日焼けした彫刻のような体を眺めてからエロスの部屋をあとにした。

　急いで風呂に入り、化粧室の鏡で自分の姿を確認する。頬が紅潮しているほかはいつもどおりだ。そういえば、おしろいをはたいたクレキ伯爵夫人の首筋に残った醜い歯型を見て、モンテスパン侯爵夫人が〝あざを残すのは下手な証拠〟と言っていた。しかし、昨夜の結果が三、四カ月後にごまかしようのない形で現れることもある。ふと、黒い産毛に濃紺の瞳をした赤ん坊を抱いている自分の姿が浮かび、体の奥から喜びがわきだした。もしわたしが身ごもったら、エロスはどんな反応を示すだろう？　首にロープをまわされたような顔をするだろうか？

誰かに話さなくては。こういうとき、母に相談できたらいいのに……そうだ、ナスリンに話してみよう。

アラニスはそう決めるとすぐナスリンの部屋へ向かった。ノックにこたえてナスリンが眠そうにドアを開ける。「ワインを飲みすぎちゃったみたい」彼女はすまなそうに言った。「サラーは昼まで起きないでしょうけど、少し待ってくれるならあずまやでお茶にしましょう」

アラニスは弱々しく笑った。「そうしていただけるとうれしいです」

ナスリンが眉をひそめる。「なにかあったの？」

アラニスはいぶかしげな視線を受けとめた。「わたし、今日の船には乗れません」

「まあ」ナスリンが視線を落とした。「気づくべきだったわ、あの恥知らずったらあなたに手を出したのね？　いいわ、なんとかしましょう。サラー！」

アラニスはナスリンの手を押さえた。「サラーは起こさないでください。あなたとふたりで話したいんです」

ナスリンは不安そうな目を見て答えた。「もちろんよ。すぐに行くわ」彼女は衣《きぬ》ずれの音とともにきびすを返し、静かにドアを閉めた。

しばらくしたあと、ふたりはあずまやにいた。従者が紅茶とジュースを運んでくる。

「それで？」ナスリンが切りだした。「夢見たとおりだった？　うちの長女は、新婚初夜にお菓子を期待していたら蕪《かぶ》をもらったみたいな顔をしていたけど」

アラニスは小さく笑った。頬は紅潮し、瞳はアクアマリン色に輝いている。

ナスリンがため息をついた。「答えなくてもその瞳がすべてを語っているわね。でも、それでよかったのかどうか……」

「なぜですか？」アラニスは身をこわばらせた。

「あなたは彼を愛しているのでしょう？」ナスリンは母親のように言った。「そりゃあ、ほかの男と比べたらエロスはプリンスだわ。手に入らないという意味でもね」

そう、彼は本物のプリンスだ……。「手に入らないとは？」アラニスは暗い声で尋ねた。

「あの人はこれまでベッドをともにした女性を例外なく捨ててきたわ。もちろん、あなたはほかの女性とは違うかもしれない。でも、エロスの心を手に入れるなんて、無謀な望みに思えるの」

エロスが恋におちたことがないと言ったのはそういう意味ね。「〝愛するときは求めない。求めるときは愛せない〟」アラニスはつぶやいた。彼はひとりの女性を欲すると同時に愛することができないのだ。母親の裏切りはエロスに一生の傷を残した。家族を、家を失い、夢と理想を奪われ、本名を名乗ることもできず、なによりも女性を信じることができなくなった。エロスにとって女性とは、ジェルソミーナのように純粋な存在か、ベッドに引き入れた女たちのようにみだらな存在か、そのどちらか。問題は、彼の目にわたしがどんなふうに映っているかということだわ。

「妊娠を避けるにはどうしたらいいのでしょう？」アラニスは思いきって尋ねた。

「なんですって？」ナスリンが音をたててカップを置く。「いやだわ、あなたくらいの年の娘さんはそんなことを知らなくてもいいの。健康な子供を産むことが先よ。あなたが思いを寄せている悪魔は対象外だけど。あの人のハーレムに加わっちゃだめ。毎朝、苦いお茶を飲むよりもましな人生を送らなきゃ。サラーに話をつけてもらいましょう。彼があなたのおじいさまの代わりをするわ」

アラニスは頑固に首を横に振った。「エロスは妻を求めていません。子供も。あの人の重荷になりたくないんです。わたしにも自尊心がありますから。それに、エロスは他人に説得されて気の進まないことをする人じゃありません」

「それなら一緒にイングランドへ帰りましょう」

「いいえ」

ナスリンはアラニスに鋭い目を向けた。「彼の愛人になってはだめ」

そのとおりだ。エロスが求婚してくれたなら、こんなところで自然の摂理に反する方法を教わらずにすむ。「わたしにどうしろとおっしゃるんです？　彼をあきらめろと？　彼のもとを去ることはできません。愛しているんです。彼はこれまで会ったなかで最高の人ですし……」アラニスは大きく息を吸った。涙をこらえる。自分で選んだことだ。「自分の体には自分で責任を持ちます。父親のいない子供を産んでつらい思いをさせるつもりはありません。少なくとも自分を守ることができれば、国に帰っても普通の生活を営む希望ができます。だからどうか教えてください」

「でも、ハーブは確実な方法ではないのよ。あなたは若くて健康だし、エロスも……」ナスリンは鼻を鳴らした。「おさかんでしょうから……。効果がなかったらどうするつもり？」

「子供を産むことになるでしょう。ハーブの効力は一時的なものですよね？」

「いつでもやめられるわ。そしてやめた瞬間から、あなたを守るものはなくなる。それと、朝いちばんに飲まなくてはだめよ。彼と夜をともにしているあいだは毎日飲むの。わたしには八人の娘がいるわ。もう産まないと誓っても、妊娠するときはする。本当にお茶を飲みたいの？　一生続くかもしれないのよ」

アラニスは一瞬ためらってから答えた。「……はい」

ナスリンはうなずいてあずまやを出ていった。しばらくしてハーブの袋を持って戻ってくる。そして従者に運ばせた熱湯に葉を沈め、茶色い液体をふたつのカップに注いだ。つんとするにおいが漂う。アラニスは鼻にしわを寄せた。

「ユダヤ人に伝わる知恵を授けましょう」ナスリンが言った。「賢人たちは女の役割についてこう言ったわ。〝ふたりの女をめとること――大洪水の世はそれが習わしだった。ひとりは子孫を残すためで、もうひとりは喜びのためだ。喜びの女は子を宿さぬよう苦い薬を飲まなければならないが、愛され、甘やかされた。子孫を残した女は未亡人のようにわびしい生活を送った〟幸せになりたいなら、妻として、母親として、さらには恋人としての顔をあわせ持たなければならないということよ。覚えておいて。賢い女は愛する男に飽きられないよう、いつだって少しだけ手の届かない存在でいるように努めるの」

「わかりました」アラニスはにっこりした。ルーカスと結婚していたら、子孫を残すためだけの妻になっただろう。しかし、鎖蛇の巣に踏みこんだ女は……。アラニスの脈が速くなった。わたしの決断は間違っていない。アラニスはカップを持ちあげ、ナスリンのカップに軽く触れあわせた。「乾杯!」一気に飲み干す。苦い! アラニスはすかさずオレンジジュースで口直しをした。

「ちょっといいかな?」

エロスの声に、アラニスはびくりとしてナスリンと目を合わせた。いつからそこにいたのだろう? 女同士の会話を聞かれたかしら? ——エロスは怒りを爆発させるのでは? いや、わたしが罪の意識を感じることはない。むしろ彼のためにしているのだから、感謝されてもいいくらいだ。

「おはよう、ナスリン」エロスは礼儀正しく頭をさげた。それからアラニスを見つめる。「少し話せるかい?」

身支度をすませ、湿った髪をひとつに束ねたエロスは、すっかりいつもの顔をとり戻したように見える。しかし、荒々しく光る青い瞳はアラニスの肌を焦がさんばかりだった。エロスは彼女の手をとって、すいかずらと椰子の陰になった小さな噴水に導いた。「目が覚めたらきみがいなかった。なにかあったのか?」

アラニスは彼の手を振りほどいて、香り高い花のほうへ近づいた。「ひとりになりたかったの」

「ひとりじゃなかったじゃないか」エロスのきつい口調にアラニスは顔をあげた。顎の筋肉がぴくぴくと動いている。「さては後悔しているんだろう?」

「後悔なんてしていないわ」彼女は静かに認めた。「あなたはどうなの?」エロスはため息をつき、アラニスを射るような目つきが、寝室で見たやさしいまなざしに変わる。「悔やむことがあるとしたら、夜が終わってしまったことだけだ」そう言うと、彼女を静かに、しっかりと抱きしめた。

女同士の会話を聞かれたわけではなかった。アラニスは彼の腰に腕をまわし、がっしりした肩に頭を休めた。彼と気をもんでいただけ。エロスはわたしが後悔しているのではないかを、ふたりのあいだにあるものを信じよう。きっとなんとかなる。

「かわいい人《ビンバ》、なぜぼくを起こしてくれなかったんだい?」

「本当にひとりになりたかったのよ」

「きみと一緒に目覚めたかったよ。寝ぼけているきみにしてあげたいことがあったんだ。そういう目覚めは一日じゅう幸せな気分をもたらすんだよ」エロスはアラニスの顎を持ちあげ、彼女の目をのぞきこんだ。「ゆうべのことは後悔させない。絶対に」彼はそっと唇を合わせた。「今日は浜へ連れていってあげる。そうしたらぼくの言うことを信じられると思うよ」


風の吹きつける海岸線を二隻の軍艦がゆっくりと進んでいく。フランスとアルジェリアの軍艦だ。岩だらけの荒涼とした崖以外に、めぼしいものは見あたらない。フランス軍艦の上で、ハニはイタリア人たちのテーブルにまじることもできずに甲板を歩きまわっていた。

「もう見つかってもいいころだ」いらいらとつぶやく。「伯父が言うには大きな赤い要塞だから見逃すはずはないんだが」

チェザーレは共謀者に目をやった。用がすんだらこの男は始末したほうがいい。ステファノの居場所を特定したら……。チェザーレはなにくわぬ声で答えた。「忍耐力は、備えられるものなら備えておくべき美徳だ。女のなかにあることは珍しく、男のなかには見つからない」

ハニが足をとめた。「ぼくに忍耐力がないと言いたいのか？」

チェザーレは嫌悪とあわれみの表情を浮かべ、レースのナプキンで口もとを押さえた。「〝無からは無しか生まれない〟」自らの人生訓をラテン語でつぶやく。

ラテン語はわからなくても侮辱されたことを察して、ハニが激怒した。「約束を忘れるな！　エル・アマルは好きにしていいが、あのブロンドの女はぼくがいただく。城塞《カスバ》へ連れて帰るんだ！」

波しぶきにも、潮風にも、強い日ざしにも負けず、二頭のアラブ馬が白い砂浜を駆けていく。アラニスは夢を生きているようだった。自由で、愛する人がいて、人生は……ほぼ完璧だ。

「そろそろ引き返そう！」上半身裸で長い髪をなびかせたエロスが呼びかける。「屋敷の下に秘密の洞窟があるんだ。しばらくそこに隠れていよう」

「サラーとナスリンはどうするの？」

「一時間かそこらなら大丈夫さ。夕方の潮とともに出航するはずだから」

「そういうことなら……」アラニスは馬の向きを変えていきなり駆けだした。エロスはケンタウロス顔負けに馬を乗りこなすが、体重は彼女のほうが軽い。アラニスは高らかに笑いながらエロスを抜き去った。びっしりと貝がついた洞窟の前で馬をおり、なかへ逃げこむ。彼女はエロスに両手をつかまれ、引き寄せられて、甲高い悲鳴をあげた。「わたしの勝ちよ！」肩で息をしながら彼に笑いかける。

「きみをここで愛したい。今すぐに」エロスのかすれた声が洞窟内に反響した。

アラニスは彼の胸に手を這わせ、かたい筋肉の下で脈打つ鼓動を感じた。鼻の下に無精ひげがのびている。彼女は爪先立ちになって、海風で塩辛くなった唇に舌を這わせた。エロスが彼女の頭をつかんでキスを深める。

「食べてしまいたいよ」エロスは強いイタリア訛りの英語で言い、彼女を岩壁に押しつけてシャツのボタンをはずした。両手で乳房をつかみ、もみしだいて、親指と人さし指で頂をもてあそんでから、かたくなった先端をなめてさらにとがらせる。

「エロス……」たくましい男と岩壁のあいだでアラニスは身をよじった。エロスが彼女の抵抗などおかまいなしに服を脱がせて腿のあいだに手をさし入れる。太い指が侵入してきた瞬間、アラニスのまぶたに火花が散った。熱い波が押し寄せてくる。彼の短い吐息が耳を満たし、指で刺激されるたびに自分の呼吸も浅くなるのがわかった。アラニスは乗馬ズボンを脱いでエロスのヒップをつかんだ。「あなたがほしいの。今」あまりの興奮にめまいがして、膝が震える。

彼がうめいた。「本当はこんなところでするべきじゃないんだが……もうこんなになってしまった」エロスは密着した体のあいだに手を入れてズボンのボタンをはずした。屹立《きつりつ》したものが彼女の腹部にあたる。彼はアラニスを抱えあげて一気に貫いた。あまりの快感に彼女は悲鳴をあげた。エロスに抱かれることはなにより自然な行為に思えた。彼の首にしがみつき、つきあげる腰にリズムを合わせる。エロスは容赦なくアラニスを高みへ追いたてていった。

彼女の視界が白くなり、強烈な喜びが体を引き裂く。「お願い！　やめないで！」アラニスは激しく痙攣し、彼をしめつけた。

エロスが苦しげに頭をさげ、恍惚のうめきをあげる。

気づくとアラニスは岩壁に囲まれた小さな入り江に横たわっていた。汗まみれの体を絡ませながら、打ち寄せる波音に耳を澄ませる。彼女の心はどこまでも穏やかだった。

「もう動けない」エロスが弱々しく笑う。

アラニスの頬が熱くなった。「最初の慎み深さはどこへ行ったのかと思っているんじゃない？」

「本気できいているのかい？」エロスは頬杖をついてにやりと笑った。「ぼくがきみの本質を見ぬけないとでも思うのか？」彼の目がすらりとした脚をなぞって再びアラニスの目をとらえた。「きみは炎だ、アモーレ。女の姿をして猫の瞳を持った金色の炎なんだ」

アラニスは唇を噛んだ。「だから……だからわたしをベッドに誘ったの？　わたしの体が……魅力的だから？」

「そっちから誘ったんじゃないか」エロスは問いかけるようにほほえんで彼女の上にのしかかった。「あんなにそそられたのははじめてだった」じらすように唇を重ねる。

アラニスはごまかされまいと彼の胸に手をあてた。「つまり、これは束の間の遊びなの？」

「遊びだったら……」彼はまじめな声で言った。「キングストンを発った夜に奪ったさ。今と同じようにきみを組み敷いていたんだぞ。でも、ぼくはあのとき踏みとどまっただろう？」

「いずれにせよ、わたしがとめたわ」

「きみの一生を台なしにしたくなかったんだ」

アラニスはどきりとした。「恋人同士になって、わたしの人生は台なしになったと思う？」

「ぼくがいないほうが幸せになれるとは思うよ」エロスはほほえんだ。「だが、答えはノーだ。台なしになったとは思わない。事情が変わった。だからおじいさんに手紙を書いてほしいんだ。きみが無事なことを知らせないといけない。サラーに届けてもらうよ」

「手紙を？」アラニスは彼の体を押しのけて上体を起こした。「祖父がこのことを知ったら、イングランド海軍の軍艦にアガディールを砲撃させるでしょう。公爵の孫娘が未婚のまま愛人を持つなんてあり得ないもの。あなただってそれはわかるでしょう？」

エロスも上体を起こした。「だが、居場所を知らせないでいれば、三週間もしないうちにおじいさんのことが心配でたまらなくなるはずだ。そうなってもぼくはきみをイングランドへ帰してはやれない。ぼくはきみを放すつもりはないからね。きみはぼくと一緒にいるんだ」

「じゃあ、祖父になんと書けばいいの？」

「ぼくと一緒にいると書いたらいい」

この人はわたしを試しているのだろうか？　ミラノ公の末裔であるステファノ・スフォルツァと一緒だと書けば、祖父の怒りも多少はおさまるだろうが、エロスはそれを秘密にしたがっている。彼の女性不信を思えば、祖父に真実を告げることはできない。

エロスがこちらを見つめているのがわかった。「自分の行為を恥じているんだろう？」冷ややかな声だ。

「あなたが手紙を書いて、わたしが署名するのはどう？」アラニスは穏やかに提案した。

エロスが立ちあがる。彼はそのまま水際へ行って貝を拾いあげ、波に向かって投げた。

「きみがぼくになにを望んでいるのか、ぼくになにができると思っているのかわからない。だが……」アラニスに向き直る。「ぼくはきみと一緒にいたい。ずっとアガディールにいる必要はない。旅行したっていい。きみの好きなところに連れていくよ。航海日記に書いていた場所すべてに案内してあげる」

彼女は顔をしかめた。「日記のことは思いださせないで。勝手に日記を読むのは信頼にもとる行為なのよ」エロスは夢をかなえようと言ってくれたが、こうなった以上それだけではだめだ。彼に望むことはもっと大きい。アラニスは話をもとに戻した。「祖父に居場所を知らせたらすべてうまくいくと思うの？　そんなわけにはいかないわ。結婚もせずあなたと暮らすことを許してくれるわけがない。あなたに戦いを挑むか、強引に結婚させようとするかのどちらかね」彼女はエロスの反応を待った。

「結婚することはできない。おじいさんもそれは望まないだろうしね。きみは以前の生活か、ぼくとの生活かを選ばなければならないんだ。これがぼくの生き方だ。ふたつの世界で引き裂かれる定めなんだ。ぼくはミラノのことを胸にしまい、生きるために必要なことをしている」エロスはざぶざぶと海に入り、頭から水中へもぐった。

妻に頭を噛み砕かれるのではないだろうか？　サラーの視線の先には、黒い瞳をぎらつかせて戻ってきたかと思うと、従者が運んできたコーヒーポットに突進するナスリンの姿があった。サラーはなるべくへりくだって尋ねた。「ぼくにもコーヒーをもらえるかな?」ナスリンが夫をきっとにらむ。「ご自分でどうぞ!」

サラーはやれやれとベッドから抜けだし、自分のコーヒーを注いだ。カフェインで眠気を払って、不穏な状況に対峙《たいじ》しなければならない。「ああ」こくのある液体が喉を通過すると生き返った心地がした。「それで、なにがあったんだい？　この危機をのりこえるためにぼくにできることがあるのかな?」

「むしろあなたはやりすぎたのよ。あとはどうやってもとに戻すかを考えるのね」

「どうやら愛に飢えた友人の件らしいな」

「愛に飢えた友人とはよく言ったものね。わたしの友人は愛に飢えているけれど、あなたの友人は下半身の火を消したいだけでしょう？ ゆうべからあのふたりがどうなったと思う？ あなたがよけいなお節介をしてから」

「ついにやったのか！ いいぞ！ その気になれば女の抵抗など簡単に崩せるものさ。いいか、エロスはぼくの英雄だ。きみのやかましい説教にもめげなかったんだからな。それで、結婚式はいつなんだ？」

ナスリンは夫をにらんだ。「うぬぼれるのに飽きたら自分できいてくればいいわ。結婚式があるとは思えないけど。あなたはよけいなことをすべきじゃなかったのよ。自制していたエロスの背中を押すなんて。あの人、高貴な愛人を持ったつもりなのよ。女性に愛情を注げる人じゃないってわかっているくせに」

「エロスは孤独なんだ。アラニスを必要としている。時間とともに欲望も愛に変わるさ」

「その前に彼女がどうなるか心配だわ。ぼろぼろになってしまうかもしれない」

サラーがしかめっ面をした。ぼくはエロスの感情を読み違えたのだろうか？ 友人の心を悩ませていたのは真実の愛ではなかったのか？ しかし、エロスは感情を操るのも女性を落とすのもうまい。「ぼくから話してみよう」

「わたしもアラニスにそう言ったんだけど、断られたわ」

サラーはため息をついた。「エロスは火遊びをしているんだ。それがどんなに危険かわかりもしないで。デッラアモーレ公爵は力のある人物だから、遅かれ早かれ、この話を聞きつけてエロスを追いつめるだろう。一生、アラニスを砂漠に隠しておくことはできない」

「どうしたらいいの？」

「解決法はひとつしかない。エロスは気に入らないだろうがね。アラニスをイングランドへ連れて帰るんだ」


エロスは水しぶきとともに海面に顔を出した。たくましい上半身が海水で光っている。彼は海色の瞳を輝かせ、つややかな黒髪から水気を払ってアラニスにほほえみかけた。「一緒に泳ごう、金の妖精《ニンファ・ビオンダ》」

アラニスは岩に寄りかかり、砂のなかで爪先をもぞもぞさせた。透きとおった海面から裸の上半身をのぞかせている恋人を見ながら、先ほどの会話を反芻する。エロスは〝結婚することはできない〟と言った。いずれは彼のことを祖父に打ち明けなければならないだろう。わたしの未来はどうなってしまうのかしら？

エロスが飛ばした水しぶきが彼女の足を濡らした。「さあ《ダイ》、水のなかへおいで。いたずらはしないから」アラニスが挑戦的な笑みを浮かべて首を横に振ると、彼が一歩、近寄った。

「したがわないと無理やり引っぱりこむぞ」

「わかったわよ。横暴な人ね」彼女は熱い視線を意識しながら急いでシャツを脱ぎ、紺碧《こんぺき》の海へ飛びこんだ。太陽がさんさんと降り注ぐ海面から顔を出すと、本物の妖精になった気がした。「わたしのことを呼んだ?」

「ぼくの美しい魂《アニマ・ベラ》」エロスはアラニスのウエストをつかんで濡れた乳房を自分の胸に押しあて、イタリア語でつぶやいた。「ぼくはきみの吐息のなかで燃えあがる。ぼくはきみだけのものだ。きみを失う以上につらいことはない」

「いつか……」アラニスはつぶやいた。「わたしにもわかる言葉で言ってね」

「いつかね」エロスはにやりとして彼女の顔をなめた。

アラニスは顔をしかめて彼を押しのけ、こみあげてきた笑いをこらえた。「いやだ。わたしを昼食と間違えないで。いたずらはしないって言ったじゃない」

エロスはえくぼを浮かべて笑った。「嘘をついたんだ」

「それもあなたの悪い癖だわ」

「ぼくは悪い男だからね」エロスは再びアラニスを抱き寄せ、顎まで水につかって彼女の脚を自分の体に巻きつけ、唇を合わせた。「でも、そこが好きなんだろう?」

「とっても」

エロスの目が陰った。「ぼくのことがすべてわかってしまったらどうなるだろう? きみが砂丘やイタリアの食事、そしてぼくに飽きたら?」

アラニスは胸がとろけそうになった。尊大なミラノのプリンスが――わたしが知り得る限りでもっとも強い男が、わたしに捨てられることを恐れている。これまでそんな心配をしてくれた人はいなかった。むしろ、わたしは愛する人に捨てられるほうだった。「あなたこそ、わたしに飽きたらどうなるの？」彼にはたくさんの恋人がいたけれど、ひとり残らず捨てられたのだ。

「先のことを考えてもしかたがない、と言うしかないな」

結婚の誓いもたてずに男性と生活をともにするのは、アラニスが教わってきた価値観の対極にあった。しかし、将来が不安なのはエロスも同じらしい。彼の笑顔や愛情深いまなざしを見ていると、なんでもできるような気がしてきた。彼女は濡れた首に手をまわして三日月形の傷にキスをした。「この傷はどうしてできたの？」

「まぬけなスペイン人《スパニョーロ・ストゥーピド》のせいさ。ミラノの塔から逃げようとしたぼくに襲いかかってきたんだ」

「それで私掠船の月《エル・アマル》と呼ばれるようになったのね」人生を分断した傷だ。「かわいそうに、ジェルソミーナはさぞ怖い思いをしたでしょうね。慣れ親しんだ屋敷をあとにして、顔がぱっくり裂けた血だらけの兄と夜通し馬に乗るなんて……。あなたもまだ一六歳だというのに妹を抱えて逃走したんでしょう？」

「切り裂かれたのは心だ。そっちのほうがずっと痛かった」

「そうでしょうね」アラニスは静かに言った。「でも……」

黒い眉がつりあがる。「なんだい？」

「あなたのお母さまのことよ。なにか事情があると思うの。あなたの言うような愛情深い母親だったなら――」

「アラニス」エロスが抑制のきいた声で言った。「母のことは話したくない」

「わかっているわ。でも生きていらっしゃるなら理由がわかるかもしれない――」

「理由などどうでもいい！　いつの日か再会することがあったなら、何年も前にすべきだったことをするまでだ」エロスの目に憎しみが燃えあがる。「この手で殺してやる」

アラニスは彼の瞳を探った。一六年が経過してもまだ憎しみの炎は消えていない。「あなたがそんなことをするとは思えないわ。当時できなかったのだから、きっとこの先もできない。見ず知らずの人の首をはねることと、産みの親を殺すことは違うわ。あなたはそんなことができる人じゃない」

「では父はどうなる？　仇《かたき》を討たなきゃ父が報われない」

「あなたの人生はギリシア悲劇とは違うわ。お父さまのことは不幸だったと思うけれど、叔父さまを殺して仇を討ったじゃないの。本気で人生をたて直したいなら未来に目を向けなくては。ミラノに戻って、失ったものをとり戻し、フランスとスペインに拘束されている人々を解放するのよ」

エロスはアラニスから離れ、海と空のまじわるところを見つめた。「アイスキュロスの『アガメムノーン』を読んだことがあるかい？　トロイ戦争に勝利して帰還したギリシアの司令官が、妻とその恋人に殺される話だ」

アラニスはけげんそうにうなずいた。「ええ」

「アガメムノーンには息子がいた。オレステスだ。父親が死んだとき、オレステスはまだ幼かったが、成長するにつれ自分のなすべきことに気づいた。父親を殺した相手を殺すこと、それはすべてに優先すると。ただ、母親を殺せば、神にも仲間にも忌み嫌われることになる。彼にとっての聖なる務めは、世間では大罪だった。正義を貫こうと思えば、いずれかの罪を負わねばならない。父親を裏切るか、母親を手にかけるか」

「オレステスの悩みは道徳的なものだけれど、あなたの場合は心の問題でしょう。同じではないわ」しかし、その言葉はエロスに届いていないようだった。「それで、オレステスはどうしたの？」

「オレステスはデルポイの神託を求めた。アポロンのこたえははっきりしていた。〝殺人者ふたりを殺せ。死は死をもって償い、血は血で洗い流せ〟オレステスは父の仇を討って、その身に大罪を負うしかなかった」

「大罪……」アラニスはぞっとした。

「〝神は命じた。死者の怒りをなだめよと〟」エロスは『アガメムノーン』から引用した。「〝死者の声を聞かぬ者は、逃げ場を奪われ、孤独にさまようだろう。闇を照らす炎もなく、声をかける友もいない。さげすまれ、惨めさのなかで死ぬだろう〟オレステスは母親を殺し、恐怖にとりつかれて地上をさまよった」

アラニスはようやく理解した。エロスは自分自身を罪人と考えているのだ。だからこそ暴力に走り、砂漠に建てた大理石の墓に住むことで自分を罰している。ときおり売春婦を抱き、祖国を引き裂いた国王をからかいはしても、自らの人生を築くことなく。

エロスはため息をついた。「すべてを失い、苦しみに耐えきれなくなったオレステスは、アテナの助言をあおいだ。知恵の女神は彼を許した。復讐の女神アラストルに、オレステスが罪を償ったことを認めさせたんだ。こうしてオレステスとその子孫はようやく一族の呪いから解放された」

「お母さまを殺せば、お父さまの恨みを晴らし、あなたの一族の呪いを解くことができると思うの？　もう充分苦しんだでしょう？　一六年前の恨みは忘れたほうがいいわ。たとえ彼女が本物の貪欲な女怪物《ハルピュイア》だったとしても、相応の罰は受けたはずよ。家族も地位も恋人も失ったのだから。殺せなかったことを恥じることはないわ」

エロスは水平線から目をそらさなかった。「それを恥じているんじゃない」

わたしに話せないことがほかにもあるのだろうか？　アラニスは彼の頬に手を置いて、自分のほうを向かせた。「自分を許すの。お母さまは許されない過ちを犯したかもしれない。でも、あなたはお母さまを愛していたんでしょう？」柔らかな声でつけ加えた。「今も……愛しているんでしょう？」

エロスは目を閉じた。喉仏がびくりと動く。その姿があまりにもろく見え、アラニスはまぶたと唇、頬にキスをした。エロスが彼女を思いきり抱きしめる。彼の唇がアラニスの唇を探りあてると、ふたりは魂の片割れを確かめるように熱く求めあった。血液が甘い蜜に変わる。〝愛しているわ〟彼女は心のなかでささやいた。

エロスがアラニスを見つめた。「さっきは欲望のままに奪ってしまった。償いをしたい。いいかな？」

彼女の体に震えが走った。「ええ」

彼はアラニスを抱いたまま浜へあがり、脱ぎ散らかした服の上に横たえた。自分も隣に寝そべって首筋や乳房にやさしいキスを落とす。「ああ、なんて柔らかいんだ。きみの手ざわりや味が大好きだ」

アラニスはエロスに笑いかけた。「あなたは生粋のイタリア人ね……」

「そうさ。イタリア人は世界一のロマンティストなんだ」エロスは時間をかけてアラニスの体を探索し、彼女自身も知らなかった秘密を探りあてた。剣で生きのびてきたとは思えないほどの繊細さで、忍耐強く巧みな愛撫を繰りだす。アラニスはいとも簡単に反応する自分に驚いていた。撫でたりつかまれたりするだけで、全身がびくびくと痙攣してしまう。エロスは限界まで彼女の興奮をあおった。

「エロス……」アラニスはかすれ声で言った。「わたしにもさせて。お願い」

彼の体に震えが走る。エロスは大きく息を吐くと、にっこりしてうなずいた。「お手柔らかに頼むよ」そう言ってあおむけになる。アラニスは新しく会得した知識を総動員して彼を身もだえさせた。爪と唇と髪で肌の上をなぞる。エロスの体は無数の傷で覆われていたが、彼女の目には完璧に映った。

相手の反応に勇気を得たアラニスは頭を下に移し、腹筋の割れ目にキスをして、下腹部にあたたかい息を吹きかけながら舌でなぞった。

エロスの体がびくりと跳ねる。「ぼくを殺す気かい?」彼はそう言って再び上になり、アラニスの顔の脇に腕をついて上半身を支えた。腕の筋肉が盛りあがる。「アラニス……」

彼女は欲望に色を増した瞳を見あげた。「あなたは好きにさわるくせに、わたしはだめなの?」

「好きなだけさわっていいよ、アモーレ。ただ……今はだめだ」

「なぜ?」

「なぜなら……」エロスはゆっくりと体をさげてアラニスの腿のあいだに脚を入れた。「ぼくはきみに夢中だからさ。自制心を失ってしまう。今はきみのその美しい体をじっくり探索したいんだ。さかりのついた兎《うさぎ》みたいに求めあっていたら――きみに口でされたら確実にそうなるだろうが――絶頂にたどりつくことなく終わってしまう」

エロスはキスと同時に彼女のなかに押し入った。激しい快感にのまれてふたり同時に叫び声をあげる。アラニスは彼の腰に脚を巻きつけ、相手が完全に自分の一部になるよう深く迎え入れた。エロスが腰を引き、再び強く貫く。アラニスはあえいだ。どうやっても声を抑えることができない。エロスがアラニスの腹部に手をあて、かすかに押して刺激を強めると、彼女はたちまちわれを忘れ、無意識の世界へ漂いかけた。

エロスの腕をつかみ、痙攣しながら解放を求める。エロスは動きを速め、アラニスを歓喜のきわみに押しあげた。「我慢しないで、アモーレ。ぼくは抑制しているけど、きみは女だから何度でも絶頂を味わえるはずだ。我慢しなくていい」

我慢などできるわけがない。エロスの生みだすリズムが鼓動のように体内に響く。アラニスは彼の下でとろけ、さらなる高みを求めた。

太陽の下、ふたりは外界を締めだして愛の行為に没頭した。互いの味と感触に酔いしれながら、波と一緒に寄せては砕ける。情熱のなかでひとつにとけあって、より深い快感を求めあった。いとしい男性の存在と砂の香り、まぶしい太陽、そしてしぶきをあげる波音が媚薬《びやく》のようにアラニスの頭を麻痺させる。

果てしなく続く恍惚のなかで、彼女は心を決めた。この荒々しいミラノ人を全身全霊で愛そうと。いつか彼も愛を返してくれることを願って。


離れた岩場の陰からふた組の目が恋人たちを苦々しげに見つめていた。チェザーレは悪態をついた。体がほてり、汗が滝のように体を伝っていた。イングランド公爵の孫娘がサフラン色の髪にすらりとした肢体を持った美人とは思わなかった！　彼女がステファノと一緒にいるのが癪にさわる。いとこには苦痛と血と辱めを与えてやらねばならない。いっそひと思いに殺してくれと懇願するまで。

「もう二時間になりますねえ」ロベルトが小さな目を見開いて、しまりのない声で言った。「いつまでやってるつもりなんでしょう？　さすがのギリシア人もオリンピックの種目に性交を加えたりはしなかったのに」

「黙れ、ばか者！ わたしの靴によだれを垂らすな！」チェザーレは望遠鏡をたたみ、部下を押しのけると、レースのスカーフをとりだして額の汗をぬぐい、これほどの高ぶりを感じるのはいつ以来だろう？ 体の底からつきあげる欲望に、下半身が痛いほどはりつめている。近いうちにあのブロンド女も手に入れよう。ステファノの存在を忘れるほど徹底的に楽しませてやる。

ロベルトは立ちあがって粗末な服から砂を払った。「次はどうします？」

チェザーレはにやりとした。「黒い獣《ベーテ・ノアール》の登場だ」

「もう戻らないと」エロスがため息をついた。「馬を食べられそうなほど腹が減ったし、サラーとナスリンが心配する」

アラニスはズボンに脚を通しながら答えた。「わたしは冷たいジュースをバケツ一杯飲めそうよ」

「いいかい」エロスは彼女の頬から砂を払い、共謀者の笑みを浮かべた。「旅だつ友人と昼食をとって見送りをしたら、ぼくの部屋で昼寝をするんだ」

「お風呂付きならいいわ」アラニスが服を着て屋敷に戻ろうとしたとき、トンネルを抜けてドルチェがやってきた。まだら模様の首に調理人のスカーフを巻いている。

エロスは楽しげに笑った。「昼食の知らせだな。マスタファは変わったユーモアの持ち主なんだ」彼は豹の頭を撫でた。「行け《ヴァイ》。アントニオに料理を冷まさないよう伝えてくれ」

ドルチェは主人の手をなめると、従順にトンネルのほうへ駆けていった。

アラニスは声をあげて笑った。「賢いのね」

「ドルチェはなんでもわかるんだ」エロスが誇らしげに言う。「独占欲が強くて甘ったれで、ローマのプリンセスより好みがうるさいけどね」

「どこであの子を見つけたの？　普通の人は豹を飼ったりしないでしょう？」

「あの子のほうがぼくを見つけたんだよ。まだ小さいとき、腹をすかせて脱水状態になりかかっていたんだ。たぶん母親が死んで迷子になったんだろう。サハラ砂漠は野生の豹の生息地だが、水も食料も乏しい。ぼくはあの子を連れ帰り、すっかり元気になってから山岳地帯へ戻そうとした。でも、あいつは戻ってきてしまう。雄の豹を見つけてやろうかとも思ったんだが、二匹の豹を屋敷に閉じこめるのは残酷に思えてね。いつかあいつが健康な雄を見つけて野生に戻ってくれるといいんだが」

アラニスは横目でエロスを見た。「ドルチェはもうお相手を見つけたのよ。鏡を見てごらんなさい」彼女はにっこりした。「ドルチェの気持ちもわかるわ」

エロスはアラニスの腰に腕をまわした。「ぼくがぶちのある大きな猫に見えるかい？」

「というより青い瞳をした黒豹ね。とても獰猛な」

エロスは彼女のウエストをぎゅっとつかんだ。「その獰猛な獣は金の妖精のものだから、ドルチェにはほかの相手を見つけてやらなきゃいけないな」

ふたりの笑いは咳払いに中断された。振り向いたアラニスとエロスは凍りついた。カービン銃をかまえたアルジェリアの海賊とフランス軍兵士が、ふたりが通ったのとは別の道から入り江に入ってくる。そのなかに、タオフィックの甥であるハニの姿もあった。ヨーロッパ貴族のようないでたちをした男が前に進みでるのを見て、アラニスは驚きに目を丸くした。愕然としているエロスをちらりと見てから、貴族らしき男に目を戻す。傷や日焼け、そして髪の長さを別にすれば、ふたりは双子のようにそっくりだ。だが。瞳だけはまったく違った。リーダー格の男の瞳は同じ海色といっても、あたたかみのかけらもなかった。

男は欲深い笑みを浮かべた。「やあ、ステファノ。久しぶりだな《サルーティ》」

「逃げろ、アラニス」エロスがかすれた声で言った。「急げ！」

男がアラニスに銃口を向け、英語に切り替えた。「ステファノ、その美しい女性を紹介してくれないか。一六年もならず者のなかにいて礼儀も忘れたのか？」アラニスに笑いかける。「彼の名がステファノだということは知っているんだろう？　いつもは自己紹介するほど長続きしないようだがね」

エロスは男をにらみつけ、イタリア語で警告した。男が笑う。

「エロス、この人は誰？」アラニスは一歩も動けないまま ささやいた。

エロスのまなざし《シ》に緊張が走る。「いとこのチェザーレだ。カルロの息子さ」

「そうさ。怖いくらい似ているだろう？　きょうだいと間違えられるほどだ。おまえの母親は売女《ばいた》だから、その可能性も否定できないがな」チェザーレは冷ややかに笑った。

ハニがチェザーレの脇に進みでる。「なにをぐずぐずしてるんだ？　こいつの仲間が押し寄せてくる前にさっさと捕獲して逃げよう」

チェザーレが歯ぎしりをする。「黙れ、ばか者《イディオータ》!」

エロスがフランス軍兵士に目をやった。「ルイに泣きついたのか。ありそうなことだ。祖国と魂をいくらで売った?　どうせ数千リーブルだろう?」

「おまえなんかにはもったいない額だ」チェザーレが吐きだすように言った。「わたしが次のミラノ公になることを喜んで、気前よく出してくれたよ」

「ルイに限ってそれはない。あのけちのことだ。ブラックジャックの負けをおまえに回収させるつもりだろう。カードが下手だからな」

チェザーレの顔が赤くなる。エロスはにやりと笑って腕を組んだ。アラニスは、彼が時間稼ぎをしていることに気づいた。部下が異変に気づくのを期待しているのだ。

「で、なにが望みだ?　そうでなければ、とっくに殺しているはずだろう」

チェザーレは身をかたくした。「メダリオンだ」

エロスはのけぞって笑った。「かわいそうに。もう一六年にもなるのに、ぼくの死を証明しなければミラノが手に入らないわけか。おまえがルイを頼る気持ちもわかるよ」

アラニスはエロスの首を見た。メダリオンは昨夜から寝室のテーブルに置いたままだ。

「ルイは進んで協力してくれた」チェザーレが嘲笑する。「おまえは自分で思っているほど好かれていないようだぞ」

「ルイは自分以外の誰も好きにならない」エロスが言った。「自分とフランス以外は。フランスはやつの一部だから、同じことだが。たぶん、おまえがぼくを見つけられるとも思っていないだろう。好奇心から尋ねるが、アルジェでぼくの敵を探せと命じたのもルイだろう？」

「アルジェの連中も役にたってくれたよ。どうやらこの世におまえの味方はいないようだ。みんなおまえの死を願っている。さあ、メダリオンをよこせ」

「おまえがメダリオンを手にすることはない。あれは父のもの。ミラノの正当な継承者のものだ。これからもな」

しびれを切らしたハニがチェザーレに歩み寄った。「こいつらを捕獲してさっさと逃げよう」

「まだだ！」チェザーレが声を荒らげる。「やつがわたしのほしいものをさしだすまではだめだ」

エロスはその隙にアラニスを引き寄せた。「今だ、逃げろ！」

「女が動いたらおまえを撃つぞ」チェザーレが銃口をエロスに向けた。「そこのブロンド、どうする？」

「行こう《ヤッラ》！」ハニが口を挟む。「ほしいものがなにか知らないが、あとで手に入ればいいじゃないか」

「おまえの意見などきいていない！」チェザーレが怒鳴った。「おまえの役目はすんだな」

チェザーレはハニに銃口を向けて引き金を引いた。ハニが腹部を押さえて崩れ落ちる。

エロスはアラニスのほうを向いた。「さっさと行け。ふたりして死ぬことはない！」

アラニスは恐怖でいっぱいになりながらも、その場を動かなかった。「死ぬときは一緒よ」

エロスは彼女をつきとばして怒鳴った。「イングランドへ帰るんだ！ ぼくのことは忘れろ！ おじいさんに頼んで退屈な貴族の夫を世話してもらうといい！ ぼくにとってきみはただの気晴らしなんだから！」

アラニスの目に涙がこみあげる。「あの男に連れていかれたら、二度と会えなくなるのよ……」

エロスは目をぎらつかせ、歯をくいしばった。「だとしたら、それだけのことだったんだ。行け、アラニス。頼む……行ってくれ」

アラニスは最後にエロスの姿を心に焼きつけると、男たちに背を向けて走りだした。怒声とともに銃声が響く。銃弾が周囲の岩をえぐるなか、彼女はトンネルの入口につないだ馬のところまで無我夢中で走った。助けを呼べるかもしれないという可能性にすがって馬に飛び乗り、ジョヴァンニのもとへ急ぐ。

屋敷の門が見えてくると、守衛に浜へ向かうよう命じ、馬をおりてジョヴァンニの名前を連呼した。海賊たちの宿舎から、ジョヴァンニとニッコロとロッカが飛びだしてくる。アラニスの簡潔な説明を聞いて、彼らはすぐに行動を開始した。武器を手に馬にまたがり、門から飛びだしていく。騒ぎを聞きつけてマスタファやサラーも玄関に出てきた。

アラニスは息を切らし、涙を流しながら再び状況を説明した。「サラー、一緒に来て。岬の向こうに船が見えたの。チェザーレがエロスを連れ去ってしまうわ。そんなことになったら行方がわからなくなってしまう。二度と彼に会えなくなってしまう」

サラーはアラニスを連れて門を出ると、砂を蹴散らして傾斜のきつい丘をくだった。トンネルを出入りする男たちと馬が見えてくる。ニッコロとジョヴァンニは彼女の姿を認めると、うなだれた様子で近寄ってきて、首を横に振った。

「いやよ！」アラニスはトンネルに飛びこんだ。砂浜に事切れたハニが横たわっており、そのまわりにいくつもの足跡が残っていた。彼女の全身はがたがたと震えだした。エロスは連れ去られてしまったのだ。

# 20

アラニスは砂浜にくずおれて泣きたかったが、そんなことをしている場合ではないと自分に言い聞かせた。エロスを助けなければ。顔をあげると、サラーと海賊たちが暗い表情でこちらを見つめていた。

「ありったけの船を集めて」アラニスはジョヴァンニに指示した。「すぐに出航よ」

数時間後、艦尾甲板に立ったアラニスは、夕日に染まる荒涼とした海岸線を見つめていた。どうしてこんなことになったのだろう？　このわたしが、アラストル号の海賊たちを仕切って、エロスの生死にかかわる決断をくだすことになろうとは。

〝かわいそうな海賊は、繊細で美しい手をした女性に命を助けてもらったことを光栄に思うよ〟というエロスの言葉と、〝どうやらこの世におまえの味方はいないようだ。みんなおまえの死を願っている〟というチェザーレの言葉が交互に浮かんでくる。

アラニスは目を閉じて心のなかで祈った。「待っててね。わたしが助けるから」

ニッコロが隣に来てやさしく肩をたたいた。「心配ない。必ず船長は見つける。船長のためなら命も投げだす連中ばかりだ。おれたちがやってこられたのは船長のおかげだからな」

「アルジェかフランスの船はまだ見つからないの?」アラニスの問いに、ニッコロは気まずそうに目をそらした。「なに?」彼女は追及した。「はっきり言って」

「凪《なぎ》になってきたし、あっちはかなり先を行っている。これじゃあ目隠しして航海しているようなもんだ」

アラニスは手すりから体を起こした。「作戦会議をしましょう。ジョヴァンニとグレコを呼んで。ほかにもいいアイディアを持っていそうな人がいたら連れてきてちょうだい。場所はエロスの船室よ」

しばらくしたあと、アラニスは男たちの話に耳を傾けながら、黒と紫の敷物に爪先をめりこませていた。

「城塞《カスバ》に戻るのがいちばんじゃないか?」サラーが言った。「太守は少し前から躍起になってエロスの首をねらっていた。サナーがなにか教えてくれるかもしれない」

「フランス国王も一枚噛んでるぞ」ニッコロが言う。「フランスに連れていかれた可能性もある」

「それを言うならミラノもだ」ジョヴァンニが補足した。「チェザーレってやつはミラノ人なんだろう?」

アラニスはうなずいた。「でもミラノは戦争状態でしょう? わたしがチェザーレなら、そんな危険なところよりもっとよく知っている場所を選ぶわ。好きなだけ閉じこめておけるような場所を。アルジェやフランスも避けるでしょうね。太守にもフランス国王にも口出しされたくないもの」

「イタリアはさほど大きな国じゃないが、細かく分割されてるから行き先はいくらでもある」ニッコロが言った。

「だからむやみに敵をつくるなと言ったんだ」サラーがため息をつく。「太守が邪魔者を排除しようとしたのかもしれないし、ハニの単独行動かもしれない。フランス国王が嚙んでいるかもしれないし、チェザーレひとりのしわざかもしれない……」サラーはアラニスに目を向けた。

「どこにいてもおかしくないんです」アラニスはパニックに陥りそうになった。

「助けてくれそうな人に心あたりがあるわ」ナスリンの声に一同が振り返った。「シディー・ムーサ・ダグルーといって、サフィー近くの洞窟に住んでいる盲目の漁師よ。サフィーはアルジェまで数時間のところだから、航海の途中で寄ればいいわ」

　アラニスは感謝をこめてほほえんだが、サラーは顔をしかめた。「シディー・ムーサはただの占い師だ。しかもいんちきだという声もある。モロッコ人は井戸が干あがるとやつを招くが、それだって効果があるのかどうか怪しいもんだ」

「シディー・ムーサは聖人よ！」ナスリンが言いはった。「それに、最初に占い師を持ちだしたのはあなたでしょう？　彼のところへ寄ってもまわり道にはならないし、うちの妹の話では、去年、行方不明になった駱駝がつけていた鞍の金属部分に触れてその居場所を言いあてたんですって。エロスのメダリオンを持っていけば居場所がわかるんじゃないかしら？」

ニッコロとダニエロは目をまわしてみせたが、正面きって反論したのはサラーだけだった。「ばかげてる！　そんなことをする暇があるなら、少しでも早くアルジェに行って情報収集したほうがいい」

ナスリンは夫をにらんだ。「あなたの占い師に会いに行くのは論理的で、モロッコに住む人たちの尊敬を集める人物の意見をきくのはそうじゃないとでも——」

「その人のことをもっと詳しく教えてください」アラニスは口を挟んだ。こうしているあいだにも時間は失われていく。

「寛大で賢い人よ」ナスリンが請けあった。「子供のころ、うだるようなマラケシュを脱出して両親と避暑に行ったとき、姉妹で彼の洞窟をよく訪ねたの。シディー・ムーサは魚のフライを分けてくれたり、地元の人は聞いたこともない異国の話を聞かせてくれたりした。あの人は特別だわ。行方不明の人が身につけていた金属に触れると居場所がわかるの」

「人じゃなくて駱駝だろう？」そうぼやいたサラーを、ナスリンはきっとにらんだ。

「あんたしだいだ」ニッコロがやさしく言った。「シディー・ムーサ・ダグルーに相談してみるか？」

全員の視線がアラニスに注がれる。エロスなら、この新たな展開にどう対処するだろう？　彼女は胴着に押しこまれたメダリオンに触れた。チェザーレはメダリオンほしさにエロスを捜しだした。これが悲劇の発端だ。エロス自身はミラノの支配権など求めていないが、完全に放棄することもできないでいる。これは彼にかけられた呪い。

ミラノ公の地位をカルロの息子に奪われるくらいなら、エロスは死んだほうがましだと言うだろう。だが、アラニスはエロスに生きていてほしかった。メダリオンなどなくなってしまえばいい。チェザーレの居場所をつきとめた暁には、メダリオンと引き換えにエロスの解放を要求しよう。彼女は顔をあげた。「まずはシディー・ムーサのところへ行きましょう」


その夜、アラストル号はサフィーの沿岸に錨をおろした。アラニスたちは二隻のボートで上陸し、浜に火をおこして夕食の準備をしている漁師たちに声をかけた。ナスリンが自己紹介をして、アラストル号から持ってきた果物と毛布をうやうやしくさしだす。漁師たちはそれを受けとり、よそ者の彼らにコーヒーと魚のフライをすすめてくれた。焚き火の周囲に落ち着くと、ナスリンは漁師たちに話しかけた。マラケシュの赤い町《エル・アマラ》に住んでいたと説明して洞窟を指さす。

「自分はマラケシュから来たと言っている」サラーがアラニスの耳もとにささやいた。「シディー・ムーサを心から尊敬していて、子供のときに姉妹でよく彼のもとを訪れた。だから彼の洞窟を教えてほしいと。さあ、漁師たちはなんとこたえるかな？」

漁師たちはひそひそ相談したあと、代表がナスリンに話しかけた。ナスリンがアラニスにうなずく。「信用してくれたわ。シディー・ムーサは少し先の洞窟に住んでいるそうよ。案内してくれるって」

一同は親切な漁師の案内で、崖の側面にぽっかりとあいた洞窟に近づいた。しわだらけで弱々しい風体の老人が、焚き火のそばで横笛を吹いている。

「わたしたちは神の祝福を受けてきました。シディー・ムーサ」ナスリンは老人の前に腰をおろして脚を組んだ。挨拶を兼ねて両手を老人のほうへさしだす。老いた漁師の顔がぱっと明るくなった。彼は不思議な色の瞳を輝かせ、あたたかな声で話しだした。

「ナスリンの姉妹や両親の様子を尋ねているよ」サラーが通訳した。「ナスリンはさぞうれしいだろうな。両親のことを尋ねてくれた人など、もう何年もいなかったから。彼女の両親は一〇年前に亡くなったんだ」

老人はナスリンの話に耳を傾け、相槌《あいづち》を打ったり質問を挟んだりしている。ふいにナスリンが立ちあがってアラニスのほうへ近寄ってきた。「エロスのメダリオンを貸して」

アラニスは震える指で重い金の鎖を首からはずし、ナスリンに渡した。ナスリンが老人のそばに戻り、しわの寄った手にメダリオンを置く。老人はぐっと集中してメダリオンの表面を撫で、聖なる力に呼びかけた。「ああ！」しょぼしょぼしていた目がきらりと光った。老人は笑みを浮かべ、北をさしてナスリンに話し始めた。

「サラー！」アラニスは丸々とした手首をつかんだ。「通訳して」

サラーは眉をひそめた。「ベルベル語なんだ。ナスリンの説明を待とう」

老人は話し続けている。ようやくナスリンが立ちあがり、アラニスたちのほうへ戻ってきた。その顔は複雑な表情をたたえている。「シディー・ムーサは、メダリオンの持ち主を〝引き裂かれた心を持つ王子《エミール》〟だと言うの」

「サラー！　聞いた？」アラニスは叫んだ。「ほかには？　エロスはどこへ連れていかれたの？」

「それがよくわからないのよ。エミールはまだ目的地に到着していないが、特別な街へ向かっているとか。そこは永遠の街で、絶望の黒い囲いがあるのですって」

「永遠の街？　絶望の黒い囲い？」まったくわからない。ああ、神さま！

「特別な街とはどういうことだ？」サラーが促す。「可能性はいくらでもある。アルジェかもしれないし、パリかもしれない。頭が痛くなってきたよ」

「まだ続きがあるの」ナスリンは不安そうに続けた。「そこへ至る道は長く曲がりくねっているが、どの道を通っても同じ場所へたどりつくんですって」ナスリンは申し訳なさそうに目を伏せた。「ごめんなさい。こんなはずでは――」

「待って！」アラニスはうなじの毛が逆だつのを感じた。「すべての道が通じる永遠の街……」

ナスリンが眉をひそめる。「心あたりがあるのか？」

アラニスは一同に背を向けて海を眺めた。〝すべての道が通じる永遠の街……絶望の黒い囲い〟彼女は星を見あげて息を吸った。「ローマだわ」

# 21

威圧的な雰囲気の漂うサンタンジェロ城の前にたたずむアラニスたちの周囲を、乾燥した冬の風が吹きぬけていく。サラーの腕につかまってテヴェレ川にかかる橋を渡りながら、アラニスはローマの守護神に愛する人の居場所を教えてくれるよう祈った。この街に来て三週間。エロスが幽閉されていそうな場所を訪ねてまわったが、いまだになんの手がかりもない。彼女は希望を失いかけていた。

「まったくの無駄足だったな」アラニスの隣でサラーがため息をついた。「市庁舎ほども人の出入りがある場所にエロスを監禁するやつがいたとしたら脳なしだよ。残念なことに、われらがチェザーレは脳なしじゃない」

「エロスのいとこですものね。もっと要領よくたちまわらないと。わたしたちが無駄に歩きまわっているあいだも、エロスがそのつけを支払わされているんだわ」

「ああ、いまいましい！　朝から晩まで牢屋めぐりをしたり、陰険な看守に賄賂《わいろ》をやったりするのはかまわないが、いかんせん時間がかかりすぎる。今ごろエロスがどんなひどい扱いを受けていることか！　生きているかどうかさえ……」

「生きてます！」アラニスは断言した。「エロスは生きてこの街にいます。そう感じるんです」希望を失うわけにはいかない。今はだめ。あきらめるものですか。彼を……見つけるまでは。万が一のことは恐ろしくて考えられなかった。

「きみの言うとおりだ」サラーが励ますように笑った。「あいつのことだから、きっと看守を悩ませているさ。エロスがロンドンに訪ねてきたとき、スパイ容疑でロンドン塔に閉じこめられた話はしたかな？　それもスペインのスパイと間違えられたんだ。北イタリアの公子《プリンス》をスペイン人と間違えるなんてあきれたもんだ」サラーはくっくと笑った。

「サラー、彼の出生について話したとき、あなたはなにも質問されませんでしたね」サラーとナスリンにエロスの過去を隠しておくことはできなかった。彼が母親に裏切られたことだけは言えなかったけれど……。

「以前からなんとなくそんな気がしていたんだ。貴族出身だということはわかっていた。それはつきあってみればわかるよ。ミラノの紋章も掲げていたしね。面と向かって尋ねる度胸がなかっただけだ。エロスはヨーロッパ大陸の王族や将軍の裏事情に詳しく、政治にひとかたならぬ関心を抱いていた。さすがにステファノ・スフォルツァとは思わなかったが、そもそも出生など問題ではなかった。エロスがどういうやつかってことはわかっていたから」

「今も同じです」

「そうだね。それ以上のことはどうでもよかった。ただ、あいつがきみに打ち明けたことはうれしく思う。エロスは妹以外に心を許せる人物を必要としていた。困ったときにそばで支えてやれる強い心の持ち主を」サラーの黒い瞳があたたかな光を帯びる。「きみは妖精のように美しく、はかなげな外見をしていながら、心はナイフのように鋭くて強い。あいつはきみを対等と認めたんだ」

「そんなに強くありません」アラニスは小さな声でこたえた。実際、心は死にかけている。

「おいで」サラーは彼女の肩に腕をまわした。「橋を渡ってナヴォーナ広場まで歩こう。ココアをおごるよ。きっと力がわくはずだ」

アラニスは促されるまま壮麗な橋を渡った。目の前には息をのむような景色が広がっている。歴代の枢機卿を記念して建造された宮殿や広場、そして神々や皇帝をたたえる記念碑が立ち並んでいた。ここはローマ皇帝とその軍隊、そして教皇や貴族の隆盛と衰退が刻まれた場所、金の鷲の街だ。ロンドンは刺激的だし、パリはため息を誘うが、ローマを前にすると自然と頭《こうべ》を垂れたくなる。クリスマスを目前に控え、通りは赤と緑と金で飾られていた。

「ナスリンの作成したリストでは、次はどこになっていますか？」ナスリンは閉所恐怖症なので、今回は情報収集を担当していた。結局のところ、彼らをローマへ導いたのはナスリンの功績だ。

サラーはしわくちゃの紙をとりだして目を細めた。「カタコンベに地下の納骨堂。古墳もあるぞ。これではきりがないよ。ぼくたちの足の下には地下の街が広がっているんだから」

「エロスがカトリックの墓に生き埋めになっているなんて考えたくもないわ」アラニスは橋のまんなかで立ちどまった。「このままではだめですね。もっと的を絞らないと。ロンドンなら有力者の力を借りるでしょうし、ここでもそうすればいいのではないかしら？」

サラーは葉巻をとりだした。「だが、この街には知りあいがいない。誰を信じればいい？　血縁者か？」

アラニスは身をかたくした。「わたしのですか？」

サラーは悲しげな顔で葉巻を吸った。先端が赤く染まる。「きみのおじいさんのことじゃないよ。力のある人には違いないが、とても頼めないだろう？　エロスのことなどほうっておいてイングランドに戻れと命令されるかもしれない」

「間違いなく祖父はそう言うでしょうね」アクアマリンの瞳が悲しみに曇る。「じゃあ、血縁者って？」

「エロスのだ」

「ジェルソミーナとチェザーレのほかにスフォルツァ家の子孫がいるかどうか……。いたとしても、あの腹黒いいとことぐるかもしれないし」

「母方の家族はどうかね？　母方の生家も相当な家柄なんだろう。誰か、なにか知っているかもしれない」

「どうでしょうか……」エロスは母方の親族に助けてほしいとは思わないだろう。「サラー、知りもしない親類よりも、中立の立場でわたしたちの話を聞いてくれる他人のほうがいいのではないかしら？　人脈があって、この街のことを知りつくしている人。たとえば教皇のような……」

そこでふたりは顔を見あわせ、にやりとした。

「わたしったらどうして気づかなかったのかしら！」

「いや、きみは天才だよ」サラーは葉巻を投げ捨て、彼女を思いきり抱きしめた。

アラニスは希望に胸をふくらませて空を見あげ、心のなかで神に感謝した。もうすぐクリスマスなのだから、奇跡が起きたって不思議ではない。「すぐに教皇のところへ行きましょう！　イタリアのプリンスを救うためだもの、拒否なさるはずがないわ。きっとわたしたちのエロスを見つけてくださる」

サラーが咳払いをした。「わたしたちじゃなく、わたしのだろう？　しかし、夫でもない男の件で謁見を願いでるのだから、もっともらしい理由をつけないといけないよ。きみは若いし、未婚で、この国には家族もいない」

アラニスの心は沈んだ。「もっともらしい理由なんてあるかしら？」エロスとの関係は、教皇の前で説明できるようなものではない。

サラーが眉根を寄せた。「なにか考えよう」

「あなたが謁見するのはどうでしょう？　紳士だし、エロスの親友で、仕事上のパートナーでもある。家族も同然だわ」

彼は首を横に振った。「カトリック教会の長のところへ行くことはできない。教皇の前でひざまずき、手にキスをしたり十字を切ったりすることはできないんだ。信仰を曲げるのは、聴衆の前でライオンと決闘するよりも難しい。たとえ親友のためであっても」

アラニスはがっかりしてうなずいた。「わかります」

サラーがひげを撫でた。「ところで、人命のためなら安息日の決まりは破ってもいいと思わないか？　だったら教皇の前で嘘をつくのも許されるかもしれない」

「そうしなければならないなら」彼女はゆっくりと答えた。「エロスのためなら……」

サラーは鼻を鳴らした。「ならば、ぼくに考えがある」

ふたりは牢獄めぐりを中断して、作戦実行に必要な人物を探し始めた。ぴったりの人物が見つかったことに気をよくして、着替えをするためにカンポ・マルツィオ地区のホテルに戻る。アラニスは教皇の心証がよくなるよう細心の注意を払って身支度をした。そのままエロスと再会してもいいように……。教皇庁にエロスがいるはずもないことはわかっている。彼女はトランクの衣類についた、いとしい人の移り香を吸いこんだ。

サラーとナスリンは、円柱が立ち並ぶサン・ピエトロ広場でアラニスを馬車からおろした。あたりには粉雪が舞っている。尖塔《せんとう》や大邸宅、役所や図書館が広場をとり囲むなか、アラニスの目は正面の大聖堂から動かなかった。ローマ教皇クレメンス一一世の影響力が大聖堂の発するオーラに匹敵するのなら、きっとなんとかしてくださる。

泣きたいほどの不安をこらえて教皇代理の秘書官に謁見を申請する。日はすでに暮れ、広い聖堂のなかは外と同じくらい寒かった。アラニスは謁見を待つ人々でごった返すホールのベンチに腰をおろし、馬車のなかで友人たちと話しあった筋書きを復習した。良心の呵責を軽減するためにも、嘘は最小限に抑えなくてはならない。

アラニスは淑女の鑑のように膝の上で手を組んでじっと座っていた。頭のなかで言うべきことをおさらいし、なかなか減らない順番待ちの列を眺めながらエロスの無事を祈る。そうして数時間がたった。

「失礼します」肩をたたかれたアラニスは、びくっと目を開けた。うとうとしていたらしい。何時だろう？　もう夜中だろうか？　彼女の前には、深紅の修道服をまとった司祭が穏やかな表情で立っていた。「どうぞこちらへ。聖下がお会いになります」

巨匠が手がけたフレスコ画や大理石の彫像が並ぶ長い廊下を司祭が歩いていく。歴代の教皇をたたえる彫像は今にも動きだしそうだ。神の気配に満ちたこの建物は、カトリック信者の結束と信仰を強め、異端者を改心させ、無神論者に光を投げかける場所。ミケランジェロの手による、空より美しい天井もあるはずだ。それを想像するだけでアラニスの緊張は高まった。

通された部屋は廊下と同じくフレスコ画で覆われていた。どうやら教皇の執務室らしい。教皇は、枢機卿や高位の司祭に囲まれ、金刺繍を施した象牙色の衣をまとって一段高い聖座に腰かけていた。秘書官に手招きされたアラニスは、ひざまずいて教皇の衣の縁と指輪をした手にキスをした。「聖下《スア・サンティタ》」彼女は目を伏せて十字を切った。

教皇がアラニスの頭の上で十字を切り、祝福の言葉を述べて、立つように身ぶりで示す。その目が彼女の胸もとで揺れる金のメダリオンをとらえた。「本来なら急な謁見は認めない」

語学に堪能という噂どおり、教皇は流暢《りゅうちょう》な英語で言った。「世界じゅうから信者がやってきて、数カ月も順番を待っているのだ。あなたを特別扱いした理由がわかるかね、スフォルツァ夫人？」

偽の肩書で呼ばれ、アラニスの鼓動は速くなった。わたしはなにを恐れているのだろう？　神の公使を欺くことだろうか？　教皇の前で嘘が暴かれること？　それとも、この嘘がエロスの耳に入ることかしら？　彼女は答えにつまり、うやうやしく頭をさげた。

教皇が膝の上の書類に目を落とす。「あなたはデッラアモーレ公爵の孫娘なのだね。一五年前に公爵がローマを訪れたときにお会いしたことがある。そのとき、わたしは自発教令を担当していた。公爵はバチカン図書館に多大な寄付をしてくださった。たしかローマ哲学と政治学に詳しかったはずだが……」

「はい、そのとおりです、聖下《スア・サンティタ》」アラニスは目を伏せたままこたえた。

「ほかに古い美術品も収集されていた」

「はい。祖父は古代ローマの美術品が好きなのです」

「わたしもだ」教皇は誇らしげに言った。「イングランドでローマ・カトリック教会を排除する運動が起こり、公爵はカトリック教徒であるがゆえに悩んでおられた」

「祖父はトーリー党なのです。イングランド国教会よりのホイッグ党とは相いれません。祖父はまたアン女王の相談役でもあります」アラニスは、少なくともこの状況において祖父の立場が有利に働いたことに感謝した。

教皇がほほえんだ。「公爵の仕事についてよくご存じのようだ。しかも女性にしては珍しく行動派だね」

「両親が早くに亡くなって、祖父に育てられたものですから。よく祖父の秘書代わりを務めました」

「なるほど」教皇はアラニスをまじまじと見た。ミラノ公国のプリンスにふさわしいかどうか値踏みしているのだろうか？　「ところでプリンス・ステファノはどんな人物かね？　あなたの夫は一六年前に死んだとされていたのだが」

この質問は予期していた。「ジャンルシオ・スフォルツァが殺害されたあと……神よ、義《ち》父《ち》の魂の安らかならんことを……夫はミラノにいられなくなり、それからはずっと国外にいたのです」

「スペイン人が彼の父親を殺害したときは一六歳だったはずだ。もう一人前の男になっただろう。なぜ国に戻って生来の権利を主張しないのかね？　一〇〇万ものミラノの民は放置されたままだし、スフォルツァ家の領地は外国勢力によって踏みにじられてきた。彼に祖国への責任感や道徳心はないのかね？　なぜ自らの務めを果たさない？」

教皇の非難は予想外だった。「もちろん夫は責任を感じていました。ミラノのことはいつも彼の心のなかにあったのです」エロスがどんなに否定しても、それは動かしようのない事実だ。

「で、今はどこにいる？」教皇がたたみかけた。「なぜ本人が現れない？」

アラニスは大きく息を吸った。「誘拐されたからです」自分でもわかるほど声が震えた。「いとこのチェザーレ・スフォルツァの手によって、ローマ市内のどこかに監禁されているのです」

教皇の目が光った。「チェザーレ・スフォルツァがミラノ公国の正当な継承者を監禁したと？」

「はい。聖下のお力を借りて夫の居場所をつきとめたく、こうしてお願いにあがりました」

「この結婚証明書によると……」教皇は膝の上の書類を指でたたいた。「あなたはサンテ・ジャコ・デ・ラ・ヴェガのカトリック教会で三カ月前に結婚したことになっている」

「はい、聖下《スア・サンティタ》」アラニスは頬が熱くなるのを感じた。

「デッラアモーレ公爵の優秀な秘書であり、政治に明るいあなたなら、ひょっとするとロンバルディア法にも通じているのではないかね？」

彼女の心臓がぎゅっとしめつけられた。「いいえ、聖下《スア・サンティタ》」

「なら勉強すべきだ。その法律に照らすと、この結婚証明書にはなんの効力もないことになる」

アラニスは青くなった。偽造文書だということを見ぬかれたのだろうか？「どういうことでしょう？」消え入りそうな声で尋ねる。

「ロンバルディアの法律では、ミラノ公国のプリンスの結婚式は、ミラノの大聖堂で大司教がとり行うものとされている。つまり、ステファノが亡くなった場合、またはジャマイカでの結婚の誓いを反故《ほご》にした場合、あなたは彼の姓や地位や俗世における財産に対してなんの権利も主張できないのだ。結婚は白紙に戻るだろう」

ロンバルディア法！　またひとつサナーの謎が解けた。「聖下《スア・サンティタ》」アラニスは喉をつまらせながら訴えた。「夫が亡くなったのなら、彼の財産などわたしにはなんの意味もありません」

教皇は彼女の顔をじっと見つめた。「あなたは心底、夫の身を心配しておられるようだ。チェザーレ・スフォルツァは背徳行為や姦通《かんつう》によって高貴な家の名を汚し、多くの罪を犯した。わたしのところへ来たのは正解だ。調べてみるから安心しなさい。プリンス・ステファノは必ずあなたのもとへ帰そう」

チェザーレは墓地に漂う陰気な気配が苦手だった。低い天井から水滴がしたたり落ち、不吉な影が壁を這いまわる。鉄格子の向こうから狂気のささやきが聞こえてくるようだ。

悪臭漂う地中へと階段をおりるにつれ、彼の気持ちも沈んでいった。階段の両側には棺《ひつぎ》用の穴が並んでいる。なんでこんなところを歩かねばならないのか。チェザーレは片手にランプを掲げ、ハンカチで鼻を押さえて、一刻も早く広い場所に出たくて歩調を速めた。ここへ日参できるほど肝がすわっていたなら、今ごろメダリオンはこの手のなかにあったかもしれない。だが、さすがのステファノもいつまでも耐えられまい。どんなに忍耐強い男でも、拷問され、飢餓状態でこんな場所に閉じこめられて長くもつはずがない。遅かれ早かれやつは降伏し、チェザーレ・スフォルツァがミラノ公になるのだ。

　通路よりもいっそう暗い部屋に足を踏み入れる。チェザーレがランプを高く掲げると、ぼろきれのような男の体が浮かびあがった。手足の枷《かせ》で壁に磔《はりつけ》にされている。むきだしの肌は薄汚れ、無惨な傷に覆われていた。男はぐったりとしていた。ロベルトが首尾よく働いた証だ。

「ステファノ」チェザーレは瀕死《ひんし》の男に呼びかけた。「命拾いしたな。休暇は終わりだ。次の行き先はおまえしだいだぞ」

　チェザーレはエロスの意識に自分の言葉が浸透するのを待った。しかし、いくら待ってもなんの反応もない。チェザーレはエロスのほうに近寄り、短い髪をつかんで頭を引きあげた。眉間に深い切り傷があり、血の気のない皮膚から骨がのぞいている。顔の半分は黒いひげに覆われていた。まつげが震えてはいるものの、目が開く気配はない。

「聞こえているのはわかっている」チェザーレはかすれた声で言った。「協力したほうが身のためだ。わたしの意思ひとつで耐えられないほどの苦痛を味わうことになる。死ぬか、降伏するかのどちらかだ。もう時間がないから、これまでのように気長につきあってはいられないぞ。メダリオンの隠し場所を言え。そうしたら解放してやる」

　永遠とも思える時間が過ぎたあと、エロスの唇が動くのがわかったが、チェザーレはこれ以上相手に近づきたくなかった。エロスが薄笑いを浮かべ、ようやく聞きとれる声で言う。

「ぼくの口を割るよりも、神がおまえの耳もとでささやいてくださるのを待ったほうがいい」

チェザーレはかっとなった。「この愚か者！　なぜそこまで抵抗する？　メダリオンをあの世に持っていくことはできないんだぞ。あれを渡せばひと思いに殺してやる。騎士道にのっとってな」

落ちくぼんだ目は開かなかった。「殺せばいい。ぼくがおまえの父を殺したように」

「おまえなんぞ、この手を汚す価値はない！」チェザーレが吠《ほ》えた。「朽ち果てて、鼠に食われるまで閉じこめておくほうがおもしろい。メダリオンはどこだ？」

一瞬だけ目が開いた。「あれを持ってあの世《エリュシオン》で待ってる」

チェザーレは悪態をついて髪を放した。拷問では口を割りそうにない。別の方法を試してみよう。「そういえば、おまえの妻がローマに来ているとか？」

エロスの頭がゆっくりとあがり、深い輝きをたたえた瞳がチェザーレを見すえた。成功だ！

「ようやく話を聞く気になったようだな。あのブロンド娘がよほど大切と見える。いいぞ。あとはおまえがどれほどあの女の安否を気にかけているかを確かめるだけだ」

落ちくぼんだ目がぎらりと光った。チェザーレは続けた。「それにしても、あの娘と結婚しているとは思わなかった。いよいよおもしろくなってきたぞ」鼻にハンカチを押しあて、鎖につながれたエロスの脇へまわる。「あの女、尻の具合もよさそうだが、頭も悪くないらしい。教皇に泣きついたんだ。おかげで今やローマじゅうがおまえを捜している。つまり、わたしがそうしたいと思っても、おまえをここに長く置いておくことはできなくなったというわけだ。じきにおまえは父親のもとへ行くことになる。ただし……」チェザーレはエロスの背後で足をとめた。「メダリオンを渡すなら、ブロンド女に手出しはしないと約束しよう」

「くたばれ!《ヴァ・アッリンフェルノ》」エロスが鎖をがちゃがちゃいわせて叫んだ。

チェザーレは目を細めた。「もしかしてあの女がメダリオンを持っているのか?」それとも……期待していたほど大事な女ではないのか? いよいよメダリオンなしでミラノ公の地位を手に入れる方法を考えるときかもしれない。神聖ローマ皇帝は認めないだろうが、気まぐれなフランス国王もライバルを蹴落とすためなら協力してくれるのではないだろうか?

チェザーレは短剣を抜いていとこの喉もとにあてた。「よくがんばったな、ステファノ。だが、これまでだ。父に会ったらよろしく伝えてくれ」チェザーレはぶっきらぼうに言い、宝石のはまった柄を握りしめた。しかし、とどめは刺さなかった。冷たい刃を押しあてられ、いとこの体がこわばるのがわかる。まだ死にたくないのだ。これまで命乞いなどしなかったくせに……。

チェザーレの頭にかすかな疑問がわいたが、一〇〇〇年前の人骨に囲まれて心理分析をする気力はなかった。ロベルトにとどめを刺すよう命じて短剣をおさめ、最後にもう一度いとこをにらみつける。「おまえの地位も特権も、もともとわたしのものだった」チェザーレはきびすを返して部屋を出た。生気をとり戻した瞳が、その後ろ姿をにらみつけていることも知らずに。

教皇と面会してわずか三日後に、公使がホテルを訪ねてきたことも驚きだったが、ホテル前の広場に赤い軍服を着た衛兵隊が現れたのを見て、アラニスはびっくりしてしまった。握りしめた手紙にもう一度目を通す。これで三度目だ。〝プリンス・ステファノ・アンドレア・スフォルツァはオスティア・アンティカに幽閉されている〟

アラニスは窓辺を離れ、サラーとナスリンに近寄った。ふたりは、広々とした客室の入口に控えている三人の人物をじろじろと見つめていた。教皇の公使と教皇軍の総司令官、それにホテルの支配人だ。支配人はこの騒ぎがホテルのよい宣伝になると考えているらしい。

「一緒に来てくれますか？」アラニスは友人に尋ねた。

サラーが鼻を鳴らした。「もちろんだとも」

ふたりは外套を着て出発した。ホテルの正面玄関にクレメンス一一世の紋章をつけた立派な馬車が待機している。馬車に乗りこんだアラニスたちは、クッションのきいた赤いベルベットの座席に腰を落ち着けた。馬車が石畳の上を走りだす。

アウレリアヌス城壁をあとにしてオスティア通りを進むと、れんがや大理石の建物が緑の丘陵に変わった。アラニスは膝の上で手を握りしめ、窓の外を眺めながら、腹の底に渦巻く不吉な予感と闘った。エロスがさらわれて早五週間。不安が心をむしばむのはどうしようもない。

兵士たちは土色の稜堡《りょうほ》の前で馬車をとめ、周囲の安全を確認した。馬車が再び走りだし、こ門の前でとまる。そこには出迎えの士官が待機していた。「女性は外でお待ちください。この牢獄はサンタンジェロ城より不衛生ですから」

「夫が……ここに閉じこめられているのです」アラニスは言った。「もう何週間も。ですからわたしも行きます」

「そうおっしゃるなら」士官はきびきびとうなずいて門のなかへ入った。

アラニスの肩にサラーの手が置かれる。「ぼくもついているからね」彼女は感謝の笑みを浮かべ、門のなかへ足を踏み入れた。

円形の建物の外壁には教皇や枢機卿の紋章が刻まれていた。それを囲む半月堡には射撃用の凸壁や小窓が並んでいる。入口にはラテン語で〝欺かれるな。希望は牢獄のなかにある。恐怖を解き放て〟と記されていた。

しかし、建物へ足を踏み入れたとたんアラニスの恐怖はさらに増した。見慣れない制服をまとって武器をかまえた歩哨《ほしょう》がいぶかしげにこちらを見つめている。内部は薄暗くてひんやりしており、厚い壁の上方に空気と光をとり入れるための開口部が見えた。彼女はサラーの腕をしっかりと握り、大きな体に隠れるようにして歩いた。心臓が早鐘を打っている。士官とその部下は松明を手にとると、地下牢へ続く狭く曲がりくねった階段をくだっていった。

どこからともなく悲痛な声が響いてきて、アラニスは飛びあがりそうになった。

「落ち着いて」サラーが彼女を抱き寄せる。「すぐに終わるよ」

できることならサラーのポケットに飛びこみたい。神経がきりきりし、何度も階段を踏みはずしそうになった。過去の亡霊が〝自分はここにいる〟〝死にたくない〟とすすり泣いているようだ。それともこれは、狂気と絶望に駆られて生きている囚人の声だろうか？　再びラテン語の警告が現れた。〝生者に触れるな。死者の霊を敬え〟

両側の壁に、石棺や箱がおさめられたくぼみが現れた。まるで冥界《みょうかい》の神ハデスの保管所だ。死のにおいがあたりに充満し、砂岩から舞いあがる埃《ほこり》がよどんだ空気をいっそう耐えがたいものにしていた。一〇〇〇年以上も前にここに埋葬された者にまじって、新しい死の気配も漂っている。通路よりもいっそう暗い小部屋に足を踏み入れたとき、アラニスの神経はすでに限界だった。血痕《けっこん》の上に太い鎖が落ちている。あれは誰の血だろう？　もしかしてエロス？　彼がここにつながれていたのだろうか？　兵士たちが悲痛な面持ちで目を見あわせた。

士官が厳しい声で質問を始めたところで、アラニスははじめて、渋い顔をした看守が自分たちを先導していたことに気づいた。男は不安に目を見開いて必死にへつらっている。士官が怒鳴りつけると、看守はあわれっぽくうめいた。

士官が振り向く。サラーの表情は見たこともないほど険しかった。いやな予感がする。

「誠に残念ですが……プリンス・ステファノはお亡くなりになりました。看守の話では昨日の夜です。亡骸《なきがら》は今朝、テヴェレ川に捨てたと」

「そんな、いやよ！」魂の叫びが反響し、地下全体に苦痛を運んだ。そのあとはただ暗闇だけが広がっていた。

# 22

よい時代のローマには
ふたつの太陽があり、それぞれが道を照らしていた
世界の在り方を示す道と、神の道を

ダンテ『煉獄篇《れんごくへん》』

夢は現実と同じくらいむごかった。目が覚めているあいだは、どんなに考えてもエロスの顔がぼんやりとしか浮かばないのに、夢のなかのエロスは生き生きとしていて美しく、力強く、海水を浴びて輝いている。ところが彼のほうへ手をのばしたとたん、その姿は指のあいだをすりぬけて、水蒸気のように消えてしまうのだ。あとには冷たい世界が広がっているだけ。凍えそうに寒い世界が……。

色のない世界で昼夜の区別もつかないまま七日間が過ぎた。アラニスの心は絶望に支配され、なにをする気力もなかった。冬の空の下、ローマの街もどんよりと凍《い》てついている。通りを行きかう人はまばらで、時を告げる鐘の音だけが、家や店や宮殿や教会のなかで命の営

みが続いていることを示していた。闇に支配された彼女の心にはどんな音も届かなかったけれど……。

この先どうするかもわからず、それを考える気力すらないまま、アラニスは開け放った窓の前に座って降りしきる雨を眺めていた。

すっかりあたりが暗くなったころ、サラーとナスリンが訪ねてきた。気温は急激にさがり、いつの間にか雨音も消えている。雪に変わったのだろうか？　そうであってもかまわない。なにもかもがどうでもよかった。

「まあ、この部屋ときたら氷河地帯みたい！」ナスリンは身震いしながら窓辺へ走り寄った。「食事も睡眠もとらないでこんなところにいたら死んでしまうわ。ずっとこうしているわけにはいかないのよ。あなたはまだ若いんだから、人生はこの先も続くのよ」

それが問題だ。まだ何年も生きなければならない。

あたたかな手がアラニスの肩に置かれた。「一緒に階下へ行って食事をしよう」サラーが誘う。「悲しみを減らすことはできないだろうが、生きていることを思いだすはずだ。少しは気がまぎれる」

部屋の隅に置かれたランプの明かりがうとましくなって、アラニスは目を細めた。「おなかが減っていないんです。わたしにかまわず食事をしてきてください。今は誰かと一緒にいたい気分ではないし……」

「ここのところずっとそうじゃないの」ナスリンはアラニスの隣に座ってその手をたたいた。

「嘆くのは自然なことよ。愛する人を失ったら、泣いてあたり前だわ。でなければ悲しみは癒せないもの。でも、生きていくために最低限のことはしないとだめ。もう一週間になるのだから。心と体をいじめても、彼をとり戻すことはできないのよ」

アラニスは両手で顔を覆った。なぜこんなに寒いのだろう？　わたしは愛する人を守れなかった。「どうして彼をあんな目にあわせてしまったのかしら？　あんな場所で一カ月も待たせて……」

「彼の死を自分のせいにするのかい？」サラーは険しい表情で妻と顔を見合わせた。

アラニスは涙のにじんだ目をあげた。「一日ですよ！　あと一日早かったら救えたのに！すべてはわたしのせいなんです。なんと言おうとそれは変わりません。わたしが殺したも同然です。わたしと出会いさえしなければ、まだ生きていたでしょうに。自由を望んだ彼につきまとったりしたから……」彼女はもはや感情を抑えることができなかった。

「ばかを言っちゃいけない」サラーがつぶやく。「いつだったか、きみのように高貴な女性を引きとめておいてはだめだとエロスに注意したら、地獄へ落ちろと言われたよ」

アラニスは首を振った。「わたしは彼の人生に割りこんで、彼の頭を混乱させ、過去を探りました。あの朝、無防備に浜辺をうろついていなければ、チェザーレに誘拐されることもなかったんです。わたしが彼の気をそらしたんだわ」彼女は床にへたりこんで体を震わせ、悲痛な声ですすり泣いた。エロスのあとを追って死にたかった。太陽のない世界で生きていくくらいなら、暗い墓のなかで、無感覚のまま横たわっていたい。この世から消えてしまいたい。死んでエロスのところへ行きたい。

「かわいそうに」ナスリンはアラニスの脇に膝をついてその体を抱きしめた。赤ん坊をあやすようにやさしく前後に揺らし、ささやきかけ、キスをする。「泣かないで。お願いだから……」

アラニスは堰《せき》を切ったように泣き始めた。現実の世界では、二度とエロスの存在を感じることはできない。彼に触れることも、見ることもできない。そう思うと、狂気が支配するまっ暗な穴へ引きずりこまれていくような気がした。

長い時間がたち、ようやくアラニスは落ち着きをとり戻して顔をあげた。ひどい顔をしているには違いないが、さっきよりも穏やかで、心が軽くなった気がした。友人と目を合わせて、大丈夫だとうなずくこともできた。わたしはまだ死んではいないのだ。

アラニスたちはニッコロとダニエロもまじえ、ホテルの高級レストランで夕食をとった。ロビーで別れようとしたとき、フロント係が薄汚れた少年を連れて近づいてきた。フロント係に肩を押された少年は、アラニスにしみのついた手紙をさしだし、すりきれた帽子を握りしめて、不安げに目を見開いた。彼女はわけがわからないまま手紙を開いた。

「なんと書いてあるんだね？」サラーが催促する。

「わかりません。イタリア語なんです」アラニスは手紙を読みあげた。「〃サンパオロ・フオリ・レ・ムーラ・ヴィア・オスティエンセ・ヴェンガ・ダ・ソーラ・ソレッツラ、マッダレーナ〟」音読し終えて顔をあげる。「ニッコロ？」

「〝聖パオロ・フオリ・レ・ムーラ大聖堂、オスティア通り、ひとりで来い、シスター・マッダレーナ〟」ニッコロは即座に通訳してくれた。「アウレリアヌス城壁の外にそういう名前の修道院がある。オスティア通りに面している。船長が監禁されていた牢獄の近くだ。大きな鐘楼があるから見逃すはずは――」

「修道院？」アラニスの目が希望に輝いた。

「罠《わな》だ」サラーが少年に向かって顔をしかめる。「誰に頼まれたかきいてくれ」

ニッコロは少年に話しかけた。「地元の孤児院の子供らしい。シスター・マッダレーナはこの子たちの勉強を見ている人だ。そのシスターにお菓子をもらって手紙を運ぶよう頼まれたと言っている。一日じゅう雨が降っていたから、ホテルを見つけるのが大変だったとか。アラニスひとりで来るようシスターが念を押したそうだが、おれたちが同行しようか？」

「絶対にだめだ」サラーはきっぱりと言った。「もう夜も遅いし、外は荒れ模様だというのに、どこの馬の骨ともわからない子供の言いなりになるなんて――」

「それでも行かなければなりません」アラニスはフロント係に、客室から外套をとってきてくれるよう頼んだ。「ニッコロとダニエロに馬車で送ってもらいますから大丈夫です」

ナスリンが口を挟む。「チェザーレ・スフォルツァがいることを忘れてない？　あなたがメダリオンを持っていることを知っているのかもしれないわ。今度ばかりはサラーが正しいと思う。行くべきじゃないわ」

「それでも行きます」アラニスは決意に満ちた声で言った。「失うものはありません」

「だけど、それでいったいなにを得るの?」ナスリンが小さな声でつけ加えた。「エロスは死んでしまったのよ」

アラニスはナスリンを見すえた。「死体を見たわけじゃありません。そうでしょう?」


オスティア通りは残雪にぬかるんでいた。城壁沿いに聖パオロ修道院が現れる。紺色の空を背景にして鐘楼が白っぽく浮きあがって見えた。アラニスは馬車の窓を開け、身を切るような夜気のなかに顔をつきだした。心から愛した男性を失った彼女は、なんらかの答えを求めていた。それを得るためならば命を危険にさらしてもいい。

馬車がとまると同時にニッコロが地面に飛びおり、鉄製の門についた呼び鈴を鳴らした。ダニエロがアラニスを馬車からおろして門まで連れていく。のぞき窓が開き、いぶかしげな目が現れた。「レディ・スフォルツァだ。シスター・マッダレーナを訪ねてきた」ニッコロが告げる。アラニスは毛皮の縁どりのついたフードをはずして前へ進みでた。

門《かんぬき》がはずされ、門が開く。「女性だけどうぞ」修道女が言った。

「心配しないで」アラニスはニッコロの手を軽くたたき、壁に囲まれた修道院に足を踏み入れた。雪をかぶった薔薇園を囲むように四棟の建物が並んでいる。修道女のあとに続いて月明かりの照らす小道を進みながら、アラニスは去年の冬もこのくらい寒かっただろうかと考えていた。最悪の場合を想定して、目が無意識に身を隠す場所を探してしまう。しかし、いかにチェザーレ・スフォルツァがずる賢いとはいえ、密会の場所に修道院を選ぶとは考えにくい。だいいち、修道院が悪事に加担するはずもない。

アラニスは修道女について薄暗い廊下に入った。じっとりと湿った壁の高い位置に掲げられた松明は薄ぼんやりと周囲を照らすだけで、廊下をあたためてはくれない。先導する修道女はきーきー鳴きながら走りまわる鼠にひるんだ様子もなく、きびきびと歩いていく。アラニスは細いしっぽを踏まないよう、びくびくしながらあとに続いた。ふたりの足音だけがうつろに響く。やはり自分を呼んだのはチェザーレとは思えない。誰かが修道院への寄付金を求めているのかもしれない。それとも……？

廊下のつきあたりは階段だった。アラニスはスカートをたくしあげて階段をのぼった。最上階に到着すると、修道女が重厚なドアをノックして、アラニスに入るよう身ぶりで示した。アラニスは躊躇した。この扉の向こうにあるものがわたしの人生を変えるかもしれない……。彼女は背筋をのばしてなかに入った。

殺風景な土色の壁に囲まれた部屋は薄暗かった。奥まった場所に置かれたベッドを、ランプの黄色い光が弱々しく照らしている。脇にはベールをかぶった女性が腰をおろして上体をかがめていた。細長い影が床にのびている。ベッドの頭には質素な十字架が掲げてあった。アラニスは、身動きもせずに横たわっている人物に目を向けた。やせ細った蒼白《そうはく》の男は死んでいるかのようだ。髪は短く刈りこまれ、血の気の引いた顔はひげに覆われていた。全身に白いシーツがかけられている。アラニスは身震いした。「シスター・マッダレーナ」戸惑いながら声をかける。「わたしに手紙をくださいましたか？」

ベールをかぶった女性が彼女のほうに向き直った。「スフォルツァ夫人、よくおいでくださいました」あたたかくて女性らしい声だ。顔だちも柔和だった。リネンの頭巾と黒いベールのあいだからのぞく海色の瞳は、聖母のように豊かな輝きをたたえている。彼女がいるだけで粗末な部屋に光がさすようだ。かつては相当の美人だったに違いない。「こちらへ来て座ってください」シスター・マッダレーナは隣のスツールを軽くたたいた。

「見ず知らずの死人のそばに？」アラニスはベッドに手脚を投げだしている人物に目を移した。この人は誰だろう？　エロスとは似ても似つかない。そしてこの修道女は何者なの？　ミラノのプリンスが行方不明であることを、どうして知ったのだろう？　なぜわたしを捜しだしたのかしら？　カトリック教会のような大きな組織では、情報はまたたくまに広まるのかもしれない。

マッダレーナの顔に落胆の色が走った。「わからないのですか？」

「わからなくてはいけませんか？」アラニスはもう一度男をのぞきこんだ。距離があるので顔だちまではわからないが、エロスでないことは確かだ。「なにか誤解があるようですね」

「そんなことはありません」修道女は落ち着いた声で言った。「あなたが本物のスフォルツァ夫人だとおっしゃるなら、よく見てください」マッダレーナはベッドに向き直り、ぐったりとした男の手をとった。手首には痛々しい内出血の跡があり、指先はつぶれて黒ずんでいる。修道女はその手をうやうやしく掲げてキスをした。

アラニスはあとずさりした。その手に見覚えがあったからだ。まさか、気のせいに決まっている。悲しみのあまりなんでもいいからすがろうとしているだけ。アラニスは嗚咽《おえつ》をこらえてマッダレーナに話しかけた。「この人はステファノ・スフォルツァではありません。きちんと埋葬してあげてください。費用はお支払いしますから」

「オスティア・アンティカの地下で鎖につながれていたのです」

アラニスはどきりとした。「門番は、死体をテヴェレ川に捨てたと言っていました」

「それは別人です。わたしがすり替えました。それにこの人は生きています」

「人違いだわ！」アラニスは息をつまらせた。落胆とも、残酷な運命に対する怒りともつかない感情が噴きだしてくる。なぜ？　なぜこの男はエロスでないの？　二度も彼を失うなんて耐えられない。いくつもの疑問が脳裏に渦巻いた。

耐えられなくなったアラニスは、ドアに向き直った。こんなところへ来るのではなかった。これから先も、こうして身元不明の死体を見せられ、金をせびられるのだろうか？　やはり祖父のもとへ、イングランドへ帰ろう。それがいちばんだ。ここにいたら、孤独と寒さでおかしくなってしまう。

「あなたは大きな過ちを犯そうとしていますよ」マッダレーナが警告した。

アラニスはケープの合わせ目を片手で押さえ、もう一方の手でドアノブをつかんだ。「過ちなど犯してはいません。この人はエロスじゃありません」そうつぶやいてドアを開ける。

そのとき、ベッドに横たわっている人物のかすかなうめき声がアラニスの注意を引いた。

まさかエロス？　膝ががくがくする。これが残酷な冗談なら、神がわたしを苦しめようとしているのだとしたら……でも、でもあの声は、あの手は、あの髪は……！　アラニスは突然、ベッドに横たわっているのはエロスに違いないと確信した。しかも生きている。否定しようとしたのは、怖かったからだ。

　アラニスはよろめきながらベッドに近寄った。「エロス！」声にならない叫びをあげる。そしてベッドに覆いかぶさるように膝をつき、ぐったりした体の上で呼びかけた。「エロス……」痩せこけた頬に手を触れる。涙で視界が揺らいだ。あたたかい肌と懐かしいにおい。あざとひげに覆われた顔は、世界でいちばんいとしい男性のものだ。かつての生気に満ちた姿はどこにもないけれど、それでも彼に違いない。「エロス、聞こえる？」

　彼の目がわずかに開いた。美しい海色の瞳はうつろで、焦点が定まらないようだった。エロスがかすかにほほえむ。「プリンセス……ローマでなにをしてるんだ？」聞きとれないほど小さいがまぎれもない彼の声を聞いて、アラニスの胸にいとしさがこみあげた。ふたりの視線が合う。先ほどまで彼女を覆っていた寒さはぬくもりと幸せに変わっていた。わたしの光が戻ってきた。アラニスは閉じてしまいそうな目をうっとりと見つめた。魂がしっかりと結びつく。生きる喜びがふたりを包んだ。

「無事だったのね」アラニスの頬を喜びの涙が伝った。「生きていたのね」

「ああ……」エロスが弱々しくこたえた。「半分死《メッツォ・モルト》んでいるけどね」

「そんなことないわ」今ならなにをされても笑っていられる気がした。上体をかがめてひび割れた唇にそっと口をつけ、一瞬だけ目を閉じてまじりけのない幸せに浸る。エロスがなけなしの力を振りしぼってキスを返してくれたので、アラニスの心は天高く舞いあがった。

「ありがとう……生きていてくれて」

エロスは小さな笑いをもらした。「おかしなことを……」

「本当におかしいわね。ローマ観光に来てあなたを見つけたのよ」

彼は目を閉じた。「きみならあり得る」切れ切れに息を吐く。「まったくおかしな女だ」

ふいにやさしい声が割りこんできた。「今夜のうちにここから出なければなりません」

アラニスはマッダレーナの存在をすっかり忘れていた。立ちあがって、大きな海色の瞳を見つめ返す。年配の修道女はうれしそうだった。「どうして彼のことがわかったのですか？」

アラニスは不思議そうに尋ねた。「どこに監禁されているかということも。それに……あなたは何者なんです？」

マッダレーナの瞳がきらりと光った。「わたしはこの街をよく知っているのです。あちこちにスパイもいますしね。もちろん教皇のもとにも。あそこで秘密を保つのは難しいですから。どこへ行き、誰に尋ねればいいかさえ間違えなければ、たいていのことはわかります。わたしは奇跡を耳にしました。そして慎重に動いてそれを引き寄せた。こういうことは一生に一度しか起こりません。注意しなければ見過ごしてしまいます」

彼女はほほえんでいるのだろうか？　ベールのせいでなんとも言えなかったが、ただの修道女でないことは明らかだった。達観したような雰囲気がある。アラニスは目を細めた。

「あなたはエロスを知っているのですね?」

「ええ」

「彼のほうはあなたを知っていますか?」

マッダレーナがかすかにうろたえた。「ええ」彼女はエロスをちらりと見た。「眠ったようですね。そのほうがいい。地獄を味わったのですから」

アラニスは眉をひそめた。「なぜ今夜、彼を動かさなければいけないのでしょう? とても移動できるような状態には見えません」

「チェザーレは危険な男です。今は死んだと思っていても、あなたがローマにいることは周知の事実ですし、人の口に戸は立てられません。じきにだまされたことに気づくでしょう」

「だまされた?」アラニスは話についていけなかった。

マッダレーナの瞳が輝く。「あなたがオスティアへ行った前の晩、彼を死体とすり替えたのです。死んだと思わせるのがいちばんだと思って」

「では、この一週間、彼はずっとここにいたのですか? せめてわたしには、生きていることを連絡してくだされればよかったのに」

「彼の死を敵に確信させる必要がありました。彼には敵が多いのです」

アラニスは探るように相手を見た。この気品に満ちた修道女には、隠された過去があるらしい。「わかりました。外にふたり待たせています。今夜のうちにローマを出ます。ただ、今すぐ船に乗せるのは無理だと思います」アラニスはエロスの青ざめた顔を見た。

「それについてはわたしも同感です。田舎へ行きなさい」マッダレーナが提案した。「トスカナがいいでしょう。彼の一族が所有している隠れ家を教えます。まだ親族に奪われていない数少ない地所です。召使い頭のベルナルドはスフォルツァ公の部下でした」

いくらなんでも詳しすぎる。「どうしてそんなことまで知っているんですか？　なぜ彼のためにここまで親身になるのです？」アラニスは、修道女がエロスの手にキスしたことを思いだした。

「質問がたくさんあるようですね」マッダレーナがほほえんだ。「エロスのこともそうやって質問攻めにするのですか？」

「はい」アラニスは口先をとがらせた。「話さなければなにもわかりませんから。経験上、秘密というのは不都合な事実をとりつくろうための卑怯な手段でしかありません」

マッダレーナはおもしろがっているような顔をした。「どこで彼と出会ったのです？」

「ほら」アラニスはにっこりした。「今度はあなたが質問しているわ」

「教えてちょうだい」

アラニスは予感めいたものを感じて話し始めた。「エロスと妹さんにはジャマイカで出会いました」

「ジェルソミーナね」マッダレーナが大きな笑みを浮かべ、鋭く息を吸う。「美しい娘に成長したのかしら？」

アラニスは修道女を探り見た。「とても。長い黒髪にサファイアブルーの瞳をしています。

太陽みたいな笑顔の持ち主で、男のようにズボンをはいているんですよ。そして、彼女に魂を抜きとられたイングランドの貴族と結婚しました」

「教えてくれてありがとう」マッダレーナは顔をそむけ、涙をぬぐった。アラニスは複雑な笑みを浮かべた。この人はエロスの母親だ。貪欲な女怪物《ハルピュイア》。

だが、目の前の人物は少しも貪欲には見えなかった。つらい過去を悔い、家族を心から恋しがっている。それは彼女の表情を見ればわかる。これほど息子を愛している母親が、彼に死を宣告したはずがない。エロスがなんと言おうとそれだけはたしかだった。いちばん大事にしているものを破壊する運命に置かれたギリシア悲劇のヒロインが思い浮かぶ。彼女は死ぬまでその罪を悔いるのだ。一六年前の夜にいったいなにが起こったのだろう？　アラニスはその質問をのみこんだ。ここで尋ねるべきことではない。「彼と話はしましたか？」

マッダレーナの瞳が陰る。「いいえ」

アラニスは年配の女性に深い同情を覚えた。穏やかな外見の下に押しこめられた孤独で傷つきやすい一面に心を揺さぶられる。「お話ししなければならないことがあります……」彼女は話し始めた。「わたしたち、本当は結婚していないのです」

マッダレーナが力なく問い返した。「結婚していない？　ミラノで式をあげていないという意味ではなく？」

アラニスはうなずいた。修道女の悲しげな笑みがエロスと重なる。

「でも、この子を愛しているのでしょう？　あなたのような人が現れてくださってうれしいわ。あなたが教皇のもとを訪ねてからというもの、ローマは大騒ぎだったのよ。おかげでどこを探せばいいかがわかった。あなたが彼の命を救ったんだわ」

「なぜローマに?」偽装結婚を打ち明けた以上、エロスとの本当の関係を追及されたくなかった。

「ここで生まれ育ったから。ミラノにいるより孤独がまぎれるの」

ふたりのあいだに無言の合意が交わされる。アラニスは胸が熱くなった。「子供時代のエロスはどんなふうでした?」彼女は興味津々で尋ねた。

マッダレーナの顔に母親らしい笑みが浮かぶ。「とても鋭くて、わんぱくで、レオナルド・ダ・ヴィンチの描いた《大天使ミカエル》のようにハンサムだったわ。いたずらっぽい目をくるくるさせて、わたしを上手に操ったものよ」

アラニスは小さく笑った。「彼の得意技ですものね」

「なにをやらせても器用にこなす子だったわ。でも、そこが問題でもあったの。満足することを知らなかった」

アラニスは眉をひそめた。「どういう意味ですか?」

マッダレーナはため息をついた。「自分に対する要求が高すぎるのよ。完璧でなければと思っていたみたい……ミラノ公だった父親のようにね。この子の夢は、父親のようにミラノの立派な統治者になることなの。なによりミラノを大事にしていたわ。もちろん家族を除いてだけれど。この子は妹をとてもかわいがっていたの」

「今もそうです」エロスが祖国のことを語りたがらないのは、大切にしているからこそだ。

「あなたに渡したいものがあるの」マッダレーナがポケットに手を入れた。「これを受けとってちょうだい。そしてここを出発なさい」アラニスのほうに指輪をさしだす。ダイヤモンドと黒い琥珀でデザインされたみごとな鎖蛇が卵形のダイヤに巻きついていた。目の部分にはアメジストがはまっている。

アラニスは驚いてマッダレーナを見つめた。「でも、わたしは彼の妻ではありません」

「いつかそうなるわ」

アラニスの胸は高鳴ったが、なにも言えなかった。言うべきことがなかった。

「わたしの婚約指輪なの」マッダレーナが小さな声で言った。「スフォルツァ家最初のミラノ公であるフランチェスコ・スフォルツァの妻、ビアンカ・ヴィスコンティの指輪よ。はめてごらんなさい」

アラニスはためらった。「すみません。この指輪を受けとることはできません。わたしにそんな資格は……」

「いい指輪よ。不吉な歴史はついていないわ」マッダレーナは安心させるように言った。「ユダヤ人の宝石職人、メナシェ・イシュ・シャロームがつくったの。彼の名は〝平和の人〟という意味よ」

「わたしを選んでくださって光栄です」アラニスは正直に言った。「でも、受けとれません」

マッダレーナはうなずいた。「じゃあ、またの機会に」

アラニスは思いきって尋ねた。「なぜ、彼のことをエロスと?」

エロスが身動きする。アラニスは彼のそばにしゃがみこんだ。その顔を見ているだけで幸せだった。「すぐにここを出なければならないのだけれど、移動に耐えられると思う?」

「いや……」エロスはうめくように答え、かすかに笑った。「だが、そうするしかないなら……」

「さすがだわ」アラニスもほほえみ返した。「田舎で冬の休暇を楽しみましょう」

エロスはぱっちりと目を開け、彼女を見すえた。「きみも来てくれるのかい?」

アラニスはやさしく笑った。「もちろんよ。あなたに追い払われない限り、ずっとそばにいるわ」

エロスが目を閉じた。「その言葉を忘れないでくれよ、アモーレ。いつまでも……」

# 23

「あいつめ、メダリオンをどこへ隠した？」チェザーレはローマ屈指の妖婦、レオノーラ・オルシーニ・ファルネーゼの寝室をいらいらと歩きまわった。レオノーラにはパルマ公のいとこであるルドルフォという気の弱い夫がいるが、彼女自身は古代ローマの守り手を自負するオルシーニ一族の血を受け継いで気性が激しかった。オルシーニ家は代々軍事面で能力を発揮し、イタリア半島において絶大な政治的権力を有している。チェザーレにとってそれは、レオノーラの美貌と同等に重要な意味を持っていた。

レオノーラのエメラルドグリーンの瞳が化粧台の鏡越しにチェザーレを見る。「メダリオンなどいらないのではなくて？　ステファノは死んだのよ。フランスのフイヤード元帥はトリノを包囲し、ヴァンドーム元帥はロンバルディアを支配してる。ルイに会いなさい。今、北部を押さえているのは彼なのだし、あなたたちの利害は一致しているのだから」

チェザーレは炎のように赤い髪をとかすレオノーラを見た。光沢のあるネグリジェがよく似合っている。彼女が親身になるのはチェザーレがミラノ公になる可能性が高まったからだ。彼はそれがわからないほど鈍くなかった。レオノーラはミラノ公の妻になりたいのだ。

　まっ赤に塗られた唇が思わせぶりに動いた。「それで、わたしたちの結婚はいつになるの、いとしい人《テゾーロ》？」

「もうじきだ」チェザーレはテヴェレ川を見おろす窓へ歩み寄った。殺風景なスフォルツェスコ城よりファルネーゼ宮のほうがよほど肌に合う。あのさびれた城を耐えられるものに改修するだけでも莫大な資金が必要だ。そしてその金はまだ手に入っていない。ステファノがメダリオンをあの世に持っていったせいで……。緑の川面《かわも》を見おろすと、金を借りている連中の顔が頭をよぎった。しかし、ここで考えてもどうなるものでもない。〝チェザーレ・ガレアッツォ・スフォルツァ公爵〟か……。いい響きだ。

　寝室の奥からレオノーラの声が聞こえた。「ところでカミラは？」

「誰だって？」チェザーレは高価な香水を吹きかけているレオノーラを振り返った。

　レオノーラがあきれたように目をまわす。「あなたの奥さんよ。あのみっともない雌牛をなんとかしないと。プリンセス気どりでローマじゅうの宮殿で脂肪を蓄えているんだから」

「カミラのことはわたしに任せておけ。きみのかわいい頭はルドルフォのためにとっておくんだ。どうやってあのばか夫を黙らせる？　昔ながらの方法か？」チェザーレはくすりと笑った。

「それは毒殺のことかしら？」レオノーラが鏡越しに笑みを返す。

　チェザーレは彼女の背後に立ち、ネグリジェに手をさし入れて、柔らかな乳房を包みこんだ。「きみの兄弟に頼んで再起不能《オール・ドゥ・コンバ》にするのもいいな」

レオノーラはチェザーレの手を払った。「わたしの兄弟の前でそんな話をしないでね。ミラノを手に入れる際に彼らの協力を得たいなら、暗殺なんてにおわせてはだめ。それでなくてもローマの社交界は、あなたがオスティアにステファノを監禁してなぶり殺しにしたという噂でもちきりなのよ」レオノーラは立ちあがり、チェザーレの前を行ったり来たりした。「ステファノは結婚したらしいじゃない。相手はイングランド公爵の孫娘とか。父が生きていたらステファノの皮をはいだでしょうね。わたしと婚約していたくせに！　それを証明する書類もあるわ！」

「そんなものは魚にくれてやればいい」

「ステファノの父親は息子の嫁に生粋のローマ人を望んでいたのよ。それをステファノときたらしっぽを巻いて逃げだした。その結果、わたしは意気地なしのルドルフォと寝屋をともにしなきゃならなかったんだわ」

「長くは続かなかったじゃないか」チェザーレがにやりとする。

「ステファノの相手は青い目をしたブロンド女だとか。どこでそんな趣味を身につけたのかしら？」

チェザーレはレオノーラの愚痴に退屈してきた。「ステファノのことは忘れろ。スフォルツァ家とオルシーニ家はひとつになる運命だ。オルシーニの薔薇は、今度こそ正しい男の上に着地することになる」

「鎖蛇と鷹の紋章にオルシーニの赤い薔薇を加える前に、お友達のフランス国王を訪ねることね。両家の結婚が最初のときと同じ不名誉を被らないように」

主寝室の安楽椅子に丸くなって眠っていたアラニスは、肌寒くなって目を覚ました。椅子から立ちあがって縦仕切りの大きな窓を閉める。窓の向こうに朝もやに覆われた緑の森と、丘の斜面に張りついている茶褐色の家々が見えた。ルッカへ来て一週間。トスカナの眺望は彼女を魅了してやまない。天蓋付きのベッドを振り返ったアラニスはほほえんだ。

「おはよう」彼女はベッドに腰かけ、エロスの額にそっと手を置いた。熱くない。やっと熱がさがったのだ。「朝食を持ってこさせましょうか?」

あざだらけの指がアラニスの手首をつかんだ。「病人扱い……しないでくれ、アラニス。頼むよ」エロスは彼女の手をおろしてささやいた。「ここへ来て、きみを感じさせて。抱きしめさせてくれ」上掛けを持ちあげて、彼女に入るよう促す。アラニスがエロスの体温であたたまったシーツのあいだに滑りこむと、彼は彼女に上掛けをかけた。そして自分のものだと言わんばかりに体に手をまわし、彼女の髪に顔をうずめてため息をつく。「すごくいい香りだ。なんて気持ちいいんだろう」首筋にキスされて、アラニスの体はびくりとした。エロスが顔をあげる。「どうしたんだい? キスされるのがいやなのか?」

アラニスは自信なさげな海色の瞳を見つめた。「もちろん好きよ。とても寂しかった」彼女はかすかに震える声で言ってエロスの肩に鼻を押しあて、再び抱きあうことのできる幸せに浸った。

「オスティアでずっときみを夢見ていた。アガディールの砂浜でのひとときを思い返すのが最高だったな。その瞳や声、肌の感触、そして甘い唇が恋しかった」彼がアラニスをぎゅっと抱き寄せる。「夢のなかでだけ、眠りの神モルペウスがきみを返してくれた。ぼくは夢と妄想のあいだをさまよっていた」

アラニスは彼の瞳をじっとのぞきこんだ。そこにはオスティアの暗闇と深い苦しみが見えた。「あの人になにをされたの？」

「ぼくのいとこにかい？　死んだほうがましだと思わされたよ。でも、きみがローマでぼくを捜していると聞いて、生きなくちゃと思ったんだ。きみが生きる気力をとり戻させてくれた。あのときまで、自分がどれほどきみを必要としているか本当にはわかっていなかったよ」エロスはあざだらけの手の甲で彼女の頬を撫でた。「どうしてイングランドに戻らなかったんだい？」

「戻ってほしかった？」

「いいや」

「よかった」アラニスはにっこりした。「戦場に負傷兵を置き去りにしたりできると思う？」

エロスが久々に大きな笑みを浮かべた。「なかなかうまい答えだ。あの祖父にしてこの孫娘ありだね。なぜここまで捜しに来てくれたんだ？　今度は正直に答えてくれ」

〝あなたなしでは生きられないからよ〟だが、そう告げる勇気はなかった。「あなたとのことを忘れて国に帰るなんてできっこないわ。あなたは……大事な友達だもの」アラニスはいとしげにほほえんだ。

エロスの瞳から輝きが消える。「なるほど。それで、ぼくが監禁されているあいだは誰がきみをエスコートしたのかな？　ニッコロか？」

ニッコロがちょくちょく顔を出すから、やいているのだろうか？　たしかに一日一〇回は様子を見に来るし、村へ行くときも同行してくれる。「ニッコロは友人だわ」

「ぼくと同じように？」

アラニスの笑みが消えた。「なぜそんなことを？」薄紫のガウンの胸もとに手を入れてメダリオンをとりだす。「あなたのよ」彼女はエロスの首に鎖をかけた。

「ありがとう」彼はメダリオンを握ったが、その目はアラニスから――彼女の口もとから離れなかった。メダリオンから手を離してアラニスのガウンを撫であげる。エロスは彼女の視線をとらえて、無言のうちに問いかけた。パールのボタンがひとつはずされ、胸の谷間があらわになる。彼はそこに顔を近づけた。

アラニスはエロスの胸に手をあててとめた。「まずは体力を回復させないと。ほとんど食べていない――」

エロスは暗い顔で彼女を見返した。「今のぼくはひどいざまだろう？　汚い悪ガキ《ラガッツアッチョ》みたいだ」

アラニスは笑うまいと唇を噛んだ。「というより、穴から出られなくて痩せてしまった熊《くま》みたいよ」日焼けはあせ、短くなった髪は冠のように逆だっている。筋肉はげっそりと落ちていた。彼女は黒いひげをやさしく撫でた。「ひげを剃ってあげましょうか？　そうすればラガッツァッチョじゃなくなるかもしれない」

はぐらかされたエロスは残念そうに同意した。「まあ、きみが剃ってくれるなら……」

一週間後、サラーが見舞いにやってきた。エロスは姿見の前に立ち、召使い頭であるベルナルドの手を借りて、上質の黒い上着に袖を通そうとしているところだった。

「見違えたね」サラーが感嘆して言った。「誰かさんときたら、まったくの別人じゃないか。太ったし」

「変なあだ名をつけるなよ」エロスはにこりと笑って、仕立てたばかりの上着の着心地を確かめるように肩をまわした。鏡台へ行って短剣を手にとる。宝石の埋めこまれた柄の握り具合を確かめ、手品師のようにみごとな手つきで引っくり返すと、腰につけた革のケースにさした。「アラニスはどこだ？　寝室にはいなかったが……」

「ナスリンと村へ行ったよ。昼食に間に合うよう戻ってくると言っていた」サラーは部屋のなかをうろついている筋骨たくましい三人の男を見て顔をしかめた。「率直に言って、新鮮な空気が吸いたくなる気持ちもわかるな。先週以来、きみの部屋ときたらまるで作戦室だ。誰と戦争をおっ始めるつもりなんだ？　相手は北にいるフランス軍か、それともローマのいとこか？」

エロスはジョヴァンニをきっとにらんだ。「ニッコロは？」

ジョヴァンニが肩をすくめる。「戻ってますが、いつでも使いに出せますよ」

「ヴェネチアへ向かわせろ」エロスはサラーに向き直った。「サラー、話があるんだ」そう言って部屋の外へと促す。「きみも質問したいことがあるだろうが、まずはぼくが拘束されてからの出来事を教えてくれ。チェザーレがオスティアでぼくの妻がどうとか言っていたが、どういうことだ？　それから……」彼は声を落とした。「なぜアラニスにはいつも男が影のようにつきまとっているのかも」

「ああ、ニッコロのことか。それなら心配いらない」サラーは階段をのぼりながら答えた。

「ニッコロはきみがいないあいだ、アラニスのことをなにかと気づかっていたんだ」

「ぼくはまだ死んでないぞ」

サラーが足をとめる。「なにが言いたい？　彼女にこれ以上なにを望む？」

エロスはため息をつき、短い髪をかきあげた。「自分がなにを望んでいるかを考えると死ぬほど怖くなるよ」

「選択肢はふたつしかない。結婚するか、失うかだ。言っとくが、アラニスは海賊と結婚して、神に見放された場所で一生を送るような女性じゃないぞ。きみの面倒を見る以外にもすることがある」

エロスは不快そうに眉をひそめた。「面倒など見てもらう必要はない」

「アラニスはそう思っていないようだがね。彼女のおかげで命拾いしたことがわからないのか？　ぼくは何度もあきらめそうになったが、彼女は決してくじけなかった」

「彼女のおかげというのはどういう意味だ？　ぼくを助けてくれたのはあの修道女――」「それだってアラニスが勇気を出して行動したおかげだ。教皇の支援を要請したのは彼女なんだから」エロスの目がぎらりと光るのを見て、サラーが顔をしかめる。「そんなに驚くことはない」エロスは国家の赤字を一身に背負わされたような顔をしていた。「彼女は……きみのことを思っているんだ」

エロスは顔をゆがめた。「サラー、最初から話してくれ」

「なんのために兵を集めているのか、エロスに尋ねてみるべきね」村の酒場からこちらを見ている武装した傭兵《ようへい》の姿を見て、ナスリンは眉をひそめた。鍛冶屋《かじや》から鉄を打つ音が響いてくる。肉屋の軒先には、家畜や猟でしとめた動物の肉がつるされていた。赤いゼラニウムの咲き誇るテラスの下で、水滴のついたみずみずしい果物や野菜が売られている。アラニスは細い裏通りや小さな市場、そしてパン屋から漂う焼きたてのパンの香りが大好きだった。エロスが一緒に村を散策してくれたら、もっと楽しいだろう。

「この村は兵士だらけよ」ナスリンが続けた。「ここだけでなく隣村にも集まっているとか。エロスはミラノに攻めこむつもりかしら？」

「彼の考えはわかりません。尋ねてもわたしには話してくれないでしょう」アラニスはため息をついた。

「この村に集まってきているのは海賊船をおりた者がほとんどだけど、エロスはイタリアじゅうから人を集めているらしいの。しょせんチェザーレはただの人よ。エロスはいとこへの復讐よりもずっと大きなことを考えているに違いないわ。それがなにかをつきとめられるのはあなたしかいない。結局のところ……」ナスリンは訳知り顔で言った。「あなたは次のミラノ公の妻になるのだもの」アラニスは黙って石のベンチに腰をおろした。ナスリンも横に座る。「考えてもみなかったなんて言わないでちょうだい。あの人はあなたに夢中よ。ミラノ公国のプリンスがよ！　エロスはきっと自分の国を、彼が継ぐべき地位をとり戻すでしょう。そうしたらあなたは宮殿に住めるわ」ナスリンがうっとりとため息をついた。「そして正真正銘のプリンセスになるのよ。ああ、実の娘のことのようにうれしいわ」

「お願いですからその話はやめてください。エロスがまだ回復もしていないのに。だいいち、スペイン、フランス、大同盟と、世界の三大勢力がミラノの覇権を争っているんですよ。どうやったら太刀打ちできるんです？」敵はほかにもいる。エロス自身の肉体だ。人生の転機となる戦いを始められるほど回復してはいない。しかし、彼が並みの男でないことも事実だった。

ナスリンが探るようにアラニスを見た。「なにを悩んでいるの？　ここのところ、ずっといらいらしているのね」

「ロンバルディア式の結婚式が実現することはないでしょうね。彼はミラノをとり戻さない限り、妻をめとりはしない。そもそも、ミラノをとり返す気などあるのかしら？　彼の人生にわたしの居場所があるとは思えないし、わたしの人生に彼を組みこむこともできない気がして……。イングランドの祖父のことが心配だけど、手紙を書けばマールバラ将軍が軍勢を引き連れてやってくるでしょうし……」

「決断のときね。サラーはエロスに帰国の日取りを相談しに行ったわ。あなたにとってこれがただの冒険にすぎないのなら、一緒にイングランドへ帰りましょう。本当に彼のことを愛しているのなら、慣れ親しんだ故郷での暮らしよりも彼のほうが大事だというなら、彼にその気持ちを伝えるの。あなたのためだったら、エロスも祖国をとり戻すために戦う決意がつくでしょう。おじいさまの件は……立派な方だもの、ご自分で判断なさるわ。それにこれはあなたの人生であって、おじいさまの人生じゃない」

アラニスは胃が痛くなった。「でも、エロスがわたしを愛していなかったら、よけいなことを言って彼を失ったら……」

ナスリンがアラニスの手をとる。「これほどの愛に無関心でいられる男なんて見たことがないわ。でも、彼が去ったとして、それがどうだというの？　所有していないものを失うことなどできないのよ」

ベンチに長い影がさした。アラニスが目をあげると、三人の兵士がふたりに流し目を送ってきた。

「妙なことを考えたらぶちのめすぞ！」耳慣れた声が割って入る。アラニスは風に乱れたダークブロンドの男を見て安堵のため息をついた。ニッコロが手際よく男たちを追い払っておじぎをする。「奥さま《シニョーラ》、お嬢さま、とんだ失礼を。あいつらは今日のうちに追いだします。

ご婦人に絡む酔っ払いなんてお呼びじゃない」

「ニッコロ」アラニスはにっこりした。「屋敷へ戻るところだったの。エスコートしてくれる?」

ニッコロの腕にアラニスが手を添えると、彼はいかにもうれしそうな顔をして歩き始めた。

「どこへ行っていたの?」

「ジェノヴァに。もっと船が必要だとかで」ニッコロはため息をついた。エロスがニッコロを追い払ったのは船のためだけではないだろう、とアラニスは思った。ニッコロは控えめにほほえんで、美しく包装された箱をとりだした。「これをあんたに。出すぎたまねかもしれないが……」

アラニスは金の紐をほどいて箱を開けた。「キャラメルね! 大好物なの」

「知っているよ。ローマでそう言ってたから。ジェノヴァの名物なんだ」

「ありがとう。あなたが戻ってきてうれしいわ。屋敷へ寄っていってね。一緒にカードをしましょう」

「船長がいい顔をしないから」ニッコロがこたえた。「玄関まで送って帰るよ」

三人は屋敷へ向かって歩いた。キャラメルをほおばるアラニスの横で、ナスリンが霧雨に文句を言っている。

「それで、なんのために兵士を集めているの?」アラニスは尋ねた。

「勘がいいあんたなら、うすうすわかっているんじゃないか? 船長に尋ねてみるといい。

おれなんかに話すよりもまずあんたに教えてくれるはずだ」

屋敷に着くと、ニッコロは手袋をはめたアラニスの手をとった。彼は茶色の瞳に切なさを浮かべて手の甲に唇をあてると、きびすを返し、口笛で船乗りの歌を吹きながら遠ざかっていった。

玄関を入ろうとするアラニスをナスリンが引きとめる。「あの人をその気にさせたら、厄介なことになるわよ。エロスはイタリアのプリンスかもしれないけれど、心はマグレブの海賊なんだから。嫉妬を我慢したりしない。たぶん、あのお友達が血を流すことになるわ」

七時一〇分前に公爵の寝室へ続くドアがノックされた。鏡台の前で侍女のコーラに髪を整えさせていたアラニスの胸が早鐘を打ち始め、鏡に映る瞳が生き生きとした輝きを帯びる。

「どうぞ」

洗練された夜会服を着たエロスがぶらぶらと入ってきて、鏡越しにアラニスの目をとらえた。「こんばんは《ブォナセーラ》」彼は自信に満ちた笑みを浮かべた。首もとには雪のように白いクラヴァット、耳にはオスティアでなくしたピアスに代わって、ダイヤモンドのピアスが光っている。無造作にカットされた黒髪とロンバルディア人特有の濃い青の瞳は、北イタリアのプリンスそのものだった。彼はアラニスの全身に熱い視線を浴びせてから、コーラに声をかけた。

「急いで仕上げてくれ《フィニージ・プレスト》」

「はい《シ》、ご主人さま《モンスィニョーレ》。ただいま《スービト》」侍女は愛想よく頭をさげた。二週間前、行方不明だった主人がひょっこり戸口に現れてからというもの、この館の召使いたちは活気づいていた。

アラニスは、いまだやつれてはいるが威厳に満ちたエロスが窓辺へ近寄り、豪華なダマスク織りのカーテンを引く様子を見守った。紅と金のまじった夕日が部屋にさしこむ。太陽の最後の輝きだ。「きみに見せたいものがあるんだ。急がないと見逃してしまうよ」

アラニスは退出する侍女に礼を言い、銀色がかった青いシルクのドレスをこすらせて立ちあがった。ふたりきりだと思うと手が震える。エロスと目が合った瞬間、時がとまったような気がした。

エロスは大股で部屋を横切った。細いウエストをつかんで、首筋に熱い唇をつける。「きみに会わずによく六週間も生きのびられたものだ」

アラニスも同じことを考えていた。今すぐキスしてくれなければ死んでしまいそうだ。

まぶたを閉じた。麝香の香りが鼻孔をくすぐる。「エロス……」彼女は唇が触れあった瞬間、自制心が吹きとび、生々しい欲望がアラニスを打ちのめした。エロスも同じ高まりを感じているようだ。彼はどれほどアラニスを欲しているかを伝えるかのように舌を絡ませてきた。「ああ、神よ《サント・ミケーレ》。三時間も食事などしていられない」エロスはそれだけつぶやくと、再びとろけるようなキスをした。彼から発せられる熱で体が燃えあがりそうだ。彼女は立っていられなくなり、エロスの袖につかまった。

「食事なんてどうでもいいじゃないか」彼がかすれた声で言う。「ぼくとここにいよう」

アラニスはエロスの首にしがみついて、その唇に、頬に、首筋にキスを返した。「見せたいものがあるんじゃなかった？」耳たぶを噛む。

「そうだったね」彼は苦しげな顔をした。「よし、わかった」エロスはアラニスの手をつかんで部屋を出ると、螺旋《らせん》階段をのぼって小塔の上へ出た。冷たい外気がふたりを包む。エロスは彼女を自分の前に立たせ、むきだしの肩に腕をまわしてささやいた。「見てごらん」

アラニスは息をのんだ。遠くの村々や広大なぶどう園が夕闇に包まれていく。紫にけぶった森は遠方へ行くにつれてオークや栗《くり》から糸杉へと植生を変えていた。沈みゆく太陽が集落の茶色い屋根を赤銅色に輝かせ、険しい丘に建てられた古い鐘塔が甲高い音で時を告げている。遠く地平線の彼方《かなた》で、蛇行したアルノ川がフィレンツェの大聖堂とまじわっていた。

「北に白い峰が見えるだろう？」エロスの低い声がアラニスの耳を満たす。「あれはアルピ・オリビエといって、ミラノ人にとってのアルプスなんだ。裾に広がるのがアルペジオ――エメラルドの牧草地だ。そしてあれがミラノだよ」

アラニスはエロスの横顔を見た。望郷の念に瞳がうるんでいる。「あなたの故郷ね」彼女はそっとつぶやいた。

「そうだ」エロスがアラニスをぎゅっと抱き寄せる。ふたりは最後の光が消えるまで、夢のような景色に見入っていた。彼女にとって、自分以外の人間をこれほど身近に感じたのははじめてだった。

「サラーに聞いたよ。シディー・ムーサのことや、ローマの牢獄を訪ねてまわったこと、教皇のところへ行ったことも。どうしてぼくがローマにいるとわかったんだい？　それだけはサラーもわからないみたいだった」

「シディー・ムーサはナスリンに、あなたがいるのはすべての道が通じる永遠の街だと言ったの。昔ラテン語の授業で〃すべての道はローマに通ず〃と習ったから」

「〃すべての道はローマに通ず《トゥッテ・レ・ストラーデ・ポルタノ・ア・ローマ》〃か」エロスはアラニスにやさしくキスをした。「美しく賢いアラニス、きみに命を助けられたのはこれで二度目だ。心の底から感謝しているよ」

「どういたしまして」彼女はにっこりした。「でも、わたしだけの力じゃないわ」

エロスの瞳が輝く。「きみは友達のためにいつもここまでするのかい？」

いよいよきた。勇気を出して告白しなければ！　アラニスは彼に向き直ると、上着の下に手を滑りこませ、その目をのぞきこんで深く息を吸った。「わたし、あなたを愛しているの。出会った瞬間から愛していたわ。あなたのためならなんでもする。これから先も」脚が震えて、立っていられるのが不思議なほどだった。「あなたはどうなの？」

エロスは答えなかった。沈黙の時間が過ぎていく。

「愛して……いないの？」アラニスの声は膝と同じくらい震えていた。

彼はまだ答えない。

アラニスは嗚咽をのみこんだ。わたしの愛は行き場を失ってしまった。たとえ地獄に落ちたとしてもこれほど苦しくはないだろう。彼女はエロスから身を離し、冷えきった体を引きずるようにして螺旋階段へと戻った。最後にもう一度振り向くと、彼の後ろ姿が見えた。その背中は遠くのアルプスと同じように寒々としていた。

サラーとナスリンは食堂にいた。「エロスはどうしたんだい？」サラーが口を開くと同時に、ナスリンが心配そうに尋ねた。「なにがあったの？」

アラニスの頰を涙が滑り落ちる。「なんでもないです。エロスは塔の上にいます。ごめんなさい。思っていたほど食欲がなくて。これで失礼します。おやすみなさい」

サラーとナスリンは心配そうに目を見あわせた。「エロスの様子を見に行ってくるよ」階段をのぼったサラーは、歴代ミラノ公の鎧やいかめしい肖像画が並ぶ回廊でエロスと鉢あわせした。「ここにいたのか！」サラーはわざと明るい声で言った。

エロスが厚手の外套を肩にかけ、目も合わせずに階段をおりようとする。サラーはあわててあとを追った。「エロス、待て！　なにが起きたんだ？　また問題か？　ちくしょう！二秒でいいからじっとしていてくれ！」

エロスは友人の呼びかけを無視して、大理石の玄関ホールに靴音を響かせ、黒い嵐のように玄関へ突進した。ドアを開けると同時に外套が強風をはらみ、枯れ葉のにおいと雨の気配が屋敷のなかへ流れこんだ。彼は無言のまま、愛に満ちた世界に背を向けて夜の闇に消えた。

一陣の風が〈ハートレス・フォーチュン・イン〉の煙った空気をかきまぜた。小銭を賭けたカードゲームに没頭して大きな声で野次を飛ばす汗ばんだ面々のなかで、ジョヴァンニは勝ち目のない札から目をあげて眉をひそめた。黒い外套を着たエロスが、その外套と同じくらい暗い表情で酒場に入ってきたからだ。ジョヴァンニは船長に向かって手を振った。

「こんなところで会うとは」ジョヴァンニは隣に座ったエロスに向かって笑いかけた。「いったい誰から隠れているんです？　美しいブロンドの天使かな？　それとも……自分自身とか？」

「ぼくが打ち明け話をするような人間じゃないことくらい知っているだろう。アラニスのことは話したくない」エロスは店主に合図してワインをジョッキで注文し、テーブルの上にコインのつまった袋を置いた。「グレコ、次のゲームはぼくも加えてくれ」

ジョヴァンニはエロスに上体を寄せた。「ちょっとした秘密を教えてあげましょうか。おれに船長みたいな恋人がいたら、こんなところで賭け事なんてしませんね」そう言ってからエロスの下半身に目を落とす。「もしかして……不能になっちまったとか？」

「ふざけるな。黙らないとおまえが不能になるぞ」

ジョヴァンニは頭を振った。「わかりませんね。あいつは……」離れたテーブルを顎で示す。「あなたになれるなら、きき腕をさしだしてもいいと思ってる。もしかして、頭のほうが不能になっちまったんですか？」

エロスが隅のテーブルに目をやった。ラム酒のグラスを抱えて座っているのはニッコロだ。ジョヴァンニは突然、エロスのすさまじい怒りを感じて鳥肌がたった。ニッコロも異変を察したのだろう。目をあげてエロスのほうを見る。

「後悔するようなことをしないでくださいよ」ジョヴァンニは静かに忠告した。「あいつは落ちこんでいるんです。いっそのこと船長に殺されたいと思ってる」

「なにもしない。ただやつをアラニスから引き離しておけ。ぼくからもな」

ニッコロはしばらくエロスを見つめたあと、テーブルの上にコインを置き、酒場から出ていった。エロスの緊張が解ける。ジョヴァンニは心のなかで守護聖人に感謝の祈りを捧げた。

「あいつは船長のいやがるようなことはしません」ジョヴァンニはなだめた。「ただ最近、頭がどうかしちまってるんです。でも、無理もない。死んだと思っていた船長がよみがえって、自分が思いを寄せてる女と寝ているんですから。あいつは船長への忠誠心と彼女への思いに引き裂かれているんだ。チャンスがないことは百も承知なんです。彼女は最初から船長のものだったし、船長は今やプリンスなんだから」

酒場の主人が満面の笑みでワインを運んできた。「だんなさま《モンスィニョーレ》」礼儀正しく頭をさげる。

「ワインは店のおごりです。偉大なミラノ公ジャンルシオさまの思い出に。ずいぶん前ですが、わたしも槍《やり》騎兵隊としてお父上に仕えさせていただきました」

エロスは驚きの表情を浮かべた。その頬が徐々に赤みを帯びる。ついに彼は立ちあがり、心からの笑みを浮かべた。「ミラノの同胞《コンパエザーノ》か？」

「はい！　バチスタといいます」主人はエプロンをとってシャツの前を引き裂き、胸に彫られた紫色の葉の刺青《タトゥー》と太鼓腹を誇らしげに披露した。「三〇年仕えました」

「ブローケン・レンズにいたのか？　特《シ》別警備隊の？」

主人はさらに胸を張った。「はい。ヴィジェーヴァノ、ノバーラ、そしてガッリアーテで従軍しました。ジャンルシオさまは……あの方の魂の安らかならんことを……兵士に勇気と誇りをくださいました」

「ミラノの古参兵士と握手させてくれ」エロスがさしだした右手をバチスタが握って得意満面でぶんぶんと振る。エロスは愉快そうに笑った。

「〝プリンス・ステファノは大事を成しとげる知恵と強さを備えておられる〟」バチスタは客に向かって語りかけた。「〝誰よりも清廉で高貴、新たに降臨した戦いの神、マルスの息子だ。賢くて、人間味にあふれ、雄弁で、物腰も優雅で。次期ミラノ公として、これほどふさわしい人物がいただろうか？〟これは一三歳になられたステファノさまをたたえた言葉です。そのステファノさまのご帰還を祝って数週間――」

「祝う？」エロスは眉根を寄せてしかめっ面をした。

「わたしどもは一六年ものあいだ、あなたが戻られ、邪悪な征服者の眼前に鎖蛇の旗を翻してくださる日を待ち続けてきました」バチスタは期待をこめて続けた。「ミラノ解放軍を編成しているという噂を聞いて、自分もその一助になりたいという者が続々と村に押しかけています。フランスやスペインの軍勢に対してミラノの民を蜂起《ほうき》させることができるのはスフォルツァ一族しかいません。ご自身も兵士として何年にもわたる戦闘を耐え忍ばれた。あなたなら民の期待にこたえ、ほかの貴族を牽制《けんせい》することができる。なんといっても国外追放の憂き目にあい、残酷で偏見に満ちた世の中を知っておられる。あなたこそわれらの希望、ミラノが待っていた英雄なのです」

エロスは黙りこくって酒場の主人を見つめていた。その表情がしだいに険しくなる。それを見ていたジョヴァンニも、愛国心に満ちた演説を聞いて故郷のシチリアを思いだしていた。

「キケロはこう書きました」バチスタは続けた。「〝民衆は無知かもしれないが、信頼に値する人物には喜んでしたがう〟と。ミラノ人を代表して、わたしはステファノさまに忠誠を誓います」そう言うと、深くおじぎをしてカウンターの奥に戻った。エロスはぎこちなく椅子に腰をおろした。

ジョヴァンニがカードを切り直してエロスの分を配った。「さあ、バルバザン、コインをよこせ！　けちなフランス人め。運があるのは女に関してだけのようだな。この女好きめ」

「運は女と同じさ」バルバザンがこたえた。「血気さかんな若い男を好むから、たまには荒っぽい扱いをしてやったほうがいい」

「おまえにおれの妹は紹介しないからな」グレコが自分のカードから目を離さずにつぶやく。

「運は娼婦のようなものだ」エロスはカードを一枚引いた。「昨日は愛想がよくても、明日になればそっぽを向く」そう言って手のなかのカードをじっと見つめる。

賭に使われているのは、このあたりではおなじみのヴィスコンティ・タロットだった。エロスはしばらく動かなかったが、突然、カードを落として立ちあがったかと思うと、そのまま酒場を飛びだしていった。

「いったいなにごとだ？」グレコが尋ねる。「カードにお告げでも描かれてたみたいだった。祖先が語りかけてきたのかな？」

「ほっとけ」ジョヴァンニは仲間たちの笑いを静め、エロスの分のカードを集めると、問題のカードを床に落としてブーツで踏みつけた。仲間の注意がゲームに戻るのを待ってそっと足をあげる。そこに現れたのは〝恋人〟のカードだった。

アラニスは鏡台に座って髪をとめていたピンを一本ずつ抜いた。泣きはらした顔にブロンドの髪が張りついている。〝わたし、あなたを愛しているの……あなたはどうなの？〟「ああ、なんてまぬけな質問をしたのかしら？」鏡に映ったあわれな自分に鼻を鳴らす。少なくとも、エロスが自分を愛していないことはわかった。あの人は愛人がほしかっただけ。

ノックの音がして振り向くと、ドアの隙間から手紙がさしこまれるのが見えた。やはりエロスはわたしを愛していたのかもしれない。アラニスはドアへ駆け寄り、震える指で手紙を開いた。〝百合の池で待っている〟と書かれている。彼女はケープをつかんで表へ急いだ。冷たい大地の上で、乾燥した落ち葉や小枝がくるくると躍っている。アラニスは石段をおり、木立のなかにある池へ向かった。急接近する雨雲のあいだに銀の筋が走る。池の縁に、かしましく鳴きかわすあひるを見つめている男の背中が見えた。彼女は足をとめ、息を整えた。

「エロス？」

男が振り返ったとたん、彼女の心は沈んだ。「アラニス」ニッコロがおずおずとほほえむ。「夜遅く、しかも嵐が来そうだというのに呼びだしたりしてすまない。でも、どうしても会いたくなって」

「ニッコロ」アラニスはかたい声でこたえた。「あんな手紙を書くなんて……。英語だったわ。だましたも同然よ」

「ミカエルに頼んだんだ。あいつは英語がわかるから。それに……おれはイタリア語でもうまく手紙が書けないので。すまない」

「それにしても署名くらいできたでしょう？」

「署名したら来てくれたかい？」

「……来なかったでしょうね。手紙なんて書くべきじゃなかったのよ。こんなところで密会しているのが知れたら、あなた、エロスに殺されるわ。あの人は陰でこそこそされるのが大嫌いだし、あなたはあの人の部下なんだから」

「エロスなら村の酒場で酒を飲んで賭をしてる。あと数時間は戻らない。ふたりで話す機会はこれが最後だと思うんだ。おれの話を聞いてくれないか？」月の光がニッコロの顔を照らしだす。大きく見開かれた不安げな目を見て、アラニスは拒絶することができなくなってしまった。

「わかったわ。なぜこれが最後だなんて言うの？」

「船長にヴェネチアに行けと言われたんだ。あんたが一緒に来てくれるなら、おれはあの街にとどまろうと思う」

「ヴェネチアに？」アラニスは彼の言わんとしていることがよくわからなかった。

「世界でもっとも美しい街だ。おれはあそこで生まれたからよく知ってる。リアルト橋の近くで育ったんだ。ヨーロッパ経済の中心地だ。売春宿もたくさんあるけど」

アラニスは意外な話に小さくほほえんだ。「あなたはヴェネチア人なの？　聖マルコ同盟で活躍したのかしら？」

「おれは共和主義者だよ」ニッコロは誇らしげに笑った。「でも家が貧しかったので、一二のときにひと山あてようと船に乗った。ところが、乗っていた商船が私掠船に攻撃されたんだ」

「どうやって助かったの？」

「助からなかった。アルジェへ連れていかれ、奴隷としてこき使われたんだ。そこにエロスが現れた。当時、すでに一目置かれていた彼は、おれがイタリア人だと知ってバーニョウ号の船長に話をつけ、助けてくれたんだ。以来、ずっとエロスに仕えている」

「共和主義者が戦士になったというわけ？」

ニッコロは肩をすくめた。「ミラノ人と組んだら、戦いが人生になるんだ」

アラニスは身をかたくした。エロスもそんなことを言っていた。「あなたは彼の正体を知っていたの？」

「船長がミラノから来たことは知っていた。あのアクセントと物腰、それに鎖蛇からね。恐れ知らずで力を追い求める。ミラノ人の典型だよ。難しい謎じゃない」

「スフォルツァ家について知っていることを教えて」アラニスは好奇心から尋ねた。

「フランスやスペインの軍勢がやってくるまで、スフォルツァ家は絶大な権力を有していた。ローマ教皇を専属司祭にして、上には神聖ローマ皇帝が、下にはヴェネチア公がいて、フランス国王もご機嫌をとるほど人気があったんだ。誰もがスフォルツァ家に一目置いていた。コジモ・デ・メディチすら、フィレンツェに手を出されないよう貢ぎ物を贈ったほどだ。それよりおれは……」ニッコロがアラニスの手をとった。

アラニスはさりげなくその手を引きぬいた。「なにがあったの？　どうしてフランス軍がミラノを支配することになったわけ？」

「貴族たちが抗争を繰り広げ、自分の有利になる勢力に内外から協力したのさ。階級間の対立や、くだらないねたみや嫉妬、聖職売買なんかも絡んでいる。ミラノは戦いの神マルスの土地だ。戦いがやむことはない」

マルス……神々のなかでもっとも勇ましくて短気な神だ。戦士であり、踊り手であり、恋人でもある。不屈の精神を持ち、怒りと忠誠と復讐を原動力にする神は、いやがおうにもエロスを連想させた。「もう帰らないと」

「まだ行かないでくれ」ニッコロが懇願した。「ヴェネチアに来てくれ。おれが面倒を見る。少しは蓄えもあるし、商人になって、生涯をかけてあんたを幸せにするから。だから……」

彼はひざまずいた。「どうかおれの花嫁になってくれませんか？」

「あなたの？」アラニスはぎょっとしてあとずさりした。ニッコロはわたしに求婚しているのだ。

ニッコロが立ちあがった。「おれはあんたを愛しているんだ。あんたは誰よりも高貴で、美しく、愛情深い人だ。身分が違うのはわかっている。でも、おれならあんたを幸せにできる。心を開かないプリンスよりもおれのほうがあんたにふさわしい」

アラニスはケープを肩に巻きつけて冷たい風から身を守った。「なんて……こたえればいいか」

ニッコロは彼女の肩に手を置いて、その目をまっすぐ見つめた。「〝イエス〟と言ってくれ」

アラニスは身をよじって彼から逃れた。「あの、とても光栄だけど、あなたの求婚を受けることはできないわ。わたしは……」

「エロスのことしか見えない？」ニッコロが苦々しげにあとを引き継ぐ。「あの人はいつかあんたの心を砕く。そういう場面を何度も見てきたんだ。おれなら……」彼はアラニスを引き寄せて唇を合わせた。

馬のいななきに、アラニスはあわてて振り返った。厩舎《きゅうしゃ》へ続く小道に、外套をまとった男性の姿がぼんやりと浮かびあがる。男性は夜風のなか、鞍の上からアラニスたちのほうをじっと見ていた。暗くてもそれが誰なのかわからないはずがない。彼女の体から血の気が引いた。

不吉な間があったあと、男性は馬の上で座り直し、遠ざかっていった。〝エロスを失ってしまった！〟アラニスの頭のなかで狂気に満ちた声がした。悲しげな声が続く。〝手に入れたことなど、一度もなかったけれど……〟

# 24

われわれは失われ、罰せられている
希望のない世界で、欲望に駆りたてられて。

ダンテ『地獄篇』

アラニスが正面の石段を駆けあがった瞬間に空が割れた。あわてて屋敷に飛びこむと、激しい雨を押し戻すようにドアを閉め、ドアに寄りかかって呼吸を整える。稲妻が闇を切り裂いたかと思ったら、次の瞬間大きな雷鳴がしてステンドグラスが振動した。闇が戻ってくると、図書室からかすかな光がもれているのがわかった。肩幅の広い人物が入口にたたずんでいる。エロスだ。アラニスは心臓が飛びだしそうになった。

「不実で貪欲な女怪物《ハルピュイア》」嘲りに満ちた低い声が響く。「ここへ来て、ぼくにつきあってくれ。正体を失うまで飲みたい」

不気味な予感がアラニスの背筋を這いのぼる。「だいぶ酔っているみたいね」

「それほどでもないさ。酔っていたら父と同じ罠にかかったことを悔やんだりせず、美しいハルピュイアに魂をあずけるだろう。酔った人間は欲望の塊だから」

アラニスはパニックを起こしそうになりながら、ドアから体を起こしてケープをつかんだ。腰まである髪は風でもつれている。彼女は湿って泥のついたサテンの靴を脱ぎながら考えた。エロスと話しあうのは明日の朝にしたほうがいいのではないだろうか？

大きな体が迫ってきて、上等なコニャックの香りのする吐息が吹きかけられる。エロスが壁に手をつき、もう一方の手をアラニスの腹部から左の乳房へと這わせた。乳房をぎゅっとつかまれ、レースの上からのぞく肌を親指でなぞられて、彼女は息をとめた。「ぼくが触れると脈が跳ねあがるね」エロスは荒い息をついた。「唇を合わせたらどうなるだろう？」彼女を自分のほうへ向かせ、支配するように荒々しく唇を合わせる。アラニスが押しのけようとしても、エロスはがっちりと手首をつかんでさらに唇を押しつけてきた。強引に舌を押しこんで彼女の舌に絡ませる。欲望が炎のようにアラニスの体をなめた。まるで呪いだ。彼女はキスに屈服している自分を憎み、そういう状況に追いこんだエロスを憎んだ。

ぼうっとしているうちに抱きあげられ、図書室へ連れこまれる。暖炉には火が入り、松の木が燃えるさわやかな香りが漂っていた。エロスはベルベット張りの重厚なマホガニー材の家具のあいだを縫って、暖炉の前に配された長椅子にアラニスをおろした。それからのしかかるようにして、欲望のままに肌を撫でる。これは愛の行為などではない。罰だ。「いやよ、やめて、エロス。やめてったら！」アラニスは必死で彼を押しのけようとした。

エロスは肩で息をしながら長椅子から立ちあがり、つかつかとワインキャビネットへ向かった。半分ほど満たされたデカンターの栓を抜く。明るい金色のコニャックが音をたててグラスに落ちた。彼はそれを片手に持ってアラニスのほうに向き直った。エロスの瞳を見た彼女は、心臓がとまりそうになった。彼は傷つき、怒り、そして苦しんでいた。

「ニッコロにキスするなんて！」海色の瞳に熱い憤怒《ふんぬ》がたぎっている。

「向こうがキスしてきたのよ！」アラニスは高い声で言い返した。「だいいち、あんなのキスじゃないわ。なんの意味もない。ニッコロはわたしの気持ちを知っていた。わたしになんの感情も持っていないのはあなたのほうじゃない！」

「女に特別な感情なんて持つべきではないんだ。ぼくのことを女に免疫があると思っているのかもしれないが、結局のところ、ぼくは生を授けてくれた女に死を宣告された男だ」

「あなたのお母さまは死など宣告していないわ。少しでも脳みそがあるなら、わかってもいいころよ。あなたが彼女を罰することに固執していなければ、お母さまがあなたの手をとったとき、その瞳が愛に輝いていたのがわかったはず。あなたの命を救ったのはわたしじゃない。あなたのお母さまよ。彼女があなたを地下牢から救いだし、傷の手当てをして、この隠れ家へ導いた。あなたが嫌っている孤独な修道女こそがあなたの守護天使なのよ。ローマの孤児たちに勉強を教え、この一六年間を慈善に捧げて生きてこられたんだわ。彼女は息子を見捨てたりしなかった。あなたが彼女を見捨てたのよ！」

「その話はしたくない」エロスがうなった。

「いいわ。話さなくていい。でも、パンドラの箱を開けたのはあなたなんだから、最後まで話を聞いてもらうわよ。自分の子供を死に追いやるのはハルピュイアね。でも、ハルピュイアは教会に通ったりしない。孤児に愛情を注ぐことで孤独を埋めたり、息子のために命をかけたりはしないの。悲劇の夜になにが起きたのだとしても、お母さまは潔白だわ。男は、その気になれば簡単に女をしたがわせることができる。あなたの叔父にあたる人物が、自分の嘘を信じさせるためになんらかの方法でお母さまを監禁したに違いないわ。自分の叔父がどれほど汚い手を使うか、自分が母親にどれだけ愛されていたかわかっていたくせに。簡単に引っかかったほうが不思議よ。妹を連れて逃げる前にドアをぶち破って真相を確かめることはできなかったの？　あなたはお母さまを見捨てたのよ。彼女がどれほど苦しんだか考えたことがある？　それでもお母さまはあなたを愛することをやめなかった。人間らしい心が残っているなら、ローマに戻って彼女の許しを請うのね」

「きみの言い分では、カルロが秘密組織のことを知っていた理由が説明できない。父があの同盟をたちあげたことは、ぼくと母しか知らなかったんだぞ」

「それはお母さまに尋ねてちょうだい。修道院へ戻るの。謝罪しないまでも、感謝の言葉くらいは伝えるべきよ」

エロスは目をそらしてコニャックを飲んだ。「あの修道院には二度と戻らない」

「そう言うと思ったわ」アラニスは苦々しく笑って首を振った。「そうやって斜にかまえて、筋違いの憎しみとゆがんだ記憶にすがって生きればいい。自己憐憫《れんびん》に浸っているといいわ。その身に降りかかったすべての不幸を母親のせいにできるんだから、真実を知る必要なんかないわよね。都合の悪い真実を探るより、文句を言うほうが楽だもの」

「真実ならわかってる」エロスはぴしゃりと言い返した。「きみこそ本当のことを話すべきだ。あの夜、きみがぼくのベッドに来た理由はわかりきっていた。それなのにぼくはきみに夢中で、きみも同じくらいぼくを求めているんだと思いこんでしまった」

「わかりきっていた？」アラニスは涙でちくちくする目を必死に見開いた。「なにがわかっていたのか教えてちょうだいよ。わたしが冷酷な貪欲な女怪物《ハルピュイア》で、あなたの血と魂と地位を欲していたとでも？　わたしは公爵の孫娘よ。息苦しい貴族の生活から逃げてきたのに、なぜ地位に引かれて男性とベッドをともにしなきゃならないの？　宮殿でちやほやされたいならイングランドにとどまっていたわ！」

「ぼくの正体がわかったから部屋に来たんだろう？」

「あなたを愛していたからよ！」アラニスは涙を抑えることができなかった。

「嘘をつくな！」エロスが怒鳴り返す。「きみはぼくのことなど愛していない。きみが愛しているのはこれだ！」彼は振り返り、コニャックのグラスを暖炉の上にたたきつけた。上等なクリスタルがスフォルツァ家の紋章の上で粉々に砕ける。

アラニスはショックを受けてエロスを見つめた。「あなたは間違ってる」彼女はつぶやいた。「ステファノ、その紋章を愛しているのはあなたでしょう？」

エロスは心臓をつかれたような顔をした。目がぎらぎらと輝き、胸は大きく上下している。

「ステファノ・スフォルツァはもう存在しない。過去のぼくは死んだんだ！　ぼくは誰でもない、地獄《ダンナート》に落ちた魂なんだ」

問題はわたしでもニッコロでもない。エロスの過去だ。一六年ぶりにイタリアに戻ったエロスは、かつての悪魔と、そして本当の自分と向きあわなくてはならなくなった。「あなたは地獄に落ちてなどいない。ステファノ・スフォルツァはあなたのなかで生きているわ。ただ、あまりに深いところにしまわれていたから、出口がわからなくなっているだけ」

「どうでもいいことだ」

ふたりのあいだに重い沈黙が落ちた。アラニスはエロスがかわいそうでならなかった。彼は心に深い傷を負っているのだ。

彼女はエロスに歩み寄って彼の首に腕をまわした。「どうでもいいわけないでしょう？ あなたはすばらしい人よ。そしてわたしのものなの。あなたがあの牢で死んでいたら、わたしの心も死んだでしょうね」

エロスはアラニスの肩に頭をあずけ、息ができなくなるほどきつく抱きしめた。彼は長いこと口をきかなかった。ようやく口を開いたとき、その声は柔らかく、謝罪の気持ちにあふれていた。「失うものがなければ恐れることもなかった。ぼくは一六歳のときにすべてを失い、それから今までなにも持っていなかった」彼は顔をあげた。その目は暗く、苦しげだった。「きみが現れるまでは……」

「そんなことはないわ」アラニスはやさしくほほえんだ。これまで以上にエロスをいとしく感じる。「あなたにはいつだってあなたがいた」

「そのぼくというのは何者なんだろう?」

アラニスはメダリオンをつかんでそっと引っぱった。「それは、あなた自身が見つけないと」

エロスは大きく息を吸った。「まわりの連中は、ぼくがミラノへ進軍して侵略者を蹴散らし、スフォルツァ家の統治を復活させることを期待している。でも、ぼくにそんなことはできない。そんなことをしたいのかどうかさえわからないんだ」

アラニスは彼の苦しげな瞳をのぞきこんだ。「なぜ流れに逆らおうとするの?」

エロスは深いため息をついた。「オーストリアのサヴォイ大将がいる。フランスのヴァンドーム元帥も。北は地獄だ」

「〝天に仕えるよりも地獄を支配せよ〟って言うじゃない」アラニスは場をなごませようとした。エロスが眉をひそめたのを見て真顔に戻る。「サヴォイ大将と同盟を組んでみてはどうかしら? 大同盟はフランスを持て余している。あなたが同盟側につけば、情勢は変わるわ。あなたはミラノをとり戻すことができるし、フランスが再び攻撃をしかけてきたとしても、後ろ盾ができる」

「オーストリア人をミラノに引きこんでフランスやスペインを追い払っても意味がないんだ。外部の勢力を引き入れたことこそが災いのもとなんだから」

「大同盟はミラノを支配しようなどと考えてはいないわ。フランス軍を追いだしたいだけよ」

「ミラノの民は、また土地をめちゃくちゃにされることなど望んでないさ。長きにわたってヨーロッパの戦場になってきたんだから」

「その民があなたを望んでいるのじゃなかった？　正当なプリンスを？　教皇さまも同じことをおっしゃったわ。なぜ自らの務めを果たさないのかと」

エロスは髪を撫でつけた。「ぼくを追いこまないでくれ。酒場で充分責めたてられたんだ」

「なにを恐れているの？」アラニスはそっと尋ねた。「なぜ自分は次のミラノ公にふさわしくないと思うの？」

「きみはどう思う？　しっぽを巻いて船に飛び乗ったぼくを、ミラノの民が歓迎すると思うのか？　父の跡を継いだところで、みんなを落胆させるだけだ。ぼくはミラノを見捨てた。利益をむさぼるフランスやスペイン相手に軍を率いもせずに。ぼくは民の忠誠を受けるに値しない。ぼく自身がぼくを歓迎しないんだから」

「お父さまが殺されたとき、あなたがまだ少年だったことはみんな知っているわ。あのままイタリアにとどまったら殺されていたでしょうし、それではミラノの人々を守ることはできなかった。ほかに選択肢がなかったのよ」

「選択肢なら常にあるさ。ぼくは逃げるほうを選んだだけだ」エロスの顔にゆがんだ笑みと自己嫌悪の表情が浮かぶ。「ぼくは三二だ。何隻もの船を所有し、大勢の部下を率いている。一〇回の戦争を戦うだけの資金もある。それなのにこれまでなにをしていたと思う？　務めを果たさなかったのはなぜだ？」

「あなたは……ほかにすることがあったのよ」エロスの過去の失敗を非難したくない。今夜はだめだ。雨が窓をたたく夜に、ふたりきりであたたかな部屋にいる今は。ようやく話ができたのだから。

エロスが自嘲気味に笑った。「そうだ。ルイと浮かれ騒いでいた」

ふたりの視線がぶつかる。それ以上言わなくても、アラニスには彼の気持ちがわかっていた。

「なぜ兵士を集めているの？　復讐のため？　チェザーレを追うつもり？」

「たかだか臆病者ひとり倒すために軍隊など必要ない。やつは戦い方など知らないさ。ローマで見かけたら素手で絞め殺してやる」残忍な表情にアラニスは寒気がした。傷つき、寝こんでいたせいで、彼がいかに危険な男性であるかを忘れていた。どうやらエロスはかつての自分をとり戻したようだ。むしろ以前よりすごみが増したように見える。「オスティアでいろいろ考えたんだ。ぼくは偶然を信じない。きみと城塞《カスバ》を訪ねたとき、タオフィックはイタリア貴族がぼくを捜してたと言った。そのあとハニが現れ、ぼくを殺そうとした。やつはタオフィックの持ち駒だ。ハニとチェザーレをアガディールに送りこんだのはタオフィックだ。そうでなければチェザーレにぼくの居所がわかるはずがない。だから春が来たらアルジェへ行って、やつをたたきのめす」

「タオフィックが邪悪な男であることは、はじめからわかっていたはずよ。そのことであの人を罰するの？」

「タオフィックはぼくの師だった。策謀も戦いもやつに教わった。友人だったこともある」

「友人なんかじゃないわ。あの人はあなたを利用したのよ。あなたは若く、怒りに満ちて、傷つきやすかった。あの男はあなたの才能を見ぬいてそれを利用したんだわ。あんなやつに復讐するために自分を傷つけないで。あの男にそんな価値はない。ほうっておいても地獄へ落ちるわ」

エロスは悪態をついて暖炉へ近寄り、薪が燃えやすくなるようシャベルで動かした。「タオフィックはたたきのめされて当然なんだ。あいつが欲に駆られて裏切ったせいでこんな目にあった。やつは敵に対していつも闇討ちをかけてくる。一生、背後を警戒しながら生きるなんてまっぴらだよ。ぼくのいとこも同じだ。チェザーレは何年もぼくを殺したがっていた。ぼくが生きていると知ったらすぐに戻ってくるだろう。あいつらはそろって地獄の炎で焼かれるべきなんだ」暖炉の火がぱちっとはぜる。

アラニスはこわばった広い背中を見つめた。「あの人たちのもとへ突進する前に、今、どれほど大きなチャンスが到来しているかを考えてみて。ミラノは馬ですぐの距離よ。丘陵地帯にはたくさんの兵が集まっている。そしてわたしはあなたの力を知っているわ。あなたはこの戦争を導いている将軍たちの何倍も戦術にたけている。その気になれば、なんだって達成できるわ。二度目のチャンスはめぐってこないわよ。故郷をとり戻したいでしょう？　このチャンスをふいにして裏切り者に復讐したとして、どこへ帰るつもり？　孤独で、足場もないまま故郷を思うの？　それじゃあ今と同じじゃない。なにも達成できないわ」

エロスは顔をあげ、彼女を見すえた。「きみはぼくのもとを去ろうとしているのか？」

こみあげてきた涙を見られないように、アラニスは背を向けた。「わからない。まだ決めていないの。でも、復讐の旅に同行するつもりはないわ。そんな人生は望んでいない。あなたを説得したいけど、すでに心を決めたようだから」

エロスは彼女の背後に近づき、肩に腕をまわした。「修道院で寝ているときに夢を見たんだ。夢のなかできみは約束してくれた。ぼくが望まない限り、決してそばを離れないと」アラニスの頬を伝う涙にキスをする。「まだわからないのか？　きみを手放したりしないってことが。ぼくにはきみが必要なんだ。いつだってきみのことを考えている。いつだってね」

「あなたは愛人がほしいだけよ。かわいい女ならいくらでもいるでしょう」彼女はぎゅっと目を閉じ、ひどい苦しみをもたらす男の腕に抱かれて守られていると感じる自分にあきれた。

「今は違う」エロスはアラニスを振り向かせ、その顔を伝う涙にひとつずつキスをした。「きみが植えつけた痛みは、きみしか癒すことができない」彼女の手をとり、目をのぞきこんでてのひらにキスをする。「どうすればぼくのそばにいてくれる？」

〝わたしを愛して〟アラニスの心が叫んだ。だが、愛は請うて得られるものではない。

「おじいさんのことを心配しているのはわかってる。だが、ぼくがミラノ公になれば問題ないだろう。それが望みなのか？　ミラノをとり戻すことが？」

「あなたには故郷をとり戻してほしい。でも、わたしのためではなく、自分自身のためにそうしてほしいわ」

「きみのためなら、どんなばかげたことだってやる」エロスはにっこりした。「アルジェに行くのはやめた。きみとトスカナにとどまって……もっと話そう。きみがここにいることを承知してくれるなら。無理強いは――」

裸足でキスをするには身長差がありすぎるので、アラニスは彼の首に手をまわして自分のほうへ引き寄せた。エロスが鋭く息を吸う。「ぼくがほしいのかい？」低くかすれた声はどこか不安げだった。「ぼくはきみがほしいよ。すごくね」

「これが答えになるかしら？」アラニスは彼に唇を押しつけた。ベルベットのような感触にうっとりする。エロスはたった一度のキスに命がかかっているかのような激しさで唇を押しつけてきた。生死もわからないまま彼を捜していた数週間のあいだ封じこめてきた思いが、ダムが決壊したかのような勢いで噴きだした。もう苦しむのはいやだ。彼と愛を交わしたい。アガディールの砂浜で見つけた魔法の場所へ戻りたい。

「そのまま動かないで」エロスはそうささやいてドアまで行き、鍵をかけた。すぐに戻ってきてアラニスを軽々と抱きあげる。そして暖炉に面した長椅子の前で彼女を立たせ、再び唇を合わせた。キスが果てしなく続く。エロスの指が背中のホックをはずすあいだに、アラニスは彼のクラヴァットを引きぬいて上着の前をはだけた。エロスは上着から腕を抜き、絨毯の上に落とすと、アラニスのペチコートの紐をほどきにかかった。ふたりは互いの手がぶつかるのもかまわずに相手の体から服をはぎとった。ついに彼女の体を覆っていた最後の一枚が床に落ちる。アラニスも彼のズボンのボタンをはずした。

エロスが顔をしかめた。「自分でやらないとせっかくの夜を台なしにしてしまいそうだ」そう言ってズボンのボタンに手をかけたが、暖炉の炎に照らされて一糸まとわぬ姿で立っているアラニスを見たとたん、こらえきれないように彼女の頰を両手で挟んだ。

「きみはどうしてそんなに美しいんだい《コーメ・プオイ・エッセレ・コズィ・ベッラ》？」

アラニスは恥ずかしくなってエロスの手をとり、長椅子へと導いた。先に横たわって彼を引き寄せる。エロスはズボンを脱ぎかけたまま彼女の腿のあいだに脚を入れ、大きな体でのしかかった。柔らかい黒髪をアラニスの指がくしけずる。「こんなに髪を短くして。シルクのような長い髪が好きだったのに」

エロスは胸を震わせて笑った。「またのばすからちょっと待っていてくれ」アラニスにキスをしてその脚を自分に巻きつける。「どんなにこうしたかったことか。きみがほしくてたまらなかった」頭をさげて胸の頂をなめ、ぴんと立ったピンク色の乳首を吸う。彼女は背中をそらし、相手の背中に爪をたてないよう手を握りしめた。エロスがまだズボンをはいているのがもどかしい。彼の大きな手が腿のあいだの脈打つ場所を探りあてる。エロスは隠れた突起をやさしくつまみ、ゆっくりと巧みな愛撫を加えてアラニスの興奮をかきたてた。彼女は身もだえしながら、次はあなたの番よと脅した。エロスの唇が肌を焦がしておりていき、やがて指が唇にとって代わる。アラニスは叫び声をあげた。あまりの快感に目の前がまっ白になる。エロスが彼女の腿をつかみ、閉じられないように押し広げた。

アラニスはなにかこみあげてくるものを感じて自分の手を嚙んだ。エロスの熱い唇が飽くことなく攻撃を続ける。やがて彼女の体は痙攣を始めた。あまりの快感に苦しくなる。体じゅうの細胞が喜びにはじけ、体が天国と地獄のあいだを浮遊しているようだ。目を開けるとエロスがこちらを見つめて笑っていた。

アラニスは長いまつげの下から彼を見た。「早く服を脱いで」

エロスが上体を起こしてブーツとズボンを蹴るように脱ぐと、欲望と期待にはりつめた顔で彼女の上に戻ってきた。「きみがなにをしても、ぼくは笑って息絶えるだろう」彼はそう言うと、力強くアラニスのなかに押し入って、喜びの声をもらした。息をつく間もなく速いリズムで腰を動かし、激しい愛のダンスをリードする。そうしているあいだもふたりの視線が離れることはなかった。肌に浮きあがった汗が暖炉の炎に反射する。外では強風がうなりをあげて木々を揺らしていたが、ふたりの耳には届かなかった。

「ぼくを……愛してくれ」エロスの海色の瞳が色を増す。

アラニスはそのとおりにした。魂が螺旋を描いてぐんぐんと上昇していく。体から力が抜け、瞳が日の光を浴びた水面のように輝いた。エロスは絶頂に達し、アラニスの名を叫びながら彼女の腕につっ伏した。ふたりは汗まみれの体を絡ませたまま、呆然と横たわっていた。薪のはぜる音だけが部屋に響く。

エロスは長椅子の背もたれにかかっていた上着をとってふたりの体にかけた。眠たそうな目は、満ち足りたやさしい光を宿している。「ぼくのいちばん大事な人《カリッシマ》」彼はいとおしそうに頬をこすりつけた。「もう一度、愛していると言ってくれ」

アラニスのまぶたがかすかに動いたが、意識はすでに夢の世界へ吸いこまれていて、エロスの要求にこたえることはできなかった。

翌日、手に手をとってテラスに現れたエロスとアラニスを見て、サラーとナスリンはあっけにとられた。色濃くなった緑にまぶしい日の光が降り注いでいる。

エロスはアラニスを昼食のテーブルにつかせ、その手を自分の膝に置いた。「出発の日取りを考えたよ」エロスが言った。「あさって、ジェノヴァから出航するぼくの船に乗るといい。本当はもっと長く滞在してほしいんだが」

「ナスリンが娘に会いたがっているんだ。ぼくがきみなら一緒にイングランドに行くけどな。ヨークシャーにいる誰かさんの祖父は、白髪頭を振り乱してきみの首に懸賞金をかけたとか」

そのとき四人の従僕が現れて、ミラノ風牛すね肉のトマト煮込み《オーソブッコ・アッラ・ミラネーゼ》を盛りつけた皿をもったいぶった動作でテーブルに置いた。サラーが料理に気をとられて、午前中に村の酒場でカードをやって大負けしたことをもらしたので、エロスは大笑いした。

「次にあそこで賭けるときは、ぼくをお目付役に連れていくといい。一〇〇ダカットも負けるなんてあり得ないよ」

「次はないから安心して」ナスリンは口もとを引き結んで夫に笑いかけた。

「未開人相手に勝てるわけがない」サラーが不平をもらす。「あんなに粗野な連中は生まれてはじめてだ」

「逆なんじゃないか？」エロスはにやりと笑ってワインを飲んだ。「未開人とはフン族であり、ケルト族であり、ヴァイキングだ。つまりは木にのぼったり穴に住んだりしていたヨーロッパ人の総称さ。一方、文明人とはぼくたちローマ人のことだ」そう言って自分を指さした。

「よく言うよ。親愛なるローマ人の末裔に教えてやろう。ぼくの祖先のソロモン王がシバの女王とチェスをしているとき、きみの祖先のロムルスとレムスは雌狼《めすおおかみ》の乳を飲んでいたんだぞ。さあ、どっちが文明人かな？」

「まいった！《トウシュ》」エロスは優雅に頭をさげた。「もちろんきみの言うとおりだ」

「ようやくわかったか」サラーは満足げに咳払いをした。「そういえば未開人どもに囲まれているとき、興味深い噂を耳にしたぞ」

ナスリンが天をあおいでくるりと目をまわし、忍耐強く言った。「まあ、なにかしら？教えてちょうだい」

「敏感な話題だけに一部の者しか知らないことだが、情報源は信頼できる。どうやらゆうべ、ヴェネチアの船乗りがイングランド女性に求婚したらしい」

「あの野郎《バスタルド》！」エロスはテーブルに拳を打ちつけて立ちあがった。「もう我慢できない！殺してやる！」

アラニスはニッコロを捜しに行こうとするエロスを追いかけ、その手を引っぱって自分のほうを向かせた。「わたしは断ったのよ。必要以上に騒ぎたてないで」

「そもそもきみに求婚などすべきじゃないんだ！」エロスが興奮した様子で怒鳴る。

「わたしは断ったの」

「断ったって言っても……」エロスはまだ納得できない顔をしている。アラニスは胸がしめつけられる思いがした。エロスはニッコロが求婚したことが気に入らないだけだ。

「なにを興奮してるんだ？」サラーが口を挟んだ。「彼女が結婚したいのはきみなんだから、むしろ喜ぶべきじゃないのか？　彼女に言い寄る男を殺害するよりも、自分で求婚したらどうなんだ？」

アラニスはまっ赤になり、エロスはまっ青になった。ナスリンが夫の足を蹴る。「よけいなことを言ってないで牛肉をお食べなさい。これ以上失言するくらいなら、脂肪で破裂するほうがましよ」


二日後、エロスの屋敷の外には荷物を満載した馬車が待機していた。男たちのあとについて、ナスリンとアラニスがゆっくりと玄関を出てくる。

「本当に彼と一緒にいたいのね？」ナスリンは心配顔で尋ねた。「けしかけたのはわたしだけれど、今は帰国して、あなたなしでは一日たりとも生きられないってことを思い知らせたほうがいいように思うの。きっと追いかけてきて求婚するはずよ」

また〝結婚〟の話ね……。アラニスはサラーと話をしているエロスに目をやった。太陽の光にサファイアのような瞳を輝かせ、まぶしい笑みを浮かべている。

「そんなふうに見つめていたら、あの人、今にとけちゃうわよ」ナスリンはやさしくたしなめた。「でも正直に言って、あんなに幸せそうな顔を見たのははじめてだわ。彼が輝いているのは間違いなくあなたの影響ね」

アラニスは心のなかでうめいた。エロスが輝いているというなら、わたしはどれほど浮かれて見えるだろう？　これから進むべき道を決めかねている海賊のプリンスにどうしようもなく熱をあげているこのわたしは……。「またハーブを飲み始めたんです」アラニスは非難されるのを覚悟で打ち明けた。

「安心した、なんて言ったら嘘になるわね。あの人がいざというときに正しい選択をすると信じられないなら……」

「これは信頼の問題じゃありません。赤ん坊のことで将来を決めるのがいやなんです。すでに重い宿命を背負った人に新たな義務を負わせたいとは思いません。わたしはエロスのことが心配なんです。夜もろくに眠らずにミラノのことを……戦争のことを考えています」アラニスは怖くなった。故郷のために戦うようすすめたのは、正しいことだったのだろうか？どんな理由があれ、戦争は戦争だ。そしてエロスは生まれながらの戦士。できることなら、危険な目にあわないよう砂漠に連れ帰って閉じこめてしまいたい。しかし、自らの人生をとり戻し、生まれながらの務めを果たさないことには、一生、心が休まらないだろう。

ナスリンは華奢《きゃしゃ》な腕をアラニスの体にまわした。「すべてうまくいくわ。きっとうまくいく」

続いてサラーがアラニスを抱きしめた。「きみは娘も同然だ。それを忘れないでくれ。それから、こいつの言うことにいちいち腹をたてちゃだめだよ。図体のでかい甘ったれなんだから」

アラニスは声をあげて笑い、涙をぬぐった。ごとごとと遠ざかっていく馬車に手を振って見送る。

背後から太い腕がウエストを抱えこんだ。「ついにふたりきりになったね」エロスが彼女の首筋に顔をうずめる。「早急にきみと話しあいたいことがあるんだ」

アラニスはたくましい体にもたれた。「どのくらい急ぐの？」

「今すぐだ」エロスは彼女の手をとって石段を駆けあがった。

「これじゃあ兎に逆戻りだな」あたたかい湯をはった真鍮製の大きな浴槽のなかで体を絡ませ、暖炉で躍る炎を見つめながら、エロスが低い声で言った。

「そうね」アラニスはにっこりして、彼の広い胸に頭をあずけた。暖炉の炎に輝く腕に抱かれ、彼女は幸せだった。戦争と結婚のことさえ考えなければ……。そのふたつの言葉は常にアラニスの頭のなかにあった。目をつぶって大きなため息をつく。

「ぼくの汚れなき水の精は、いったいなにを悩んでいるのかな？」

アラニスは力なく笑った。「もう〝汚れなき〟とは言えないわ」

「ぼくにとって、きみはいつだって清らかな存在だよ」エロスが彼女の頬にキスをする。アラニスは彼を見あげた。暖炉の炎が片側の頬だけを明るく照らしている。ふたつの人格を持った男――一方は善良で開放的だが、もう一方は謎のベールに包まれている。アラニスは角ばった顎の線をなぞり、指先に触れる無精ひげの感触にぞくぞくした。形のよい唇の感触を楽しむ。エロスはマルス神のように美しく、矛盾している。青く輝く瞳、力強く均整のとれた体、そして漆黒の髪の内側に、燃えさかる情熱を秘めているのだ。

「そんな難しい顔をしないで」エロスはアラニスの眉間のしわを指でのばした。「なにが不足なんだい？　一緒にいることがいちばん大事じゃないのか？　恋人同士に戻れたんだよ？」

〝恋人同士〟なんと甘く切ない言葉だろう。「それがわたしたちなの？　恋人同士が？」

エロスは答えなかった。真鍮の桶《おけ》で、コンロの上にのったバケツの湯をくみ、アラニスの頭にかけて、透明な湯が肌を流れ落ちる様子をうっとりと見つめる。それから両手で彼女の顔を挟み、眉にかかった金色の髪を払った。「そうだよ。ぼくたちは恋人同士だ」

アラニスはエロスの瞳をのぞきこみ、愛されていることを確かめようとした。だが、青く燃える瞳は謎めいていて、つかみどころがない。ときおり、彼の考えていることが手にとるようにわかるときもあるのに、肝心の部分はいつも闇のなかだ。まるでイタリアワインのように……。ワインの性質を理解するには、ぶどうだけでなく、それが育った土壌を理解しなければならない。イタリアには、ボルセーナ湖の火山灰から、キャンティ地方の肥えた土、そして岩がちなマッサまで変化に富んだ土壌があり、それぞれが独特の味を生みだしている。エロスも同じだ。ロンバルディア、アルジェリア、ローマ、それにヴェルサイユが融合している。海色の瞳は、そのときどきでくるくると色を変えるのだ。

「秘密評議会を招集しようと思うんだ。ミラノ地方のもっとも身分の高い貴族で構成され、ミラノ全土に影響力を持っている。議員は特権を有し、自分だけの軍隊も保有しているんだよ」

アラニスは湯をはねとばす勢いで身を起こし、エロスの腿に手をかけた。「それはつまり……」

「この体勢は話しあい向きじゃないな。でも、そうだ。できるだけやってみようと思う」彼はほほえんだ。「勝算が低いってことはわかってるかい？　ミラノをほしがるやつは大勢いるし、そいつらはすでにミラノに拠点を築いている。ぼくより五倍も大きな軍を引き連れ、いくらでも援護を投入できるやつらだ」

アラニスは瞳を輝かせた。「あなたにはミラノの民衆がついているわ。それにあなたはエロスだもの」

エロスは彼女の唇にキスをした。「ぼくをそんなに買ってくれるのはきみだけだ」

「あなたのことを知っているからよ」アラニスはほほえんだ。「あなたが帰還したと知ったら、ミラノの人々が押し寄せてくるわ」

「民衆の支援を得られたとしても、そう簡単にはいかない。ぼくはイタリアという国を知っている。陰謀と腐敗と強欲の国だ。美しいが凶暴な虎のようにね」エロスはアラニスの腿を抱えて肩まで湯につかり、浴槽の縁に頭を休めた。「叔父が裏切る前、すべての支配権はミラノ公だった父にあった。しかしこの一六年で、スペインの後押しを受けた貴族たちが力をつけてきている。やつらは鮫の軍団だ。唯一の弱点は強欲なところかな。常にさらなる権力を手にする機会をねらっているから、そこをうまく刺激すれば、ぼくに加勢してくれるかもしれない。やってみないとわからないが」

　アラニスはほほえんだ。「〝忌むべき圧政からミラノを解放した暁には、あらゆる扉が開くだろう。成功をねたむ者などいるはずがない。イタリア人であるならば必ず感謝するはずだ。長年にわたって外国の勢力に支配されてきた彼《か》の地の人々は、愛とともにあなたを迎えるだろう。名高き一族の子孫として、勇気と希望を持ってこの宿命を背負い、イタリアの土地に高貴な旗を翻らせるのだ。ペトラルカの言葉が現実のものとなるように〟」

　エロスは驚きの表情を浮かべて顔をあげ、それからゆっくりと口もとをゆるめた。ふたりは声を合わせて残りの部分を暗唱した。「〝野蛮な暴動に対し、善がその地を支配し、戦いを終結させる。イタリア人は古代ローマ人の末裔に恥じない偉大さを示すだろう〟」

　彼が突然身を寄せてきたので、アラニスは驚いて悲鳴をあげた。エロスは彼女のうなじに手をまわし、その唇にささやきかけた。「ケルトの魔女がぼくに向かってマキャベリを暗唱するなんて。きみは……すばらしいよ」官能的な唇を寄せ、ゆっくりとキスをする。「きみといると、自分が自分であることが正しく思えてくる。正気に戻れる気がするんだ。アモーレ、ぼくを愛していると言ってくれ」
アラニスは引きしまった肩を指先でなぞり、エロスの膝の上でヒップを動かした。「あなたはすばらしい恋人だわ。すてきすぎて目がくらみそう」

エロスは彼女のヒップを軽くたたき、いたずらっぽく目を輝かせた。「ぼくのモンスター、きみはかわいいモンスターだ」頭をさげてつんととがった胸の頂を舌でなぞり、口に含んで強く吸う。アラニスはあえいだ。「アラニス……」彼が低くうめいて首筋に唇を這わせる。「きみのなかに入りたい」

「わたしもあなたがほしいわ」アラニスはかたくなった部分に触れ、やさしく握りしめた。自分から体を持ちあげてその部分を包みこむと、エロスが満足げなため息をもらし、彼女の脚を自分の体に巻きつけて、力強く動き始める。苦しげな顔つきから、彼が絶頂までの時間を長引かせようとしているのが伝わってきた。アラニスは高揚のあまり絶叫しそうになり、思いきりエロスをしめつけた。彼がかすれた声とともに降参し、豊かな乳房に顔をうずめる。

アラニスは恋人の満ち足りた顔を見て、女としての満足感を覚えた。めったに抑制を失わない鎖蛇がわたしの前で無防備な姿をさらしている。情熱が理性に勝ったのだ。

「約束してくれ」アラニスに抱き寄せられて、エロスはささやいた。「絶対にぼくのそばを離れないと」

アラニスは希望に満ちた笑みを浮かべた。「約束するわ。決してあなたのそばを離れはしない」

# 25

ルーカスは自分を臆病だと思ったことはなかった。イートン校やケンブリッジ大学の競争を勝ちぬき、父であるデントン伯爵の独裁に耐え、海賊との戦いを生きのびてきたのだから。ところが今や冷や汗がとまらない。「公爵……さま」ルーカスは切れ切れに言った。「本件につきましては……わたしが全責任を負います。まさに……弁解のしようがない行動をとりました。どうか、気のすむようになさってください。わたしは――」

「シルヴァーレイク、そんな話をしているのではない！」デッラアモーレ公爵が怒鳴った。「アラニスの命が危ないんだぞ。根性なしの尻に銃弾をぶちこむ算段などしておらん。自分の処遇くらい自分で考えろ！　もう一度尋ねる。誰がアラニスをさらった？」

ルーカスは目をしばたたいた。銀色の眉の下の冷たく青い瞳に射ぬかれて、身動きすらできない。しかし、アラニスのためにもどうにかこの場を丸くおさめなくては。「わたしの……妻の兄です」

デッラアモーレは机の上に身をのりだし、ルーカスのクラヴァットをつかんだ。「名前をきいてるんだ、シルヴァーレイク」

ルーカスは喉の塊をのみこんで、目をつぶった。「エロスです」

公爵が突然クラヴァットを放したので、ルーカスはそのまま椅子に尻もちをついた。なにも起こらない。おずおずと目を開けたとたん、罪悪感が押し寄せてきた。公爵が椅子に沈みこんで机に肘をつき、顔を伏せていたからだ。その体は震え、目には涙が浮かんでいた。

「公爵さま!」ルーカスはウィスキーのボトルをつかみ、グラスになみなみと注いだ。「今すぐ妻を連れてきます。そのほうがうまく質問に答えられるでしょうから」

デッラアモーレが手を振って、連れてくるように促す。

数分後、ルーカスは身重の妻をデッラアモーレ家の図書室へ導き入れた。公爵はひとりではなかった。部下のハソックが旅行の日程を復唱する隣で、秘書のシムズが海軍総司令官への手紙をしたためている。公爵はロンドンへ向かうつもりなのだ。ルーカスの耳に〝封鎖〟とか〝逃亡犯罪人の引き渡し〟、そして〝マグレブ〟という地名が飛びこんできた。いよいよ追跡が始まった。これでエロスは狂犬のように追いつめられるだろう。いいことだ。ルーカスはエロスが撃ち殺されるところを見たかった。

ルーカスの妻がすかさず口を開く。「公爵さま!」ジェルソミーナは黒い巻き毛をはずませてデッラアモーレのもとへ駆け寄った。「兄に軍艦をさし向ける前に、わたしの説明を聞いてください」

公爵は彼女の大きなおなかを見て啞然としたあと、不機嫌そうに顔をゆがめた。「きみたちは時間を無駄にしなかったわけだ」

「公爵さま！　兄はレディ・アラニスを誘拐してなどいません。彼女は自分の意思で乗船したのです。世界を見たいとおっしゃって。レディ・アラニスは兄を信頼していました。ふたりは――」

「つまり、わたしの孫がつまらんごろつきと駆け落ちしたと言いたいのかね？」

「駆け落ちではありません。それに兄はごろつきではありません」

デッラアモーレは部下をさがらせ、ルーカスとその妻に座るよう指示した。「詳しく説明してもらおう。子爵夫人、紳士として警告しておくが、きみの発言は兄上の裁判で不利に働くこともあり得る」

「ご忠告に感謝します」ジェルソミーナはかたい声でこたえた。「ですが、わたしの話を聞けば裁判などなさらないはずです」ルーカスをちらりと見る。「これは夫にも話していないことです」

「聞かせてもらおう」公爵は挑戦的に言った。「エロスがどんな男なのか教えてくれ」

「兄の噂を耳にされたことがあるようですね？」

「耳にしたことがあるかって？」デッラアモーレは鼻を鳴らした。「わたしはやつをとらえるために軍艦を派遣した。戦争を挑んだんだ。きみの兄は海賊だからな。しかも最悪の」

「おまけに殺し屋で盗人《ぬすっと》だ」ルーカスが小声で同調する。

「あなたは黙っててちょうだい」ジェルソミーナは夫をたしなめて公爵に言った。「たしかに兄の噂をご存じのようですね。しかし、兄はここ一〇年というもの、海賊行為をしていません。まっとうな実業家です。アガディールには王家から譲り受けた鉱山を所有しています し、多種多様な事業で成功しています」

「公海を脅かすだけでなく、金儲けの才もあるということか。アラニスほど賢い娘をかどわかすのだから、頭は悪くないのだろう」

「レディ・アラニスをかどわかしてなどいません。友人として協力しただけです。レディ・アラニスは世界を見たがっていました。兄は彼女に命を助けてもらったので、旅に連れていくと約束したのです。なにごともなければ、レディ・アラニスは名誉を保ったまま、じきにイングランドに戻られます」

「なにごともないという保証はないではないか！」デッラアモーレが怒鳴った。

「そのとおりです。でも兄にはルイ一四世との戦いが……」ジェルソミーナはあわてて口に手をあてた。

「なんのことだ？」公爵が追及する。「鎖蛇がフランスに戦いを挑むのか？　それは興味深い情報だ。陸軍省の同僚が聞いたら大喜びするだろう。だが、フランス国王と対峙するなら、なぜ大同盟に加わらない？　単独で盾突くなど無謀だ。命を落とすかもしれん」

「ルイ一四世とは個人的に決着をつけなければならない事情があるのです」

デッラアモーレは眉根を寄せた。「事情？」

ルーカスが嬉々《きき》としてつぶやく。「まさに一挙両得だ。フランス国王が獣退治をするか、エロスがブルボン家を引きずりおろすか、いずれにせよ最終的に勝利するのはわれわれだ」

「いいこと！」ジェルソミーナが威嚇した。「それ以上言ったら――」

「今すぐ兄上の所在を教えるんだ！」デッラアモーレが口を挟んだ。

「兄をとらえようとする人に協力することはできません。レディ・アラニスは無事に帰ってくるとお約束します。兄は彼女を傷つけたりはしません」

「帰さなかったらどうする？　あいつも男だ。そしてわたしの孫娘は大切な宝物なのだ。あんな男にくれてやるわけにはいかん。もしあの子の名誉が……」デッラアモーレは椅子から立ちあがった。

ジェルソミーナも立ちあがる。「イングランドの軍艦にエロスの名を記した絞首刑用ロープを装備させる」「公爵さま、最後まで聞いてください。まだあるのです。これを聞けばあなたも……兄を義理の孫息子として受け入れる気になっていただけるのではないかと――」

「言葉がすぎるぞ！」デッラアモーレの表情は、友人の跡取りが卑しい身分の娘と結婚したからといって、同じ轍《てつ》を踏むつもりはないと言っていた。

ジェルソミーナは顔をあげて公爵の鋭い視線を受けとめた。「レディ・アラニスはわたしの友人です。この話をするのは大切な友人のためであって、あなたのためではありません。あなたにそこまでの誠意を受ける資格はありませんもの」ジェルソミーナは言葉を切り、意を決して再び口を開いた。「わたしの兄は西暦一六七四年一〇月四日にミラノで生まれました。ジャンルシオ・スフォルツァとローマ出身のマッダレーナ・アナ・カポディフェッロの長男で、大聖堂で洗礼を受け、ステファノ・アンドレア・スフォルツァと名づけられました。

パヴィア伯爵及びバリ公爵の爵位を持つ、未来のミラノ公です。わたしはその一〇年後、ジェルソミーナ・キアラ・スフォルツァとして生を受けました」

ルーカスも公爵も言葉を失っていた。

「当時のことは切れ切れにしか覚えていません。兄は昔の話をしたがらないのです。忘れたほうがいいと思っているからでしょう……。約一六年前、父はスペインに対する反逆容疑で殺害されましたが、兄とわたしは船に乗って逃げのびました。ところが運の悪いことにアルジェリアの私掠船に襲われたのです。兄は奴隷用の地下牢に入れられ、わたしは皿洗いとして売られました。やがて兄は私掠船を出て、わたしを助けだしてくれたのです。その後、兄が海に出ているあいだは、城塞《カスバ》の賢女がわたしの面倒を見てくれました。あれからミラノへは一度も戻っていません」

「ミラノ公……」デッラアモーレがつぶやいた。「ジャンルシオ公爵の長男だと？　そこまで大胆な話をするからには、しかるべき証拠があるのだろうな？」

「証拠を必要とするのは偽者だけです」ジェルソミーナはつんと顎をあげた。「パリでもローマでも兄を知っている人はたくさんいます。あなたのご友人であるオーストリアのサヴォイ大将も、少年時代の兄を知っています。兄はロンバルディアやエミリア、リグーリア、そして南アルプス地方の統治者として生まれました。大陸の王侯貴族でそれを否定する人がいたら、その人こそ嘘つきです。兄は、一〇〇〇年前から続くヴィスコンティ家とスフォルツァ家の後継者なのです。これならデッラアモーレ家の令嬢とも釣りあうのではないですか？」

動転しているルーカスをよそに、公爵が言った。「きみの兄上がそのとおりの人物だとすると、事態はさらに悪化する。アラニスはわたしが思っていたよりも危険な立場に置かれているかもしれん。エロスがあの子に手を出さないかどうかも心配だが、全世界がエロスに手を出さないかどうかのほうが問題だ。ミラノはこの戦争の火種だ。そのプリンスが生きのびて、公海を自由に駆けめぐっていることが知れたら、脅威を感じる連中は山のようにいる。そういう輩はエロスを消そうとするだろう」

ジェルソミーナは冷静にこたえた。「知っているのはあなただけです」

「そうかな？　フランス国王も知っているように思えるが」デッラアモーレは立ちあがり、秘書を呼んだ。「すぐに陸軍省へ行かねばならん。太陽王が百合の《フルール・ドゥ・リス》紋章の上でいつまでも昼寝をしているとは思えんのでな」

「チェザーレではないか！」チェザーレが執務室に入ってくるのを見て、ルイ一四世は満面の笑みを浮かべた。「さあ、入れ。心おきなく怒鳴れるようにな！」ルイは手もとの書類にもったいぶってサインをしたあと、鵞鳥の《ピリュム・ドワ》羽根ペンを机に落とし、秘書を呼んで、手紙に封をして王家の紋章を押すよう命じた。

「それで、わざわざやってくるとは殊勝なことだ。その役にたたない頭を、同じく無価値な胴から切り離すのを楽しみにしていた」

チェザーレは青くなった。「なにか誤解があるようです。わたしは約束を果たしました。ステファノは……エロスは死んだのです」

「やつならぴんぴんしておる！」ルイは怒鳴った。「おまえには軍艦一隻と五万ルイドール金貨、それからおまえ自身の首を貸しているからな！」

ルイの怒鳴り声に、チェザーレは耳がじんじんした。誤解に決まっている。ステファノが生きてオスティアから出たはずはない。最後に見たときは死体も同然だった。「わたしは陛下ほど経験豊富ではありませんが、今回ばかりは断言します。エロスは肥えた魚とともにテヴェレ川のなかにいます」

「ばか者！」ルイは手を机にたたきつけた。「やつならトスカナでうまいものをたらふく食っておる！」

「そんなはずはありません！　やつは死んだのです！」

「バイカラ！」ルイは秘書に怒鳴った。「二日前にミラノから受けとった手紙はどこだ？すぐに持ってこい！」秘書は国王が言い終わる前に手紙を机にのせていた。「ああ、これ、これ」ルイは手紙に目を通した。「ここだ！」チェザーレにさしだす。「自分で読んでみろ。字は読めるのだろう？　最後の派手な署名に見覚えがあるんじゃないか？」

手紙を受けとるチェザーレの手は震えていた。便箋《びんせん》に印刷された蟹の紋章はよく知っている。タリウス・カンクリ伯爵、別名〝八本脚の蟹《クラブ》〟は、ミラノの法学者であり秘密評議会の議長でもある。〝来月、ルッカで予定されている秘密評議会の総会を招集したのはほかでもない……〟続きを読んだチェザーレはののしりの言葉を吐いた。死んだはずのいとこがトスカナでぴんぴんしており、しかも、ミラノをとり戻すために行動を起こしたというのだ。

「タリウス・カンクリがでたらめを言っているのです！」チェザーレは恐々として叫んだ。「ステファノは……エロスは死にました！」

ルイは満足げな顔をした。「タリウスには嘘をつく理由がない」

「ありますとも。わたしです。わたしがミラノ公となるからです！　わたしが死ねば、やつとその仲間はエロスから奪った力を維持できるではありませんか！」

「おまえはミラノの継承者でもプリンスでもない。じきに死人になるのは間違いないがな」

チェザーレはわが身の不幸を呪った。「あのイングランドの小娘のせいだ！　やつが妻にしたブロンドの売春婦のしわざに違いない！」

「妻とはなんのことだ？」ルイがきき返す。「エロスはイングランド人と結婚したのか？」

チェザーレははっとわれに返った。「デッラアモーレ公爵の孫であるブロンド娘と結婚したのです。アン女王の相談役で特使でもある公爵の孫と」

執務室に沈黙が落ちた。「そんなことがあるものか！」ルイは玉座から飛び起きた。「よりによってエロスが？　フランスのプリンセスをことごとく鼻であしらった男だぞ。やつは真剣なつきあいには興味がないはずだ」

「今は違うのです」チェザーレはゆっくりと言った。「敵の娘と寝屋をともにしているのです」

ルイは目を見開いた。「イングランドの犬と組んだというのか？　二枚舌の裏切り者、サヴォイと？」

チェザーレはごく穏やかに言った。「そのようです、陛下」

「あの悪魔め！」ルイは鼻息荒く執務室を行ったり来たりした。「そんな話は信じない！　あいつが一六歳になってからというものずっと手をやいてきたが、裏切られたことはない」

「しかし、陛下はエロスを殺そうとしたではありませんか？　それで反抗したのでは？」

「やつが悪いのだ！　一年もしないうちに軍艦を一〇隻も奪われたのだぞ。お気に入りの旗艦まで！　我慢にも限度がある！　たまに一隻やられるくらいならまだしも、一一カ月で一〇隻とは！」

チェザーレはため息をついた。「それでは殺したくなるのも無理からぬことです」

「殺すことを本気で望んでいるのなら、おまえよりましなやつを送る！　きっちり片をつけられる者をな！」国王の顔に後悔の念がよぎった。「わたしはあのごろつき《ヴォワイユー》が気に入っていた。わたしを賭でこてんぱんにし、わたしの愛人を堂々と誘惑し、国王に対して敬意のかけらも払わない男を！　フランスの公爵と海軍大臣にしてやると何度も誘ったのに、やつは高笑いするばかりで、権力闘争には興味がないと抜かしおった。誰の支配下にも入らないと断言したんだ。それが裏切り者のサヴォイと同じ道を選ぶとは！　ふたりとも身勝手で、恩知らずで、役たたずの詐欺師だ！」

「陛下と交わした約束はまだ有効です。わたしにやらせてください、陛下」チェザーレがもったいぶって言った。「エロスが評議会から支持を得られないよう手をまわします」

「おまえがミラノの秘密評議会に顔がきくとは知らなかった」

「一部の貴族とは通じています。エロスがミラノ公になったら損をする連中と」

「やつらの協力を得られる確証があるのか？」

「陛下のもとにこの手紙が届いたことからしても、評議員のなかにこれまでの体制を変えたくないと思っている者がいるはずです。陛下がミラノに駐在させている軍隊をわたしにあずけてくださるなら、評議会は一丸となって陛下に協力することをお約束いたします。オルシーニ家の軍は目下、わたしの指揮下にあるのですが、すでにローマを発ち、エミリアの南でわたしの命令を待っています」

「国も家族も名誉も売りとばす卑劣な男だとは知っていたが、そこまでやるとはな」ルイは皮肉たっぷりに言った。「このような事態になって非常に残念だ。しかしイタリア北部の安定は、おまえのような卑劣漢を雇ってでも守らねばならん」ルイはチェザーレの表情の変化を見守った。少しでも反抗の色が見えたら考え直すつもりだった。だが、奇跡は起きなかった。「エロスを消せ。そうすればおまえをミラノ公にしてやる」

チェザーレはにやりと笑った。「感謝いたします。今度はしくじりません」クラヴァットが大理石の床をこすりそうなほど深々と頭をさげる。

ルイは嫌悪感に口もとをゆがめた。「返り討ちにあわないよう注意しろよ。評議会は、おまえがミラノ公になるくらいならエロスのほうがましだと思うかもしれない。正当な継承者はやつなのだから」

　チェザーレは無邪気に笑った。「〝教皇として教皇選挙会議《コンクラーベ》に入った者は、枢機卿として退出する〟と言います。わたしの国では公爵にも同じ法則が適用されるのです」

「それでも念のため、春の舞踏会にやつの花嫁をヴェルサイユへ招待するとしよう。四週間あればなにか……うまい手を考えつくだろう？」

　チェザーレは老いたフランス国王にキスをしたくなった。「それは名案です。すぐに招待状を送りましょう」頭のなかでロベルトを思い浮かべる。チェザーレは深々とおじぎをして執務室をあとにした。

「〝神をも恐れぬ所業は他人にやらせるのがいちばん〟だな」ルイはにやりとした。最後に笑うのはいつだって気分がいい。しかし、そのためにはチェザーレに任せっぱなしにするわけにはいかない。「バイカラ、口述筆記しろ。書きだしは……」小指にはまった四〇カラットの指輪に目を落とす。「ひらめいたぞ。〝偉大なるデッラアモーレ公爵、今年も春の仮面舞踏会の季節となりました。この舞踏会に公爵をお招きできることを光栄に思います。舞踏会は四月一日からヴェルサイユで開催され……」

## 26

ロベルトは己の任務をよく心得ていた。まずは決行の一週間前に現場の下見をする。不審者だと思われないよう経路を確認し、周囲にとけこむ。それから、チャンスの到来を待つのだ。

そしてチャンスは訪れた。総会が開かれる当日の朝、秘密評議会《コンシリオ・セグレイト》の評議員は大勢の護衛や召使い、御者、それにゴンザーガ伯爵の獰猛な犬を引き連れてルッカへやってきた。身分の高い人々が客室に通されて着替えをしているあいだ、ロベルトは召使いにまぎれて厨房《ちゅうぼう》に忍びこんだ。計画は単純だった。みなが酒を飲み始めるまで待って、召使い用の階段でアラニスの部屋へ忍びこむ。帰りはその逆順をたどるだけだ。誰にも気づかれないように。

アラニスが寝室に入ったとき、エロスは肘掛け椅子に腰かけて短剣をもてあそんでいた。

「アルジェで覚えた芸で貴族たちをあっと言わせるつもりなの?」湯で体を洗ったばかりのアラニスは、瞳と髪の色を引きたてる青緑のシルクのドレスに着替えていた。

すらりと優雅な彼女を見て、エロスは禁じられた果実を前にしたような誘惑に駆られながらもにこやかに答えた。「短剣を投げろって？」剣を脇に置いてアラニスに近寄り、抱きしめる。「そうじゃないさ、アモーレ。ぼくはイタリアに古くから伝わる芸で連中をあっと言わせたいんだ。〝信頼〟という名のゲームでね」

「物騒だこと」そうつぶやいたアラニスの唇をエロスの唇がふさぐ。彼女は上等な上着の襟から手を入れて、シャツに包まれたあたたかな筋肉に触れ、顎の下の感じやすい部分にキスをした。「気をつけると約束してね」

「いつだって気をつけてるさ」

アラニスの瞳は不安に陰った。「伯爵たちを信頼してはだめよ」

エロスが狡猾な笑みを浮かべて片目をつぶった。「大丈夫だ。信頼していないのはお互いさまだから」

アラニスは笑ったものの、彼が信頼できる人だということはわかっていた。エロスが何週間にもわたって兵士たちを訓練する様子を見ていたので、兵士たちが彼の歩いた地面さえ崇める気持ちはよくわかる。エロスは厳しいだけでなく、他人を思いやることのできる人だ。名誉を重んじるし、決して仲間を見捨てない。みぞれが降りしきるのも気にせず上等なシャツ一枚になって、未熟な兵士たちに接近戦の戦い方を指導し、他人を犠牲にする前に自らが盾になるような人なのだ。

「この会議が実現したのは単に幸運だったからじゃない。細部まで調整した結果だ。きみのほうこそ、ぼくが来るまで部屋を出ちゃだめだ。いいかい《カピーシェ》？」

アラニスは心外だという顔をした。「聞き分けのない子供扱いね」

エロスは自分から離れようとした彼女の腕をつかんだ。「そんなことを言わないで。きみを閉じこめようというわけじゃない。守りたいんだ。伯爵たちはぼくに長年の借りがある。ぼくを破滅させるためなら、なんでもするだろう。そしてきみは……」彼は手に力をこめ、アラニスの髪に口をつけてささやいた。「きみはぼくの弱点だ。部屋から出ないと約束してくれ」

「ほかの人たちが帰ったらすぐに来てくれる?」アラニスのすねたような口調に、エロスはほほえんだ。

「成功したとしても失敗したとしても、きみ以外に分かちあう人はいない。きみはぼくの……親友なんだから」

アラニスは納得した。「それなら部屋でおとなしくあなたを待っているわ」

「裸だといいな」ふたりの唇が触れあった瞬間、ノックの音が響いた。エロスはぶつぶつ言いながら彼女を放した。「入れ《エントラ》!」

ベルナルドが速達をのせた銀のトレイを持って駆けこんでくる。エロスは封を切って中身に目を通した。部屋の空気がぴんと張りつめる。「なんてこった《マナッジア》!」彼は手紙をくしゃくしゃにして暖炉に投げこんだ。「オルシーニの軍がミラノの南にいる」

アラニスは不安げにベルナルドと目を合わせた。この忠実な召使いはエロスの父親、ジャンルシオ公爵の腹心の部下で、今はその息子に仕えている。「オルシーニって?」

エロスは眉間にしわを寄せた。「ローマで絶大な権力を振るっている一族だ。六人の子供たちは一〇の公爵領があってもまだ足りないらしい。チェザーレめ！　せっかくの計画が台なしだ。オーストリアのサヴォイがヴェネチアに、フランスのヴァンドームがマントバに駐屯している今、あいつのせいで情勢は一気に緊迫するだろう」

アラニスはそっと尋ねた。「やはり大同盟に加わったらどうかしら？」

エロスは彼女を見つめた。「ぼくは誰の支配下にも入らない。絶対に」

「ご主人さま《モンスィニョーレ》」ベルナルドが咳払いした。「パッツォ・ヴァレジーノが秘密評議会の一団と一緒にいました」

「ヴァレジーノはジェノヴァの男爵で、評議会のメンバーではないはずだが」そう言ったあと、エロスははっとして両手を握りしめた。「刺客だな！　ジョヴァンニに警戒するよう伝えろ」彼はアラニスの肩をつかみ、すばやくキスをした。「ドアには鍵をかけておくんだ」

「エロス、待って」アラニスはエロスの腕をつかんだ。「わたしがけしかけたせいでこんなことをしているなら、もうやめてちょうだい。よけいな口出しをしてごめんなさい。意に染まぬ戦いをする必要はないのよ。評議会はとりやめにして砂漠に戻りましょう。わたしはいつだってあなたを愛しているわ。いつだって。なにがあってもあなたと一緒にいるから」

「きみはぼくをけしかけたんじゃない。自分自身から逃げ、根なし草のように生きることはできないと教えてくれたんだ。この世には戦う価値のあるものがある。ぼくはきみのおかげで成長した。一六年ぶりに、自尊心の大切さと人生の目的を思いだしたよ。もう本名に違和感はない。やっと自分をとり戻したんだ。ミラノが恋しくてたまらないことも認める。父の墓に行ってみたい。ミラノの民のために責任を果たし、故郷に……帰りたい。きみと一緒に」

アラニスの瞳は愛に輝いていた。「それなら、幸運を祈るわ《イン・ボッカ・アッルーポ》」

エロスは彼女を引き寄せてささやいた。「きみを見るたびに鼓動がとまる。夜、この腕にきみを抱いて眠れるなんていまだに信じられないよ」彼は独占欲をむきだしにしてキスをしてから、大理石の床に靴音を響かせて歩み去った。

アラニスはその場にたたずみ、大粒の涙を浮かべてエロスの後ろ姿を見送った。幸せで胸がはちきれそうだった。

＊

「やるべきことはわかっているな？」エロスはベルナルドの脇を通りすぎざまにつぶやくと、客に挨拶するために広いホールの階段の下に立った。「ようこそ」軽く頭をさげる。「懐かしき面々と再会できてうれしく思う」

伯爵たちは驚いて目を見あわせた。エロスが先のミラノ公、誰もが恐れるジャンルシオ・スフォルツァに生き写しだったからだ。伯爵たちは不満と自尊心を押し殺して片膝をつき、エロスに頭をさげた。

正式な挨拶がすむと、まずヴィタリアーノ伯爵が声をあげた。「ステファノ！　驚いたぞ。立派になったものだ。こちらは一六年間もきみの死を悼んでいたというのに」伯爵は信じられないというようにエロスを見た。「それが生きていたとは！　しかも元気そうだし、すっかり一人前になった」

「成長したんだ」エロスはにっこりしたあと、年配の男性を見て目を細めた。「タリウス伯爵、われらが議長、八本脚の蟹殿《クラブ》。法を司《つかさど》る鋏《はさみ》は健在でしょうね？」

「年老いた蟹ほどには」タリウスはそう言ってくっくと笑い、エロスの肩に腕をまわした。「再会できてうれしい。父君にそっくりだ。神よ、あのお方の魂が安らかでありますように」

それを聞いたほかの貴族たちが頭を垂れて同意の言葉をつぶやく。

「お心づかいに感謝します」エロスは礼儀正しく言った。「さあ、公爵の間《サラ・ドウカーレ》へ移動して、父の思い出に乾杯しましょう」

エロスの言葉を聞いたベルナルドは、銀のトレイを掲げて両開きのドアの前に立ちはだかった。

「なにごとだ？」トンマーゾ・ダ・ヴィメルカーテ伯爵が驚きの声をあげる。

「短剣をあずけてもらおうと思いまして」エロスは、伯爵のベルトにさしてある、柄に宝石をはめこんだ短剣に目をやった。「これは友好的な集まりなので」

「ばかな！」ボッシ伯爵が叫ぶ。「短剣は服装の一部だ。服を脱げと言っているも同然じゃないか！」

エロスは客の前で黒い上着の前を開けた。紫のサテンのベストと、レースのひだ飾りのついたまっ白なクラヴァットの上にメダリオンが輝いている。しかし、腰に短剣はなかった。

「みなさん」彼は誠実な笑みを浮かべた。「ぼくも丸腰です。会議を血なまぐさいものにしないためにもご協力を」

伯爵たちは口々に異論を唱えた。タリウスがにこやかに仲裁に入る。「妙な猜疑心《さいぎしん》からせっかくの機会を後味の悪いものにすることはない。セニッガリアの悲劇を知っているだろう？　チェザーレ・ボルジアは和解と称して反抗的な士官を誘い、護衛に命じて捕獲し、殺害した。士官の付き人をドアの外に残してな。わたしたちを猜疑心の塊にしたいのかね？」

タリウスは再び笑った。「信頼は心の持ち方しだい。信頼するか、しないかのどちらかだ」

エロスは抜け目ない仲裁者を見つめた。「あなたの言うとおりですね。過敏な反応をして申し訳ない。長いこと狼やジャッカルに囲まれていたので、血の絆の意味を忘れていたようだ」彼はベルナルドにうなずき、ドアを開けさせた。

貴族たちがざわつきながら部屋に入る。タリウスはエロスの肩を親しげにたたいた。「噂によると、三二年前、わたしたちが大聖堂の洗礼式で忠誠を誓ったプリンスは、情け容赦のない海の狼になったとか？」

エロスはうつむいてほほえんだ。「ひどい噂だ。いつそんな話を聞いたんです？」

お仕着せを着てワインを持った従僕たちが入ってきて、慇懃《いんぎん》な動作で伯爵たちを着席させ、クリスタルのグラスに深紅の液体をなみなみと注いだ。なごやかな雰囲気のなか、会議の始まりが宣言される。エロスの血縁にあたるジャンフランコ・ヴィスコンティ伯爵が最初の乾杯を任された。上等なクロスが敷かれた長テーブルの端に陣どっていた伯爵が立ちあがる。

「お集まりのみなさん、この土地は多くのプリンスとともに栄えてきましたが、われらを招集したのはただのプリンスではありません。イタリア全土がその誕生を祝ったマルス神の子孫なのです！」みんながエロスのほうへ杯を掲げた。「われわれは、貪欲なフィレンツェが支配する領地を、わずかな従者のみを引き連れ、商人になりすましてここまでたどりつきました。誇り高き同志たちよ、今日、われわれはプリンスの前にひざまずいただけでなく、失った兄弟を、じきにわれわれの父になる人物を、この胸にとり戻したのです。プリンス・ステファノ・アンドレア・スフォルツァ、未来のミラノ公と、その偉大な父、真の統治者だったジャンルシオ・スフォルツァ公爵の思い出に乾杯！」

一瞬のためらいが場を支配した。誰もワインに口をつけようとしない。エロスは笑みを押し殺してベルナルドを呼んだ。「ぼくのグラスを誰かのと交換してくれ。おまえの選択に任せる」

ベルナルドは奇妙な命令に眉をひそめたが、まだ口をつけていないエロスのグラスに手をのばした。言いつけどおりグラスを持ってテーブルをまわり、ヴァレジーノの背後で足をとめる。それからわざとらしくおじぎをしてグラスをとり替え、今度はヴァレジーノのグラスをエロスのもとへ運んだ。

エロスはグラスを掲げた。「これで毒はメニューに載っていないことがわかったはずです。父の名誉にかけて杯をあけてください」そう言うと、タリウスを見た。

罠にはまったことに気づいたタリウスの瞳が凍りついた。「乾杯」タリウスはグラスを口に運び、ほかの者も信頼を示すよう促した。クリスタルのグラスが打ちあわされ、〝乾杯〟の声が続く。

ワインを飲むあいだも、エロスはグラス越しにタリウスの視線をとらえていた。ふたりのあいだに火花が散る。この戦が終わるときに立っているのはひとり。その人物がすべてを手にすることになる。


アラニスは言いつけどおり部屋にこもっていた。食事の時間になると召使いが食事を運んできたが、部屋に入れるのはエロスだけだ。エロスは部下の入室も許可しなかった。特にアラニスに首ったけのヴェネチアの船乗りは……。使用人用の螺旋階段を駆けあがったロベルトは、うぬぼれた笑みを浮かべた。もうじきチェザーレがミラノ公になり、自分はその恩恵にあずかることができる。そのためにはこの任務を成功させ、主人が無傷でほしいものを手に入れられるようにしなければならない。屋敷の外には金で沈黙を誓わせた御者が荷馬車とともに待機している。ロベルトは使用人用のドアの鍵をはずしてアラニスの部屋に忍びこんだ。獲物はベッドの上で眠っている。豊かな髪が枕の上に扇のように広がっていた。ロベルトはパリで調達した布袋とクロロホルムの瓶をとりだし、清らかな女性に近づいた。間近で見ると、あまりの美しさに脈が速くなる。思ったよりも背が高い。袋のなかにおさまるといいのだが。

「さあ、こっちへおいで」ロベルトは眠り薬をしみこませた布をピンク色の唇に押しあてた。

「ヴェルサイユの舞踏会に連れていってあげよう」

もうじき夜中だ。エロスはいらだっていた。アラニスの部屋の方角へちらちらと目をやる。貴族たちは、ミラノに点在しているフランスとスペインの砦に奇襲をかける方法について話しあっていた。あとは投票するだけなのだが、彼らはワインを片手につまらない議論に固執し、わざと会議を引きのばそうとしているようにも見えた。

「総司令官自らが軍を指揮するなんてどうかしている。きみに万が一のことがあれば、きみを除く全員がその選択を悔やむことになる。きみは死んでしまうから後悔しようがないだろうが」ベルガモのコラード伯爵が反対した。「勇気を重んじるベルガモ人として、奇襲を指揮したいというきみの熱意は尊敬する。しかし奇襲が失敗した場合、誰が戦いの手綱をとるんだ？」

「ぼくは失敗しない」エロスは短く答えた。

「冷静になってくれ」ワインを何杯も飲んでまっ赤な顔をしたカスティリヨンヌ伯爵がまのびした声で言った。「戦場できみがとらえられたり殺されたりしたら、舵をとる人間がいなくなる。きみは指揮官なのだから、一介の兵士のように攻撃に加わるわけにはいかないんだ」

「フランスのヴァンドームも、オーストリアのサヴォイも、イングランドのマールバラも加わっているじゃないか」

「それは騎兵隊の先陣であって、奇襲部隊ではない。きみの提案は自殺行為だ！」

「たしかに自殺願望があるのかもしれない」エロスはつぶやき、気づかれないようにベルナルドを呼んだ。「アラニスの様子を見てきてくれ」小さな声でささやく。「足りないものはないか、話し相手がいなくて寂しい思いをしていないか確認するんだ。ぼくもじきに行くと伝えてくれ」

「フランチェスコ・スフォルツァは武功によって地位を築いた」カロリーノ伯爵が指摘した。「フランチェスコは強い兵と熱い野望だけで大衆を熱狂させたんだ。民は馬にまたがったフランチェスコを大聖堂へ誘導し、彼をミラノの統治者にするよう訴えた」

「大昔の話だ」タリウスが反論する。「ステファノ、きみの不屈の精神には敬意を表する。だが、一国の長が槍の先になった時代は終わった。今日の戦いの原理に反する」

「ぼくのことよりもご自分の心配をなさるといい」エロスはこたえた。「そっちのほうが大変でしょうから」

長テーブルの反対側では、ゴンザーガ伯爵が奇襲するのではなくフランスと協定を結ぶべきだと主張していた。「あのルイがミラノから追い払われておとなしくしているはずがない。ルイはあらゆる手を使ってくる。フェリペがスペインの王座にあるうちは、フランスは単体ではなくスペインとの連合で考えないと」

議論は白熱し、あちこちから意見が飛んだ。テーブルの一方に座っている伯爵がもう一方を〝未開人びいき〟と呼ぶと、もう半数が似たような悪態で応酬する。ついにロッシ伯爵が立ちあがった。「フランスの歩兵は世界最強と言われているんだ！」

「騎兵隊を繰り返し投入すれば、倒すことは不可能ではない」エロスは穏やかにこたえた。「フランス軍の戦法は古くさい。直接戦闘を避け、長期戦に持ちこもうとするだろう。われわれは移動式の大砲を使って奇襲をかけ、二倍の戦果をあげる。本来は船の帆を引き裂くための武器だが、一撃で多くの兵をたたくことができる。防御一辺倒の世界に新たな戦法を示すのだ。適切な攻撃をしかければ、塹壕《ざんごう》や厳重に守られた要塞も粉砕できることを見せてやる」

伯爵たちが興味を示す。エロスは忍耐強く啓蒙《けいもう》を続けた。「旧世界は伝統でがんじがらめだ。フランスは従来の偏った戦術か、ルーヴォアの指示にしたがうことしか知らない。ルーヴォアはたしかにすぐれた陸軍大臣だが、戦闘については素人だ。敵の要所を押さえれば勝てるの一点張り。あの男が華々しい勝利をおさめたのは、彼の指示を無視して攻撃に転じた部下のおかげだ。本人は先制すべきときに動かず、偵察や敵の補給路を断つことに執着している。世間では天才と評判だが、あれだけの金をかけてたいした戦果はあげていないじゃないか。一方のスペイン軍はフランスよりも攻撃的だが、勝利を確信するまで動かない。スルタン・カラ・ムスタファのほうが上手だ。まあ、オスマン帝国は兵力不足で大規模攻撃を実行できないがね。スルタンは兵力の勝る西側諸国に智恵で対抗してきた。あのちっぽけなアルジェが何世紀にもわたって列強のとげになってきたのがいい証拠だ」

「しかし大砲がある」ロッシが口を挟んだ。「スペインの大砲にはどう対応するんだ？」

「スペインの大砲は心配ない」エロスが請けあった。「裏工作が得意な部下がいる。特にうちの砲手長はスペインの大砲を改造するのが趣味でね」

「戦争の結果を見て行動するほうが賢明では？」教皇庁から派遣されたピエトロ・フォグリアーニ伯爵が口を挟んだ。「大同盟が勝てば……」

「新たにハプスブルク家の支配が始まる」エロスは語調を強めた。「スペイン語でなくドイツ語を話す統治者がやってくるだけだ。いつまでほかの国の国王に隷属する気だ？」

「大同盟はロンバルディアを支配する気などない」パッツォ・ヴァレジーノが主張した。

「そうかもしれん」エロスは認めた。「だが、解放もしないだろう。パナマに金鉱がないのだから、戦争資金が不足したらイタリアから搾りとるつもりだ」

ヴァレジーノは不服そうに口をゆがめた。「古代ローマは共和制だった。歴史をひもといてみても、ひとりの統治者にすべてを任せるよりも評議会のほうがよほどうまく機能してきたんだ。それなのにどうして、好ましくない噂を持つ人物を統治者として迎えなければならないんだ？　きみはなにをもってミラノを守るんだ？　精神力だけで統治できると思っているのか？　きみは強奪や脅迫を繰り返してきた海賊だ。わたしの記憶がたしかなら、競技会で対戦相手を串《くし》刺しにするのも得意だったはずだ。一三歳のときですら血に飢えていたんだから、残忍な海賊になったのも不思議はない。それがきみの本性なんだ」

テーブルの上に沈黙が落ちた。男たちは驚きというより好奇の表情を浮かべている。鎖蛇が評判どおり牙をむくことを期待しているのだろうか？　エロスは伯爵たちを少しからかってやろうとグラスに口をつけた。「あんたは邪魔者を暗殺して教皇の懐へ入りこみ、さらにかなりの額の恩給を手に入れたそうだな。まったく、うまくやったものだ。ヴァレジーノ、あんたの成功については詳しく調べさせてもらったよ。父の時代に正攻法では手に入らなかったものを、父の死後に盗んだらしいな。トレッリ・ハウスを愛人に与え、マルデザーナは隠し子にやったとか。どちらもぼくの個人的な財産だ。部下がぼくのグラスときみのグラスをとり換えたのは偶然だと思うかね？」エロスはにっこりした。「実は、ぼくのグラスだけに毒が入っていたんだ」

ヴァレジーノは顔をまっ赤にして、あわてて襟もとに手をやり、クラヴァットをゆるめた。

「少量のツボクサだから、全身にまわるには数時間かかる。それでも雄牛を殺す効果があるぞ」エロスは満足げに言った。「暗殺者《アサシーノ》のあんたにそんな説明は不要だろうがね」ヴァレジーノが息をのんで短剣を抜いた。薄い刃がきらりと光る。エロスは椅子から飛びあがってロッシのほうへ身をのりだし、驚愕している伯爵の短剣を抜いてヴァレジーノに投げつけた。振りあげたヴァレジーノの右手をエロスの放った剣が貫く。ヴァレジーノは悲鳴とともに体を折って手首をつかんだ。血だらけの指から短剣が落ちる。

「だましたな……」ヴァレジーノはテーブルクロスをつかみ、甲高い声で抗議した。高価な皿やクリスタルのグラスが派手な音をたてて割れ、ヴァレジーノもののしりの言葉とともに床に崩れ落ちた。

一同は今や空席になった男爵の席と、涼しい顔で上座に立っているエロスを見比べた。三日月形の傷を負った顔が嫌悪にゆがんでいる。

「ここで暗殺者を毒殺するつもりはない。あんたたちのたくらみはわかっていた。あわれなほど見えすいていたよ。ぼくが生きていることを知っていたのだろう？　この一六年間、あんたたちがなにをしてきたかについてはすべて報告を受けているぞ。公爵家の財産を仲間うちで分けただろう？　あんたたちはぼくを抹殺するつもりでここへ来た。失敗したらフランスに助けを請うつもりでな。ぼくはそれを承知で最後のチャンスを与えたんだ。兄弟だからな。ぼくがいなければミラノは占領されたままだ。秘密評議会などお飾りにすぎない。だがぼくが戻れば、あんたたちの権力は弱まるかもしれないが、母国をとり戻すことができるんだ。あんたたちが協力しようとするまいと、ぼくはミラノへ戻る」

エロスが部屋を出ようとしたとき、両開きのドアが勢いよく開いてジョヴァンニとベルナルドが駆けこんできた。

「アラニスがいません！」ジョヴァンニが言って、ベルナルドが刺激臭のする布をさしだした。

「くそっ《バスタルド》！」エロスはジョヴァンニの腰から二丁の拳銃を抜いて伯爵たちを振り返った。目をぎらつかせてボッシにつめ寄り、その頭に銃口を向けて引き金を引く。

伯爵たちが椅子から飛びあがった。砕けた頭蓋骨から血みどろの肉片が飛び散り、両隣の伯爵やテーブルクロスが赤く染まった。

「ボッシを殺すとは！」タリウスが叫んだ。見開かれた目に荒々しい光が宿っている。「正気じゃない！」

「残念だが、まったくの正気だ」石のようにかたい表情で、エロスは伯爵たちに近づいた。その勢いに、一同は猛獣を前にした鶏のように逃げまどった。

「ボッシは胸の悪くなる男だった」エロスは感情を排した声で吐き捨てるように言った。「死んだところで誰も悲しみはしない。ヴィレッタ・マイエッラに監禁され、もてあそばれていた少年たちはむしろ大喜びするだろう。ボッシはぼくがミラノを去ってたった二カ月であの城を占領した。さて、次は誰だ？　誰かがアラニスの居場所を吐くまでひとりずつ射殺してもいいんだぞ」海色の瞳は殺意に満ちていた。

「われわれはなんの関係もない！」ゴンザーガが椅子の背に隠れて叫んだ。

「ヴァレジーノは裏切り者だが、われわれは違う」ヴィスコンティがカーテンの陰から同調する。

「落ち着け、ステファノ」コラードは部屋の隅に置かれた大理石の胸像の後ろからなだめた。「わたしたちに嘘をつく理由などないじゃないか」

「臆病者どもめ、さっさと口を割らないか！」エロスはもう一秒も我慢できないというように怒鳴った。磨きこまれた大理石の床に容赦ない足音が響く。「これが最後のチャンスだ！」

「きみのいとこのしわざだ！」ロッシが叫んだ。「きみの暗殺もチェザーレが計画した！」

「チェザーレはどこだ？」エロスは椅子越しにタリウスをにらんだ。二丁目の拳銃をかまえる。

「撃つな！」タリウスが両手をあげたまま立ちあがった。「フランス国王は一〇日後にヴェルサイユ宮殿で春の仮面舞踏会を計画している。チェザーレの部下をとり逃がしても、舞踏会へ行けば彼女は見つかるさ」

# 27

ヴェルサイユ宮殿はアラニスの記憶どおり華やかだった。大燭台《だいしょくだい》の光がすべての窓を明るく照らし、夜空を切り裂く花火が手入れの行き届いた地上へと鮮やかな光の雨を降らせている。壮麗な宮殿の前に列をつくる馬車から、あでやかな衣装に身を包んだ招待客が次々とおりてきた。春の仮面舞踏会《ル・バル・マスク・プランタニエ》はフランス国王ルイ一四世のお気に入りの行事だけあって、細部まで惜しみなく贅がこらされている。

一〇日前にトスカナの屋敷からアラニスをさらい、その後一〇日間にわたって田舎道を連れまわした男が、さっさと歩けというように彼女の脇腹をついた。ふたりが歩いているのは召使い用の廊下だ。命令されることにうんざりしていたアラニスは、相手の脇をつき返してやった。その男がチェザーレの部下であることはわかっていたので、金箔を張ったドアの向こうに立派な身なりをしたチェザーレの姿が見えたときも、別段驚きはしなかった。

「待ちかねたぞ!」チェザーレは低い声で言い、豪華な部屋にアラニスを招き入れた。それにしても気味が悪いほどエロスによく似ている。チェザーレが不満に思うのも無理はないのかもしれない。チェザーレにはなにもないのに、見た目はそっくりないとこは生まれながらにすべての特権を享受しているのだから。「あと一時間足らずで国王の前に出られるよう準備しなければ」チェザーレが言った。「フランス国王は、われらが放蕩者《ほうとうもの》の心を射とめた女性を見たいと仰せだ」

「エロスが助けに来るわ」アラニスは挑戦的に言い、そうあってほしいと心のなかで祈った。

チェザーレはにっこりした。「まさにそれを期待しているんだ。いずれにせよ、きみにとっては悪い話じゃない。ステファノが死んでも、きみはミラノ公の妻になれる。やつにしたのと同じことを――」

アラニスはチェザーレを引っぱたいた。「一〇〇万年待ってもそんなことにはならないわ!」相手の左頬に残った醜いあざを見て、アラニスは心の底から満足感を覚えた。今夜はパリじゅうの人に手形付きの顔をさらせばいい。

チェザーレは彼女を乱暴に引き寄せた。「ステファノがきみのどこに引かれたのかわからなくなってきたよ。まあ、試してみるか……」そう言って無理に唇を寄せようとしたとき、怒りに満ちた高い声が割って入った。

「このばか男《クレティーノ》!」赤毛の美女がエメラルドグリーンの瞳を輝かせ、ルビー色のドレスを翻して入ってきた。アラニスがチェザーレを押しのけたと同時に、赤毛の美女が彼の右頬を平手打ちする。「あんたなんて兄に頼んで切り刻んでもらうから!」

「落ち着いてくれ、レオノーラ」チェザーレはひりひりする頬に手をあてた。「この女はステファノをおびき寄せるための餌だ。さあ、そのドレスを貸してやれ。テーマは赤い情熱かな？　この女の役まわりにぴったりだ。きみはぼくの好きなエメラルド色のドレスを着るといい。かつての婚約者に最高の姿を見せたいだろう？」レオノーラに意地の悪い視線を送る。

レオノーラはふんと鼻を鳴らして顎をあげ、アラニスの肘をつかんだ。「こっちへいらっしゃい」


ヨーロッパ随一の社交場であるヴェルサイユ宮殿は、春の訪れと国王の偉大さをたたえる人々で、神々が住んだとされるオリンポス山の宴も顔負けに華やいでいた。国内屈指の名士たちが大陸の権力者と肩をすりあわせるなか、高級娼婦や曲芸師、さらには詩人や芸術家たちが場を盛りあげている。胸もとの大きく開いたルビー色のドレスに体を押しこんだアラニスは、羽根の仮面が顔を隠してくれることをありがたく思った。

欲深いカップルにせきたてられて、酒と女で退屈をまぎらわそうとしている男たちのあいだを進みながら、この混雑ぶりならば逃げるのもそう難しくないのではないかと思案する。感覚を研ぎ澄ましてチャンスをとらえよう。

「無駄な希望は抱くなよ」チェザーレがアラニスの腕をぎゅっとつかんだ。「いくらステファノが銃撃戦に強いといっても、この状況で海賊の技は役だつまい」

アラニスは歯嚙みして腕の痛みをこらえた。従順なふりをして相手が油断するのを待つほうが得策だ。

チェザーレたちが舞踏室のなかを見まわした。エロスほど背が高ければ人込みのなかでも簡単に見つかると思ったのに、化け物や妖精、スルタンや女王、そして獣に扮《ふん》した客でいっぱいの会場では人捜しなどできそうにない。彼らは混雑した舞踏室を抜けだし、バルコニーや廊下、ビュッフェテーブルのまわりを歩きまわった。賭博室に入ったところで、チェザーレの注意が赤いフェルト張りのカードテーブルに吸い寄せられる。彼は黒い仮面の後ろでくい入るようにゲームの進行を見守っていた。このままゲームに没頭してくれれば、とアラニスは祈ったが、運の悪いことにレオノーラがやってきて、ふたりを賭博室から追いたてた。

一〇時になると舞踏室の明かりが消え、ルイが新たに入手した中国製のドラが打ち鳴らされた。春を思わせる華やかなお仕着せを着てろうそくを手にした従僕に囲まれ、アポロンに扮したフランス国王が登場する。ダイヤモンドの飾りボタンがついた金色の衣装は、天に輝く星のようだった。ルイのあとに王太子、大司教、さらに一〇人の大臣が続く。国王の関心を引こうとする客たちがいっせいに押し寄せて花道をつくった。たとえぼんやりしたまなざしを向けられるだけであっても、気づいてもらえないよりはましらしい。

アラニスはここぞとばかりにチェザーレの爪先をヒールで踏みつけ、その手を振りほどいて人込みにまぎれこんだ。逃げながらも、背の高い黒髪の男性を捜す。ブロンドの髪に赤いドレスがめだつことはわかっていた。チェザーレの同類につかまるのはごめんだ。上流階級《オート・モーンド》にも不埒《ふらち》な輩はたくさんいる。ここにエロスがいてくれたら……。

舞踏室に明かりが戻り、フランス国王が玉座について春の仮面舞踏会の始まりを告げた。ルイが王太子に最初のダンスをすすめる。アラニスは仮面をつけた見知らぬ人々を見まわした。こんなに心細いのははじめてだ。彼女はチェザーレが追ってこないことを確認しながら先へ進んだ。ふと、飛びぬけて大きな黒髪の男性が必死に会場内を見まわしているのが目に入った。アラニスの目に安堵の涙がこみあげる。彼女は派手なドレスがほつれるのもかまわず、いとしい漆黒の髪を見すえて招待客のあいだを縫っていった。黒い仮面の奥で青い瞳が光る。エロスに間違いないわ！　一気に鼓動が速くなった。ところが手の届く距離まで来たとき、隣に寄り添うエメラルド色のドレスが目に入った。レオノーラがアラニスに気づいてチェザーレに合図する。すると、彼は驚くほどの敏捷《びんしょう》さで飛びかかってきた。アラニスはあわててあとずさりし、よろめいた。チェザーレのほうが大きく、力も強い。そして必死だ。仮面をつけた人々はけげんそうにアラニスのほうへ目を向けたが、手をさしのべる者はいなかった。すでに酩酊《めいてい》しているか、男から逃げる娘を助けるのに飽き飽きしているかのどちらかだろう。人々を押しのけながら、アラニスは夢中で走った。喉が渇き、耳の奥ががんがんする。どれだけ走っても逃げ場はない。助けてくれる人はいないのだ。

二曲目が始まり、一〇人の大臣たちがそれぞれの妻とともにフロアに進みでた。客が左右に分かれ、寄せ木細工の床がのぞく。突然、背後から腕がのびてアラニスの腰をつかみ、後方へ引っぱった。彼女は脚をばたばたさせて叫ぼうとしたが、手袋をはめた手で口をふさがれ、壁のほうへ連れていかれた。もう終わりだ。自分だけでなく、エロスも道連れになってしまう。がっしりした手が彼女を振り向かせると、黒い仮面の向こうで、きらめく青い瞳が彼女を見つめていた。妖艶なドレスを着たアラニスをくい入るように見つめている。その瞳に冷たいところはみじんもなかった。

これはチェザーレじゃない。仮面をつけた男がアラニスのうなじに手をまわして自分のほうへ引き寄せた。「ぼくは誰だ？」深い声がアラニスの心を射抜く。

「エロス！」アラニスは彼の首にしがみついた。歓喜のあまりめまいがする。もう二度と離れたくなかった。「わたしのために来てくれたのね」息を切らしてつぶやく。「ライオンの巣へ」

エロスは仮面をはずし、三日月形の傷と表情豊かな顔をあらわにした。「ぼくたちはずっと一緒だ」そう言って、砂漠の民がオアシスで水を飲むかのようにアラニスにキスをした。

「ここから逃げないと。チェザーレがなにか恐ろしいことをたくらんでいるわ。裏で糸を引いているのはフランス国王よ」そのとき、エロスの肩越しになにかが動いた。「エロス、後ろ！」アラニスが叫ぶと同時に、きらりと光る剣が彼の首筋に押しあてられた。

「また会ったな、いとこ殿」チェザーレはそう言って剣の切っ先をエロスの喉もとにずらした。

アラニスの視線が仮面に覆われたチェザーレの顔とエロスのあいだを行き来する。エロスは無言で逃げろと合図していた。彼女はあとずさりした。

エロスはケープの懐に手を入れ、大胆にも相手を挑発した。「ルイの大事な宴の最中にぼくの喉を切り裂くのか？　ぼくはやつのお気に入りだぞ。賭博室で、ピストール金貨を前にぼくをなだめすかすルイを見せてやりたいよ」

「おまえのつきもこれまでだ」チェザーレが腹だたしげに言った。「誰が首謀者だと思っている？　わたしと言いたいところだが――」

エロスがチェザーレの腹部を激しく肘でつき、後ろへ倒した。それから短剣を手にチェザーレのほうへ向き直り、にっこり笑った。「なんの話だったかな？」

「おまえは死んだも同然だ！」チェザーレは仮面をとって細身の剣《レピアー》を抜いた。「かまえろ！《アン・ガルド》」

騒ぎに気づいた招待客が周囲をとり囲み、エロスに剣をかまえるよう、はやしたてた。アラニスは息をつめて、短剣の柄を握るエロスの手を見つめた。顎がぴくぴくと動いている。いとこに向かって短剣を投げたいのを必死でこらえているのだろう。

「ここはローマの大競技場じゃないんだぞ」エロスはざらついた声で言った。「パリの民衆を喜ばせてどうする？　ぼくたちはルイの廷臣じゃない。ミラノ人だ。ブルボン家よりも偉大なヴィスコンティ家とスフォルツァ家の子孫なんだ」

「説教ならよそでしろ！」チェザーレは嘲笑した。「オスティアでやりかけたことのけりをつけてやる」チェザーレが前方に飛びだして剣を振りまわす。エロスはよろめいて後退し、左手に短剣を持ち替えてレピアーを抜いた。ふたりは剣闘士さながらに円を描いて間合いをはかった。

「おまえはミラノにオルシーニ家を引きこんだ。それだけでも死に値する！」エロスはいとこに襲いかかり、その腕を切りつけた。

チェザーレはひるみもせずに笑った。「喜んでくれると思ったよ。わたしのせいで計画が狂っただろう?」野次馬の期待どおりにチェザーレが攻撃を再開する。エロスはそれをかわし、相手の剣を自分の短剣で受けた。切っ先が互いの胸もとへ向けられる。チェザーレとエロスは互いの剣を挟んでにらみあった。「おまえなど、一生アルジェのどぶを這いずりまわっていればよかったんだ。一六でミラノを去ったおまえに、あの街を統治するだけの力はない。わたしがいてもいなくても、ミラノ公の職は一日と務まらないだろう。自分の部下に暗殺されて、聖ステファノ大聖堂の聖具保管室に転がるのがおちだ」

「もう我慢できない!」エロスは歯をくいしばり、チェザーレの顔面を頭突きした。鼻の折れる音がして、野次馬たちが顔をしかめる。寄せ木細工の床に血が飛び散った。

「野蛮人め!」チェザーレはレースのハンカチを出して鼻にあてがった。「城塞《カスバ》でおまえが仕えていた猿どもと同じだ!」

エロスはにやりとした。「女々しいぞ。たかが血じゃないか」

「エロス!」大きな声が一同の注意を引いた。野次馬の輪がさっと左右に分かれ、仮面をとって不機嫌そうな顔をあらわにしたルイ一四世がつかつかと近づいてきた。エロスの前で足をとめ、じろりとにらみつける。「わたしに挨拶もなしか?」

「これは陛下、みごとな舞踏会ですね。いつもながら度肝を抜かれました」エロスは細身の剣《レピアー》をおろし、さっとうなずいた。だが、おじぎをしようとはしない。アラニスはにっこりした。

「それで?」ルイが促す。「言い訳はどうした? わたしに謝罪することはないのか?」

エロスは自信ありげにほほえんだ。「ご挨拶にうかがおうとしたら、いとことでくわし、ちょっとした問題が起こりまして。陛下の舞踏会は盛況ですから、どこで誰と顔を合わせるか予想もつかない」そう言うと、細身の剣《レピアー》の先端で、鼻血を出しているいとこを示す。

「おまえもいたのか！　あとで相手をしてやるからちょっと待ってろ。ともかく……」ルイはエロスに視線を戻した。「放蕩者のご帰還だな。しかも神出鬼没の放蕩者だ。これまでどこでなにをしてた？　ここにいたかと思うとあっちにいるといった具合で、きく人ごとに話が違う。なにを信じていいかさっぱりわからん」おしろいを塗りたくった顔にいたずらっぽい笑みが浮かんだ。「同姓同名で活動する双子じゃないかと思ったほどだ」

「ぼくがもうひとり？」エロスは身震いした。「ぞっとしますね」

「まさしくぞっとする」ルイは口を真一文字にした。そばで聞いていたアラニスは信じられなかった。さっきまで剣を手に決闘していたというのに、久しぶりに親友に会ったような口ぶりだ。「さて……」ルイはひどく不服そうな顔をしたチェザーレに目をやった。「この舞踏室で片をつける気か？」

「陛下」チェザーレは鼻を押さえたまま、剣を振って正式なおじぎをした。「心からおわびを――」

「反省しているふりなどしても無駄だ！　おまえにはだまされん」口を開きかけたチェザーレを、ルイが片手をあげて制した。「言い訳はもう聞き飽きた。いとこの悪口もな」

チェザーレは顔をまっ赤にして口を閉じた。

「親愛なるいとこともども庭園へ退散するところでした」エロスが言った。「あなたの大事な宴を台なしにするつもりはありません。決闘など野蛮ですから」

「台なし？　そんなことはない。今宵《こよい》は野蛮にいこうではないか！」ルイは指輪のはまった手を大げさに振りまわした。「好きに続けるがいい」

エロスの笑みが消えた。ヨーロッパじゅうの人々の前で身内の恥をさらしたくはない。しかし、ルイに許可された以上、続けるしかなかった。エロスは皮肉っぽい顔で、金箔を施した細身の剣《レピアー》の柄を鼻の上に掲げた。「フランス国王、万歳！　じきに死す者から敬意を！」

「笑わせるな」ルイが鼻を鳴らす。「死ぬかどうかはおまえしだいだ」エロスに体を寄せる。「あとでわたしのところへ来い。こらしめてやる」ルイは金のシルクを翻し、黄金の玉座に戻りながら宣言した。「最強の男に勝利を！」

楽団の演奏がやむ。客はさらなる流血を期待して決闘の再開を待った。世界の頂点をきわめた人々は、ふたつのことにしか興味を示さない。パンとサーカスだ。アラニスには上等なサテンをまとった人々の姿が古代ローマ市民と重なった。

群衆からどよめきがあがる。エロスはチェザーレの攻撃を剣で受けとめた。ルイのそっけない対応に刺激されたチェザーレはさらに突きを繰りだしたが、一方のエロスも無駄のない動きでこれをかわす。イタリア一の剣士に手ほどきを受けたふたりの剣さばきはみごととしか言いようがなく、優雅であると同時に急所を的確にとらえていた。どちらも相当の腕前だ。二本の剣が高い金属音を発して衝突する。シャンデリアの光を反射して輝く剣の舞は幻想的ですらあった。ふたりが稲妻のような攻撃を繰りだしながら、獰猛な虎のように相手を威嚇する。どちらも汗と血にまみれたシャツ一枚になって舞踏室を縦横無尽に移動した。

数人の女性が卒倒する。どちらが勝つかで賭が始まり、男たちは残酷な野次を飛ばした。〝おれの金はおまえのものだ、スフォルツァ〟だの、〝冷たい刃をくらわせてやれ！〟だの、誰が誰の応援をしているのかわからない。

ふいにエロスが足を滑らせてあおむけに倒れた。野次馬が不満げにうめく。アラニスの後ろに立っていた男が叫んだ。「これで一〇〇ルイドール金貨はおれのものだ！」しかし、エロスはすかさず立ちあがって剣をかまえ直した。

アラニスは後ろを振り返った。「黙ってなさいよ。ごたごた言うなら自分でやってみたら？」そのとき、近くに立っていたレオノーラと目が合った。レオノーラはアラニスのすぐ後ろで女友達としゃべっている。わざとアラニスに聞こえる位置を選んだようだ。

「すごくわくわくするわね」フランス人の友人が手をたたいた。「チェザーレが勝てば、あなたはミラノ公の妻よ。大聖堂で結婚式をあげるときはわたしに付き添いをさせてね」

「困った人ね、アントワネット」レオノーラはアラニスのほうを向いて見くだすようにほほえんだ。「どちらが勝つかなんて問題じゃないの。チェザーレが戦っている海賊はステファノ・スフォルツァ、ミラノ公国の本物のプリンスよ。大同盟への忠誠を証明するために島国から来たつまらない女と結婚したみたいだけれど、ロンバルディアの法律ではそんな結婚は無効だわ。ステファノのお父さま、ジャンルシオ公爵の望みは、息子が生粋のローマ人と結婚することだったの。その点、わたしはオルシーニ家の出身よ。ステファノがイングランド人と結婚するわけがないわ。最終的にはイングランドの女のことなど忘れて、お父さまの遺志にしたがうでしょう」

「まあ！」アントワネットが興奮してこたえる。「あの謎めいた放蕩者、ヴェルサイユ宮殿の愛人たちを昨日のシーツのようにとり換えるというエロスがあなたの夫になるの？」

「そのとおりよ」レオノーラはにやりとした。「結局のところ、わたしたちの婚約はまだ有効だもの」

〝婚約〟その言葉がアラニスの心を打ち砕いた。どうりで結婚の話題を避けたがったはずだ。すでに父親の選んだローマのプリンセスと婚約していたのね。アラニスは不安と惨めさに打ちのめされながら、チェザーレを壁際に追いつめるエロスを見守った。

「見世物にならない場所でけりをつけよう」エロスはいとこに言った。

汗まみれのチェザーレが息を切らして怒鳴る。「貧血でも起こしたか？　それともオスティアにつながれていたせいで腰が抜けたのか？」

「よけいな心配をしなくても、すぐにとどめを刺してやる」エロスはいらだたしげに言った。

「ただし、死んだことまで自慢できないよう、人気のない場所でな」

「ここで決着をつける！」チェザーレが叫ぶ。

エロスの目がぎらりと光った。「そうか……」彼は吹っきれたように右へ左へと移動しながらチェザーレへ突進した。チェザーレがよろめきながら舞踏室の中央へ後退する。エロスは容赦なく細身の剣《レピアー》をつきたてた。先ほどまでの同情や自制心はみじんもない。急所をねらってシャツを切り裂き、露出している肌を切りつける。仮面をつけた客たちはふたりが移動するのに合わせて場所をあけつつも、いちばん見やすい位置を確保しようと押しあいへしあいしていた。しだいにチェザーレの動きが鈍っていく。なんとか攻撃はかわしたものの膝をつき、のけぞるような体勢で必死に剣を振りまわしたが、エロスは計算された剣さばきでチェザーレの腕を骨まで切り裂いた。招待客が熱狂し、嵐のような歓声をあげる。エロスは汗まみれで胸を大きく上下させ、すばやくチェザーレの腹部に剣をつき刺した。チェザーレが床に崩れ落ちる。体の下から血がしみだしてきた。

「ステファノ……」チェザーレが恐怖に目を見開き、数メートル先に転がっている剣を見た。

「わたしの剣……」弱々しく手をのばす。

エロスはゆっくりと剣を鞘《さや》におさめた。「短剣を抜け」

チェザーレはいとこの寛大な言葉を信じていいものかどうかためらっていた。

「短剣を抜け！　おまえの望みどおりにしてやる。裏切り者にふさわしく、短剣でつかれて死ぬがいい！」

チェザーレの短剣がぎらりと光った。「おまえも終わりだ、ステファノ。まだわかっていないようだな！」チェザーレはエロスを力いっぱい蹴った。エロスが床に転がったところでのしかかり、短剣をつきたてる。

アラニスは悲鳴をあげ、招待客が息をのんだ。ルイすらも玉座から立ちあがる。

エロスはあおむけのまま、いとこの手首をつかんで、迫ってくる短剣を避けようとした。チェザーレが致命傷を負っているとは思えない力で剣先をエロスに近づける。アラニスの視線はエロスの顔のすぐ上にある短剣に釘づけだった。もうだめだと思ったとき、エロスがチェザーレをつきとばして立ちあがり、喉を震わす叫び声とともに彼にのしかかってその胸に短剣をつきたてた。チェザーレの胸から、宝石のはまった短剣の柄が墓石のように飛びだしている。

チェザーレは目を見開き、血を吐いた。「ステファノ……」エロスのシャツをつかむ。残忍な顔つきは激痛にゆがみ、かつての迫力を失っていた。「ルイにいくら勝った？」

エロスは目に後悔をにじませて、チェザーレの脇にひざまずいた。「ぼくたちが協力すればミラノはとっくに解放されていたはずだ。おまえは手強い相手だった。味方なら、さぞ心強かっただろうに。欲と嫉妬に毒されていなければ……」エロスは悲しげに笑った。「一〇ピストール金貨分勝っただけさ。あのけちがそれ以上賭けると思うか？」

「守銭奴め」チェザーレはかすかに笑った。その目が恐怖に暗くなる。血のついた拳がエロスのシャツをつかんで引き寄せた。「よく聞け。八本脚の蟹《クラブ》に気を許すな」チェザーレの頭ががっくりと後ろに倒れ、海色の瞳から命の火が消えた。

エロスは深い悲しみに目を伏せ、いとこのまぶたをそっと閉じてやった。「許せ、いとこよ」そうささやいて嗚咽をのみこむ。「ぼくもおまえを許す……」

アラニスが前に飛びだそうとしたとき、力強い手が彼女をつかんだ。さっと振り向くと、ギリシアの哲学者の扮装をした銀髪の紳士が立っている。彼女はぽかんと口を開けた。「おじいさま？」

デッラアモーレ公爵の青い瞳が輝いた。「やあ、アラニス、覚えていてくれてうれしいよ」

アラニスは唇を嚙んだ。なんてタイミングが悪いのかしら！ 無理に笑みを浮かべる。「おじいさま、お願い！ エロスと話をしなきゃならないの。あとですべて説明するから」

「もちろん説明してもらうとも。帰りの船の上でな。さあ、行くぞ！」公爵は出口へ向かって歩き始めた。

アラニスが身をよじる。「だめ。なにも言わずに去るなんてできない。彼のところへ……」デッラアモーレは足をとめた。「おまえの英雄を見てみろ！」女性に囲まれているエロスを指さす。チェザーレの亡骸が引きずられていくかたわらで、女性たちがエロスにシャンパンやサーモンのタルトやレースのハンカチをさしだしている。そのさまは滑稽《こっけい》ですらあった。彼に群がる女性たちは、汗と血にまみれた肉体にひるむ気配もない。

「わかったか」公爵がきびきびと言った。「わたしはフランス国王に尋問されないうちにここを出たいんだがね」

アラニスはほとんどなにも聞いていなかった。レオノーラがエロスに近づいていくのを暗い目で見つめる。エロスは啞然としたあと、にっこり笑った。アラニスの胸に怒りがこみあげる。このまま去って、彼がイングランドまで追いかけてくるのを待とうかしら？ そのとき、槍を持った兵士がエロスに近づいていくのが見えた。

デッラアモーレがアラニスを引っぱる。「わたしたちは敵国人なんだ。さっさとここを出ねばならん」

「だめ。待って！」アラニスは首を振った。「彼を残してはいけないわ！　これは罠よ！」

「あの男のことは忘れなさい！　あとは彼とルイとの問題だ！」

祖父に引きずられながらも、アラニスはエロスのことが心配でしかたなかった。

「アラニス！」深い叫びが彼女の魂を揺さぶる。アラニスは祖父の手を振り払って、こちらへ突進してくるエロスのほうへ向き直った。彼はすぐ後ろに迫る兵士たちなど気にもしていない。アラニスの隣に立つ年配の公爵に目をやってから、再び彼女に目を戻した。〝行くな〟と目が語りかけている。アラニスはその場に立ちつくし、懇願するように祖父を見た。

「お願い。ひとりで帰って。イングランドにはおじいさまが必要よ。わたしは……エロスを愛しているの」

「まったく。どうやらふたりとも帰れなくなってしまったようだ」いつの間にか招待客は庭園に出され、三人は完全に包囲されていた。

「とらえろ！」廷臣ふたりと近衛兵に囲まれて、フランス国王が三人のほうへ歩いてきた。槍を手にした兵士たちがエロスをとり囲み、ふたりがかりでとり押さえようとする。

「おやおや」ルイがエロスに向かって言った。「チェザーレが言ったことも、あながち嘘ではなかったと見える。大同盟の娘と寝屋をともにするとは困ったものだ。こちらは尊敬するデッラアモーレ公爵ではないか！　頭をあげてくれ、公爵殿《ムスイユー・ル・デュック》。魅力的なお孫さんを紹介してくれないか。エロスの心を悩ませ、立ち位置まで見失わせるとはたいしたものだ」ルイがアラニスに歩み寄り、顎に指をかけて自分のほうを向かせる。彼女は憎々しげにルイをにらみつけた。「これは美しい。なるほど合点がいった」

「彼女に手を出すな！」前へ飛びだそうとしたエロスが兵士に押し戻される。エロスは怒りに任せて振り払おうとしたが、兵士が四人がかりで彼を押さえこんだ。

「ムスィユー、いかんね」ルイは公爵をにらんだ。「これほどみごとな花を悪名高き女たらしに渡すとは」それからエロスをじろりとにらんだ。「だが、明日になれば彼女も未亡人だ。一緒にもっといい相手を探すとしようか？　デュ・ベク侯爵などいいと思うがね」廷臣のひとりを紹介する。「彼のほうはすでに夢中のようだし」

デュ・ベク侯爵がおじぎをする。胸の谷間をさまよう侯爵の視線に、アラニスは寒気を覚えた。それから、エロスのほうを見た。彼自身が危機的状況にさらされているというのに、ルイの手がアラニスに触れているのが気に入らないようだ。彼女は礼儀を無視してフランス国王の手を振り払った。

「おっと、気が強いと見える」ルイは笑った。「美しい山猫を怒らせてしまったかな？　それほどまでにエロスを慕っているのか？　いずこの女も一緒だな」

デッラアモーレは銀色の口ひげを震わせた。「陛下、孫はプリンス・ステファノ・スフォルツァとはなんの関係もありません。わたしとともに帰国します」

「そんなに急いで帰らせるわけにはいかん！」ルイは再び声を荒らげた。「親愛なる公爵殿と美しい孫娘は客室へ案内するとしよう。そしておまえには……」エメラルドの指輪をはめた指でエロスをさす。「バスティーユ牢獄の特別房を用意してある」

「あなたはぼくに手出しできません。それはよくわかっているはずだ」エロスがルイに怒鳴り返したので、アラニスを含む全員が目を丸くした。「ぼくは一国のプリンスです。ぼくに死を宣告できるのは教皇庁か神聖ローマ皇帝だけ。ぼくを殺したら、教会に多大な罰金を課され、一カ月ともたずに破産することになりますよ。ローマ教皇は、イタリアの統治者を外国の君主に処刑されて黙ってはいない。ぼくの首から垂れ落ちる血とともに教皇の座が流れたと知ったら、ルーアンの枢機卿がどんな顔をするか。フランスじゅうのカトリック教会を敵にまわす覚悟があるんですか?」

「黙れ!」ルイが怒鳴った。「おまえの度を超した行為には何度も目をつぶってきた。しかし、もう我慢ならん! 裏切り者のサヴォイの味方などするからだ。ミラノをやると言われたのか? イタリアを統治させてやるとそそのかされたか? このフランス国王をだしぬけるわけがない。わたしを裏切って無事ですむと思ったか? わたしならおまえをフランスの神にしてやったのに! 海軍大臣に、パリの花形にな!」

「パリの花形だって?」エロスが鼻を鳴らした。「そんな夢を見ている友人がいたな」

ルイは怒りを爆発させた。「バスティーユで頭を冷やしたあとでもそんな口がきけるかな?」国王は兵士に向かって叫んだ。「連れていけ!」

# 28

「あの男は一週間後にコンコルド広場で処刑されるそうだ」二日前から強制的に滞在させられている客室に戻ったデッラアモーレ公爵がアラニスに告げた。

彼女は椅子に崩れ落ちた。睡眠不足もたたってめまいがする。「彼をフランス国外に出すのに力を貸してちょうだい。おじいさまならフランスにも、つてがあるでしょう？　もしかするとモンテスパン侯爵夫人が――」

「いい加減にしないか！　今回ばかりは手を貸すつもりはない。あのろくでなしに懐柔され、何カ月もやつの愛人として過ごしていたなど言語道断！　おまえの母親が墓のなかで泣いているぞ」

「お母さまはわたしの幸せを願っていたわ」アラニスは祖父と自分自身に怒っていた。こんなことなら祖父にすべてを打ち明けるのではなかった。「エロスはわたしを幸せにしてくれる。わたしを尊敬し、信頼してくれる。危険を承知でここまで助けに来てくれたのよ」

「なぜだ？　なぜそこまであの男の肩を持つ？　やつはそれに値することをしたのか？　おまえに求婚したのか？」

アラニスは膝に目を落として居心地悪そうに言った。「ロンバルディア法の話をしたでしょう?」

デッラアモーレは部屋のなかを歩きまわった。「悪名高き海賊の誘いにのるとは。しかもやつはおまえをアルジェへ連れていった! おまえはあんな男に人生をゆだねるほど愚かな娘だったのか?」

アラニスはくるりと目をまわした。この二日間の議論を繰り返す気力は残っていない。「エロスのことを悪く言わないで。彼はわたしの愛する人で、一国のプリンスでもあるのよ!」

「もうじき処刑されるプリンスだ。厄介払いができてせいせいするよ。あの男はおまえを利用し、汚したんだ!」

「汚したんじゃないわ。わたしは恋に落ちて、自分の意思で彼についていったのよ!」

「自分の意思だと? そそのかされたに決まっておる! あいつはシルヴァーレイクみたいな世間知らずの坊っちゃんじゃない。やつが海の脅威と見なされるには相応の理由がある。ミラノの鎖蛇と称されるとおり、どこまでもずる賢くて残忍な男だ。この件に関してわたしは同情せんし、おまえが愚かなまねをするのも許さん。やつはおまえとの関係をちゃんとする気などないのだろう? あんな狡猾な男はくたばってしまえ! バスティーユで腐るがいい!」

アラニスはもはや反論しようともしなかった。祖父が頼みの綱だったのに、説得に失敗してしまった。

「プリンスが聞いてあきれる！」デッラアモーレはまだぶつぶつ言っている。「おまえにこんな仕打ちをして。アラニス、おまえはもてあそばれたんだ！　汚れなき娘と遊び女の区別くらいわきまえるべきなのに、やつはおまえを守るどころか、人殺しどものなかへほうりこんだ。手を出してはいけないことはわかっていたはずだ。まったく、なんと不名誉な！　よりによってあんな評判の悪い男に！　図体がでかいだけのろくでなしだ。骨の髄まで堕落しとる」

「家柄以外は見るべきところがないというわけ？」アラニスは冷たい声で尋ねた。

「たしかに家柄はたいしたものだ。特にミラノの正当な継承者とあっては無視できん。やつが紳士らしく接してきたなら別の対応もあっただろう。マールバラ将軍に紹介してやったかもしれんし、わたし自ら力を貸したかもしれん。だが、今となっては遅い！　ステファノ・スフォルツァは卑劣な方法を選んだ。おまえの将来も考えずに行動した。おまえの純粋さにつけこんだのだ。それがわからないのか？」

アラニスは抑えた声で言った。「醜聞を起こす気などなかったし、おじいさまを悩ませるつもりもなかったわ。おじいさまはこれまでとてもよくしてくれたし、わたしの行動は弁解できるものではない。でも、ルーカスと違って、エロスはわたし自身を望んでくれるの。義務感からでも、妻としてふさわしいからでもなく」

公爵の顔に笑みが戻った。「あたり前だ。すさんだ現実に疲れた男にとって、おまえはオアシスに見えるだろう。厚化粧をした尻軽女を囲っても、むなしさが募るだけ。あいつにとっておまえは、かつての自分に釣りあう相手、失われた年月をとり戻す鍵なのだ」

アラニスはレオノーラを思い浮かべて悲しげに言った。「あの人がミラノ公になった暁には、世間は悪い噂など忘れ去るでしょう。そうしたらヨーロッパのプリンセスから好きな相手を選べるのよ」

「ルイの話を聞いただろう？　やつはもう終わりだ。今回うまく切りぬけたとしても、あの男がミラノを手にすることはない。どんな名声も過去のものだ。味方に見捨てられ、兵は散り散りになるだろう。やつに勝利をもたらす力はない。やつについている船乗りどもも、もっと運の強い主にのり換えるはずだ。ミラノの人々は憎しみと嫌悪をもってあの男の名を記憶するだろう。やつは忍耐力も決断力もない負け犬として忌み嫌われ、軽蔑されるのだ。そんな男の妻になりたいのか？」

アラニスの目に涙があふれた。「おじいさまはエロスのことがぜんぜんわかっていない。彼は誠実で賢い人、わたしが心から愛する人よ。フランス国王のやり口は知っているでしょう？　処刑をやめさせてちょうだい」

デッラアモーレは眉をひそめた。「アラニス、おまえ……もしかして？」

アラニスは平らな腹部に手をあてた。そうだと言えたらどんなにいいか。

「公爵殿《ムスイユー・ル・デユック》、国へ帰りたくてやきもきしているのだろう？」ルイ一四世は姑息《こそく》な笑みを浮かべた。「だがな、わが国の地下牢にお孫さんに熱をあげているプリンスがおる。知ってのとおりわたしは寛大だから、死刑を宣告された男の最後の願いを拒むことができんのだ」

デッラアモーレ公爵は、重厚な書き物机の後ろに座っているフランス国王に目をやった。

「陛下、その最後の願いとはなんでしょう?」

「バスティーユでレディ・アラニスと面会することだ。ここ二日間、やつにそればかり要求されてまいっておる」ルイは目を細め、公爵の返事を待った。「で、どうだ?」

公爵は歯をくいしばった。「アラニスは陛下の命令にしたがいます。しかし、わたしの孫とあの囚人のあいだには、最後の面会を要求されるほどの関係はありません」

ルイは上体を寄せた。「それはわたしの聞いている話と違うな。結婚しているのではないのか?」

「結婚などしていません」

「それから、あの男は大同盟に味方したとも聞いておるぞ」

「アン女王の特使として、それが事実でないことは保証します」

ルイは目を細めた。「では、あの男をつるし首にしてもかまわないと?」

「ご自由にどうぞ」

ルイは鼻を鳴らし、玉座に深々と身を休めた。「なるほど。貴殿は帰国を急いではいないらしい」

デッラアモーレは国王に調子を合わせるしかないと悟った。上体を寄せて小さな声で言う。

「ここだけの話にしていただけますか？　これはとても微妙な問題でして……」

「ほう？」ルイはクリームを前にした猫のような顔をして、公爵のほうへ身をのりだした。

「今、申しあげたように、ふたりは結婚はしておりません。ただし、軽率な行動があったかもしれません。どういう意味かおわかりでしょう？」

ルイはフランス人らしく顔を輝かせた。「ああ、それで？」

「プリンス・ステファノは何カ月もわたしの孫を拘束していました。それも付き添いなしで」デッラアモーレはそこで意味ありげに眉を上下させた。

ルイがさらに体を寄せてくる。「ふむふむ」

「つまり、そういうことです」

おもしろい話が聞けることを期待していたルイは落胆に顔をゆがめた。「わたしの得ている情報では、教皇庁に提出された結婚証明書は数カ月前にジャマイカで発行されたものらしい。それについてはどう思うかね？」

デッラアモーレはしゃべりたくてうずうずしているふりをして続けた。「やつがアラニスをだましたんです。結婚して、公国のプリンセスにしてやると。若い娘がいかにだまされやすいかは陛下もご存じでしょう？　アラニスはやつの口車にのってしまった。しかしふたを開けてみれば、やつにはすでに婚約者がいて、さらにミラノの大聖堂でとり行わなければ結婚の誓いは無効だというではありませんか。ロンバルディア法にそう定められているそうです」

「そうだ！」ルイが興奮して言った。「ロンバルディア法というのがあったな！」

「これで、アラニスがあの卑劣漢のもとを訪ねるいわれなどないことがおわかりいただけたかと」

「まったく卑劣なふるまいだ。だが、それでも面会はしてもらう。もちろん見張り付きでな」ルイは、抗議しようと口を開きかけた公爵を見すえた。「わたしの寛大さを示さねばならぬ」

「なるほど……」デッラアモーレは悪態をのみこんだ。「寛大さですか……」

ルイは従者に向かってドアを開けるよう合図した。「これで話はついた。レディ・アラニスとエロスの面会が終わったら島国に帰るがよい」謁見は終わった。


夕方になって、ラ・ヴィレット大尉がアラニスを迎えに来た。彼女は大尉を玄関で待たせて祖父の部屋へ行った。

「行くのかね？」デッラアモーレ公爵が言った。「付き添ってほしいか？」

「ひとりで大丈夫よ」アラニスはいかにも気のりしないといった祖父の申し出を拒んだ。

「エロスに出会ってからというもの、牢獄めぐりは慣れっこなの。あの人、プリンスにしては悲惨な場所に連れていかれる傾向があるみたい」

「まさか、やつをポケットに忍ばせて帰ろうと思ってはいないだろうな？」

アラニスは明るくほほえんだ。「今朝、おじいさまが指摘したとおり、それには体が大きすぎるから。でも平気よ。エロスと会ってなにかいい案を考えるわ」もうじきエロスに触れることができると思うと、彼女の心に新たな活力がわいた。

デッラアモーレは眼鏡をはずした。「ルイはあの海賊がわれわれのほうに寝返ったと思っている。やつが寝返ってはいないことをルイにどうやって証明する？」

「エロスは誰とも組まないわ。どんな君主もいただかない主義なの」

「そうだとしても……」公爵が声を高める。「裏づけもないのにルイが納得するわけがない。エロスがわれわれと組んでいないことをわからせる方法はひとつしかない。処刑をやめさせたいなら、やつのもとを去るんだ。やつと別れなさい」

アラニスの笑顔が消えた。彼女自身も同じ結論に達していたからだ。そしてルイを納得させるためには、まずはエロスに別れを信じさせなければならない。そう考えると、恐怖が背中を這いのぼった。まるで全身に毒がまわって少しずつ死んでいくようだ。アラニスの頬を大きな涙が伝った。

「正直に言うと、おまえがやつと縁を切ってくれたら、わたしとしても好都合だ。だが、わたしにも心はある。少なくともおまえの愛情が本物であることはわかった。これはわたしにできる、せいいっぱいの助言なんだ」

アラニスは玄関に戻った。ラ・ヴィレットはじりじりしている。「マドモワゼル、準備はよろしいですか？」

場所は変わっても閉じこめられているのは同じ……。アラニスは背筋をのばした。「ええ、いいわ」

キューピッドはその本の題名を読んだ。

「『戦』。戦がわたしを待ちかまえているのか」

オウィディウス『恋愛治療』

ヨーロッパでもっともおぞましき牢獄、バスティーユは、人殺しや盗人、放蕩者、売春婦、詐欺師、そして債務者の巣窟だ。囚人たちはじめじめした不潔な独房のなかに鎖でつながれ、非情で意地の悪い看守の情けにすがって生きている。内部は汚物のにおいが充満し、鉄格子の向こうにあるのは死と病と惨めさだけだ。アラニスはラ・ヴィレット大尉のあとをついて、松明に照らされた階段を下へ下へと向かいながら、あまりのおぞましさに身震いした。

「一〇分です、マドモワゼル」最下層に到着すると、大尉が言った。

気味の悪い地下牢に住みついた獣のような雑役係が鍵穴に鍵をさしこむ。がちゃんという音とともに中世の蝶番《ちょうつがい》がきしんだ。アラニスは独房に足を踏み入れた。最初は暗闇しか見えなかった。独房の扉が音をたてて閉まると同時に力強い手が彼女の体をつかむ。アラニスは心臓がとまりそうになった。「アラニス！」そっと押しあてられた、あたたかくも懐かしい唇に、彼女はキスを返したい衝動を必死にこらえた。ここで負けたら、エロスを説得することなどできない。

「フランス国王の命令で来たの」アラニスは感情のこもらない声で言った。「あなたがわたしに会いたがっていると言われて」

「夜も昼もね」のぞき穴からさしこむ弱い松明の明かりのなかで、力強く輝く瞳が見えた。エロスの笑みは太陽のようだ。「ああ、きみはなんて美しいんだ！」彼は両手でアラニスの顔を挟んでもう一度キスをした。「恋しかったよ、ぼくの妖精《ニンファ》、きみは？」

どんなに汚れていても、エロスの手に触れられただけで生き返る心地がした。脂じみた髪をすいて口づけできたらどんなにいいだろう。アラニスはその気持ちを抑えて言った。「まだ生きていたのね」

エロスはけげんな顔をした。「なんとかね。きみも大丈夫だったかい？　いとこにひどいことをされたんじゃ――」

「その前にあなたが助けてくれたじゃない。ありがとう。わたしが教皇に嘘をついたせいで、ひどい目にあわせてしまったわ。ルイはあなたが大同盟に味方したと思っているのよ。マールバラ将軍やサヴォイ大将の側についたと思われたんだわ」

エロスはにやりとした。「そのようだ」

「ルイは来週、あなたをパリの処刑人に引き渡すつもりよ」

彼はためらってから口を開いた。「ぼくはルイの最後通告を受け入れることにした。フランス海軍に入る」

「なんですって？　ルイの配下につくというの？　フランスの操り人形になって、海軍の艦長を務めるつもり？」アラニスはぎょっとした。そんなことをしたら、〝ミラノの人々は憎しみと嫌悪を持ってあの男の名を記憶するだろう〟という祖父の言葉どおりになってしまう。

「二度と祖国をとり戻せなくなるのよ。なのになぜ？」

「きみのためだ。ぼくとフランスで暮らしてくれないか？」エロスの声は緊張していた。

「ぼくの妻として」

あまりの衝撃に、彼の支えがなければわらを敷いた不潔な床に崩れ落ちるところだった。

「あなたの妻ですって？」

エロスはアラニスと額を合わせた。「ルイに話して、ここから出て、きれいなベッドできみと抱きあうのが待ちきれないよ。夫と妻として」

その瞬間アラニスは、彼に祖国をあきらめさせるくらいなら火のなかを歩いてもいいと本気で思った。同胞を見捨て、敵にくみした己を責め続ける姿を見るくらいなら、エロスを手放すほうがましだ。そんなことをさせたら、ふたりとも少しずつだめになる。彼に別れを告げなければ。彼のために。アラニスは気丈に顎をあげた。「ごめんなさい。その申し出は受けられないわ。フランスでは暮らせない」

エロスが口角をあげた。「きみがフランスを嫌う気持ちはわかる。ぼくだってここに住むことを喜んではいないさ。でも、この先ずっというわけじゃない。隙を見て逃げればいい」

「ロンバルディア法にのっとった結婚式はどうなるの？　ミラノにそういう法律があるのは

知ってるのよ」

「知ってたのか。だが、もう関係ないさ」エロスはどうでもいいというように肩をすくめた。「ロンバルディア法はミラノ公国のプリンスに適用されるものだ。名も故郷もないフランス人の船乗りには関係ない」

なにげない口調の裏に隠された苦痛がアラニスの胸を刺した。「それじゃあ、プリンスにはならないのね？」

エロスは彼女を引き寄せ、あたたかく信頼に満ちた笑みを浮かべた。「ぼくの花嫁は地位など気にしないからね。彼女に愛されているのはわかっているんだ」そう言って確認するようにアラニスの目をのぞきこむ。彼女は視線をそらした。エロスの体に緊張が走る。「違うのか？」

「そうね……わたしは……」さあ、言うのよ！「あなたのもとを訪ねればイングランドに帰してやるとルイが祖父に約束してくれたの。明日、発つわ」

エロスの手が両脇に落ちた。「そんなことは信じない。きみは嘘をついているんだ。なぜだ？」

アラニスは彼と目を合わせた。「あなたが前に思っていたとおりよ。そもそもあなたの部屋へ行ったのは、プリンスと知ったからなの。わたしはプリンセスになりたかった。ミラノじゃなければどこか別の国でもかまわないわ」

エロスの眉がつりあがった。「きみはぼくを愛しているはずだ」

アラニスは涙をこらえて鋭い視線を受けとめた。「いいえ。そんなことは一度もなかった」

エロスは混乱していた。自分の耳が信じられないようだ。「ぼくはどうかしてしまったんだ。きみの言うことがよく聞こえない……」

彼の打ちのめされた表情にアラニスの胃がよじれた。「ちゃんと聞こえたはずよ。認めたくないだけでしょう？」

「認めるってなにを？」エロスが絶望してうなった。「地獄の淵《ふち》から救いだしてくれた女性が……ぼくの魂を釘づけにし、何週間もベッドをともにした女性が……見知らぬ他人だったってことをか？　きみには心ってものがないのか？」

心がないというのは的を射た表現だ。アラニスのなかには、もう心の残骸《ざんがい》しか残っていなかった。

エロスは彼女の顔を両手で挟んで目を合わせた。「アラニス、子供ができているかもしれないんだぞ？　ぼくたちの赤ん坊が」

アラニスは目をしばたたいた。「今ごろになって気になり始めたの？」

「そうじゃない」エロスが感情あふれる目で彼女を見つめる。

アラニスは一瞬、まぶたを閉じて自分をたて直し、彼の手を振り払った。「赤ん坊なんていないわ」嫌われればいい。未来永劫《えいごう》、わたしを呪えばいい。その代償としてエロスがミラノで生きられるなら、それでいいのよ。彼女は一歩さがって決定打を放った。「それはちゃんとしていたから心配ないわ」

その言葉にエロスは雷に打たれたような表情をした。「きみは処女だったじゃないか！そんな知識はないはずだ」

彼の怒りにアラニスの心はうずいた。「処女だからといって、無知とは限らないのよ」

エロスは彼女の両腕をつかんで激しく揺さぶった。「自分の体になにをしたんだ？　言ってみろ！」

アラニスは抵抗しなかった。愛する人のさげすむような視線に身がすくむ。「特殊なハーブがあるの」抑揚のない声で答える。「毎朝、それを煎《せん》じて飲んだだけ」

エロスは目を閉じ、ついにアラニスの言い分を受け入れた。彼女の体を放して一歩さがる。

アラニスの魂は彼の足もとに崩れ落ち、声をあげて泣いていた。「さようなら、エロス」

青い瞳をした黒豹が彼女を見る。獰猛な目に黒髪が垂れかかっていた。エロスは首から重い金の鎖をはずしてアラニスの手をとった。彼女のうつろな瞳を見すえたまま手の上にメダリオンを置き、握らせる。「これは持っていてくれ。きみが守ったんだ。ぼくたちはどちらもミラノを手にすることはない」

〝もう二度と彼に会えない〟アラニスの頭のなかに、か細い声が響いた。彼女は背筋をのばしてドアまで歩き、開けてくれるように頼んだ。最後にもう一度、鉄格子を隔てたのぞき窓からいとしい人を見る。エロスは彼女を見つめていた。美しい瞳にあふれる涙をぬぐおうともせずに。

ドーバーの断崖《だんがい》に大きな波が打ち寄せている。身を切るような朝の空気のなか、アラニスは甲板に立って祖国の海岸を見ていた。切りたった岩肌が彼女の心中を表しているようだ。自分が正しい選択をしたことはわかっている。これでエロスが死ぬことはないだろう。きっとフランスを脱出し、ミラノの統治者となるはずだ。あの人は幸せになる権利がある。だけどわたしは、永遠に彼を失ってしまった。

骨まで凍りつくような寒さには覚えがあった。どうしようもない孤独。この気持ちは前にも味わったことがある。アラニスの唇からすすり泣きと苦笑いのまじった声がもれた。わたしときたら、とんだお人よしの偽善者だ。エロスと生涯をともにする女性のことを考えただけで嫉妬に狂いそうになる。彼はいつまでもわたしのことを思っていたりはしない。別の場所に慰めと快楽を求め、いつかは新たな愛を見つけるだろう。

それでもわたしは永遠にエロスを求め続ける。ドーバーの崖が太陽を求めるように。

最初は小さな嗚咽だった。苦痛がしだいに大きくなり、ついに耐えきれなくなる。アラニスは腕に顔をつっ伏して、胸を引き裂く悲しみに身をゆだねた。ああ、エロス！　愛しているわ……。愛してる……。

いよいよ処刑の日がやってきた。ルイ一四世は刑の執行を保留して側近を遠ざけ、朝からトリアノン離宮に閉じこもった。あたりを夕闇が包むころ、ルイはようやく部屋付きの従者《ヴァレ・ドゥ・シャンブル》である忠実なジャクオイを呼びつけた。

「ジャクオイ、来たか。なんといまいましい《ヴァントルブル》！」ルイは叫んだ。「この指を鳴らすだけであの裏切り者のごろつき《ヴォワイユー》を祖先のもとへ送ることができるのに、指が言うことを聞かんのだ！」

　赤絨毯の上を歩きまわるフランス国王を見て、ジャクオイは控えめに提案した。「恐れながら、陛下の高貴な指はあの罪人を気に入っていて、離れがたいと思っているのではないでしょうか？」

「この指はあの男にひどく悩まされてきた。ぱちんと鳴りたがっているのに、そうしようとするたびに激しい躊躇に襲われる。わたしの意思に逆らうとは、あのろくでなしと同じくらい厚かましい指だ」

「原因にお心あたりは？」ジャクオイは、さも重大なことを話しているように重々しく尋ねた。

「あるとも！」ルイがうめく。「こんなふうになったのは、週のはじめにイングランドの公爵が孫娘と一緒にここを去ったときからだ」

「ああ、背の高い、ブロンドの娘さんですね」ジャクオイはにっこりした。「あの女性が陛下の指を扇動しているのでしょうか？」

「そうだと思う。イングランドきっての名家の娘らしいが、あわれなごろつき《ヴォワイユー》を悪魔のもとへ送って、振り向きもせずに島国へ帰りおった。なんと心ない女だろう！」

　ジャクオイは物思わしげに言った。「それでしたら、ヴォワイユーばかり非難するわけにもいかないのではないでしょうか？　もう一度事情をきいてみてはいかがです？　そうすれば指の不調も解決するのでは？」

「そう思うか？」ルイは問いかけるように眉をあげた。

「はい。己の犯した罪についてバスティーユで一週間考えぬいたごろつき《ヴォワイユー》がなんと言うかを聞けば、陛下の指も納得できるのではないでしょうか？」

「すばらしい！　では急いであの大尉を連れてこい。名前は……」

「ラ・ヴィレットでございます」

「ラ・ヴィレットを捜して、エロスをすぐ連れてくるよう伝えろ」

「しかし午睡のお時間ですよ？　陛下のお体に睡眠は欠かせません」

「睡眠だと？　大臣どもがうろついている状況で眠れると思うか？　あいつらときたら、スペインやオーストリアやイングランドの話をして、いっときたりともわたしを休ませてはくれぬ。もはやわたしに安らかな眠りは訪れんのだ。ときどき白昼夢は見るがな。さあ、行け！　牢獄からステファノを連れてこい！」


ラ・ヴィレット大尉は四人の衛兵とともに、エロスをトリアノン離宮へ連行した。エロスはまったく抵抗しなかったが、大尉の見たところ、それは肉体的に衰えたというよりも精神的な落ちこみによるものだった。バスティーユ牢獄に一週間いたくらいで健康を害すような男ではない。それでも精神が破綻《はたん》する可能性はあった。これまでにも死刑を宣告されて数日で、屈強な男たちが生きる気力を失うのを見てきた。

ルイ一四世はエロスを見たとたんに言った。「ジャクオイ、こいつを……こいつをなんとかしろ」「新しいシャツを持ってこい。それから石鹸と水を用意してやれ。わたしには木苺《きいちご》とクリームとシャンパンを持ってこい」

数分後、エロスは顔を洗い、汚れたシャツを着替えたが、飲み物は断り、無気力につっ立っていた。ルイは人払いをしてからエロスの周囲を歩きまわった。「エロス、あのブロンドの山猫とはどこで出会った？」返事はない。ルイは立ちどまり、エロスをにらみつけた。「知ってのとおり、あの女はこの国を去った。祖父と一緒にイングランドへ帰ったのだ」エロスがぴくりと顔をゆがめる。「ほう、まだ死んではいなかったと見える。さあ、答えろ。どこであの娘と会った？　三年前にあの娘がわたしのもとへ来たときは、イングランドの男爵と幸せに婚約していたようだったが？」

エロスはルイをじろりとにらんだ。「まぬけな婚約者から奪ってやったのです」

「奪った？　そう簡単に奪えるものか？」ルイは目を輝かせた。「どうやって？　抵抗されなかったのか？　あの娘はおまえのハンサムな顔を見て、男爵を捨てたのか？」

「抵抗されました」

「それでどうした？」ルイがせっつく。

エロスは無言で国王をにらんだ。ルイはつまらなそうに鼻を鳴らした。興味をそそる話をきき出せないことが気に入らなかった。「おまえの刑について考え直してもいい。ただ、ひとつ条件がある。ヴェルサイユに残ることだ。いろいろと話しあうことがある。おまえはこの三年間、無礼にもわたしのもとへ寄りつかなかった。おまえにはいろいろと償ってもらうことがある」

エロスは礼儀を無視して椅子にどさりと腰をおろし、怒ったようにルイを見た。「デッラアモーレ公爵の孫娘とのことをききだすために残したのですか？」

ルイはエロスの向かいにあるソファに腰かけた。「なんだ、おまえらしくないぞ。いつもなら泣きを見るのは女のほうなのに、すっかり骨抜きにされて」

エロスは自嘲気味に笑った。「誰だって一生に一度くらいはばかを見ます」

「まったく、覇気のないおまえなんぞ見たくない」国王は木苺のボウルを自分の膝に置き、よく熟れた木苺を選んでクリームにつけた。「今までどうして我慢できたのだろう？」

「さあ」

「おまえはもっと賢い男だと思ったがな。かつては女を意のままに操っていた。わたしの宮殿を自分のハーレムにしていたこともあった」ルイは音をたてて木苺を咀嚼《そしやく》した。

エロスが軽蔑の表情を浮かべる。「いったいなにが言いたいんです？」

ルイはもうひとつ木苺を口にほうりこんだ。「女というのは、一〇ルイドール金貨で男を売る生き物だ。そのくらい常識であろう？　だが、おまえをそれほど嫌っていたなら、あの山猫はどうして結婚を承知したのだろうな？」

その言葉にエロスははっとした。目を細めてじっとルイを見つめる。「彼女は結婚を承知しませんでした。ぼくと結婚してもミラノ公の妻になれませんから」

ルイはため息をついた。「ああ、いかん。いいか、だまされるなよ。女で身を滅ぼした男はいくらでもいる。今も、これから先も、この世界があり続ける限りな。自分よりも年配のフランス人が愛について語るときは素直に聞くものだ。あの娘のことは忘れろ」エロスの目が不服そうに光るのを見て、ルイは手に持っていた木苺をクリームのなかに落としてしまった。「あわれな男《ヴァントル・サン・グリ》だ！　まだあの娘に未練があるのか？　だまされて、拒絶されたんだぞ。恋人が処刑されるというときに、あの娘はおまえの顔につばを吐きかけて立ち去ったのだ。明日は別の男に同じことをするに決まっておる。そんな女のために沈んでいるというなら、強制的にたち直らせるまでだ」

「願ってもないことです」

それで決まった。ルイはすかさず指をなめてドアをさした。「行け。体を洗ってなにか食べろ。そして睡眠をとるんだ。女や酒を楽しんで、気分転換をしろ。少しはましな状態になったら、フランス海軍におけるおまえの処遇を検討しよう。わたしの下で働けば、愚かな過去などじきに忘れるさ」

エロスは前かがみになって膝に肘をついた。「女に裏切られたぼくをあわれんで釈放してくださるのですか？」

「文句でもあるのか？　今の自分を見てみろ！　一週間投獄されたくらいで腑抜けも同然だ」

「生かしておいたら、敵であるサヴォイの味方をするかもしれませんよ」

ルイは愛想よく笑った。「その件は誤解だった。以前の仲に戻ろうではないか。わたしの息子は脳なしの猫に夢中で、大臣どもはオーストリアのサヴォイに引っかきまわされておる。わたしたちはカードでもやって、敵の度肝を抜く作戦を考えよう」

「敵はイングランドとオーストリアですね」エロスはにやりと笑った。

「そのとおりだ。年の暮れまでにはイタリア全土が手に入るだろう。あの心ないブロンド女は蒼白になるぞ！」ルイは声をあげて笑った。

「ぼくにイタリアをくださるのですか？」

ルイは満足げな笑みを浮かべた。「それができる者がわたし以外におるか？　神聖ローマ皇帝にも秘密評議会にも無理だ。イングランドの犬どもが味方でないことは、今回の件でよくわかっただろう。いいか、評判というものは実に繊細だ。一度失墜すると、とり返しがつかん」

「ぼくがヨーロッパじゅうから落伍者《らくごしゃ》扱いされているのなら、なぜイタリアを任せようなどと思うんです？」

「素質があるからだ。世間から情け容赦ないと思われているおまえなら、民に畏敬の念を抱かせ、不動の忠誠を引きだすことができる。おまえに逆らうことに誰もが二の足を踏む。国をまとめられるのは強い支配者だけだ。なにも厳しく支配せよと言っているのではない。むしろそれはだめだ。慈悲深い為政者になったっていい。ただ、賢い君主は自分だけを頼る。

他人任せにはしない。これさえ押さえておけば、あとのことはどうでもいい」ルイは抜け目ない目つきで言った。「おまえをイタリアの国王にしてやろう。ミラノもナポリもシチリアも、サヴォイアもサルディニア島もおまえのものだ。ローマのプリンセスと結婚してローマを手に入れろ。おまえにはそれにふさわしい血が流れている。統治者としての尊大さも、頭脳も、恐ろしいほどの野心もある。わたしの自慢のミラノ人よ、おまえはまさに君主になるために生まれ、育ったのだ。そして、わたしという後押しを得た」

「あなたは操り人形がほしいだけです。ただ、ぼくには吊《つ》り紐を絡める癖がありましてね」

「操り人形だと？　それならモリエールの新しい喜劇ができるほど持っているさ。わたしが求めているのは優秀な後継者だ。わたしの力が衰えてきたときにあとを任せられる者なのだ。しかし、おまえはブルボンではなくスフォルツァの人間で、わたしはスフォルツァではなくブルボンの人間だ。イタリアはおまえにやろう。わたしの願いは孫のフィリペがスペインを統治し続けること、そして王太子と猫どもがいずれヴェルサイユを継いでくれることだ」

ラ・ヴィレット大尉の任務は三日月形の傷のある囚人をもてなしつつ監視することだった。愛国心は強いほうだが、ポケットに入っているアメジストのブレスレットには対のネックレスがある。ブレスレットを彼に与えたのは、金色の髪をした貴婦人だった。この囚人が逃亡に成功すれば、ブレスレットとネックレスの両方を手にすることができる。囚人は四人の衛兵に囲まれて深い霧のなかを公園から宮殿へ戻っているところだった。後方を歩きながら物思いにふけっていたラ・ヴィレットは、衛兵たちに追いつくまで異変に気づかなかった。囚人はすでに後方の衛兵ふたりを倒して槍を奪いとり、前方の衛兵の胸にそれをつきたて、もうひとりの顔に拳を炸裂《さくれつ》させ、首筋に肘鉄をくらわせたところだった。

ラ・ヴィレットは遠方を巡回している兵士たちに目をやった。まだ気づかれてはいない。やつらが来たら、ネックレスは永遠に手に入らない。ラ・ヴィレットは剣を抜いた。フランス国王はこの男をプリンス扱いしているが、あの三日月形の傷を見れば正体は明らかだ。

「抵抗をやめて武器を捨てろ!」ラ・ヴィレットは抑えた口調で言った。

囚人が彼を、そして肩越しに近づいてくる衛兵の一団を見る。

ラ・ヴィレットの背筋を恐怖が這いのぼった。彼は剣をおろした。「攻撃するな。内密に馬を調達してやる」

鎖蛇はイタリア訛りのフランス語でこたえた。「……案内しろ」

# 29

その日、ウィーンのシェーンブルン宮殿の一室では、たばこの煙がもうもうとたちこめるなか帝国軍事会議が開かれていた。

「そこらじゅうの要塞にフランス軍がたてこもっているんだぞ。ミラノを奪還するなど不可能だと思わんかね？」イングランドのマールバラ将軍は隣に座っているデッラアモーレ公爵に向かってぼやいた。「凡人に生まれていたら、こんな窮地にたたされることもなかったのに」

「ご託を並べる必要もな」年配の公爵は愉快そうに笑った。

「だいたい、あそこまでフランスに攻めこまれたミラノ人が悪いのだ。貴殿はそのプリンスを義理の孫息子にするところだったんだぞ……おっと、これは失礼。笑えない冗談だった」

デッラアモーレは眉間にしわを寄せた。「孫娘のことさえなければ笑えるんだが。アラニスはいまだあの男を思って涙にくれておる。しかも、やつが生きているから始末が悪い」

「あの男の情報は得られたのか？　まだフランスにいるのだろうか？」マールバラが尋ねた。

「だといいんだが。残念なことに手がかりなしだ」

「そのほうがいいんじゃないか？　きっとアルジェへ戻ったんだ。今後、お孫さんの前に姿を現すこともないだろう」

「そんなにうまくいくものかな……」デッラアモーレはため息をついた。

「なんだ？」マールバラが眉根を寄せる。「やつのほうも彼女にほれているとでもいうのか？」

「そうかもしれんし、もっと悪いかもしれん」公爵は顔をあげた。「やつに会ったことは？」

「誰に会った話だ？」オーストリアのサヴォイ大将が会話に割りこんできた。「ミラノ人じゃないといいが」

デッラアモーレはまじめな顔でサヴォイをにらんだ。「ステファノ・アンドレア・スフォルツァだ」

サヴォイが眉をつりあげた。「ステファノ・スフォルツァ……もちろん知っていますとも。何年も前にミラノで一緒でしたから」

「となると、鎖蛇に会っていないのはわたしだけか？」マールバラが歯ぎしりをする。「実におもしろくない。まあ、どうせいけすかないやつなんだろう」

「正直なところ、その逆だ」サヴォイが答えた。「わたしはあの男が好きだった。見どころのある男だ。軍事学をはじめ、なにをやらせてもずばぬけていて、どんなこともおろそかにしなかった。今では……要注意人物だが」

デッラアモーレはうなずいた。「うかつに手出しできる相手じゃない。アルジェに行きついた者の大半は魂を抜かれ、毒牙を逃れた者はひと握りしかいなかった。ステファノ・スフォルツァは現地では慕われている」

「そのとおりだ」サヴォイが同意する。

「ますます会いたくなってきたぞ」マールバラは友人たちの顔を交互に見た。「で、ステファノ・スフォルツァは善人なのか？　それとも悪人か？」

デッラアモーレとサヴォイが顔を見あわせる。「難しい質問だ」長い間のあと、サヴォイが答えた。

数分後、オーストリア、ハンガリー、ボヘミアの統治者である神聖ローマ皇帝ヨーゼフ一世が入ってきた。「紳士諸君」皇帝が呼びかけた。「またしてもミラノ人に驚かされた。今夜はおもしろい夜になるぞ」

室内がどよめく。デッラアモーレはただならぬ気配を察知した。大扉が開いて、背の高い男が入ってくる。男は、水を打ったように静まり返った会議室のなかを長テーブルの下手へと向かった。黒い上着の前ボタンのあいだを這いあがるように、銀と金の鎖蛇が刺繍されている。黒髪は無造作にうなじのほうへ撫でつけられ、全身から自信がみなぎっていた。参加者たちは男をよく見ようと椅子をきしませて姿勢を変えた。その顔に見覚えのない者も、少年時代の面影を見てとった者も、一様に驚愕の表情を浮かべている。男の力強い目がデッラアモーレの顔をかすめると、公爵は皮膚を焼かれたような気がした。

「帝国軍事会議に集まった面々よ」テーブルの奥からヨーゼフ一世が言った。「プリンス・

ステファノ・アンドレア・スフォルツァを紹介しよう。パヴィア伯爵であり、バリ公爵であり、ミラノ公国のプリンスでもある。それで、殿下、今日はどういう風の吹きまわしだ？」

「変化の風が吹いたのです、陛下」エロスは冷静に答え、司令官に敬礼する士官のごとく、さっとうなずいた。「大同盟に加わりたくなりました。陛下の指揮下に入り、総司令官の指示にしたがいます」

帝国軍事会議に集合した老狼たちは値踏みするような目でエロスを見つめている。

皇帝の顔に満面の笑みが浮かんだ。「将軍たちよ、プリンス・ステファノをわが軍に加えてもよいものか？」

サヴォイが目を細める。マールバラは好奇心いっぱいの顔でエロスに尋ねた。「殿下、地上戦において総攻撃を指揮したご経験は？」

「ありません」

参加者たちが落胆のため息をついた。オランダの武官が尋ねる。「ミラノの評議会はこの件をどう考えているのです？　彼らの支援を期待してもいいのですか？」

「わたしの見たてでは、ミラノの評議会に実質的な権限はありません。しかも、やつらは敵です」

長テーブルを囲んでいる人々のざわめきがしだいに大きくなる。

「貴殿は大同盟に加わることでなにを達成したいのだ？」ヨーゼフ一世が尋ねた。

「わたしの目標は個人的なものではありません。大同盟に加わるのは、ミラノの人々を解放するためです」

「そうはいっても戦いが終わるとき、ミラノに関してなんらかの実権を握りたいと考えておるだろう？」

「そういった野望はありません」

ポルトガルの大使がエロスに疑いの目を向ける。「ロンバルディアやエミリアやリグーリア、そして南アルプスの支配権を主張しないとおっしゃるのか？」

「統治者はミラノの民が選挙で選ぶべきです」

「だが、ミラノは共和国ではありません！」オーストリアの外務大臣であるバルトロメオ伯爵が叫ぶ。「統治者を選ぶのは神聖ローマ皇帝です。殿下はむしろそれに感謝すべきでしょう。さもなければ、あの野心に満ちたいとこがとっくの昔にミラノ公を名乗っていたでしょうから」

「落ち着け、バルトロメオ伯爵」ヨーゼフ一世がなだめる。「プリンス・ステファノとて自分の要求が型破りなものであることは理解しているだろう。神聖ローマ帝国としては、時機を見てミラノの統治者を指名するつもりだ」

「いいえ、それはできません」エロスの声に一同が息をのむ。「わが一族は何百年も前に神聖ローマ帝国からミラノの統治を任されました。スフォルツァ家の正当な継承者として、統治者を選ぶ権利はわたしにあります。それをミラノの民に返すのです。自分たちの手で統治者を選ぶのは、ごくあたり前のこと。それが認められないなら、大同盟に加わることはできません」

「鼻もちならないロンバルディア人め！」ヨーゼフ一世の弟で、スペインの王座をねらっているオーストリア人のカール六世が叫んだ。「条件をつけるなど厚かましいにもほどがある！」

「誇り高きプリンスよ」皇帝が言った。「勇気《ブラビューラ》もすぎれば毒だ。不屈の精神《フォーティテュード》よりも、まず慎重《プルーデンティア》さを身につけよ。そなたがわれわれに提供できるものがあるのか？」

「わたし自身です」

憤慨の声があがる。マールバラは小さく口笛を吹き、デッラアモーレに身を寄せてささやいた。「あのくそ度胸はベルガモ生まれに違いない」マールバラは次にエロスに言った。「わたしにはどうもわからない。ついこの前まで好き勝手に暴れていた貴殿が、敵の手中から単独でライオンの巣にのりこんできたのだから。ずばり動機はなんです？」

エロスはデッラアモーレの値踏みするような視線をとらえた。「民の救済です」

会議室に笑いが起こった。「われわれは人助けをしているのではない」サヴォイがからかう。「それならローマ教皇のところへ行くといい」この発言がさらなる笑いを誘った。

エロスはサヴォイをじろりとにらんだ。「たしかに救済ではないようですね。あなたはルイから奪った土地からたんまり税を搾りとったのでは？　あなた方は世界の解放者で、専制政治という悪と戦っているはずですが……」

サヴォイの表情がかたくなった。「そんな皮肉を言うと身のためにならないぞ」

エロスはにやりと笑った。「わたしは利他主義を信じていないのです。ルイは欲深いガキ大将かもしれませんが、あなた方も自国の利益のために活動していることに変わりはないでしょう」彼は全員に聞こえるよう声を大きくした。「陛下、そしてお集まりのみなさん、機は熟しています。ルイ一四世は己の力を過信し、ミラノの人々は独立の志に燃えている。解放されたいというミラノ人の欲求を刺激すれば、フランス軍を追いだすことは可能です。民を味方に引き入れてください。フランスとスペインの占領に対して立ちあがるよう説得するのです！」

エロスの熱弁は賛否両論を巻き起こした。

「イタリアは昔から外国嫌いだ」デンマークの特使が主張する。

エロスは歯をくいしばった。「遠くない将来、分裂しているイタリアはひとつの旗のもとにまとまるでしょう。世界のどんな軍隊をもってしても、その流れをとめることはできません。そこを理解して愛国心の炎をあおれば、この戦に勝てます」

「だが、どうすればそれができる？」ヨーゼフ一世が尋ねた。「ミラノにはフイヤード元帥が居座っていて、その数たるや相当なものだ。トリノにはじゅうにフランス兵がいるため、サヴォイ大将の軍はまさに崖っ縁だ。再三にわたって援軍をさし向けたが、ことごとくフランス軍に阻まれた。われわれはフランス国王の駒さばきに追いつめられつつある」

「ミラノを流血の場にしようとせず、支援するのです」

「貴殿に人道主義を説かれるとは」ポルトガルの大使が言い返した。「最近まで破廉恥な海賊行為を働いてきたのでは？」

「海賊行為は八年も前にやめました。相手がルイの場合は別ですが」

「彼はわれわれの目をくらまそうとしているんです！」デンマークの特使が反対勢力を代表して主張した。

「現行においてミラノの利益を守るのは評議会のはずだ」皇帝も同調する。

エロスは嘲笑した。「タリウス・カンクリが守るのは自らの利益だけです。やつに情報を流してみればわかりますよ。どんなに複雑な作戦も、戦いの火ぶたが切られる前にルイに筒抜けになるでしょう」

マールバラが口を挟んだ。「ならば貴殿にはなにか考えがおありなのか？　それとも、われわれの計画がおめがねにかなっているかどうか確かめに来ただけですか？」

「私設の傭兵部隊を編成しました。ほとんどはわたしの船で働いていた者ですが、父の死後、ミラノを追放された人々もいます。みなイタリア人で、比類なき戦士です。ミラノの解放に命をかけている」

「一獲千金の私掠船乗りと農民の寄せ集めが？」デンマークの特使がばかにしたように言う。

「プリンス・ステファノ、寄せ集めの軍隊でフランスのヴァンドーム元帥に挑むおつもりか？」マールバラも茶化した。

「ご安心を」エロスはぴしゃりと言い返した。「わが兵士は優秀です。訓練も積んでいるし、実戦経験もある。過去の戦いが利益と興奮のためだったとすれば、今回、彼らのめざすところははるかに高い。祖国をとり戻し、外国勢力を駆逐すること。故郷をとり戻すことです」

「それで、いったいどのくらいの人数を集めたと?」サヴォイが冷静に質問した。

「二万です」

会議室が静まり返る。全員の目が長テーブルの端に陣どっているエロスに集中した。サヴォイが驚きのにじんだ声で言う。「つまり、一四個大隊ということか? ヴェローナに駐留するわが兵の三分の二にあたる人数だぞ」サヴォイはマールバラを意味ありげに見た。

「重騎兵として訓練しました。五つの旅団に分けて馬で移動します」

「そんな数の兵力をいったいどこに隠しているのです?」マールバラが尋ねた。「ポケットのなかではないでしょうな?」

「トスカナに」

あちらこちらから信じられないという声があがった。マールバラは圧倒されていた。「二万の重騎兵がミラノから五分のところに駐留しているというのですか? サヴォイ大将、聞いたか?」

皇帝が口を開いた。「すばらしい。その兵が鎖蛇の旗を掲げてミラノへ凱旋《がいせん》するのか」

「スフォルツァの旗と大同盟の旗を並べて掲げましょう」エロスはこたえた。

「プリンス・ステファノを大同盟に迎えるかどうかは、全加盟国の多数決で決定すべきです!」オランダの武官が熱弁した。「ハーグにおける正式な合意が必要です!」

「プリンス・ステファノは自国の評議会からも敵視されている人物です」デンマークの特使

が加勢する。「しかもルイのお気に入りで海賊でもある！　わたしは反対です。この件はただちに白紙に戻すべきだと考えます」

サヴォイが反対の声を制して言った。「ミラノへの義務を果たそうという心がけは賞賛しよう。しかし、現時点で貴殿を大同盟に迎えるのは難しいようだ。われわれがいずれミラノを解放することを保証する」

「つまり、〝地獄へ落ちろ、フランスのスパイめ〟ということですか？」エロスはうなった。

「わたしがフランスの暴君に魂を売るなどと本気で信じているのですか？」

「ルイは人を説得するのが実にうまい。貴殿に星や月をとってやると約束したとしても不思議はない。むろん、太陽は自分にとっておくのだろうが……」サヴォイは皮肉っぽくつけ加えた。

エロスは必死で怒りを抑えた。「あなたはわたしのことを子供のころから知っているはずです。父のことも。わたしがフランスの操り人形になるのを拒んだために、ルイはわたしをバスティーユ牢獄にほうりこみました。わたしもあなたと同類だと思われたんです。今夜、ここに来たのは、イングランドの賢い小鳥が、あなた方は高貴な目標を抱いていると教えてくれたからです。残念なことに彼女の勘違いだったようですが……」

「フランスのまわし者ではないことを証明できるか？」ヨーゼフ一世が尋ねた。

エロスは立ちあがった。「いいえ」幻滅した目で室内を見まわす。多くは見覚えのある顔だった。かつて父の友だったり、敵だったりした人々だ。彼らはみなエロスがやりこめられるのを期待していた。

しかし、デッラアモーレ公爵はエロスの瞳に宿る情熱を見逃しはしなかった。この男は欲得で動いているのではない。本気で祖国を解放したいと願っている。結局、アラニスの見たてが正しかったというわけか。公爵は立ちあがった。「イングランド女王の特使としてわたしが保証しましょう。プリンス・ステファノ・スフォルツァはフランスと共謀してはいません」

一同の視線が公爵に集中する。特にエロスの目は驚きに見開かれていた。

「イングランドはしばらく前からプリンス・ステファノの動向を観察していました」デッラアモーレは続けた。「彼は極秘にフランス海軍に戦いを挑んでいました。しかも、フランス海軍大臣の役職と相当の爵位を授けようというルイの申し出を断り、死刑を宣告された。幸運なことに、彼はバスティーユ牢獄からの逃亡に成功しました。われわれは彼の抵抗と勇気をたたえるべきです。わたしとしては自信を持って彼の人柄を保証します」

会議室に感嘆の声が満ちた。

「そういうことなら……」皇帝が口を開いた。「これで決まりだ。貴殿を歓迎しよう。活躍を期待する。では諸君、次の議題に移ろうか。夜もわたしと同じくどんどんふけていくからな。次の問題は、ミラノとその西のトリノのどちらを優先目標とすべきかということだ」

従者の引いた椅子に腰かけたエロスがさっそく口を開いた。「なぜどちらかを選ばなくてはならないのですか？」

サヴォイがエロスの脇へ来て状況を説明した。「ヴァンドームはサロの北、アディジェの川岸に七万七〇〇〇の軍を待機させている。そしてフイヤードはトリノに四万二〇〇〇の兵と二三七門の大砲、及び迫撃砲を置いている」

「それに比べると大同盟はかなり劣勢なのです。三万二〇〇〇しかいない」マールバラが割って入る。

「五万二〇〇〇です」エロスが訂正すると、サヴォイが満足げにうなずいた。

マールバラが続ける。「サヴォイア公は八〇〇〇の兵とともにルゼルナのコティアン・アルプスに退避しており、援護を声高に求めている。ミラノを離れたが最後、ピエモンテへいたる街道のどこかでヴァンドームが攻撃してくるのは必至。やつは数に任せて大同盟軍のトリノ到達を阻止するだろう。そうなれば、わが軍はミラノに確保している陣地をすべて失うことになる」

エロスは地図を確認した。「そうとは限らないのでは？　たとえば、サヴォイ大将がわが隊と協同してヴェローナから出発するというのはどうでしょう？　ピアチェンツァにいたるすべての要塞を占拠して、そこで分かれるのです。わたしはミラノへ向かって北進し、サヴォイ大将は西へ別れてピエモンテへ向かう。するとヴァンドームはどちらを追撃すべきか迷うはずです。仮に大将のほうへ行ったとしても、追いつかれるころにはストラデッラ・パスに到達する。あそこなら少ない兵でも互角に戦えます」

「なるほど！」サヴォイが叫んだ。「ストラデッラ・パスはイタリア北西部への通過点。あそこからならヴォゲーラを通り、トルトーナ……」サヴォイが地図を指さす。「そしてヴィッラステッローネまで行ける。そこでサヴォイア公と合流し、トリノのフイヤードをたたく」サヴォイは申し訳なさそうな顔でエロスを見た。「みごとな案だ。地形の活用、敵の攪《かく》乱《らん》、それに奇襲、あらゆる条件を満たしている」

「団結力も要求されますよ」エロスの目に希望の輝きが宿った。

「わが軍は最近、ヴァンドームにたたかれたばかりだ」サヴォイは正直に言った。「それでも運命をともにするか？」

エロスはにっこりした。「もちろん」

「よし！　ようこそ、同胞《パエザーニ》」サヴォイはエロスの手をしっかりと握った。

マールバラは感激しながらも釘を刺した。「しかし、そうなるとミラノの運命があなたの活躍にかかってくる。リスクが高いことはおわかりでしょうな？　ヴァンドームが貴殿を追撃したら――」

「ルイは是が非でも貴殿の首をとりたいだろうし……」サヴォイがにやりとする。

エロスは声をあげて笑った。「それこそ、おちおちアルジェに帰れない理由です。わたしがいないとルイががっかりするでしょう。ヴァンドームは鈍重だが、能力は高い。油断はしませんよ。やつの手口ならわかっています」

「それでも……」マールバラは粘った。「かなりの抵抗を覚悟すべきだ。仮にヴァンドームがサヴォイ大将を追ったとしても、悪友であるモンタヴィと強固な要塞が待っている。貴殿の兵は激戦に耐えられますかな？　だいいち、ミラノへ向かう途中のどこでフランス軍とスペイン軍に虐殺されてもおかしくない」

「それはわたしが負うべきリスクです」エロスは決意に満ちた声で言った。

「すべては貴殿がミラノにたどりつけるか否かにかかっている」サヴォイが念を押した。

「任せてください」エロスは目を輝かせて約束した。

「巧妙かつ大胆な作戦だ」ヨーゼフ一世がエロスを賞賛した。「首尾が一貫している。貴殿の祖先は手強い戦士だった。貴殿もそれにならっているということか」

「ミラノの民を失望させはしません。ただ、もうひとつ確認しておきたいことがあります。戦争が終わった際、神聖ローマ帝国はミラノの内政に干渉しないと約束していただきたい。ミラノの民が自らの手で統治者を選びます。たとえそれが評議会だったとしても」

　評議会と聞いて一同は反対の声をあげた。

「静かに！」皇帝はもどかしさに頬を赤らめた。「如才ない男だ。妙案を出して自分の立場を確立してからカードを切るのだから。よし、約束しよう」

　エロスはうなずいた。「ありがとうございます、陛下。わたしは道中でなにがあろうともミラノへ到達することを誓います。たとえそれで命を落とすことになっても」

「頼んだぞ」エロスはデッラアモーレのつぶやきを聞き逃さなかった。「そして、なんとしても五体満足で帰ってくれ……」

# 30

フランス国王ルイ一四世は声を限りに叫びながら地団太を踏み、悪化する一方の北イタリア戦線を打開するために元帥や大臣や相談役をヴェルサイユへ招集した。「騎兵隊のざまはなんだ！　まったく見るところがないではないか！　毎回敵に裏をかかれ、要塞や町を失いおって。途中で兵力を分散させるなどという古くさい手に引っかかるとは。誰も気づかなかったのか？　おまえたちは戦いの熟練者ではないのか？」

謝罪の言葉や言い訳や説明を並べたて始めた部下たちをルイが一喝する。「まぬけどもが！　おまえたちなどひとり残らず首だ！　これからはわたしが直接指揮をとる。ステファノを抹殺し、やつの軍を全滅させてみせよう。本来ならとっくにそうなっているはずだったんだ！　やつがミラノに到達したらすべて終わりだ。おまえらの首が地べたを転がることになるんだぞ。わかったか？」

「敵の攻撃はわれらの予想をことごとく覆すものでして……」陸軍元帥のマルシンがもごもごと言い訳した。「ヴァンドーム元帥はサヴォィイのあとを追ってトリノへ向かわざるを得ませんでした。フイヤード元帥を孤立させれば――」

「フイヤード元帥は九〇個大隊を指揮しているのですよ！」オルレアン公が口を挟む。「一三八個中隊、六万の兵を。たかだかひとつの町を守るのにどれだけ兵を投入する気ですか？」

「陛下はまさか、海賊あがりの素人の寄せ集めに、わが軍の二三拠点を制圧されるなどとお考えではないでしょうな？」マルシンはオルレアン公の皮肉を無視して言った。

「素人だと？　まったくどっちが素人か教えてほしいものだ」ルイはオルレアン公を見すえた。「役たたずのヴァンドームよりましな仕事をする自信があるか？」オルレアン公が力強くうなずく。「ならば右腕としてマルシンも連れていけ。フランス産の脳みそはひとつでは足りないようだ」

クレモナにおける作戦本部として提供された屋敷に司令所を開設したエロスは、兵の損耗を確認したあと開廊《ロッジア》へ出た。空になったワインのカラフェを手にした部下たちがたむろしている。

「ニッコロ、一〇個小隊を連れて、戦線離脱した敵兵の捕獲に行け。夜襲はごめんだ」

グレコは指揮官の汚れたシャツや埃だらけのズボン、すり減ったブーツ、そして拳銃やナイフで重くなった革製の弾帯を眺めまわした。「晩餐会のためにおめかししないんですか？」おもしろがっているような口調だ。「おれたちはしょせん田舎者ですが、町の連中は、泥だらけの軍服を着た一介の兵士じゃなくプリンスの登場を期待しているでしょうに」

エロスは大きなコップになみなみとワインを注いだ。「二カ月に及ぶ戦いで、すっかり元の礼儀知らずに戻ったのさ。それに晩餐会はぼくのためじゃない。兵士全員のためだ」

どこからともなく音楽と歌声が流れてきた。花束を手にした地元の人たちが開廊《ロッジア》へ近づいてきて、〝どの人だろう?〟とささやく。兵士たちはいっせいにエロスをさした。「この人だよ!」

指揮官が民衆に担ぎあげられ、運ばれていくさまを見て、ロッジアにいた兵士たちは大笑いした。

日が落ちるころ晩餐会が始まった。ワインが注がれ、感謝の言葉が述べられ、短い恋愛歌《マドリガル》のコーラスが始まる。コニャックで緊張をほぐしたエロスは、頭上高くに翻る鎖蛇と鷹の旗に気づいて胸を熱くした。

祝宴は夜ふけまで続いた。隙を見てエロスが腰をあげると、人々が口々に引きとめる。彼はやっとの思いで広場を抜け、柔らかなベッドが待つフォドリ館へと向かった。途中で警衛所に立ち寄って、士官に早朝に出発する旨を確認し、庭園を横切る。そこではジョヴァンニたちが屋外用の長椅子に手脚を投げだし、ろうそくの明かりのなかで地元の美女をワインと音楽でもてなしていた。

エロスに気づいたジョヴァンニが、忍び笑いをしているふたりの女性を引き連れてやってきた。「こっちはソフィア」ブルネットの女性は膝を折っておじぎをし、目をしばたたいた。

「そしてこっちがマリアです」

ふたり目の女性にエロスの目は引きつけられた。「こんばんは《ブオナセーラ》」彼は小さな声で挨拶した。

「やっぱりブロンドか！」ジョヴァンニは笑いながらソフィアを連れて退散した。

マリアがにっこりしてエロスの手をとり、離れたところにある長椅子へと導く。エロスはグラスを受けとって、たわいのない会話に耳を傾けたが、柔らかな乳房と唇が押しあてられたとたんに身をかたくした。息をのんでマリアから体を引き離し、目をつぶる。

「どうかしたの？」マリアが不安げに尋ねた。

「なんでもない」エロスは髪をかきあげて立ちあがり、謝罪の言葉をつぶやいてその場を離れた。

すぐに誰かが追いかけてきて肩に手をかけた。「どうしちまったんです？」ジョヴァンニが尋ねた。「何週間も前線で戦いを指揮したんですから、気晴らしも必要ですよ」

「ほっといてくれ。疲れたんだ」

「女に？　もしかして、フランスであなたを見殺しにしたあのくそ女のせいですか？」

エロスはいきなりジョヴァンニの襟首をつかんで壁にたたきつけた。

ジョヴァンニが顔をしかめる。「あの女のことは忘れてください。終わったことをいつまでも引きずってたってしかたがない。戦闘中だって命知らずなことばかりして、まるで死にたがってるように見えますよ。誰かさんのすべすべした白い脚より、船長を頼ってくる人たちの期待にこたえることのほうが大事なんじゃないですか？」

エロスの目がぎらりと光った。「もうひと言でも言ったら前線に戻りたいと思うようになるぞ。あっちへ行って宴の続きでもしてろ。明日は日の出とともに発つからな」エロスはジョヴァンニを放して向きを変え、歩き始めた。背後から、ののしりの言葉に続いて〝勝手にしろ！〟という声が追いかけてきた。

「ちょっと聞いて」アラニスは丸々とした天使を抱いているジェルソミーナに呼びかけ、新聞記事を読み始めた。「〝過去の戦例や格言をつめこんだ本の虫より、正規の教育を受けていなくても勇敢で直感の鋭い兵士のほうが役にたつというのは定説だが、勤勉で頭脳明晰《めいせき》なプリンス・ステファノは両方の条件を満たしていると言えるだろう。彼の過去は謎に包まれているものの、クセノフォンやポリュビオスの著書をそらんじ、戦いの原則を熟知しているという噂だ。その戦いぶりで、天がこの偉大な指揮官に二物を与えたことを繰り返し証明し続けている〟ですって。続きはエロスの戦法をカエサルやグスタフと比較し、前線に五日間とどまってなお、その勢いは衰えるところを知らないとほめそやしているわ」

ジェルソミーナはあたたかな笑みを浮かべた。「兄のことが恋しいのね？」

アラニスの顔から赤みが引いた。「会いたいわ」それもひどく。元気な姿を見て、その体に触れたい。エロスのすべてが恋しかった。毎晩、枕の下に彼に買ってもらったバブーシュを入れ、金のメダリオンを首にかけて眠っている。そうするとエロスを身近に感じられる気がするからだ。

「あなた方はきっと恋に落ちると思ってた。一目瞭然だったわ。兄はあれこれ理由をつけてあなたを船に乗せようとしたでしょう？　それまで女性を乗せたことなどないのに」

　アラニスは悲しげな笑みを見せた。「そうなの？」

「ええ。兄は最初からあなたに引かれていたのよ」

「わたしもよ」アラニスは正直に言った。「エロスみたいな人はふたりといない。彼は完璧だわ」

　ジェルソミーナが顔をしかめる。「完璧からはほど遠いと思うけど。すぐに怒るし、横柄だし、気まぐれで尊大で、手がつけられない」

「でも、すてきな人よ」アラニスは恋しさのあまり涙を浮かべた。

「兄があなたみたいな人と出会えてよかった。あなたは兄の心の繊細な部分に触れることができる。わたしもかつては偉大な兄のせいで恋ができないんじゃないかと考えたりしたけど、そのうち自分は兄みたいに激しい人じゃなくて、もっと穏やかな人のほうが好きだってことに気づいたの」

　アラニスにしてみれば、エロスが炎ならルーカスはおかゆみたいなものだ。ただ、ジェルソミーナのいわんとすることはわかった。四六時中、炎のそばにいたら疲れてしまうだろう。それでも、エロスを失ったアラニスは日の光を奪われた花も同然で、うなだれたまま彼の身を案じるしかなかった。

「戦争が終わってミラノに新しい統治者が誕生するときには……」ジェルソミーナが言う。「この子とルーカスを戴冠式《たいかんしき》に連れていくつもりなの。あなたも行くのよ。あなたが説得すれば、兄もわたしと一緒に母のもとを訪ねてくれるかもしれない。母が生きているなんて！早く会いたいわ」

アラニスも再会の場面にいあわせたいのは山々だったが……。「わたしは家族じゃないもの。それに正直なところ、エロスにはもう会いたくないの。それは彼も同じだと思う」

「説明すればわかってくれるわよ」

祝いの言葉を言おうと駆けつけた自分に背を向けるエロスの姿が目に浮かぶ。

「怖いんでしょう？」ジェルソミーナはまじめな顔で言った。「兄に拒絶されるのが」

アラニスは目を閉じて、大きなため息をついた。「あなたがミラノへ行くときは、このメダリオンを持っていって。お願いだから、もう彼の話はやめましょう」

エロスは疲労困憊《こんぱい》していた。堅固な防御を破っていくつもの町を解放したが、戦いは始まったばかりだ。ミラノを奪還しなければ、公国領をとり戻したことにはならない。それは誰よりも彼自身がよくわかっていた。たくさんの大砲や歩兵、土嚢《どのう》のあいだを歩きながら、北に位置する〝極　限《ニー・プラス・アルトラ》〟に目をやる。ミラノの城壁に沿って巡らされた何キロもの塹壕や砲塁、砦は、〝これより先に立ち入ってはならぬ〟という敵からのメッセージ、大砲からなる火の壁だった。その向こう、川の流れと朝露に濡れた平原の上に栄えているのが、祖先の街、ミラノだ。エロスが子供時代を過ごし、若い誓いに反して背を向けた街だった。

トリノはフランスのフイヤード元帥によって見る影もなく破壊されてしまった。果たして故郷に同じ仕打ちができるだろうか？　それはこれまでエロスが何度となく自問してきたことだった。二〇〇〇年の歴史を持つミラノの街は、レオナルド・ダ・ヴィンチがポー川の水を引き入れて理想郷へとつくり直した。アルプスから吹きおろす冷たい空気を吸いこんで、そびえたつドゥオーモに目をやる。そのひとつ、太陽に輝く象牙色の小尖塔と切妻屋根の建物がミラノの大聖堂だ。郷愁が胸をしめつける。城壁の向こうに生まれ育った街がある。生きて再び故郷を目にすることができたのだ。ただ、腕を広げて迎えてくれる家族はもういない。あそこにいるのは、救済を待つ見知らぬ人々だけ。やはりミラノに砲弾の雨を降らせることなどできない。未来の世代のために、この街は無傷で残さねばならない。ひょっとするとそれは自分の子供かもしれない……。

エロスは倒木に腰をおろし、枝葉を払われたその姿をあわれんだ。自分もこの木のように過去や未来を切り落とされて生きる運命なのだろうか？　将来になんの展望もないまま。

「〝戦〟」エロスは言った。「〝戦がわたしを待ちかまえているのか……〟」

五人の部下が近づいてきた。寝不足のはずなのに意気揚々としている。「次の命令は？」ニッコロが尋ねた。「いつ攻撃するんです？」

「攻撃はしない」エロスは膝に肘をついて頭を抱えた。

部下たちが狐《きつね》につままれたような顔をする。ジョヴァンニが前に進みでた。「サヴォイ大将がトリノから戻ってくるのを待つんですか？」

「いや、戻ってくることができたとしても、その前にこちらが包囲されてしまうだろう」

「威力偵察をしてみたらどうでしょう?」ダニエロが提案した。「わざと接近して火力配置を調べるんです」

「そんなことをしても犠牲者を出すだけだ」

「でも、これだけ横に広がっていれば集中攻撃はできないはずです」ニッコロが指摘した。

「塹壕にいる兵士たちも自分たちのほうが優勢だと高をくくっているだろうし」

「斥候を出して敵の弱点を探りましょう」ジョヴァンニが言った。「そこをたたいて分断してやるんです」

エロスは顔をあげた。「吹きとばされる覚悟で?　それはいただけないな」平原をつっきるあいだに敵の砲弾で焼かれてしまう。

バルバザンが声を荒らげた。「だったらどうするんです?」

「わからん」二万弱となったエロスの軍は、大砲の射程圏外で馬とともに待機していた。フランス・スペイン軍は、こちらが砲弾に身をさらしてまで攻撃してはこないと読んでいるに違いない。

「意見を言ってもいいですか?」グレコが口を開いた。「敵の大砲を無力化するしか勝ち目はないと思います。夜まで待てば敵陣へ忍びこむことは可能です」

エロスは自分の肩をちらりと見た。「ぼくの翼はアガディールに置いてきてしまったぞ」

「たしかに危険だが……不可能じゃないですよ」ジョヴァンニが言う。

「いいや、自殺行為だ!」エロスはぴしゃりと言った。「ひとりも戻ってこられない」

「すべてか、無か……」ニッコロは張りつめた空気をゆるめようとしたが、エロスににらまれてしまった。「だってこのままじっとしているわけにはいかないでしょう？」そうつぶやいてエロスの隣に腰をおろす。「泳いでいくのは無理なんだから」

その言葉にエロスは凍りついた。まじまじとニッコロを見たあと、自分たちが座っている木の幹に目を落とす。それからミラノの街に、水不足にならないよう城壁の内へ河川や運河を引き入れた都市に目を移した。

「船長がなにか思いついたらしい」ジョヴァンニがてのひらに拳を打ちつけた。

「まだだ」エロスは立ちあがった。「ひと晩眠って考えなきゃならん」

「だったらさっさと寝てください」ジョヴァンニはエロスの背中に呼びかけた。「赤ん坊みたいに熟睡できるよう、テントのまわりを何重にも警備しておきますから」

アラニスは夜中に突然目を覚ました。その日は不動産管理人とともにデッラアモーレ家が所有する地所を訪ね、修復したばかりの家屋を確認してまわったので、ぐっすり眠れるはずだった。それが急に胸騒ぎに襲われたのだ。エロスが危機に直面している！

枕もとのろうそくに火をともしてメダリオンを胸に押しつける。「なぜあの人を戦いへ送りだしてしまったのかしら？」かつてマッダレーナが言っていた。エロスの夢は、父親のようにミラノの立派な統治者になることだと。「きっとうまくいく」アラニスは自分に言い聞かせた。「この胸の愛を彼に向けて飛ばそう。たとえあの人が、わたしのことなんて忘れていたとしても……」ベッドに横になって彼の顔を思い浮かべる。「お願いよ。お願いだから死なないで」彼女はぎゅっと目を閉じて神に祈った。

明るい松明と歩哨が野営地をぐるりととり囲んでいる。他国に占領されてきた街の人々にしてみれば、解放軍の炎の輪は希望の光だった。仲間が自分たちを助けに来てくれた。あそこに自分たちの同胞がいる。

夜の静けさが戦いの神マルスを押しやり、代わって夢の神モルペウスがエロスの頭に幻想を送りこんだ。夜、彼の部屋に来たアラニスは黄金色に輝いていた。彼女はエロスのベッドに、そして眠りで朦朧とした頭にもぐりこんできて、愛を請うた。神秘的な曲線を描く象牙色の体に、そよ風のような甘い吐息。死を招くセイレーンの声、ぼくの心を、魂を要求する声……。

〝エロス、愛してるわ。絶対にあなたのそばを離れない……〟

赤道の向こうに点在する黄金の島を見つけた船乗りのように、エロスは枕の上に広がる金色の髪に手をのばした。あと少しで柔らかな肌を愛撫し、アクアマリンの瞳に溺れることができる。そう思った瞬間に彼女は消えてしまった。また別の光景が浮かびあがる。修道女が立っている。振り向いた修道女はアラニスの顔をして、エロスを見てけたたましく笑った。

エロスははっと目を覚ました。狼ならこんなとき、悲痛な声で遠吠えをするのだろう。ぐっしょりと汗をかいて震えながら、上体を起こして湿った髪をかきあげる。もうどうにでもなれと思った。心が引き裂かれていくのをとめられない。

あたりはまっ暗だった。トランクからコニャックを出して飲み干そうかと思ったが、翌日のことを考えて思いとどまった。一〇〇万以上の人々の未来がこの肩にかかっている。今の自分には、苦しみをまぎらわすことさえ贅沢なのだ。

起きあがって水で喉をうるおしたエロスの目の端に、天幕の外を動きまわる三つの影が映った。月の光に照らされて短剣が光る。暗殺者だ！　長年、危険と隣りあわせで生きてきただけあって、エロスの頭は一気に覚醒《かくせい》した。短剣を抜いて上掛けの下に枕をつめこみ、いかにも寝ているように見せかける。そして上半身裸で靴もはかないまま、物陰に身をひそめて暗殺者を待った。

入口の垂れ幕が揺れる。静まり返った空間に月の光が流れこんだ。男たちのうちひとりが入口に残り、ふたりがベッドへ忍び寄る。エロスは男たちが枕の上に短剣を振りかざした瞬間に見張りの男を背後から羽交いじめにして、その喉を切り裂いた。生あたたかい血が飛び散り、見張りの男は床に倒れた。舞い散る羽根に上掛けの中身が枕だったことに気づいた暗殺者たちは即座に振り向いたが、エロスはすかさず片方の男に短剣を投げつけた。眉間にナイフがつき刺さる。ふたり目の男がエロスに飛びかかって地面に押し倒した。エロスは組みあって床を転がりつつ、暗殺者の短剣をもぎとって切っ先を男の首に押しあてた。「誰に頼まれたか正直に言えば生きて帰してやる。嘘をつけば、せっかくの報酬を使うこともできなくなるぞ。さあ、話せ！」

警報が鳴り響く。野営地全体が眠りから覚め、にわかに叫び声や足音が響きだした。ジョヴァンニが垂れ幕をはねあげて飛びこんでくる。オイルランプをつけて床にのびた男たちを目にして、彼はにやりとした。「やっぱりお客さんでしたか。いい仕事ですね」

「まあな」エロスは暗殺者の首に腕をまわし、ナイフを押しあてたままため息をついた。

「思い描いていたのとは別の客だったが」

ジョヴァンニは顔をしかめた。「しかし、どうやって見張りを遠ざけたんでしょう？　争ったあともないのに、見張りの姿すら見えない」

「見張りはぼくが追い払ったんだ」エロスは暗殺者の首を絞めつけた。男はうめいたものの口は割らなかった。「人がいると眠れないたちでね」

「慣れたほうがいいですよ。従者を雇ったらどうです？　しゃれた上着を着せたり、ひげを剃ったりする……」

エロスは顔をしかめ、他人に剃刀《かみそり》をあてられるなんて恐ろしいと言い返そうとして、アラニスにひげを剃ってもらったことを思いだした。あわてて捕獲した男に意識を戻す。いまいましい暗殺者は沈黙したままだ。「ジョヴァンニ、こいつのポケットを探ってみろ。金のにおいがする」

ジョヴァンニは男のポケットに手をつっこみ、コインのつまった革袋を見つけだした。口笛を吹いて革袋を宙に投げる。「重いな。船長、光栄ですね。死んだ野郎どもも同じくらいもらってるんじゃないですか？　誰かがどうしてもあなたを殺したいらしい」

「感激だね」エロスは男の首を肘打ちし、気絶させた。前髪をかきあげて水差しに手をのばし、水をがぶ飲みしてコインの革袋を受けとる。「フランス金貨か。だが、これじゃあなにもわからん。その気になれば誰だって手に入れることができるのだから、わざとそうした可能性もある。裏にいるのがフランス人だと思わせたいのかもしれないし、はたまたぼくがそう推理すると踏んで裏をかくつもりかもしれない……」

「推理は任せます」ジョヴァンニは大声で衛兵を呼んだ。

エロスは金貨の表面を指でこすった。「フェリペではないな。やつにそこまでの知恵はない。となるとルイか……それとも……八本脚の蟹《クラブ》……」彼の頭のなかで第二の警報が鳴り響いた。

「なんのことです？」「〝月が蟹座の方角にあるときは注意しなさい〟だったな」

ここにアラニスがいたらわかってくれるのに。アラニスはサナーの助言を覚えているはずだ。エロスは床にのびている男をにらみつけ、革袋をほうった。「おい、まぬけ野郎《ストゥーピド》、この革袋に加えて、死んだ友達の分もおまえにやると言ったらどうする？」

翌日、夜明けとともに葬儀の列が動き始めた。占領された街に向かって、松明の帯が蛇行しながらのぼっていく。暗殺されたミラノのプリンスの遺体を掲げ持った黒装束の修道士たちは、ポルタ・ロマーナからの入門を請うた。スフォルツァ家最後のプリンスを祖先の眠るミラノ大聖堂の墓所に葬りたいというのだ。

スペインの護衛隊長が上官と協議する。プリンス・ステファノが野営地で殺されたという噂は昨日から黒死病のごとく広まっていたが、それが現実のものとなった。ステファノ・アンドレア・スフォルツァは死んだ。見張りの兵士たちも野営地が解体される様子を確認している。しかし、外はまだ薄暗く、エロスの兵の数が二〇〇人ほど足りないことや、ミラノの南の運河に複数の丸太が浮いていることには気づいていなかった。丸太は城壁沿いの鉄格子でせきとめられ、ごとごとと鈍い音をたてている。

「思いきり息を吸え」半分に割ってなかをくりぬいた丸太のなかでエロスが指示を出した。「かなり長く潜水することになるぞ」

ニッコロの目に映ったのは、日焼けした肌から浮きあがる白い歯と輝く目、そしてダイヤモンドのピアスだけだった。「一か八《ばち》かだ」その言葉とともに、男たちは暗闇へと潜行した。

アルプスからとけだした水は氷のように冷たかった。水をかく手脚の動きだけがエロスの体内に熱を生みだし、血液の循環を促す。記憶を頼りに描いた灌漑水路の図が間違っていれば、二〇〇人の部下が溺れてしまう。彼は最悪の事態を頭から締めだし、水を蹴ることに専念した。海で鍛えられた男たちが、水苔の生えた運河の壁を手でたどりながら進んでいく。ようやく水面に出たとき、彼らの顔はすっかり血の気を失っていた。エロスは肺が燃えるような感覚を抱えて神に無言の感謝を伝え、水からあがった。これで城壁を通過したのだ。

部下たちが次々に浮上してくる。その一部は街のなかへ潜入し、見張りを倒して城門を解放することになっていた。残りは城壁沿いをまわって武器や兵士を片づける手はずになっている。そのあとで城壁の外の仲間と合流するのだ。そろそろ解放軍の野営地の解体は終わっただろう。

男たちはふたり組になって湾曲した暗い通路を進んだ。水滴をしたたらせ、裸足で歩いていたニッコロとエロスは、ふたり組の歩哨を発見すると背後から忍び寄って口をふさぎ、永遠の静寂を与えた。その後も手際よく兵を倒して胸壁に出たところで別の仲間と合流し、城壁の上に設置された大砲に細工をする。エロスがロープを伝って壁をおりるころには、東の空にいくつも金の筋が走っていた。地面におりたつと背中にくくりつけてあったブーツをはき、大砲の列まで歩く。

「任務完了！」グレコが叫んだ。「大砲は発射準備完了です。指示どおり、城壁に照準しておきました」

エロスは照準し直された大砲の列に目を走らせた。「よくやった、グレコ。では死人を起こすとするか」エロスは部下が集合するのを待って大砲の後方に陣どった。手をあげて叫ぶ。

「撃て！」轟音とともに城壁の一部が崩れ去った。

この一斉射撃でミラノの街は眠りからたたき起こされた。夜明けの空に届くほど高く粉塵《ふんじん》が舞いあがる。ミラノの通りは上を下への大騒ぎだった。士官たちが声を限りに叫び、兵士たちが兵舎から飛びだし、街の南へと駆けつける。彼らは啞然として足をとめた。そこにあるはずの城壁は瓦礫《がれき》の山となって粉塵を巻きあげていた。街の内部にほとんど損傷はないものの、兵士たちは震えあがった。突然、地面が揺れ始める。

南から、いなごの大群のごとく重騎兵が現れた。軍馬にまたがった黒い鎧の軍勢が東西へ長く広がっている。何千もの重騎兵が蹄鉄の音を響かせ、緑の野原を黒く染めていく。その頭上にはスフォルツァの旗と白地に赤十字を描いたミラノの旗がはためいていた。

フランス軍の司令官があわてて戦闘配置を命じ、ミラノの母親たちは子供たちを家へ追いたてた。崩れた城壁の上にひとりの男がよじのぼる。男はフランス歩兵の射撃をものともせず、集まった人々の顔を鷹のような目で見渡して両手をあげた。

「ミラノの民よ！」深みのある声が路地の隅々まで響き渡る。「今こそ異国の剣を振り払うときが来た。武器をとり、よそ者をイタリアから追いだすのだ！」

ミラノの街が歓声にわき返る。

「高貴なるラテン人の血を引く者たちよ」エロスは民衆に呼びかけた。「いつまで重荷を背負わされるつもりだ？　いつまで血を流す？　誇り高きマルス神の心を持って、空高く舞いあがり、自由をつかみとるのだ！」そう言うと、剣を抜き、のぼりゆく太陽の光を浴びて乳白色に輝く大聖堂に向けた。

ミラノ人たちが拳銃や刃物をとりだしてエロスにならう。

彼の血は熱くたぎっていた。「イタリア人たちよ《イターリア・ミーア》、異国の脅威に立ちあがれ。善が大地を覆い、戦いを終わらせるだろう。祖先から受け継いだ血にかけて、ローマ人の偉大さを世界に示すのだ！」

群衆が熱狂し、拳を振りあげて同意の叫びをあげる。重騎兵の攻撃が始まり、フランスのマスケット銃も火を噴いた。ミラノの民も戦闘に加わる。いよいよ決戦の火ぶたが切って落とされたのだ。

ジョヴァンニが武器を手にエロスのもとへ飛んできた。「おれのそばを離れないでください」

「おまえが最後の生存者ならな！」エロスは銃声に負けじと怒鳴り返した。「これが終わったらシチリアに帰って、おまえの身を案じて窓辺にろうそくをたててくれる農場の娘と一緒になれ！」

「了解、船長」ジョヴァンニはにやりと笑って戦闘のなかへ飛びこんでいった。

エロスもそれに続き、土や金属片を巻きあげて爆発する手榴弾《しゅりゅうだん》にもひるまず、突進してくるフランス兵を次々とはねとばした。イタリア人たちは故郷を解放するという一念で銃弾の雨をかいくぐった。

気づいたとき、敵の投げた手榴弾はエロスが避けられない距離まで迫っていた。誰かが体あたりして、彼を地面に押し倒す。爆発の瞬間、エロスの頭は地面に打ちつけられたものの、鉄片に肉をえぐられた感触はなかった。

「エロス……」上にのしかかっている人物がうめき、咳とともに血を吐く。エロスはその声と血のこびりついた金髪が誰のものかすぐにわかった。血だまりのなかに横たわっているのは、手榴弾を浴びたニッコロだ。ニッコロは体を張ってエロスをかばったのだった。

「ニッコロ！」エロスはニッコロの体の下から這いでて、その頭を抱え起こした。もう一方頭上の手で傷口の止血を試みたが、腹部から腸がはみだしている。エロスの意識のなかで、頭上を飛びかう砲弾の音が遠のいていった。「これまで立派に戦っていたのに、自分の命よりもぼくの命を優先するなんて！」

「あなたの命のほうが大事だから……」ニッコロが弱々しく笑った。「ミラノにとっても、イタリアにとっても。統合された祖国をこの目で見たかった」

「あきらめなきゃ見れるさ」そう言いつつも、エロスはそれが気休めであることを承知していた。ニッコロに死が迫ろうとしているのは明らかだ。「ヴェネチアに帰って商売を始めるんだろう？」

「無理だ。刺激がなさすぎます」ニッコロは笑い、血を吐いた。苦痛にうめきながらエロスを見あげる。「あなたと友人になって、最期の瞬間に手を握ってもらうとは思ってもみませんでした。あなたのおかげで二年の自由を味わうことができた。アルジェで奴隷を続けていたら、一年ももたなかったでしょう」

「そんなことはいい。おまえはぼくになんの借りもない」

ニッコロの呼吸が浅くなる。「お願いがあります」

エロスは激しく息を吸った。「なんでも言え」

ニッコロの体がぶるぶると痙攣し、目が大きく見開かれた。

「彼女に――」

エロスは身をかたくした。「なんだ？」

ニッコロは小さくほほえんだ。「彼女に愛していると伝えてください」それだけ言って、彼は逝った。

エロスはニッコロの頭をそっと地面に横たえ、まぶたを閉じてやった。視界が揺らぐ。誰かにぎゅっと肩をつかまれて顔をあげると、ジョヴァンニとダニエロが立っていた。友を送っているあいだ援護してくれていたのだ。

「ニッコロをヴェネチアに埋葬してやりたい」エロスはこみあげるものをのみこんだ。「ダニエロ、きちんと埋葬されるよう、とりはからってくれるか？　それから遺族が不自由しないように手配してくれ」

「必ず」泥にまみれたダニエロの顔に涙の筋ができる。

エロスは気力をかき集めて立ちあがった。「さあ、ミラノをとり返すぞ」

今や戦闘は街じゅうに拡大していた。騎兵隊は市街地に入ると思うように動けず、戦いは接近戦になった。大同盟軍は、敵の粘り強い抵抗に苦戦しながらもじりじりと前進した。エロスは戦いの渦中で右へ左へと剣を振るい、目の前に現れたものを片っ端からなぎ倒していった。しだいに意識が朦朧として、体が冷たくなり、心が硬直してくる。その感覚には覚えがあった。悲惨すぎる現実に、精神と肉体が分離しているのだ。自分が引き起こした悪夢に良心が悲鳴をあげていた。腕の感覚が薄れ、血と汗が顔を伝う。あたりには苦痛の叫びと吐き気を催す死のにおいが充満している。エロスはそんな資格はないと知りながらも神に救済を願った。

ひんやりとした薄暗い部屋のなかで、エロスはかつて命からがら逃げだした祖国を思いだした。隅に置かれたろうそくの光が、死者の魂を天国へと導いている。聖人や預言者の姿をかたどった五二の支柱が厳粛な雰囲気をかもしだしていた。偉大な祖先、ジャン・ガレアッツォ・ヴィスコンティ公爵が権力の象徴として建てたゴシック様式の大建造物は、エロスにとってまったく別の意味を持っていた。

彼は疲労に目を赤くして、大理石の床に重い足音を響かせながら、薄暗い地下聖堂へとおりていった。その胸には穏やかさと深い悲しみとが混在している。ついに戻ってきた。といっても、かつて享受した裕福で華やかな暮らしではない。ここは死が支配する墓所だ。

暗闇のなかを進んでいくと、最初の棺があった。スフォルツァ家初のミラノ公、フランチェスコが冷たい眠りのなかにいる。ほとんど知られていないが、その息子でメダリオンの五番目の保持者でもあるガレアッツォ・マリーアも同じ棺におさめられていた。〝廷臣に殺されたガレアッツォ・マリーア・スフォルツァ、ここに眠る〟という墓標がないのは、そういうわけだ。エロスのなかでガレアッツォのイメージが父のイメージと重なった。

偉大な名を冠した大理石の棺のあいだを手探りで進んでいくと、ようやくひとつの棺を発見した。以前はそこになかった棺だ。なめらかな石の表面に手を広げ、表面に刻まれた文字を注意深くたどる。ラテン語の意味を理解したエロスは膝をつき、かたい大理石に頬をつけ、喉をつまらせてつぶやいた。「父上、戻ってきました。故郷に……」

デッラアモーレ家の一〇月は金色と赤褐色に染まっていた。ある静かな夜、アラニスは新聞を読む祖父のかたわらで図書室の暖炉に躍る火を見つめていた。フランスから戻って半年が過ぎたというのに、彼女はいまだマラガ酒や潮風や炎のようにまっ赤な花が忘れられなかった。目をつぶって心の底からため息をつく。

「あの男はミラノを手に入れたな」デッラアモーレ公爵が青い瞳に気づかわしげな色を浮かべて孫娘に話しかけた。

アラニスはその人物の名前を口にしたくなかった。彼のことを考えるのは夜、ベッドのなかにいるときだけと決めている。そこなら悲しみを眠りで和らげることができるからだ。

「フランスの援軍は遅すぎた」公爵が続けた。「あの男はイタリアに残っているフランスの要塞を片っ端から制圧しているようだ。まだ正式ではないものの、ミラノ公国の復活だな」

彼女は眉をひそめた。「正式でないとはどういう意味？ ミラノの人々は戦いのあとすぐに彼をミラノ公に推薦したのでしょう？」

「ああ。しかしあの男が戴冠式を延期したんだ」

アラニスはドレスにひそませたメダリオンに触れた。これが必要なのだとしたら、近々とりに来るだろう。恐怖と期待に脈が速くなる。ジェルソミーナにことづけるべきだということはわかってはいたが、傷つくことになっても、もう一度エロスに会いたかった。

「伯爵家の代表が接見したいと言っています、ご主人さま《モンスイニョーレ》」

エロスは書類の山から顔をあげ、しょぼしょぼする目をこすった。巨大な書き物机の向こうに立っている秘書に向かって眉をひそめる。「伯爵家の代表？　なんのことだ？」

「秘密評議会の面々です。殿下の勝利とご帰還を祝福したいと」

二枚舌のおべっか使いが許しを請いに来たというわけか。エロスはにやりとした。「連れてこい、パッセーロ。ただし機嫌が悪いと断っておけ」

「かしこまりました」パッセーロは笑いを嚙み殺し、一礼して出ていった。

野営地に暗殺者を潜入させたのは秘密評議会だと確信しつつも、エロスは彼らを罰しなかった。今後、彼らの力が必要になるからだ。伯爵の力を借りなければ、ミラノを再建することはできない。街が再建しても、心の傷が癒《い》える日は来ないだろうが……。

エロスはグラスにコニャックを注いで窓の外を見つめた。スフォルツェスコ城の赤茶色の壁を見るたびに、帰ってきたという思いがこみあげる。それは二〇年ほど感じたことのない感覚だった。コニャックを飲んで立ちあがり、伯爵たちがやってくるのを待つ。今度こそ鼬《いたち》どもも、あのずる賢い頭を垂れるだろう。ほんのわずかなあいだとはいえ、スフォルツァ家に生まれた特権に酔うとするか。エロスは満足げに笑った。

# 31

……それは過去を悔い、涙するときに流れ出る

ダンテ『煉獄篇』

聖パオロ修道院へと続く旧道が粗末な靴をはいたマッダレーナの足を容赦なく痛めつける。それでも孤児院の子供たちは彼女の訪問を楽しみにしているので、荷車の車軸が折れたくらいで断念するわけにはいかなかった。わが子との絆こそ失ったものの、子供は人生の光だ。それに一度きりとはいえ息子と再会して、シルクのような黒髪を撫でることができた。息子が助けを必要としているときにそばにいることができた。母親としてこれ以上の幸せはないではないか。

マッダレーナはそのときの記憶を思い起こした。エロスは期待どおりすばらしい男性に成長した。父親にそっくりだけれど……わたしに似ているところもある。マッダレーナは小さくほほえんだ。それから、成熟したジェルソミーナの姿を思い浮かべた。きっと美しくなっているに違いない。娘が真実の愛を見つけたのだと思うと、マッダレーナの胸はあたたかく

なった。かつて彼女も人を愛し、天国と地獄をいっぺんに味わった。しかし時の経過とともに過去の傷は癒え、今では穏やかな気持ちで夫を思いだすことができる。数えきれないほど不実を働いては彼女の心を砕いた男——嫉妬の末にこの手で滅ぼしてしまった男のことを……。あの人の記憶は死ぬまで消えないだろう。いつか天国で再会して許しを請う日が来るのだろうが、それまでは地上で果たすべき務めがある。身寄りのない子供の世話をして、彼らの孤独な心を母親の愛情で満たすことこそマッダレーナの生きがいだった。

「シスター・マッダレーナ！」修道院のなかからシスター・マリアが駆けてきた。「早く来てください！　早く！」

一八歳のマリアは両親に先だたれ、財産も身寄りもないため修道女になった。修道院に来て間もないので、ここの静かな生活に慣れていない。「こんにちは、マリア」マッダレーナはにっこりした。「今日はなにをそんなに興奮しているの？」

「ものすごくびっくりすることが起きたんです！　シスターにお客さまです。しかも貴族ですよ！　シスター・ピコロミナが小さいほうの祈りの間へお通ししました。もう一時間もシスターのお帰りを待っていらっしゃいます」

「声を落としなさい」マッダレーナはやさしくたしなめて、ひんやりとした礼拝堂に足を踏み入れた。「お子さんが病気なのかもしれないし……どんなご不幸があったかわからないのに騒ぎたてては失礼よ」

「病気の子供なんているはずありません！」マリアは早口でこたえた。「若くてハンサムで、上等な服を着た貴族なんですもの」

「不幸にお金持ちも貧乏も関係ありません。若くて見た目がよいこともね。どんな身なりをしていようと神の目には平等なのです」マッダレーナは祭壇に近づき、ひざまずいて祈りの言葉を唱えてから、再び立ちあがって胸の前で十字を切った。

「その方はシスター・マッダレーナに会いたいとだけおっしゃったんです。修道院長さまが用向きを尋ねたのですが、個人的なことなのでご本人が戻られるまで待つと。とっても礼儀正しい方です。ずっと窓辺に腰かけておられるんですよ」

「マリア！」マッダレーナは少女に向かって顔をしかめた。「のぞき見していたの？」

マリアの頰が赤くなった。「邪魔はしませんでした。わたし、窓の外にいたんです」

「神にその身を捧げた身分で異性を気にかけるなんて、もってのほかです」

「なにも悪いことなどしていません。本当です。ただ……その方があまりに悲しそうだったので……。あの美しい目を陰らせるのはなんだろうって不思議だったんです。にこやかで、やさしげな方でした。それに院長さまに金貨の袋を寄付してくださったんですよ」

「いずれにせよ、用件はじきにわかるでしょう」マッダレーナは歩調を速めた。貴族が助けを求めてくるのは、これがはじめてではない。妻子の病や、子供ができないことの相談だった場合もあるが、今回はそのどちらでもないという気がした。

マッダレーナは自分の肩越しに部屋をのぞきこんでいるマリアの存在を意識しつつ、ドアノブに手をかけ、隙間からなかの様子をうかがった。黒っぽい服に包まれた腕が見える。男性は——もう立派な大人のようだ——庭に面した窓の前に置かれた椅子に腰かけて物思いにふけっていた。窓枠に肘をつき、片手に黒い革の手袋を握っている。彼女はドアを大きく開けて部屋に入った。「こんにちは《ボンジョルノ》、スィニョーレ。わたしがマッダレーナです。どんなご用でしょう？」

男性の背中が目に入ったとたん、マッダレーナの心臓はとまりそうになった。つややかな漆黒の髪。手のこんだ銀の刺繍が施された裾の長い上品な上着は、広い背中にぴったり合うよう仕立てられている。彼女は嗚咽をこらえた。

男性が立ちあがり、ゆっくりとドアのほうへ向き直った。「こんにちは、母上」エロスは静かに言った。

マッダレーナの背後でマリアがはっと息をのみ、ドアを閉めて出ていくのがわかった。ぱたぱたという足音が遠ざかっていく。マッダレーナは無言のまま、一〇月の日ざしに縁どられた息子の姿を見つめていた。目は生き生きと輝き、緊張しているのか喉のあたりがかすかにこわばっている。日焼けしてたくましく、健康そうで、去年の冬、瀕死の状態で助けだした痩せ衰えた男とは似ても似つかなかった。そして今、彼は父親と同じくミラノの統治者になったのだ。「エロス……」マッダレーナはなんとか平静を保とうとしたが、こみあげる涙を抑えることはできなかった。喉に綿がつまったようだ。この子はなにか特別の理由があってわたしを訪ねてきたのだろうか？　それとも、ただ、会いたくて来てくれたの？　彼女は愛情と誇らしさとやさしさのこもった母親らしい笑みを浮かべた。「エロス、わたしの美しい天使。来てくれたのね」相手の反応を探るようにおずおずと話しかける。

エロスはごくりとつばをのみ、一歩足を踏みだした。「ああ」

説明したいことも謝らなければならないことも山ほどあるが、それはあとでもいい。一七年間離れ離れだった息子が、立派に成人して目の前にいる。思いきり抱きしめて二度と放したくない。マッダレーナは頰を伝う涙をぬぐいもせずに腕を広げた。驚いたことにエロスは彼女に近づき、抱擁を受けてくれた。マッダレーナは震える手で息子の髪を撫でた。「許してちょうだい……許して……」

エロスは背筋をのばし、彼女の頭巾とベールをゆっくりととった。きっちりと結いあげた銀色がかった金髪が現れる。やさしい海色の瞳に涙が光っていた。エロスの瞳もうるんでいる。

「お母さん」エロスは懐かしそうに笑ってマッダレーナの首に腕をまわし、小さな子供のようにしがみついた。彼女はすすり泣き、再び謝罪の言葉を口にしかけたが、エロスがそれをさえぎった。「いいんだ、ぼくのほうこそ許してくれ……」

マッダレーナは涙にむせた。息子の肩越しに、壁にかかっているマリア像に目を向ける。その顔は無限の慈悲をたたえ、彼女にほほえみかけているようだった。マッダレーナの唇が静かに動く。〝ありがとうございます、慈悲深い神よ。心から感謝します……〟

「乾杯！」デッラアモーレ公爵がグラスを掲げた。「勇敢な将軍であり戦場の勇者であるマールバラ将軍に！」

大広間は拍手喝采にわいた。クリスタルの触れあう音がして、大量のワインが胃に流しこまれる。イングランド女王アン・スチュワートは上機嫌だった。「今この瞬間、ヴェルサイユではなにに乾杯しているのでしょう。ルイもわたしたちを招待してくれればいいものを」会場が笑いに包まれる。「おっしゃるとおりです、陛下」マールバラ将軍が答えた。「われらの勝利をねたむとは、フランス国王も器が小さい。プリンス・ステファノとサヴォィ大将の軍はフランス軍を無傷で返してやったんだ。イタリア国内の要塞からフランス軍が平和的に撤退できたのは彼らのおかげなのだから、感謝してもらってもいいくらいですよ」

「みなさま、お耳を拝借」大蔵卿のゴドルフィンがワインをあおった。「ミラノもトリノも、今や退却するフランス軍の尻を蹴りあげる勢いです」

ハンプトン・コート宮殿の祝勝会に招待された高官たちから、またしても拍手喝采があがる。アラニスもなんとか愛想笑いをしてグラスを掲げた。今夜の祝勝会は欠席しようと思っていたのだが、みんなが楽しんでいるときにひとり屋敷でふさぎこんでいるくらいなら、酔っ払いのなかにいるほうがましだという結論に至ったのだ。

女王が言った。「新たに加わった同志、ミラノのプリンスがフランスを追い払ってくれました。今や戦いの場はフランス国境に移ったのです。この調子で前進し、最終的に大同盟が勝利することを祈りましょう！」みながグラスを掲げた。女王の合図で楽団の演奏が始まる。

舞踏室が鮮やかなシルクや宝石で埋まると、アラニスのもとにひとりの男性が近づいてきた。「ルーカス」アラニスはにこやかに挨拶した。「大切な奥さまは？」

「あそこだよ」ルーカスは女性たちの質問攻めにあっているジェルソミーナを指さした。

「プリンス・ステファノの妹だと知れて以来、どこへ行ってもあの調子さ」彼はアラニスを見た。「ジャマイカの件はすまなかった。ぼくのふるまいを許してほしい」

アラニスはルーカスの腕をたたいた。「わたしも悪かったの。もっと穏やかにことを運ぶべきだったのに、逃げたりしてごめんなさい。許してくれる？」

「きみは悪くないよ」ルーカスは彼女の手を自分の手で覆った。「もうこの話はよそう。これからも友達としてつきあってくれるね？」

アラニスは心からうなずいた。「ええ」

デッラアモーレ公爵とルーカスの父親、デントン伯爵がふたりのほうへやってくる。

「デッラアモーレ」デントンが言った。「噂によると、今夜はサヴォイ大将が出席するらしい。しかも一緒に……」デッラアモーレが親友をにらむ。

アラニスは祖父に非難のまなざしを向けた。熱さと寒さが奇妙にまじりあって全身を襲う。彼女はほてった頬に氷のように冷たい手をあてがった。エロスが今夜ここに？ そう思うと、声を出すどころか息をすることもできなかった。

ジェルソミーナが物言いたげな目つきで近づいてくるのを見て、アラニスは身をすくめた。エロスに再会するなんてとても耐えられない。ここから逃げなくては。丸太のように重くなった脚に動けと命じたとき、誰かに手首をぎゅっとつかまれた。

「勇気を出してけりをつけなさい」デッラアモーレは孫を諭した。「あの海賊は今や注目の的だ。彼がイングランドの土を踏むたびに、もしくはおまえが外国へ行くたびに避難場所を探すわけにはいかないんだぞ。おまえを臆病者に育てた覚えはない」

アラニスは罠にかかった鳥のように怯えた目で祖父を見つめ返した。ここでエロスと向きあうのは無理だ。公然と憎しみのまなざしを向けられたら死んでしまう。

進行役の合図で、楽団が主賓の到着を告げるお決まりのフレーズを演奏した。アラニスの目が舞踏室の入口に吸い寄せられる。すぐに見覚えのある黒髪が目に入った。

立派な身なりをした紳士や淑女とともに、エロスがくつろいだ様子で登場した。黒と白に紫のアクセントをきかせた装いは息をのむほど凛々しい。彼は脇にいる男性に話しかけられてにっこりした。背の高いミラノ人と対照的なその小柄な男こそ、偉大な指揮官とたたえられるサヴォイ大将だ。しかし、アラニスの目はエロスに釘づけだった。力のみなぎった日焼けした体を見ただけで、その場にへたりこみそうだ。豊かな漆黒の髪は肩までのび、体重ももとに戻ったようだ。彼女が恋したカリブの海賊の復活だった。ただし、この海賊はプリンス——しかも尊敬を集めるミラノ公国の統治者なのだ。

エロスのまわりにどっと人が押し寄せる。ジェルソミーナが歓喜の叫びとともに兄の腕に飛びこむのが見えた。エロスが妹を受けとめてぎゅっと抱きしめ、両頬にキスをする。アラニスの目に涙がこみあげた。エロスはまだ自分が伯父になったことを知らない。

デッラアモーレは震える孫娘の手をとって、紹介を待つ人々の輪のほうへ引っぱった。アラニスは祖父のあとをよろよろとついていった。デッラアモーレ、マールバラ、サヴォイが互いの背中をたたきあい、ミラノの伯爵たちがイングランド貴族と握手をする。エロスはゆっくりした口調で女王に挨拶した。「こんばんは《ブォナセーラ》、陛下《スア・アルテッツァ》」女王の手にキスをしてから、にっこりほほえむ。アラニスがなるべくめだたないようにしながらエロスのほうを盗み見た瞬間、彼も彼女のほうを向いた。

海色の瞳がアラニスを貫く。彼女は息苦しくなった。だがエロスはすでにデッラアモーレへ視線を移し、礼儀正しく会釈してサヴォイとの会話に加わった。あからさまに無視されたアラニスは、打ちのめされて銅像のように立ちつくすしかなかった。

「ヴァンドームは手強い相手でした」エロスが言った。「フランス軍の敗因は、彼をオランダに呼び戻したことでしょう。オルレアン公は二方面を守るとルイに約束したようですが、しょせんは無理な話だ。本来であればこちらのあとを追撃せねばならぬところをトリノに急行したのです」

マールバラが同意した。「ヴァンドームが呼び戻されたあとのフランス軍は悲惨だったな。サヴォイ大将がピエモンテからストラデッラを通過するのを防ぎもせず、トリノでたたかれるのを待っていたのだから」

「ミラノまで退却しようとしたときには……」サヴォイが続けた。「もう遅かった。われらのステファノがミラノを奪還していたのだから。まるでカエサルだよ」

「カエサルだって運の助けを借りることもあったと思いますよ」エロスは謙遜した。

「控えめだな。きみは偉業を成しとげたんだ。難攻不落と言われていたミラノを奪還した。しかもとんでもなく奇抜な方法で。あの潜水作戦は語り草になるだろう」

アラニスの立っている場所からでもエロスが赤面するのがわかった。愛する人が、女王や戦友たちをはじめ一流の人々に認められたことが誇らしい。エロスはそれだけの活躍をしたのだ。わたしがフランスでした選択は間違っていなかった。

「プリンス・ステファノ」女王が口を開いた。「大陸の話を聞きたいわ。すべて話してくれませんか。どんな小さなことも落とさずに」

エロスは再び、あの海賊の笑みで女王を魅了した。「陛下はルイの様子をお聞きになりたいのでしょう？」

「もちろんです」女王は有力貴族の夫人たちといたずらっぽく目を見交わした。

「でしたら《アローラ》、フランス国王は蛙《かえる》をのみこむのに苦労していると申しあげておきましょう。もちろん本物の蛙ではありません」エロスが片目をつぶる。女王は頬を紅潮させて楽しげに笑った。「三人の大臣とふたりの将軍が罷免されたそうです。フェリペとも話さないとか」

「フェリペとも？」女王は声をあげて笑った。「それは傑作だわ。この戦争はそもそもフェリペを助けるために始めたはずなのに」

アラニスの背後で誰かがささやく。「プリンス・ステファノはすばらしくハンサムね。まだ若くてしかも独身だなんて！　うちのキャロルがブラッドショー卿の求婚を受けていなければよかったのに。女なら夢中にならずにいられない殿方だわ」

「まさにそのとおりね、リリアン」もう少し若い女性の声がこたえた。男好きと評判の、裕福で美しい未亡人の声だ。「わたしの人生訓は〝汝《なんじ》、慎み深さよりも色を重んじろ〟なの。さあ、ご挨拶に行きましょう」

アラニスは祖父の手を引っぱって耳もとで訴えた。「これ以上ここにいたら叫びだしてしまいそう。おじいさまがなんと言おうとわたしは……」

突然、祖父の注意が彼女からそれた。アラニスは背後にただならぬ気配を感じた。「デッラアモーレ公爵」深みのある声に卒倒しそうになる。彼女は無言のまま後ろを振り向いた。エロスがデッラアモーレに向かって穏やかにほほえんでいる。「シェーンブルン宮殿で後押ししていただいたお礼をお伝えしていなかったので。あのときは助かりました」彼は優雅におじぎをしてから、アラニスに目を向けた。

彼女は恋しさと惨めさの狭間《はざま》で引き裂かれる思いだった。「こちらは孫のアラニスです」祖父の言葉に逃げだしたくなりながらも、どうにか平静を装ってエロスの手に指先を置く。「殿下」アラニスは膝を折り、動揺を悟られないようまつげを伏せた。エロスの唇が指先に触れる。つまらない駆け引きはしたくなかったが、調子を合わせるよりほかなかった。

「ご機嫌いかがで《ピアチェーレ》すか？」エロスが低い声で言った。「ここで再会するとはうれしい驚きだ」

アラニスははっと視線をあげた。はじめて出会った日、エロスはまったく同じことを言った。周囲の世界が動きをとめる。彼女は探るようにエロスを見た。彼の表情からは憎しみも怒りも読みとれない。エロスはアラニスの手を放した。

晩餐会の開始を告げる声とともに、客たちが宴の間へ移動し始める。アラニスはエロスの肩越しに祖父の姿を捜したが、デッラアモーレは孫を運命の手にゆだねて消えていた。「どうやらぼくがエスコートしたほうがよさそうだ」エロスがアラニスに向かってゆっくりと腕をさしだした。彼女のほうを見ようとはしない。アラニスは内心びくついていた。かつては〝きみを見るたび鼓動がとまる〟と言ってくれたのに……。彼女はエロスの腕をとり、よそよそしい態度でドレスの波のあとに続いた。希望の光が消えていくのを感じながらも、隣にいる男性の息づかいや筋肉の動きを意識せずにいられない。一方のエロスは完全に無関心のようだった。

しかし、色とりどりのドレスに身を包んだ客たちが廊下の角を曲がって見えなくなったとたん、エロスがアラニスをほの暗く照らされた応接間に引っぱりこんだ。ドアを閉めて鍵をかける。

彼がこちらに向き直った。鋭い目が鉄の杭《くい》のようにつき刺さって身がすくんだ。エロスはアラニスを見つめたまま、落ち着いた足どりで近づいてきた。〝復讐〟の二文字が脳裏をよぎる。彼女はパニックを起こしそうになってあとずさりし、ぶざまにもテーブルにぶつかってしまった。ぐらついたランプにあわてて手をのばす。再び顔をあげたとき、エロスはすでにアラニスの前に来ていた。すぐ目の前に感情を排した顔がある。

「アラニス……」彼が言った。

エロスに名前を呼ばれると心が震えた。「なぜここに……イングランドにいるの？」

「あるものをとり戻しに来たんだ」

アラニスは彼と目を合わせたまま手提げ鞄《レティキュール》のなかに手を入れた。いつもは首にかけているのだが、胸もとの開いたドレスではそれもできない。彼女はこわばった指で金の鎖をたぐり寄せた。「ついにミラノを手にしたのね」小さな声で言いながら、まだ希望を捨てられずにいる自分がいやになった。「凱旋は……期待していたとおりだった？」少しでも笑ってほしくて話し続ける。かつてふたりのあいだにあった親密さを、ほんの少しでもいいからとり戻したかった。

エロスは無言だった。その表情から、バスティーユ牢獄での会話を忘れてはいないことがわかる。期待した自分がばかだった。わたしは彼を見捨てたのだ。そして今、彼はミラノの統治者になった。神聖ローマ皇帝までもが一目置く君主に。アラニスはメダリオンをさしだした。「このせいで戴冠式を延期したんでしょう？　メダリオンを提示しなければいけないのよね？」

「違う」

アラニスはわけがわからなくなった。これ以上見つめられたら平静を保てなくなる。心が崩れてしまう。

エロスは意を決したように一歩距離をつめた。ランプの光を受けて、日焼けした肌がブロンズ色に輝く。彼はアラニスの手首をつかみ、その手を黒檀《こくたん》のテーブルの上へ移動させて指を開かせ、メダリオンを落とした。それからもう一方の手首をつかんで彼女を引っぱる。アラニスが前につんのめると、エロスはアラニスの体を支え、両手を彼女の肩から腕へと滑らせた。ふたりは爪先をつきあわせて立っていた。互いの体に電流が流れる。高鳴る鼓動が聞こえてしまいそうだ。彼の思いつめた表情には、先ほどまではなかった傷つきやすさがはっきりと表れていた。

「アラニス……」エロスが頭をさげ、頰を押しつけて耳もとでささやく。「愛しているよ」

アラニスはふらついて、思わず彼の腰にしがみついた。「な……なんですって？」

エロスの腕が彼女の体にまわり、柔らかい唇が首筋に触れる。彼は低くかすれた声で告白した。「きみなしでは生きられない。きみなしでは……生きていたくないんだ」

アラニスは言葉にできない安堵に包まれ、エロスの肩に顔をうずめた。彼の上着を涙で濡らす。「わたしも愛しているわ」これは現実なのだろうか？　運命はこれほど寛大なの？

ふたりは抱きあって互いの鼓動に耳を澄ませた。ついに魂の片割れに再会できたのだ。アラニスは顔をあげた。「バスティーユで言ったことは嘘よ」

エロスはつらそうな目をした。「わかってる。もう少しでだまされるところだったよ。でも、ぼくが落ちこんでいるのを見たときのルイの反応で、もしかしたらと思った。今はきみに感謝しているよ。きみはルイを欺こうとしたんだね」彼はアラニスの頰を親指で撫で、クリスタルのような涙をぬぐった。「ぼくに故郷をとり戻させたかったんだろう？」

「そうよ。あの独房にあなたを残していくほどつらいことはなかったわ。でも、あなたに幸せになってほしかった。過去をとり戻してほしかったの。うまくいって本当によかった」

「あれがきみの本心じゃないかと疑ったこともあった。でも、それでも会いに来ただろうな」エロスはアラニスを引き寄せ、ありったけの愛情をこめてキスをした。彼女の心に日の光がさす。「愛しているよ。どうかなってしまいそうなほどに」彼がゆっくりしたキスの合間に告白する。彼女は、頬を濡らしているのが自分の涙だけではないと知って胸がつまった。

「エロス」アラニスは、あまりに強くしがみついたので彼が窒息するのではないかと心配になった。おぞましい牢獄も、残酷な別れも耐えぬいた男性なのだから、彼女がしがみついたくらいで壊れはしないだろうが。「ルイは、みすみすあなたを敵にまわしてしまったことがわかっているのかしら？」

「たぶんね。それにいつかはぼくを許すと思うよ」エロスはにやりとした。

アラニスはそんな彼をじっと見つめた。「友人を失って寂しくない？」

「いや、友情について定義し直したから」

「タオフィックのことは？」アラニスは心配になった。「あなたに怯えるのがいやになって先に襲ってくるかもしれないわ」

「そんなことにはならないだろう。やつは腰抜けじゃないが、西側社会に積極的に首をつっこむ男でもない。無視してやるのがいちばんの復讐さ。タオフィックは闇の力を信じている。世界は暴力や裏切りで成りたっていると思っているんだ。いつぼくに襲われるかと思うと、この先ずっと安眠できないだろうね。ともかく……」エロスは息を吐いた。「挑まれたなら……相手をするまでだ」

アラニスはにっこりした。「あなた、変わったわ」

「以前よりやさしくなった？」

「血に飢えた感じがなくなったわ」

エロスは息を吐いて彼女と額を合わせた。「人が死ぬのはもう見たくないんだ。血の川に死体が浮くのも、友人を埋葬するのも……」彼は顔をあげた。「ニッコロが死んだ」

「そんな……いやよ！」アラニスの目に涙が浮きあがる。「いろいろ夢を語っていたのに。彼の人生はこれからだったのに。あんまりだわ」

「ぼくもそう思うよ。ニッコロはぼくの身代わりになったんだ。手榴弾から体を張って守ってくれた。あいつは英雄だ。最期まできみのことを気にかけていたよ。〝彼女に愛していると伝えてください〟と言われた」彼の瞳は深い悲しみに陰っていた。「いつか一緒にあいつのもとを訪れ、彼の高貴な魂を悼んでろうそくをともそう。ヴェネチアに埋葬されているから」

アラニスは喉をつまらせてうなずいた。ニッコロはわたしを愛するがゆえに、わたしの愛する男性を救ってくれた。それ以上に勇敢で崇高な行為などあるだろうか？　彼こそ本物の英雄だ。「フランスで別れてからなにがあったか教えて。あなたに万が一のことがあったらと思うとすごく怖かったわ。わたしがけしかけたんだもの」

「きみがいなくて……いろいろ相談したり、秘密を打ち明けたりできなくて、どんなに寂しかったか。毎晩、きみのことを思っていたよ……」エロスはうめき声をあげ、飢えたように唇を重ねた。恋人同士のキスだ。アラニスは彼にしがみつき、繰り返し神に感謝した。

「あなたが来てくれるなんて夢みたい。永遠に失ったものだとばかり……」

「きみがほかの男と結婚していないよう神に祈ったよ。一刻も早く駆けつけたかったけど、フランス軍がしぶとくてね。きみを失ったら、世界のどこへ逃げても悲しみを癒すことなどできなかっただろうな。アガディールでもね。ミラノは別の統治者を探すはめになるところだった」

「わたしのせいで戴冠式を延期したの？」

「ミラノの人々だってまともな統治者が必要だろう？　恋患いの役たたずじゃなくて」

「それなら大丈夫よ。わたしもどうかなってしまいそうなほどあなたを愛しているから。このまま泣き暮らしていたら、祖父にブライドウェルと結婚するよう説き伏せられるんじゃないかと気が気じゃなかったわ」

エロスは笑い声をあげた。「きみのおじいさんは賢い人だ。ウィーンで開かれた帝国軍事会議で、ぼくの人柄を保証してくれた。ぼくはフランスと共謀したりしていないと。その話は聞いたかい？」

アクアマリンの瞳が見開かれる。「そんなこと、なにも言っていなかったわ」

「今夜だってわざとぼくたちをふたりきりにしたじゃないか。ぼくたちのことを応援してくださっているんじゃないかな？」

「そうね」アラニスは眉間にしわを寄せた。「サナーの占いでは、祖父が王子《エミール》を選んでくれることになっていたわ……つまり人の上に立つ人物を」

エロスは彼女の金髪を引っぱった。「ぼくが覚えているのは、次に来るときは子供と一緒だという予言だよ。そのためには避妊なんてやめて、スフォルツェスコ城を子供でいっぱいにする計画にとりかからないと」

甘い言葉とキスに、アラニスは体が浮きあがるような気がした。「異議なしよ」

エロスが背筋をのばして大きく息を吸った。「美しい金色の妖精《ニンファ》、ぼくと結婚してくれますか？　ミラノへ来てほしい」

アラニスは胸がはちきれんばかりだったが、〝イエス〟と言いたいのをこらえて確認した。

「レオノーラはどうするの？」

エロスは驚いたあと苦笑いを浮かべた。「どうしてレオノーラのことを知っているんだい？」

「わたしはなんでも知ってるの」彼の胸をつつく。「隠しごとはできないんだから」

「はい、はい」エロスはくすくす笑った。「レオノーラは、チェザーレが死に、ぼくが大同盟に加わったことを知って、さっさとローマに引きあげていったよ」

「つまり、あなたのそばにローマのプリンセスはいないのね？　島国から来た野蛮なケルト人だけなのね？」

「きみがレオノーラを追い払ってくれたのさ。そうそう、ぼくにもケルトの血が流れているんだよ。ミラノ人の祖先はケルトと関係がある。ローマの伝説では、マーキュリーの妻はロスメルタというケルトの女神なんだ」

「その女神は美しいのかしら？」アラニスは期待をこめて尋ねた。

「いや、特に。ヴィーナスほどじゃない」エロスはやさしく笑った。「きみほどでもね、アモーレ」

「ねえ、こういうときは指輪をさしだすものよ」

「注文が多いな」エロスはため息をつき、ポケットに手を入れて指輪をとりだした。小さなダイヤと黒い琥珀、それにアメジストをはめこんだ鎖蛇が大きなダイヤモンドに絡みついている。「この指輪が誰のものか知っているね？」

「あなたのお母さま……」アラニスは息をのんだ。「会いに行ったのね！　ああ、エロス、そのときのことを話してちょうだい」

「きみの言うとおりだった。あの夜、愛人と一緒にいる父を見て、母はカルロのところへ行った。父は夫としていつも不誠実だった。ぼくもうすうす気づいてはいたけれど、そういうものだと思って、母の身になって考えたことがなかったんだ。母は父を愛していたのに、父はいつも愛人を連れ歩き、母の心を踏みにじった。母がよくもあんなに長いあいだ耐えたものだと思うよ。母はローマ出身だから、いつまでたってもミラノの社交界になじめなかったんだ。父のせいでさまざまな噂があったことも、孤立を深めた原因だろう。トスカナできみが母の話題を切りだして以来、母のことをいろいろ思いだした。それで真相を確かめなければと思ったんだ。母を見た瞬間……」エロスは少年のように笑って肩をすくめた。「ほかのことはどうでもよくなった。母に会いたかったし、母にも〝会いたかった、心配していた〟と言ってほしかった。今でもぼくを愛しているとね」

「一六年前になにがあったか教えてくれた？」

「母はいやがったけど、無理に聞きだしたんだ。母はぼくに対して真実を打ち明けるのを恥じていた。あの夜、カルロは母を誘惑して秘密組織の話を聞きだそうとした。母が抵抗すると、娘を殺すと脅したんだ。そんなことだと知っていたら、じわじわとなぶり殺してやったのに。それどころか、ぼくは幼い正義感を振りかざして母を責めた」エロスの目に後悔がにじんでいた。「母は貪欲な女怪物《ハルピュイア》なんかじゃなく被害者だったんだ。カルロは母を殴り……汚して、部屋に閉じこめた。母は自分を恥じて……」

アラニスは震えるエロスを抱きしめ、彼の苦痛を癒そうとした。

「ぼくは自らの手で地獄をつくりだしていた。きみとはそんな失敗をしたくない。子供たちが、ぼくとジェルソミーナのようにすべてを失うなんていやだ。あんなつらい思いをするほど価値のあるものなんてないよ。もちろん浮気なんて論外さ。ぼくは本物の家がほしいんだ。愛情で結ばれた幸せな家族がね」エロスは決意を胸にアラニスを見つめた。「ぼくが持っているすべてにかけて、きみに誠実であることを誓う。きみも同じことを誓ってくれるかい？」

「心から誓うわ」

エロスは彼女の手をとり、その指に指輪をはめて手の甲にキスをした。「この指輪がきみとぼく、そしてミラノの人々を結びつけてくれる。ミラノでは鎖蛇を〝イル・ビショーネ〟というんだ。家の外壁や柱、馬車の側面など、いたるところで目にするだろう。この指輪はきみのアメジストともよく合うんじゃないかな」

アラニスは目を細めて指輪を見た。「あのアメジストはもうないのよ。バスティーユ牢獄であなたを監視していた士官にあげてしまったから。彼は……」

「その男ならぼくの脱出を助けてくれた！」エロスは驚いて彼女を見つめた。アラニスの手を唇に掲げてキスをする。「そこまでしてくれたなんて。必ずとり戻すよ」

「宝石なんてどうでもいいわ。あなたさえ無事なら」彼の瞳を見つめるだけで、これまでの苦しみを補ってあり余るほどの愛情を感じる。アラニスはエロスにしがみついた。もう二度と離れたくなかった。「愛しているわ」

「ぼくも愛してるよ」エロスはかすれた声で言った。「きみなしでは生きる意味がない」

アラニスは彼を見あげてからかった。「求婚の返事が聞きたい？」

「それにには証人が必要だ」エロスは彼女の手とメダリオンをつかんでドアへ向かった。

アラニスは笑いながら、ドレスの裾を引きずって彼のあとにしたがった。「待って。わたしの返事を聞いていないじゃない」

エロスが肩越しにほほえんだ。「だからこそ証人がいるんじゃないか。まさか女王陛下の前で〝ノー〟とは言わせないぞ」

ふたりが宴の間へ入ると、客たちの目が集まった。エロスは唯一あいていた席にアラニスを先導し、グラスにフォークをぶつけて咳払いをした。「陛下」女王のほうを向いてうなずく。それから、デッラアモーレ公爵を捜した。「デッラアモーレ公爵」アラニスの祖父が許可するようにうなずく。エロスは宴の間を笑顔で見渡した。「美しいご婦人方に高貴な紳士のみなさん」エロスは片膝をつき、アラニスの手をとった。彼女は恥ずかしさのあまり息をするのも忘れそうだった。

客たちが椅子をきしませてふたりのほうに身をのりだす。

アラニスはエロスにやめてくれるよう目で懇願したが、彼はそれを無視して彼女を見つめ返し、安心させるようにほほえみかけた。「天使のような人、ぼくのものになってくれませんか？」

部屋全体が静まり返った。アラニスの指にはすでにマッダレーナの指輪がはまっている。あとはその言葉を発するだけだ。「ええ《イエス》！」アラニスがエロスの首にしがみついてキスをしたので、招待客たちは息をのんだ。次の瞬間、部屋のなかは歓声に包まれ、グラスが次々と打ちあわされた。みな恋人たちに乾杯しながら、舞踏室からここまで移動するわずかな時間になにがあったのだろうと推測した。ともかく勝利を祝いにロンドンへやってきたミラノの統治者が花嫁を獲得したのだ。

客たちがざわついているのをいいことに、エロスはアラニスにささやきかけた。「舞踏会が終わったら、宮殿にあるぼくの部屋へおいで。ロッカを迎えにやるよ」

アラニスもさりげなく彼の耳に唇を押しつけ、舌先で耳を愛撫してからつぶやいた。「裸で待っててね」

エロスはうめき声をあげた。

エロスは暖炉の脇に立って、壁に掲げられた絵画を見つめていた。黒いシルクのローブはアルジェリアから戻った夜にアラニスに貸したものだ。暖炉の炎が彼の横顔と胸もとのなめらかな肌に反射している。

アラニスがチューダー様式の寝室に足を踏み入れるとすぐにエロスが振り向いた。

「大切な人《カリッスイマ》」エロスの呼びかけに、アラニスは部屋を横切って彼の胸に飛びこんだ。

エロスが彼女を抱きしめ、髪に唇をつける。「きみはぼくの心だ。絶対に放さないからね」

愛情あふれるキスに、アラニスの胸はしめつけられた。力強い抱擁から、離れているあいだも彼が自分を求めてくれていたことが伝わってくる。「きみを抱きたくて死にそうだけど、その前に贈り物があるんだ。結婚の贈り物だよ」エロスは彼女の体を反転させ、暖炉の上にかかっている絵画を指さした。「プリンス・カミッロ・ボルゲーゼが二五年の約束で貸してくれた。彼の別荘にある絵画のなかでも傑作のひとつ、ティツィアーノの《キューピッドに《ラ・ヴェーネレ・》目隠しをするヴィーナス《ケ・ベンダ・アモーレ》》だ」彼はアラニスの肩に顎をのせた。「母がぼくをエロスと名づけたことについては話しただろう？　この絵が理由さ」

アラニスは絵画を見あげた。金の羽を生やした裸のキューピッドがヴィーナスの膝のあいだに立って目隠しをされるままになっている。四方から明らかに危険が迫っているにもかかわらずだ。母親に寄せる盲目的な信頼に、エロスを撫でるマッダレーナのやさしい手つきを思いだした。アラニスは絵画の美しさと力強さに胸を打たれた。

「母はこの絵が大好きだったから、ぼくにとっては棘《とげ》のようになっていた。この絵のことを考えるだけで胸がざわざわしたよ。ぼく自身は目隠しをとってしまったけれど、本当はキューピッドがうらやましかったんだ。完全に心を許せる人がいるんだから。そこだけは聖域のように」エロスはアラニスの頬に唇を押しあてた。「きみはぼくのヴィーナスだ。こんなにも愛してくれてありがとう。ぼくにとってきみの愛情は奇跡であり、救済だった」

「すばらしい絵を見せてくれてありがとう」アラニスはエロスのほうに向き直り、シルクのローブの下に手を滑らせた。「わたしが愛するのはあなただけよ。それを忘れないで」彼女はエロスの唇と首筋、たくましい胸板にキスをして、彼が無事に戦いから帰還したことを感触で確かめた。

シルクのローブが床に落ちる。エロスがアラニスの手をとって自分の胸にあてがった。速く力強い鼓動が伝わってくる。「感じるかい？　きみに触れられると……ぼくの体は震えだす」

「感じるわ」アラニスの体にも震えが走った。

エロスの指が彼女のガウンのサッシュをほどき、続いてコルセットとペチコートを脱がせる。ひとつになりたいという欲求にせかされて、ふたりは互いの下着をはぎとりながらベッドへ移動した。唇が荒々しく重なる。気づくとアラニスはあおむけでベッドに横たわっていた。彼女の脚のあいだにエロスがいる。長いこと離れていたのが嘘のようだ。「ぼくたちは永遠に一緒だ」エロスのささやきとともに愛の炎が燃えあがる。ふたりは嵐のなかでひとつになり、愛情と喜びにあふれる未来を誓いあった。歓喜が後戻りできないほど高まったとき、エロスが彼女を抱きしめ、繰り返しつぶやいた。「愛している《ティ・アーモ》よ、愛している《ティ・アーモ》……」

# エピローグ

ここはあなたをはぐくんだ土地、美しい故郷。この地で、高貴な生まれに恥じぬ地位を求めなさい。
その力強い言葉で統治すべき民が、美しき子孫が、そして完璧な愛が待っている。

プロペルティウス『エレジー』

ミラノは婚礼の準備に活気づいていた。通常なら公爵の結婚式は六月に行われるのだが、新しいミラノの統治者――市民から〝恋患いのプリンス《エ・マラート・ダモーレ》〟と呼ばれる人物――が再三にわたって日どりを繰りあげ、早春にしてしまった。不運にも当日はフランス国王ルイ一四世の主催する仮面舞踏会の日で、貴族たちの多くはフランス国王の招待を丁重に辞退し、ミラノに駆けつけたのだった。

教皇から祝辞が届き、神聖ローマ皇帝は代理として弟君を出席させたものの、それ以外の王族や貴族、外交官たちは自ら足を運んだ。ミラノ公国の誠実な民たちも各地から押し寄せ、街はお祭り騒ぎだ。

結婚式に招待されなかったレオノーラ・ファルネーゼは夫のルドルフォに〝近ごろは結婚相手を選ばないらしい〟と負け惜しみを言った。

サラーとナスリンは特別な贈り物を携えてやってきた。一対の美しい燭台だ。ナスリンはそれを、ユダヤ人の母親が娘の結婚式に贈るものだと説明した。彼らと一緒に参列した未婚の六人の娘たちはアラニスの晴れ姿を見て、いつか自分たちもプリンスと結婚しようと決意した。

結婚式の費用はボルジア家以来、イタリアでも例を見ない額となった。一説によると、モロッコのスルタンが結婚祝いとして半額を拠出したらしい。

プリンスは花嫁を喜ばせようと数えきれないほどの趣向をこらし、専門の委員会を設けてそれらを仕切らせた。なかには公爵夫人の寝室を飾る花をつんだり、ベッドに使う羽毛を集めたりする仕事もあったという。プリンスが花嫁の希望を却下したのは、新婚旅行の行き先だけだ。花嫁が行きたがったコンスタンティノープルはまたの機会にすると言って、強引にアマルフィ海岸の入り江に立つ別荘に決めてしまった。

挙式の準備でもとくに神経を使ったのは衣装だ。なんといってもミラノはファッションの街。ウエディングドレスや寝具の素材は、ブリュッセルやフィレンツェやローマからとり寄せられ、プリンスがミラノの宝石商に用意させた宝石の一覧は三〇ページにも及んだとか。さらにはスフォルツァ家お抱えの楽団に加え、ジェノヴァやフェラーラから五〇人以上の音楽家が集められた。

ミラノの新たな修道院長に就任したシスター・マッダレーナは、ジェルソミーナの助けを借りて街の孤児をこの一大行事に参加させる手配をした。マッダレーナは花嫁のよき相談役となり、暇があればイタリア語やミラノの慣習を教えた。

予想外にも、プリンスとその義理の弟のあいだには本物の友情が芽生え、その関係は、ルーカスがプリンスの妹との挙式の前日にポルト酒のボトルを一本あけて気絶したことが発覚しても変わらなかった。

結婚式には膨大な数の人々がつめかけ、宿泊場所が不足した。高貴な人々を街の宿屋にとめるわけにもいかず、プリンス自らサヴォィイ大将に自室を提供し、自分は花嫁の部屋に移ったらしい。

挙式当日、プリンスとその花嫁は不安でぴりぴりしていた。デッラアモーレ公爵とミラノの大司教の厳しい戒めがなければ、とっくにシチリアに駆け落ちしていただろう。

世界で三番目に大きな大聖堂は人で埋めつくされ、ブリュッセル産のレースでできた花嫁のベールは祭壇から礼拝堂の階段までを覆った。大司教がふたりの絆をおごそかに祝福し、新郎新婦が民衆に挨拶するために大聖堂前に姿を現す。広場はもちろん、周辺の通りやそれをつなぐ細い路地までが笑顔と花であふれていた。楽団の奏でる『聖歌《テ・デウム》』にのって鳩《はと》の一団が大空に放され、あちこちから花のつぼみやキャンディが飛ぶ。

祝賀会はスフォルツェスコ城で予定されていたが、プリンスは役人や貴族があっけにとられるなか、花嫁の手をとり、馬車を素通りして大衆のなかへ踏みこんでいった。歓喜にわくミラノの民は、晴れやかな笑顔とともに歓声をあげ、握手を求めて手をさしだし、プリンスの背中をたたいて祝福の意を示した。広場の中央まで進んだところで、プリンスは妻を抱きあげ、瞳を輝かせ、えくぼを浮かべて笑うと、熱いキスを交わしてさらに人々をわかせた。

# 訳者あとがき

これを読んでいるみなさんは、エロスとともに世界を股にかけた大冒険を終えたところでしょうか？　それとも、海賊船のタラップに足をかけるかどうか迷っているところでしょうか？　『仮面の伯爵とワルツを』に続くロナ・シャロンの邦訳第二弾は、実は作者にとっての処女作です。それだけに通常の倍以上も内容のつまった冒険ロマンスで、既存のヒストリカルとは一線を画しています。

一八世紀初頭、七つの海にその名をとどろかせるエロスは、漆黒の髪にブロンズ色の肌、そして海色の瞳をしたセクシーな海賊。フランス国王から奪いとった軍艦に鎖蛇の旗を掲げ、胸もとにはいつも重厚な金のメダリオンをぶらさげています。それは生まれ育ったイタリアの地に封印された悲しい過去の扉を開く鍵でした。

ヒロインであるアラニスはイングランドでも名家中の名家の出身。幼いころに両親を失い、女性の教育に進歩的な考えを持つ祖父に育てられた彼女は、本で読んだ異国の地への好奇心を募らせていきます。そしてついに、ジャマイカに駐在する婚約者に会いに行くという名目で金の鳥かごから飛びだすのです。

そんなふたりが旅するのは、ヨーロッパの列強が領土拡大にしのぎを削り、さらにイスラム教国と激しく対立する世界。特にフランスのルイ一四世の孫、フェリペがスペインの王位を継ぐと、フランスの勢力拡大を懸念したオーストリアやイングランドが大同盟を組んで対抗し、スペイン継承戦争が勃発します。物語のなかに登場する〝私掠船〟とは、海軍力の不足を補うために、敵国の船を襲って金品を奪うことを国家が公認した海賊船で、その起源は意外にも紳士の国、イングランドでした。のちにこの制度は世界に広まり、一時は奴隷に身を落としたエロスもアルジェリアの私掠船乗りとして名をあげていきます。

このように登場人物の人生に巧みに史実を折りこむのはロナ・シャロンの得意技なのですが、歴史好きはもちろん、年表はうんざりという方でも、生々しい欲望やたくさんの人の喜怒哀楽が折り重なって歴史が形づくられていくさまに、その時代の息吹をまざまざと感じることができるのではないでしょうか。ちなみに前作の『仮面の伯爵とワルツを』は本作から一〇〇年後のヨーロッパが舞台です。次々と新しい時代に挑戦しているロナと一緒に世界史をたどるのも一興かもしれません。

本書の翻訳で苦労したのはなんといってもアラビア語とイタリア語でした。特にアラビア語はインターネットでもなかなか情報がありません。アラビア語の発音を指導してくださった速水さんと、イタリア語訳を確認してくださった大久保さんに、この場を借りて深くお礼を申しあげます。おふたりのおかげで新しい世界の扉を開いたアラニスの新鮮な驚きを、臨場感を持って再現することができました。

さて、ロナ・シャロンは昨年、一五一八年のイングランドを舞台にした『Royal Blood』という作品を発表しています。こちらはアメリカでヒストリカル・ロマンスではなくヒストリカル・フィクションに分類されており、一六世紀の文体で書かれているとか。日本語で言えば古文のような感覚でしょうか。登場人物はすべて実在の人物ですが、ロマンスの要素はもちろん吸血鬼の話も出てくるそうで、ここでも新しい境地を切り開こうとする彼女の気概が感じられます。今後、ロナの想像力と好奇心がどんな時代をよみがえらせてくれるのか、みなさまと一緒にわくわくしながら待ちたいと思います。

二〇一一年一月

ライムブックス

海賊《かいぞく》の王子《おうじ》にとらわれて

著　者　ロナ・シャロン
訳　者　岡本《おかもと》三余《みよ》

2011年2月20日　初版第一刷発行

発行人　成瀬雅人
発行所　株式会社原書房
〒160-0022東京都新宿区新宿1-25-13
電話・代表03-3354-0685　http://www.harashobo.co.jp
振替・00150-6-151594
ブックデザイン　川島進（スタジオ・ギブ）
印刷所　中央精版印刷株式会社

 ISBN978-4-562-04402-3　Printed in Japan